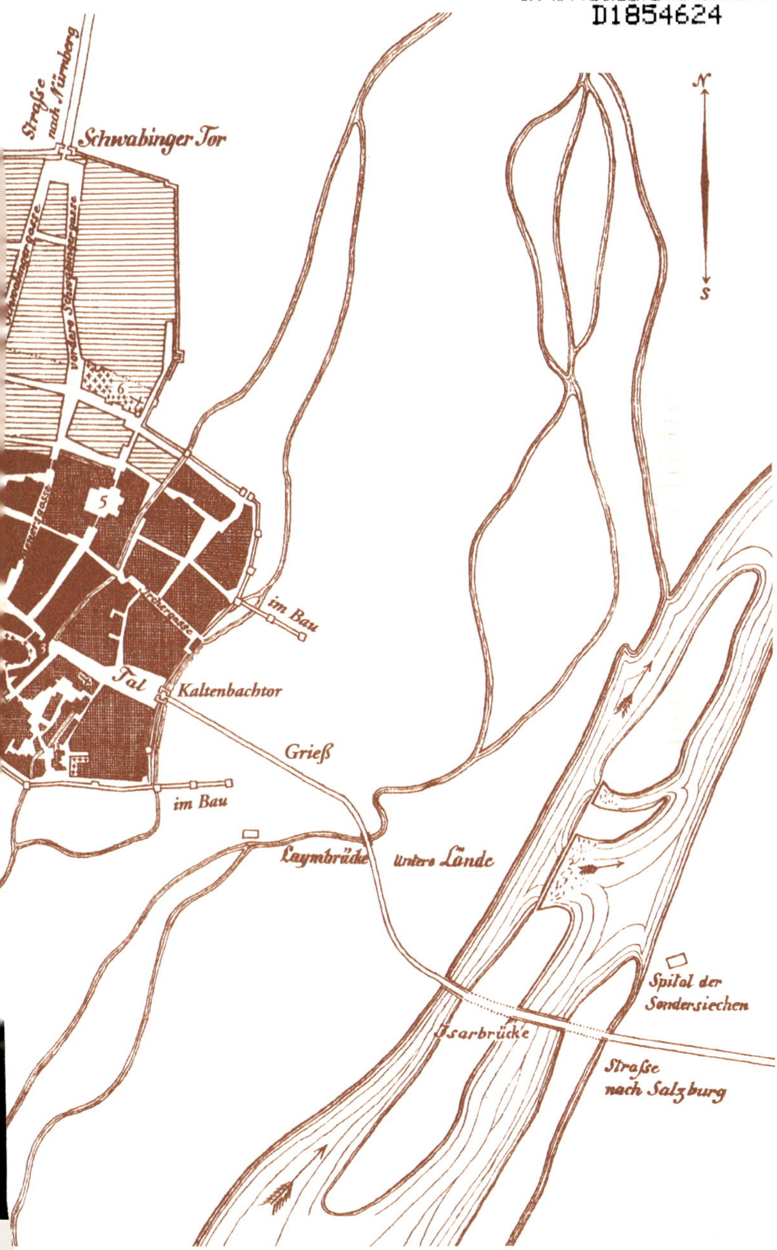

Straße nach Nürnberg
Schwabinger Tor
vordere Schwabingergasse
5
6
im Bau
Tal
Kaltenbachtor
Grieß
im Bau
Laymbrücke
Untere Lände
Isarbrücke
Spital der Sondersiechen
Straße nach Salzburg
N
S

Richard Rötzer

Das Labor des Alchemisten

Richard Rötzer

Das Labor des Alchemisten

Roman

List

Prolog

Wenn Unschuld ein Verbrechen war, dann wurde an jenem kalten Februartag des Jahres 1300 nach Christi Geburt dem Recht auf schreckliche Weise Geltung verschafft. Andernfalls war der grausame Tod, zu dem ein gnadenloser Richter die Kreatur verurteilt hatte, himmelschreiendes Unrecht.

Kaum einen der Gaffer, die dicht gedrängt, mit harten und selbstzufriedenen Gesichtern die Gassen der Stadt München säumten und schon gar keinen der großspurigen Burschen, die lärmend und Zoten reißend den Armesünder-Karren umsprangen, plagte auch nur der geringste Zweifel. Zu eindeutig schienen die Fakten, zu offensichtlich die Schuld.

Der Zug wälzte sich stockend unter dem Klang der Malefizglocke und dem Geschrei der aufgewühlten Menge durch die Kaufingergasse nach Westen. Die Pforten zu Unserer Lieben Frau standen nach altem Brauch weit offen. Aber die Richtersknechte hatten an diesem Tag mehr damit zu tun, übermütige Rohlinge von einem kecken Sprung auf den Karren abzuhalten, als dafür zu sorgen, daß nicht die Malefizperson ins Kirchenasyl entwich.

Die Wachshändler auf dem Kirchplatz reckten die Hälse und brachen ihre Schragentische ab, um dem Schauspiel zu folgen. Für heute war das Geschäft ohnehin gelaufen, und morgen würde sich hier eine ganz andere Prozession bewegen, würden dieselben mitleidlosen Bürger gemessenen Schritts und mit Kerzen in den Händen zur Feier der Reinigung Mariens schreiten, denn an Lichtmeß gedachten die Gläubigen des Mysteriums, daß die allerreinste Jungfrau sich nach Geburt ihres Kindes dem Gesetz unterwarf und ein Paar Tauben opferte, um vom Priester wieder als rein für den Tempel des Herrn erklärt zu werden.

Heute aber dürsteten die Verehrer Mariens nach einem anderen Opfer und forderten erbarmungslos die Sühne unglaublichen Frevels. »Kindsmörderin! Verfluchte Brut!« schrien sie wütend, und am lautesten schmähten die Gattinnen und ehrbaren Mütter die gefallene Jungfrau: »Dreckige Dirn!« und: »Fort mit der schamlosen Buhle! Verbrennt das Weib!«

Die Rechtschaffenen sahen ein Ungeheuer auf dem Karren, eine mörderische Bestie. In Wahrheit war es noch ein Kind, ein halbwüchsiges Mädchen in erbärmlichem Zustand, das zusammengekauert auf dem Leiterwagen hockte und verängstigt wie gestelltes Wild den gröbsten Nachstellungen seiner Peiniger zu entgehen suchte.

Es hieß, sie sei die Tochter des Fuhrknechts, der bei einem Unfall ums Leben gekommen war. Brutale Hände hatten jetzt ihre kindlichen Locken erst grob mit der Schere abgefranst, danach ihren schmalen Kopf kahl geschoren. Das schlackernd weite Büßerhemd aus Grobleinen, in das die Frau des Schergenstubenhüters den schmächtigen Körper gesteckt hatte, ließ die zarten Rundungen einer jungen Frau noch nicht einmal erahnen. Und doch hatte sie schon geboren. Geboren und getötet!

Bei Gott, es war nicht ungewöhnlich, daß junge Mütter

ihr Neugeborenes töteten, und in den meisten Fällen trieb sie noch nicht einmal Angst ums kärgliche Brot zur Verzweiflungstat, sondern die Angst vor Schande und Ehrlosigkeit.

Natürlich zeterten die Pfaffen und drohten mit Verdammnis. Es war auch leicht, wenn man nicht selbst einen Haufen hungriger Bälger durchbringen mußte und eigene Fehltritte unbemerkt im Findelhaus verstecken konnte. Zwar sprachen auch weltliche Richter von homicidium, also Mord, aber viele waren geneigt, zumindest beim ersten delictum einen bedauerlichen Unfall anzunehmen und der Beteuerung Glauben zu schenken, das Würmchen sei nächtens im Bett versehentlich erdrückt worden. Auch Wahnsinn entschuldete und ersparte den Müttern gleichfalls die Strafe. Warum also, in Gottes Namen, hatte dieses erbärmliche Wesen auf dem Karren in seiner Not keinen milden Richter gefunden?

Der Zug hatte sich inzwischen durchs Kaufingertor gezwängt und schwoll immer mehr an, während er den jüngst mit Mauer und Graben umfriedeten Teil der Stadt durchzockelte. Etliche Meister ließen ihre Lernknechte das Tagwerk beenden und sich einreihen, denn wo ein Zeichen unerschütterlicher Gerechtigkeit und abschreckender Strafe aufgerichtet wurde, da sollte dies die Jugend belehren und heilsames Beispiel sein.

Die Richtersknechte hatten Mühe, das aufgebrachte Volk zurückzudrängen. Unrat und Steine flogen. Diejenigen, die es schafften, sich zum Karren vorzukämpfen, bespuckten die Todgeweihte und schrien gehässig: »Kneift das Luder! Brennt ihr endlich den sündigen Leib!« Zuhinterst auf dem Karren stand ein Becken mit glühenden Kohlen, aus dem heraus die langen Griffe eiserner Zangen das Opfer bedrohten. Aber merkwürdigerweise machten die Schergen davon keinen Gebrauch.

Das Mädchen krümmte sich wimmernd. Seine vor Entsetzen geweiteten Augen fanden keinen Halt in der rasenden Menge, stierten ins Leere und verkündeten die Nähe des Wahnsinns.

Nachbarn hatten sich vor Gericht erinnern wollen, daß ihnen das stille und zerbrechlich wirkende Kind von jeher sonderbar, aber nicht wirklich verrückt erschienen war, bis es heranwachsend vor zwei, vielleicht auch drei Jahren urplötzlich aufgehört hatte zu reden: von einem Tag auf den anderen! Einfach das ohnehin kärgliche Sprechen eingestellt, als habe es der Welt in alle Ewigkeit nichts mehr zu sagen. Bald hieß es: »Ein Dämon hat sie ergriffen, der ihr das Sprechen verbietet!«

Heute war jedermann klar, daß der verkommene Lasterbalg mit dem Leibhaftigen brünstig verkehrt hatte. Wie anders wollte man sonst erklären, daß die Besessene nicht in der Lage war, einen Vater für ihre verdorbene Frucht zu benennen. Nicht, daß es für die Frage der Schuld auch nur entfernt von Bedeutung gewesen wäre, wem sie den Fehltritt anlasten wollte. Abtreibung und Kindsmord waren sündhafte Vergehen der Weiber – und nur der Weiber!

Am Weihnachtsmorgen, noch halb zur Nacht, war die alte Magd durch widerwärtige Geräusche aus dem Schlaf geschreckt. Sie folgte dem unheilvollen Stöhnen, Stampfen und Scharren in den Stall, wo ihr die Sünderin von kaltem Schweiß überströmt, auf allen vieren und mit wirrem Blick entgegenkroch. Ihr Kittel war blutgetränkt, an Händen und Schenkeln klebten dunkle Krusten, und aus dem Schoß baumelte die abgerissene Nabelschnur. Das Mädchen stammelte, gebärdete sich wie wild, und mit der ersten Dämmerung offenbarte sich den Herbeieilenden ein grausiger Fund: Im Stroh zwischen den ängstlich scheuenden Pferden lag ein blutiger Klumpen Fleisch, von Hufen zermalmt.

Der Frevel war greifbar und offensichtlich: Während die Christenheit die Geburt des Erlösers feierte, warf die Verruchte einen Balg ins Stroh, der in jenen Tagen gezeugt worden war, in denen die Ehrfurcht vor dem Leiden des Herrn strenges Fasten auferlegte und jegliche Fleischeslust verbot. Die Frucht der Sünde war daher so sicher verflucht wie vom Satan als Inkubus gezeugt, und um seiner Buhle die Schande zu ersparen, zertrat er den Wurm sogleich, wie es die Jungfrau mit der Schlange tat.

»Kneift sie endlich mit den Zangen! Verbrennt das stinkende Fleisch! Glüht das Loch aus, aus dem das Unheil kroch!« Immer haßerfüllter forderte die Menge Taten, gierte nach Blut und verbranntem Fleisch.

Ihr Haß gründete in der Furcht, durch die Frevlerin um eine große Hoffnung betrogen zu werden, denn es verdichteten sich Gerüchte, daß Papst Bonifaz zu Rom erwog, dieses Jahr zu einem heiligen Jahr auszurufen, in dem allen reuigen Pilgern in der heiligen Stadt ein vollkommener Ablaß zeitlicher Sündenstrafen gewährt werden sollte. Natürlich würde der Flickschuster oder der hungernde Weber die beschwerliche und kostspielige Reise niemals antreten. Um so mehr hegte man weithin die Hoffnung, daß dieses heilige Jahr dennoch allen zum Segen gereichen und eine friedvolle Zeit bescheren würde.

Nach der Zählung der römischen Kurie begann aber das Neue Jahr schon mit der Menschwerdung Christi, und in ebendieser Heiligen Nacht hatte nun in München das verruchte Weib zum Hohn und wider alle Hoffnungen der Stadtbewohner des Satans Balg im Stroh geboren.

Wenn aber Adams Fehltritt dem gesamten Menschengeschlecht als Erbsünde anhaftete, war da nicht solche Verfehlung eines einzelnen auch Angelegenheit aller Mitglieder der Gemeinde? Nur der Tod konnte angemessene Sühne dafür sein! Daher drängte an diesem Tag jedermann, der irgendwie laufen und sich von den Geschäften freimachen konnte, zu der Hinrichtung, als könne er allein schon dadurch den großen Ablaß erringen.

Es war noch ein gutes Stück Weg auf der Straße nach Landsberg bis zum Galgenhügel am Rande des Burgfriedens, und trotz des Tauwetters der letzten Tage und einiger Sonnenstrahlen, war es noch immer ziemlich kalt. Die Delinquentin fror erbärmlich in ihrem dünnen Hemd. »Seht nur, wie sie erregt ist und ihren höllischen Buhlen erwartet!« verhöhnten grausame Witzbolde ihr Zähneklappern und Bibbern. Rotz und Tränen strömten ihr ungehemmt über die Wangen. Sie keuchte rauh und stieß unverständliche Laute aus.

»Sie ruft ihn! Die Dämonen sprechen aus ihr!« verbreitete ein Kleriker vorwitzig, denn durch die Offenbarungen des Abtes Richalmus war ihm geläufig, daß die Teufel sich jedweder Geräusche bedienten und sich selbst durch den Husten, mit dem sie die Menschen plagten, miteinander unterhielten.

Daß die Verworfene nicht längst gerichtet war, lag am dauerhaften Frost und dem Umstand, daß der Rat noch immer am Sold für einen stadteigenen Henker knauserte, wenngleich wohlhabende Pfeffersäcke diesen lautstark forderten, seit mit dem Wachsen der Stadt auch ständig mehr Gesindel Einlaß fand. So hatte man erst Boten ins Schwäbische nach einem tüchtigen Scharfrichter ausgeschickt, und sein Eintreffen hatte Weile. Zudem war es dem Abdecker erst während der letzten Tage gelungen, den frostharten Boden mühsam aufzubrechen.

Am Galgenberg übernahm der Stadtrichter wieder das Kommando und postierte seine Leute so, daß sie die Menge mit gezogenen Schwertern in Schach halten konnten. Es gab heftiges Gerangel um die besten Plätze, denn jeder wollte zuvorderst stehen, aber eine bestimmte, wie von magischer Hand gezogene Grenze wurde nicht überschritten. Keiner wollte *ihm* ohne Not zu nahe kommen.

Der Henker stand schweigend inmitten der Richtstatt, umgeben von einer Aura aus Schrecken und Blut. Er war in einen weiten roten Mantel gehüllt, das Haupt von einer roten Gugel umschlossen, deren gezaddelter Rand auf Schultern und Brust fiel. Sein Alter war kaum zu schätzen. Ein Gerücht besagte, daß er noch nicht lange ausgelernt, aber andernorts schon Proben seiner grausigen Kunstfertigkeit gegeben hatte. Die Gugel bedeckte auch sein Gesicht zur Hälfte, und nur durch zwei Schlitze musterte er das heutige Werkstück seines blutigen Handwerks, das einer der Knechte nun roh vom Karren zerrte.

Die Zuschauer waren noch nicht zur Ruhe gekommen. Ein Zimmerer rief forsch: »Das Holz! Wo habt ihr das Holz? Die Tölpel haben noch nicht mal den Scheiterhaufen aufgerichtet.« Da fiel es auch den anderen auf, und Gelächter mischte sich mit Mißfallen.

»Ruhe!« forderte der Fronbote wiederholt und nachdrücklich. Als er endlich Gehör hatte, verkündete er Sicherheit und freies Geleit für den Scharfrichter, selbst im Falle einer Mißrichtung.

Der Henker legte bedächtig seinen Mantel ab und zerrte das zitternde Mädchen vor die Grube, an deren Rand es wimmernd auf die Knie fiel. Die Menge wurde unruhig. Was hatte dieser Bastard vor? Wollte er sie um das ersehnte Schauspiel betrügen?

Doch der ging seelenruhig zu dem Korb neben der Grube und entnahm ihm ein paar Stricke. Allmählich dämmerte den Zuschauern, daß die Sünderin ganz offensichtlich nicht zu Pulver verbrannt werden sollte, wie es Ketzern und Teufelsbuhlen gebührte. Murren erhob sich. »Sie ist verflucht! Sie muß brennen!«

Der Henker drehte dem hilflosen Mädchen die Arme auf

den Rücken und fesselte seine Hände mit einem rauhen Strick.

»Er gräbt sie ein!« rief einer enttäuscht. »Jawohl, er will das Weib lebendig begraben!« Aufgeregtes Tuscheln folgte, halblaute Proteste. Doch es war hierzulande noch immer das Recht des Henkers, die Todesart zu bestimmen. Einer Kindsmörderin drohte in der Regel Ersäufen oder Lebendigbegraben. Aber wer wollte so närrisch sein, bei dieser Kälte mit einem Floß die Mitte der eisigen Isar anzusteuern, um dort den Sack mit der eingenähten Mörderin in den Fluß zu werfen?

Der Henker ergriff einen langen, zugespitzten Pflock und einen schweren Hammer und zeigte beides der brummenden Menge.

»Er wird sie pfählen ... ja, gut! Das ist gut so. Da wird ihr das Nachzehren vergehen.«

Die Zuschauer beruhigten sich, waren zufrieden und jetzt schon wieder gespannt, denn solches bekamen sie weit seltener zu sehen, als den Tod im Feuer. Wie lange wird sie nach Luft ringen, sich aufbäumen? Gibt ihr der Dämon Kraft? Mein Gott, wie wird er wohl ausfahren? Wo ist der Pfaffe? »Holt einen verdammten Pfaffen!« Jetzt rächte sich womöglich, daß man der Unglücklichen den kirchlichen Trost verweigert hatte.

Der Züchtiger ging auf die Verurteilte zu und riß das zitternde Bündel hoch. Er schien auf sie einzureden. Wozu? Was hatte dies zu bedeuten?

Das Mädchen heulte, bäumte sich auf, schrie wie ein Ferkel beim Schlachter. Er schlug sie zweimal hart ins Gesicht, und ihr Heulen ging in hilfloses Schluchzen über. Er packte sie derb am Arm, schüttelte sie. »Sei nicht blöde!« zischte er kaum vernehmbar. »Du wirst leben und wieder Kinder haben. Andernfalls ...«

Der Henker erhob die Hand, worauf das gebeutelte Publikum gehorsam verstummte. Breitbeinig verkündete er mit rauher Stimme: »Hört! Ich will dieses Weib zu meiner Frau. Es ist mein Recht und Wille!«

Nach einem Augenblick jähen Entsetzens brach ein Sturm der Entrüstung los, und sich genarrt fühlende Zuschauer schickten sich an, die Richtstatt zu stürmen. Die Knechte hielten sie mit Schwertern und Spießen drohend in Schach.

Heinrich Küchel und Herr Rudolf, die nächststehenden Ratsherren, ruderten mit den Ellbogen auf den Richter zu und bestürmten ihn. Der Richter beugte sich eine Weile hinab, schüttelte mehrmals energisch den Kopf, riß schließlich sein Pferd herum und trieb das ängstliche Tier an die Seite des wahnwitzig scheinenden Henkers. »Meiner Seel«, rief er ihm zu, »Ihr seid ein verdammter Narr! Betet, daß *Er* mit Euch ist!« Dann brüllte er ins Volk: »Ruhe! Gebt endlich Ruhe! Es ist Recht seit alters her und wird es bleiben, solange ich Richter bin. Wer sich widersetzt, wird's büßen. Seid still! Bei Gott, ich befehle euch, still zu sein!«

Nachdem das Geschrei wie eine versiegende Quelle zum Stillstand gekommen war, fragte er das Mädchen angewidert: »Willst du das Weib dieses Mannes werden und ein Leben in Unehre führen, oder wählst du den Tod und nach Sühne deiner Sünden ein ehrbares Angedenken?«

Das Mädchen starrte mit wäßrigen, weit aufgerissenen Augen bald auf den Richter, bald auf den Henker und lallte Unverständliches.

»Entscheide dich!« drängte der Hüter des Gesetzes.

»Sei nicht blöde!« zischte der Diener des Todes und verstärkte den Griff. »Du weißt ...« Zaghaft und willenlos nickte sie mit dem Kopf. »Sie willigt ein. Sie sagt ja. Sie sagt deutlich ja, Ihr seht es alle ...«

Der Richter, dem die arge Posse zuwider war, erklärte kurz und bündig: »So sei es!« und forderte das Volk auf: »Geht! Er hat freies Geleit, wohin ihm beliebt. Geht nach

Hause! ... Ihr aber«, wandte er sich an den Halsabschneider, »verlaßt noch heute diese Stadt und kehrt niemals mehr wieder!«

Es dauerte lange, bis sich die Bürger zerstreuten, ratlos, entsetzt, zornbebend oder still hadernd. So manchen beschlich an diesem Tag eine dunkle Ahnung, die ihn für lange Zeit nicht mehr verließ. Aber nur wenige kannten die ganze schreckliche Wahrheit und wußten, daß dies erst der Anfang allen Übels war.

1. Kapitel

»Ihr werdet alt, Freund Hafner«, stichelte der Nachbar mit aufgesetzter Besorgnis.

»Ist bloß die verdammte Gicht«, knurrte der Gehänselte. »Sonst wollt' ich Euch schon zeigen, wer mehr vom Roten verträgt und die Baderstöchter juchzen läßt.«

»Schon gut«, wiegelte der Nachbar ab. Er kannte die Prahlerei zur Genüge. »Aber Ihr habt Euren Hausstand nicht mehr im Griff.«

»Was soll das heißen, häh?« brauste der Hafner auf.

»Daß Euch die Weiber im eigenen Haus auf der Nase herumtanzen. Das war früher anders.«

»Hol's der Teufel«, fluchte der Hafner grimmig, »Ihr könnt leicht reden. Ihr habt ein Weib, das zupackt, und einen tüchtigen Sohn, während ich mit einer Tochter geschlagen bin, die ein Esel werden sollte, so störrisch ist das Biest. Von der verrückten Ahn will ich gar nicht reden.«

»Ein guter Stock hat noch jeden Esel zum Laufen gebracht.«

»Das denkt Ihr. Und von wegen alt – pah! – Ihr seid auch nicht mehr der Jüngste.«

»Wohl wahr, Meister Hafner. Eben deshalb bin ich dabei, mein Haus zu bestellen, und Ihr solltet dies auch beizeiten tun.«

»Ich kenn' Euch, Drexl, seid ein abgefeimter Bursche. Euch geht's nicht um die Schrullen meiner Tochter und schon gar nicht um mich. Auf Haus und Hofstatt habt Ihr's abgesehen.«

»Was Ihr nur wieder argwöhnt«, wehrte sich der Ertappte entrüstet und dachte im stillen: Der Kerl versäuft seinen Verstand und sieht aus wie einer von den Siechen vor der Stadt, aber gerissen ist er wie eh und je.

Arnold Hafner besaß ein bescheidenes Haus an der Hinteren Angergasse gegenüber dem Roßmarkt, und das Verlockende daran war, daß der rückwärtige Hof und Garten an das Grundstück des Besuchers grenzte, dessen Behausung an der Mühlgasse lag, nahe dem Kloster der Klarissen und unweit vom Angertor.

Ainwich Drexl war besessen von der Idee, daß mit des Hafners Herd und Boden sein Anwesen von der einen Gasse zur anderen reichte, was allerhand Vorteil böte, aber er war auch gewitzt genug zu wissen, daß er das Grundstück dem sturen Hafner nicht einfach abschwatzen konnte, selbst wenn der zunehmend gebrechlich wurde und sein Sparstrumpf an Auszehrung litt. Er setzte daher auf die seit alters bewährte Taktik einer vorteilhaften Heirat.

»Ihr versteht Euch doch auf die Annehmlichkeiten des Lebens«, fuhr er einschmeichelnd fort. »Ihr könntet Eure alten Tage um so mehr genießen, wenn Ihr endlich Eure Tochter meinem Sohn zur Frau versprecht. Glaubt mir, er weiß sie zu nehmen.«

»Übergeben, nimmer leben«, knurrte Arnold.

»Dann kauft Euch eben als Pfründner ins Spital ein.«

»Freilich! Und augenblicklich könnt' ich mich von Wein

und Würfel verabschieden, um nur noch auf den Knien rumzurutschen. Das tät' Euch so passen«, giftete der Hafner. »Hab' lang genug den verfluchten Trübsinn meiner Alten und den Starrsinn meiner Tochter um mich gehabt. Ich will guten Trunk und Spiel und lustige Gesellschaft auf meine alten Tage. Ist das zuviel verlangt?«

»Ohne Pfennig in der Tasche ist schwer fröhlich sein«, konterte der andere ungerührt. »Ihr habt die Wahl zwischen dürftigem Auskommen und einem guten Angebot.«

»Pah! Das Luder müßt' nur besser spuren«, erwiderte der Hafner trotzig. »Ich werd' ihr die Flausen schon austreiben, damit sie wieder anständiges Geschirr fertigt.«

»Macht Euch nichts vor, Hafner!« tat Ainwich von oben herab. »Euer Betrieb ist so lebendig wie der Käfer auf dem Rücken, der strampelt, aber nicht mehr auf die Beine kommt.«

»Und Ihr wollt jetzt der schlaue Vogel sein, der zupickt.«

»Himmel, nein, so versteht doch! Ein schwaches Weib allein kann Euer Werk nicht fortsetzen. Und wer fragt schon nach irdener Ware? Wer sich's leisten kann, stellt lieber den Kupferkessel übers Feuer, und Eß- und Trinkgeschirr fertigen wir Drechsler allemal billiger. Warum in Gottes Namen wollt Ihr an der schlüpfrigen Kneterei festhalten, die mancher nicht mal für ehrbar hält. Habt Ihr was gegen meinen Sohn?«

»Unsinn! Mir wär' der Eure so recht wie jeder andere. Nur, sie sträubt sich und ist stachlig wie eine Distel. Aber vielleicht habt Ihr ja recht«, lenkte er mürrisch ein, »doch erst will alles besprochen sein und glaubt nur nicht, Ihr könnt den alten Arnold übers Ohr hauen!«

Er drohte mit seiner Krücke und versuchte sich aufzurichten, fiel aber sogleich wieder mit einem langgezogenen Seufzer auf die Bank zurück. »Verfluchtes Bein! Wiltrud!«

Er stöhnte mit schmerzverzerrter Miene und drosch jähzornig auf den Boden. »Wirst du wohl kommen! Da seht Ihr's. W-i-l-t-r-u-d!«

»Was brüllst du so, als säß' der Leibhaftige auf deinem Bein?«

Die beiden Männer wandten sich fast gleichzeitig der jungen Frau zu, die in der Türöffnung stand.

Sie ist nicht unbedingt eine Schönheit, taxierte sie der väterliche Freier unverhohlen, aber sie wird Söhne gebären. Ihre in den Hüften leicht schwellende Gestalt versprach Fruchtbarkeit. Sie war barfuß und trug nur ihr leinenes Unterkleid, das die kräftigen Arme freiließ. Um die Taille hatte sie zum Schutz ein grobes Tuch gebunden, an dem sie sich bedächtig die Hände abrieb. Lehmfarbene Sprenkel auf Kleidung, Armen und selbst noch im Gesicht zeugten von eifriger Arbeit und sprühender Lebendigkeit. Und zugleich erweckten sie einen Hauch unfreiwilliger Komik.

»Na endlich! Bring uns Wein!« fuhr der Hafner seine Tochter an.

»Der Bader hat's verboten«, widersprach sie trocken und stopfte eine widerspenstige Haarsträhne unter das Tuch zurück, das sie um den Kopf geschlungen hatte.

»Hört Ihr's? Habt Ihr das gehört?« wandte sich der Hafner schwer atmend an Drexl. »Sie hat weder Respekt vor ihrem Vater noch vor einem Gast, und ich wette, sie wird selbst dem Teufel das Maul anhängen. Dabei hab' ich nicht mit Schlägen gegeizt.«

»Weiß Gott nicht«, bestätigte ihn die Tochter verächtlich.

»Bring endlich Wein, oder ...« Er fuchtelte mit seiner Krücke.

»Wenn du dich unbedingt totsaufen willst«, maulte sie, ging achselzuckend hinaus und kehrte gleich darauf mit einem Bügelkrug und zwei tönernen Bechern wieder.

Während sie ihrem Vater eingoß, drehte Ainwich Drexl den Becher prüfend in der Hand. Er mußte zugeben, daß er vorzüglich gearbeitet, die Wandung so ebenmäßig hochgezogen und von so erstaunlicher Feinheit war, wie er es selten zuvor gesehen hatte. Vielleicht konnte er sich darüber einen Zugang zu seiner künftigen Schwiegertochter verschaffen.

»Ihr habt geschickte Hände, Jungfer Wiltrud. Wirklich, eine hübsche Arbeit.«

»Seid Ihr gekommen, mir das zu sagen?« fragte sie schroff.

»Nun ja, ich ...« – der Drechsler räusperte sich verlegen – »so setzt Euch doch ein wenig zu uns.«

Sie widerstand der Aufforderung und hielt statt dessen, wie zum Schutz, den Krug mit beiden Armen vor der Brust umklammert.

»Wir ... ich meine ... Euer werter Vater und ich sind uns einig, daß es an der Zeit wäre, Euch vorteilhaft zu verheiraten und ...«

»... da dachtet Ihr an Euren prachtvollen Herrn Sohn«, fiel sie dem Gast unhöflich ins Wort. Doch der zeigte sich eher erfreut ob ihrer scheinbaren Zugänglichkeit.

»Jaaa... ja, genauso.« Sein Gesicht ging grinsend in die Breite. »Ihr beide wärt ein schickliches Paar. Ihr paßt zusammen wie ...«

»... Holz und Ton«, vollendete die Hafnerstochter unwirsch. »Schlagt's Euch aus dem Kopf!«

»Das schließt sich doch nicht aus«, versuchte der Drechsler mit gewinnendem Lächeln die Situation zu retten. »Ihr könntet ...«

»... einen Haufen Bälger großziehen, Eurem Sohn das Haus führen und die Spindel drehen«, fiel Wiltrud abermals patzig ins Wort. »Ich liebe aber meine Handwerk, und es reicht mir.«

Auf dem Gesicht des Gastes begann sich Empörung abzuzeichnen. »So könnt Ihr nicht mit mir reden. Außerdem seid Ihr schutzlos ohne Mann, und es ist schweres Brot.«

»Ich komm' zurecht.«

»Du hast in dieser Sache nichts zu entscheiden!« platzte endlich der zornbebende Hafner heraus und fixierte seine Tochter von unten herauf mit finsterem Blick. »Du wirst den Sohn des Drechslers heiraten, aus und amen!«

»Eher geh' ich ins Kloster!« schrie Wiltrud, knallte den Krug auf den Tisch, daß der Wein überschwappte, und rauschte erbost hinaus.

»Du wirst des Drechslers Weib!« krächzte der Alte, gefolgt von einem Hustenschwall.

»Niemals!« tönte es trotzig von draußen.

Arnold der Hafner stieß wütend seine Krücke auf den Stubenboden. »Totschlagen könnt' ich das Miststück, jawohl, totschlagen! Aber ich schwör's Euch, sie wird ihn heiraten. Sie wird Euern Sohn übers Jahr heiraten. Bei meinem Leben.«

»Beruhigt Euch!« suchte der Nachbar zu beschwichtigen. »Sie wird sich schon besinnen, wenn sie erst ihren Vorteil sieht.«

»Ihr kennt meine Tochter nicht!«

Gerold, der Wächter bei Unseres Herrn Tor, das Richtung Schwabing führte, rieb sich verwundert die Augen. Den ganzen Vormittag über hatten nur einige Heuwagen und Reisende den nördlichen Zugang zur Stadt passiert, so daß er eben sogar ein wenig eingenickt war. Aber das hier versprach Aufregung und ließ ihn von seiner Bank unter dem Torbogen aufspringen.

Ein Pferdekarren mit merkwürdig hohem Aufbau rollte auf ihn zu. Der Kasten war bunt bemalt und an den vier oberen Ecken mit flatternden Bändern geschmückt. Ein bärtiger Hüne lenkte das Gefährt. Hinterdrein tapste ein zotteliger Bär, mittels einer Kette durch den Nasenring an den Karren gebunden. Ihm folgten zu Fuß junge Männer in grellbunter Kleidung und diesen zwei gutmütige Maultiere, vor einen vollbepackten Planwagen gespannt. Obenauf saß die glutäugige Frau Sünde und schwatzte lebhaft mit der rothaarigen Wollust. Zuhinterst hockte auf einem schmalen Brett ein blondgelockter Jüngling, ließ die Beine baumeln, fiedelte vergnügt und sang dazwischen spaßige Reime.

Eine Schar rotznäsiger Kinder lief aufgedreht hinterher und lachte kreischend über das Äffchen, das bald vom Karren sprang und – soweit es die dünne Kette zuließ – nach Freßbarem heischte, bald sich mit seiner Beute wieder hinaufschwang und die zugeworfenen Apfelbissen und sauren Trauben gierig verschlang.

Der Torhüter bremste achtunggebietend den Zug. »Wer seid Ihr und was wollt Ihr hier?«

»Sieht man das nicht?« brummte der Hüne. »Wir sind Spielleute, kommen von da« – er zeigte mit dem Daumen gelangweilt nach hinten – »und wollen nach dort.« Er hatte das Spiel schon Hunderte Male gespielt und war seiner überdrüssig.

Gerold runzelte die Stirn. Er war gewiß gutmütig, aber so ließ er nicht mit sich umspringen, schließlich ...

»Verzeiht diesem ungehobelten Klotz, Meister des Tores!« Der pfiffig aussehende Bursche neben dem Hünen sprang behende vom Wagen und direkt vor den verblüfften Torhüter hin.

»Er ist ... wie soll ich sagen ... er ist mehr unter Wölfen und Bären aufgewachsen, wild, ungebärdig, fast wie ein Tier. Seht ihn Euch nur an. Kreuzritter haben ihn zu Zeiten des seligen Barbarossa aus tiefsten Tiefen slawischer Wälder herausgezerrt und gezähmt. Er ist – unter uns gesagt – beinahe kein Mensch.«

Der Schalk gestikulierte wild mit den Händen und vollführte urplötzlich eine galante Verbeugung. »Gestattet, daß ich mich vorstelle: Ich bin Doktor Honorius Pomodorius Strotzvoll-von-Kokolorius, gewesener Leibarzt der Kaiserin aller Pomeranzen, Stravanzen und Extravaganzen, Heilkundiger des Orients, Erfinder des Spekulatius und Kenner aller Kräuter und Tinkturen – du liebe Güte, was seh' ich da ...«

Er strich mit den Fingern tastend über die Wangen des Torhüters und zog erst links, dann rechts die Augenlider prüfend nach oben. »Meiner Seel', Ihr habt zwei gänzlich verschiedene Augen: ein Triefauge und ein Glanzauge. Das sagt mir, daß Eure Säfte ganz arg durcheinander fließen. Seid ehrlich: Wie steht's mit der Verdauung? Plagen Euch nicht dann und wann ...«

Er betastete mit der Linken das gewölbte Bäuchlein, während der verschreckte Gerold unsicher Zustimmung nickte.

»Auweia! Hier ist's überdeutlich zu spüren. Ihr seid ein Glückspilz, denn durch die Weisheit Aesculaps führe ich den Wunderbalsam Theriak mit mir.« Er wandte sich um und schnipste mit den Fingern, worauf ihm der Hüne ein kleines Döschen zuwarf. »Er wird Euch augenblicklich kurieren. Steckt nur, so Ihr geplagt seid, zwei Finger voll in den ... na, Ihr wißt schon, und Eure flatulae, Eure übelriechenden Winde, werden wie zarter Weihrauch mit einem Duft von Myrrhe und Rosenöl verstreichen. Nehmt nur. Von Euch fordere ich kein Geld, da Ihr uns so großmütig Einlaß gewährt.«

Beinahe hätte der verblüffte Gerold schon den Weg freigegeben, erinnerte sich aber gerade noch seiner Pflicht.

»Was führt Ihr da mit Euch?« fragte er streng.

Da sprang der blonde Jüngling vom Karren, legte die Fiedel beiseite und winkte den Wächter heran. Während der sich unschlüssig näherte, nestelte er einen Beutel vom Gürtel. »Psst, guter Mann, wir führen einen streng geheimen Auftrag durch. Man munkelt, daß unser Herr König trübsinnig geworden ist, seit ihn das Schlachtenglück verlassen hat. Ein weiser Mann hat entdeckt, daß es an den Miasmen liegt, den üblen Essenzen in der Luft. Man hat uns daher ausgesandt, von allen Wohlgerüchen des Reiches etwas einzufangen für die Gesundheit unseres Königs.«

Der gutmütige Gerold starrte offenen Mundes auf den Wagen, von dem der Sänger nun leicht die Plane anhob.

»Seht her, dort in dem Krug ist feiner Rebenduft aus der Pfalz. In jenem Ballen da ist der Weihegeruch von der Stätte seiner Wahl und Krönung zu Frankfurt eingefangen. In der großen Kiste bringen wir ihm die würzigen Schwaden von Pfefferkuchen aus Nürnberg. Ach ja, und in dem Beutel hier hat mir der Herr Bischof zu Freising einen Hauch vom ewig frischen Atem Sankt Korbinians für des Königs Kräftigung mitgegeben. Wollt Ihr ihn schmecken?«

Er öffnete vor den staunenden Augen des Wächters blitzschnell den schmalen Beutel und stülpte ihn um, wobei ein schrilles Pfeifgeräusch ertönte. »Gütiger Himmel, er ist weg. Riecht Ihr's? Zurückgepfiffen nach Freising. O Unglück! Wollt Ihr vielleicht noch die Kiste oder den Ballen ... meinetwegen. Bleibt er eben trübsinnig, unser Herr König, wenn Ihr es so wollt. Aber bitte, bitte, öffnet ruhig ...«

»Um Gottes willen, laßt zu!« flehte der Torhüter. »Ich will an seinem Unglück nicht schuld sein. Fahrt zu! Los, fahrt zu!«

»Wie Ihr wünscht, edler Herr« – der Sänger verneigte sich höflich –, »wir werden Euch lobend erwähnen.«

Die Spielleute setzten unter dem Gejohle der Kinder ihren Weg in die Stadt fort. Gerold kratzte sich am Kopf und starrte ihnen nach. Für alle Fälle schickte er seinen Beisitzer zum Fronboten.

Die Gaukler platzten derweil schier vor Lachen. Durch

den Spaß hatten sie eben die Erfahrung gemacht, daß selbst ein leerer Beutel von Nutzen sein konnte.

»Wohin nun?« fragte die Sünde, und der Hüne, der der Anführer war, entschied nach Gefühl: »Eines Spielmanns Weg ist selten gerade, laßt uns die Gasse zur Linken nehmen.«

Beim Heumarkt vor dem Kloster der Barfüßer gab es ziemliches Gedränge, und noch ehe die Spielleute in des Dieners Gasse Einzug hielten, folgte ihnen schon ein Rattenschwanz an Gaffern und Belustigten.

»Haltet an!« rief der Blonde plötzlich. »Dort drüben, das wird des Königs Burg sein. Ich muß euch jetzt verlassen.«

»Wie, augenblicklich? Einfach so?« fragte die junge Frau auf dem Planwagen enttäuscht: »Kannst es wohl kaum erwarten, eine neue Liebschaft zu finden, du treuloses Ungeheuer.«

»Es geht um die Kunst, meine Teure, nicht um der Liebe Freuden.«

»Aaah, das sagen sie alle«, keckerte die nicht mehr taufrische Rothaarige und offenbarte dabei eine Zahnlücke zwischen ihren vollen Lippen. »Erst schwafeln sie von Minnen und edler Kunst, dann grapschen sie unters Linnen in geiler Brunst. Seht Euch vor, ihr braven Bürgerstöchter!«

Der Hüne unterbrach ihr Gelächter und fragte in väterlicher Besorgnis: »Warum hast du's so eilig? Die Burg läuft dir nicht davon.«

»Hast ja recht. Es ist nur ... ach, ich hab's mir eben in den Kopf gesetzt und kann's nun kaum erwarten. Aber auf ein, zwei Tage kommt's nicht an. Hüah!«

Auf dem großen Marktplatz inmitten der Stadt empfing sie kräftiger Fischgeruch und dichtes Treiben. Abgesehen von den Mägden und Hausfrauen, die sich mit Forellen und Stockfisch eindeckten, nahm an diesem Tag der Salzhandel den größten Teil des freien Platzes vor der jüngst vom Ritter Gollir gestifteten Kapelle ein. Und die Salzlader und Aufleger waren eben dabei, die schweren Scheiben und die Fässer mit gekörntem Salz wieder auf die Plachenwägen zu verladen. Die vorgeschriebene Zeit für Stapelzwang und Niederlegung auf dem Münchner Markt war fast verstrichen, und die Händler spornten ihre Fuhrleute an, damit sie bald die Stadt verlassen und nach Westen weiterziehen konnten.

»Ihr Tagediebe habt gerade noch gefehlt. Aus dem Weg! Seht ihr nicht, daß hier gearbeitet wird?« Die Fuhrknechte versuchten schimpfend und fluchend die Neuankömmlinge zu verdrängen.

Zum Glück durften an diesem lauen Donnerstag im September des Jahres 1320 nicht auch noch die auswärtigen Händler und Bauersleute ihr Schmalz und ihre Eier feilbieten. So hielten die Spielleute ungeniert vor den Gaden der Tuchhändler neben dem Eingang zum Rindermarkt ihre Karren an. Sie klappten eine Seitenwand des Kastenwagens herunter, stützten sie auf zwei kräftige Balken, und fertig war die Bühne.

Während der Blonde die Fiedel strich, ein anderer die Flöte blies und ein dritter das Tamburin schlug, vollführte das junge Spielweib einen wilden Tanz, um die Zuschauer zu locken, und die strömten auch sogleich in Scharen herbei. Das Äffchen schlug einen Salto nach dem anderen und applaudierte sich zum Gaudium der Gaffer zwischendurch selbst mit gefletschten Zähnen.

»Hochverehrtes Publikum!« lenkte der Hüne die Aufmerksamkeit auf sich. Er hielt fünf lange, gefährlich scharfe Messer in der Hand und erklärte, daß er diese mit Wucht und in höchster Konzentration nach der zierlichen Dame zu seiner Rechten werfen wolle. Die ältere der beiden Spielmannsfrauen knickste dabei artig und zeigte tapfer ein breites Lächeln.

»Er nimmt erst die Alte, falls er daneben wirft«, juxte einer der Umstehenden. »Einen Zahn hat's die Hübsche schon gekostet.«

Zwei der Gaukler hielten eine senkrechte Tafel fest, auf die mit Kreide die seitlichen Umrisse einer Frau gezeichnet waren. Die Rothaarige stellte sich mutig davor.

»Seid still! Ruhe, sag' ich! Silentium!«

Aufreizender Wirbel auf dem Tamburin, während der Werfer sich konzentrierte. Dann nahm der Hüne Maß und schleuderte blitzschnell das Messer nach der Frau. Es fuhr um Haaresbreite an ihrem Hals vorbei und steckte zitternd im Holz der Tafel.

»Aaah…« In das Raunen und die spitzen Aufschreie hinein ertönte störend ein energischer Ruf: »Aufhören! Sofort aufhören!«

Zwei Männer bahnten sich einen Weg durch die unwillig zurückweichenden Zuschauer.

»Das könnte euch so passen. Wer seid ihr?« fragte der Amtsträger barsch und ein wenig atemlos, nachdem er sich bis zum Karren durchgekämpft hatte.

»Er ist Samson, der Bär«, flunkerte ein dürres Kerlchen vorwitzig, »weil er mit Meister Petz ringt und alle Ketten zerreißt und neugierige Frager wie eine Laus im Pelz zerquetscht.«

»Sei ruhig, Benjamin!« Der Hüne fuhr dem Schwätzer mit der gespreizten Linken ins Gesicht und wischte ihn grob zur Seite. Er wußte aus langer Erfahrung, wann Späße nicht angebracht waren. »Man nennt mich Fridlieb, den Gaukler«, antwortete er ruhig, »und wer seid Ihr?«

»Ich bin Ulrich und meines Zeichens« – der Störenfried fuchtelte mit dem Amtsstab – »der Fronbote dieser Stadt.«

»Aha«, bemerkte Fridlieb lakonisch und besah sich den gestrengen Amtmann mit seinem roten Hut genauer. Der hatte sich zu seiner Unterstützung gleich einen der Richtersknechte mitgebracht, der die Hand schon bedrohlich auf den Schwertknauf legte.

»Du bist wohl toll, daß du hier mit langen und spitzen Messern herumwirfst! Weißt du nicht, daß Waffentragen in der Stadt verboten ist und Messerwerfen gleich gar? Gib sie sofort dem Knecht hier, wenn du nicht deine Hand mit verlieren willst.«

»Wichtigtuer ... Spielverderber!« murrten etliche der Umstehenden. Aber mit den beiden Herren war nicht zu spaßen.

»Wir wollten nur eine kleine Vorstellung geben«, erklärte der Hüne ruhig, »um damit ...«

»Nichts da!« unterbrach ihn Ulrich rüde. »Hier kann nicht jeder einfach hereinspazieren und mitten auf dem Markt freche Reden halten und dumme Späße zum besten geben. Nein, nein, Freundchen! Hier hat alles seine Ordnung.«

»Die sind ja noch humorloser als die Nürnberger«, raunte die Tänzerin dem blonden Sänger zu. »Und in dieser Stadt willst du dich niederlassen?«

»Von wo kommt ihr?« forschte der Fronbote weiter.

»Wir haben zuletzt beim Bischof in Freising gespielt«, gab Fridlieb wahrheitsgemäß Auskunft, »und kommen, um Euch zu Kirchweih Spaß und Kurzweil zu bieten. Wir sind in vielerlei Künsten bewandert und Hein Wackel« – er deutete auf einen jungen Burschen in buntem Kittel und mehrfarbigen Beinkleidern, der sich geschmeidig verbeugte –, »ist der größte Seiltänzer im Reich, der zwischen den höchsten Kirchtürmen spaziert.«

Zur Bekräftigung breitete er beide Arme aus, als könne er dadurch St. Peter mit den Türmen von Unserer Lieben Frau verbinden. Und Benjamin stieg gewitzt in den Karren, zerrte das Ende eines dicken Taus hervor und schlang es sich um die Schulter. Ein Jongleur tat es ihm gleich, und Hein

Wackel sprang elegant auf das durchhängende Seil, schaukelte verwegen und warf übermütig Kußhände ins Publikum.

Die Menge johlte begeistert und forderte lauthals und vielstimmig: »Wir wollen ihn auf dem Seil sehen! Los, spannt das Seil!«

Ulrich gebot humorlos mit beiden Händen Einhalt und entschied: »Das will alles erst genehmigt sein. Darüber hat der Rat zu befinden. Gebt jetzt den Markt frei und geduldet euch!«

»Wie lange dauert das?« fragte die Tänzerin vorlaut.

»Mit Glück bis morgen. Morgen tritt der Rat wieder zusammen.«

Die Spielleute fügten sich ins Unvermeidliche, und da es ganz offensichtlich nichts mehr zu sehen gab, zerstreute sich die Menge in der Hoffnung auf ein Spektakel am kommenden Tag des Herrn.

Nur der Fronbote stand nach einer Weile noch immer unschlüssig neben dem Karren der Gaukler, so daß Fridlieb fragte: »Gibt's noch irgendwas?«

»Ihr ... ihr habt da so ein Mittel ...«, druckste der Amtmann herum, »das gewisse Unpäßlichkeiten beseitigt. Du weißt schon. Möglicherweise ...«

»... könnte es auch andere Unannehmlichkeiten beseitigen«, ergänzte Fridlieb mit wissendem Grinsen, »verstehe.« Er kramte aus dem Wagen ein Döschen Wunderbalsam hervor und drückte es dem Fronboten mit besten Wünschen in die Hand. »Eins noch: Wo können wir lagern?«

»In der Stadt auf keinen Fall. Draußen, auf der Spielwiese vor dem Angertor, da könnt ihr eure Zelte aufschlagen.«

Wütend rannte sie aus dem Haus. Die Sonne stand tief im Westen und ließ die hölzernen Giebel in warmen Farben aufleuchten. Aber Wiltrud hatte keinen Blick dafür und dies nicht nur, weil das linke Auge sichtlich anschwoll, obwohl sie einen Lappen mit Schafgarbe dagegen hielt. Sie hatte genug, ein für allemal. Diesmal war er zu weit gegangen. Sie wünschte ihren jähzornigen Vater zum Teufel und erschrak nicht mal bei dem Gedanken.

»Wiltrud!«

O nein! durchfuhr es sie. Das hatte gerade noch gefehlt.

»Wiltrud! Komm schnell, bitte!«

Was blieb ihr anderes übrig. Das aufgeregte Stimmchen gehörte Margret Polmoser, der Tochter der Beutlerin von nebenan, die ihre einzige Freundin war. Ergeben machte sie kehrt und ging die paar Schritte zurück.

»Die Nahterin war eben da. Ich muß es dir unbedingt zeigen«, sprudelte Margret vor Glück. »Komm rein!« Erst in der Stube nahm sie das Pech ihrer Freundin wahr. »Oh, Wiltrud, was ist mit deinem Auge? Was ist passiert?«

»Hab' mich gestoßen«, wehrte die Hafnerin ab.

»Sieht ja schlimm aus. Soll ich ...«

»Nein, laß nur! Es geht schon.«

Die quirlige Margret war auch schon bei der Truhe und entnahm ihr fast weihevoll einen Packen feinsten Stoffes. Sie entfaltete das obere Teil und hielt es sich vor den schlanken Körper: Ein Kleid im frischen Grün der jungen, hoffnungsvollen Liebe, das an den Seiten eng geschnürt wurde und über der Brust schon fast verwegen ausgeschnitten war. Die bauschigen Ärmel in strahlendem Weiß trugen am Unterarm eine enge Knopfleiste.

»Na, was sagst du?« Margret strahlte übers ganze Gesicht und erwartete nicht wirklich eine Antwort in der Gewißheit, der Welt wundervollstes Brautkleid zu besitzen.

»Sieh nur, es hat eine kleine Schleppe. Und jetzt: aufgepaßt!« Sie hob das andere Stück hoch. Es war ein waidgefärbter Surkot in tiefem Blau, das trefflich mit der Farbe des Kleides harmonierte.

»Schau dir den Schnitt an!«

»Etwas wenig Stoff«, bemerkte Wiltrud spröde. »Die Nahterin hat entweder gespart oder dich übers Ohr gehauen. Bist ja auch schier blind vor Glück.«

»Aber das ist es doch gerade «, klärte Margret die schwerfällige Freundin auf. »In Frankreich sollen alle vornehmen Damen schon so gekleidet sein.«

Wiltrud faßte widerstrebend den Stoff an. Das Überkleid war nicht nur ärmellos, sondern seitlich so weit ausgeschnitten, daß nur noch mittig ein schmaler Steg das Oberteil mit dem Rock verband.

»Für die Pfaffen sind's Teufelsfenster«, kicherte Margret frivol. »Aber den Burschen werden sie den Kopf verdrehen, und das ist gut so bei meinem letzten Auftritt als Jungfer.«

»Ich wollt' mir die Burschen lieber vom Leib halten«, erwiderte die Hafnerstochter griesgrämig.

»Was ist los mit dir?« fragte die angehende Braut sichtlich enttäuscht. »Du bist in letzter Zeit so ... ach, ich weiß nicht.«

»Verzeih mir, Margret! Hab' heut einen schlechten Tag, tut mir leid.«

»Schon gut«, beschwichtigte die Freundin und strahlte bereits wieder. »Ich freu' mich so auf den Tanz. Vielleicht entdeckst du deinen Zukünftigen, wie ich damals. Solltest auch ans Heiraten denken. Du ...«

»Sicher, Margret, sicher«, unterbrach Wiltrud das Geplapper. »Ich muß jetzt wirklich gehen. Hab' noch was zu besorgen, ehe es dunkel wird. Nimm's nicht übel.«

Unter der Türe stieß sie mit dem Lernknecht zusammen.

»Ah, die Frau Nachbarin«, neckte er sie. »Habt wohl auch schon das Brautkleid probiert.« Als Wiltrud ihn unverständig anstarrte, fügte er grinsend hinzu: »Hab' nur so was läuten hören«, und verschwand.

Wiltrud war zorniger denn je. Posaunte etwa der Drechsler seine unerwünschte Werbung schon überall herum? Er sollte sich vorsehen. Sie war dabei, ihm einen dicken Strich durch seine windige Rechnung zu machen. Mit wehenden Röcken bog sie in die Gasse beim Tegernseer Klosterhof ein und stürmte vorwärts.

Sie ärgerte sich über Margret, die sich manchmal noch wie ein Kind benahm. Ist schließlich ein paar Jahre jünger als du, schoß es ihr durch den Kopf. Gut, gut, aber dies Gegacker und Getue mit den Burschen – es stand ihr bis zum Hals.

Und sie war wütend auf sich selbst, weil sie sich so sehr darüber ereifern konnte und – ja, zugegeben –, weil sie selbst so wenig damit anfangen konnte. Es mangelte ihr nicht an Gelegenheit, oho, keineswegs. Schließlich kam sie durch ihren Beruf unter die Leute. Und hübsch ... nun, zumindest war sie nicht häßlich, oder?

Aber was waren das auch schon für Kerle, die sich bisher für sie interessiert hatten: hochnäsig und nur auf ein schnelles Abenteuer aus; oder dumm wie Stroh und langweilig wie ein Klumpen Ton, dafür laut, ungeschlacht und ständig betrunken – nein, vielen Dank! Oder war am Ende doch nur sie selbst schuld daran? War sie wirklich so schwierig? Pah! Es würde alles und immer so enden wie bei ihrem Vater. Und sie wollte nicht leiden wie ihre Mutter all die Jahre. Nein! Niemals! Das Joch der Ehe war nichts für sie. Ihr Entschluß stand fest.

Es war schon spät, als sie vor dem Angerkloster stand und beherzt an die Pforte der Klarissen pochte. Endlos erschien es ihr, bis erst das Guckloch und schließlich die Türe selbst geöffnet wurde. Die alte Pförtnerin, der Wiltrud aufgeregt den Grund ihres späten Klopfens vortrug, verständigte sich mit einer Mitschwester durch eigenartige Zeichen, worauf die Nonne den Besuch schweigend durch lange, stille Gänge führte.

Wiltrud empfand die Ruhe wohltuend und malte sich bereits aus, wie diese Mauern ihr Zufluchtsort sein würden. Das schlichte Ordenskleid unterschied sich kaum von ihrem weltlichen Gewand. Sie hatte sich bislang wenig um die Torheiten ihres Geschlechts geschert und wollte auch künftig gerne darauf verzichten.

Die Äbtissin Kunigunde geruhte Wiltrud noch zu empfangen, da deren Anliegen dringlich erschien. Und sie ging auch sogleich auf die Geschlagene zu und besah sich das schwellende Auge. »Gütiger Himmel! Wer hat dir das angetan?«

Ohne darauf einzugehen ergriff Wiltrud die Hand der Äbtissin, fiel auf die Knie und flehte: »Ehrwürdige Mutter, ich bitte um den Schutz Eures Klosters. Ich will den Schleier nehmen und Euch in allem gehorsam sein. Stoßt mich nicht zurück! Ihr seid meine einzige Hoffnung ...«

»Na, na«, unterbrach die Äbtissin sanft, »nun beruhige dich erst mal.« Sie wies ihr einen Schemel an und reichte einen Becher Wasser, ehe sie Wiltrud um ihre Geschichte bat.

Die schilderte lebhaft und erregt den Jähzorn ihres Vaters und das widerwärtige Los, das er ihr zugedacht hatte.

»Und deshalb willst du dich auf der Stelle ins Kloster flüchten?« fragte die Äbtissin ungläubig, und Wiltrud konnte nicht unterscheiden, ob es belustigt oder eher schon ärgerlich klang.

»Jaha...«, bestätigte sie zögernd und schluckte trocken.

»Mein liebes Kind«, hob die Ehrwürdige Mutter an, »wie hast du dir das nur gedacht? Weil dein Vater streng ist und du deinen Willen nicht bekommst, willst du flugs ins Kloster und dich vor der bösen Welt verstecken. Es ist aber nicht der Hafen der Mühseligen und derer, die ein sorgenfreies Leben wünschen. Laß dir gesagt sein, daß du in diesen Mauern zunächst eher Schmerz und Einsamkeit finden wirst, und Honorius von Regensburg hat unser

Klosterleben zu Recht mit Kerker und Fegefeuer verglichen. Vor den Freuden eines Lebens in Entsagung stehen große Prüfungen. Der heilige Franziskus legt uns humilitas, die Demut, ans Herz als stärkste Waffe gegen den Dämon und sein Laster Hochmut. Ein zweites ist docilitas, der Gehorsam. ›Siehe, ich bin die Magd des Herrn‹, sprach die selige Jungfrau Maria, ›und *sein* Wille geschehe also!‹ Dich aber, so scheint mir, haben eher Aufbegehren und Trotz hierher geführt.«

Wiltrud starrte die Äbtissin entgeistert an, und erst jetzt besah sie sich das Gesicht der frommen Frau unterm Schleier näher: Es war hager, kantig und in Stein gemeißelt wie die Zehn Gebote.

Ihrer selbst nicht mehr sicher, rang sie nach Worten: »Aber ... es ist doch ... ich will es ja versuchen. Ich möchte nur nicht heiraten müssen. Niemals. Und was bleibt mir da ...«

»Wie töricht du bist, mein Kind«, unterbrach die Äbtissin, und fast schien ein Lächeln den Stein zu erweichen. »Gott sucht in jedem Stand mehr den Geist als das Kleid, belehrt uns das *speculum virginum*. Du fliehst jetzt vor *einem* Mann, aber meidest du deshalb schon alle? Und die Abwesenheit von Männern allein bewahrt uns noch keineswegs vor Sünde, denn auch in Herz und Gesinnung können wir die Jungfräulichkeit verlieren. Die bekehrte Sünderin übertrifft die Nonne, deren Gedanken noch nach Unkeuschheit und Ehe trachten, und eine Witwe in Demut steht vor Gott allemal höher als eine stolze Jungfrau. Hast du dies etwa bedacht?«

»N...nein«, räumte Wiltrud kläglich ein.

»Geh nach Hause und füge dich«, schlug die Äbtissin begütigend vor. »Eine Ehe ist nicht das schlechteste Los, rühmt doch schon der heilige Ambrosius, daß schließlich jede Jungfrau einer Mutter ihr Leben verdankt. Stille in demütiger Mutterschaft deine Kinder, wie Maria ihren Sohn, dann wirst du immerhin dreißigfache Frucht ernten.«

»Aber Maria blieb trotzdem unberührt …«, widersprach Wiltrud.

»Nun, so dir daran gelegen ist«, lenkte die Ehrwürdige Mutter mit hochgezogener Braue ein, »dann prüfe dich erst und kehre in freier Entscheidung wieder. Denn Jungfernschaft bedeutet nicht Flucht vor der Knechtschaft der Ehe, sondern freie Wahl eines höheren Gutes.«

»Und dann nehmt Ihr mich?« fragte Wiltrud erleichtert.

»Hm, da ist noch eine Schwierigkeit«, erläuterte die strenge Kunigunde. »Wir können nicht in der Welt für unser Brot sorgen, und es bedarf einer entsprechenden Mitgift. Wenn also dein Vater … aber nein, ich vergaß. Wenn du nach dem Ableben deines Vaters, was in der Hand unseres Herrn liegt, über ein gewisses Erbe verfügen solltest, dann …«

»… dann wird es zu spät sein«, platzte Wiltrud enttäuscht heraus. »Gibt es gar keine andere Möglichkeit? Ich kann arbeiten und für mich sorgen.«

»Für *uns* sorgen«, korrigierte die Äbtissin nachdenklich und fixierte die erwartungsvolle junge Frau vor sich. »Unsere Zahl ist zwar klein, aber von Zeit zu Zeit besteht Bedarf an einer Laienschwester.«

»Ich kann töpfern«, erklärte Wiltrud strahlend, »ja, ich kann es ziemlich gut und ich …«

»Das wird nicht gefragt sein«, bremste die Ordensfrau jäh die Begeisterung. »Es würde nur deinem Stolz dienen. Du müßtest waschen, kochen, Böden schrubben … neben den regelmäßigen Gebeten, natürlich.«

»Natürlich«, wiederholte Wiltrud monoton und fing soeben an zu begreifen.

Die Hafnerstochter stand auf der Angerwiese, sog tief die frische Abendluft ein und erwachte langsam aus ihrer Betäubung.

Was bin ich für eine Närrin, schalt sie sich. Mein Gott, was habe ich erwartet? Es kam ihr plötzlich selbst wie törichtes Weglaufen vor. Das Zwielicht der untergehenden Sonne paßte gut zu ihrer Stimmung, als sie sich auf den Heimweg machte: enttäuscht, niedergeschlagen und ein wenig ängstlich, aber zugleich verärgert, aufgebracht und... ja, sie wollte kämpfen.

Die Äbtissin hatte in all ihrer Unnahbarkeit sogar recht. Sie war einer Aufwallung gefolgt, hatte die Sache nicht zu Ende gedacht. Wie auch? Was wußte sie schon vom Kloster. Aber jetzt hatte sie das sichere Gefühl, daß sie dort nur eine Unterdrückung gegen eine andere tauschen würde.

Wiltrud hingegen wollte ungebunden sein: frei von der Bevormundung ihres übellaunigen Vaters, aber ebenso vom drohenden Joch der Ehe und frei für ihre Arbeit. War dies überhaupt möglich? War nicht schon der Gedanke daran Sünde, wo doch einem jeden sein Platz in Gottes gerechter Ordnung vorgegeben war?

Noch stand alles gegen sie. »Wenn nach dem Ableben deines Vaters ...«, vertröstete die Äbtissin. Alles eine Frage der Zeit! Und vielleicht konnte man den Lauf ja etwas beschleunigen.

Es mußte etwas geschehen, und es würde etwas geschehen.

2. *Kapitel*

Ein frischer Wind wehte an diesem Morgen von Osten her über die Untere Isarlände, und Peter Barth war deshalb nicht unzufrieden, daß er gut zu tun hatte. Eben noch stritt er sich mit dem Bäcker, der sein Brennholz erst nach Michaeli aufhacken wollte, hinter ihm wurde ein Fuhrknecht ausfällig, weil das Kaufmannsgut blockiert war, und vorne standen schon die Kistler- und Schäfflerknechte an. Erst fiel sein Blick nur flüchtig auf den Karren, der den Weg von der Straße zu den Holzstößen einschlug, dann stutzte er und wurde neugierig. Tag für Tag strömten unzählige Leute zur Floßlände, aber Frauen fanden selten den Weg hierher, denn Holz für den Hausbrand wurde reichlich in der Stadt feilgeboten.

Die junge Frau führte ein Maultier am Zügel, das einen einachsigen Karren zog. Sie stand eine Weile unschlüssig, dann sah sie ihn und steuerte direkt auf ihn zu.

Kannte er sie nicht? Sie hatte von weitem nichts Auffälliges an sich, bloß ihr schmuckloses braunes Leinenkleid schien von Lehmpritzern übersät – natürlich, sie war die Töpferin, die gelegentlich neue Humpen und Krüge in den Maenhartbräu lieferte, wo er zur Miete wohnte.

Sie trug das flachsblonde Haar heute nicht geflochten; nur ein schmales Band umschloß die Lockenfülle im Nacken und – mein Gott, was war mit ihrem Gesicht, ihrem linken Auge? Es war geschwollen und tiefviolett umrahmt.

Er ging besorgt auf sie zu. »Habt Ihr Euch gestoßen? Seid Ihr verletzt?«

Sie verneinte kopfschüttelnd und sah ihn dabei so eigenartig an, als habe er Unschickliches gefragt. Er verscheuchte den lästigen Bäcker, der ihn erneut bedrängen wollte und wandte sich verunsichert wieder der jungen Frau zu: »Was kann ich denn für Euch tun?«

»Ich bin Wiltrud, die Tochter des Hafners und ...«

»Ich weiß«, preschte Peter vor. »Ich sah Euch im Gasthaus. Agnes, die Wirtin, schätzt Eure Krüge.«

»Soso, ja ... das freut mich. Ich bereite gerade wieder einen Brand vor und da wollte ich ...«

»Ihr sucht Holz.« Es war mehr Feststellung als Frage. »Aber warum bemüht Ihr Euch selbst? Ihr solltet Euch ausruhen.« Peter deutete vielsagend auf das gezeichnete Auge. »Das Brennholz besorgt doch gewöhnlich Euer Lernknecht.«

»Der gewöhnlich nicht da ist, wo man ihn braucht«, erwiderte sie achselzuckend und rang sich ein Lächeln ab.

»Läßt sich Euer Meister das bieten?«

»Oh, der prügelt gern und viel. Ich bin ja schon froh, wenn es ein Lernknecht mehr als ein paar Wochen bei uns aushält.«

In Peter keimte ein Verdacht, den er nicht auszusprechen wagte in der Befürchtung, ihr erneut zu nahe zu treten.

»Ja, also, dann wollen wir ...« Er griff ins Zaumzeug, führte das Maultier zu den Lagern für den Brennbedarf der Handwerksbetriebe und rief zwei Auflader herbei. Nachdem die Hafnerstochter die Gebühr fürs Holz entrichtet hatte, sollte für ihn der Vorgang erledigt sein, denn als Pfleger der Lände warteten anderswo genügend Aufgaben auf ihn. Aber er umschlich unschlüssig das Gefährt, prüfte die Radnabe hier, den Halt der Seitenwände dort …

Wiltrud schien es erst gar nicht zu bemerken, denn sie warf selbst Scheite auf den Karren, und was wollte einer noch hier, wenn er nicht zupackte?

In seiner Verlegenheit kam Peter schließlich aufs Wetter zu sprechen. »Ob's zum Tag des Herrn wohl schön bleibt?«

»Wieso?« Die Hafnerin richtete sich auf und wischte den Schweiß von der Stirn.

»Na, wegen der Kirchweih. Es ist doch Tanz.«

»Oh! Ich mach' mir nichts draus«, erwiderte sie geringschätzig, »und mit dem Auge gleich gar …«

»Aber das macht doch nichts, so erkenn' ich Euch wieder.« Er hätte sich die Zunge abbeißen mögen für den mißglückten Scherz.

Die Hafnerin klopfte den Staub von ihren Händen und streifte sie gedankenverloren am Kleid ab. Urplötzlich trat sie ganz nahe heran, und ihr blutunterlaufenes Auge verstärkte bizarr ihren forschenden Blick: »Warum fragt Ihr?«

»Ich … ich dachte … vielleicht sehen wir uns dort und dann könnten wir doch …«

Sie wandte sich abrupt um, griff wortlos ins Geschirr und wendete langsam den Karren. Und ebenso unvermittelt schaute sie noch einmal zurück: »Vielleicht …«

Ihr Lächeln schien ihm hintergründig und amüsiert zugleich. Er starrte ihr nach und fragte sich plötzlich selbst: Warum eigentlich? Sie war gewiß nicht die Maienkönigin, und besonders zugänglich schien sie auch nicht. Aber irgend etwas an ihr … oder war es nur sein Beschützerinstinkt, der auf Veilchenblau ansprang?

»Ich dachte, die Balzzeit ist längst vorüber.«

Peter fuhr herum und blickte in das unverschämte Grinsen seines fast doppelt so alten und beleibten Freundes Paul. »Alter Narr«, brummte er kleinlaut.

»Kennst du nicht das Märchen von der Prinzessin?« zog der lebenslustige Paul den errötenden Galan noch weiter auf. »Sie stellt ihren Freiern unlösbare Rätsel und führt sie dann mit Wonne dem Henker zu? An die Hafnerin ist noch keiner rangekommen. Wo deine Agnes bloß energisch ist, da hat die Haare auf den Zähnen. Glaub mir, die bleibt entweder Jungfer oder sucht sich selbst den Richtigen. Das ist nichts für grüne Bengel.«

»Woher willst du das wissen?« trotzte Peter.

»Lebenserfahrung«, prahlte Paul.

»Hurenweisheit!«

»Pah!«

Ludwig Küchel eilte durch die Rosengasse. Wollte er die Freitagssitzung des Rates noch vor dem dritten Ausläuten erreichen, so mußte er sich sputen. Wegen der morgendlichen Kühle hatte er sich den pelzbesetzten Nuschenmantel reichen lassen. Die Gugel aus weichem Rotsamt verdeckte das schüttere Haar. Sie war aber nicht einfach übergezogen, sondern kunstvoll um den Kopf geschlungen in der Art, daß der gezaddelte Kragen wie ein Hahnenkamm nach oben stand. Und wie der reiche Weinhändler leicht vornübergebeugt so dahinstakste, erweckte er unfreiwillig das Bild eines Pfaus.

Dabei war er nicht wirklich eitel, sondern wetterte im Gegenteil – darin den Predigern ähnlich – immer häufiger gegen die Putzsucht der Evastöchter. Gediegen sollte das Äußere sein, gediegen und vornehm, und sich dadurch sowohl von der Ärmlichkeit niederen Standes als auch vom geschmäcklerischen Firlefanz der Emporkömmlinge unterscheiden.

Manchmal fühlte sich Ludwig Küchel nicht mehr so recht heimisch in dieser Stadt, in der die alte Ordnung und Beschaulichkeit gefährdet schienen wie Wolle im Mottenfraß. Mit dem rasanten Wachstum vergangener Jahre hatte zwar der Wohlstand Einzug gehalten, aber das Leben war auch lauter, hektischer geworden, bald dieser Neuerung, bald jener Torheit nachjagend – kurz: Es war schwieriger kontrollierbar geworden, und das bereitete ihm Sorge.

Am großen Marktplatz verstellte eine dichte Traube Schaulustiger seinen Weg. Die Gaukler nutzten mit Duldung des Fronboten die frühe Stunde, um den Beifall der Marktgänger und möglichst auch deren silberne Pfennige einzuheimsen.

Eben noch hatte der bärenstarke Samson das Publikum verblüfft, indem er armdicke Eisenstangen gebogen und faustgroße Isarkiesel mit den Zähnen zermalmt hatte. Jetzt schickte sich der wendige Balthasar an, mit Keulen und Bällen zu jonglieren.

Ludwig Küchel mißbilligte das Treiben, nicht nur weil ihn das Gewühl am Fortkommen hinderte, sondern aus tiefstem Herzen. War solches etwa die Arbeit eines rechtschaffenen Mannes? Wer wollte ihm weismachen, daß der gestrenge Gottvater derart liederliche Talente vergab. Dem Teufel, ja, dem standen Nichtstun und Hokuspokus gut an. Und die zwei dort waren fette Beute für ihn, der dralle Rotschopf und die Schwarzhaarige, die die Röcke unzüchtig schürzte, um die Beine zu werfen und radzuschlagen.

Ludwig Küchel drängte murrend vorwärts und wurde seinerseits von unwillig weichenden Gaffern geschoben. Und auf einmal stand er zuvorderst, und schallendes Gelächter erhob sich rundum. Er wandte sich um, konnte aber den Grund allgemeiner Belustigung nicht ausmachen. Dort stand nur der Gaukler und jonglierte seelenruhig seine Bälle. Worin lag da der Witz?

Der feine Herr suchte wieder in die Menge einzutauchen und sie zu durchdringen, aber die Wand aus hüpfenden Leibern und feixenden Gesichtern ließ ihn jedesmal abprallen und warf ihn zurück. Und wieder dies abscheuliche Gelächter.

Er fuhr herum, und diesmal sah er gerade noch, wie der Jongleur mitten in der Bewegung erstarrte und sein unschuldigstes Grinsen aufsetzte. »Verdammter Narr!« blaffte er ihn verärgert an.

Aber der Gaukler hatte sich durch seine freche Pantomime den Beifall der schaulustigen Menge erworben und die johlte begeistert und entließ den mürrischen Spielverderber mit Pfiffen.

Der Ratsherr winkte verächtlich ab und teilte nun schimpfend und mit energischen Stößen die Reihen der Müßiggänger.

Ott, der Bürgerknecht, riß beflissen die Türe zur Ratsstube auf, aber Heinrich Rudolf, der erste Kämmerer, der gegenwärtig auch als Redner den Vorsitz führte, hatte soeben die Sitzung eröffnet.

Während Küchel so unauffällig wie möglich seinem Platz in den Reihen des Äußeren Rates zustrebte, begleitete ihn allseits spöttisches Grinsen wie das Gelächter des Dämons den Gerechten.

»Nachdem uns nun auch Bürger Küchel die Ehre gibt«, hob der Redner süffisant nochmals an, »darf ich die heutige Sitzung mit der Feststellung eröffnen, daß wiederholt Klage an den Rat gerichtet wurde bezüglich allgemeiner Sittlichkeit und ein Einschreiten des Rates geboten sei. Es bezieht sich insonderheit auf das Treiben im Henkerhaus sowie allfällige Winkeldirnen, daneben auf Unzucht in den Badstuben und aus gegebenem Anlaß auf Bettler, landstörzerisches Gesindel und Spielmannsunwesen. Ich erteile hierzu das Wort dem Bürger Sendlinger.«

Die schlichte Anrede war Untertreibung, aber sie waren stolz darauf, Bürger dieser Stadt zu sein und wußten auch ohne hochtrabende Titel um ihr persönliches Ansehen. Die feinen Tuche, Pelzverbrämungen und Siegelringe waren augenfälliger und hätten der Kollektion jedes fahrenden Händlers zur Ehre gereicht.

Hans Sendlinger verwies geschickt darauf, daß seine Familie den Bettelorden der Stadt große Unterstützung zukommen lasse und diese dazu beitrügen, den Bewohnern ins Gewissen zu reden.

Damit sei's nicht getan, ereiferte sich Pötschner, aber wie solle man dem Recht Geltung verschaffen, wenn schon der Henker eine äußerst zwielichtige Person sei.

Ludwig Tichtl erinnerte, daß schließlich die Mehrheit des Rats der Bestallung erleichtert zugestimmt habe, nachdem der vorige Halsabschneider mit zwei Dirnen und einem Beutel Silber über Nacht getürmt sei. »Und was schadet's«, gab er zu bedenken, »wenn er verwahrloste Hübscherinnen etwas härter anfaßt und der heimlichen Unzucht den Garaus macht?«

Es sei doch merkwürdig, stichelte der junge Ligsalz mit sichtlichem Vergnügen, daß die Klagen über dreiste und sittenlose Weiber und über nächtliche Umtriebe von Knechten und Lehrlingen in erster Linie aus den Gassen um den Anger herum kämen, wo der doch zum Rindermarktviertel gehöre, in dem die ehrbaren Bürger dieser Versammlung überwiegend ihre Behausung hätten.

Die flapsige Bemerkung war ein Stich ins Wespennest.

Der junge Herr möge gefälligst zwischen der inneren und äußeren Stadt unterscheiden, empörte sich Heinrich Ridler. Und als Hauptmann der Quarta fori peccorum cum suis adherentiis, des gesamten Rindermarktviertels, mäkelte er:

»Soll ich vielleicht höchstpersönlich jede Nacht hinter den Zirkern herrennen und Gassen und Gelichter oder die Badstuben der Emporkömmlinge kontrollieren?«

Der Kämmerer, der selbst am Anger wohnte, hatte alle Mühe, den aufkommenden Tumult und umherfliegende Schmähworte im hohen consilium zu unterbinden.

Als endlich die Frage anstand, wie mit den Gauklern und Spielleuten zu verfahren sei, da war Ludwig Küchel nicht mehr zu halten und ließ als Kirchpropst und frommer Bürger seinem Unmut freien Lauf: »Von St. Peters Turmspitzen führt kein Seil, wohin auch immer! Das wäre noch schöner, daß die Kirche diesen Mesnern des Teufels auch noch das Seil spannen soll, auf dem sie ihre Possen treiben. Aus der Stadt jagen sollte man sie oder besser gar nicht erst einlassen.«

»Jawohl«, pflichtete Pötschner bei, »der Nürnberger Rat hat letztes Jahr einen Haufen Falschspieler und Ruffiane mitsamt ihren Dirnen der Stadt verwiesen. Und Spielleut' und Lumpen, die wachsen auf einem Stumpen.«

»Was habt Ihr gegen sie?« fragte Ligsalz ganz unbedarft.

»Das will ich Euch sagen, junger Freund«, knurrte Küchel angriffslustig. »Ihr Treiben ist lasterhaft und nicht gottgewollt. Die Kerle sind aufdringlich, betrügerisch und spielwütig, und ihre schamlosen Weiber pflanzen Begierden in die Herzen rechtschaffener Bürger. Ihre Verderbtheit hat noch zu keiner Zeit den Glauben gestärkt, aber sie schleppen ketzerische Ideen mit sich wie die Krätze, und so sie nicht den Manichäern, den Jüngern des Waldes oder gleich gar den verruchten Luziferianern angehören, hängen sie zumindest alten Bräuchen und heidnischen Gedanken an. Oder handeln ihre Lieder etwa nicht von Zauberern und verbotenen Göttern oder anderen Chimären? Und wo sie nicht gleich den Herrgott lästern, da machen sie sich über die Kirche und ihre Diener lustig und spotten über die Hölle. Und zuletzt gießen sie ihren Unflat selbst über die Hand, die sie in Verblendung nährt. Sie sind wie Ungeziefer, das immer mehr nach sich zieht.«

»Dann nährt manch frommer Bischof eine Laus im Pelz«, erwiderte Ligsalz spöttisch. »Obwohl sie die Fahrenden von der Kanzel herab schelten, sind diese an den Höfen zum Zeitvertreib wohl gelitten. Warum sollen wir's anders halten?«

Dieser Meinung schlossen sich andere an, denn die Erfahrung hatte gelehrt, daß die Menge sich durch gelegentliche Zugeständnisse leichter regieren ließ, so wie ein tänzelnder Hengst seinen Auslauf braucht und ein brodelnder Topf seine Öffnung. Warum also sollte man den Bürgern zu Kirchweih nicht ein bescheidenes Vergnügen gönnen, wo es schon wieder auf die dunkle, für Körper und Gemüt harte Jahreszeit zuging.

Trotz Küchels heftiger Einwände drehte sich alles nur noch um die Frage, wie die Sache mit dem Seil – denn dies versprach zweifellos am meisten Kitzel und Vergnügen – zu bewerkstelligen sei.

An die Türme von St. Peter war nicht zu denken, denn der erhitzte Kirchpropst hätte vermutlich eigenhändig das Seil durchtrennt, und der Pfarrer war noch gar nicht gefragt worden. Den Marktplatz in seiner ganzen Breite zu überspannen, das schien auch den Mutigsten zu gewagt. Aber der Eier- und Kräutlmarkt schien selbst kritischen Geistern von Spanne und Höhe her angemessen, und so wurde mehrheitlich die Erlaubnis für das Spektakel erteilt, womit der Münchner Rat schon früh bewies, daß er der hohen Kunst des Balanceakts nicht abgeneigt war.

Wenn es schon irgendwann sein sollte, dachte Wiltrud, während sie das Fuhrwerk am Angerbach heimführte, dann am ehesten einen wie ihn. Seine Besorgnis um sie tat ihr gut. Er sah gut aus, hatte wunderschöne samtbraune Augen und zudem Manieren und – naja, sonst wußte sie so gut wie nichts über ihn, außer daß er im vergangenen Jahr zur Aufklärung scheußlicher Morde beigetragen haben sollte. Ob er verheiratet ist? Dumme Gans! schalt sie sich. Was geht's mich an. Ich bin ja fast schon wie Margret.

Aber der andere kam keinesfalls in Frage. Dafür kannte sie Niklas Drexl zu gut. Nur ein windiges Zaungeflecht schied die beiden Grundstücke. Als Kinder, kurz nachdem die Drexl zugezogen waren, hatten sie sogar eine Weile zusammen gespielt. Schon damals hatte sich Niklas durch Sturheit ausgezeichnet, wenn er sich etwas in den Kopf gesetzt hatte. Er beanspruchte die Führung unter den Halbwüchsigen des Viertels und verlieh seiner Forderung Nachdruck durch besondere Roheit. Mit den Lehrjahren verloren sie sich aus den Augen oder richtiger: gingen sich aus dem Weg, und wenn Vater und Sohn jetzt um sie warben, dann galt dies nicht dem Liebreiz ihrer Person, sondern der bezaubernden Größe der Hofstatt. Soviel wußte sie genau.

Dem Teufel mußte an der Verbindung gelegen sein, denn eben schoß Niklas aus der Seitengasse und vertrat ihr den Weg.

»Meine Verehrung, Frau Nachbarin«, grüßte er mehr spöttisch als höflich und deutete plump eine Verbeugung an.

Anstelle einer Antwort hielt sie ihm den Zerrspiegel vor, und seine Augen wurden zu glühenden Kohlen, seine wohlgeformte Nase glich einer verwarzten Rübe, und der schmale Mund verzog sich zu einem geifernden Rachen. »Aus dem Weg!« fauchte sie.

Damit war das Scheusal nicht zu bannen. Niklas griff derb ins Zaumzeug und bremste das Maultier.

»Warum so kratzbürstig, meine Schöne? Ich wollte eben meine Aufwartung machen.«

»Bemüht Euch nicht!«

»So förmlich?« säuselte Niklas. »Weißt du nicht mehr, wie wir zusammen gespielt haben und du …«

»Ist lange her.«

»Um so wichtiger, daß wir wieder mal miteinander reden.«

»Ich wüßte nicht worüber.«

»Über uns, meine Liebe, über uns. Vater hat mir erfreut berichtet …«

»Was?« Wiltruds Augen schossen Blitze.

»… daß du sein Angebot … hm, sagen wir erwägst, und daß einer glücklichen Verbindung …«

»So, sagt er das?« schnappte Wiltrud. »Weiß er vielleicht auch schon den Tag?«

»Du etwa?«

»Sicher, ganz sicher.« Die Hafnerin legte alle Häme, die sie aufbringen konnte, in Mimik und Stimme: »Der Tag, an dem die Hölle zufriert, wird unser Hochzeitstag sein.«

Niklas lachte lauthals; es klang scheppernd, unecht. »Ich habe deinen Witz immer gemocht, Wiltrud, schon damals.«

»Und ich hasse deine Art, Niklas, schon immer. Laß mich in Ruhe und such dir den Trampel, der zu dir paßt!«

Niklas' Gesicht verkrampfte sich. Zorn flammte auf. »Eine kühne Rede für ein Weib. Glaub nur nicht, daß du damit durchkommst. Du wirst dich nicht mehr auflehnen, wenn erst …«

»Frau Meisterin! Schnell! Euer Vater!« Wolfhart, der Lernknecht kam gerannt, ausnahmsweise zur rechten Zeit. Sie übergab ihm das Gespann und ließ Niklas einfach stehen.

»Dein Hochmut wird dir noch vergehen!« brüllte er hinterher, aber sie schien ihn schon nicht mehr zu hören.

»Huhuu! Wiltrud! Was meinst du, soll ich zu dem Kleid das Haar flechten oder als Schnecken tragen oder …«

»Schneid's ab und mach Kissen draus!« riet Wiltrud bissig und stürmte an Margret vorbei nach Hause.

3. Kapitel

Als Paul am frühen Morgen die knarzende Stiege herabkam, hatte er urplötzlich eine bedrohliche Erscheinung: Eine massige Gestalt in Leinenhemd und weißer Haube versperrte ihm den Weg. Es war das keifende Weib des Krämers, bei dem er zur Miete wohnte.

»Hab' ich ein Armenhaus?« spie ihr giftiger Schlund aus. »Euer Mietzins ist überfällig!«

»Gemach, verehrte Frau Krämerin«, versuchte Paul sie noch gut gelaunt zu beschwichtigen. »In ein paar Tagen.«

»Und wenn's der Heilige Geist wär'«, belferte die geldgeile Matrone, »bei mir wohnt keiner umsonst!«

»Nur vorübergehend«, erklärte Paul noch immer freundlich. »Hab' grad' ein Loch im Beutel.«

»Dann geht doch zu den Steckenbrüdern ins Spital, wenn Ihr ein Hundsfott seid. Wovon sollen mein kranker Mann und ich sonst ...«

»Schweigt still, Frau!« blaffte Paul sie ganz unvermutet an. Er kannte das Spiel. Wenn er jetzt nicht Einhalt gebot, dann würde sie keifen, bis das Haus zusammenlief. »Euer Zins ist ohnehin Wucher. Ich hause in einem Verschlag wie das ärmste Schwein und zahle für einen Palast. Halbieren sollt' ich den Mietpreis, ach was, ein Viertel wär' noch zuviel!«

»Wie ein Schwein!« bellte die Hudlerin zurück. »Da habt Ihr ganz recht: Ihr haust wie ein Schwein, kommt alle naslang besoffen und grölend daher. Bin sowieso viel zu nachsichtig. Rauswerfen sollt' ich Euch und lieber gleich als morgen.«

Paul warf sich in die Brust: »Ihr solltet Euch glücklich preisen, eine Amtsperson in Eurem armseligen Stall beherbergen zu dürfen.«

»Daß ich nicht lache!« schrillte die Krämerin. »Jeder Hühnerdieb ist noblere Gesellschaft. Einen wie Euch krieg' ich alle Tag, könnt gleich verschwinden!«

»Gut«, schmollte Paul, »dann werd' ich dies ungastliche Haus auf der Stelle verlassen. Aber seid versichert, daß sich der Fronbote Eurer raffgierigen Krämerseele annehmen wird.«

»Was könnt Ihr dem schon erzählen, häh?« gickelte die Alte höhnisch und mißtrauisch zugleich.

Paul ließ sie einfach stehen und marschierte hocherhobenen Hauptes hinaus. »Ich hab' es satt«, schimpfte er auf der Gasse, »ein für allemal! Ich muß raus aus diesem Loch!«

Wiltrud Hafner ging nachdenklich die Mühlgasse entlang. Vater hatte gestern wieder getobt, wegen seiner Schmerzen und wegen des sauren Weins. Es wurde immer schlimmer mit ihm. Sie hatte eben einen Armvoll duftender Gräser und Wiesenblumen geholt und war unterwegs zur Kirche, als sie ein feines Summen hinter sich hörte. Es kam näher. Sie schaute sich flüchtig um und sah ein grellbuntes Kleiderbündel einherstolzieren. Obenauf saß ein fröhliches Gesicht, das ihr zunickte.

Kühl warf sie den Kopf herum und strebte vorwärts. Das

Summen wurde lauter. Sie riskierte nochmals einen Blick – jetzt deutete der Kauz gar eine Verbeugung an, und ein paar aufgeregte Herzschläge später hielt er mit ihr Gleichschritt, streckte den Hals vor wie ein Frettchen und grinste unverschämt zu ihr herüber.

»Was erlaubt Ihr Euch!« fuhr sie den frechen Kerl an, und dieser stutzte. Sein Grinsen verschwand augenblicklich, aber nicht die Schelte hatte es bewirkt. Er starrte sie an und fragte mitfühlend: »Meiner Seel', wer hat Euch geschlagen?«

»Was geht's Euch an?« schnauzte Wiltrud.

»Mehr als Ihr ahnt, werte Dame. Es …«

»… interessiert mich nicht.« Sie wandte sich ab, wollte vorwärts.

»So wartet doch!« Er faßte sie am Ellbogen.

»Laßt mich!« Sie riß sich los.

»Euch lassen? Gütiger Himmel!« Er sprang ihr direkt in den Weg und lief mit großen Gesten rückwärts vor ihr her. »Ebenso könntet Ihr von mir verlangen, Euch den Drachen vorzuwerfen, den Sarazenen zu verkaufen, den Mönchen auszuliefern …«

Wiltrud hielt abrupt an, stemmte die Rechte in die Seite, legte den Kopf schief und herrschte ihn an: »Was wollt Ihr?«

»Genugtuung! Rache für den Frevel an Eurer Schönheit. Nennt mir den Namen des Strolchs, und ich werde ihn auslöschen. Zeigt mir die verruchte Hand, und ich lege sie Euch zu Füßen …«

»Das fehlte noch«, murmelte die Umworbene.

Der kauzige Fremde beugte plötzlich das Knie, breitete die Arme aus und trug ihr schmachtend an: »Verfügt über mich! Laßt mich Euer Beschützer und Paladin sein! Ich bin, so Ihr's nur wünscht, Euer Knappe, Euer Knecht, Euer Sklave. Ein Wort von Euch und …«

Mit Wiltruds Beherrschung war es zu Ende. Sie lachte so schallend, daß selbst dem Verehrer der Mund offenstand.

»Ihr seid verrückt«, keuchte sie nach Luft ringend, »völlig verrückt!«

»Ich nenn' es Ehre«, parierte er und trug verletzten Stolz zur Schau.

Mittlerweile wurden sie von etlichen Gaffern umringt.

»Kommt weiter«, zog sie ihn fort. »Wie heißt Ihr eigentlich?«

»Siegfried von Hohenau, werte Dame. Und Ihr, wenn's erlaubt ist?«

»Ich bin die Wiltrud vom Hinteranger und Hafnerin. Die Dame dürft Ihr Euch schenken.«

»Macht Euch nicht gering, Herrin«, bat er. »Ihr könnt Euer nobles Handwerk auf unser aller Mutter zurückführen, war doch Eva die erste Töpferin. Das nenn' ich Adel!«

»Ihr redet lästerlich. Dem Herrn gebührt das Lob, denn er formte zuerst den Adam aus Staub und Lehm.«

»Oder der Demiurg«, wandte Siegfried mit skeptischer Miene ein, »der gefallene Lichtbringer, von dem die Manichäer sagen, daß er die Welt in ihrer Verderbtheit schuf.«

»Was redet Ihr da?«

»Oh, nichts! Ihr solltet Euren hübschen Kopf nicht ...«

»Wollt Ihr damit sagen ...«

»... daß Ihr schön seid«, suchte Siegfried galant den Ausweg. »Ein minniglich Gesicht, daß mich zu Versen drängt.«

»Ihr macht Euch lustig«, argwöhnte sie gereizt. »Erst heuchelt Ihr Mitleid, und dann verspottet Ihr mich.«

»Keineswegs«, wehrte er sich entrüstet. »Ich seh' als Sänger nicht nur äußeren Schein. Mag's auch so ausseh'n, als habe Dämon Iblis, der Frauen das Schminken verriet, um der Männer Leidenschaften zu entfachen, Euer Auge ummalt, so läßt mich doch das andre ungeschminkt und ohne

Falsch in Euer Herz blicken. Und darin seh' ich vieles, was ich in Liedern preisen mag.«

»Seid Ihr einer von den Spielleuten?« fragte sie mißtrauisch, während sie seinen Aufzug einer kritischen Prüfung unterzog.

Die Schnabelschuhe, die länger und spitzer waren als alle, die sie bisher gesehen hatte, wirkten geckenhaft und von den geflickten Beinlingen lenkte der eine mit sattem Rot den Blick auf wohlgeformte Waden, während der andere in grellem Gelb erstrahlte. Die kurze Schecke, die er trug, verwirrte eher, als daß sie ein Urteil über seinen Stand erlaubte, denn einerseits war sie aus golddurchwirktem Brokat gefertigt, andererseits so fadenscheinig, daß sie einen Bettlerkönig geziert hätte. Es hieß, daß Edle, wenn sie von Spielleuten gut unterhalten wurden, diesen freigebig ihre getragenen Kleider überließen. Und jetzt bemerkte sie auch, daß das Ding, welches ihm verkehrt über der Schulter hing, kein Ränzel, sondern eine Laute war. Bei seiner Nase hatte der Schöpfer nicht am Ton gespart, erkannte das kundige Auge der Hafnerin, aber sein stolzer Blick überflutete sie mit einem Blau wie reinster spanischer Azurit.

»Sänger und Dichter«, erklärte er ohne falsche Bescheidenheit, »Spielmann nur der Not gehorchend. Ich bin auf dem Weg zur Burg, um König Ludwig meine Dienste anzutragen. Er soll ein Mann von Ehre und Geschmack sein und ein gutes Lied zu schätzen wissen.«

»Und ich bin auf dem Weg zur Königin, um ihre Kammer zu schmücken«, erwiderte Wiltrud spöttisch. »Ihr seid ein Aufschneider und Prahlhans, mein Herr!«

»Ich trag' in meiner Tasche eine Empfehlung Heinrichs von Meißen, als Frauenlob gepriesen«, verteidigte Siegfried seine Ehre. »Und all seine Verse trage ich in mir, und meine Stimme ist die der Nachtigall ...«

»Und Euer Aufputz wie das Federkleid des Stieglitz.«

»Der manch' Maienehe …«

»… die nicht mal bis zum Herbst hält«, fiel ihm Wiltrud trocken ins Wort. »Ihr seid ein Schmeichler und Ohrenbläser wie all die andern, die nur darauf aus sind, eine Jungfer zu betören, um dann ihr kostbarstes Gut zu rauben, ihre Ehre und ihren Ruf.Und wenn Ihr Euren Willen habt, empfehlt Ihr Euch durch die Hintertür.«

Sie schritten durch den Sendlinger Turm und schwenkten in den Rindermarkt ein.

»Was ist Euer Ziel, mit Verlaub?« fragte Siegfried, der seine Chancen schwinden sah.

»Die Pfarrkirche.«

»Was wollt Ihr dort?«

»Morgen ist Kirchweih. Die Altäre sollen geschmückt sein, und diese Blumen sind für Sankt Katharina, die unser Handwerk schützt, weil sie durchs Rad gefoltert wurde. Aber vor allem hilft sie, die Keuschheit zu bewahren, und ich will ihren Beistand erbitten gegen zudringliche Verehrer und Windbeutel wie Euch.«

»So erlaubt mir wenigstens, Euch eine Probe meiner aufrichtigen Kunst zu gewähren.« Er riß die Laute von der Schulter, trat ihr blitzschnell wieder in den Weg und hob im Rückwärtsgehen an:

»Durch die Augen erreicht die Liebe das Herz,
Denn die Augen sind des Herzens Späher …«

»Nein, hört auf! Ich will das nicht!«

»Und die Augen gehen erkunden,
Was zu haben das Herz sich sehnt.«

»Nein, nicht hier! Die Leute! Hört sof... Vorsicht!«

Der Minnediener prallte im Eifer mit dem Rücken gegen eine Kuh, die eben den Schwanz hob, und es war kein dampfendes Drachenblut, worin Jung-Siegfried plötzlich watete.

Wiltrud hielt sich erst schicklich die Hand vor den Mund und platzte dann ungehemmt los, daß der Markt erbebte.

Der Sänger schaute reichlich gequält, bewies dennoch Haltung und versicherte: »Ich liebe Euer Lachen. Es ist so herrlich wider alle Konvenienz. Eine Spur zu schadenfroh vielleicht.«

Das Gelächter der anderen begleitete sie bis St. Peter.

»Wie kann ich Euch wiedersehen?« drängte Siegfried.

»Gar nicht!« Seine Hartnäckigkeit verblüffte sie.

»Aber ...«

»Nein, gebt Euch keine Mühe!«

»Ihr habt mein Herz ...«

»Ach, was! Im Handumdrehen lauft Ihr einem andern Rock hinterher, und auf mich wartet jetzt Sankt Katharina.«

»Ihr solltet besser zur heiligen Wilgefortis beten.«

Sie schaute ihn skeptisch an und ebenso neugierig.

»Im Kirchlein zu Neufahrn bei Freising«, erklärte Siegfried, »sah ich ein merkwürdiges Kreuz, an dem der bärtige Heiland in ein langes Kleid gehüllt hing. Ein altes Weiblein erklärte mir, es sei in Wahrheit die gemarterte Wilgefortis. Um sich vor heidnischen Verehrern zu schützen, flehte die Jungfrau zu Gott, er möge sie so verwandeln, daß sie keinem Mann auf Erden mehr gefalle. Und siehe da: Über Nacht wuchs ihr ein prächtiger Bart.« Er deutete eine Verbeugung an, empfahl sich rückwärts und bemerkte grinsend: »Ich bin sicher, der Herr wird auch Euer Flehen erhören.«

»O Ihr Scheusal! Schert Euch zum Teufel!« schimpfte die Hafnerin und rauschte mit unfrommen Wünschen in das Gotteshaus.

»Hör zu«, sagte Agnes, die Wirtin, »wir müssen miteinander reden.«

Wie sie es sagte, noch dazu am Samstag morgen, das ließ Peter Barth nichts Gutes erahnen. Sie war einige Jahre älter als er und hatte ihm auch eine gute Spanne an praktischem Sinn und Entschlossenheit voraus. War dies der Grund, warum sie frank und frei vorschlug: »Wir sollten heiraten«, so daß er sich heftig am Dünnbier verschluckte? Oder hatte es damit zu tun, daß sie in letzter Zeit häufiger nach Unserer Lieben Frau zur Frühmesse ging?

Er konnte nicht wissen, daß an diesem Tag der Prediger des Todestages von Kirchenlehrer Johannes gedachte und ihn, den sie seiner schönen Reden wegen Chrysostomus nannten, was Goldmund heißt, zu Worte kommen ließ. Er schmähte die Weiber als notwendiges Übel und häusliche Gefahr, als einen Mangel der Natur, mit schöner Farbe bemalt. Ihre herrlich geformten Körper geißelte er als weiße Grabkammern, gefüllt mit Unrat. Und den, der diesen Reizen erlag, verhöhnte Goldmund: »Wenn du einen Stoffetzen siehst, von Schleim und Spucke beschmutzt, magst du ihn nicht mit der Fingerspitze berühren, aber du zitterst voller Begierde, wenn du einen Körper voll solcher Substanzen siehst.«

Sein weiser Rat also lautete: Es frommt nicht zu heiraten. Aber Agnes tat gerne genau das, was man nicht von ihr erwartete.

»Wie kommst du darauf?« fragte Peter vorsichtig. »Es hat dich doch bisher nicht gedrängt.«

In der Tat hatte sich die Wirtin des Maenhartbräu nach dem frühen Tod ihres Mannes wenig aus dem Geschwätz der Leute gemacht, und Peter erinnerte sich gerne daran, wie sie ihn vor über einem Jahr das erste Mal mit in ihre Kammer nahm und ihn all das lehrte, was auch der Klerus genoß, aber zugleich als Lüsternheit und Unersättlichkeit des Weibes verdammte. Er hatte sie damals als schön und begehrenswert empfunden, und selbst jetzt, als sie vom Heiraten sprach, glaubte er sich nicht in einer Teufelsschlinge gefangen.

»Ich mag's nicht mehr wie bisher, Peter. Es ist an der Zeit, die Dinge zu klären.«

»Bist du meiner überdrüssig?« argwöhnte er.

»Aber nein, du Dummbart, ganz und gar nicht« – sie griff nach seiner Hand –, »es ist nur ... ich will wissen, woran ich bin.«

»Wie meinst du das?«

»Sieh mal, wenn dir in ein paar Jahren eine hübsche Larve oder ein schlanker Hals vielleicht besser gefallen als meine ersten Falten, dann ist es für mich zu spät. Ich denke dabei auch an die Kinder und ...« – sie schenkte ihm ein warmherziges Lächeln – »ich hätte gerne noch mit *dir* einen Sohn.«

»Ei... einen S...sohn«, stammelte Peter und ließ dabei einen halben Löffel Haferbrei wieder aus dem Mund laufen.

»Ich dachte, du freust dich.«

»J... ja schon. Es kommt nur so ... so ...«

»Es geht auch um die Zukunft des Gasthauses«, fuhr Agnes deutlich kühler in ihrer Argumentation fort. »Ich brauche endlich wieder einen Mann, auf den ich mich verlassen kann. Und ich mag's auch nicht mehr, wenn die Leute so über mich reden.«

»... so plötzlich, alles so plötzlich«, wunderte sich Peter noch immer.

»Es ist nicht unbillig«, verteidigte sich Agnes. »Du hattest lange genug Zeit, und eigentlich sollte es von Dir kommen.«

»Jaja, schon richtig ...«, stimmte Peter monoton und geistesabwesend zu. Er hatte stets gewußt, daß die Entscheidung eines Tages auf ihn zukommen würde und schob sie dennoch vor sich her, wie der Papst die ungeklärte Frage der Armut.

Sein Blick streifte fast wehmütig über ihr kastanienbraunes Haar, das sie zu Hause nicht züchtig verbarg. Wie liebte er diesen rötlichen Schimmer und ihre grünbraunen Augen, deren Blick er diesmal nicht standhielt. Sie war noch immer begehrenswert schön. Er spürte wieder dies Verlangen und wußte zugleich, daß es künftig zu einem höheren Preis gehandelt wurde.

»Überleg's dir, ich meine es ernst«, bestätigte ihn Agnes darin.

»Es ist eine zu ernste Angelegenheit, meine Tochter, als daß sie von dir entschieden werden könnte.« Der Gesellpriester meinte die Ehe und daß angemessene Verheiratung Männersache sei.

Eigentlich wollte sich Wiltrud an Pfarrer Konrad wenden mit der Frage, ob es sündhaft sei, sich der Wahl des Vaters zu widersetzen. Er war erkrankt, und so mußte sie sich dem neuen Gehilfen offenbaren, dieser asketischen Säule der Frömmigkeit, die zwar andeutete, daß der Kirche an einem consensus der Brautleute liege, es aber dennoch für geboten hielt, sich zu fügen. Denn wollte ein Mädchen den ihr Zugedachten nicht akzeptieren, so lag doch der Schluß nahe, daß sie einen anderen liebte. Da solcherart Liebe kaum caritas im Sinne von Ehrerbietung und Nächstenliebe war, blieb nur der Eros, was Wollust und Triebhaftigkeit und somit schwere Sünde bedeutete.

Das Weib, sagte er abfällig unter Berufung auf Thomas von Aquin, sei ohnehin nur die Gehilfin des Mannes bei der unerläßlichen Fortpflanzung und dabei untergeordnet, wie es in der einzig zulässigen Stellung der copula carnalis zum Ausdruck komme, bei der der Mann als höherwertiges Wesen die Frau besteige. Und da allein der Samen des Vaters dem Kind die Gestalt gebe, müsse dies auch den Vater über alles lieben.

Schon der Gedanke, daß ihr cholerischer Vater der Mutter vorzuziehen sei, bereitete Wiltrud Kopfschmerzen, da fügte der Pfaffe ungerührt hinzu, daß selbstverständlich dem Vater das Recht der Züchtigung von Ehefrau und Kindern zustehe, so er die Schläge sorgsam erteile und nicht über alle Maßen prügle. Ihr – inzwischen mehrfarbig schillerndes – Auge lege doch wohl die Vermutung nahe, daß sie es am nötigen Gehorsam fehlen lasse. Er pries die Wahl des Vaters als Fürsorglichkeit, dazu gedacht, sie vor Schaden zu bewahren, denn auf die törichte Vorstellung eines Weibes, alleine durch die Gassen zu ziehen, um ihren Bräutigam zu wählen, gebe schon Salomos Hoheslied die rechte Antwort:

»Die umhergehenden Wächter fanden mich.
Sie schlugen und verletzten mich und rissen
hinfort mein Kleid.«

Seine Augen waren erfrischend blau und erinnerten Wiltrud an den Sänger, aber sie waren auch kalt wie Hagelkörner. Sie hätte schreiend davonlaufen mögen, aber wie unter einem Zwang sich zu rechtfertigen, offenbarte sie, daß sie sich mit dem Gedanken trage, ein Leben in Keuschheit zu führen.

Fast mitleidig über soviel Einfalt erklärte er ihr, daß solches nur in strenger Regel und klösterlicher Zucht möglich sei, da ansonsten durch die sattsam bekannte Verführbarkeit der Frauen der Teufel der Unzucht die Türe aufstoße. Und da die Klarissen und die Seelhäuser vornehmer Stifter kaum mittellose Novizinnen aufnehmen könnten, sei ihr Platz wohl oder übel an der Seite eines Ehemannes. Schließlich sei es auch gottgefällig, in Demut Söhne für den Weinberg des Herrn aufzuziehen.

»Ich dachte, für Euch ist Keuschheit höchstes Gut«, erwiderte Wiltrud nunmehr patzig.

»Zweifellos«, dozierte der Gesellpriester ungerührt, »ist die reine Paradiesehe, wie Joseph sie mit der seligen Jungfrau geführt und Augustinus sie gepriesen hat, höchstes Vorbild. Doch auch du wirst recht handeln, wenn du zwar deinem Mann das Nutzungsrecht an deinem Körper gewährst, dich aber bei der Begleichung des debitums nicht erhitzest und Wollust verspürst, sondern deine Gedanken auf den Allerhöchsten richtest. So leistest du zwar deinem irdischen Herrn in geziemender Weise deine Schuldigkeit, deine Seele aber bleibt dem himmlischen Bräutigam in Keuschheit verbunden.«

»O Gott!« stöhnte Wiltrud, als sie mit pochenden Schläfen und weichen Knien nach Hause taumelte und sich dabei den Schrecken ausmalte, wie Niklas sich in roher Weise auf ihrem steif und leblos daliegenden Körper abmühte, während sie verzweifelt versuchte, ihre Gedanken auf Höheres zu richten.

»Gütiger Gott«, stammelte sie, »das kannst du nicht wollen!«

Und was der Pfaffe noch Häßliches über die Ahn und ihre verstorbene Mutter gesagt hatte ... Sie würgte. Zu ihren rasenden Kopfschmerzen gesellte sich Übelkeit, unbezwingbare, ihr Innerstes durchflutende Übelkeit, und sie erbrach sich in den Stadtbach, bis nur noch bittere Galle kam.

4. Kapitel

Heißer Dampf waberte durch die Badstube am Anger, gesättigt mit anzüglichen Reden der Handwerksburschen, die voller Übermut ihre Bad- und Trinkpfennige einlösten, und durchmischt mit frivolen Scherzen ansonsten ehrsamer Bürger.

Mehrere hölzerne Kufen standen dicht hintereinandergereiht, so daß sie aussahen wie ein einziger großer Bottich, in dem die Badefreudigen sich paarweise gegenübersaßen, wobei keiner darüber wachte, ob der Fleischhauer die Schneiderin zu Gesicht bekam, wie Gott sie geschaffen hatte, und die Frau Meisterin mit einem fremden Mann dasselbe Wasser teilte oder gar einem Knecht ihre fleischlichen Reize hautnah vor Augen führte.

Utz, dem Bader, war es ganz gewiß egal, wenn nur die Stube voll war, und sein Weib Klara war eher bekannt dafür, daß sie, wenngleich weniger mildtätig als geschäftstüchtig, willige Mägde an Herren jeden Standes zur Pflege notleidender Glieder vermittelte. Sie füllte gerade die Becher und legte Brot- und Fleischstücke auf das breite Brett, das mitten über alle Zuber hinweg das feuchte Schlaraffia überbrückte.

Auch Wolfhart, der Lernknecht des Hafners, tat sich gütlich. Ihn trieb nicht so sehr die bevorstehende Kirchweih oder eine Aufforderung der Meisterin ins Bad, als vielmehr die Neugier und die quälende Unruhe eine Spanne unter dem Nabel, die auf baldige Erleichterung drängte. Er stierte seit geraumer Zeit so unverhohlen auf die wippenden Brüste der leicht bekleideten Baderin, daß Niklas ihn lauthals aufzog: »He, Milchbart! Mußt nur der Läufigen Els' schöne Augen machen, wenn's not tut.«

Die Bademagd und Reiberin trug die grobe Bezeichnung wie einen stolzen Kriegsnamen und erklärte schnippisch, während sie die Kopfhaut der Bäckersfrau nach Läusen absuchte, daß bei ihr nur für gute Münze ein Ablaß zu bekommen sei.

Wolfhart glühte wie ein Paradiesapfel und hätte dem frechen Schwätzer aufs Maul schlagen wollen. Er befand sich in argem Zwiespalt. Nachts plagten ihn feuchte Träume, tagsüber tyrannisierte der Lustteufel seine Gedanken und gaukelte ihm unentwegt Trugbilder weiblicher Reize vor.

Hatte er anfangs die Meisterin trotz ihrer manchmal schroffen Art nur schwärmerisch verehrt, weil sie ihn vor dem Wüten des alten Arnold in Schutz nahm, so betrachtete er sie inzwischen zunehmend begehrlich, und in seinen kühnsten Hoffnungen spintisierte er, daß sie ihn eines Tages erhören und er dann nicht nur ein fesches Weib, sondern auch den Hafnerbetrieb sein eigen nennen könnte. Doch eine Ohrfeige warf ihn jedesmal in die Wirklichkeit zurück, in der er noch nicht einmal ausgelernt und die Stellung eines Knechts erreicht hatte.

Niklas, den Sohn des Nachbarn, der neuerdings seiner Meisterin hinterherstieg, empfand er zwar als dreisten Rivalen, andererseits bewunderte er ihn: Er war einer, der sich nahm, was er wollte. Und Wolfhart war froh, daß Niklas und die anderen Burschen ihn seit einiger Zeit an ihren

Streifzügen teilnehmen ließen, auch wenn er meist nur Wache halten durfte. Aber es war aufregend, und einmal hatten sie ihn sogar selbst schon rangelassen ... er war nur zu ungeschickt, zu aufgeregt gewesen. Wolfhart brannte auf einen neuen Streich und bedrängte die anderen.

»Nicht hier, du Tölpel!« wies ihn der Schäfflerknecht zurecht und unkte dann zu Seibold, dem Sohn des Wollwebers, hinüber: »Bald ist es aus mit dem Herumstreunen. Dein Halfter wird schon geflochten und nicht aus Wolle.«

»Recht geschieht ihm!« urteilte der Knecht der Beutlerin.

»Bist ja nur neidig«, konterte der angehende Hochzeiter lachend, »weil du abgeblitzt bist. Und ihr alle braucht euch nicht einzubilden, daß Seibold Schafswol jetzt zum Schoßhündchen wird.«

»Recht so!« bestärkte ihn Niklas. »Mußt von Anfang an zeigen, daß der Hammer die Kunkel regiert. Und paß nur auf, daß die Rute nicht stumpf wird!«

»Wie geht's denn selber so voran?« forschte Liebhart, der jüngste Sohn vom Ratsherrn Küchel, den Maulhelden aus.

»Sieht gut aus«, prahlte Niklas, »noch eh' das Jahr um ist, will ich den Pflug zu Bette führen.«

»Auweh!« flachste Seibold. »Ich fürchte, *der* Acker ist jetzt schon gefroren.«

»Die Burschen nehmen das Maul ganz schön voll«, nörgelte Peter Barth, der sich immer noch ärgerte, daß Paul ihn hierher geschleppt hatte, wo es genügend andere Bäder in ihrer Nähe gab.

»Nicht für mich«, erwiderte Paul und rückte damit heraus, daß er sich gerade erst beim Rößlwirt am Hinteranger eingemietet hatte.

»Der nächste Weg zur Floßlände«, blieb Peter unwillig.

»Macht nichts, ich brauch' ohnehin Veränderung.«

Ehe Peter herausfand, ob der Freund Arbeit oder Bleibe

meinte, wurde die Tür zur Badstube aufgestoßen, und die Gauklertruppe drängte herein.

»Die Rothaarige hat hier noch Platz«, lockte der alte Leineweber und zeigte strahlend seine letzten Zahnstummel.

Utz unterbrach das Schröpfen eines geplagten Rückens, schob ein paar leere Kufen zusammen und wies die Mägde an, Wasser zu bringen, während die Spielleute ungeniert aus ihren Kleidern stiegen. Fridlieb füllte den Zuber schon alleine, nahm aber zur Enttäuschung des Webers noch seine Rothaarige zwischen die Beine, daß das Wasser überschwappte.

Hein Wackel hatte seine Flöte dabei und Balthasar den krummen Zink, und die Badsitzer forderten auch sogleich Spottverse und anzügliche Reime. Sie lachten und gickelten, planschten und schmatzten, und man konnte sich kaum vorstellen, daß es im Himmel lustiger zuginge.

Niklas grinste herausfordernd und starrte unentwegt auf das junge Spielweib, das sein schwüles Werben stolz überging. »Das wär' eine ...«, schwelgte er, ohne den Blick abzuwenden. »Die schwarzen Haar', die Glut in den Augen ... ich hab' sie tanzen sehen, gestern auf dem Markt.« Er schnalzte mit der Zunge.

»Bist du verrückt? Vielleicht ist sie die Tochter von dem Bären da.« Seibold liebte das Abenteuer ohne Risiko.

»Ach was«, beschwichtigte Niklas, »sie ist eine von diesen wilden Sara... Sarezinnen oder was weiß ich. Jedenfalls sind alle Spielweiber Strohteufel und Dirnen.«

»Hier ist doch was geboten«, rechtfertigte Paul seine Wahl und verschränkte zufrieden die tropfenden Arme hinterm Kopf.

»Und näher bei den Hübscherinnen bist du auch«, argwöhnte Peter biestig.

»Pfui!« tat Paul schockiert. »Nur ein lüsterner Schelm kommt auf solche Gedanken! Sieh mal«, stieß er grinsend den sauertöpfischen Freund an, »du könntest ja bei Frau Hafnerin den Ton kneten.«

Eben lief Wiltrud geschäftig an den Bottichen vorbei, ohne von den Badenden Notiz zu nehmen. Sie suchte die Hilfe des Baders, da ihr Vater wieder wegen eines Gichtanfalls das Haus zusammenbrüllte.

»Er säuft zuviel vom schweren Wein und frißt ungezügelt«, bemerkte der Bader nüchtern, während er das Schermesser aus der Hand legte. »Aber wenn's ihm einer sagt, will er die Menge nur verdoppeln. Versuch's mit einer Mischung aus Petersilie und vier Teilen Raute. Brat sie mit Bockstalg gut durch und gib sie heiß auf die schmerzende Stelle.«

»Dann geht er die Wände hoch«, befürchtete Wiltrud.

»Hm, dann mag vielleicht der Chrysop-Stein oder der kühle Jaspis die Hitze vom gichtigen Glied abziehen.«

»Er läßt mich nicht an sich ran, und ich besitze keinen der Steine.«

»Tja, dann kannst du nur noch den Wein aufbereiten, wo er ohnehin säuft. Sammle Schlehendornen, verglühe sie zu Asche, gib Nelkenpulver und die doppelte Menge Zimt dazu und rühre alles mit etwas Honig in den Wein. Ich werde morgen nach der Messe vorbeikommen und nach ihm sehen.«

»Hab Dank, Bader. Was bin ich ...«

»Schon gut, bezahl mich morgen.«

Siegfried hatte, als er die Hafnerin sah, sofort Text und Melodie geändert und trug jetzt ein Preislied auf die edlen Frauen vor. Aber Wiltrud schien ihn nicht zu bemerken. Plötzlich griff eine nasse Hand nach ihr und hielt sie fest.

»Meinen Gruß, Frau Nachbarin«, griente Niklas. »Willst du mir und meinen Freunden nicht wenigstens ein Lächeln schenken?«

»Wer lächelt schon dem Teufel zu?«

Die Burschen johlten und amüsierten sich. Und Niklas mußte mehr wagen, wollte er nicht vor ihnen das Gesicht verlieren. Er erhob sich im Wasser, wobei auch nicht die kleinste Badehr seine Scham bedeckte und zog sie grob zu sich heran: »Dann eben einen Kuß.«

»Laß mich!« zischte Wiltrud und stemmte sich wütend gegen ihn.

Die Badegäste genossen das würdelose Schauspiel – bis auf zwei.

»Die Dame schätzt Euch nicht.« Siegfried stieg aus dem Zuber, schlang sich sein Hemd um und baute sich vor dem Rüpel auf.

»Die Dame schätzt Euch nicht«, äffte Niklas in gespreiztem Ton nach, ohne Wiltruds Hand freizugeben. »Seit wann muß sich ein Bürger dieser Stadt von Hudelvolk und Störzern anblasen lassen? Pack dich fort, du grindiger Flohbeutel!«

»Mein Herr ...«

Siegfried konnte die Trommel nicht so schnell schlagen, wie dieser »Herr« auf ihn einschlug, und an der Schläfe heftig getroffen, taumelte er rückwärts und stürzte in die Kufe, der Fridlieb soeben entstieg. Der ging wortlos auf Niklas zu, stieß ihn vor die Brust, packte den Rand des Zubers mit seinen Pranken und riß ihn nach vorne aus Reih und Glied heraus. Noch ehe der Raufbold sich wieder aufrichten konnte, wuchtete der starke Fridlieb mit einem wilden Schrei den Bottich hoch und kippte die Burschen mitsamt dem Wasser aus, das sich im Schwall in die Badstube ergoß.

Wildes Gekreische erhob sich, als Becher und Speisen durcheinanderrollten, aber keiner wagte eine Beschwerde, und jeglicher Mißmut wurde übertroffen von ehrfürchtigem Staunen über soviel Kraft.

Nur Niklas begann zu fluchen und zu schimpfen und

wollte blind losstürmen, aber die anderen hielten ihn zurück, was angesichts des drohenden Hünen auch geraten schien. Sie rafften ihre Kleider zusammen und schlichen sich, von Häme begleitet, hinaus.

»Das wird euch Pack noch leid tun! Verdammt leid!« drohte Niklas und stürmte wutschnaubend davon.

Fridlieb entschuldigte sich, doch der Bader nahm's gelassen. Die Ablaufrinne fing die Überschwemmung auf, und er machte sich schon daran, den Gästen neu aufzutragen. Fast schien es so, als empfinde er Genugtuung darüber, daß endlich jemand den Störenfrieden entgegentrat. Nur die Tatsache, daß Seibolds Vater, dem Gschlachtgewander Schafswol, das Badhaus gehörte, beunruhigte ihn ein wenig, denn der Wollweber war nicht nur für die Herstellung feinsten Tuches bekannt, sondern auch für seine Willkür und seinen Ehrgeiz.

»Ich kann gut auf mich selber aufpassen«, murrte inzwischen Wiltrud, »habt trotzdem Dank.«

Siegfried nahm den Schwamm von der schwellenden Schläfe und dem geröteten Auge und erklärte lachend: »So wurde mir wenigstens die unverdiente Ehre zuteil, Euer Stigma zu tragen. Dabei ist dies noch wie Fliegenschiß gegen die schwärende Wunde.« Er faßte sich an die Brust und krümmte sich.

»Wie? Ihr seid verletzt?«

Er winkte sie heran, als sei die Stelle unsäglichen Schmerzes nicht für jedermanns Ohren bestimmt, und sie ließ sich neben dem Zuber in die Hocke herab.

»Gott Amor verschießt grausame Pfeile. Sie dringen durchs Auge ins Herz, wo sie, mit Widerhaken versehen, brennen und einmal getroffen, besteht keine Rettung. Gewöhnlich bestreicht er die Pfeile wenigstens mit einer milden Salbe, die die Qualen erträglich macht. Doch will mir scheinen, daß er heute morgen den blanken Stahl auf mich gerichtet hat, ganz ohne Balsam. Wißt *Ihr* denn Linderung für mein brennend' Herz?«

Wiltrud schwankte wieder zwischen Ärger und Lachen über den Galan und blies ihm schmunzelnd Kühlung ins Gesicht. »Ihr werdet's überleben.«

»Es bedarf aber sorgfältigster Prüfung«, versicherte er mit todernster Miene. »Als weiland Tristan nach dem Drachenkampf im Bade saß und Isolde sich seiner Wunden annahm, da prüfte sie auch sein Schwert und ...«

»Ooooh... Ihr!!!!« Wiltrud fuhr wie gestochen in die Höhe, drückte den leidenden Schwerenöter mit Schwung unters Wasser und rauschte davon.

»Urrgh... so... pfft...«, prustete Siegfried hinterher, »so wartet doch ... Ihr mißversteht! Tzzz« – wandte er sich kopfkratzend an die Rothaarige –, »ich muß ihr die Geschichte erst noch erklären.«

Da fielen auch schon die eifernden Spielweiber mit dem Badewedel über ihn her, und Peter hatte nicht übel Lust, sich ihnen anzuschließen. Er war wütend, daß dieser aufgeblasene Verseschmied ihm zuvorgekommen war. Was hatte der sich einzumischen?

»Schau nicht so finster!« sagte Paul amüsiert. »Ist bloß ein Spielmann. Die kommen und gehen. Aber diese dreisten Burschen, die gefallen mir gar nicht.«

5. Kapitel

»Simon, der Magier, schwang sich in die Lüfte, und voller Hoffart schraubte er sich höher und höher, bis er durch das Wirken Sankt Peters jähen Absturz erlitt. Nur ein Dämon hatte ihm zum Flug verhelfen können, denn eines Menschen Platz ist auf der Erde.«

Der Gesellpriester führte in seiner Predigt der ungeduldigen Gemeinde dies abschreckende Beispiel vor Augen, um am Weihefest des Gotteshauses die Macht des Apostelfürsten zu preisen. Zweifellos aber wollte er damit auch den bevorstehenden Hochseilakt mißbilligen, ihn als Blendwerk des Versuchers anprangern und vor den Spielleuten warnen, die er für des Teufels Gehilfen hielt. »Satan trägt viele Masken, ist allgegenwärtig, und sein Ruch dringt bis in den Tempel des Herrn vor!«

Beschwörend wie ein Menetekel stand er da, ein flammendes Bild der Züchtigung und Askese, dessen schlichter Rock zwar mehrfach geflickt war, dessen Überzeugung aber keinen Makel ertrug. Der sorgsam beschnittene Haarkranz, aus dem die Tonsur blitzte wie ein Ei im Krähennest, stand in scharfem Kontrast zu der bleichen Gesichtsfarbe. Seine stechenden Augen glühten und verbreiteten dennoch Kälte. Sein schmallippiger Mund bemäkelte die Vergnügungswut, geißelte wütend heidnisches Zauberwerk und Aberglauben und beschwor das Nahen des Antichrist.

Und kaum hatte er den Segen gesprochen, drängten alle um die Wette auf den Marktplatz hinaus, denn das sehnlich erwartete Kunststück war die größte Attraktion seit langem. Einen Tanz auf niederem Seil, in kurzer Entfernung zwischen zwei Pfosten gespannt, das hatte man schon öfter bestaunen können. Aber das hier war ungeheuerlich. Hoch über den Köpfen der Schaulustigen überspannte ein dickes Tau die Schmalseite des Marktplatzes. Die Spielleute, denen das Sakrament ohnehin verwehrt war, hatten es während der Messe schon fest verankert.

Die Honoratioren nahmen die besten Plätze an den Fenstern des Rathaussaales ein, während ämterlose Vornehme in den Erkern der Steinhäuser des Ritters Gollir hingen oder die Laubengänge der umliegenden Häuser säumten. Die Masse drängte und schob sich so dicht auf dem Platz vor dem Rathaus, daß selbst unterhalb des Seils von oben kein Fleckchen Erde zu sehen war, als habe der argwöhnende Pfaffe soeben glatt in den Wind gesprochen.

Der Fronbote versuchte wichtigtuerisch mit seinem Stab die Menge zu teilen, wie einstmals Moses das Meer, aber erst den Richtersknechten gelang es mühsam, dem murrenden Publikum einen schmalen Korridor abzutrotzen. Zwei gewitzte Hausierer, die an das Geschäft ihres Lebens geglaubt und verbotenerweise ihre Kraxen mitgebracht hatten, wurden umgehend von der Menge bekehrt und versuchten verzweifelt, ihren Kram zu retten. Nur selbstgeschlungene Backwaren aller Art fanden vor den Hauseingängen reißenden Absatz.

Endlich erscholl Musik, und das rassige Spielweib wirbelte eine feurige Tarantella, an deren Ende sie graziös nach oben wies, wo Hein Wackel fröhlich winkend auf der Laubenbrüstung stand. Schon riefen ein paar besonders Forsche: »He, ganz hinauf, aufs Seil mit dir!«

Aber Hein griff sich erst unbeirrt zwei lange Stangen, die neben ihm lehnten, schwang sich leichtfüßig auf die Trittstützen und stelzte lachend von der Hauswand weg. Nach einer kurzen, noch spärlich beklatschten Runde, kehrte er zurück. Dort wendete er die Stangen, stieg auf die höher angebrachten Fußstützen und verband mit einer Schnur das obere Ende der Stelzen fest mit den Schenkeln. So hatte er zwar die Hände frei, aber das Laufen war ein Stück schwieriger und gefährlicher geworden.

Er hakte einen Beutel am Gürtel fest, ließ sich einen Strauß wilder Rosen reichen, machte kehrt und stolzierte auf das Haus gegenüber zu. Und wie er das tat: Einem Fürsten gleich, der gönnerhaft auf sein Volk herabsieht, stand er auf seinen Stelzen, suchte sich die schönsten Damen gezielt aus und warf ihnen anmutig eine Rose zu. Und weil sich jede für die Schönste hielt, gerieten seine Stelzen in arge Bedrängnis.

Inzwischen war Leben in die Menge gekommen, und als er auf dem Rückweg in den Beutel griff und mit beiden Händen Süßigkeiten und Naschwerk unter die Leute warf, da hatte er ihre Herzen bereits erobert.

Wieder drüben angekommen, warf Benjamin ihm eine lange Stange zu, auf der eine feuerrote Gugel steckte. Hein fing sie elegant auf, schwenkte sie wie ein Narrenzepter und stakste wieder los. Es war aber nicht bloßes Spiel, denn da er selbst mit hochgereckter Stange das Seil nicht annähernd berührte, führte er den Zuschauern auf lockere Weise nochmals vor Augen, wie hoch und gewagt der folgende Seiltanz war.

Plötzlich fingen die Leute an zu lachen, und das Lachen ging in fröhliches Gekreische über. Von der Dachluke aus war das Äffchen auf das Seil gesprungen und hangelte sich dort entlang, dem Stelzengeher hinterher. Es rotierte voller Übermut um das leicht schwingende Seil, und Hein tat so, als wolle er das Tier mit der Stange verscheuchen. Aber das muntere Kerlchen krallte sich mit Zehen und Schwanz fest, hing kopfüber und versuchte nun seinerseits, die Stange zu erhaschen. Und – zack – hatte es die Gugel gepackt und mühte sich, sie über den Kopf zu ziehen, was mißlang. Schließlich wickelte es geschickt die Haube wie einen Schal um den Hals und turnte unter dem Gejohle der Menge zurück. Hein und das Äffchen applaudierten sich gegenseitig und das begeisterte Publikum beiden. Das war ein Spaß nach ihrem Geschmack.

Hein Wackel drehte sich auf seinen Stelzen, winkte nach allen Seiten und deutete eine Verbeugung an und – Himmel, was war das! – schwankte ... schwankte immer mehr, fing an heftig mit den Armen zu rudern und kippelte nach vorne ... neigte sich, immer weiter ... und bevor er unter den Entsetzensschreien auf den Boden schlug, sprang der Schalk, der zuvor schon die Schnüre gelöst hatte, in die sicheren Arme Fridliebs und warf von dort aus grinsend Kußhände. Die Menge tobte vergnügt.

Während Hein unter allerlei Verrenkungen ins Haus tänzelte, rang Fridlieb mit gekünstelter Stimme und gespreizten Worten um Aufmerksamkeit: »Hochverräährtes Publikum ...«

Er kündigte das Einmalige und Unerhörte an, die größte Schau unter der Sonne, und dankte den ehrenwerten Stadtvätern für die noble Permissei dieses spectaculum mirabile, wiewohl Hein Wackel ja auch schon zwischen den Türmen der Ewigen Stadt ...

Gleich darauf erschien der König des Seiles in der Dachluke, und angefeuert und beklatscht, verbeugte er sich anmutig. Er hielt sich am Rahmen fest, warf elegant die Beine zur Seite, ging federnd in die Knie, dehnte und streckte sich und gab schließlich das Zeichen, daß er bereit sei.

Fridlieb stellte sich mit dem Rücken zur Hauswand, und Benjamin erklomm seine Schulter. Balthasar schleppte eine endlos scheinende Stange herbei und reichte sie an Benjamin weiter, der sie Stück für Stück nach oben stemmte, bis Hein, der sich weit herabbeugte, sie erreichen konnte. Er zog sie hoch bis zur Mitte, legte sie quer und verharrte dann in einem Augenblick höchster Konzentration.

Die Spielleute forderten absolute Ruhe, die Rothaarige schlug einen Wirbel auf dem Tamburin, und endlich setzte der Künstler den ersten Fuß aufs Seil ... zunächst nur mit den Zehen ... tastend, fühlend, dann mit der Sohle ... vorsichtig prüfend, federnd ... Langsam verlagerte er das Gewicht nach vorne, zog behutsam den zweiten Fuß nach ... setzte ihn schließlich vor den ersten und befand sich in luftiger Höhe frei auf dem Seil.

Es war mucksmäuschenstill, und dem frechen Besserwisser, der eben noch tönte, mit einer Stange zum Äquilibrieren sei das Ganze doch keine Kunst, wurde rasch die Faust angedroht.

Hein Wackel strebte langsam und gemessen, aber sicher und Fuß vor Fuß setzend der Mitte des Seiles zu. Die Sohlen seiner ledernen Schlupfschuhe waren etwas angerauht und er fand guten Halt. Dort, wo das Seil am ehesten zu schwingen drohte, ging er in die Knie. Die Beine schienen zu zittern, schlugen nach beiden Seiten aus, doch Hein Wackel grinste. Er schien dies gar mit Absicht zu tun, hielt einen Augenblick inne, bis er die Unruhe ausbalanciert hatte. Dann senkte er den Kopf, hob die Stange drüber hinweg und legte sie sich in den Nacken, fuhr mit den Händen vorsichtig daran entlang, bis die Arme ganz gestreckt waren ... und ließ los.

Nun war die Menge nicht mehr zu halten. Jubel brandete auf, Hunderte Arme reckten sich in die milde Herbstsonne und schwenkten bunte Tücher. Der Künstler lächelte nach unten und winkte gelassen mit den Fingerspitzen. Es sah alles so leicht aus, und die Damen fanden ihn umwerfend.

Aber Hein Wackel hatte noch keine Zeit für schmachtende Blicke. Er erhob sich langsam und lief den schwankenden Pfad zielstrebig zu Ende. Kurz vor der Aufzugsgaube warf er Fridlieb, der nach oben gestiegen war, die Stange zu, lief kühn die letzten Schritte freihändig und sprang mit einem Satz auf sicheren Boden.

Das Publikum raste und verlangte zugleich nach mehr. Und Hein war bereit, es ihnen zu geben. Er forderte Ruhe und erbat sich dann von einer der Damen einen Schal. Balthasar wählte mit launiger Pantomime aus der Vielzahl der Angebote aus, knotete in das bevorzugte Objekt einen Stein und warf es dem in der Gaube tänzelnden Charmeur zu. Der entflocht es, schnupperte mit Hingabe an dem seidigen Schal und tat so, als ob er verzückt aus dem Fenster fiele, wobei nicht nur die Verehrerinnen kreischten.

Was hatte der Schalk vor? Das ... aber nein, doch! Es konnte nicht wahr sein: Er verband sich mit großer Geste die Augen, hielt sich an der Stange in Fridliebs Händen fest und tastete sich rückwärts auf das Seil vor – rückwärts und mit verbundenen Augen! Gütiger Gott!

Die Spielleute riefen um Ruhe, aber ein Gemurmel und Raunen blieb. Bei aller Sensationslust – war solch Tollkühnheit nicht eine Herausforderung des Schicksals, eine lasterhafte Versuchung göttlicher Langmut? Andererseits, er soll ja selbst in Rom ...

Hein Wackel übernahm die Stange, stand nun wieder völlig frei und wandelte auf dem Seil, das viele Schaulustige mit einem Mal für so tückisch hielten wie des Teufels Schwanz.

Skepsis auf den Gesichtern wich peinlicher Beklemmung,

Unbehagen steigerte sich in schweißtreibende Angst. Die zuvorderst Stehenden drängten unbewußt zurück, Nägel krallten sich ins Fleisch, während graues Gewölk den Marktplatz verdüsterte.

Doch Hein Wackel schritt aufrecht und unaufhaltsam voran, hatte die Mitte schon fast erreicht. Die Menge fieberte.

»Er schafft es ... jaaaa ... hilf ihm, Herr! Er schafft es!« Nur noch wenig mehr als die Hälfte. Dieser Teufelskerl!

Plötzlich wildes Schreien, tierisch und markerschütternd. Unruhe ergriff das Publikum, das angsterfüllt nach allen Seiten wogte. Panik drohte. »Katzen!« schrie einer. »Es sind bloß Katzen!«

Der Ruf pflanzte sich fort, gefolgt von befreiendem Gelächter. Und dort, wo die Menge auseinanderstob, fegten die wildgewordenen Biester kreischend hindurch. Die armen Kreaturen liefen verzweifelt um ihr Leben. Rohlinge hatten ihnen Werg und Stroh an den Schwanz gebunden und es entzündet. Zum Glück hielten beherzte Bürger die Tiere mit Mantel oder Gugel auf und schlugen die Flammen aus, wobei ihre Sorge nicht den Katzen galt, sondern der allgemeinen Brandgefahr.

Der Spuk war noch nicht zu Ende, als erneutes Entsetzen das Publikum ergriff. Hein Wackel schwankte bedrohlich, und diesmal glaubte keiner an einen Scherz. Der Höllenlärm mußte ihn irritiert haben. Verzweifelt suchte er nach Balance, es wollte ihm nicht gelingen. Den Zuschauern stockte der Atem. Hein ließ die Stange fallen, schlug wild mit den Armen, rutschte vom Seil, und unter einem Schrei aus tausend Kehlen stürzte er in die Tiefe. Aber wie durch ein Wunder stürzte er so, daß die Beine zu beiden Seiten des Seils absackten, wodurch er zwar schmerzhaft und von Übelkeit gefolgt dem Seil aufhockte, es dafür aber gerade noch zu fassen bekam.

Das Publikum starrte gebannt. Schmerzverzerrt klammerte sich Hein, dem Äffchen gleich, an das Tau und hangelte sich mit letzter Kraft zurück zum Haus, wo ihn die Freunde in die rettende Luke zerrten.

Aufatmen! Die Lähmung löste sich in entfesseltem Beifall, der diesmal dem glücklichen Ausgang galt.

Die Vorstellung war zwar abrupt beendet, aber die Menge verlief sich nur langsam, wie zäher Sirup. In Grüppchen wurde noch heftig diskutiert, und es gab etliche, die keinen üblen Burschenstreich gesehen, sondern Schwefel gerochen und höllisches Feuer in den Augen der Katzen gesehen haben wollten.

»Laßt mich! Laßt los, sag' ich!« Die junge Frau wehrte sich verbissen, schlug mit den Füßen aus, versuchte mit den Ellbogen zu stoßen, aber der Griff war zu fest.

»Gut so, kleine Wildkatze! Ich mag temperamentvolle Weiber«, lachte Niklas boshaft, umklammerte das Spielweib noch fester von hinten und rieb sich an ihr. Die Umstehenden glotzten lüstern.

»Gib mir einen Kuß, wenn du nicht willst, daß ...«

Sie verdrehte den Kopf und spie ihm ins Gesicht.

»Verdammt!« Er fuhr sich mit der Hand über die Backe.

Die Schwarzhaarige entwand sich ihm wie ein Wiesel und zerkratzte ihm die andere Backe. Niklas fluchte, hielt noch immer ihr Handgelenk gepackt und schlug mit der Rechten hart zu.

»Es reicht!« Ein fester Griff verhinderte den zweiten Schlag. Niklas schaute verdutzt und würgte eine derbe Entgegnung unausgesprochen hinunter. Sein Widersacher, ein Mann mittleren Alters mit lichtem Haar und Fäßchenbauch, wirkte zwar eher gemütlich, aber sein Blick gemahnte zur Vorsicht. Niklas kannte ihn flüchtig von der Lände und vom Bad.

»Sie ist eine Diebin«, versuchte er sich herauszureden.

»Hat sie dich bestohlen?«

»N...nein.«

»Warum rufst du dann nicht den Eigentümer oder den Fronboten?«

»Weil ... weil ...«

»Hau ab, und wir vergessen die Sache!«

Niklas zögerte einen Moment, hielt aber den Blick nicht aus. Er murmelte einen Fluch, schleuderte die Hand der jungen Frau von sich und verschwand haßerfüllt im Gewühl der Leute.

Das Spielweib rieb sich die schmerzenden Handgelenke, während sie ihren Retter mit großen Augen anstarrte. Plötzlich sprang sie katzenhaft auf ihn zu, drückte einen heißen Kuß auf seine Lippen und rannte lachend davon.

»Eiei«, stichelte Peter Barth, »haben wir Frühling?«

Paul schmunzelte nur genießerisch und schob den jugendlichen Freund in die Richtung, wo schon die Tische und Bänke für den Festschmaus zusammengestellt wurden.

»Du solltest die Finger von ihr lassen«, riet Peter.

Doch der Kuß schien nachzuglühen. Jedenfalls lächelte Paul noch immer selig, und wie im schönsten Traum redete er vor sich hin: »Sie erinnert mich so sehr ... sie ist wie ...«

Peter ahnte Schlimmeres. »Du wirst doch um Gottes willen nicht ...«

»Ach, laß mich!« reagierte Paul unwirsch.

»Sie ist ein Spielweib, eine Fahrende«, mahnte sein Begleiter.

»Hör sich einer diesen Musbengel an«, brauste Paul auf, »hat eben erst entdeckt, daß er mit seinem Ding nicht nur pissen kann und will mir schon erklären, welchen Rock ich meiden muß.«

»Sie hat außerdem gestohlen«, nörgelte Peter unverdrossen fort. »Wir haben's beide mit eigenen Augen gesehen und ...«

»Herrgott, bist du ein Mucker!« fuhr Paul ihn grob an. »Die Schlinge ist häßlicher Schmuck für einen schönen Hals. Und wenn's dir um Gerechtigkeit geht: Soviel Hanf wird sich nicht finden, wie es Betrüger in Rock und Kutte gibt, die das Volk prellen. Also, was soll dein Gemecker!«

Peter gab es auf.

Wiltrud wartete seit Stunden. Zum vierten oder fünften Mal lief sie nun schon vergeblich zur Türe, weil sie glaubte, sein Kommen zu hören. Wahrscheinlich gönnte der pflichtvergessene Badscherer sich eben das große Spektakel am Marktplatz, das sie selbst so gerne gesehen hätte. Männer und ihre Versprechen! Bah!

Sogar ihr blaues Kleid für festliche Anlässe hatte sie hervorgeholt. Ein feiner Aufzug, wenn man zu Hause herumsaß. Genug! Sie mußte raus, sonst würde sie platzen. Sie rannte fast die Hintere Angergasse entlang. Noch vor dem Sendlinger Turm hörte sie das Lärmen der Tafelnden. Rund um St. Peter war es erdrückend voll, und selbst auf dem Kirchhof wurde getanzt und floß der Wein durch die Kehlen. Und neben Wein und Kuchen war noch in aller Munde, wie der Sensenmann bedrohlich am Seil gerüttelt hatte.

Wiltrud fand Margret und ließ sich von ihr die tollkühne Luftnummer erzählen. Und der Nachmittag versprach noch einiges an Kurzweil, wo sich heute schon die Bettler und Siechen die größte Mühe gaben, die Aufmerksamkeit auf sich zu ziehen. Da waren die Stümpfe noch blutiger, die Fallsüchtigen taumelten um die Wette zu Boden und zuckten und spuckten Schaum, bis der Groschen fiel, und über Nacht schien jeder zweite auf wenigstens einem Auge erblindet zu sein.

Fridlieb und seine Truppe waren beileibe nicht die einzigen, die die Kirchweih nutzten, um vor dem Winter nochmals den Beutel zu füllen. An jeder Ecke rund um den

Marktplatz jonglierte ein bunt Gekleideter mit Bällen und Keulen, stürzte sich ein Halbnackter in zerstoßenes Glas oder zwang ein Tierbändiger irgendeine armselige Kreatur zu widernatürlichen Kunststücken.

Doch die Krone der Gaukler gebührte an diesem Tag zweifellos den Teufelskerlen, die den Seiltanz inszeniert hatten und die sich jetzt wieder durch die Gassen schoben, um mit Musik und heiseren Rufen zu einer weiteren Sensation einzuladen: Diesmal wollten sie es nicht unter der Enthauptung Johannes' des Täufers tun.

Der hohe, bunte Wagen war vor den südlichen Arkaden abgestellt und seine dem Markt zugewandte Seite als Bühne aufgeklappt. Den Einblick ins Innere verwehrte ein nachtblauer Vorhang, der mit Sonne, Mond und glitzernden Sternen bestickt war.

Auf der Lade saß Siegfried und stimmte versonnen seine Instrumente. Die Spielleute kehrten von ihrer Werbung zurück, und der weite Platz füllte sich rasch mit Publikum. Hein Wackel schien zur Freude der Zuschauer schon wieder wohlauf und vollführte akrobatische Späße. Nur Balthasar, der Mime, fehlte plötzlich, was niemanden störte.

Siegfried blies aus voller Brust die Sackpfeife und eröffnete damit das Spiel. Fridlieb trat vors Publikum, bat um Ruhe und geneigte Aufmerksamkeit und erklärte pathetisch, daß seine Truppe es sich zur hehren Aufgabe gemacht habe, an hohen Festtagen die erhabenen Mirakel der Christenheit darzustellen, um die Gläubigen zu erbauen, verstockte Sünder zu bekehren und ganz allgemein kundzutun, daß sie – obwohl Spielleute – allzeit den Lehren der heiligen Mutter Kirche folgten.

»Fangt schon an!«

Der Sänger schilderte nun in blumigen Worten und untermalt von seiner Knieharfe, wie einstmals der grimmige

König Herodes ein Festmahl gab. Hein Wackel trat dabei mit geflicktem Mantel und billiger Krone auf und rollte so furchterregend mit den Augen, daß großes Gelächter entstand.

Danach blies Siegfried die Schalmei, die Rothaarige schlug das Tamburin, und plötzlich sprang das junge Spielweib durch den Vorhang und wirbelte als Salome in seidigen Schleiern und mit hellklingenden Schellen an den Füßen einen sündigen Tanz, worauf sich die Zuschauer noch dichter um den Karren scharten.

Der betörte Herodes wollte ihr nun alles gewähren, und die unzüchtige Salome forderte das Haupt Johannes' des Täufers, was die beiden Spielleute mit großen Gesten untermalten. Fridlieb, als Henker verkleidet, wuchtete aus dem Bauch des Karrens eine riesige schwarze Kiste auf die Bühne.

Der Täufer trat auf in Gestalt des spindeldürren Benjamin. Er steckte in einer härenen Kutte, das Haar war mit Mehl sorgsam gepudert, und im Gesicht klebte ein wirrer Bart aus verfilzter Wolle. Mit einem Mal wurde es merklich ruhiger. Ein Raunen ging durch die Reihen, denn die Gestalt rührte sie an, und die Zuschauer sahen nicht mehr Benjamin, sondern den wortgewaltigen Prediger von vorzeiten.

Aber noch ehe der ein Wort sprach, trat schon der Henker hinter ihn, band ihm die Hände auf den Rücken, hob ihn mit seinen starken Armen hoch und warf ihn derb auf die Kiste.

Nicht nur die zarteren Damen hielten jetzt die Hände vor den Mund und starrten fassungslos auf den Henker, der einen Kürbis aus seinem Kittel hervorzauberte, das mächtige Schwert ergriff, und ihn mit einem einzigen Streich in zwei Hälfte teilte.

Das Publikum schrie, als sei der Kopf schon gefallen.

Aber der Halsabschneider trat erst noch vor die Kiste hin, zog sich den unerschrockenen Täufer zurecht, so daß dessen Haupt über der Kante hing, und prüfte unauffällig nochmals die Kapuze der Kutte, in der die Schweinsblase mit dem künstlichen Blut versteckt war.

Siegfried blies daraufhin die Sackpfeife aus Leibeskräften und erzeugte mit Unterstützung der übrigen Spielleute einen Höllenlärm, und während der Henker unerbittlich das Schwert hob, begann Salome in einem weitschwingenden Mantel sich zu drehen und wirbelte just in dem Moment vor das Antlitz des Täufers, als der Stahl herniederfuhr. Die gebannte Gemeinde nahm den rohen Akt wie durch einen Schleier wahr. Es ging alles so rasend schnell, und nach der Dauer eines Herzschlags lag der Kopf bereits am Boden, die leere Kapuze hing schlaff über den Rand der Kiste, und ein Schwall von Blut ergoß sich auf die Bühne.

Frauen kreischten, Kinder heulten, etliche bekreuzigten sich und fingen ergriffen an zu beten und dies um so mehr, als der Henker jetzt das Haupt aufhob, es unter grausigem Gelächter vorzeigte und dann würdelos zwischen den Beinen des Geköpften deponierte, an denen die Urheberin des Übels sich soeben wieder vorbeidrehte und den Zuschauern Sicht und Sinne verwirrte.

»Aber der Herr vollbrachte ein Wunder«, tröstete der Sänger die Kleinmütigen, »und ließ das Haupt auch ohne Körper seine Herrlichkeit verkünden.« Während die Zuschauer noch ungläubig starrten, schlug der entleibte Kopf des Johannes die Augen auf und fing an Unverständliches zu reden. Das Publikum sah darin keinen Trost, denn jetzt grauste ihm um so mehr.

»Er predigt ägyptisch«, erklärte Siegfried – das Ohr mit der Hand zum lauschenden Trichter gewölbt – begeistert, »oh, und jetzt aramäisch, jetzt chaldäisch ...« Und als Johannes auch noch zu grimassieren begann, da schlug der

Sänger mit dem Fuß gegen die Kiste, damit das sprechende Haupt es nicht zu toll triebe.

Dann breitete er die Arme aus, blickte zum Himmel und verkündete mit Erschütterung, daß der Herr schreckliche Strafen und ein Erdbeben schickte – Fridlieb rüttelte von hinten mit aller Gewalt am Karren und aus dem Inneren erklang scheußliches Wehklagen –, bis der gebeutelte Herodes, dem Wahnsinn nahe, um Vergebung bat. Hein fegte als verrückter König über die Bühne.

»Da gab der Herr dem Herodes einen Wunsch frei und warnte ihn zugleich, daß er mit falschem Begehr sein Leben verwirke«, tat Siegfried kund, während Hein Wackel sich händeringend am Boden wälzte und das Publikum um seine Hilfe anflehte.

»Wünsch dir Gold ... ja, Reichtum ... ein Schloß ... ewiges Leben ...!«

Da sprang Herodes auf die Füße und brüllte über den Platz: »Ihr Wahnsinnigen, Ihr Pfennigfuchser, Ihr Neider und geldgeile Toren, Ihr Natterngezücht und stinkende Brut ...« Und er fiel unvermittelt auf die Knie und schrie: »Ein einzig Wunsch – Herr, mach ihn wieder ganz!«

»Amen!« rief Siegfried und feuerte wild mit den Händen das Volk an, bis es vielstimmig tönte: »A-M-E-N«, und es klang wie eine Erlösung.

Dann lief er zur Kiste, auf der das Haupt noch immer munter vor sich hin sprach und lauschte – »Oh, oh! Hört, was Johannes euch aufträgt: Zur Buße und damit das Werk auch recht gelinge, sollt ihr erst dem Henker die Taschen füllen!«

Durch das abrupte Ende des Seiltanzes gewitzt, baten die Spielleute diesmal erst zur Kasse, ehe der Täufer seine heile Gestalt wiedererhalten sollte. Bis auf den Henker schwärmten sie alle aus, und die geläuterten Zuschauer spendeten reichlich. Danach hatte der Züchtiger keine Mühe, mit Hilfe geheimnisvoller Sprüche, ohrenbetäubender Klänge und der wirbelnden Salome, den mißhandelten Vorläufer des Heilands wieder zur Gänze ins Leben zu bringen.

Die begeisterten Zuschauer hätten gerne noch mehr gesehen, aber die Gaukler wußten um das Geheimnis der bekömmlichen Dosis von Wundern, und sie beeilten sich, die Kiste wieder im Wagen verschwinden zu lassen.

»Meinst du, der Henker kann wirklich ...« Margret war noch immer tief beeindruckt.

»Unsinn.«

»Aber er hat doch ...«

»... leichtgläubige Wesen wie dich angeschmiert«, urteilte Wiltrud nüchtern, »sonst wäre er ein Heiliger, und der da ist nicht mal Henker, sondern Spielmann, und die sind alle Schlitzohren.«

Margret schien gerade das zu beeindrucken. »Komm«, kicherte sie, »laß uns zu ihnen geh'n. Sie sollen bei meiner Hochzeit spielen.«

»Auf gar keinen Fall!«

»Los, komm schon!« Margret zog Wiltrud lachend auf den Karren zu, wo Siegfried eben die Instrumente in Tücher und lederne Beutel hüllte. Er bemerkte die beiden, hielt inne und grinste übers ganze Gesicht.

Wiltrud entriß sich Margrets Hand, lief aber nicht weg, sondern richtete sich auf wie ein stolzer Flaggenmast und schritt möglichst hochnäsig geradewegs auf ihn zu. »Hattet Ihr neulich Erfolg auf der Burg, hoher Herr?«

»Einerseits«, antwortete Siegfried offen auf die spitze Nachfrage, »man hat mich nicht umgehend als Stinkfuß an die Luft gesetzt. Andererseits ward mir beschieden, daß der König im Westen im Feld steht und folglich anderes im Sinn hat als Minnesang.«

»Bedauerlich«, heuchelte Wiltrud, »dann werdet Ihr wohl bald die Stadt verlassen.«

»Keineswegs! Ich will mich als Kantor bewerben und werde hier noch gebraucht.«

»Richtig«, suchte Margret ein Fünkchen Aufmerksamkeit zu erhaschen, »Ihr müßt bei meiner Hochzeit …«

»Ihr mögt mich«, sagte Siegfried unvermittelt und ließ seine himmelblauen Augen nicht von Wiltrud, deren kurzer Triumph sich verflüchtigte.

»Wie?« stutzte sie mit hochgezogener Braue.

»Aber ja! Sonst hättet Ihr mehr gebetet.« Er grinste unverschämt und strich sich mit der Hand vielsagend übers Kinn. »Euer Wunsch nach Keuschheit kann so groß nicht sein.«

»Pfff«, fauchte Wiltrud, ließ Margret abrupt mit dem dreisten Kerl stehen und verschwand im Gewühl.

Agnes schlenderte, ihre beiden Buben an der Hand und Peter und Paul im Gefolge, von einer Belustigung zur anderen. In der Nähe des hohen Wagens, wo die Musik am schönsten klang, ließ sie die Kinder laufen. Sie hatte Lust zu tanzen, aber der Klotz neben ihr machte keinerlei Anstalten dazu und mit Paul … das war's nicht, was sie wollte. Peter war gedanklich abwesend, verdrehte ständig den Kopf, als ob er jemanden suchte.

Niklas war in ähnlicher Weise unterwegs. Nur suchte er Streit und ein passendes Opfer. Wiltrud kam ihm da gelegen. »Tanz mit mir!« forderte er sie dörperhaft wie ein Bauernlümmel auf und zog sie mit sich fort.

Siegfried, der sie noch nicht aus den Augen gelassen hatte, stürmte ihr nach und Fridlieb und Balthasar ihm hinterher, um Schlimmeres zu verhüten.

»Laßt sie los!« forderte der Sänger drohend.

»Verzieh dich, du Harfenschinder! Ich tanze mit meiner Verlobten, wann es *mir* paßt.«

Siegfried stutzte einen Augenblick und suchte in Wiltruds Augen zu lesen. »Die Dame hat besseren Geschmack«, trotzte er dann und ergriff Wiltruds anderen Arm.

»Dich wird gleich der Teufel holen.«

»So wie den Hein beinahe? Das war doch dein Werk, du Saukerl!«

Wiltrud hatte es satt, zwei aufgeblasenen Gockeln als Wurm zu dienen. Es mußte ein Wink des Himmels sein, daß sie den jungen Barth entdeckte und dieser auf sie zuhielt.

»Tanzt mit mir!« bat sie hastig, ergriff seine Hand und zog ihn mitten hinein in den fröhlichen Rundtanz, der eben begann.

»Sieh mal, der mürrische Fragner und sein Weib, die scheinheilige Kuh. Da geben wir schon ein weit besseres Paar ab, meinst du nicht? ... Peter?« Agnes wandte sich um ... »P-e-t-e-r?«

Da wird er schwer daran kauen, prophezeite Paul, der plötzlich alleine dastand und der davonstürmenden Agnes nachschaute. Seine Backen glühten schon vom Wein. Er verordnete sich einen weiteren Becher, um der Weiber Launen klarer zu sehen. In der Nähe der Gaukler hakte sich jemand unter und hüpfte zwei, drei Schritte neben ihm her.

»Warum habt Ihr mir geholfen?«

»Oh, Ihr seid's.« Die Spuren des Weins vertuschten, daß der alte Genießer fast ein wenig errötete. Sie hätte seine Tochter sein können. Es war ihm nicht unangenehm.

»Mußte ich doch«, erklärte er verschmitzt, »sonst wärt Ihr heute morgen ganz ohne Einnahme geblieben, und der schmierige Kunz, der alte Geizhals, kann's verschmerzen.«

»Sie hätten mir die Ohren abgeschnitten.«

»Scheußlicher Gedanke.«

»Ihr seid ein guter Mensch.«

»Hm, manchmal«, schränkte Paul lachend ein, »geb' mir Mühe. Wie heißt Ihr eigentlich?«

»Sophia.«

»S-o-p-h-i-a«, wiederholte er bedächtig und ließ das Wort wie Bierschaum auf der Zunge zergehen.

Sie schob ihn zielstrebig aus dem Gewühl und lockte ihn zum Anger hinaus. Er wäre dem schwarzen Engel überallhin gefolgt.

Es war eine Kirchweih wie lange nicht: voller Wunder und doch auch enttäuschend, das Füllhorn ausgießend und mit ihm auch Zwietracht, so erbärmlich und ebenso prall wie das Leben.

Als der Schlaf die erschöpften und trunkenen Bürger einhüllte, war es für einige noch nicht genug. Den fahlen Mond störten die Schreie am wenigsten. Man hätte sie für das verzweifelte Quieken einer Sau halten können, aber welcher Tölpel schlachtete schon um diese Zeit. Zudem: Was abgestochen wird, hört irgendwann auf zu schreien. Aber das Gekreische war langgezogen und schrill, schwoll ab, klang wie ein Röcheln, erstarb, dann wieder Stakkato, tierisches Brüllen …

Der alte Färber grinste im Halbschlaf und langte hinüber nach den Brüsten seiner Trud'. Er sollte sie auch mal wieder zum Singen bringen.

6. Kapitel

Es war frühmorgens noch ungewöhnlich ruhig in der Gaststube. Während Agnes die paar Fuhrknechte und unentwegten Zecher eigenhändig bediente, schien sie Peter zu ignorieren. Er ließ sich von der Magd einen Becher Bier und ein Stück Pastete bringen.

»Hast du's schon gehört?« suchte er ungeschickt das Gespräch, als Agnes in seine Nähe kam. »Letzte Nacht haben sie am Anger wieder einer Gewalt angetan.«

»Selber schuld«, erwiderte Agnes kalt, »was treibt sie sich nachts alleine herum, die Gans.«

Peter hob leicht verwundert die Brauen. »Sie war halb tot und übel zugerichtet«, versuchte er es erneut, als sie wieder vorbeikam.

»Hast du geglaubt, sie küssen ihr die Füße?« schnauzte Agnes. »Wie stellst *du's* dir denn vor, wenn sechs oder acht Besoffene wie Tiere über einen herfallen?« Scheinbar ungerührt trug sie weiter die Speisen auf.

»Man müßte vielleicht dem Richter Bescheid sagen«, schlug Peter nach einer Weile angestrengten Nachdenkens vor, um wenigstens etwas zu sagen.

Agnes ließ sich auf die Bank vor ihm fallen, beugte sich weit über den Tisch, um in seinem Gesicht zu lesen. »Dem Richter ...«, wiederholte sie ungläubig. Dann lachte sie beinahe hysterisch. »Dem Richter – wie einfältig bist du eigentlich? Glaubst du, daß es den auch nur einen Furz interessiert? Wenn es die Frau vom Ratsherrn Sowienoch oder wenigstens die Alte des Kaufherrn Nimmersatt wär', dann vielleicht. Und auch dann nur, wenn sie mindestens zwei Schreizeugen hätte, aber eher wirst du zehn andere finden, die gerne bezeugen, daß das unersättliche Weib begierig die Beine breit gemacht und vor Lust gequiekt hat ... nein, hör mir zu! Deshalb fallen die feigen Schweine auch am liebsten über die ledige Magd, die Betteldirn oder eine Unehrliche her, weil sie genau wissen, daß nach denen keiner kräht. Aber unter den Maulhurern und Schwanzhelden ist vielleicht auch das verwöhnte Söhnchen eines Pfeffersacks oder der falsche Stolz eines hohen Rats, und mit denen will sich dein Herr Richter nicht anlegen.«

»Aber ...«

»Ach, sei doch still!« überfuhr ihn Agnes gereizt. »Das einzige, was einer Frau noch am ehesten Schutz gewährt, ist die Ehe, denn am Eigentum eines andern vergreifen sie sich nicht so leicht. Aber von Heirat willst *du* ja nichts wissen.«

Es klang bitter, und Peter wußte fraglos, daß dies der Punkt war, an dem es schmerzte. »Sieh mal ...«

»Und gestern ... was war denn gestern?«

»Es war nicht so ...« Er versuchte ihre Hand zu fassen.

»Laß mich! Es wird einfach nichts mit uns. Heute nicht und nie mehr!« Sie wischte mit dem Ärmel über die feuchten Augen und rannte aus der Gaststube. Keiner dieser erbärmlichen Kerle sollte ihre Tränen sehen und sich über ihren Schmerz belustigen.

Peter brütete eine Weile vor sich hin, dann gab er sich einen Ruck und ging ihr nach. Agnes lag bäuchlings auf der

Bettstatt und schluchzte in die Kissen. Er stand geraume Zeit unschlüssig daneben, räusperte sich. »Agnes, ich ... ich liebe dich doch ...«

Sie warf sich herum, fuhr hoch: »Dann heirate mich!«

Peter schwieg, sah betreten zu Boden.

»Ich liebe dich doch«, wiederholte Agnes nach einer Weile unerträglichen Schweigens hämisch. »Als hätt' ich's nicht gewußt. Aber ich mußte ja auf einen Grünbart hereinfallen.«

»Viel Glück!« sagte Peter kleinlaut. »Ich wünsch' dir von Herzen alles Glück.« Er ging in seine Kammer und fing an, seine wenigen Habseligkeiten zu packen, diesmal für immer.

Das helle Licht der Morgensonne wärmte noch nicht, kündigte aber einen strahlenden Spätsommertag an. Für Peter war bereits Eiszeit und Wintereinbruch. Er wußte nicht recht wohin und suchte daher, sein karges Bündel geschultert, fürs erste Zuflucht beim Rößlwirt. Paul würde Augen machen.

Als er bei der Dultgasse um die Ecke bog, sah er schon von weitem die Menschentraube in Höhe der Gaststube und Herberge. Mit dem Roßmarkt war dies kaum zu erklären. Beim Näherkommen wurde deutlich, daß auch die Angergasse auf der anderen Seite des Baches dicht mit Gaffern gesäumt war. Aber seltsamerweise fehlte das bei derlei Zusammenrottung übliche Geschrei. Es lag im Gegenteil eine gespenstische Stille über der Gruppe.

Peters Neugier besiegte den Kummer, und er fragte die zuhinterst Stehenden nach dem Grund des Auflaufs. »Jesus, Maria ...« bekam er von einer Alten zu hören, die sich laufend bekreuzigte. »Er ist da«, raunte ein anderer, »das ist das Zeichen des Antichrist. Er wird uns alle verderben. Flieht!«

So leicht ließ sich Peter nicht mehr beeindrucken. Er

zwängte sich durch die Reihen, reckte den Hals und erspähte in vorderster Reihe Paul, den er schon auf dem Weg zur Lände glaubte. Paul stutzte kurz und nickte wortlos in Richtung Bach. Dort lag am anderen Ufer bäuchlings eine reglose Gestalt. Die Füße zeigten direkt auf den Tegernseer Klosterhof hin, der Kopf hing im trüben Wasser. Es war auf den ersten Blick ein friedliches Bild, ein Dürstender, der sich labte, hinge da nicht der Kopf bis weit über die Schultern im Bach. Der arme Kerl mußte ertrunken sein. Sein graubrauner Rock war wenig bezeichnend und doch glaubte Peter, den Unglücklichen zu kennen.

»Mir sind ja schon etliche Pfaffen ziemlich kopflos erschienen«, unkte Paul sarkastisch, »aber der da hat's verdammt wörtlich genommen.«

Peter riß die Augen auf, starrte entsetzt ein zweites Mal auf die Leiche. »Gütiger Gott!« entfuhr es ihm. Das Wasser war zwar schlierig und veralgt, aber einen Schatten hätte man doch wenigstens sehen müssen. Da war nichts. So wenig wie der Schädel des toten Gesellpriesters.

Er verstand augenblicklich die Lähmung, die die Schaulustigen ergriffen hatte. Eine Leiche war in diesen Tagen nicht ungewöhnlich – schlimm genug –, aber auf so schreckliche Weise getötet und zudem ein Priester des Herrn, noch dazu von St. Peter ...

»Der Richter wird schon verständigt«, erläuterte Paul und deutete auf einen Knecht gegenüber, der gleichmütig, aber in respektvoller Entfernung neben der Leiche postiert war. »Den da haben sie zurückgelassen, während der Hauptmann schon seine Meute zusammenruft. Der Einfaltspinsel glaubt schon wieder an den Fang seines Lebens, um endlich beim Richter gut dazustehen.«

»Weiß man denn schon ...?«

»Denk nach, Schlaumeier! Gestern die Enthauptung auf dem Marktplatz – klingelt's da nicht im Beutel?« Paul tippte sich an die gerunzelte Stirn, wodurch Peter bemerkte, daß sein sinnenfroher Kamerad vom Vortag noch reichlich verkatert aussah.

»Aber, das ist doch ...«

»Hurenmist, genau! Und die Spielleut' stecken jetzt bis zum Hals da drin.«

»Aus dem Weg! Platz da!« Der Knecht kam zurück, im Gefolge Konrad Diener, den Stadtrichter, und einen Rattenschwanz neugieriger Müßiggänger. Diener war eine imposante Erscheinung im besten Mannesalter, die Leibesfülle in vornehmes Tuch gehüllt. Nur sein Gesichtsausdruck zeigte keine Spur von Adel, denn er war verdrossen über die frühe Störung beim Morgenmahl.

Die Menge wich ehrfürchtig zurück. Der Richter baute sich am Bachrand auf, stemmte die Arme in die Seiten und herrschte den Aufpasser gegenüber an: »Was ist? Zieh ihn schon heraus!«

Der packte ungerührt den Pfaffen bei den knochigen Fesseln und zerrte ihn zwei Ellen zurück.

»Potz Teufel!« knurrte Diener, als habe er's bis dahin selber nicht geglaubt, während in der Menge das Seufzen und Getuschel lauter wurde. Der Hals zeigte wie ein abgeschnittenes Bein herüber, jedoch fahl und ohne einen Tropfen Blut.

»Steh nicht herum!« fuhr der Richter seinen Knecht an. »Hol den Kopf heraus!« Der Gescholtene hob bedauernd die Schultern und schüttelte sein eigenes Haupt.

»Wie? Was soll das heißen?«

»Verschwunden«, bekam der Richter zur Antwort, worauf der die Gaffer anbrüllte: »Was glotzt ihr bloß müßig? Holt Stangen, zum Teufel! Sucht den Bach ab! Oder wollt ihr, daß euer Pfaffe am Jüngsten Tag so vor den Herrn tritt!«

In die Menge kam Bewegung. Da fiel der Blick des Richters unvermittelt auf Peter Barth und seinen Freund. Er zog die Brauen hoch, als wollte er sagen: Ihr schon wieder?

Peter lächelte etwas verlegen und erklärte wie zur Entschuldigung: »Wir wohnen jetzt beide hier.« Als er nach der üblen Geschichte mit dem Wachsmann vor einigen Monaten das honorige Angebot des Richters auf einen Schreiberposten bei ihm abgelehnt hatte, war Konrad Diener wieder auf Distanz gegangen, und seither war für Peter sein Verhältnis zum Richter etwas diffus und schwer zu berechnen.

»Und?« fragte Diener ruppig. »Habt Ihr was gesehen?«

»So wenig wie all die andern«, versicherte Paul, »er lag wohl schon vor dem Morgengrauen hier. Der Färber hat ihn ...«

»Jaja, schon gehört«, unterbrach Diener unwirsch, »aber die Sache scheint ja einfach zu liegen. Ihr könnt gehen. Ihr alle«, rief er laut, »geht nach Hause und an eure Arbeit. Schert euch fort!«

Diese Rechnung hatte er jedoch ohne die Sensationsgier veranschlagt. So leicht ließen sich die Bürger nicht um ein Schauspiel bringen.

»Die Spielleut' haben ihn auf dem Gewissen«, schrie einer. »Jawohl, bei ihm hat ihr falscher Zauber versagt!« Die Rufe wurden rasch lauter, und schon rotteten sich die ersten zusammen, um den Richtersknechten zum Anger hinaus zu folgen und die verbrecherische Brut zu fangen.

»Komm!« sagte Peter und schob den Freund Richtung Gasthaus. Er sah die Sorge in Pauls Gesicht und vermutete, daß sie dem jungen Spielweib galt. »Wir können hier nichts tun, und der Richter wird selber rasch merken, daß er auf dem Holzweg ist.«

Paul schnaubte nur verächtlich über Peters Glauben an die Vernunft, aber er fühlte sich gegenwärtig auch zu schlecht. Er war begierig auf einen stärkenden Trunk und den Grund für Peters Auszug bei Agnes, obwohl er vom Vortag so seine Ahnung hatte.

Tagsüber hatten sie viel zu tun und kaum Zeit, über den Mord nachzudenken. Beim Abendbrot brummte Paul plötzlich: »Dieser verdammte Pfaffe will mir nicht aus dem Kopf.«

»Der Pfaffe oder die schwarzhaarige Maid?« stichelte Peter.

Paul reagierte mit Ärger im Blick. »Was ist, frag' ich mich, wenn der Richter keinen Schuldigen findet, und die Volksseele ein Opfer fordert? Wird er dann die Gaukler dem Henker vorwerfen? Wahrscheinlich hat man sie ins Loch gesteckt.«

»Konrad Diener ist aufgeblasen und stur, aber kein Narr oder Feigling.«

»So blöde kann doch auch keiner sein, zu glauben, die Gaukler würden erst öffentlich vorführen, wie sie anschließend einen zu ermorden gedenken. Und sie hätten doch wenigstens die Leiche verschwinden lassen, anstatt sie derart zu präsentieren.«

»Ich habe von Schurken gehört, die Kaufleute beraubten und ihnen anschließend ihr eigenes Gut feilboten«, hielt Peter dagegen.

Paul sah ihn verständnislos an. »Aber der Mörder muß doch einen gewaltigen Zorn auf den Pfaffen gehabt haben, und was hatten die Spielleute mit ihm zu schaffen?«

»Immerhin hat er wütend gegen sie gepredigt.«

»Bah! Dann müßten sie in jeder Stadt etliche Leichen hinterlassen. Das ist doch Unsinn«, ereiferte sich Paul. »Außerdem hat er gegen alles und jeden gepredigt. Da hätten viele guten Grund.«

»Auch du, mein Sohn?« spöttelte Peter mit sonorer Stimme.

»Ein ehrbarer Bürger vielleicht«, gab Paul zurück, »der vor Eifersucht platzte. Die Glocken läut' ich selber, sagte der Bauer und stieß den Pfaffen von seiner Frau! Wahrscheinlich hat er ein allzu vertrauensseliges Beichtkind geschwängert. Wie kann einer auch so geifernd über das Laster herziehen, wenn er nicht bestens den Sumpf kennt? Die Stinkmorchel hatte wohl selber Dreck am Stecken, ja, bestimmt sogar! Da liegt die Lösung.«

»Und die wirst du jetzt dem Richter vorschlagen«, kommentierte Peter trocken.

»Ach, verdammt! Ich mach' mir eben Sorgen.«

»Wut ist ein schlechter Ratgeber.«

Paul trank den Becher leer und rülpste verächtlich. »Tu doch nicht so abgeklärt! Sonst bist *du* derjenige, der nach dem Recht schreit und sich in Spitzfindigkeiten verbohrt. Ist dir das Leben unschuldiger Spielleute auf einmal egal?«

»Herrgott, ich hab' zur Zeit andere Sorgen«, fauchte Peter, »und das ist allein das Geschäft Konrad Dieners. Ich will mich nicht wieder einmischen.«

»Aber nur mal so als Überlegung«, ließ Paul nicht locker, »das mit dem Schwert ist doch eigenartig.«

Jetzt schaute Peter verständnislos drein.

»Na, überleg doch«, spann Paul den Faden weiter, »der Schnitt war glatt, wie wenn du einen Apfel zerteilst. Das schafft kein Messer und auch kein stumpfes und schartiges Schwert, wie es die Gaukler benützen. Dazu bedarf es eines sauberen Hiebs, mit großer Kraft geführt. Wie wär's mit dem Henker?«

»Denkst du vielleicht, *der* ließe die Leiche herumliegen? Und wozu sollte er sich an einem Priester von St. Peter vergreifen?«

»Er hat gegen Unzucht und Huren gewettert, mit denen der Hacher gutes Geld verdient. Aber es gibt ja noch genügend andere Schwertträger in der Stadt.«

»Die Männer des Richters und Ratsherren, du spinnst!«

Paul schwieg beleidigt, während Peter wieder auf einer Brotrinde mümmelte.

»Das Blut«, sagte Peter nach einer Weile und richtete sich auf. »Das Blut und der Kopf!«

»Hmm«, brummelte Paul mürrisch und schien nicht mehr gewillt, dem Gedankenflug zu folgen.

»Der Leichnam war ausgeblutet«, redete Peter unbeirrt vor sich hin. »Das Blut könnte zwar allmählich mit dem Bach dahingeronnen sein, aber der Boden – erinnerst du dich? –, der Boden schien nicht von Blut durchtränkt, was bei einer Enthauptung unvermeidlich wäre. Und wo, um alle Welt, ist der Kopf abgeblieben? Das kann doch nur bedeuten: Der Gesellpriester wurde andernorts getötet und dann gezielt an der Stelle abgelegt. Wozu?«

Paul war wieder hellhörig geworden. »Willst du damit sagen, jemand wollte das Blut …«

»Nein, will ich nicht!«

»Ganz recht«, mischte sich ein verwilderter Fuhrknecht vom Nebentisch ein, »ich habe davon gehört, daß es Weiber geben soll, Unholdinnen, die Blut und Leichenwasser für ihre teuflischen Riten brauchen, und am liebsten hängen sie ein katholisches rothaariges Mannsbild mit dem Kopf nach unten auf, töten ihn durch eine Viper und lassen ihn ausbluten und …«

»Das ist erstens dummes und bösartiges Geschwätz«, überfuhr ihn Peter, »zweitens war der Priester schwarzhaarig und drittens fehlt ihm jetzt der Kopf. Laß uns in Ruhe mit deinen Greuelmärchen!«

»Märchen, häh?«, ging der Fuhrmann auf. »Was bist *du* denn für ein seltsamer Tropf? Herr Naseweis, dem der Teufel erst noch begegnen muß! Hab' ihn gesehen, sieht scheußlich aus, glaub's mir …« Er fing zu lallen an, war zu betrunken für einen Disput und winkte unwillig ab.

»Da siehst du«, zischte Peter verärgert, »wohin solche Reden führen. Damit bringst du deine Spielleute bloß noch mehr in Gefahr.«

»Unsinn!« widersprach Paul gereizt. »Jedermann konnte doch sehen …«

»Einfältige sehen, was sie gerade sehen wollen und glauben ohnehin alles«, beharrte Peter. »Und schließlich stehen Gaukler verbotener Zauberei sehr nahe. Vergiß das nicht!«

»Weil du grad' Zauberei erwähnst«, stieg Paul schon wieder ein, »erinnerst du dich, was Bruder Servatius uns erzählte? Schädel werden auch zu Weissagungen benutzt und für Schwarze Magie und …«

»Himmel, hör auf damit!« beschwor Peter den Freund. »Laß mich in Gottes Namen zufrieden! Ich will nicht schon wieder *damit* zu schaffen haben! Und …« – er wandte sich abrupt ab – »ich bin verflucht noch mal nicht in der Stimmung dazu!«

»Madonna!« seufzte Paul mit verdrehten Augen. »Mit diesem lauen Furz soll ich künftig meine Kammer teilen!«

7. *Kapitel*

Wiltrud Hafner war kurz davor, das Ungetüm, das sich vor ihr aufbaute, zu zerschlagen und wieder in den Haufen Ton zu verwandeln, aus dem es hervorgekrochen war. Dabei war sie eigens dafür nochmals zur Burg gelaufen, hatte den Wächter beschwatzt und einen langen Blick auf den König der Tiere geworfen, der dort im Zwinger den Tag verschlief oder herausfordernd brüllte. Zu Hause setzte sie dann seinem Abbild eine breite Krause um den Kopf herum an und modellierte mit einem zugespitzten Hölzchen feine Haarbüschel, so daß eine prächtige Mähne entstand, die über jeden Zweifel erhaben sein sollte. »Sieht trotzdem verteufelt aus wie ein Schwein«, schimpfte sie vor sich hin.

In noblen städtischen Haushalten wurde es üblich, nach Kräften den Adel zu kopieren, und dort gehörten Aquamanilen, Gießgefäße in tierischer oder sagenhafter Gestalt, zu jeder Tafel und zum guten Ton, freilich aus Silber und Bronze. Das Vieh war als Hochzeitsgeschenk für Margret gedacht, der stets der Sinn nach äußerem Gepränge stand. Aber mit einem Schwein …

»Huhuuh, Wiltrud! Bist du zu Hause?«

Sie hatte gerade noch Zeit, ein feuchtes Tuch über ihre Mißgeburt zu werfen, als die Eignerin des hellen Stimmchens auch schon freudestrahlend in die Werkstatt schwirrte. »Er ist gottlob schon wieder frei«, jubilierte sie, »und er hat zugestimmt.«

»Wer? Dieser Pfau mit dem großen Schmecker im Gesicht? Der aufgeblasne Minnesäusler ...«

»Hör auf!« lachte Margret. »Was hast du gegen ihn? Man könnt' gerade meinen ...«

»Gar nichts! Dort drüben stehen deine Sachen.« Sie wollte das leidige Thema beenden, und Margrets Interesse war augenblicklich verlagert, als sie ihren neuen Hausrat sah. Die Formen waren nicht ungewöhnlich, aber diese Oberfläche ... Die Töpfe fühlten sich so glatt an und glänzten in gelbbraunen Schattierungen. Margret kannte bislang nur schlichtes Tongeschirr, das nach dem einfachen Schrühbrand rauh und porös geblieben war, allenfalls noch von einem matten Tonschlicker umhüllt. Dies hier war wundersam. Und erst der Bügelkrug und die Becher: Sie strahlten in sattem Grün.

»O Wiltrud, sie passen vortrefflich zu meinem Kleid!«

Daran hatte sie nun wirklich nicht gedacht.

»Das ... das ist wie Zauberei.«

»Nein«, lachte Wiltrud, »gewiß nicht«, obwohl sie im stillen zugeben mußte, daß man denjenigen, der ihr die Technik gezeigt hatte, gut und gerne für einen Zauberer vergangener Tage halten mochte.

»Wolfhart soll dir tragen helfen«, bot Wiltrud freundlich an mit dem Hintergedanken, sie rasch loszuwerden.

»Du, ich glaube, er mag dich«, fing die Braut unter der Türe wieder an zu kichern, »jedenfalls ...«

»Auf bald!« Wiltrud schob den Quälgeist energisch hinaus. Dabei rannte Margret geradewegs in einen weißhaarigen Alten, der eben in die Werkstatt wollte. Sie zog angewidert die Nase hoch und verdrehte spöttelnd die Augen. Wiltrud scheuchte sie davon.

Es war weniger der Geruch des Alters oder die säuerliche Ausdünstung seines Körpers, vielmehr ein ungewöhnlich stechender und eigentümlich mineralischer Duft nach Schwefel und anderen Stoffen, der augenblicklich den Raum erfüllte. Beim ersten Mal war ihr fast schlecht davon geworden, doch mittlerweile verband sie angenehme Gefühle damit, denn der Alte wirkte auf eine merkwürdige Weise jugendlich, jedenfalls weit frischer als ihr dahinwelkender Vater. Er schien von einer geheimnisvollen Mission beseelt und lehrte sie erstaunliche Dinge.

Vor einigen Wochen hatte ihm die Witwe nebenan für geringes Entgelt das alte Rückgebäude überlassen, und bald danach gab er einen ersten Tiegel in Auftrag, ganz offensichtlich zu dem alleinigen Zweck, ihre Fertigkeit zu prüfen. Er gab sich zwar mit der Ausführung zufrieden, bemängelte aber fehlende Glasur, ohne die ihm das Gefäß in keiner Weise nützlich sei. Davon aber hatte Wiltrud soviel Ahnung wie vom Kinderkriegen.

Er zeigte ihr daraufhin, wie man Quarze, Bleioxide und andere Substanzen in bestimmten Gewichtsteilen mischte und durch fein abgestimmte Zugabe metallischer Pulver unterschiedlichste Farben erzielte. Zum Ärger ihres Vaters experimentierte sie eifrig, baute sich sogar extra einen eigenen kleineren Ofen dafür und erzielte rasch beachtlichen Erfolg. Es erschien ihr selbst noch immer wie ein Wunder, wenn sich die unansehnliche Glasurmasse beim zweiten Brand in einen farbig glänzenden Mantel für das Tongut verwandelte.

Inzwischen gehörte der Alte zu ihren zuverlässigsten Kunden, der ihr Können vor immer neue Herausforderungen stellte. Dabei wußte sie noch nicht einmal seinen Namen. Sie hatte ihn beiläufig danach gefragt, worauf er mürrisch in den Bart genuschelt hatte: »Was tut's zur Sache? Nur das Werk ist von Bedeutung.« Worin dies freilich bestand, darüber hüllte er sich ebenfalls in geheimnisvolles Schweigen. Gelegentlich aber ließ er merkwürdige Andeutungen fallen und benahm sich überaus seltsam.

Trotz eines tiefgründigen Wissens schien er sich Ehrfurcht vor den einfachen Dingen des Lebens bewahrt zu haben, denn einmal, da nahm er einen Batzen Ton in die Hand, knetete ihn fast andächtig und murmelte versonnen: »Ist dies etwa der glänzende Ton, aus dem der allmächtige Töpfer die Substanz schuf, die der Sonne Strahlen in sich fängt?« Warum er dann etwas von Gold flüsterte, wo es sich um schlichten Ton handelte, verstand Wiltrud nicht.

Ein andermal stellte er mehr für sich die Frage, ob wohl der Lehm, aus dem Gott den Adam schuf, die prima materia der geheimnisvollen Wandlung darstelle, da er Teil der massa confusa sein müsse, des ursprünglichen Chaos, das erst geformt wurde. Dieser erste Adam aber sei aus Vergänglichem gemacht und müsse deshalb zerfallen, der zweite nun bestehe aus reinen Elementen und somit für die Ewigkeit, wie ein gewisser Origenes gesagt habe, daß der eine aus Lehm, der andere aber nach Gottes Ebenbild geschaffen und somit unbefleckt und unsterblich sei.

In solchen Momenten empfand Wiltrud Furcht vor dem Alten, wie überhaupt ihre Beziehung zu ihm aus einer merkwürdigen Mischung von ehrfürchtiger Bewunderung und kindlichem Staunen, zeitweiliger Beklemmung und gelegentlichem Abscheu bestand.

Heute kam der sonderbare Nachbar, um ein balneum Mariae in Auftrag zu geben. Maria die Jüdin, die die Schwester des Moses gewesen sei, so sagte er, habe dieses »Bad« erfunden, womit man einem Gefäß gleichmäßige Hitze zuführen könne. Er zeichnete auf die Werkbank mit Holzkohle eine Dreifußschüssel, die mit Sand oder Öl gefüllt und von unten beheizt werden konnte. Darin ruhte ein kürbisartiges Gefäß mit dem zu erhitzenden Stoff.

»Kein Problem«, versicherte die Hafnerin zuversichtlich, aber der Magister schaute sie plötzlich an, als entdecke er erste Anzeichen der Beulenpest an ihrem Leib.

»Was ist?« fragte Wiltrud und sah prüfend an sich hinab.

»Euer Vater will Euch in die Ehe zwingen. Werdet Ihr einwilligen?«

»Nein«, erklärte sie verwundert.

»Dann werdet Ihr keusch bleiben?« Er sah sie so durchdringend an, als wolle er auf den Grund ihrer Seele blicken.

»Das ... also ...« Sie war verwirrt. Was geht's Euch an, wollte sie sagen, brachte aber keinen Ton heraus.

»Seid Ihr noch ... ich meine, habt Ihr Euch schon fleischlich hingegeben?«

Das ging entschieden zu weit. Was erlaubte sich dieser Mensch.

»Was als erstes in den neuen Hafen kommt, sagt Berthold, der Prediger, danach wird er immer schmecken. Ihr als Hafnerin versteht dies. Das Gefäß muß absolut rein sein.«

Sie starrte ihn offenen Mundes an. Noch ehe sie ein Wort des Protestes formulieren konnte, zauberte der Alte ein Fläschchen aus seinem löchrigen Mantel, entkorkte es, griff sich einen Becher vom Regal, kippte den Inhalt hinein und reichte ihn ihr.

»Trinkt!«

Sie taumelte. Was war los mit ihr? Sie wollte aufschreien, ihn hinausweisen, war aber kraftlos und unfähig zu einer Reaktion. Wie gebannt unter seinem Blick, streckte sie die Hand nach dem Becher aus und leerte ihn widerspruchslos in einem Zug. Erst danach schien sie aus einer Entrückung aufzuwachen, fuhr mit der Zunge in die Backen und über die Lippen. Der Trank war geschmacklos, ohne faßbare Eigenschaft, hinterließ allenfalls ein leichtes Grießeln. Er fixierte sie noch eine Weile wie die Schlange ihre Beute, dann entspannten sich seine ledrigen Gesichtszüge, und er bemerkte lächelnd: »Der Smaragd lügt nicht. Sonst hättet Ihr erbrochen.«

Er schlurfte zur Türe. Im Hinausgehen fragte er beiläufig, wie es ihrem Vater gehe und hörte zufrieden, daß sein Pulver von Nutzen sei. Der dichte Bart verbarg sein Grinsen.

Wiltrud hatte kaum Zeit, über sein merkwürdiges Verhalten nachzudenken, als es erneut an der Türe klopfte. Himmel, was ist heute nur los, fragte sie sich, und die Antwort drohte ihr den restlichen Tag zu verderben: Eine Nase von beachtlicher Größe witterte im Türspalt. Ihr folgte Siegfried in ganzer Länge, als habe er nichts zu befürchten.

»Ihr?« brachte Wiltrud in erster Verblüffung nur heraus.

Der unerwartete Besuch schnupperte weiter. »Strenges Parfüm«, bemerkte er spöttisch, »will Euch der alte Zausel mit teuflischen Künsten betören? Uns wollte er schon das Geheimnis der Enthauptung entlocken. Hat einen Batzen Geld dafür geboten. Merkwürdiger Kauz.« Er sah sich neugierig um.

»Ihr wollt Euch entschuldigen?« ging Wiltrud ihn direkt an.

»Wie?« Er schien kurz verblüfft und rückte dann grinsend zurecht: »Ich bin nur gekommen, Euch zu beruhigen, damit Ihr Euch nicht mehr um mich sorgen müßt.«

Wiltrud suchte sich ihre Verwirrung nicht anmerken zu lassen, setzte sich zu diesem Zweck an die Drehscheibe und tat geschäftig, während er sie unbekümmert anstarrte.

»Was ist? Was glotzt Ihr so?«

Er rückte ihr noch näher auf die Naht, beugte sich vor und suchte ihren Blick. »Euer Auge ist bald wieder heil. Ich sehe erstmals beide Eurer Sterne leuchten. Ihr seid schön.«

»Seid Ihr schon wieder auf Beleidigung aus?«

»Ich sagte schön und nicht vollkommen«, wehrte sich Siegfried, »wenngleich der Schlaumeier von Aquin die perfectio zur conditio erhebt. Ich bin jedoch der Meinung, daß Schönheit im Ermessen des Betrachters liegt, und meine Augen trügen nicht.«

Verlegenheit machte Wiltrud ruppig: »Was soll Euer Gesülze?«

»Es sieht so wunderbar leicht aus, wie Ihr den Ton formt«, schwärmte Siegfried unverfänglicher.

»Ist es auch«, ging sie drauf ein. »Wollt Ihr's versuchen?«

Damit hatte der Sänger nicht gerechnet, wollte sich aber keine Blöße geben. Keck setzte er sich an den angebotenen Platz, brachte mit den Füßen die Scheibe ins Rotieren, wie er es bei der Hafnerin beobachtet hatte, tauchte die Hände ins Wasser, nahm eine Handvoll Ton und ließ ihn auf die Scheibe fallen. Himmel! Was war das? Der Klumpen fing augenblicklich zu laufen an. Siegfried versuchte ihn mit beiden Händen zurückzuhalten und brachte damit auch die Drehung zum Stillstand.

Wiltrud ließ sich nichts anmerken und täuschte achselzuckend Unwissenheit vor, während er mit einer Geste der Verlegenheit die Scheibe erneut in Bewegung setzte. Er tat es nur wieder in die falsche Richtung und versäumte es abermals, das Werkstück zu zentrieren, so daß es schon wieder auf ihn zukam. Er wischte fahrig den Schweiß von der Stirn, fegte mit der anderen Hand die Locken aus dem Gesicht, während er sich gleichzeitig mühte, die Wanderung des Tons zu unterbinden. Doch ehe er sich's versah, flog der nasse Klumpen von der Scheibe und ihm in den

Schoß. Beschämt schlug er die Hände vors Gesicht und beschmierte sich damit vollends mit lehmfarbenem Brei, worüber Wiltrud sich hemmungslos vor Lachen ausschüttete.

»Gut, gut, Ihr habt mich zum Narren gemacht«, suchte er ein wenig hilflos ihre Schadenfreude zu unterbinden.

»Ihr Euch«, verbesserte sie glucksend und reichte ihm versöhnlich ein feuchtes Tuch.

Siegfried warf den Lappen beiseite, stand auf, nahm ihren Kopf in beide Hände und küßte sie.

»Mmmhmhh.« Sie versuchte ihn wegzuschieben, trommelte auf seine Brust. »Was erlaubt Ihr Euch!« protestierte sie, als sie kurz zu Atem kam, aber Siegfried zog sie nur vollends heran, versiegelte ihre Lippen mit den seinen und ließ erst nach, als die Tür zur Werkstatt knarzend aufgestoßen wurde.

Verlegen strich Wiltrud ihr Kleid zurecht, wischte sich mit dem Handrücken über den Mund, und es sah zu komisch aus, wie beide verschmiert und wie ertappte Sünder dastanden.

Wolfhart war überraschend zurückgekehrt, erfaßte die Situation augenblicklich und gestattete sich ein unverschämtes Grinsen, wofür er sich die schallendste Ohrfeige seiner bisherigen Lehrzeit einhandelte und umgehend wieder hinausgeschickt wurde, um die Tongrube aufzufüllen. Das konnte dauern.

Die Meisterin ließ sich auf der Bank nieder, nestelte eine Weile an ihrem Kleid herum und fragte dann ohne Vorwurf in der Stimme und ohne ihn anzuschauen: »Warum habt Ihr das getan?«

»Ist es wahr, daß Ihr *ihm* versprochen seid?« entgegnete Siegfried und wollte sich mit dem Rücken zum Tisch an ebender Stelle anlehnen, an der das unfertige Geschenk stand.

»Vorsicht!« schrillte sie.

Siegfried fuhr hoch, wandte sich abrupt um und lüpfte neugierig das Tuch: »Was verbergt Ihr da?«

Sie schwieg und biß sich auf die Lippe. Es war ihr peinlich.

»Aaah, ein neues Werk! Sieht aus wie ... wie ...«

»Sprecht es aus, und Ihr seid tot!« rief Wiltrud erbost und nahm drohend einen Becher als Wurfgeschoß in die Hand.

»Ich will doch nur sagen ...« – sie holte aus –, »daß Euch der Löwe gut gelungen ist«, vollendete Siegfried den Satz und duckte sich.

Die Hafnerin hielt verblüfft inne.

»Ich bewundere«, fuhr Siegfried daraufhin mutiger fort, »daß Ihr es wagt, so frei zu gestalten.«

Was sollte das nun wieder heißen? Sie blieb auf der Hut.

»Meiner Seel', das nenn' ich Kunst!« fing der Sänger an zu schwelgen. »Sie besteht doch nicht nur aus Vorschriften und starren Regeln, wie noch der alte Isidor behauptet hat. Und die Scholastiker nennen's zwar höchste Kunst, getreu der Natur zu gestalten, aber dann schmähen sie die Fertigkeit als bloß mechanisch-handwerklich und billigen ihr nichts Eigenständiges und keine schöpferische Kraft zu. Selbst Jean de Meung, den ich als Dichter wahrlich schätze, spricht der Kunst die Fähigkeit ab, echte Formen zu erschaffen, und würdigt sie zur Bittstellerin auf den Knien vor Natur herab. In seinem *Rosenroman* versteigt er sich, die Alchemie als höherwertig zu bezeichnen, da sie Substanzen vieler Art verwandeln und reines Gold erzeugen könne. Lächerlich! Außer Gestank und Krach hat von diesen wunderlichen Herren bislang keiner was geschaffen, und behauptet einer, er habe den Stein der Steine und das Geheimnis der Transmutation entdeckt, dann hat er mindestens so viele beschissen, wie er vorgibt, durch seine Kunst glücklich gemacht zu haben.«

Wiltrud wußte nicht recht, worauf der Sänger hinaus wollte und verstand das wenigste davon, aber sie hörte interessiert zu.

»Dieser Thomas von Aquin will Schönheit durch vollendete Darstellung sowie rechtes Maß und Klarheit definieren«, ereiferte sich Siegfried, »und ihm gilt als schön, was in der Anschauung gefällt. Gefällt Euch etwa der Teufel? Also ist er nicht schön. Und der Bettler oder Sieche muß demnach als häßlich gelten, weil seine Verkrüppeltheit nicht der integritas und perfectio genügt. Nun frage ich Euch: Ist unser Heiland in der Darstellung seines Leidens häßlich oder schön? Da ist mir ja der Mystiker noch lieber, der zwar vorgibt, in seiner Ekstase so etwas Befremdliches wie eine Schönheit des Leidens zu erfahren, aber wenigstens beteuert, daß er Schönheit nicht beschreiben kann, allenfalls als Gefühl wilder Verzückung.«

Sichtlich erschrocken hielt Wiltrud die Hand vor den Mund. War dieser Mensch etwa einer von diesen Ketzern? Hatte er nicht schon einmal so merkwürdig gesprochen, von einem Demiurgen, der die Welt erschaffen habe?

»Keine Sorge!« suchte der Sänger sie zu beruhigen. »Ich zweifle gewiß nicht am Leiden des Herrn, nur an den sogenannten Autoritäten, die zwar alles regeln wollen, deren Enzyklopädien aber so widersprüchlich sind, daß den einen der Löwe als Sinnbild des Heilands gilt, den andern als Darstellung des Teufels. Bonaventura aber sagt, daß ein Bild schön ist, wenn es gut ausgeführt und der dargestellte Gegenstand getreulich wiedergegeben, selbst wenn er für sich genommen häßlich sei. Folglich nennt er auch ein Bild des Teufels schön, wenn es nur dessen Häßlichkeit möglichst gut und in aller Scheußlichkeit darstellt.«

»Was wollt Ihr damit sagen?« fragte die Hafnerin, nun eher noch skeptischer.

»Ganz einfach«, erklärte Siegfried, »dieser Thomas da

behauptete auch frech, daß dichterische Werke der Wahrheit entbehrten. Als ob es darauf ankäme. Mein Freund Dante, den ich in Italien traf, gab einmal zum besten, daß er einfach aufschreibe, was ihm die Liebe diktiere. Das aber ist es doch, was die Menschen bewegt: die Leidenschaften, die uns anrühren, die tiefen Gefühle gleich welcher Art, selbst Zerrissenheit und Qual. Nur das führt uns zum innersten Wesen, zur Seele aller Dinge.«

Er deutete auf den tönernen Löwen und lächelte Wiltrud aufmunternd an. »Ihr empfindet mit mir und habt dies zum Ausdruck gebracht, denn Ihr wolltet nicht einfach einen Löwen nach der Natur gestalten. Wie langweilig! Euch ging es vielmehr darum, das Tier in seiner zwiespältigen Bedeutung darzustellen, edel einerseits und doch zugleich das Niedere, Gemeine verkörpernd, das sich uns in der Gestalt des Schweines aufdrängt. Ein Meisterwerk, fürwahr! Und Ihr solltet Euch damit nicht begnügen. In Euch steckt mehr. Nehmt nur den Greif, oder den Drachen. Kaum einer hat sie je in natura gesehen, doch Ihr könnt sie erschaffen. Ihr tragt das Bild bereits in Euch, in Eurer Phantasie. Ruft es ins Leben!«

Wiltrud schaute den Sänger verwundert an. Sie war seltsam berührt von seinen Worten, die ihr teils unverständlich und frevelhaft, teils mitreißend erschienen und etwas in ihr ansprachen, was ihr verlockend vorkam. Es könnte ihr schon gefallen, sich neue Formen und Zierat zu erschließen und ihrer Phantasie Gestalt zu verleihen. Und was er da hinsichtlich des Schweins gesagt hatte: Sie war geneigt, es als tiefgründigen Kommentar aufzufassen, wie der Student der Heiligen Schrift die Glosse des Exegeten.

Es wunderte sie allerdings, daß dieser Mensch, den sie für einen leichtfertigen Luftikus hielt und der sie mit unverschämter Leichtigkeit in Rage bringen konnte, solch schwierige Gedanken wälzte. Hatte sie sich so sehr in ihm getäuscht? Sie bekämpfte einen Anflug von Bewunderung; so weit mußte sie nicht gleich gehen. Aber den Kuß, den wollte sie ihm verzeihen, auch wenn er zweifellos nur seinem triebhaften Überschwang entsprungen war.

8. *Kapitel*

Seit einer Woche nun teilte Peter mit Paul beim Rößlwirt eine schmale Kammer. An das Schnarchen seines Freundes hatte er sich leidlich gewöhnt, nicht so ans Alleinsein, denn Paul konnte ihm bei aller Nähe und Freundschaft den Verlust von Agnes nicht ersetzen, weder ihr Säuseln noch Schelten, nicht ihren warmen, fordernden Leib und schon gar nicht ... Ach, was! wischte er zum hundertsten Mal das Gespenst des Trübsinns beiseite. Irgendwie hatte er doch immer gewußt, daß es so kommen würde, und wahrscheinlich war es gut so. Ja, ganz sicher sogar!

Seit einer Woche nahm auch er nicht mehr den Weg durchs Tal zur Lände, sondern folgte Paul zum Angertor hinaus und ging mit ihm durch die sumpfigen Wiesen der Isarau, um eine Begegnung mit Agnes zu meiden. Paul freilich schlug den Weg ein, weil er jedesmal nach einem erneuten Zusammentreffen mit Sophia gierte, sah sich dabei die Augen aus und hatte auch schon mehrfach Glück damit. Anfangs hatte Peter ihn diesbezüglich aufgezogen, insbesondere, nachdem seine grundsätzlichen Bedenken nichts gefruchtet hatten. Danach spielte er für ein paar Tage den

Beleidigten und nahm es inzwischen ergeben hin. Gegen Liebeswahn war eben kein Kraut gewachsen, aber die eigene Einsamkeit schmerzte um so mehr.

Als sie an diesem Morgen die Herberge verließen, faßte Peter sich abrupt ein Herz: »Geh schon mal voraus! Ich hab' noch etwas zu erledigen.«

Paul stutzte, dann grinste er wissend. »Sei folgsam, und laß dich auf kein Rätsel ein. Soll ich nicht doch besser ...«

»Verschwinde!« raunzte Peter errötend, wartete, bis sich der Spötter ums Gasseneck getrollt hatte, und bestieg dann mit pochender Brust den Steg über den Angerbach. Vor der Werkstatt streifte er die feuchten Hände am Kittel ab, klopfte zaghaft und trat ein.

»Ihr seid's«, bemerkte die Hafnerin eher verwundert, und Peter erschien es einen Augenblick so, als habe sie jemand anderen erwartet. Aber sie lächelte auch sogleich, hob entschuldigend die lehmbeschmierten Hände und machte Anstalten, ihren Platz hinter der Drehscheibe zu verlassen.

»Nein, nein, bitte«, wehrte Peter ab, »laßt Euch nicht stören. Ich wollte nur ... ich meine, wir sind ja jetzt gewissermaßen Nachbarn, und da wollte ich eben mal sehen, wie es Euch so geht.« Er nickte einen Gruß und blieb linkisch an der Türe stehen.

»Setzt Euch doch!« lud Wiltrud ein. »Dort drüben steht ein Schemel. Seid Ihr schon wieder wohlauf?« In ihren Augen blitzte der Schalk. »Hab' schon befürchtet, daß Euch der Tanz mit mir an die Gesundheit ging.«

Peter erinnerte sich gut an den wilden Reigen zu Kirchweih, bei dem *sie* die Bewegung vorgegeben hatte. Aber nicht Hüpfen und Drehen waren ihm in die Knochen gefahren, sondern ihr ungebärdiges, dröhnendes Lachen. Daran würde er sich gewöhnen müssen. »So leicht nicht«, gab er lachend zurück. »Und Ihr wolltet mir weismachen, daß Euch am Tanzen nichts liegt.«

»Erst nicht«, sagte sie hintergründig. Sollte er sich selbst seinen Reim darauf machen. Sie befeuchtete ihre Hände, schlug einen neuen, faustgroßen Tonklotz auf die rotierende Scheibe und ließ ihn eine Weile zwischen den Händen gleiten. Dann brach sie den Klumpen auf, indem sie mit den Zeigefingern von oben eine Öffnung in den Ton drückte, und wie von Geisterhand gezogen stieg die Wandung fast von selbst in die Höhe. Sie glättete die Oberfläche mit einem Schwamm, hob danach mit einer scharfen Klinge den Rand ab und brach mit feuchtem Finger die Kante. Zuletzt schnitt sie mit einem dünnen Draht ihr Werk von der Scheibe, stellte es auf die Bank neben sich, tauchte die Hände ins Wasser und griff sich den nächsten Batzen Ton.

Peter betrachtete eine Weile ihr geschicktes Werken und dann unverwandt sie, wozu er erstmals ausgiebig Gelegenheit hatte. Der Kanon des höfischen Schönheitsideals fiel ihm ein, und er stellte fest, daß sie nur wenige der erhabenen Merkmale aufwies: Schön nämlich – so hieß es – sind Brüste, die ein klein wenig hervorragen und maßvoll schwellen, gleichsam zurückgedrängt, aber nicht niedergedrückt.

Ihre Brüste hingegen waren voll, ihre Taille nicht gertenschlank, die nackten Füße konnten kaum als zierlich gelten. Ihre Stirn war weder hoch noch weiß wie Milch, die Brauen nicht wie mit dem Pinsel gezogen, und der Hals hatte nicht die durchscheinende Blässe von Alabaster, aber Peter starrte fasziniert auf diese kräftigen Hände, die den Ton sowohl zu streicheln als gleichzeitig auch mit sanftem Druck zu dirigieren schienen. Das perlfarbene Weiß ihrer nackten Arme betörte ihn und entfachte Begehren. Er war hingerissen von ihrer erdigen Sinnlichkeit.

Auf Burg Beigarten nahe der Isar, wo er kurzzeitig im Gesinde gedient hatte, da hatten Fahrende gelegentlich in schmachtenden Versen von blühenden Rosen und edlen Fräulein gesungen, die ihm jetzt, angesichts dieser lebensprühenden Hafnerin, wie künstliche Puppen erschienen, und er konnte sich kaum daran satt sehen, wie ihre schmiegsamen und geschickten Finger dem plumpen Ton eine Form entlockten.

Schon zur Schulzeit hatte er Zorn empfunden über den anmaßenden Hochmut derer, die in endlosen trockenen Disputationen über das Wesen von Begriffen stritten und in ihren Summen fragile Theoriegebäude errichteten, während sie die artes mechanicae, die aus dem Leben schöpften und der Freude und Erbauung dienten, als mindere Künste schmähten.

Wenn er noch lange so dasitzt, sorgte sich Wiltrud unterdessen, wird die Werkstatt von Bechern überschwemmt.

»Tja«, unterbrach Peter schließlich sein geistreiches Schweigen, »ich sollte selber an die Arbeit gehen.« Im Aufstehen sah er das Gießgefäß auf dem Trockenregal. »Was ist das?« fragte er neugierig. »Ein ... ein Löwe?«

»Es ist das, was Ihr darin sehen wollt«, erklärte die Hafnerin selbstsicher.

Bevor Peter seine Betrachtung des gelungenen Werks fortsetzen konnte, platzte Wiltruds Ahn in die Werkstatt: »Komm schnell, dein Vater, du mußt mir helfen!«

Wiltrud tauchte die lehmigen Hände in den Wasserbottich. »Ihr müßt jetzt gehen«, forderte sie Peter nervös auf.

»Kann ich nicht etwas für Euch tun?«

Sie schob ihn unsanft mit nassen Fingern Richtung Türe. »Nein! Habt Dank! Auf bald!«

Unschlüssig stand Peter noch eine Weile auf der Gasse herum, ehe er sich betreten auf den Weg zur Lände machte.

Noch immer lachend kehrte Paul von seinem abendlichen Bummel über den Marktplatz zurück. »Das hättest du hören müssen«, entfachte er Peters Neugier, »dieser Siegfried ist ein echter Schelm.«

Peters Interesse schien deutlich zu schwinden, aber Paul ließ sich dadurch nicht bremsen. »Erst hat er, von Dutzenden umringt, eine verrückte Geschichte von einem Abt in Morimont zum besten gegeben und sich dann lauthals über den kopflosen Gesellpriester belustigt. Das Publikum hat getobt, und stell dir vor, etliche haben's sogar geglaubt.«

Peters Augen verengten sich. Ungläubig schob er den Kopf vor.

»Ah, doch neugierig! Also, gib acht! Der Abt studierte als Jüngling zu Paris, hatte aber einen harten Schädel, der wenig begriff und noch weniger behielt. Er wurde von allen verspottet und grämte sich mörderisch. Da drückte ihm eines Tages der Teufel einen Stein in die Hand und lockte: ›Solange du diesen in der Hand behältst, wirst du alles wissen.‹ Der Bursche wurde ein Muster an Gelehrsamkeit, bis er auf den Tod erkrankte. Und bevor er starb, warf er entsetzt den Stein von sich. Dämonen ergriffen nun seine Seele, zerrten sie in ein grausiges, schwefeliges Tal und spielten dort mit ihren Krallenhänden Ball mit ihr, bis sich der Herr erbarmte und die arme Seele in den Körper zurückkehren ließ. Der Jüngling ging zu den Zisterziensern, kasteite sich streng, wurde geheiligter Abt und hat fortan nie mehr gelacht. Was schaust du so mißtrauisch?«

Peter rümpfte die Nase und winkte verächtlich ab.

»Die Geschichte ist wahr, du Miesepeter! Hör weiter!« Paul fing schon wieder zu schmunzeln an. »Der Sänger behauptete nun, daß auch der Gesellpriester so schlaue Reden nur führen konnte, weil er mit dem Teufel paktierte. Aber da er beim Reden immer wild mit den Händen fuchtelte, hat ihm der Teufel den Stein gleich ins Herz gepflanzt. Doch nach dem ergreifenden Spiel der Gaukler an Kirchweih hat ihn der Graus über sich selbst gepackt, und er wollt' dem Teufel entwischen. Der war nun gewitzter, hat sich sofort den Kopf gesichert, in den er zuvor soviel teuflisches Wissen gesteckt hat und hat ihn gleich wieder einem anderen unzufriedenen Kleriker angedreht. So kommt's, daß die boshafte Gattung geifernder Klugscheißer nie ausstirbt.«

Paul prustete und klopfte sich auf die Schenkel, während sein Zuhörer säuerlich mäkelte: »Und das findest du lustig? Ich hätte dich für klüger gehalten.«

Paul würgte seine Fröhlichkeit ab, wischte sich das Wasser aus den Augen und fragte streitlustig: »Was ist? Was paßt dir schon wieder nicht?«

»Die Mär von dem Abt lass' ich mir ja noch eingehen ...«

»Wie großzügig von dem Herrn Besserwisser!« giftete Paul. »Sie stammt von einem gewissen Caesarius von Heisterbach, und der war hochgelehrter Zisterzienser, daß du's nur weißt!«

»Meinetwegen«, tat Peter unbeeindruckt, »aber die Mär des Sängers ist gefährlicher Unsinn.«

»So! Ich finde sie großartig, und die Leute auf dem Markt haben sich gekrümmt vor Lachen. Sie ist treffend und erklärt den Kern der Sache!«

»Sie lenkt ab und verschleiert und setzt dem Pöbel nur neue Flausen ins Hirn. Denk doch mal nach! Es ist wie der Tanz auf dem Seil, immer haarscharf am Abgrund. Erst haben sie gebrüllt, die Gaukler zu hängen, jetzt jubeln sie ihnen schon wieder zu. Aber Konrad Diener hat noch immer keinen Schuldigen, und die Entrüstung unter den geschockten Kirchgängern hat sich noch lange nicht gelegt. Er hat sie doch nur laufen lassen, weil die Torwächter beschworen haben, daß die Truppe vor Dunkelheit die Stadt verließ, so daß ihnen das Schurkenstück nur durch Magie geglückt wäre, und davon will der Richter nichts mehr wissen. Danke Gott, daß nicht Ostern ist, sonst würden sie wegen des Blutes jetzt Juden hetzen, und dank ihm auch dafür, daß der Pfaff' ein Mannsbild war, sonst würden sie alte Weiber wegen Kinderfett und derlei Greueln anschuldigen! Der Sänger, zum Teufel, sollte sein Maul nicht so voll nehmen!«

Peter hatte sich zuletzt so ereifert, daß er mehrmals auf den Tisch schlug, was Paul nun veranlaßte, den Kopf schief zu legen und ihn aus Augenschlitzen zu fixieren: »Du magst ihn nicht? Nagt da wohl der Wurm der ...«

»Ach!« fauchte Peter, stieß wütend den Hocker um und rannte hinaus.

»Klugscheißer!« maulte ihm Paul hinterher.

9. *Kapitel*

Berthold Schafswol hatte für diesen Samstag nachmittag zum geselligen Brautbad geladen. Da er vor seinen Gästen prunken und selber zuvorkommend umsorgt sein wollte, durfte es weder an Speck und Brot noch an reichlich Wein fehlen. Utz, der Bader, gab sich nach den Händeln von neulich redlich Mühe, seinen Brotherrn zufriedenzustellen, um über diesen Tag hinaus noch selbenorts zu schrubben und zu schröpfen. Aber Seibold hatte offenbar zu Hause aus Feigheit nicht geklagt. Der alte Schafswol saß jedenfalls schwitzend und schwabbelnd im Zuber und schien bester Laune.

Genaugenommen war es nicht seine Sache, die Hochzeit auszurichten. Doch wenn es nach Vermögen und Mitgift der Beutlerin ginge, dann gäbe es ein klägliches Fest, und er, der angesehene Gschlachtgewander, wollte seinen einzigen Sohn nicht wie ein Häusler in die Ehe geben. Um alles mußte er sich kümmern und wichtig tun: Am Brautkleid bemängelte er fehlenden Pelz und die Kürze der Schleppe, die Zahl der geladenen Gäste war unwürdig gering, das mehrgängige Hochzeitsmahl ein erbärmlicher Fraß aus der Armenküche …

Die eigentliche Arbeit oblag seiner resoluten Gattin Elisabeth, die zudem hochnäsig und ablehnend der Verbindung gegenüberstand, die sie nicht standesgemäß dünkte. Sie war die Schwester des Ratsherrn und Kämmerers Rudolf und wußte, wovon sie sprach, denn Vater und Bruder waren vor Jahren gegen ihre eigene Verbindung mit dem reichen Wollweber gewesen. Und Heinrich Rudolf schob auch heute Geschäfte vor.

Berthold Schafswol hingegen dachte pragmatisch und hatte hochfliegende Pläne. Er war bereits Mitglied der Gemeindevertretung, aber das war nahezu jeder, der nur ein genügend großes Vermögen in seiner Gasse versteuerte. Und die Gemein war so etwas wie ein zahnloser Hund: Sie durfte ein wenig mitreden, in Einzelfällen sogar mitbeschließen, aber die großen Entscheidungen blieben noch immer den Zwölfern vorbehalten. Für einen wie Schafswol, der vor Ehrgeiz brannte, war dies nicht genug. Sein Ziel war die Ratsmitgliedschaft.

Er besaß bereits ein großes Haus und die Badstube und ließ mehrere Weber für sich arbeiten. Je mehr Webstühle er aufstellen würde, um so eher könnte er sich auf gewinnbringenderen Handel verlegen, um dann in naher Zukunft ... Doch dazu benötigte er Grund, und Margret war die einzige Erbin. Da konnte man weiß Gott den kleinen Makel der Herkunft in Kauf nehmen. Aber das war es eben, was die Weiber in ihrer kurzsichtigen Hochnäsigkeit nicht begreifen wollten.

Zwischen den Alten saß mittendrin eine strahlende und stolzgeschwellte Margret. Da das Bad neben der Reinigung verschwitzter und grindiger Körper nach altem Brauch auch der Entsühnung und Weihung der Braut für die bevorstehenden Freuden diente, wurde der vorerst unnütze Bräutigam noch von ihr ferngehalten.

So fiel Wiltrud die ungeliebte Ehre zu, mit ihrer redseligen und leutenärrischen Freundin im Zentrum der Aufmerksamkeit zu glühen, und sie tat dies ausgiebig und nicht nur wegen der Hitze. Im Gegensatz zu Margret hatte sie das hauchdünne Gespinst eines Hemdchens von der Art, wie es die Mägde trugen, als Badehr gerne angenommen, mußte aber wenig später feststellen, daß der vermeintliche Schutz die Blicke erst recht auf sie zog, denn das feine Nichts ließ sie auf ungleich reizvollere Art entkleidet scheinen. Trotz der spärlichen Umhüllung empfand sie plötzlich wie Eva, die sich nach dem Sündenfall erstmals ihrer Nacktheit bewußt wurde. Dabei hatte Wiltrud noch kein Bißchen vom Apfel genascht und mit kaum einem Gedanken fleischlicher Lust gefrönt.

Fröhlicher Lärm kündigte die Spielleute an. Utz wollte ihnen erst den Zutritt verwehren, fürchtete er doch neuen Streit und das ausgerechnet heute. Aber die Gäste forderten lautstark ihr Bleiben, und Berthold Schafswol versicherte gönnerhaft, daß sie auf sein Geheiß hin kämen.

Bald erfüllte Flötenspiel und Gesang die Badstube, aufgelockert durch derbe Zoten. Der Bader und sein Weib scheuchten die Mägde, um allen Wünschen der Gäste zu willfahren. Heißer Dampf wölkte auf und verströmte süßlich-würzigen Duft von Rosenblättern und Kräutern.

Die Badstube war zum Bersten voll. Wer keinen Platz mehr im Wasser fand, ließ sich in der Kammer nebenan von kräftigen Händen durchwalken oder hockte abwartend und gleichwohl schwatzend und zechend auf einer der Bänke ringsum.

Seibold und Niklas verschmutzten dasselbe Wasser, aber weder sie noch ihre Meute, die gewöhnlich – zuverlässig wie Blähungen nach Kohlgenuß – für Unfrieden sorgten, taten sich bislang durch Grobheit oder dummdreiste Späße hervor. Die Anwesenheit des Wollwebers und nobler Gäste schien sie zu hemmen.

Wohl starrte Niklas die meiste Zeit anzüglich auf Wiltrud und warf dem Sänger wiederholt giftige Blicke zu, aber er verhielt sich so ruhig wie die anderen, selbst jetzt, als Siegfried sich mit der Laute im Arm auf den Rand des Bottichs schwang, in dem das Objekt beider Begierde saß oder richtiger: mit angewinkelten und zusammengekniffenen Beinen kauerte und bemüht war, bis zur Nasenspitze einzutauchen.

Siegfried hatte sich absichtlich auf Margrets Seite niedergelassen und widmete das nun folgende Lied geschickt der Braut, was als solches unverfänglich erschien, aber in Wahrheit hatte er nur Augen für *sie*. Durch ein Lächeln suchte er ihre Verlegenheit zu mildern, aber sie schaute hartnäckig zur Seite. Zwar hatte sie seinen Kuß noch nicht vergessen, und es war keine unliebsame Erinnerung, aber er hatte sie schon einmal im Bad zum Erröten gebracht. Sie wollte nicht wieder zum Gespött werden.

Der Sänger forderte Ruhe mit dem Selbstbewußtsein eines Mannes, der um seine Wirkung wußte. Er wolle ein Preislied auf die Frauen singen, gab er als einzige Erklärung und kündigte des berühmten Frauenlobs *Minneleich* an. Er zupfte versonnen ein zartes Vorspiel und dehnte es geschickt, bis völlige Ruhe eingekehrt war. Dann hob er an:

»O Frau, du veilchenblauer Garten,
der sich auf Frau Minnens Jagdplatz hegt,
du zarter Liebe ein Magnetstein,
du heimlich Band, das sich spannt,
wie wenn sich Gold in Gold verspringt
aus des Glanzes Feuer, zwischen zweien.

Wiltrud wagte noch immer kaum aufzusehen.

Selvon, der sah ein Dunstgebilde,
halb Jungfrau, halb Mann, der Länge nach geteilt,
das trug der vier Elemente Qualität ganz ungewöhnlich
in seiner Hand, es floß in Qualm und Schwaden.

›Kalt‹ und ›Trocken‹ trug es in der Hand der Frau,
›Warm‹ und ›Feucht‹ trug sein männlicher Arm.
Ein verständiger Mann, der versteht, was es kund tut.
Spräche ich mehr davon, es wäre gefährlich ...«

»Er preist eine saftige Fut ...«, rief die aufgeweckte Frau des Walkers prustend und rollte dabei so triumphierend mit den Augen, als habe sie das Rätsel der Sphinx gelöst. »Sie ist warm und feucht und für euch Tölpel gefährlich.«

»Gut Rut' tut jeder Fut gut!'« brüstete sich ihr Nachbar, schüttelte sich vor Lachen und schlug mit den Händen aufs Wasser, daß es hoch aufspritzte. Und im Nu hatte schlüpfriges Albern die erhabene Stimmung vertrieben.

Siegfried hatte von Anfang an gewußt, daß er dem Publikum schwerverdauliche Kost vorsetzte, denn das Werk Heinrichs von Meißen hatte nur wenig von der Leichtigkeit und Verspieltheit früheren Minnesangs, sondern war über viele Versikel hin dunkel und bedeutungsschwanger. So war er durch die ungestüme Unterbrechung nicht sonderlich vergrämt, ging es ihm doch nur um die besondere Darstellung der Liebe für eine einzige Person. Er hob von neuem an:

»So nahm die Kühnheit vollkommener Liebesfreude
ihren Anfang,
ohne Garn webte die Gestalt
die vier Elemente oftmals ineinander
nur mit der Augen Widerhaken.
Die Gestalt nannte sich: der Liebe Kraft.
In geheimen Büchern wurde dies beschrieben ...«

»Ohne Garn, hörst du«, zog ein Bekannter den Wollweber auf, »da möcht' ich mal sehen, was bei dir herauskommt.«

Als erfahrener Sänger wußte Siegfried instinktiv, was er seinem jeweiligen Publikum zumuten durfte, und war bereit, Melodie und Verse zu ändern und selbst das Lied zu wechseln, damit ihm die Zuhörer gewogen blieben. Er ließ daher eine Fülle von Strophen aus und steuerte den Kern seines Vortrags an:

»Wer trägt das Kleid vollkommener Tugend ohne waidblaue Farbe?
Wer kann wechselseitige Liebkosung schenken, ein sich des anderen erfreuen?
Wer macht minnenreiche Stimmung himmelfarben?
Wer wirft in des Mannes Herz der Minne Glut?
Wer macht den Mann willig zu mancherlei männlicher Tat?
Frau, bist du's? Ja ...«

Siegfried schaute unverwandt auf Wiltrud, und die erwiderte nun seinen Blick. Da schien kein Zorn mehr in ihren graublauen Augen, kein Zweifel, nur Verwunderung und – ein Glitzern ... war's ein Fünkchen Liebe? Er wollte ihr die Hand reichen, sie aus dem Wasser ziehen, mit ihr hinausstürmen über blumige Wiesen, sie auf zärtlichen Worten betten, mit sanften Melodien liebkosen, mit schmeichelnden Fingern ...

»Du Schandmaul!« zankte die bitter enttäuschte Braut. »Du Mistkrähe! Warum machst du dich über mein Kleid lustig? Es ist das Schö...hö...« Der Rest ging in jämmerlichem Schluchzen unter. Siegfried verstand erst nach einer Weile, daß es den Anschein hatte, er habe das waidblaue Brautkleid geschmäht. Da mischten sich auch der Bräutigam und andere sogleich ein, und er hatte alle Mühe, Frauenlob so auszudeuten, daß es nicht eigens der Farbe Blau bedürfe, um Treue und Tugendhaftigkeit auszudrücken, denn eine Frau mit solchen Vorzügen – und Margret sei zweifellos eine von ihnen – trage die Tugendhaftigkeit doch in sich.

Schafswol höchstpersönlich sorgte danach für Ruhe, und Siegfried wollte nun eigens für Margret von den Freuden der Mutterschaft künden:

»Luft, Feuer, Erde und Wasser
Verbinden sich zu keiner wertvolleren Sache
Und zu keiner erhabeneren Frucht als zu der Frauen Last ...«

Er hatte die Strophe noch nicht beendet, da lallte der angetrunkene Tuchscherer schon wieder dazwischen: »Und für unfruchtbare Frauen ist das Bad das beste. Was das Bad nicht tut, das tun die Gäste!« Es war nicht die Seife, die sein vorwitziger Zeh dabei zwischen den Beinen der kollernden Walkerin suchte.

Alles Hochgestimmtsein versank in gellendem Gelächter und spritzender Flut. Siegfried glitt vom Rand des Bottichs und brachte seine Laute in Sicherheit. Er hatte keine Lust mehr, Perlen vor die Säue zu werfen.

Da nutzte Niklas die Gelegenheit, seinen eigenen Handel wieder zu entfachen, indem er den Sänger anblies: »Verbrenn dein Rumpelscheit und spar deinen Atem! Jeder Handwerksmeister unserer Singschulen steckt einen wie dich in den Sack.«

Siegfried versuchte gelassen zu bleiben. Er stellte einen Fuß auf die Bank, stützte sich mit dem Ellbogen darauf und holte zu vernichtender Gegenrede aus: »Meister sagt Ihr« – er schnaubte verächtlich –, »meint Ihr damit die Wortquäler, die sich anschicken, die Minnesänger zu beerben und sich schon Meistersinger nennen, während sie durch schauerliche Reimregeln bloß pedantisches Wortgeklingel erzeugen? Wenn *Ihr* Euch der Kenntnis von Musik und zarter Lyrik rühmt, dann habt Ihr's doch bloß den Fahrenden abgelauscht. In Wahrheit habt Ihr keine Ahnung von heiterer canzo oder inniger Klage eines planctus, und die Wehmut eines Tagelieds, mit der die Liebenden bei Morgendämmerung scheiden, verkommt bei Euch zu grölender Klage über den Bohrteufel im Hirn nach durchsoffener Nacht. Eine Harfe oder Laute braucht Ihr dabei nicht, denn Euer liebstes Instrument ist die weinerliche Arschflöte.«

»Elender Fazmann!« zischte Niklas und konnte gerade noch zurückgehalten werden.

Siegfried stichelte mit Wonne weiter: »Heinrich von Meißen, der mein Lehrer war, den nenn' ich einen wahren Meister, und jede Bruderschaft von Euch wär' froh, wenn sie sich seines Namens rühmen könnte. Der Tiefsinn eines Lieds von ihm, die Vielfalt und kunstvolle Ordnung seiner Reime versteht Ihr nicht. Ihr erhebt zwar jeden Furz zum Thema, aber Euer Witz ist derb. Es fehlt das Feine und die Leichtigkeit« – er rieb vielsagend die Fingerspitzen der erhobenen Rechten –, »und bald wird noch der Schuster Verse flicken und selbst der Grobschmied Reime klopfen.«

Die Badegäste johlten vergnügt. Es war nicht eben die hohe Schule des Streitgesprächs, doch es versprach handfest zu werden …

»Unser Geschenk für dich«, bot der Sohn des Drechslers mit schmierigem Grinsen an. »Tob dich aus, eh' du bald nur noch das eine Loch bohrst.«

Der andere ließ sich nicht lange bitten. Ihm stand der Saft bis zum Hals, und auch den Kumpanen juckte der Stengel. Endlich folgte auf bloße Worthurerei die befreiende Tat.

Es war ja kaum mehr auszuhalten gewesen. Da schien erst des Sängers Gedöns in einen handgreiflichen Streit auszuarten und versprach die Gelegenheit, es dem Gauklerpack einmal richtig zu zeigen, aber nein – der Herr Wollweber persönlich mußte ja einlenken und schlichten, es sei alles nur ein leidiges Mißverständnis, und man wolle doch den schönen Tag in Frieden begehen.

Und Margret, nachdem sie ihr zickiges Greinen wegen eines Fetzen Stoffs – typisch Weiber! – endlich eingestellt hatte, war danach zwar wieder koketter Mittelpunkt, aber ihr Bräutigam durfte ihr auch nicht auf einen Kuß nahe kommen.

Und erst ihre kratzbürstige Freundin, die reizte gerade durch ihre alberne Verschämtheit, und ihr festes Fleisch, ja, das hatte schon was, aber es war klar, daß Niklas sie nicht einfach so im Bad schon bespringen konnte und selbstredend auch keine der anderen Brautjungfern und feinen Töchterlein.

Und die wippenden Brüste der Baderin drohten ständig den tiefhängenden Rand ihres linnenen Etwas zu überspringen, aber wehe, es verlor sich eine Hand unter ihrem Hemd und drohte die Dutten zu quetschen, dann kreischte sie ungewohnt heftig und drosch auf die zudringliche Pfote.

Ja, selbst die Mägde: Was war nur mit den Mägden heute los? Sie kicherten zwar wie sonst über die schwülen Komplimente und scharwenzelten um die Bottiche, aber nicht eine war bereit, sich in der Kammer einen Extrapfennig durch Ableistung dringender Wohltat zu verdienen.

Alles nur, weil der Besitzer des Bades zugegen war? Der war doch selbst kein Kostverächter. Oder hatte der Bader die Losung ausgegeben, aus Angst oder weil er ihnen den Spaß verderben wollte? Man würde es gelegentlich aus ihm rausprügeln müssen.

Daneben dann die ganze Zeit das säuische Geschwätz des besoffenen Tuchscherers, der in den Zuber kotzte und nicht mal mehr die Fliege von der Wand pinkeln konnte, oder seine Nachbarin, die verblühte Schönheit, die der freien Liebe das Wort redete, und zu Hause drosch der Walker wieder auf sie ein, als schlage er derben Loden.

Überhaupt – dieses vor Ehrbarkeit überquellende Bürgerpack, dieser Ausbund an Tugend und Heuchelei. Im Kontor oder der Werkstatt, da spielten sie sich auf, verlangten Respekt, rüffelten und piesackten einen, und auf der Zunftstube oder bei der Prozession, da platzten sie schier vor gewichtigem Ansehen und blank gescheuerter Würde. Dabei war nichts dahinter, alles nur Möchtegern und Kraftmeierei.

Und am schlimmsten waren ja wohl die Weiber, und das seit Anbeginn der Zeit. Erst locken sie einen honigsüß und mit allen Künsten der Schlange, rollen die Augen und biedern die Zitzen an, wie der Bäcker duftendes Brot, aber hineinbeißen darfst du nicht! Hüte dich! Ist nur die Lockspeise – der Biederkeit oder des Satans, egal! Kommt aufs gleiche raus, bedeutet so oder so ewige Qual.

Und wenn sich so ein armer Teufel in ihren Fängen verirrt, dann hat er eben schon die Hölle auf Erden. Denn mit dem Hemdchen, da streifen sie auch plötzlich wieder die Tugend über wie Sankt Georg den Panzer.

Zum Teufel! Wie sollten ledige Burschen sich da lustvoll die Zeit vertreiben, sich gefahrlos amüsieren? Wo sollten sie hin mit dem Überschwang ihrer Jugend, wo den hervorbrechenden Quell ihrer Manneskraft sprudeln lassen und schon gar, wenn man kein Geld hatte oder nicht bezahlen wollte? Was fiel den Weibern ein, erst den Kerlen den Kopf zu verdrehen und dann die Stacheln aufzustellen! Man durfte sich von ihnen nicht zum Tanzbären ihrer Launen machen lassen, sich gar nicht auf irgendwelche Mätzchen einlassen. Jawohl, man mußte den Weibern zeigen, wo der Hammer hing, beizeiten, deutlich und immer wieder!

Seibold lastete schwer auf ihr und stöhnte, schwitzte und pumpte nun schon über die Dauer der Allerheiligenlitanei, während die anderen danach gierten, seinen Platz einzunehmen. Doch er kostete seinen Part aus, bis er endlich die Augen verdrehte und sich röhrend und zuckend entlud.

Von gefälliger Aufmachung des »Geschenks« konnte keine Rede sein, sofern man sich nicht an einer offenen Scham delektierte, die sich so nur durch Zerfetzen des Unterkleids und grobes, gewaltsames Spreizen der Schenkel darbot.

Niklas mochte den Anblick und beinahe mehr noch als das nackte Fleisch die nackte, urgewaltige Angst in den Augen. Er genoß jedesmal das Gefühl von Macht, mehr noch als das eintönige Stoßen – das Gefühl von Macht über Leben und Tod.

Heute würde es nur flauer Genuß, denn Else, die Bademagd, hatte keine Furcht vor ihnen. In ihren Augen hatte nur Haß geblitzt, Haß und Verachtung. Egal, es ging ja in erster Linie um den Spaß des angehenden Bräutigams, und eine bessere oder noch unberührte Fut hatten sie heute eben nicht aufgetrieben. Der hochgeworfene Rock verdeckte ihr Gesicht nicht etwa zum Schutz vor dem Erkanntwerden. Gott, nein! Was wollte so eine schon ausrichten? »Herr Richter, man hat mir die Tugend geraubt«, vorgetragen von der Läufigen Els' – zum Totlachen. Bloß denen, die's zum ersten Mal taten, denen fiel's leichter, wenn nicht der stiere Blick oder das Weiße in den verdrehten Augen so einer Kuh den Schwengel gleich wieder schmelzen ließ.

Bloß einen Lappen hatten sie ihr zwischen die Zähne gepreßt, für alle Fälle. Was mußte sie selbst nach ein paar Ohrfeigen noch so lauthals und ordinär schreien, das blöde Stück. Sonst ließ sie doch auch bereitwillig jeden ran, die mannstolle Metze. Reine Geldgeilheit! Dabei hätte man über ein, zwei Pfennige doch durchaus reden können. Aber für jeden – war sie verrückt? Da warteten schließlich noch die Weber und der Färber und der Schäfflersohn, der so einer ja auch Freude machen konnte, weil er kräftig ins Fleisch stieß, wie das Stampfholz des Walkers.

Als Seibold sich zurückzog und sein Gesicht satte Zufriedenheit zeigte, da kam auch wieder Leben in das Weibsstück, so daß Niklas ihren Kopf fester zwischen seine Schenkel preßte und ihre Arme nach hinten bog, und die Burschen, die neben ihrem Gesäß hockten, fingen die wild strampelnden Beine wieder ein und zwangen sie wie geknickte Zweige zur Seite.

»Es ist angerichtet«, lud Niklas lachend den nächsten ein, »nur keine falsche Scham!« In dieser Hinsicht gab es nichts zu fürchten. Und er konnte generös sein, auf seine Art mitfühlend, denn als die Bewegungen der Els' nach dem fünften oder sechsten ruhiger wurden, ihr kindischer Widerstand – oder ihr Wille zu diesem lausigen Stück Leben – erloschen schien, da winkte er den Jüngsten heran, der bis dahin nur sehnsüchtig herübergegafft, ansonsten aber Wache gehalten hatte. Es wäre ja nicht anständig und pure Zeitvergeudung, so einen gleich anfangs ins Rennen zu schicken. Man setzte auch nicht den Kleinsten aufs feurigste Pferd.

»Sieh nur hin, Bübchen«, forderte Niklas den Wolfhart auf, »es ist eines rechten Mannes Jerusalem!« Er sprach ihm Mut zu, während er die anderen, die sich schon bewiesen hatten, mit energischer Kopfbewegung anherrschte, ihren Spott zu zügeln. »Laß dir Zeit. Gut so! Mach ihn warm, den Pupenhahn! Erst die Armbrust spannen, wenn der Schuß gelingen soll.«

Der Nebel wurde immer dichter, senkte sich feuchtwarm auf die dampfende Erde, durchnäßte jedes Tuch und kräuselte das Haar. Es störte sie wenig in ihrer brünstigen Hitze.

Da ertönte ein Pfiff, und der Aufpasser zischte, daß die Scharwache im Anmarsch sei. Niklas stieß einen gräßlichen

Fluch aus. Durch seine leutselige Blödheit würde er selber nicht mehr zum Zuge kommen.

»Was machen wir mit ihr?« fragte einer in aufkommender Panik.

»Was wohl, Dummbart«, blaffte Niklas. »Liegenlassen. Ist doch Dreck. Die Schlitzgabel wird sich wieder bekrabbeln. Hat schließlich bekommen, was sie wollte.«

10. Kapitel

Noch hielt die Dämmerung die Stadt in ihren Klauen, und der Frühnebel begann mit der Morgensonne ein zähes Ringen um seine flüchtige Existenz, doch über dem Hinteranger lag bereits ein Hauch von Aufgeregtheit, ein emsiges Schwirren und Brummen und Zurren und Richten, als käme der König zu Besuch: Margrets Hochzeitstag brach an!

Schon während der Nacht hatte sie in rosigen Wachträumen hundertfach das Jawort gegeben. Gegen Morgen war sie endlich eingenickt. Da wandelte sich die freudige Erregtheit in häßliche Panik, denn Margret fand sich im Traum ganz unvermittelt auf einer fetten Blumenwiese, aber jedesmal, wenn sie sich bückte, um eine Blüte für ihren Brautkranz zu brechen, da wurde diese augenblicklich welk und fiel vom Stengel, und alsbald stand sie so inmitten eines Meeres verdorrter Halme, das bis zum düsteren Horizont reichte. Kein hitziges Flirren mehr, kein Zittern im Wind, kein beruhigendes Wogen, die Erde sah aus wie ein schwarzbraunes Stachelkleid, die Krume rissig verhärtet, der vertrocknete Schoß auf ewig unfruchtbar, jedes Leben darin erstorben.

Plötzlich stand eine schwarz verhüllte Gestalt vor ihr. Erst glaubte sie, den kauzigen, stinkenden Alten zu erkennen, den sie vor Wiltruds Schwelle verlacht hatte, aber die Gestalt schien eigenschaftslos, nicht Mann, nicht Frau, ohne Geruch und ohne Geschlecht. Eine kalte Hand fuhr aus dem schlaffen Ärmel des Talars, ergriff ihre Rechte, und von irgendwoher bedrängte sie eine tonlose Stimme: Sag ja, ja, ja, ja ... Sie versuchte zu sprechen, aber Mund und Sprache gehorchten ihr nicht mehr. Ihre Lippen formten willenlos nur einen stummen Schrei, ihr Hals vertrocknete, brannte lichterloh.

Von ferne bewegte sich etwas auf sie zu, unwirklich, schwebend, kam rasch näher, konturlose Schwaden verdichteten sich ... da, endlich, Seibolds vertraute Züge, alles würde gut. Der Träger des Talars gab ihre Hand frei und legte sie in des Ankömmlings Rechte, und sie lauschte flehentlich auf das erlösende Ja, eine einzige, winzige, abgenutzte Silbe, aber als er sich ihr zuwandte, da fehlte ihm der Mund: kein bißchen Lippenrot, kein winziger Spalt, nur ausdrucksloses Starren eines kalten, marmorglatten Gesichts. Und die schwarze Gestalt schlug die Kapuze zurück, da war nichts ... nicht einmal ein Schatten, nur gestaltlose, entsetzliche Leere ...

Wiltrud kam lange vor der vereinbarten Zeit, für die verstörte Margret noch immer viel zu spät. Die Freundin hatte den Arm schon voll duftender Blumen und brachte die zweite Brautjungfer gleich mit. Und – kaum zu glauben: Sie schaute fröhlich, schien putzmunter, ja aufgekratzt, als freute sie sich auf das bevorstehende Fest. »Was ziehst du so ein Gesicht?« neckte sie die verdutzte Braut. »Ist doch *dein* großer Tag!«

»Ähä...« Der Versuch eines Lächelns mißglückte. Für Margret stand die Welt im Augenblick kopf.

»Los, los!« scheuchte Wiltrud sie. »Wo ist das königliche Kleid? Du wirst doch nicht ...«

Da endlich erwachte Margret aus ihrer Verwirrtheit und wirbelte mit einem Juchzer in die Kammer. Noch am Vorabend hatte Wiltrud mit Mühe verhindert, daß sich das ehemals schönste Brautkleid in einen waidgefärbten Putzlumpen verwandelte, indem sie unermüdlich die Farbe als Schmuck der Himmelskönigin gepriesen und versichert hatte, sie werde ebenfalls ihr blaues Kleid wählen, was bei der armseligen Pracht ihrer Wäschetruhe nicht eben schwerfiel. Wenig später trat aus der Kammer eine strahlende Braut, die Kleid und Surkot wie den Krönungsornat trug.

Die Freundinnen flochten die Blüten zu Kränzen, während die Mutter mit Hingabe das lange, engelsgleiche Haar ihrer Tochter bürstete. Es war vielleicht das letzte Mal, und sie tat es mit Wehmut, wie eine jede Mutter neben dem Stolz auch den Schmerz verspürt, wenn sie eins ihrer Kinder fortgeben soll, und sie hoffte inständig, für ihre Tochter eine bessere Wahl getroffen zu haben.

Die Entscheidung war ja nicht problemlos verlaufen, und etliche Bürger waren ihr seither gram, weil sie ihre einzige Tochter und Erbin keinem aus der Zunft versprochen hatte. Noch waren die Beutler und Gürtler zusammen mit den Krämern in einem Gewerk verbunden. Und da, bitte schön, hätte sich doch der Rechte finden lassen. Aber nein, die Polmoserin mußte entgegen allem Herkommen – und ganz sicher auch Vernunft – der Stimme des Herzens folgen und ihre schwärmerische Tochter dem jungen Schafswol in die Ehe geben, in den die seit Kathrein vergangenen Jahres verschossen war, bloß weil er sie aus reinem Übermut zum Tanz aufgefordert hatte. Naja, war auch kein Wunder, wo die Witwe selbst sich all die Jahre hartnäckig einem aus der Zunft verweigerte. Zugegeben, eine solche Verbindung bedeutete gesellschaftlichen Aufstieg. Aber zu welchem Preis?

Erste Gäste trudelten ein und wollten bei Laune gehalten werden: die Mume, die neugierige Krämerin, ein paar Nachbarsfrauen. Sie geizten nicht mit Komplimenten, eher an Geschenken. Es wurde eng in der kleinen Kuchel.

Jetzt nur noch rasch mit dem Krülleisen das duftige Geringel der Löckchen gebrannt. Margret hatte sich zuletzt dafür entschieden, ihr Goldhaar noch einmal in voller Pracht und Länge fließen zu lassen, ehe es künftig gestutzt oder aufgesteckt unter der Haube ein dunkles Dasein fristen würde.

Die Freundinnen hatten sich kaum die Blütenkränze aufs Haar gesetzt und sich wie drei Grazien lachend bewundert, als schon die Knechte des Wollwebers an die Türe pochten, um die Damen zu geleiten. Man war übereingekommen, zunächst im Kreise der Familie und enger Freunde ein schlichtes Morgenmahl im Hause Schafswol einzunehmen, danach das Ehegelöbnis zu leisten und anschließend den Bund vor St. Peter einsegnen zu lassen.

Der Nebel hatte es inzwischen aufgegeben, die Umrisse von Gestalten und Häusern ins Ungefähre zu verwischen, und die Sonne stach durch den aufsteigenden Dunst, als die Frauen den Steg über den Angerbach beschritten. Von der Küche des Rößlwirts her, der das Festmahl ausrichtete, umwehten sie bereits verlockende Düfte und würzige Schwaden, während zwei Mägde vor dem Eingang noch fleißig das Federvieh rupften.

Schräg gegenüber, wo es zur Sendlinger Gasse hinaufging, stand am Eck das stattliche Haus des Wollwebers. Die Pforte war mit Bändern und einer grünen Girlande geschmückt.

Berthold Schafswol begrüßte überschwenglich die liebe Braut und ihre liebe Mutter und die lieben Freundinnen und schwitzte schon wieder heftig unter seiner teuren Pelzkappe. Seine Gemahlin Elisabeth war aufgeputzt wie zur Fürstenhochzeit. Sie reichte zwar artig den Willkommenstrunk, blieb aber trotz auffordernder Gesten und Blicke ihres Gatten spitzgesichtig und deutlich reserviert.

Das Brautpaar schien sich tatsächlich zu mögen, obwohl es am wenigsten darum ging. Jedenfalls himmelte Margret schon während des Morgenmahls ihren Zukünftigen an wie den Gesalbten Zions, und Seibold, der zwar seltsam verschlafen wirkte, mühte sich immerhin um höfliche Freundlichkeit. Der Bursche wußte eben schon, worauf es im Leben wie in der Ehe tatsächlich ankam, stellte der stolze Vater zufrieden fest. Und sein Sohn berechtigte ihn zu den schönsten Hoffnungen.

Auch Niklas war natürlich da und wiederum nicht, denn Wiltrud sah, trotz seines Festgewandes, glattweg durch ihn hindurch, da mochte er noch so aufdringlich grinsen und sich besitzergreifend an ihre Seite drängen. Und Margret hatte es in ihrer Unschuld und als vermeintliche Hilfestellung sogar noch eingefädelt, daß der gutaussehende Sohn des Drechslers neben ihrer Freundin zu sitzen kam. Ach Margret, dummes Ding! Niklas jedenfalls gab sich siegessicher. Da gab es schließlich Gelegenheiten bei Spiel und Tanz, da wollte er schon dafür sorgen …

Nach dem Mahl ließ sich Berthold Schafswol die goldenen Ringe bringen, sprach ein paar salbungsvolle Worte, und danach reichten sich Margret und Seibold die Hand und versprachen sich unter den aufmerksamen Blicken und Ohren der Zeugen und manchem Schluchzer die Ehe. Das war's dann schon, dachte sich Wiltrud. So einfach und doch so kompliziert. Zumindest standen die Folgen in keinem Verhältnis zu diesem schlichten Akt des Gelöbnisses, und das wirklich Wichtige, ob Mitgift oder Morgengabe, war ja längst ausgehandelt.

Draußen wurde es laut. Die Spielleute trafen ein und mit ihnen eine Wolke ungeladener Zaungäste. Der Hochzeitszug formierte sich, und unter vielstimmigen Hochrufen und Flötentönen und Schalmeienklängen ging es hinauf nach St. Peter.

»Früher«, tuschelte Margret unterwegs, »hätte erst noch das Brautbett die Ehe besiegelt. Dann wäre ich …« – sie kicherte –, »schon nicht mehr als Jungfrau zur Messe gegangen.«

Wiltrud wußte nicht, was daran komisch war, und hörte überdies kaum zu. Sie schielte verstohlen nach den Spielleuten und schien aufgeregter als die Braut. Gestern hatte sie *ihn* seit seinem Besuch in ihrer Werkstatt erstmals wiedergesehen, aber seine Worte waren ständig zugegen, hatten sie die Tage über begleitet, manchmal gar getrieben. Mit sprühender Lust hatte sie den Ton geformt und ihrer Phantasie freien Lauf gelassen, gleichzeitig aber mit jedem Tag mehr gebangt, er könne sie schon wieder vergessen haben. Aber dann gestern, dieses Lied. Sie hätte vergehen mögen vor Scham und Seligkeit. Es galt *ihr*, da war sie völlig sicher. Sie hatte nur vieles nicht verstanden und war begierig, ihn zu fragen.

Der Rindermarkt lag sonntags gewöhnlich wie ausgestorben da, aber der Lärm des Hochzeitszuges hätte Viehhändler und brüllende Ochsen spielend übertönt. So trieb es die Vornehmen an die Fenster ihrer stattlichen Häuser, aber die wenigsten stimmten in die Segenswünsche ein, sondern schielten nur ungehalten und naserümpfend nach Putz und Prunk des Handwerkervolks.

»Hast du's gesehen?« keifte die Ridlerin quer über die Gasse zu ihrer Schwägerin. »Eine Schleppe erlaubt sich das Weib. Eine Schleppe! Kannst förmlich die Hoffartsteufel drauf tanzen seh'n!«

Wiltrud nahm dies alles kaum wahr. Sie erinnerte sich, wie der Sänger ihr an dieser Stelle sein Lied aufdrängen wollte. Ihre Blicke trafen sich. Er lächelte ihr zu. Dachte er eben dasselbe?

Der wieder genesene Pfarrer Konrad erwartete im weiten Talar das Brautpaar auf den Stufen zu St. Peter, wo es im

Angesicht der Kirche und öffentlich vor allen Zeugen sein Versprechen wiederholen sollte. Er rügte Margret, denn es ziemte sich nicht für eine sittsame Braut zu strahlen, als könne sie es kaum erwarten, unter die Haube zu kommen. Dann sprach er ein paar feierliche Begrüßungsworte und richtete danach lautstark die Frage an die Gemeinde, ob jemand von einer Verirrung oder einem Hindernis wisse, das zwischen dem Paar stehe, und so solle er es hier und jetzt kund tun, andernfalls für immer schweigen.

Berthold Schafswol lächelte gönnerhaft. Es war nur Brauch und reine Formsache, und er bedeutete mit gefälliger Geste: Fahrt nur fort, Hochwürden! Der legte die rechten Hände der Brautleute ineinander, umschlang sie mit der Stola und befragte zuerst den Mann: »Seibold, begehrst du Jungfer Margret …« Die taumelte just bei diesen Worten, und mit einem Mal hatte sie den verdrängten Alptraum wieder vor Augen und sie starrte wie gelähmt und in banger Hoffnung auf Seibold, der sich ihr zuwandte, das Lächeln eines Händlers im Gesicht. Er schien sich anstelle der Braut zu zieren, denn noch ehe er das erlösende Wort sprach, weiteten sich seine Augen entsetzt, und er stieß fahrig Niklas neben sich an – durch die Schar der Festgäste und Gaffer bahnte sich aufgeregt der Bader seinen Weg.

Unruhe entstand. »Der hat wohl zu heiß gebadet«, flachste Paul, der sich mit Peter unter die Schaulustigen gemischt hatte. Seibold erbleichte, und seine Braut taumelte mit einem gequälten Seufzer zu Boden. Während die Umstehenden ihr zu Hilfe eilten, hatte der Bader schwer atmend den Wollweber erreicht. »Was erlaubst du dir!« zischte der wütend.

Der Bader drängte sich an dessen Ohr und tuschelte hektisch, worauf sich die Miene von Berthold Schafswol noch mehr verfinsterte. »Und deswegen …« fuhr er den Störenfried an, senkte aber sogleich die Stimme. »Mach's Gatter zu, halt's Maul und warte!« befahl er halblaut. »Heut ist die Hochzeit meines Sohnes!«

Er stieß den unglücklich dreinschauenden Bader zur Seite, künstelte ein Lächeln auf seine Lippen und beschwichtigte mit den Händen die Festgemeinde: »Es ist nichts, nichts von Bedeutung.«

Er tätschelte die Wangen der Braut, die sich wieder aufgerappelt hatte und wiegelte die Skepsis des Pfarrers ab. Der Rest der kurzen Zeremonie verlief friedlich und würdevoll, und der Himmel entrollte darüber sein unschuldiges Blau.

Die Spielleute zogen eine erste Weinprobe beim Rößlwirt der anschließenden Brautmesse in St. Peter vor. Ihre liederlichen Künste waren dort nicht gefragt. Paul machte Anstalten zu folgen, als ihn ein strafender Blick von Peter zurückhielt. »Oh, nicht was *du* schon wieder denkst«, rechtfertigte er sich, »ich will den Bader trösten.«

Peter schaute so verdutzt, daß Paul lachen mußte. »War nur ein Witz. Die Sache stinkt doch. Möchte wissen warum.«

Der Freund verstand noch immer nicht.

»Schau«, erklärte Paul geduldig, »am Sonntag morgen hat keine Badstube geöffnet, weil Kirchgang geboten ist. Wenn nun der Bader wie von Bienen gestochen angerannt kommt und mitten in die Hochzeit platzt, dann muß doch Außergewöhnliches passiert sein. Und wenn ich bloß an den rotzfrechen Übermut der Burschen im Bad denke... verstehst du jetzt?«

»Du bist schon wieder auf der Fährte.« Es klang eher tadelnd und keineswegs begeistert.

»Na klar. Kannst ja derweil die Litanei für mich singen.«

Frömmigkeit und Neugier rangen in Peter. »Es hat doch Zeit bis...«

»Jetzt ist die beste Zeit«, beharrte Paul, »weil der Bader nicht damit rechnet und andere noch nichts vertuschen können.«

Peter war überzeugt.

Utz stellte sich taub und widerstand auch, als Paul mit Füßen und Fäusten gegen die Tür hämmerte. Der ließ sich deshalb noch nicht von weiterer Erkundung abbringen und strich suchend um das Badhaus herum. An der Rückfront, bachseitig, wurde er fündig. Dort schloß sich ein geräumiger Holzverschlag an, vor dessen Brettertür frische Sägespäne gestreut waren. Paul scharrte mit dem Fuß und legte dunkle Flecken frei. »Ich will verdammt sein, wenn das hier kein Blut ist.«

Peter lugte durch die breiten Spalten zwischen den Brettern, aber es war zu düster dahinter. Die Türe war von außen durch einen Riegel versperrt und zusätzlich durch einen dicken Strick gesichert, der jedoch kein ernsthaftes Hindernis war.

Paul stellte erfreut fest, daß Peter sich prüfend umschaute – er hatte angebissen. Von den Frauen des Angers ließ sich gewiß keine die Hochzeit entgehen, und die lärmenden Gäste des Rößlwirts waren weit. Der Knoten war im Handumdrehen gelöst.

Paul drückte die quietschende Brettertüre bis zum Anschlag auf, und der einfallende Lichtstreifen ließ ringsum leere Bottiche, Holzreserven und allerlei Gerümpel aus dem Schatten treten. Der Boden vor ihnen trug ebenfalls frische Streu. Eine schwache Schleifspur führte mitten unters Gerümpel hinein.

Die beiden schauten sich fragend an, dann bückte sich Paul und zog beherzt die schmutzige Decke fort. »Pest und Hölle!« fluchte er, als die Leiche einer jungen Frau dalag. Ihr Kleid war im Schoß blutbefleckt, aber weit schlimmer war ihr Kopf anzusehen: Die Miene war gräßlich verzerrt, die starren Augen noch im Tod schreckgeweitet. Am Hals klaffte ein breiter Schnitt.

»Kennst du sie?«, fragte Peter entsetzt,

»Könnt's nicht beschwören, aber sie kommt mir vor wie die Magd, die sie die Läufige Els' gerufen haben.«

»Verfluchte Unzucht!« schimpfte Peter angewidert.

»He, was schaust du mich so an«, begehrte Paul auf. »Kann *ich* vielleicht was dafür?«

»Laß uns verschwinden!« sagte Peter kopfschüttelnd.

»Warte! Der Hals! Teufel auch!«

Peter warf nochmals einen Blick darauf und zuckte unwillkürlich. Der Schnitt hatte nicht die Kehle durchtrennt, sondern seitlich die Schlagader geöffnet. »Bei allen Heiligen«, stöhnte er, »alles, nur das nicht!«

Sie deckten hastig die Leiche zu und verließen den Schuppen.

»Was nun?« fragte Paul.

»Ich weiß nicht«, sagte Peter, noch unter dem Eindruck der scheußlichen Entdeckung. »Auf jeden Fall nicht zum Richter gehen. Warten wir ab, was passiert.«

Die ersten Kirchgänger tauchten auf, und gleich darauf wurden die beiden von der Woge der Hochzeitsgäste zum Rößlwirt mitgerissen. Jemand faßte Peter plötzlich am Arm. »Könntet Ihr mein Tischnachbar sein? Bitte!« Wiltrud Hafner schaute ihn fast flehentlich an.

»Aber ich gehöre doch gar nicht ...«

Ehe Peter recht wußte, wie ihm geschah, saß er mit Zustimmung der Braut an der Hochzeitstafel.

11. Kapitel

Aus den Forellen und Flußkrebsen nach Art der Tegernseer Mönche machte er sich nicht allzuviel, aber vor lauter Händeschütteln, Begrüßungsworten und Danksagungen konnte Berthold Schafswol auch die Hühnerfleischpastete mit Pflaumenmus kaum richtig genießen. Er sonnte sich in der Aufmerksamkeit und stöhnte gleichwohl.

So eine Hochzeit und insbesondere die Gästeliste verlangten ein Höchstmaß an diplomatischer Finesse. Niemand wollte verprellt sein, und die Walker und Färber und Tuchscherer waren eifersüchtig auf eine Ladung bedacht. Die Leineweber dagegen straften aus herzlicher Abneigung den Hochzeitsrummel mit Verachtung.

Berthold Schafswol war selbstredend einer der Pfleger in der Weberzunft, und als solcher mußte man beizeiten auch eigenen Handwerksgenossen auf die Zehen treten. Und Schafswol stand im wohlverdienten Ruf, bei der Warenbeschau selbst kleinste Mängel zu rügen und reichlich Strafgelder zu erheben, freilich bevorzugt in einer Richtung. In seinen Augen nämlich stellte die Zunft ein unmögliches Gebilde dar, da sie noch immer die gesamte Weberei umfaßte. Das hieß, daß der wohlhabende und angesehene Hersteller feinster Wolltuche mit einem ordinären Leineweber am selben Tisch zu sitzen kam. Das war für ihn gerade so, als spannte man einen arabischen Hengst mit einer böhmischen Schindmähre zusammen oder setzte – weit schlimmer noch – einen Ehrbaren mit einem Schlitzohr zusammen aufs selbe Pferd, denn schließlich sagte man den Leinewebern allerlei Schandbares nach, so etwa leichtfertige Moral ihrer Weiber, Betrügereien beim Garn und unerreichte Meisterschaft im Fluchen. Und vielerorts hatte man auch schon Ketzer hinter den Webstühlen solcher Galgenvögel hervorgezerrt, und es war ein offenes Geheimnis, daß sie in ihre Knoten bei Bedarf auch garstigen Zauber webten. Bei Sankt Michael, so etwas konnte er nicht hinnehmen! Sein Ziel war daher die Teilung des Gewerks.

Erst bei der geschmorten Ochsenzunge, zu der Fladenbrot und eine deftige Zwiebel- und Knoblauchtunke gereicht wurden, kam Berthold Schafswol etwas zur Ruhe und langte kräftig zu.

Zufrieden schweifte sein Blick über die Gästeschar, wenngleich von denjenigen, die die Steigbügel zum Aufstieg in der Hand hielten, kaum einer vertreten war. Ratsherren wie der Ridler hätten eher einen Tag freiwillig im Fegefeuer gelitten, als auch nur eine Stunde der Einladung von einem, der erst nach oben wollte, Folge zu leisten. Und dann dieser aufgeplusterte Küchel, dieses selbsternannte Vorbild an Bürgersinn und frommer Tugend. Wohnte gerade mal drei Häuser entfernt und tat so, als liege dazwischen der Höllengraben. Mit wohltuender Häme stellte der Wollweber fest, daß Küchels Jüngster, der Liebhart, neben seinem Sohn saß. Der war kein Erbsenzähler wie sein Alter.

Schräg gegenüber sah er mit Genugtuung den Schwager Heinrich Rudolf tafeln, säuerlich zwar und stocksteif, dafür leibhaftig. Elisabeth Schafswol hatte ihren angesehenen

Bruder erfolgreich bedrängt. Der junge Mann da zwischen dem Ratsherrn und der etwas spröden Brautjungfer war ihm nicht bekannt, aber es sollte ihm recht sein.

Margret war glücklich und strahlte mit der Herbstsonne im Zenit um die Wette. Sie war jetzt eine Schafswol, allen schaurigen Träumen und unliebsamen Störungen zum Trotz. Und Seibold, der sich wie ein vom Mühlstein befreiter Esel fühlte, nachdem der Bader wieder verschwunden war, zeigte sich ausgesprochen zugänglich. Margret steckte ihm unentwegt und kichernd die zartesten Stücke vom Spanferkel in den Mund und schob Knödel oder Rübengemüse auf Brotstücken hinterher. Dem Liebsten das Maul stopfen, hieß das neckische Spiel verliebter Paare.

Wiltrud dankte dem Himmel und ihrer Entschlossenheit, daß sie Niklas ausgetrickst hatte, der nun griesgrämig am Ende der Tafel schmorte und seinen Nachbarinnen selbst die Mandeltörtchen vergällte. Da teilte sie tausendmal lieber mit dem jungen Barth Becher und Löffel, obgleich dem auch etwas über die Leber gelaufen zu sein schien. »Ihr seid heute nicht sehr gesprächig, Peter Barth«, rügte sie erwartungsvoll.

»Verzeiht!« Peter wurde rot. Die Leiche wollte ihm nicht aus dem Kopf, und er fragte sich die ganze Zeit, wo dieser Wollweber die Kaltblütigkeit hernahm, so zu tun, als sei nichts gewesen. »Wie ... wie geht es Eurem Vater?«

»Es wird schlimmer mit ihm«, gab Wiltrud überrascht Auskunft. Was für ein Thema an einer fröhlichen Hochzeitstafel!

»Barth?« fragte da Kämmerer Rudolf. Er hatte bei dem Namen aufgehorcht und neigte sich Peter interessiert zu. »Seid Ihr verwandt mit ... o ja, ich habe von Euch gehört.«

Peter war im Zweifel, ob er Gutes meinte. Immerhin war er vor Monaten einigen Ratsherren auf die Eisen gestiegen.

»Scheußliche Sache damals, aber Ihr habt Euch prächtig

verhalten. Einer wie Ihr müßte im Rat sitzen!« Er sagte dies betont laut und schaute herausfordernd zu Schafswol hinüber, während Peter lächelnd an seinen rührigen Halbbruder dachte, der sich nichts sehnlicher wünschte.

»Mein Großvater war noch mit einem Barth beim Papst in Rom«, fuhr Rudolf gesprächig fort, »damals, als die Peterspfarrei geteilt wurde. Aber das war vor unser beider Zeit. Ich kann mich immerhin noch daran erinnern, wie die große Mauer gebaut wurde und hier draußen wenig stand. Auch der Klosterhof dort drüben gehörte damals noch nicht den Tegernseer Mönchen. An dieser Ecke hat übrigens schon einmal der Teufel zugeschlagen ...«

Die beiden haben sich gefunden, dachte Wiltrud verärgert. Zum Glück spielten die Gaukler zwischen den einzelnen Gängen auf und gaben Scherze und Kunststückchen zum besten. In der übrigen Zeit schlugen sie sich den Wanst voll, so daß mancher sich fragte, wie sie sich noch rühren, geschweige denn hüpfen und spielen konnten. Nur wer selbst das Leben eines Fahrenden führte, das häufig dem eines streunenden Hundes glich, der verstand es wohl und hatte gelernt, auf Vorrat zu fressen, wenn die Tische reichlich gedeckt waren.

Auch die Bettler und Hungerleider der Stadt warteten schon auf die Aufhebung der Tafel, um ihren Anteil zu erheischen, und ihr Hoffen war berechtigter als das der Tanzwütigen, die nun ebenfalls auf Beendigung des Mahles drängten.

Da nahte von Süden her ein anderes Grüppchen, um seine Aufwartung zu machen: Grell geschminkt, die Brüste wie von Hefe getrieben aus dem Schnürleib gepreßt, die Röcke unzüchtig geschürzt, so suchte achtfacher Schrecken bürgerlicher Moral wie der Mittagsdämon die festliche Gesellschaft heim, die eben den Triumph ehelicher Treue über die Liederlichkeit feierte.

»Es sind die Schwalben des Henkers«, tat sich der Tuchscherer wissend hervor und fügte unter den Nadelblicken zahlreicher Damen umgehend ein »glaube ich« hinzu. Und diejenigen, die nicht nur den Namen der einen oder anderen Hübscherin, sondern auch ihr Muttermal an delikater Stelle kannten, riefen am schnellsten: »Schert euch fort!«

Doch die Töchter der Venus brachten erst ihre Glückwünsche vor, tanzten dann einen werbenden Reigen und schoben danach mit offenem Beutel ungeniert durch die Reihen der Gäste, spitzten die sündigen Lippen und leckten mit feuchter Zunge den Kirschmund, schleuderten ihr gefärbtes Haar, lockten mit Wimpernschlag hier, gurrten um den Kahlkopf dort und besetzten den Schoß des Verschämten, bis er sich mit silberner Münze freikaufte. Erst als Gezeter und Empörung der ehrbaren Gattinnen die aufgenötigte Freigebigkeit der Herren bei weitem übertraf und auch des Wollwebers Börse kräftig zur Ader gelassen war, zog sich der Spuk in die Gefilde des Henkers zurück.

Wiltrud hatte das Spektakel eher belustigt verfolgt, wunderte sich über das plötzliche Eifern und Giften und die seltsame Verwandlung manches Tischgenossen, der eben noch seiner Nachbarin Schlüpfrigkeiten ins Ohr geblasen hatte. Und als sie zu den Spielleuten hinübersah, bemerkte sie, wie diese nur mühsam ihre Erheiterung über den Aufschrei gequälter Bürgerseelen unterdrücken konnten.

Pfarrer Konrad war außer sich und zog sich empört zurück, ehe auch noch das unzüchtige Springen der Tänze begann. Berthold Schafswol hob die Tafel auf und forderte Musik, um die angeschlagene Stimmung zu retten, und Siegfried und die Gaukler hatten keine Mühe, mit Trinkliedern und frechen Parodien auf die Dummheit der Bauern, die Geldgier der Bettelmönche und den Hosenteufel der Pfaffen den Ärger rasch zu vertreiben.

Nicht jeden freilich. Niklas steuerte mit Gewitter im Gesicht auf Wiltrud zu, packte sie wortlos am Handgelenk und zog sie mit sich unter die Reihen der Tanzenden. Sie war zunächst so verblüfft, daß sie den Übergriff einfach geschehen ließ, und Niklas wollte sich um keinen Preis vorstellen, daß sie ihn auch in aller Öffentlichkeit zurückstoßen könnte. Das würde sie nicht wagen, nicht als Frau und nicht heute.

»Hör zu!« zischte er während des Reigens. »Wir sind einander versprochen, und dies ist die beste Gelegenheit, es allen mitzuteilen. Ich will, daß du deine Zustimmung gibst.«

»Du kennst meine Antwort«, beschied sie ihn kalt.

»Was ist?« Er ließ die Hand seiner Nachbarin fahren und riß auch Wiltrud aus der Kette. »Hab ich vielleicht den Aussatz am Leib? Bin ich dir nicht gut genug? Oder ist's, weil dir der Bratenfiedler schöne Augen macht? Was kann der dir schon bieten.«

»Immerhin hat er Manieren.«

»Pah! Ein Fahrender, ein armseliger Schlucker, ein dahergelaufener Niemand! Treib es nicht zu weit, hörst du!«

»Sonst?« Wiltrud schaute ihn herausfordernd an.

»Wirst schon sehen.«

Sie suchte sich ihm zu entwinden. Ihre scheinbare Furchtlosigkeit stachelte ihn auf. Er verstärkte seinen Griff. »Du bist ein Weib und gehörst mir«, erwiderte er mit grober Bestimmtheit.

»Nie, Niklas, nie!« schrillte sie, biß ihn blitzschnell in die Hand und rannte ihm davon.

»Das wirst du Schlampe mir büßen!« brüllte er hinterher, das Gesicht vor Schmerz und Wut verzerrt. Er wünschte den Zeugen des Streits die Pest an den Hals und stob unter dem Gespött der anderen davon.

Margret eilte besorgt auf die Freundin zu. »Was habt ihr beide nur wieder? Niklas ist doch ein guter Kerl und ...«

Wiltrud hörte deutlich den Vorwurf heraus. »Laß gut

sein, Margret!« unterband sie schroff den Versuch zu vermitteln. »Manches wird eben nichts. Das ist wie Holz und …« Siedendheiß fiel ihr ein, daß sie ihr Geschenk völlig vergessen hatte. »Entschuldige mich!« bat sie die verdutzte Margret und lief nach Hause.

Der Lärm der Feiernden folgte ihr bis vor die Werkstatt. Drinnen erschien es ihr angenehm ruhig, bis sie ein lautes, langgezogenes Stöhnen hörte, gefolgt von einem Röcheln. Es war Vater in seiner Kammer. Wiltrud rang einen Augenblick mit sich, ob sie zu ihm gehen sollte, entschied sich dann dagegen. Großmutter würde nach ihm sehen, wenn er etwas brauchte, und sie wollte sich ihre festliche Laune nicht vollends verderben lassen.

Als sie bereits wieder auf dem Steg über den Angerbach war, wandte sie sich um. Waren es Schuldgefühle? Sie sah eben noch etwas Schwarzes huschen, das gleich darauf mit den Hütten verschmolz, in einem Winkel oder einer Ritze verschwand. War es überhaupt eine Gestalt? Bloß ein Schatten? Das konnte nicht sein, denn die frühe Nachmittagssonne tauchte die Häuserzeile eben in gleißendes Licht, und deshalb hätte sie auch nicht genau sagen können, ob es beim Nachbarn war oder vor ihrem Haus oder … Was sollte es? Wahrscheinlich hatte sie sich getäuscht oder das schlechte Gewissen hatte ihr Bedrohliches vorgegaukelt.

Margret strahlte wie ein Granatapfel über das unerwartete Geschenk, ließ sofort Wein in den tönernen, gelbbraun glasierten Löwen füllen, obwohl er nicht für diesen Zweck gedacht war, und lief in kindlicher Freude von Tisch zu Tisch, schenkte daraus ein und pries die Kunstfertigkeit ihrer Freundin, der soviel Aufmerksamkeit schon wieder peinlich war. Doch es brachte ihr neben Anerkennung auch Aufträge. Die Frau des Tuchscherers wollte unbedingt so ein Gefäß besitzen, und die Krämerin brüstete sich, gute Kundschaft an der Hand zu haben. Wiltrud frohlockte innerlich.

Sie würde ihrem verstockten Vater schon beweisen, daß auch ihre Art der Arbeit Früchte trug.

Siegfried und die Gaukler hatten inzwischen aus leeren Fässern und unbenutzten Tafeln eine kleine Bühne zusammengestellt, denn es folgte nun das versprochene Spiel. Die Festgemeinde war noch angeschwollen, da nach dem Mahl mit geladenen Gästen sich jedermann zu Wein und Tanz gesellen durfte. Auch Paul wußte die Vorzüge seiner neuen Heimstatt zu nutzen.

Siegfried sprang auf ein Faß und kündigte lauthals den *Cantus de uno bove* an, die alte Mär vom Bauern Einochs, die er mit eigener Feder aus dem Latein in die Mundart der Münchner übertragen habe. Das war nach dem Geschmack der Städter, die sich nur allzugern über die Bauernlümmel und Grobschlächtigen vom Lande belustigten, und die Freude wuchs zu wahrer Begeisterung, als Siegfried erklärte, sie müßten alle mitspielen und daranging, die Rollen zu verteilen.

Erst galt es, drei würdige Damen zu finden, danach den Schultheiß und den Großbauern. Als die Rolle des Pfaffen anstand, wurde es einen Augenblick still, als drohe ein Sakrileg. Jedermann erinnerte sich an den toten Gesellpriester, bloß einen Steinwurf von der Bühne entfernt. Da löste Sophia den Bann und schob Paul nach vorne, der ihr nichts abschlagen konnte.

»Das ist wie der Wolf als Lämmerhirt«, zog Peter ihn auf, doch Paul schien sich in der Rolle sogleich zu gefallen, wölbte gewichtig sein Bäuchlein unterm Rock vor und tadelte mit strenger Miene: »Mein Sohn, ich muß dir einen Eimer Wein als Buße auferlegen, wohlgemerkt abzuliefern, nicht zu zechen!«

Unter großem Gelächter wurden die übrigen zur Sauherde bestimmt.

»Einst war ein armes Bäuerlein …«, begann Siegfried sein

Lied, während Benjamin den Unglücksraben spielte. Der wurde von allen Bauer Einochs genannt, weil ihm sein zweiter Ochse stets einging und eines Tags nun auch sein letzter – Fridlieb, auf allen vieren, fiel mit dumpfem Knall zur Seite.

Einochs brachte mit hängenden Schultern das Fell zum Markt für geringen Erlös. Auf dem Rückweg plagte ihn ein Bedürfnis und siehe da: Unter dem Büschel Gras, das zum Abputzen diente, fand er einen gewaltigen Silberschatz – von einem Haufen runder Isarkiesel zwar nicht blendend, aber solide dargestellt.

Er füllte sich die Taschen und borgte zu Hause vom Schultheiß ein Scheffelmaß für den Schatz. Schulze, Großbauer und Pfarrer bezichtigten ihn darauf neidvoll des Diebstahls. Einochs gab vor, daß sie im Nachbardorf hohe Preise für Felle bezahlten, und die drei Gevattern schlachteten flugs ihre Ochsen. Als sie dafür bei den Nachbarn höllisch überteuerte Preise forderten, wurden sie kräftig verprügelt.

Erbost wollten die drei nun den Einochs knüppeln, da lag sein Weib vor ihm erschlagen und in ihrem Blut. Er aber holte pfiffig eine Flöte hervor und lief spielend um die Frau herum, worauf sich diese gesund erhob.

»Als altes Scheusal bracht' sie ihm kein Glück,
als Engel, jung und schön, kehrt sie vom Tod zurück.«

sang Siegfried mit Inbrunst, und die hübsche Sophia vermochte jedermann von der geglückten Verwandlung zu überzeugen.

Die drei Dorfschlauen kauften die Flöte ab und gingen daran, ihre Gattinnen zu meucheln. Berthold Schafswol, der höchstpersönlich den Schulzen gab, fand sich trefflich in die Rolle ein und ging seiner Elisabeth so überzeugend an den steifen Hals, daß Spötter boshaft munkelten, es sei ihm echtes Bedürfnis. Aber ach – weder Wohlklang der Wunderflöte noch schaurige Dissonanz brachte die drei Frauen wieder ins Leben.

Als das gewitzte Bäuerlein die Gevattern noch mit einer münzenscheißenden Wunderstute leimte, wollten sie ihm endgültig das Licht ausblasen und steckten ihn in eine Tonne. Er zückte einen Beutel und lockte: Vertrinkt den Inhalt zu Eurem Wohl und Gottes höherer Ehre! Während die drei vom Roten zechten, kam ein Sauhirt des Wegs, von Hein Wackel gespielt, der die fröhlich grunzende Festgemeinde dirigierte.

Der schlaue Einochs machte ihm weis, daß man ihn zum Dorfschulzen erhebe, wenn er nur für ihn in die Tonne stiege. Als die drei Zecher zurückkehrten, rollten sie vergnügt die Tonne ins Meer.

Da trieb Einochs quietschfidel die Sauherde auf die andere Seite der Bühne, und den Gevattern fielen die Augen heraus, als der Totgeglaubte von unzähligen Sauen auf dem Meeresboden erzählte, die er einfach so zusammengetrieben habe. Fridlieb und Balthasar schüttelten blaue Stoffbahnen so geschickt, daß sie aussahen wie das wogende Meer. Dort hinein sprangen mit der Aussicht auf reichen Schinken die neidigen Gevattern und wurden fortan nicht mehr gesehen.

Unter herzlichem Beifall verkündete Siegfried die Moral, daß man in alle Ewigkeit den falschen Ratschlägen eines verschlagenen Feindes keinen Glauben schenken dürfe.

Ein kleines Grüppchen stritt sogleich lebhaft über Existenz und Fundort von Schätzen, wie eben gehört. Liebhart Küchel vertrat entschieden die Ansicht, daß es im Westen der Stadt, nahe dem Dorf Aubing eine düstere Lohe gebe, in der Heiden und Teufelsbündner ihr Unwesen trieben. Dort sei auch ein Hügel, Teufelsberg genannt, in dem ein gewaltiger Schatz vergraben sei, und wer ihn heben wolle, müsse zauberkundig sein und einen Pakt mit dem Teufel schließen. »Dem Leibhaftigen gehört nämlich alles, was drei Fuß und tiefer unter der Erde steckt«, tat er sich wichtig. »Könnt meinen Vater fragen, der in der Nähe Grund besitzt!«

Peter schüttelte den Kopf über die Leichtgläubigkeit und dachte für sich: Wenn jetzt einer mit der Flöte daherkäme …

Paul genoß seinen frisch erworbenen Ruhm als falscher Pfaffe, als hielte er alle Tage eine flammende Kanzelpredigt. Wie er's denn so mit dem Zölibat halte, wollte einer von ihm launig wissen. »Ach, was«, fiel ihm Hochwürden Paul ins Wort, »jedem Pfaffen seine Seelenkuh!«

»Vor dem ist keins der Schäfchen sicher«, neckte ihn Sophia und rügte, daß er jedem Weiberrock hinterhergaffe. Das müsse er, verteidigte sich Paul, und er tue dies nur aus Vorsicht, denn vom Teufel wisse man schließlich, daß er keine Rückseite habe. »Glaubt mir«, versicherte er mit listigem Pathos, als verkünde er das elfte Gebot, »böse Weiber haben keinen Arsch!«

Wiltrud ließ immer häufiger ihr durchdringendes Lachen ertönen. Sie hatte sich lange nicht mehr so amüsiert und schaute mit leuchtenden Augen auf den Sänger, der mit leichter Hand die Menge zur flotten Estampie aufrief. Auch Peter suchte beim Tanz wettzumachen, was er beim Tischgespräch vermissen ließ. Doch bald schon drängte Berthold Schafswol zum Aufbruch, denn der Tag war fortgeschritten, und abendliche Kühle umfing die erhitzten Tänzer. Zähes Abschiednehmen begann. Es war nur ein Sprung vom Rößlwirt zur Brautkammer im Hause Schafswol, aber für Margret der Schritt in eine andere Welt. Redselig vom süffigen Passauer Met, wollte die Brautmutter der Nachbarstochter einen guten Rat mitgeben. »Laß du dir Zeit, mein Kind«, empfahl sie Wiltrud mit rosigem Gesicht, »und schau sie dir gut an, die Kerle! Sei auf der Hut, damit's dir nicht auch so geht wie …«

»Wie wem?«

»Ach, nichts. Dummes Geschwätz.« Die Beutlerin biß sich auf die Lippe, und nicht einmal ein Fäßchen Met hätte noch mehr aus ihr herausgespült.

Als man sich endlich in Bewegung setzte, stürzte Wolfhart aufgeregt herbei. Seine Meisterin wollte ihn verscheuchen, da vergaß er alle Schicklichkeit ihr gegenüber, packte sie an der Hand und wollte sie aus der fröhlichen Gesellschaft zerren.

»Was ist denn?« Es klang höchst verärgert, nicht besorgt.

»Euer Vater tobt!«

»Bah!« schnaubte sie verächtlich. »Was ist daran ungewöhnlich? Gib ihm Wein, dann hat er seinen Willen.«

»Hab's versucht, aber er hat den Becher nach mir geworfen, und er redet – verzeiht! – wirres Zeug und …«

»Ist ja gut.« Sie gab Margret eine flüchtige Erklärung, umarmte sie herzlich und eilte nach Hause. Peter ließ sich nicht davon abbringen, sie zu begleiten, aber vor der Werkstatt wies sie ihn entschieden zurück: »Dank Euch, aber laßt mich jetzt alleine!«

Die Werkstatt war erwartungsgemäß leer, es herrschte Stille im Haus. Nur aus der hinteren Kammer drang ein leises Schnarchen. Arnold Hafner ruhte im Halbdunkel auf seinem Bett, den Oberkörper durch Polster und Kissen gestützt, das kranke Bein hochgelegt. Jemand hatte ihm bereits Wein gebracht, denn er hielt einen Becher in Händen, aus dem schon einiges über seinen Rock verschüttet war. Aber ein gutes Maß aus dem Krug hatte wohl auch den Weg durch seine Kehle gefunden. Er hatte aufgehört zu toben und war eingenickt.

Die Tochter betrachtete ihn eine Weile stumm und verspürte beinahe Mitleid. Was war bloß aus dem stattlichen

Mann geworden. Als Kind war sie stolz darauf gewesen, an seiner Hand zur Messe zu gehen. Aber Großmutter wollte dies nicht, hielt sie von ihm fern – Frauen gehörten zu Frauen, oder so ähnlich.

Und Mutter – mein Gott, sie lag damals oft tagelang in der Kammer, stumm, auch durch Schläge kaum zum Aufstehen zu bewegen. Zuletzt sprach sie fast nur noch von Schuld und Höllenstrafen. Vielleicht ist Vater auch deshalb so geworden, dachte Wiltrud mit Bitterkeit. Welcher Mann hält dies aus?

Später, als sie bei ihm in die Lehre ging, behandelte er sie härter als einen Knaben. Aber das Handwerk brachte er ihr gründlich bei, und was sie heute meisterlich beherrschte, verdankte sie ihm. Inzwischen hatte er jeglichen Schwung verloren, zeigte kein Gespür mehr für die Arbeit, und sofern er sich überhaupt noch mit seinen gichtigen Händen an die Scheibe setzte, brachte er nur noch das ewig gleiche Allerlei hervor. Da war kein Witz, kein Mut, kein Wagnis. Dabei waren die Hafner bislang nur locker verbunden, kein geeintes Handwerk mit strenger Satzung. Dem Spiel der Formen waren nur durch Können und Nachfrage bestimmte Grenzen gesetzt, aber zu ihrem Bedauern zog Vater die Grenzen sehr eng und ließ auch sie nicht gewähren. Sie hatte öfter erwogen fortzugehen und bei einem anderen Meister zu lernen, aber der Mutter zuliebe hatte sie stets darauf verzichtet.

Dennoch: durfte sie sich ihm jetzt widersetzen? Schuldete sie ihm nicht Gehorsam und Dankbarkeit? Vielleicht gab es ja eine andere Lösung, einen umgänglicheren Gatten, den sie achten könnte. Nur nicht den einen!

»Uuuaah …« Arnold Hafner schreckte mit einem langgezogenen Seufzer hoch und sah Wiltrud. »Das verfluchte Bein«, schimpfte er, »brennt wie der Scherben im Glutofen.«

Es sah in der Tat übel aus: dick geschwollen, flammend rot und schmierig glänzend. »Bleib mir vom Leib! Rühr's ja nicht an!«

Wiltrud machte keinerlei Anstalten dazu.

Er nahm einen mächtigen Zug, stierte mit blutunterlaufenen Augen auf seine Tochter und fuhr sie mit schwerer Zunge an: »Was willst du hier? Hast du keine Arbeit?« Ein stinkender Rülpser unterbrach ihn. »In diesem Haus sind alle Weiber gegen mich, jawohl, gegen mich! Erst meine keusche Gattin, der nach deiner Geburt ein Kreuz in der Schlitzbüchs' steckte, jetzt du und die alte Übelkrähe sowieso. Los, schenk noch mal ein!« Er hielt den Becher hin. »Glaubt wohl, ich merk's nicht, wie sie hinter meinem Rücken ihren einfältigen Zauber treibt ... ha, würd' er wirken, wär ich bei ihrem Haß auf mich längst tot. Aber der alte Arnold ist noch nicht soweit.«

Schwer atmend fiel er in die Kissen zurück und schloß für eine Weile wieder die Augen.

»Hörst du's? Das Krächzen der Todesvögel ... hat *sie* geschickt. Ja, sie war hier ... ich weiß es. Will mir ans Leben, das rachsüchtige kleine Biest. Hab' ihren Schatten geseh'n ... kommt wieder. Aber ich fürcht' mich nicht, nein: Arnold fürchtet sich nicht! War doch *ihre* Schuld und die der andern ... ich konnt' gar nicht anders, wär' wider die Natur gewesen ... und diese Augen, die schon alles wußten, ihre Krabbelfinger, die niemals stillhalten wollten, der neugierige Mund ... sie verlangte es, was hätt' ich tun sollen, häh?«

Er schlug überrascht die Augen auf.

»Was tust du noch hier? Willst deinen alten Vater aushorchen, wie? Was weißt du denn schon! Scher dich raus!«

Für Wiltrud gab es hier nichts mehr zu tun.

Draußen stieß sie mit der schwarzgekleideten Ahn zusammen und erschrak heftig.

»Ruhig, mein Kind! Alles ist gut!«

Sie war eine hagere Frau hohen Alters, das sie noch nicht beugen konnte. Die scharfen Gesichtszüge verliehen ihr Würde und erinnerten Wiltrud an die Äbtissin, nur war sie dem Diesseits zugewandter – obwohl: Die Enkelin war sich da oftmals nicht sicher. Manchmal wirkte Großmutter wie aus anderer Zeit, eine Botin aus einer anderen Welt. Sie pflegte seltsame Gewohnheiten, war oft tagelang verschwunden, und für Wiltrud sprach sie vielfach in Rätseln. Aber sie war ihrer Großmutter von Herzen zugetan.

»Er hat getobt, weil ihm der Wein wieder zu sauer war«, erklärte die Ahn ihrer Enkelin. »Ich hab' ihm reichlich von dem Pulver gegeben. Und morgen«, sagte sie entschieden, »morgen mußt du zum Henker gehen.«

12. *Kapitel*

Von einer Ahnung getrieben, stand Peter im Morgengrauen auf. Zu viele Gedanken schwirrten ihm schon durch den Kopf. Er ging nach draußen und sollte recht behalten. Ziemlich genau an der Stelle, an der der kopflose Pfaffe gelegen hatte, stand eine Menschenansammlung. Peter ging darauf zu.

Die tote Frau erregte weit weniger Aufsehen als der Priester. Ihr Gesicht war verzerrt – nichts Ungewöhnliches, wenn einer dem gewaltsamen Tod ins Auge sieht. Else hat ihren Freier verärgert, der hat sich an ihr ausgetobt und sie aus Wut noch massakriert. Und nicht umsonst heißt eine die Läufige Els'. Sie war eine schamlose Bademagd, eine unverschämte Hur' – nichts weiter. Peter pfiff durch die Zähne, als er sie sah.

»Man hat sie gefunden«, sagte er zu Paul, der in der Wirtsstube saß und noch verschlafen eine Schale Haferbrei in sich hineinlöffelte.

»Und?«

»Keine Spur von Blut. Sie trug ein hübsches, frisches Kleid, als sei sie vom Kirchgang gekommen.«

»Pest und Hölle«, murmelte Paul, »die vertuschen was, wie ich's gesagt habe.«

»Wer *die*?«

»Na, die Bande dieser vorlauten und geilen Handwerksburschen. Erst verzupfen sie das Weib, dann ist was schiefgelaufen und einer hat sie abgestochen. Da geh' ich doch lieber redlich zu den …«

»Spiel nicht den Tugendbold und außerdem, wir wissen nicht, ob es so war, Paul.«

»Du meinst wegen der Hochzeit und dem Bräutigam und so … bah! Gerade drum! Hast du gesehen, wie das Bürschchen bleich wurde, als der Bader gerannt kam? Und ich trau's sogar dem alten Schafswol selber zu. Was hat der Lustmolch gestern für eine üble Komödie gespielt!«

»Nein, Paul, wir waren verfluchte Narren. Keiner von uns hat unter das Kleid … ähem, du weißt schon …« Peter wurde selbst jetzt noch bei dem Gedanken rot, während Paul ihn ansah, als sei das Himmelsgewölbe vor dem Einsturz. »Ja, was denn sonst?« fragte er verständnislos.

»Vielleicht rührte das Blut nur von dem Mord her, und man hat sie dann so am Bach abgelegt, um die Spur zu verwischen, oder …« – er tippte nachdenklich mit dem Zeigefinger an die Lippen – »man hat sie bewußt dort hingetragen, um den Anschein zu erwecken, der Mord am Priester …«

»Du meinst, ein Eiferer hat erst den Pfaffen für seine Unzucht gerichtet und dann sein Liebchen hinterher …«

Peter warf dem Freund einen strengen Blick zu.

»Befangen, Herr Richter!« griente der, den Zeigefinger vorgestreckt. »Von Bonifaz VIII. heißt es, er habe es mit einer Verheirateten und ihrer Tochter gleichzeitig getrieben, danach seine Pagen von rückwärts besprungen und hinterher erklärt, Unzucht sei keine Sünde, weil Gott die Menschen dafür gemacht habe. Und da soll so ein kleiner Pfaffe nicht auch …«

»Schandmaul!« unterbrach Peter den lästerlichen Exkurs. »Aber merkwürdig ist es schon, daß die beiden Leichen ausgerechnet dort hingelegt wurden, als hätte dies etwas zu bedeuten. Und bei der Hochzeitsfeier, da saß der Kämmerer neben mir und hat angeregt mit mir geplaudert, so von früher und alten Zeiten …«

»Hast du ihm von deinen Windeln erzählt?« prustete Paul los.

»Narr, hör zu! Er nannte den Pfaffenmord ein Werk des Teufels und deutete an, daß sich vor vielen Jahren unweit der Stelle schon einmal eine Teufelei zugetragen habe. Und er wollte eben mehr erzählen, als diese Hübscherinnen auftauchten, was ebenfalls eigenartig war. Das gab's bislang doch nie.«

»Ist dann wohl meine Aufgabe«, legte Paul grinsend fest.

Peter hob mit einem Seufzer die gefalteten Hände gen Himmel. »Komm jetzt, wir müssen an die Arbeit!«

Als sie in Höhe der Töpferwerkstatt den Bach entlanggingen, stichelte Paul: »Solltest du nicht guten Tag sagen?«

»Ach«, stöhnte Peter leicht unwirsch und winkte ab, »ich kenn' mich bei ihr nicht aus. Einmal lockt sie, dann stößt sie einen wieder zurück. Gestern, da zieht sie mich erst an den Tisch und ist beim Tanzen ganz aufgekratzt, und kaum sieht sie diesen Spielmann, dann ist sie wie verwandelt. Und will man ihr helfen, dann weist sie einem die Tür, als habe sie etwas zu verbergen.«

»Weiberlaunen«, sagte Paul abgeklärt, »mußt dich daran gewöhnen.«

»Hat dir heute keinen Spaß gemacht«, sagte Paul, während er in sein Gewand schlüpfte. Es war nur Feststellung, kein Vorwurf.

»Es macht bald überhaupt keinen Spaß mehr«, erwiderte die junge Hübscherin und zog einen bemitleidenswerten Flunsch. Die Maulige Len' hieß sie bei den anderen, und oft machte sie ihrem Namen Ehre, obwohl Paul gut mit ihr auskam. Aber diesmal schien ihre gedrückte Stimmung nicht bloß einer augenblicklichen Laune zu entsprechen.

»Was ist los?« fragte Paul. »Hab' ich dich gehunzt?«

»Nein, bist schon in Ordnung«, beteuerte Lene und schenkte ihm ein müdes Lächeln. »Ist wegen *ihm*.« Sie wies mit dem Daumen zur Tür und legte dann warnend den Zeigefinger auf die Lippen, als habe der billige Verschlag Ohren.

»Seit der Leuteschinder hier ist«, fuhr sie im Flüsterton fort, »geht's uns allen dreckig. Er verlangt höllisch viel Unterhalt und spart dafür am Essen. Gestern hat er der Hilde, die grad' ihr Recht hatte, vorgeworfen, sie tät' aus Trotz solange bluten und hat ihr einfach die Eierzulage vorenthalten. Und wenn eine ein neues Gewand braucht oder Wein ausgibt, dann hat er schon die Finger drin, der Schmarotzer, und obendrein zwingt er eine jede, die grad' nicht im Stroh purzelt, an die Spindel. Und zuhauen tut der Schlüffel zur rechten Zeit, wobei er sein eignes Weib am meisten drischt. An der scheint er überhaupt die Lust verloren zu haben, weil er unsereins bespringt, und die Burgl hat er solange sekkiert, bis sie ihm den Arsch zur Sodomei hingehalten hat. Dafür hat er ihr dann sonntags den Kirchgang verwehrt, damit sich der Schinder auch noch hinputzen konnt', der Saukerl, natürlich für nichts außer der schmierigen Sünd. Wenn das mal alles rauskäm'...«

»Jaja«, warf Paul fast hilflos ein, als sie immer mehr in Fahrt kam, »sind schlechte Zeiten.« Warum haut ihr nicht einfach ab, hätte er am liebsten gesagt und wußte selbst, daß dies unmöglich war, solange Armut zur Unzucht zwang und die Häusler ihre Töchter verpfändeten. Der Henker konnte sie jederzeit gefahrlos wieder einfangen und dann erst recht malträtieren. Seitdem selbst der Magdalenenorden keine Reuerinnen mehr aufnehmen wollte und unbescholtene Mädchen vorzog, war auch dieser Weg aus der Schande versperrt.

»Und jetzt will uns der Raffzahn auch noch in die Gassen und zu allerlei Festlichkeiten treiben«, schimpfte Lene weiter, »wie gestern bei dieser Hochzeit, wo wir den Mannsbildern schöne Augen machen sollten, um die Konkurrenz der heimlichen Schlafweiber und Winkeldirnen zu brechen. Da wird's noch viel böses Blut geben.«

»Ich geb' dir zwei Pfennig extra«, versuchte Paul sie zu besänftigen und fügte unter der Türe lachend hinzu: »Sind bei dir grad' so gut angelegt wie im Säckel der Bettelpfaffen.«

Er hatte gehört, was er hören wollte. Es war schon ein Kreuz, wenn man sich bald nicht mehr ungetrübt amüsieren konnte. Vielleicht sollte er noch ein wenig die Würfel rollen lassen, obwohl ihm die Lust dazu fast vergangen war. Da sah er *sie*, und sein Vorsatz gewann augenblicklich neue Kraft.

Die Spielleute machten ihrem Ruf als Sklaven des Würfelspiels alle Ehre. Was sie verdienten, trugen sie ebenso schnell wieder ins Wirtshaus oder zum Scholderplatz. Wenn alles verspielt war, hatte Siegfried schon manches Mal das Lied von Sankt Peter und dem Spielmann angestimmt. Darin hatte ein in die Hölle verdammter Gaukler in Abwesenheit des Teufels die Seelen zu bewachen. Da eilte Sankt Peter listig herbei, verführte den müßigen Wächter – was keineswegs schwerfiel – zu einer Würfelpartie und gewann ihm flugs die anvertrauten Seelen ab. Seither, so sagte man, wolle selbst der Teufel keinen von den Kerlen mehr in der Hölle sehen, was freilich für einen Spielmann kein schlechter Trost war.

Sophia, die sich inmitten ihrer Freunde vergnügte, hatte ihn ebenfalls bemerkt und winkte ihn herbei. Erst war es Paul fast etwas peinlich, kam er doch gerade … Aber Sophia verlor darüber kein Wort, und die Gaukler schlossen einen, der jemandem von ihnen aus der Patsche geholfen hatte, ebenfalls ins Herz.

Viel später und nach reichlich Wein, glaubte Paul für einen Augenblick, er habe noch eine bekannte Person vorbeihuschen sehen. Aber das konnte nicht sein. Unsinn! Er hatte gewiß nur zuviel getrunken.

Wiltrud zitterte am ganzen Körper. Sie stand wie angewurzelt und wäre doch am liebsten davongerannt. Nur Großmutter zuliebe war sie noch hier. Es war bloß ein Katzensprung von der Hinteren Angergasse zum Hause des Henkers, am Roßmarkt vorbei, aber Wiltrud hatte ihn als Gang in die Ewigkeit empfunden.

Und dann diese Verrückte eben: Kaum hatte sie das Haus betreten, da kam eine schmächtige Frau auf sie zu, in derbes Grauleinen gehüllt und weit älter aussehend, als sie vermutlich war, starrte sie eine Weile wortlos an, streckte urplötzlich die Hand aus, als wolle sie ihr an die Gurgel fahren, und lief dann ebenso abrupt davon. Zum Glück trug sie selbst das Amulett, das Großmutter ihr um den Hals gehängt hatte. Es war weiß Gott kein guter Ort, und sie sollte nicht hier sein.

»Was wollt Ihr von mir, Frau?« polterte eine tiefe Stimme von der Seite.

Wiltrud fuhr zusammen, wandte vorsichtig den Kopf.

Vor ihr stand ein grobschlächtiger Mann von beeindruckender Größe, die nackten, stark behaarten Arme vor der kräftigen Brust verschränkt. Die herbstliche Abendkühle schien ihm nicht das mindeste auszumachen. Oder kam es nur ihr so kühl vor, weil sie vor Angst fröstelte?

»Ich, ich bin die Tochter des Hafners«, würgte Wiltrud aus staubtrockener Kehle hervor.

»Des Hafners …«, wiederholte der Henker betont, wobei Wiltrud ein kurzes Grinsen um seine Mundwinkel zu sehen glaubte, »soso.«

Die Mitteilung mußte wie ein Beglaubigungsschreiben wirken, denn der Klotz rührte sich und deutete mit plumper Verneigung zur Kammer. »Bitte, kommt herein!«

Zögernd folgte Wiltrud der Aufforderung. Die Kammer war dunkel, eng und miefig. Er wies ihr einen Platz auf der Bank an und setzte sich auf einen Schemel ihr gegenüber.

»Wie geht es Eurem Vater?« erkundigte sich der Nachrichter ohne echtes Mitgefühl. »Er soll todkrank sein.«

»Jaja, und deshalb bin ich …«

»Was habt Ihr vor, wenn er, naja, nicht mehr ist?«

»Wie?«

»Ich meine: Wollt Ihr verkaufen? Geht Ihr ins Kloster? Was werdet Ihr tun?«

»Aber, ich …«

»Denkt nach! Auch Eure Ahn kann jeden Tag das Zeitliche segnen, und mit einem Mal steht Ihr da. Und Ihr müßt wissen, das Anwesen hat keinen guten Ruf. Es soll spuken, sagt man, andere schwören gar, der Teufel gehe dort ein und aus. Vielleicht bekommt Ihr's dann, wenn Ihr fort wollt, nicht einmal mehr los.«

»Was redet Ihr da?« Wiltrud spürte Wut aufsteigen, obwohl ihr der Kerl angst machte. Sie sollte ihren Wunsch vorbringen und schleunigst gehen. Es war nicht gut, sich mit dem Henker einzulassen. Sie hatte mit Bedacht die Dämmerung gewählt, da wollte sie jetzt nicht mit ihm handeln. Und, zum Teufel, worüber eigentlich? Was mischte sich der grobe Züchtiger in ihre Angelegenheiten. Woher wußte er überhaupt … ?

»Überlegt's Euch«, sagte er grinsend, »und wartet nicht zu lange.«

»Vater hat Gicht.« Wiltrud nahm allen Mut zusammen. »Ich komme wegen ...«

»... der Haut«, fiel ihr der Henker ins Wort, »weswegen sonst.« Er grinste diesmal noch schmieriger. »Wartet!«

Er verschwand kurz und kehrte gleich darauf mit einer länglichen Spanschachtel zurück, hob den Deckel ab und hielt ihr den Inhalt vors Gesicht. »Wieviel wollt Ihr?«

Wiltrud verspürte Übelkeit. Sie mußte jetzt ganz schnell weg von hier. »Es ist das Bein«, sagte sie beinahe flehentlich, »nur das Bein, bitte.«

»Hm, zwei, drei Fetzen dürften reichen«, schätzte er ungerührt und mit kühlem Sachverstand ab. »Hab' sie selbst abgezogen und präpariert.« Es klang wie der Stolz eines Handwerkers.

Er griff in die Schachtel, entnahm ihr drei starre, getrocknete Hautstücke, die aussahen wie durchscheinendes Pergament, und hielt sie Wiltrud hin, die mit einem Aufschrei zurückfuhr.

»Seid Ihr immer so zimperlich?« fragte er boshaft. Dann zog er ein schmutziges Tuch unter dem Gürtel hervor und wickelte die menschliche Haut darin ein.

Wiltrud haßte ihn, wollte nie wieder etwas mit ihm zu tun haben. Er streckte die Hand aus, und sie ließ die Pfennige, wie Großmutter ihr geraten hatte, hineinfallen. Er winkte ungeduldig mit den Fingerspitzen: mehr!

Sie kramte hektisch die letzten Pfennige aus ihrem Beutel, warf sie ihm fast hin, ergriff das Tuch und rannte hinaus.

»Denkt darüber nach!« rief er hinterher, und sein dröhnendes Gelächter folgte ihr in die Nacht hinaus.

Nur vereinzelt fiel matter Lichtschein von Feuerstellen auf die Gasse. Wiltrud rannte ungebremst bis zum Bach.

Dort stolperte sie. Keuchend wandte sie sich um und glaubte im selben Augenblick, einen schwarzen Schatten im Dunkel der ärmlichen Häuser und Hütten verschwinden zu sehen. Folgte ihr jemand? Sie hastete weiter. Nur noch wenige Ruten, dann hatte sie es geschafft.

Krachend warf sie die Türe hinter sich zu und schrie nach Großmutter. Sie hatte etliche Fragen.

13. Kapitel

»Meine Herren, ich muß doch sehr bitten!« Zornig schlug Heinrich Rudolf mit der flachen Hand mehrmals auf den Tisch, um sich Gehör zu verschaffen und seinen Worten Nachdruck zu verleihen. Zuvor schon hatte er einige Geldbußen verhängt. Mußte er am Ende noch das hohe consilium insgesamt maßregeln oder sollte er die Sitzung für heute gleich ganz beenden? Eine Schande war das!

Wenn sich die Herren Räte nur für die trockene Materie der Stadtfinanzen oder die Armenfürsorge in gleicher Weise erhitzen wollten. Aber Unzucht brachte eben seit alters die Gemüter in Wallung, und diesmal ging es obendrein ums Recht.

»Unerhört, was sich dieser Henker erlaubt«, empörte sich nochmals der Ratsherr Pötschner. »Es ist mir ein verfluchter Dorn im Auge, wenn seine liederlichen Weibspersonen wie Pfauen und aufgezäumte Prunkrösser durch die Gassen ziehen und selbst über den Kirchhof stolzieren, um dort leichtfertigen Burschen schöne Augen zu machen.« Er selber habe ihm ja von Anfang an mißtraut. Man müsse den grobschlächtigen Kerl in die Schranken weisen, ihm nötigenfalls gar das Amt entziehen, sonst schaffe er sich über kurz oder lang sein eigenes Recht.

»Schlimmer noch«, pflichtete ihm Ligsalz ausnahmsweise bei, »der Kerl bricht doch schon das Recht! Hat er nicht neulich erst eine Magd ins Henkerhaus verschleppt? Er muß selber vors Gericht!«

Augenblick! So einfach könne man das nun wirklich nicht sehen, belehrte daraufhin Ludwig Küchel mit überlegenem Lächeln den jungen Mann. »Was hat er denn schon getan? Eine Hure dorthin gebracht, wo sie hingehört! Der Prediger Berthold hat einmal zu einer Ehebrecherin gesagt, daß ihr besser wäre, sie säße in einem offenen Haus, wo Hunderte zu ihr gingen. Demnach erhebt sich doch die Frage, ob der Züchtiger nicht vielmehr recht gehandelt hat. Schließlich hat die Magd sich wie eine Dirne feilgeboten und der Wollust gedient, und es ist Recht, ja sogar Pflicht des Henkers, die gemeinen Töchter unter seine Aufsicht zu stellen.«

»Gewalt bleibt Gewalt!« trotzte Ligsalz ungefragt. »Dann hat er den Freibrief, um morgen in der ganzen Stadt die Schlupfhuren aus ihren Löchern zu ziehen, und was ist dann mit den kupplerischen Witwen höheren Standes, oder den Pfäffinnen, den Bettwärmern der Kleriker? Wenn es um die Hübscherinnen geht, scheint manch ehrenwerter Herr blinder als Justitia selbst.« Für diesen Zwischenruf ging es ihm erneut an den Beutel.

Nur langsam beruhigten sich die Gemüter wieder, und der Redner erteilte dem als besonnen geltenden Hans Sendlinger das Wort zur Frage eines eigenen Frauenhauses. Er führte aus, warum er die Idee für sinnvoll und gottgefällig halte, worauf einige der Ratsherren grinsten und tuschelten, ob er sie auch gleich noch zu Klarissen bekehren wolle, deren Förderer er doch sei.

Sendlinger erläuterte unbeirrt, daß die Kirche es ja nicht

verbiete. Schon Augustinus habe klar gesehen, daß bei der Unterdrückung käuflicher Buhlerei leichtsinnige und allgemein schweifende Lust die Menschheit verderbe. Frauenhäuser seien somit notwendiges Übel um des Seelenheils des größeren Teils der Christenheit willen. Der Mann dränge eben allezeit und seiner Natur nach zum Weibe und insbesondere jene, denen Umstände, minderer Stand oder ihre Jugend noch kein eigenes Weib beschert hätten. Ehe um deren Triebhaftigkeit willen nun ehrsame Frauen und Bürgerstöchter in ihrer Tugend gefährdet seien, tue man gut daran, das Übel zu begrenzen.

»Dann sind sie doch beim Henker wahrlich gut aufgehoben«, rief Küchel dazwischen. »Unehr' und Unzucht gehen gut zusammen!«

Der Kämmerer konnte nicht umhin, auch diesen Einwurf mit Strafpfennigen zu ahnden, was etlichen ein schadenfrohes Lächeln entlockte.

Er denke eben auch ans Seelenheil der Hübscherinnen, fuhr Sendlinger leicht indigniert und salbungsvoll fort. Auch sie hätten ein Recht auf Beichte und Messe, Beachtung der Fasttage und geltenden Beischlafverbots. Nach allem, was ihm zu Ohren gekommen sei, mißachte der Henker dies gröblich. Daher müsse ein von der Stadt bestellter Frauenwirt oder besser noch eine Wirtin darüber wachen. In Augsburg habe man damit seit langem gute Erfahrungen.

»Die Augsburger tun doch alles, womit sich Geld verdienen läßt«, wandte Wilbrecht geringschätzig ein.

»Na und«, meldete sich Tichtl zu Wort, »Geld hat zu keiner Zeit gestunken, sonst dürfte auch die heilige Kirche keine Sündengelder einstreichen.«

Was nur die unselige Diskussion solle, fragte schließlich Heinrich Ridler und verdrehte die Augen, als ob ihm schon ganz übel sei. »Mein Vater, Gott hab' ihn selig«, holte er aus, »hatte noch die Gnade, den großen Berthold von Regensburg mit eigenen Ohren zu hören. Der hat die gemeinen Fräulein stets nur als böse Häute auf dem Graben bezeichnet, die all ihre Frauenwürde verloren haben. Sie sind verworfen, weil sie dem Herrgott Tag für Tag viele Seelen entziehen und durch ihr lasterhaftes Tun dem Teufel überantworten. Und solch verdorbenen Häuten soll noch ein eigenes Haus errichtet werden, gleichsam als Seelhaus der Unzucht? Sind wir denn toll geworden, werte Herren?«

»Berthold«, setzte Küchel nach, »schlug auch vor, man müsse sie in schlichtes Gelb kleiden und ebenso die Konkubinen der Kleriker und die Weiber der Hebräer. Schon allein deshalb hätten wir eine Kleiderordnung dringend nötig ...« – womit er wieder beim Thema wäre, seufzten einige –, »und wir sollten sie endlich kennzeichnen, wie es andernorts längst geschieht, damit keiner unwissend dem Locken einer solchen Buhlin aufsitzt.«

»Jetzt enttäuscht Ihr mich aber«, höhnte Ligsalz, wieder am Rande eines Verweises. »Ich hätte geschworen, einer wie Ihr kennt solch' Fräulein im Dunkeln und schon am Geruch. Ihnen haftet doch sicher Schwefel an.«

»Naseweis!« fauchte Küchel. »Euch fehlt der Ernst für derlei Fragen.«

»Wozu?« fragte selbst Hans Sendlinger verständnislos. »Glaubt Ihr wirklich, ein entschlossener Sünder ließe sich davon abbringen? Und wenn's zum Schutz der Ehrbaren nötig sein soll, dann kann's mit deren Rechtschaffenheit nicht weit her sein.«

Während der Widerspruch Küchels Gesichtszüge verhärtete, warf Heinrich Impler, der bis dahin geschwiegen hatte, forsch ein: »Schön müssen sie sein, die Fräulein, ganz einfach nur schön, ob mit oder ohne Aufputz und Zierat. Alanus ab Insulis – so sagt mein Beichtiger – hat stets nur gefragt, ob diejenige, mit der man's getrieben hat, schön war und hat dann die Buße gemildert, weil Schönheit eben leichter verführbar macht. Und dieser Alanus«, fügte er grinsend mit erhobenem Zeigefinger hinzu, »den nennen die Gelehrten zu Recht ihren doctor universalis.«

Das brachte Impler allgemeines Gelächter und seitens des Vorsitzenden eine Geldstrafe ein. Der rügte auch erneut das consilium, in Sorge um das Ansehen des gesamten Angerviertels. Die ganze Angelegenheit sei keineswegs zum Lachen, da mehrfach der Verdacht geäußert worden sei, man habe der Magd Else vor ihrer Ermordung erst noch brutal Gewalt angetan.

Das rief nun erst recht einen Lachsturm herbei. »Was spielt das noch für eine Rolle«, rief einer.

»Es handelt sich immerhin um einen Fall fürs Blutgericht«, konterte der Vorsitzende erbost, »und als Täter werden nicht irgendwelche Luderer und Landfahrer angeschuldigt, sondern Söhne ehrbarer Bürger!«

»Und ihre Namen?« rief Pötschner aufgebracht.

Heinrich Rudolf mußte einräumen, daß solche bislang nicht bekannt seien. Er sei aber verschiedentlich in dieser Sache angesprochen worden.

»Weibergeschwätz!« zischte einer.

Wichtig sei doch zunächst nur die Frage, beschwichtigte der Kämmerer, ob der Richter in dieser unangenehmen Sache weiter ermitteln müsse.

»Das schlägt dem Faß den Boden aus!« empörte sich Küchel und mahlte erregt mit dem Unterkiefer. »Das ist gerade so, als ob ein lüsternes Menschlein erst den Einflüsterungen des Satans erliegt und sich dafür beim Allerhöchsten beschweren will. Wie, bei allen Heiligen, kann man einer Quelle der Unzucht mit vorgeblicher Unzucht Gewalt antun? Genotzüchtigte Unzucht etwa? Das ist lächerlich, eine contradictio in adjecto schlechthin!«

»So ist es«, unterstützte ihn Wilbrecht. »Schuld an derlei Übergriffen sind diese Bubensäcke ganz allein selbst durch ihre ekelhafte Anbiederei. Ist's ein Wunder, wenn den Darbenden angesichts reich gedeckter Tafel der Heißhunger befällt?«

»Dann frag' ich mich«, nörgelte Ligsalz, »warum einen, den der Heißhunger auf einen Kanten Brot oder ein halbes Pfund Pfennige befällt, nur der Strick entschuldet, wenn ein jeder über ein brünstiges Weib herfallen darf.«

»Weil er ein Dieb ist und die Gemeinschaft schädigt!« wies ihn Tichtl, der immer praktisch und mit dem Geldbeutel dachte, zurecht und fügte kopfschüttelnd hinzu: »Ich versteh' Euch da nicht. Gerade der Jugend kommt's doch zugute, wenn nicht jeder Überschwang des Triebs geahndet und eine hoffnungsvolle Zukunft nicht wegen so einer vernichtet wird.«

»Wenn's aber einer ehrbaren Frau widerführe«, fragte Sendlinger besorgt. »Es waren wohl nicht alle rutengeil, denen in letzter Zeit aufgelauert wurde.«

»Einer ehrbaren Frau wird keine Gewalt angetan, andernfalls trügt ihr Ruf!« entschied Heinrich Ridler hart und apodiktisch wie der Engelsturz und führte danach in väterlicher Besorgnis aus, daß doch in jeder Frau eine Eva stecke und selbst ein handsames Weib, dem Sanftmut und Gehorsam als Zierde eigne, ständiger Aufsicht und Anleitung durch den Mann bedürfe, dem sie Ehrerbietung schulde, und dazu gehöre auch, daß sie sich ihm in keiner Weise verweigere. »Ist ein Haus so bestellt«, belehrte er und stocherte mit dem Zeigefinger in der Luft, »muß sich kein Mann anderswo schadlos halten, und keiner Frau dieser Welt wird Gewalt angetan.«

Ridler blickte selbstsicher in die Runde und las in vielen Gesichtern Zustimmung, wenngleich etliche sich ein Schmunzeln verkniffen, denn das herrische Gezänk seiner Gattin mit der angeheirateten Schrenck von gegenüber war auch außerhalb des Rindermarkts kein Geheimnis.

»Schuldig sind doch in erster Linie Leute wie dieser Emporkömmling Schafswol«, wetterte Küchel, »der in seiner Badstube der Unzucht den Weg ebnet und sich leichtfertig über Verordnungen des Rates hinwegsetzt, wie erst jüngst bei dieser prahlerischen Hochzeit, mit der er einer unerfahrenen Braut vom ersten Tag an den Floh der Eitelkeit und Verschwendung ins Ohr setzt!«

Er prangerte leidenschaftlich die unzulässige Zahl der Spielleute und Gäste an, mißbilligte die fürstliche Speisenfolge und geißelte, während er beiläufig ein paar Flusen aus der Pelzverbrämung seiner Ärmel zupfte, den übertriebenen Kleideraufwand und insbesondere die Schleppe, die allesamt der Mitgift einer Beutlerin in keiner Weise entsprochen hätten.

Darüber vertröpfelte die Sitzungszeit, und selbst der wachsamste Ratsherr konnte sich ein Gähnen nicht verkneifen.

Beschlossen wurde an diesem Vormittag nicht viel. Man beließ es bei einer ordentlichen Wachsbuße für den Wollweber und wollte dem Richter nochmals nahelegen, das Treiben des Henkers schärfer ins Auge zu fassen.

Leidtragende blieben die geschundene Els', der auch im nachhinein keine Gerechtigkeit widerfuhr, sowie das Recht und die Würde einer jeden Frau in der Stadt, aber die hatten noch zu keiner Zeit ernsthaft auf der Tagesordnung gestanden.

14. Kapitel

»Was will der Alte mit all diesen Töpfen?« fragte Wolfhart respektlos, und gleichzeitig drückten seine ungeschickten Finger – forsch wie das jugendliche Mundwerk, aber nicht einen Deut erfahren – eine Delle von der Größe einer geschwollenen Backe in die Tonwand.

»Das geht dich einen Kehricht an«, wies ihn die Meisterin zurecht. »Schau lieber, daß du Form und Dicke der Wandung beibehältst!«

Die Werkstücke des Lernknechts waren keineswegs für den anspruchsvollen Alten gedacht und ermutigten noch lange nicht zum Verkauf. Die Hafnerin mühte sich seit kurzem, Wolfhart das gleichmäßige Hochziehen der Gefäße auf der Scheibe beizubringen, zum einen, weil es an der Zeit war, zum anderen, weil sie selbst dadurch Freiraum gewann. Wenn er erst einmal zufriedenstellend und in größerer Zahl die für den Alltagsbedarf nötigen Scherben herstellen konnte, dann war das Einkommen des Betriebs so weit gesichert, daß sie sich getrost spezielleren Künsten zuwenden konnte, wie etwa der längst fälligen Glasur des balneum Mariae.

Solches durfte sie auf keinen Fall den ungeübten Händen des Lernknechts überlassen, wo sie doch selber noch keineswegs hinter all die Geheimnisse gestiegen war, die über glänzenden Erfolg oder Pfusch entschieden. Da gab es dann plötzlich unbenetzte Stellen oder Blasen oder der Überzug platzte wie eine zu enge Haut. Und manchmal glich die fertige Glasur mit Hunderten kleiner, häßlicher Poren eher einem alten, löchrigen Mantel als einem glasharten Schutz.

Sorgfältig rieb sie in der Schale das Pulvergemisch mit Wasser zu einem rahmigen Brei an. Wenn sie sparsam damit umging, konnte sie auch einem der Tiergefäße noch ein glattes Fell verpassen. Ihre Hand führte mechanisch das Pistill, ihre Gedanken schweiften ab. Wie es wohl Margret erging? Schwebte sie immer noch auf rosa Wolken, von Erfüllung gekrönt? Sie hatte seit der Hochzeit nichts von sich hören lassen. Sonst schaute sie doch auch alle Naslang vorbei, vor allem im Überschwang. Nun ja, die neue Umgebung, neue Pflichten, viel zu tun …

Irgendwie …, dachte Wiltrud – ach, was! Einfach albern! Aber so ein kleines bißchen vielleicht doch –, war Margret auch zu beneiden. Nicht wegen des neuen Ansehens oder des Wohlstands und wahrscheinlich nicht einmal um diesen Seibold. Aber ihr Leben war geordnet, war es eigentlich immer schon gewesen. Margret hatte von jeher dies eine Ziel, und dorthin hatte sie der Schimmel der Träume nun getragen.

Sie selbst hingegen hatte noch nicht mal einen Traum, außer ihrer Arbeit vielleicht, und zuletzt hatte sie nur noch gewußt, was sie entschieden *nicht* wollte. Aber mit der Hacke allein ließ sich kein Haus bauen. Da fehlte etwas, etwas wofür es sich lohnte …

»Meisterin, Ihr verschüttet die Hälfte!«

»Oh! Kümmere du dich nur um deinen Topf!«

Wiltrud hielt die Reibeschale unter die Tischkante und strich den Rest der übergeschwappten Glasur wieder hinein. Es würde hoffentlich das Werk nicht beeinträchtigen. Man müßte jemanden fragen können, so was zum Beispiel und tausend andere Dinge. Das Gespenst der Einsamkeit kroch plötzlich durch alle Ritzen auf sie zu. Lächerlich, da saß doch Wolfhart mit ihr im Raum, und nebenan gab es Großmutter oder drei Häuser weiter die Beutlerin oder die Schafswol ... Wiltrud war auf einmal zum Heulen zumute. Sie fühlte sich entsetzlich allein. Vielleicht war es das, worum sie Margret insgeheim beneidete: Die hatte ständig jemanden zum Reden!

Mit *ihm* konnte man auch reden. Gut sogar. Sie lächelte. Bis jetzt hatte meistens er geredet, aber sie hörte ihm auch gerne zu. Sie biß sich auf die Unterlippe, dachte unwillkürlich an den Kuß. Solchen Argumenten könnte sie sich öffnen, da wollte sie selber das Disputieren lernen.

Uhps! Beinahe hätte sie wieder etwas verschüttet, das Pistill zu heftig in die Schale gedrückt. Genug! Sie stellte das Gefäß ab. Das hier war die Wirklichkeit, und darauf sollte sie sich konzentrieren! Sie ging zu Wolfhart, um das plumpe Ergebnis seiner Bemühung zu begutachten.

Es klopfte. Hatte sie die Gabe, Gedanken Fleisch werden zu lassen? Siegfried betrat den Raum. Er schmunzelte, als er Wolfhart an der Drehscheibe sah und gab ihm den guten Rat, sich von der Höllenmaschine fernzuhalten.

Er ging auf Wiltrud zu. »Meine Verehrung«, sprach sein Mund, »Liebste« sagten seine Augen. Der Hafnerin Spröde schmolz unter seinem Blick wie der Glasurschlicker im Brand.

»Schaut her! Was sagt Ihr dazu?« suchte sie ihrer Verlegenheit Herr zu werden, indem sie seine Aufmerksamkeit auf die Aquamanilen lenkte. Ein grimmig dreinsehender, geflügelter Drache und ein phantastischer Greif schwitzten auf dem Trockenregal ihr letztes Bißchen Feuchtigkeit aus und harrten eines bunten Kleids.

Siegfried war voll Lob und echter Bewunderung und auch ein wenig stolz auf seine Anregung. Daß sie aber den Leib des Schreckenswurms so kühn geschwungen, das Gefieder des sagenhaften Vogels, wiewohl aus schwerem Ton, so greifbar und beinahe flaumig aufgebaut hatte, das übertraf selbst seine Erwartung. Am meisten aber überraschte ihn, daß sie seinem Vorschlag tatsächlich gefolgt war. Das, das war ...

Wiltrud hatte den Eindruck, daß er – für sie völlig ungewohnt – ein wenig um Worte rang und fragte daher hilfreich: »Wie steht's mit Eurer Anstellung?«

»Mmmh«, knurrte der Sänger und wandte sich erst einmal ab. Sie mußte eine falsche Saite getroffen haben.

»Dieser verdammte Pfaffenknecht!« schimpfte er plötzlich los. »Dieser lauwarme Klerikerfurz!«

»Wer denn, um Himmels willen?«

Siegfried fuhr herum, und Wiltrud erschrak über die Wut in seinem Gesicht. »Dieser Gesellpriester! Er wollte mir eine Anstellung verwehren, wegen seines kleinlichen Hasses auf alle Spielleute.«

»Aber er ist ...« Wiltrud verschluckte das böse Wort und schlug die Hand vor den Mund.

»Ihr glaubt doch nicht ... neeeiiin!« – es klang verächtlich –, »das wär die Sache nicht wert.«

Er begann wieder zu schimpfen. Sie konnte es ihm nachfühlen, aber nicht vor dem Knaben! Ein schneller Wink mit dem Kopf sollte ihn hinauszuschicken. Aber Wolfhart klebte plötzlich an der Scheibe, wie sonst nur an der Suppenschüssel. Erst als die Meisterin mit der Hand drohte, räumte er maulend das Feld.

»Was hatte er gegen *Euch*?« fragte Wiltrud danach besorgt.

»Er hielt mich für einen entsprungenen Kleriker.«

»Seid Ihr's?«

Siegfried erklärte, daß er in gewisser Weise zwar Kleriker sei, dies aber für jedermann gelte, sobald er eine Universität besuche. Er habe jedoch nie die höheren Weihen angestrebt. Und er stamme zwar von Hohenau, sei aber ebensowenig von Adel. In dieser Frage halte er's mit Jean de Meung, der den Geburtsadel gering geachtet habe im Vergleich zum Adel des Dichters. Sein Vater sei Kaufmann gewesen. Aber ihm als Nachgeborenem, der für Handel und Waffenhandwerk ungeeignet erschienen, dafür Liebhaber der Bücher gewesen sei, habe sich das Studium angeboten: Paris, Bologna, Montpellier – alles was Klang und Ehren habe.

Wiltrud lauschte ihm, wie die Venezianer dem Reisebericht Marco Polos, doch Siegfried vertrieb das Leuchten in ihren Augen: »Wenn Ihr nun glaubt, ich hätte dort meine Heimat gefunden, dann muß ich Euch enttäuschen. Ich suchte nach der Wahrheit in Theologie und Philosophie gleichermaßen, und ich fand statt der einen und einzigen ungezählt viele. Damit hätte ich zwar leben können. Aber ich fand es unerträglich, daß die gelehrten doctores ihre jeweiligen Wahrheiten im Dunst von Weihrauch und Bücherstaub für absolut nahmen und sie andererseits wie ein Mäntelchen in den Wind hingen. Alanus ab Insulis, ein wahrhaft Hellsichtiger, spottete über die wächsernen Nasen dieser Autoritäten, die sich in beliebige Richtungen wenden ließen.«

Er zog sich einen Schemel heran, ließ sich wie ein Lehrmeister darauf nieder und fuhr fort: »Meister Abaelard zeigte uns in seinem *Sic et non* zwar schon früh die Notwendigkeit vernünftigen Abwägens und eigenständigen Denkens. Doch das, meine Liebe, erschien den Dogmatikern zu allen Zeiten beinahe schlimmer als Ketzerei. Da ich nicht seinem verfolgten Dasein nacheifern wollte, ging ich fortan auf die Straßen und studierte dort die lebendige Wahrheit. Ich fand sie in den Gesichtern der Bettler und in der Farce des Possenreißers, und glaubt mir, ich war dort allezeit dem Herrn näher als vor irgendwelchen Chorschranken. In den Versen der Goliarden entdeckte ich erhabeneres Latein als in mancher der aufgeblähten Summen, und ihr treffender Witz ließ mich mehr von Ovid und Vergil verstehen als jede trockene Lesung im Kreuzgang oder Auditorium. Da habt Ihr mein Leben. Seid Ihr enttäuscht?«

Wiltrud fand es aufregend und widerborstig, und letzteres war ihr nur allzu vertraut. Nein, enttäuscht war sie höchstens, weil sie zu vieles von ihm noch nicht wußte. Und plötzlich begriff sie. Das, das bedeutete ja ... »Werdet Ihr fortgehen?« fragte sie ganz offen.

Er las das Bedauern in ihren Augen und wollte ihr mit einem schiefen Lächeln Mut machen. »Vielleicht. Aber ich habe noch ein anderes Eisen im Feuer.«

»Ihr spracht doch von einem Empfehlungsschreiben. Kann Euch das nicht helfen?«

»Den Pfaffen hat's interessiert wie den Teufel das Evangelium. Dabei ist's hervorragend gefälscht.«

Wiltrud schaute einen Augenblick entgeistert und lachte dann schallend. Er war nicht nur galant, sondern auch gerissen, aber auf eine ganz andere Art als dieser tumbe Niklas. Sie liebte ihn fast dafür, wie er so dastand als reuiger Sünder mit Garantie für Wiederholung: der Blick leicht verschämt mit einer gehörigen Portion Pfiffigkeit, die feine Röte im Gesicht zunehmend aufgesogen von einem breiter werdenden Grinsen, schulterzuckend und mit den Händen so unschuldig gestikulierend wie das liebe Jesulein im Stroh.

»Was hätt' ich denn tun sollen?« fragte er treuherzig. »Er

ist so jäh verstorben. Wie konnte ich da ... Ihr hättet dabeisein müssen. Er wurde von Frauen zu Grabe getragen, denen er zeitlebens hohes Lob gesungen hat.« Seine Miene verzückte sich, und er sprach mit erhabener Gebärde: »Die ganze Kirche war voll dieser wunderbaren Geschöpfe, und sie weinten und klagten zu Hunderten und vergossen Wein über seinem Sarg und Grab. Und die Luft war erfüllt von ihrem Duft und dem Duft von kostbarer Myrrhe und edlen Spezereien – ach, morgen schon wollte ich gehen, würde mich der Himmel so abberufen.«

»Habt Ihr ihn je gesehen?« fragte Wiltrud schmunzelnd.

»Ihr zweifelt an mir?« Seine Stirn runzelte sich, und aller Übermut verschwand aus seinen Zügen. In dieser Hinsicht war er wohl empfindlich. Wiltrud wurde ernst, sagte nichts und schüttelte nur den Kopf.

Nach langen Jahren der Wanderschaft, erklärte er ihr mit etwas Wehmut in der Stimme, war er ins elterliche Haus zurückgekehrt, wo der Vater inzwischen an Kummer verstorben war, nachdem er durch Spekulation und Mißgunst anderer alles verloren hatte. Der noble Rest der Familie hatte keinen Fahrenden unter ihrem Dach gelitten, und so war er auf Heinrich von Meißen gestoßen, den Domherrn und hochgeehrten Sänger im nahen Mainz.

»Ich habe vieles von ihm gelernt«, beteuerte Siegfried, »und so mag's vielleicht nicht recht sein, wenn ich sein Siegel benutze, aber es ist zweifellos billig, wenn ich mich auf ihn berufe. Erfährt etwa jemand Schaden dadurch? Und was glaubt Ihr, wie viele Abteien oder Rechtsbriefe weltlicher Herren auf wackeligem Grund stehen! Es gibt so viele Splitter vom Kreuzesholz, daß Jesus an einem Wald gehangen haben muß, und manch Heiliger war eine Hydra, gemessen an der Zahl seiner Häupter, die verschiedenenorts verehrt werden. Die Menschen wollen eben vieles unbedingt glauben, und manches leider ums Verrecken nicht.«

Zuletzt trug Siegfried schon wieder den Schalk im Gesicht und versprach, er könne noch vieles von unglaublichen Wundertaten der Heiligenschar berichten oder vom wunderlichen Markt ihrer Knöchelchen und sonstigen Hinterlassenschaften.

Wiltrud unterbrach seinen Redefluß kurz, um in der Küche nach einem Rest Wein aus den besseren Tagen ihres Vaters zu suchen. Dabei überkam sie flüchtig der Gedanke, es sei womöglich lästerlich, wenn ein Spielmann – Verzeihung: Dichter und Sänger! – so mit ihr über geheiligte Dinge spräche. Aber irgendwie vertraute sie darauf, daß er in dieser Hinsicht nicht weniger wahrhaftig war als jene, die den Glauben an derartige Raritäten einforderten, nur konnte er ungleich lebhafter davon erzählen. Während sie mit einem Krug säuerlichen Rotweins, zwei Bechern und offenem Herzen für weitere Mirakel zurückkehrte, fielen ihr die Rätsel des Liedes wieder ein, das er im Badhaus für sie gesungen hatte.

Siegfried war hocherfreut, als sie ihre Verwunderung über den Magnetstein und derlei Absonderlichkeiten äußerte, zeigte es ihm doch, daß sie das Lied mit Interesse aufgenommen hatte. Er enthüllte ihr zuerst die natürliche Magie des Steins, um sie dann mit der wunderbaren Ausstrahlung einer Frau gleichzusetzen, deren Wesen bewirke, daß Zuneigung zu ihr ganz unvermeidlich sei.

Wiltrud errötete und sagte dann trocken: »Genau wie die Wasserfee, deren Schönheit liebesblinden Tölpeln zum Verhängnis wird. Aber so bin ich nicht.«

Siegfried stutzte einen Augenblick. »Natürlich nicht. Schönheit bedeutet auch nichts gegenüber Güte, sagt Thomas von Zirklaere.«

»Mein Vater nennt mich Luder und Rauhbatz und Kratzbürste, und der männliche Teil dieser Stadt wird's gerne bestätigen.«

»Ihr macht es einem auch nicht leicht«, räumte Siegfried lachend ein, »aber, zum Teufel, Ihr habt etwas Anziehendes und sei's Eure Ehrlichkeit. Und daraus, nicht aus bloßem Begehren, wird Liebe. Ihr könnt's nicht verhindern. Die Kraft der Anziehung ist vielfältig. Man sagt, Maria habe den Magnetstein der Demut in sich getragen und damit Gott Vater gebunden, auf daß er seinen Zorn auf die Menschheit beende. Und das wilde Einhorn läßt sich nur bezwingen, indem es, angezogen von einer Jungfrau, seinen Kopf in deren Schoß bettet.«

Wiltrud schaute ihn von unten herauf an, mit skeptischer Freude. Halb wollte sie es annehmen, halb suchte sie nach Ausflüchten: »Und was bedeuten dann ›kalt‹ und ›trocken‹ und ›warm‹ und was weiß ich noch?«

»Ihr seid aber hartnäckig«, grinste der Sänger, der noch selten eine Liebesbezeugung so langwierig erklären mußte. »Nach der Lehre des Aristoteles wohnen den vier Elementen diese Eigenschaften inne. Aus ihnen ist alles geschaffen und läßt sich alles bilden, so es im richtigen Mischungsverhältnis geschieht, und Gegensätzliches zieht sich dabei an. Nur einmal angenommen, Ihr wäret tatsächlich kratzbürstig« – er grinste verschmitzt –, »dann wäre ein Mann von sanfter, musischer Natur ...«

»Oh! Ihr nehmt mich nicht ernst!« Sie sprang auf und schlug mit einem Lappen nach ihm.

»So wahr ich hier sitze«, beteuerte er kichernd und schob aus der Deckung seiner Arme heraus nach: »Es ist das wahre Geheimnis der Alchemie.«

»Der was?« Sie hielt abrupt inne.

»Der Wahnwitzigen, die glauben, sie könnten in Qualm und Gestank das edelste aller Metalle erzeugen. Das nennt man Alchemie.«

Sie deutete mit dem linken Arm nach nebenan: »Dieser Nachbar ...«

»... riecht ganz danach«, ergänzte Siegfried trocken.

»Aber dieses sonderbare Gebilde, halb Mann, halb Frau – was ist das für ein Unding?«

»Kein Ungeheuer«, lachte Siegfried, »nur ein Symbol für die Vereinigung der Gegensätze. Hermaphrodit nennt es die Sage, wie uns Ovid in den *Verwandlungen* erzählt. Es ist ein wunderbares Bild für eine Urkraft des Universums: die Verschmelzung in der Liebe.«

»Aber Ihr macht Euch doch über diese Alchemisten lustig. Wie könnt Ihr da andererseits ...« In Wiltrud stieg ein schlimmer Verdacht auf: Das Gefasel über die Liebe war dann vermutlich ebenso hohl wie das vergebliche Bemühen dieser Schwarzkünstler.

»Es ist eine schwierige Sache mit dieser Köchelei«, kämpfte Siegfried gegen ihre Zweifel an. »Große Männer haben sich damit beschäftigt, aber sie wird an keiner Universität gelehrt. Ihre Ziele klingen verlockend, und es spricht auch nichts gegen die alte Überzeugung, daß Erze in unreinem Zustand Embryonen gleich im Schoß von Mutter Erde ruhen und nur das Gold gleichsam fertig bebrütet und somit rein ist. Die Eingeweihten glauben nun, sie könnten diesen Prozeß künstlich in ihren Kolben kopieren und Gold erzeugen, indem sie sein perfektes Mischungsverhältnis enträtseln. Aber diese Adepten wollen in ihrer Hybris ja noch viel mehr. Sie jagen dem Elixier ewiger Jugend nach. Doch der einzige Jungbrunnen, den ich kenne und der den Alten wieder Flügel verleiht, ist die Liebe. Und daher lache ich mit meinem Freund Dante über die vergebliche Liebesmüh' dieser Käuze.«

»Aber das Lied, der Vergleich und all die komischen Worte ...« Wiltrud verstand überhaupt nichts mehr.

»Ihr müßt es bildhaft wie ein Gleichnis sehen«, erklärte Siegfried geduldig. »Die Jagd nach dem Gold oder Stein oder Elixier, nennt es wie Ihr wollt, ist in Hunderten von

Jahren nicht gelungen. Sie ist ein Hirngespinst und wird es bleiben, sonst hätte der Schöpfer es anders eingerichtet. Ihre Anhänger freilich sind überzeugt und köcheln und schmelzen und brennen verbissen und machen eine Geheimniskrämerei darum. Aber sie sind nur harmlose Tröpfe, denn das Gold oder das Elixier ist in Wahrheit die reine Liebe, mit der jede Wandlung gelingt. Überzeugt Euch!«

Siegfried sprang leichtfüßig auf, ging auf Wiltrud zu …

Jemand pochte an die Werkstattür: »Ist's erlaubt?«

Peter Barth lugte vorsichtig in den Raum. »Guten … oh!« Sein voreiliges Lächeln erstarrte jäh.

»Kommt nur herein«, sagte Wiltrud, schob den Sänger vollends beiseite, strich hastig übers Haar und bot etwas ungelenk dem Besucher einen Platz auf der Bank an.

Siegfried grinste herausfordernd und schien in keiner Weise irritiert. Das ärgerte Peter, und er vergaß alle Zurückhaltung: »Findet Ihr es sonderlich klug, Eure Teufelsgeschichten mitten auf dem Markt zu verbreiten?«

Der Angriff überraschte den Sänger. Er wurde ernst, beugte sich vor und stützte sich lauernd auf seinen rechten Oberschenkel. »Was gefällt Euch daran nicht?«

»Wer Wind sät, kann leicht Sturm ernten«, erwiderte Peter bedeutungsvoll und setzte hinzu: »Vielleicht versteht Ihr's nicht besser, aber Ihr hetzt die Leute mit Lügen auf und spielt mit dem Teufel. Das hat schon mancher bereut.«

»Es ist als Wahrheit nicht schlechter als das Geschwätz des Pfaffen, der alles und jeden mit der Hölle bedroht«, erwiderte Siegfried mit Unschuldsmiene.

»Er ist tot und hat Euren Klamauk nicht verdient«, sagte Peter scharf.

»Jetzt wißt *Ihr* nicht, wovon Ihr redet«, höhnte Siegfried. »Der Kerl war verbohrt und sein Gehabe ein Witz, aber sein

Verdikt war kalt wie Stahl und hat wahrscheinlich mehr auf dem Gewissen als Ihr ahnt!«

Die Stimmung in der Werkstatt war zum Zerreißen gespannt, und Wiltrud fühlte sich schrecklich unwohl. Siegfried nahm trotz des Streits ihre fahrige Verunsicherung wahr und sagte erlösend: »Ist heute nicht der Tag für Verse. Ich geh' dann wohl besser.«

»Hattet Ihr mit ihm zu tun?« hakte Peter noch nach, aber der Sänger ignorierte ihn, stand auf und ging zur Tür.

Wiltrud schenkte ihm ein dankbares Lächeln dafür. »Und wegen der Trinkgefäße, vielleicht schaut Ihr morgen wieder vorbei.«

Sein Blick ließ sie nicht im Zweifel darüber.

»Das ... äh ... Ihr müßt dies verstehen«, wollte Wiltrud Peter besänftigen, nachdem der Stein des Anstoßes verschwunden war. »Der Gesellpriester hat ihm eine Stelle als Kantor verwehrt und ...« – sie biß sich auf die Lippe, als habe sie eben zuviel gesagt und redete rasch weiter – »er hat ja auch zu mir scheußliche Dinge gesagt, über Mutter und Großmutter und so ...« Es dämmerte ihr, daß sie dabei war, auch sich selbst noch hineinzureden. »Diese Augen«, sagte sie achselzuckend, »ich meine, Ihr hättet diese stechenden Augen sehen müssen. So stellte ich mir immer den bösen Blick vor ...«

Großmutter stand plötzlich im Raum: »Du mußt mir helfen!«

Wieder wollte die Hafnerin ihn hinausbitten, aber diesmal blieb Peter hartnäckig und lief ungefragt den beiden Frauen hinterher.

Arnold Hafner lag in erbärmlichem Zustand am Boden der kleinen Kammer. Er war beim Versuch, das Nachtgeschirr zu benutzen, ausgeglitten, und aus eigener Kraft nicht mehr in der Lage, sich wieder aufs Bett zu hieven.

Peter ging bereitwillig zur Hand und hob im Verein mit

den beiden Frauen den Schwerstkranken auf sein Lager zurück. Der stöhnte dabei mehr, als daß er fluchte. Er war kurzatmig und benötigte die Luft zum Überleben.

Arnold war nur noch ein Schatten seiner selbst. Schon der Geruch von Speisen erweckte jetzt Übelkeit bei ihm, und das Zimmer stank nach Erbrochenem. Er fiel täglich mehr vom Fleisch und hatte Bauchkrämpfe und Koliken wie zu seinen besten Zeiten, wenn er sich überfressen hatte. Oft zitterte er am ganzen Leib und verspürte Schwäche in sämtlichen Gliedern. Mehr als die Schmerzen im gichtigen Bein plagte ihn inzwischen Juckreiz am ganzen Körper, als säße er mitten in einem Ameisenhafen.

Wiltrud fragte sich, ob tatsächlich die Menschenhaut, die Großmutter mit Bockstalg unterlegt und aufs Bein gedrückt hatte, das Stechen und Brennen fortnahm, oder ob nicht eher ein anderes Leiden bereits die Oberhand gewann, von dem sich nur der quälende Durst annähernd lindern ließ.

Der reichlich genossene Wein verschaffte ihm wenigstens zeitweilig ein paar Stunden unruhigen Schlaf. Die Ahn ging auch jetzt wieder zu dem Tischchen und goß aus dem Krug in den Becher. Und Peter sah, wie sie aus einem Döschen eine gehäufte Messerspitze eines weißlichen Pulvers nahm und es im Wein verrührte, ehe sie ihn dem Siechen einflößte.

Sein fahles Gesicht leuchtete wie ein Wachsstock in der düsteren Kammer. Er schlug die dunkel umrandeten Augen auf, aber sein Blick ging ins Leere. Mühsam hob er die Rechte und wischte ein paarmal fahrig durch die Luft, als wolle er etwas verscheuchen.

»Geht weg!« keuchte er. »Weg!«

Dann ruhte er kurz, wobei er geräuschvoll die Luft einzog. Plötzlich schlug er wieder die Augen auf und fixierte Peter.

»Hat *sie* dich geschickt? ... Sie war wieder hier ... ich hab' sie gesehen«, sagte er rasselnd. Er hustete.

»Sag ihr ... sag ihr, ich geh' nicht mit ihr! Sie kann lange winken.«

Er versuchte ein krampfhaftes Lächeln. »Arnold scheißt auf ihr Winken! Eher geh' ich mit dem Teufel ... sag ihr das!«

»Er sieht die Fylgja, seine Folgefrau«, erklärte Großmutter draußen vor der Kammer ganz von selbst und ging zufrieden hinaus in den Garten.

15. Kapitel

Berthold Schafswol tobte, die stolze Elisabeth keifte, Seibold warf wütend die Türen und Margret heulte – im Haus des Wollwebers hing der Segen gewaltig schief.

Begonnen hatte der Ärger am Tag nach der Hochzeit. Daß das Pack der Leineweber bei der Morgensprache der Zunft süffisant zur gelungenen Hochzeitsfeier gratulierte und dabei die Huren im Auge hatte, das hätte Berthold als Neidgeschwätz abgetan und sich nicht weiter aufgeregt. Daß sich dann aber einer erfrechte, ihm angesichts der Grundbesitzmitgift der Braut für etwaige Expansionsgelüste die Weberordnung vorzuhalten, in der die Zahl der Lehrlinge und Werkstätten streng geregelt war, das trieb ihm die Galle hoch. Diese elenden Kleinhäusler und Mietlinge vom Hackenviertel wollten ihm, dem verdienstvollen Pfleger, Vorhaltungen machen. Das mußte man sich vorstellen. Da spielte es schon keine Rolle mehr, daß sie sich geschlossen gegen Verdächtigungen im Zusammenhang mit den nächtlichen Umtrieben verwahrten und tönten, sein Sohn pflege schlechten Umgang. Und dann gestern der Fronbote, hat doch von ihm, dem angesehenen Mitglied des Kirchspiels, eine saftige Wachsbuße eingefordert. Eine Unverschämtheit war das!

Heinrich Rudolf, der eigentlich gekommen war, um die Wogen zu glätten, hatte nichts zu lachen. Erst wurde er vom Schwager angeblafft und danach von seiner Schwester überfahren, bis es ihm zu bunt wurde. »Ihr habt's euch doch selber zuzuschreiben«, gab er wütend zurück. »Hab' ich nicht mehrfach auf die Hochzeitsordnung verwiesen? Aber ihr mußtet ja auffahren, als sei die Aussteuer der Braut der Kronschatz! Da konnt' ich mir im Rat den Mund fusselig reden, daß der Grund der Beutlerin beträchtlich sei, für den Küchel war das ein gefundenes Fressen.«

»Küchel, Küchel, immer wieder dieser Küchel!« schimpfte Schafswol. »Sein Sohn frißt sich an unserer Hochzeitstafel voll, und er zieht über uns her. Der kann was erleben! Wozu taugst *du* eigentlich, wenn du diesen Schmarotzer nicht in die Schranken weisen kannst?«

»Gib acht, was du sagst!« drohte Heinrich Rudolf, machte kehrt und verließ zornig die Stube.

Seine Schwester rannte ihm nach. »Warum kannst du nur für die anderen ein gutes Wort einlegen?« stellte sie ihn im Hausflur zur Rede. »Du warst immer gegen Berthold, von Anfang an!«

»Unsinn!«

»Ach ja? Warum hast du dann vor allen diesen ...« – sie ruderte mit den Armen – »diesen Barth so hochgelobt? Was hat der denn schon geleistet?«

»Er ist zumindest kein Herumtreiber. Seibold sollte sich vorsehen, daß ihn nicht eines Tages der Richter befragt.«

»Du mußt groß reden«, höhnte Elisabeth. »Wenn du deinem neuen Schützling von alten Zeiten vorschwärmst, erzählst du ihm dann auch von deiner eigenen Schande?«

»Das ist nicht wahr, und du weißt es!« fuhr Heinrich sie erbost an.

»Das Gegenteil wurde nie bewiesen, aber Vater hat sich vor dich gestellt, und zuletzt hat man den Teufel bemüht. Erscheint dir das arme Ding nicht in deinen Träumen?« Elisabeth Schafswol grinste überlegen. Sie wußte, was das Pfand in ihrem Gedächtnis wert war. »Wenn meinem Seibold etwas geschieht«, drohte sie, »oder dieser Barth vor meinem Berthold im Rat sitzt, dann – so schwöre ich – wird's einen Höllenskandal geben.«

»Verfluchtes Biest!« zischte der brüderliche Ratsherr unfein und rannte wütend hinaus.

Wiltrud schüttelte dem Vater die Kissen auf und öffnete den Fensterladen. Sie tat es wegen des Gestanks, doch hieß es auch, daß milde Luft von Osten her den Leidenden zuträglich sei. Andererseits behaupteten manche, daß sich auf diese Weise gefährliche Miasmen des Kranken bemächtigten.

Ihr Blick fiel auf den schwer tragenden Pflaumenbaum im Garten, dessen köstliche Früchte ihrer Bestimmung harrten, aber nach Meinung manches Quacksalbers die Schwarzgalle erregten, Gliederreißen verursachten und die Gicht geradezu aufleben ließen. Andererseits wurde gesagt, daß wohlschmeckende Speisen der Heilung und Gesundheit förderlich seien, und sie hatte große Lust auf Pflaumenmus und Hefenudeln. Es gab im Leben wohl immer ein Einerseits-Andererseits, sagte sich Wiltrud, griff sich eine Schüssel und ging in den Garten.

Dort sah sie Großmutter stehen, in der Nähe des Stalls und vor einem Bäumchen, das jung und schmächtig aussah, in Wiltruds Erinnerung aber von jeher dort stand. Es wuchs nur unendlich langsam und bestand aus drei dünnen Stockausschlägen, die sich zusammengewunden hatten, als seien sie ein einziger Stamm: Drei in eins, wie das Wunder der Dreifaltigkeit. Erst in den letzten Jahren begann der Baum zu blühen und schmückte sich seither regelmäßig mit wunderschönen roten Beeren.

Es war eine Eibe, und Großmutter war ihr in seltsamer Weise verbunden. Sie hatte sie vor vielen Jahren mit eigenen Händen gepflanzt und mit einem kleinen Erdwall umgeben, der die Pflanze und den ganzen Ort wie ein magischer Kreis zu schützen schien.

In der kargen Jahreszeit rauften sich Scharen von Vögeln um die Beeren, und nachts oder an regnerischen Sommertagen war gelegentlich eine fette Erdkröte zwischen den knorrigen Wurzeln zu Gast. Als Kind hatte sich Wiltrud vor dem warzigen Ungetüm gegraust, aber Großmutter hatte sie beruhigt und erklärt, das Tier sei so etwas wie ein guter Hausgeist, in dem die Seele eines lieben Verstorbenen wache.

Oft schon hatte Wiltrud die Ahn beobachtet, wie sie vor dem werdenden Bäumchen stand, als hielte sie Zwiesprache mit ihm oder lausche dem Raunen des immergrünen Nadelkleides und dies besonders, wenn die dunkle Zeit heranrückte und die Stürme sich ankündigten. Wiederholt hatte Wiltrud Fragen gestellt, aber Großmutter hatte jedesmal nur versonnen und unverständlich geantwortet: »Yr enthält alles, Anfang und Ende, Leben und Tod. Hüterin des Geheimnisses.«

Wiltrud ging auf die Ahn zu, die sich, das wollene Tuch eng um die knochigen Schultern gezogen, in der frischen Luft dieses Nachmittags wiegte und leiernd vor sich hin murmelte, was so klang wie: »Leben vergeht, Leben entsteht, die Jungfrau am Brunnen webt den Faden.«

»Ein hübsches Bäumchen«, ertönte plötzlich eine dunkle Stimme von der Seite her. Wiltrud erkannte sie als die des Nachbarn, und da sie am Vortag die Hälfte der Glasur verschüttet hatte, wollte sie ihm nicht begegnen und verdrückte sich rasch in den Stall.

»Was habt Ihr hier verloren?« fuhr die Ahn den Alten unwirsch an. Sie hatte ihn vom ersten Tag an mißtrauisch beäugt.

»Ich wollte Euch nicht erschrecken.«

»Das könnt Ihr nicht« – sie hatte ihn längst gerochen – »und trotzdem.«

»Ich suche Eure Enkelin«, erklärte der graue Zausel von nebenan ungerührt, »und dachte ...«

»Hat zu tun«, beschied ihn die Ahn kurz angebunden und wandte sich bereits wieder ab.

»Ist recht ungewöhnlich«, suchte der Alte hartnäckig das Gespräch.

»Was?«

»Eine taxus, ich meine die Eibe, so mitten in der Stadt. Wird kaum von selbst hier angewachsen sein.«

»Und?«

»Ein Apfelbäumchen, ein Kirschbaum meinetwegen, doch wozu ist die Eibe nütze? In Eurem Haus wird keiner aus ihrem Holz den Langbogen schnitzen.«

»Was geht's Euch an?«

»Man sagt, ein Stückchen Holz von ihr ist wirksam gegen jeden Zauber. Verkauft Ihr etwa Amulette?«

Die Ahn durchbohrte ihn mit giftigen Blicken, verkniff sich jedoch eine Antwort.

»Hm«, fuhr der Alte so beiläufig fort, als plaudere er absichtslos nur vor sich hin, »im alten Rom, wenn ich nicht irre, hockten in dem Baum bevorzugt Boten aus der Unterwelt und Furien. Und wenn ich's recht erinnere, meint doch taxare auch soviel wie strafen. Seid Ihr vielleicht auf Rache aus?«

Der zudringliche Nachbar schaute sie dabei so durchdringend an, daß die Großmutter tonlos flüsterte: »Wer seid Ihr?«

»Es heißt aber auch, die Eibe sei die beste Hüterin von

Geheimnissen, weil ihr Gift den Unbedachten zu vertreiben wisse. Euer Kater muß verteufelt schlau sein, daß er die Beeren meidet.«

»Zum Teufel!« schimpfte die Ahn, die sich nicht einschüchtern ließ. »Wer seid Ihr? Ein verdammter Pfaffe?«

»Das nun gewiß nicht!« Der lästige Frager amüsierte sich. Jedenfalls hatte es aufgrund vermehrter Fältchen um die Augen und eines leichten Bebens seines Körpers den Anschein.

Wiltrud kam es in ihrem Versteck so vor, als stritte sich der alte Merlin mit Morgana, der zauberischen Fee, nur daß die Blitze lediglich aus beider Augen schossen und nicht dräuend schwarze Wolken über Camelot zerrissen.

»Vielleicht wollen wir beide dasselbe oder sagen wir: ähnliches«, versuchte der unerwünschte Besuch vertrauensbildend zu wirken. »Ihr könnt's mir ruhig anvertrauen.«

»Wie käme ich dazu«, schnaubte die Ahn und schickte rasch hinterher: »Es gibt kein Geheimnis!«

»Mmmh«, wiegte der Nachbar ungläubig sein Haupt, »ich hab' Euch beobachtet. Es ist für Euch kein Baum wie jeder andere.«

»Natürlich nicht! Er ist Symbol für immergrünes Wachsen und damit für Unsterblichkeit, nichts weiter.« Die Ahn hoffte, den aufdringlichen Frager endlich loszuwerden.

»Leben und Sterben liegen dicht beieinander«, räsonierte der, und als Großmutter nicht darauf einging, fuhr er fort: »Das große Werk, der Baum der Philosophen, führt zur prima materia und erwächst zugleich aus ihr. Olympiodorus sagt, die schwarze Erde enthält den von Gott Verfluchten. Andere versichern, der Grundstoff für die Verwandlung sei der Mensch oder Teile des Menschen. Aber sagt man nicht auch, von gewaltsam und vorzeitig Verstorbenen sowie den Knochen ungetaufter Kinder gingen besondere Kräfte aus? Woraus nährt sich denn Euer Baum?«

»Weiß ich's? Es ist *sein* Baum!«

»Wessen?«

»Er hing einst selbst am Lebensbaum, vom Speer durchbohrt, und wurde wieder lebendig. Er versteht es daher, Tote zu erwecken und Leben zu spenden.«

»Sprecht Ihr von Christus, dessen Kreuz das Todesholz und zugleich Baum des Lebens ist?«

Die Ahn lächelte sibyllinisch. »Ich spreche vom Herrn, der über die Stürme gebietet. Er wird die Lüfte mit Winden erregen ...«

»Ihr meint den Antichrist?« fragte der Alte streng.

Großmutter schüttelte den Kopf und schaute den Eindringling fast mitleidig an. Der hob belehrend den Zeigefinger und erklärte: »Der verborgene Wind, sagt die *turba philosophorum*, bedingt bei der Ausformung der prima materia zu den irdischen Dingen die exakte Mischung der Elemente.« Er breitete die Arme wie zum Gebet aus und schaute zum Himmel. »Es ist das Pneuma der Griechen, der göttliche nous, der logos spermatikos, der spiritus mundi, der kosmische Geist ...«

»Ihr seid ein Narr!« zischte die Großmutter kalt. »Geht endlich!« Sie wandte sich auf der Stelle um, ging auf das Haus zu und ließ ihn einfach stehen.

Der Alte schaute ihr mit zusammengekniffenen Augen nach, strich sich durch den Bart und murmelte boshaft: »Kein Werden ohne Vergehen. Wo Leben entsteht, wird andernorts Leben genommen.«

Die Sonne stand tief im Westen und transmutierte geschickter als jeder Alchemist das Wasser der Isar in fließendes Gold, als Peter und Paul durch die Au nach Hause marschierten. Paul dachte seit dem Mittagläuten an nichts anderes mehr als an Sophia, während Peter bedrückt neben ihm hertrottete. Sein Mißmut war auch den anderen an der Lände schon aufgestoßen.

»Du mußt fröhlicher auf sie zugehen«, riet Paul, »und sie muß merken, daß du sie begehrst. Bei deinem Gesicht würde selbst die Henkersfrau davonrennen.«

»Darum geht's nicht«, brummelte Peter. »Viel schlimmer! Die beiden stecken vermutlich unter einer Decke.«

»Holla!« Paul pfiff anerkennend durch die Zähne. »Dann haben sie dir wirklich was voraus. Ich sag' ja …«

»Herrgott, nein!« schrie Peter und riß den arglosen Paul am Arm herum. Aufgestaute Sorge, Wut und Enttäuschung brachen aus ihm heraus: »Sie haben gemeinsam den Gesellpriester umgebracht! Das heißt, es könnte sein … ach, verflucht!«

»Du bist verrückt!« Paul starrte ihn offenen Mundes an. »Eifern ist ja gut, aber deswegen gleich …«

»Nein«, sagte Peter mit gequälter Miene, »hör mir zu! Der Sänger hatte handfesten Streit mit dem Pfarrergehilfen, das heißt, ich vermute es … nein, ich weiß es, weil sie es mir gesagt hat. Und der Pfaffe wiederum muß Schlimmes zu ihr gesagt haben … weiß nicht was. Und wo die beiden dauernd zusammenstecken, da …«

»Mein Gott, du bist ja völlig wirr im Kopf«, sagte Paul mitleidig. »Das glaubst du doch nicht im Ernst, oder?«

Peter raufte sich verzweifelt das Haar. »Ich weiß nicht mehr, was ich glauben soll. Das ist es ja. Es könnte doch immerhin sein.«

»Es ist völliger Blödsinn«, urteilte Paul nüchtern, »nichts als Vermutungen und wenn und weiß nicht. Ich halte den Sänger für zu klug, um sich derart auffällig zu rächen, und außerdem war er nach Torschluß nicht mehr in der Stadt. Und die Hafnerin … nun, du mußt selbst wissen. Wenn *ich* jemanden mag, würde ich ihn bis zum Jüngsten Gericht verteidigen.«

Peter fühlte sich beschämt. Wahrscheinlich hatte der Freund recht. Er mußte wirklich aufpassen, daß er sich nicht aus lauter Enttäuschung verrannte. »Es ist nur«, sagte er kleinlaut, »als liefe ich ständig gegen eine Mauer.«

»Hinter den dicksten Mauern liegen die größten Schätze«, sagte Paul und puffte den Unglücklichen aufmunternd in die Seite. »Du mußt nur kräftig dagegen anrennen.«

Peter lächelte gequält. Wenn's nur so leicht wäre. Er konnte doch nicht einfach hingehen und ... So was mußte sich entwickeln, langsam, brauchte seine Zeit. Gestern hatte er sich ein Herz gefaßt und eine gute Idee entworfen – Tonspielzeug für seinen Neffen, das war ausbaufähig: erst einmal nachfragen, dann in Auftrag geben, Tage später begutachten, schließlich abholen – das schaffte Gelegenheiten sich näherzukommen. Aber da saß dann gestern schon wieder dieser Schaumschläger. Auch, wenn der sich bald verzog, die Stimmung war erst einmal dahin. Und was würde morgen sein und nächste Woche? Es war wie die Fabel von Hase und Igel.

Sie näherten sich dem Spielanger und konnten von weitem schon die bunten Wagen sehen. Paul war dort inzwischen gerngesehener Gast und fühlte sich schon beinahe zugehörig, mochte auch mancher Bürger die Nase rümpfen. Ihm war's egal. Er wünschte sich nur, ein gutes Stück jünger zu sein.

Er kannte auch die einzelnen Schicksale schon genauer. Fridlieb führte den Haufen an, das war unschwer zu erkennen, und Walburga, die Rothaarige, war sein Weib. Kein Schultheiß oder Rat hatte je seine Zustimmung, kein Pfaffe seinen Segen gegeben. Die Kraft der Natur hatte sie vor unzähligen Sommern zusammengeführt, und seither liebten und zankten sie sich unzertrennlich durch den Lauf der Jahre. Der quirlige Benjamin entstammte dieser lebhaften Verbindung.

Sophia hatten sie eines Herbsttages, als während des Bruderkrieges im Herrscherhaus viele Hütten in Rauch aufgingen, halb verhungert und erfroren aufgelesen, nahmen das verlauste Balg bei sich auf und gaben ihm den Namen Sophia, wodurch sie auf ihre Art die unergründliche Weisheit und Vorsehung des Allerhöchsten priesen.

Balthasar war vor ein paar Jahren zu ihnen gekommen. Fridlieb hatte ihn seinen Häschern entrissen, als er in einem Dorf gepanschte Medizin andrehte und ihm die Dörper auf die Schliche kamen, und Hein schließlich hatte sich während eines Marktes zu Frankfurt angeschlossen.

Siegfried war erst im Frühjahr im Maingebiet auf die Truppe gestoßen, und da sich München als gemeinsames Ziel ihrer Brotsuche erwies, schlossen sie einen Bund auf Zeit zu gegenseitigem Nutzen.

Paul mochte die Lebensart der Spielleute oder das, was er davon mitbekam, denn die Nachtseite, Rivalität und Futterneid der Fahrenden oder Rechtlosigkeit und bittere Not, die blieben ihm bislang verborgen. Es sah alles so leicht und ungezwungen aus. Und schließlich war da noch Sophia …

Sie waren kaum in Sichtweite des Lagers, als die junge Frau das Kochen Walburga überließ und ihnen entgegenrannte, als habe sie den ganzen Tag nur auf diesen Augenblick gewartet. Sie grüßte Peter flüchtig, warf sich dann lachend Paul an den Hals und ließ sich wirbeln, bis ihm die Puste ausging, bedeckte dabei sein Gesicht und die Halbglatze mit Küssen, hakte sich plötzlich unter und drängte ihn zum Mühlbach hin ab, an dessen Ufer sie ermattet ins Gras sanken.

Sie war sein Jungbrunnen, Kind, Weib, Sehnsucht und Erfüllung, Unschuld und Hexe in einem. Das späte Licht zauberte einen blauschwarzen Schimmer in ihr Haar, was vielen nicht als hübsch, sondern als Abglanz der Finsternis und teuflischer Ränke galt. Für Paul hingegen war es Verlockung. Wo andere mit pechschwarzen Strähnen Schwarzmagie und Nestelknüpfen verbanden, wollte er sich einweben lassen in das Gespinst ihrer Leidenschaft und tiefen Begierde, wollte umschlungen sein und selber umschlingen und festhalten und drücken und sich verlieren im dunklen Grund ihrer riesenhaften Augen.

Sie riß einen Grashalm ab, kitzelte ihn damit eine Weile am Hals und in der Nase und fragte ganz unvermittelt, ob er sie je vergessen werde.

Dummchen! Wie sollte er, wo er sein spätes Glück kaum fassen konnte. Einem jeden, der gerne an Blüten roch und Honig naschte, konnte sie spielend den Kopf verdrehen. Was fand sie da ausgerechnet an ihm? Paul stellte sich die Frage wieder und wieder, nur ja nicht laut, denn Elfengeschenke mußte man ungefragt annehmen, und wollte man hinter ihr Geheimnis dringen, dann zerplatzte der Traum. Natürlich würde er sich stets an sie erinnern.

»Sie reden davon, fortzugehen«, sagte Sophia, und sie sagte es scheinbar unbewegt, als sei es ihr ewiges Schicksal.

Paul kroch die Bemerkung wie heißes Blei ins Gedärm. Fort – seine Lippen formten tonlos das häßliche Wort, das sein Verstand nicht zulassen wollte. Das Leben hatte doch eben erst neu begonnen. Mit ihr wollte er's noch einmal versuchen, konnte er sich vorstellen, das Trinken zu lassen – naja, einzuschränken, und die Hübscherinnen hatten ohnehin schon viel an Reiz verloren. Und insgeheim dachte er schon darüber nach, den Weinhandel von früher wieder aufzunehmen und sie dann ... Vielleicht war's ja verrückt, aber war nicht das ganze Leben eine einzige Tollheit?

»Warum?« fragte er hilflos. »Geht es euch hier nicht gut?«

»Die Leute geben nicht mehr so gern und reichlich«, erklärte Sophia nüchtern, »fordern dafür aber stets neue Späße. Und der Tod des Gesellpriesters spukt noch in den Köpfen herum. Spielleute dürfen nicht zu lange an einem Ort bleiben. Und schau, die großen Feste gehen zur Neige, und wenn erst der Schnee fällt, dann sind wir auf Almosen angewiesen. Fridlieb meint, jetzt könnten wir noch ein gutes Stück weiterziehen. Bald wird's zu spät sein.«

Pauls Gehirn sprengte die Erstarrung, arbeitete fieberhaft und mit Erfolg. Fingerschnalzend verkündete er: »Du könntest dich während der kalten Zeit als Bademagd verdingen. Utz wird gewiß froh sein. Und die anderen – hat nicht der Sänger von Mysterienspielen geredet, die er aufführen will? Da braucht er euch doch!«

Sophia sprang auf, ein erwärmendes Lächeln im Gesicht, und suchte ihn auf die Beine zu ziehen. »Komm! Wir wollen's den anderen sagen.«

Paul nickte, erhob sich schwer und spürte mit einem Mal die Kälte des heraufziehenden Herbstes.

16. Kapitel

An diesem Morgen wollte sie nicht recht zu sich kommen. Zu lange hatte sie nachts wach gelegen und gegrübelt, über das Gespräch des Nachbarn mit der Ahn und mehr noch über die Vorzüge und Eigenheiten von Siegfried und Peter Barth – ohne Ergebnis.

Sie schüttelte den Kopf: verrückt, völlig verrückt! Sie tat ja schon so, als müsse sie sich entscheiden. Schluß mit den Flausen!

Wie sie so in der Werkstatt vor ihren Töpfen saß, ging ihr der Alte wieder durch den Kopf. Alchemist war der also, soso. Jetzt konnte sie sich auch halbwegs einen Reim auf sein albernes Getue mit der Reinheit der Gefäße machen. Pfff, schnaubte sie verächtlich, paßt ja bestens zu seinem Äußeren und Geruch. Wie mußte da erst die Bude aussehen. Ihr konnte es egal sein, solange sein wunderliches Vorhaben nicht den Gesetzen von Rat und Kirche widersprach. Und: Er zahlte gutes Geld! Folglich: an die Arbeit!

Doch irgendwie eigenartig schien es ihr schon. Der Kauz tauchte einfach eines Tages wie aus dem Nichts hier auf und drängte sich in ihr Leben. Sie kannte weder Namen noch Herkunft. Wer war dieser Alchemist wirklich? Warum interessierte er sich plötzlich so für diese schmächtige Eibe, und andererseits, was bedeutete sie für die Ahn? Der eine munkelte etwas von Geheimnis, Großmutter stritt es fast wütend ab. Da sollte sich einer einen Reim darauf machen.

Überhaupt all die fremden Worte und die sonderbaren Dinge, von denen der Alchemist sprach. Aber sie konnte ihn ja schlecht danach fragen, ohne zuzugeben, daß sie gelauscht hatte. Oder das Gerede von Rache und Unterwelt, war damit etwa die Hölle gemeint? Sie sprachen ja auch von Christus. Nur, was – zum Teufel – war dann ein Antichrist?

Aus Großmutter bekam sie auch nichts Vernünftiges heraus. Als sie sie beiläufig wegen dieser Stürme und angeblicher Unsterblichkeit befragte, da sagte sie dunkel, daß die gegabelte Mistel die Allheilerin und das wahre Holz sei, aus dem das Kreuz der Versöhnung geschnitzt werde. Ihre Früchte trügen den himmlischen Samen, und die Sturmgeister würden ihn in das nährende Gefäß tragen, wenn es an der Zeit sei. Und dabei schaute sie ihre Enkelin so sonderbar an, daß diese wieder Beklemmung verspürte, wie unlängst beim Henker.

Aber diese Furcht hatte die Ahn beiseite gewischt, sie als unbegründet abgetan. Es sei schließlich kein Geheimnis, daß ihre und des Vaters Tage gezählt seien. Da würden etliche auf das Grundstück spekulieren, wie zum Beispiel dieser Drexl. Warum nicht auch der Henker? Und dunkle Schatten gebe es nun mal in der Dämmerung und nachts. Schließlich habe das Amulett sie beschützt. Das Amulett! Sprach der Alte gestern nicht auch davon und von irgendwelchem Zauber? Mein Gott, durchfuhr es Wiltrud, wurde ihre Großmutter nur einfach wunderlicher mit den Jahren, oder sollte der Gesellpriester am Ende recht behalten, und sie betrieb unerlaubte, heidnische Magie? Sie mußte sie im Auge behalten und auf der Hut sein.

Es fiel ihr ein, daß sie sich heute um das Mittagsmahl kümmern mußte. Großmutter war bei einer Bekannten, und Wolfhart würde wieder die Hälfte vergessen. Sie deckte ihn mit Arbeit ein und machte sich auf den Weg zu den Brotbänken am Markt.

Der Frühnebel hatte sich verzogen, aber die Luft blieb kühl, der Himmel grau. Erste Blattleichen, welk und dürr, taumelten zu Boden. Dieses Jahr käme der Winter früh und hart, wurde gesagt. Das Gedränge am Markt war erträglich. Das Wetter hatte sein Gutes.

Nur am Fischmarkt herrschte Aufregung. Wiltrud durchdrang erst den äußeren Ring der Schwatzenden und zwängte sich dann vor bis ins Zentrum der Empörung. Da hatte doch glatt so ein Jud', so ein dreckiger, den Karpfen angefaßt, ehe er den Pfennig springen ließ. »Schlimmer!« ereiferte sich das Marktweib noch, als von dem Juden schon längst kein Löckchen mehr zu sehen war, »der Kerl hat ihn dann nicht mal gekauft!«

»Und gestern dieselbe Gaudi mit den zwei Hübscherinnen«, pflichtete ihr die Nachbarin bei. »Drecksvolk, unverschämtes!«

Das passiert mir zum Glück mit meinen Töpfen nicht, dachte sich die Hafnerin, packte ihre zwei Fische in den Korb und suchte das Weite.

Sie schlug den Rückweg über St. Peter ein, um der heiligen Katharina einen kurzen Besuch zu widmen und sie um ihren Rat und Beistand zu bitten in dieser einen, doch sehr schwierigen Angelegenheit.

Noch an der Ecke des Kirchhofs, sah sie Margret aus dem Portal treten. Sie wirkte etwas hektisch, ließ nervös ihren Blick schweifen, und Wiltrud war sich ziemlich sicher, daß die Freundin sie bemerkt hatte. Aber die tat so, als sei sie schrecklich in Eile, habe für nichts und niemanden Augen geschweige denn Zeit, und wollte linker Hand zwischen den Gräbern verschwinden.

»Huhuuh, Margret!« Auch Wiltrud konnte aufdringlich sein.

Beim zweiten Anruf blieb die Freundin stehen, tat überrascht und erfreut und ging dann auf Wiltrud zu, die ihren Korb abstellte und sie umarmte. »Wie geht's dem jungen Glück?« fragte sie in echter Anteilnahme.

»O gut, gut! Warum fragst du?«

Dies stürzte nun Wiltrud eher in Verwirrung. »Margret, ist alles in Ordnung?«

»Natürlich! Was soll sein?«

»Sag du's mir!« Wiltrud schaute sie durchdringend an, und Margret kämpfte tapfer mit der Vorflut, bis schließlich der Damm brach. Sie fiel der Freundin an die Brust, überschwemmte ihren Hals und schluchzte: »Ich bin nohoch immer Juuuuhungfrau!«

Fast hätte Wiltrud gelacht. Was war daran zum Heulen? Aber Margret war nun Ehefrau, das komplizierte die Sache.

»Das geht vorüber«, sagte sie mitfühlend, tätschelte der keuschen Gattin wider Willen den Rücken und tauchte durch den Tränenfluß zum Grund vor: »Wie kommt's?«

Margret wischte sich mit dem Ärmel über die Augen, schniefte geräuschvoll und erklärte stockend: »Erst hat er irgendwas von Tobias-Nacht vorgeschoben, von wegen Heilige und anders als die Heiden und so …« Sie schluchzte in ihrer Enttäuschung erneut. »Hat's aber am Morgen so nicht den Zeugen erklärt, und ich stand da, als hätt' ich zuvor schon die Ehre verloren und mir die Morgengabe erschlichen.«

»Scheußlich«, erklärte Wiltrud einfühlsam und schlug vor, ein paar Schritte zu gehen.

»Er hat mich auch in den folgenden Nächten nicht angerührt«, fuhr Margret in der Schilderung ihrer Leiden fort, »das heißt: einmal, einmal hat er's noch versucht, aber – du weißt schon ...«

Wiltrud nickte ahnungsvoll mit dem Kopf zur Seite.

»Mmhm«, kam die Bestätigung, von einem tiefen Seufzer begleitet.

»Was wirst du jetzt tun?« fragte Wiltrud ebenso interessiert wie mißtrauisch.

»Hab' eben zu Sankt Nikolaus gebetet und eine Kerze aufgesteckt, eine von den großen.« Sie kiekste jungmädchenhaft, und über ihr verheultes Gesicht huschte ein Lächeln.

»Wenn's hilft«, sagte Wiltrud und zwinkerte in verschwörerischem Einverständnis.

Auf der Brücke über den Graben vor dem inneren Sendlinger Tor blieb sie plötzlich stehen, faßte Margret am Ellbogen und fragte mit Besorgnis im Gesicht: »Glaubst du ... ich meine, ist er vielleicht krank oder so?«

Margret schüttelte energisch den Kopf. »Hab' ich ihn auch gefragt, da wurd' er ganz böse.«

Sie gingen eine Weile schweigend. Am Ende der Dultgasse ließ Margret die Katze aus dem Sack: »Er sagt, es seien die Spielweiber, die hätten ihn mit einem Zauber belegt, besonders die eine, die so schwarz ist wie der Teufel selber. Die hat ihn schon im Bad die ganze Zeit angestiert, sagt er, und Liebhart und der Niklas könnten's bestätigen. Sie ist eine Heidin und Schlupfhur'.«

»Da möcht' ich nicht wissen, wer wen ...«

»Ich glaub' ihm«, sagte Margret und trug den Kopf augenblicklich höher. »Wie leicht kann so eine während des Tanzes ein Tränklein mit Fledermausblut und gekochten Ameisen in den Wein gießen. Und heimgegeigt haben sie uns schließlich bis vors Brautbett. Seibold hat schon die Kammer mit Fischgalle ausräuchern lassen.«

»Margret, das sind doch Ammenmärchen.«

»Ach, ja?« Die junge Gattin wurde böse. »Die Heilhuberin hat vorgestern einen Schraz ausgestoßen, den die eigene Nabelschnur erwürgt hat. Und warum? Weil sie hochschwanger dabei war, wie dieser verlauste Gaukler sich auf dem Seil gedreht hat. Auch ein Ammenmärchen? Und dann diese Enthauptung ...«

»Ein Trick, Margret, bloß ein geschickter Trick.«

Sie waren beim Haus der Familie Schafswol angekommen.

»Der Teufel trickst auf vielerlei Weise«, erklärte Margret bestimmt, »und er zeigt sich in vielerlei Gestalt.« Es klang ziemlich hochnäsig, obwohl es die Worte des Gesellpriesters waren. »Du solltest vorsichtiger sein, Wiltrud! Es wird schon geredet.«

Ehe die noch etwas entgegnen konnte, war Margret bereits grußlos ins Haus gerauscht.

Mühsam drehte sich Wiltrud von der Stelle, an der sie eben noch wie angewurzelt stand, und ging nachdenklich auf den Steg über den Angerbach zu. Sie hörte nicht das Grölen der Zecher beim Rößlwirt und ebensowenig das Lärmen der Nachbarskinder, nicht das Hämmern der Schäffler und auch nicht das Wiehern vom Roßmarkt her.

Sie konnte Margrets Enttäuschung verstehen, als sie das Haus der Polmoserin passierte. Das entschuldigte auch ihre Heftigkeit. Aber was sie da alles vorbrachte ...

Alles Unsinn! Wiltrud schüttelte sich, als sie vor ihrer Werkstatt stand. Noch ein Punkt gegen's Heiraten! Man handelte sich nur unnötigen Ärger ein.

Drinnen wartete überraschend Siegfried auf sie, ging ihr entgegen und nahm ihr den Korb ab. »War eben beim Stadtschreiber wegen meines Anliegens, und da dachte ich ...«

»Schön«. Es klang kühl. Margrets Gerede wirkte noch nach.

»Was ist mit Euch? Ihr seht aus, als wärt Ihr eben einem Schreckgespenst begegnet. Ist etwas nicht …«

»Nein, nein«, versicherte Wiltrud schnell und verkniff sich eine Erklärung.

Wolfhart betrachtete den Sänger mürrisch, weil er befürchtete, gleich wieder hinausgeschickt zu werden. Aber die Meisterin nahm den Besuch diesmal mit in die Küche. Während sie daranging, die Fische zu schuppen und auszunehmen, erzählte sie ihm von der Idee, die ihr über Nacht gekommen war. Sie wollte ihm eins von den Gießgefäßen überlassen. Damit sollte er zu St. Peter gehen und bei Pfarrer Konrad, den sie für umgänglicher hielt als den Eiferer, nochmals einen eigenen Vorstoß wagen, in der Hoffnung, das Geschenk stimme ihn zusätzlich milde.

Siegfried gefiel die Idee, wandte nur ein, daß Drache und Greif wohl nicht die allerchristlichsten Symbole seien und schlug einen Hirsch als geeigneter vor. Einen solchen habe er sogar im Dom schon gesehen, denn der Hirsch gelte als mächtiger Streiter wider das Böse. Wie der *Physiologus* kundtue, verfolge er den Drachenwurm bis zu seiner Erdspalte, fülle sich den Bauch mit Quellwasser, speie es in die Höhle der teuflischen Brut und töte den Drachen, wenn er daraus hervorbreche. So habe auch der Herr Jesus den Teufel besiegt durch die himmlischen Wasser seiner göttlichen Heilslehre.

Und Siegfried äußerte auch die Vermutung, daß ein derart sinnfälliges und kluges Geschenk aus Wiltruds Werkstatt mögliche Zweifel des Pfarrers bezüglich des Glaubenseifers ihrer Familie zerstreuen und ihr Verlangen nach dem Heil in der Kirche bezeugen müsse, so wie einst David vor Gott gesungen habe: ›Wie der Hirsch schreit nach frischem Wasser, so schreit meine Seele zu dir.‹

»Ich schulde Euch etwas dafür«, sagte Siegfried. Wiltrud wiegelte ab, doch der Sänger bestand darauf wie ein gockelhafter Verehrer. Sie überlegte einen Augenblick. Es hatte sie wiederholt geärgert, wenn er oder Peter Barth oder dieser Alchemist so gescheit oder auch nur unverständlich daherredeten und sie sich dann jedesmal sehr schlicht vorkam. Sie war überzeugt, dies auch alles lernen und begreifen zu können. Aber Vater hatte ihr nie den Besuch der Pfarrschule erlaubt, die beträchtlich Geld kostete: zwölf Pfennige zu jedem Quatember! »Da bekomm' ich einen halben Ochsen dafür, und das ist mehr als eine kluge Eselin«, hatte er derb gescherzt, und es war das einzige Mal, daß er sich froh darüber zeigte, daß sie ein Mädchen war, für das eine Schule, die in erster Linie Chorsänger und Ministranten heranbilden sollte, nicht in Frage kam. Wozu auch? Worin Mädchen zu unterweisen waren, das erschöpfte sich in Keuschheit, Demut, Schweigsamkeit und edlen Gebärden.

»Bringt mir das Lesen bei!« nahm sie ihn pfiffig beim Wort.

»Du bist ja sehr gesellig heute«, raunzte Peter, »da kann ich gleich an ein Faß hinreden.«

»Tu's doch!« knurrte Paul und öffnete weiterhin den Mund nur, um Brot und Kohlgemüse zwischen die Zähne zu schieben oder mit Bier nachzuspülen.

Seit gestern abend ging das so, und Peter konnte es sich nicht erklären. Paul war im allgemeinen nicht launisch. Wenn ihm etwas aufstieß, ging er dem Streit nicht aus dem Weg, und drückte ihn woanders der Schuh, verschaffte er sich Luft durch Drüberreden. Nicht so an diesem Tag.

»Wird wirklich Zeit, daß die Spielleute weiterziehen«, sagte Peter beiläufig, um wenigstens ein eigenes Problem loszuwerden. Damit hatte er ungewollt den Korken aus dem Spund gezogen.

»Kannst es wohl kaum erwarten, wie? Bist auch einer von denen, die scheinheilig die Ehr' hochhalten. Erst Jubel und

Tralala, und jetzt sollen sie so schnell wie möglich verschwinden. Kannst dich gleich mit den Pfaffen zusammentun.«

»Hehe!« protestierte Peter, »warum so gereizt? Hab' keinen Ton gegen sie gesagt.«

»Warum willst du dann, daß sie weiterziehen?« fragte Paul verständnislos und bedeutete dem Rößlwirt, daß er noch einen Humpen bringen sollte.

»Geht mir eigentlich nur um den einen. Der wird lästig. Hab' ihn heute schon wieder bei der Hafnerin herumstreichen sehen.«

»Warum sagst du ihm dann nicht einfach, daß es dein Revier ist und fertig? Wirst dich dreinfinden oder kämpfen müssen.«

Paul sagte es ganz ruhig, und dennoch glaubte Peter, eine gewisse Häme herauszuhören. »Ach, was geht's dich an?« fragte er ziemlich ruppig.

Paul erwiderte nichts. Saß da wie anfangs und schob wortlos Brot in sich hinein, nur daß er diesmal kaum schluckte, sondern endlos auf der Rinde herumkaute. Und seine Augen wurden dabei immer feuchter – etwas, was Peter seit seinem ersten Tag in München noch nie bei ihm gesehen hatte.

»Oje«, sagte er ganz leise, »ist wegen ihr.«

Sie saßen eine Weile schweigend ohne die lärmige Gasterei ringsum zu beachten, und als sich so ein grölender Mostfink an ihren Tisch drängen wollte, da verscheuchte ihn Peter unwirsch.

»Sie wird gehen, wenn er auch geht«, erklärte Paul.

Peters Augen blitzten auf. »Ist sie mit ihm …?«

»Nein. Geht nur ums Auskommen.«

»Dann wär's besser so.«

»Schmarren!«

»Pfff!«

Peter wollte in dieser Sache nicht nachgeben. Sein genußfreudiger Freund war wieder mal verliebt, gut, gut. Aber das Ganze war doch ohnehin zum Scheitern verurteilt. Amouröse Totgeburt. Sie gerade kein Kind mehr, er im reifen fünften Jahrzehnt. Sie ein Spielweib, er Pfleger und Amtmann. Eine kurze Liebelei eben, nicht mehr und zudem gefährlich. Für ihn selbst hingegen stand die Zukunft auf dem Spiel. »Paul, versteh doch! Sie ist bloß ein Spielweib, eine ...« Er schluckte.

»Sag's ruhig! Eine Dirne. Na und! Hab' mich mit den meisten besser verstanden als mit hochnäsigen Bürgerstöchtern, die steif ihr Opfer bringen, wie's der Pfaffe verlangt, und einen dafür hinterher schurigeln. Und wenn du's genau wissen willst, dann tut jeder, der so eine Dirne heiratet, ein gutes Werk. Oder ist dir entgangen, daß die Kanzelprediger unermüdlich die päpstliche Dekretale irgendeines Innozenz verkünden, mit der sie Junggesellen für das verdienstvolle Werk ködern wollen, um verlorene Seelen zu retten?« Das Brot in seiner Hand war zerbröselt.

»Paul, das hat doch keinen Sinn, laß sie gehen! Ich als dein Freund ...«

»Die längste Zeit gewesen!« Paul rumpelte auf, das Bier schwappte über. An der Türe rief er zurück: »Ich hab' dem Sänger geraten, daß er sich beim Rat bewerben soll. Gewöhn dich dran!« Grußlos verließ er die Gaststube.

Peter war verzweifelt. Er hatte zur Zeit die Gabe, es sich mit jedem zu verderben. Er mußte mit jemandem reden, sonst würde er verrückt werden. Aber es war schon zu spät, um noch bei Bruder Servatius das Herz auszuschütten. Außerdem: Der war zwar ein hochgelehrter Mann, aber würde er sein Problem, das doch bedeutend weltlicher geartet war als das beschauliche Leben eines Mönchs im Rhythmus der Stundengebete, auch in ganzer Tiefe erfassen? Und von diesen Trunkenbolden und Zungendreschern um ihn herum würde ihn ohnehin keiner wirklich verstehen. Selbst, wenn er sich nur betrinken wollte, würde es anderswo gemütlicher sein. Warum eigentlich nicht? fragte er sich und holte nach kurzer Überlegung seinen Mantel.

Es war laut und stickig und voll, und der Dunst abgestandenen Bieres hing in der Luft, aber Peter genoß es wie ein Nachhausekommen, als er den Maenhartbräu betrat.

»Da schau her«, klang es vom Flößertisch, »lange nicht hier gesehen.« Sie nahmen ihn in ihre Mitte, als sei er nie fort gewesen. Die meisten von ihnen traf er ohnehin tagsüber an der Lände, und es waren auch gerade mal drei knappe Wochen, seit Peter sein Bündel gepackt hatte. Dennoch kam es ihm wie eine halbe Ewigkeit vor.

»Siehst gut aus«, sagte einer, »erzähl'!« Aber danach stand Peter am wenigsten der Sinn. Er wollte sich lieber von den Schnurren der anderen unterhalten lassen, suchte Ablenkung, es sei denn ... Er blickte bemüht umher, konnte sie aber nirgends entdecken, und fragen – nein, es wäre ein Eingeständnis gewesen.

Peter vermißte den Wast, den etwas einfältigen und trampeligen Zuschenk der Agnes. Nicht, daß er ihm besonders ans Herz gewachsen wäre, aber es störte das vertraute Bild, daß dort hinten bei den Fässern ein jüngeres, kräftiges Mannsbild stand, das nicht nur gefällig aussah, sondern es anscheinend auch mit den Gästen gut konnte.

Der baldige Torschluß bedingte den frühen Heimgang etlicher Gäste von auswärts, und Peter saß kurzfristig alleine vor seinem Humpen, auf dessen Grund er nicht sah, was er sich erhofft hatte.

»Geht's dir gut?« riß ihn eine samtene Stimme aus seinem Grübeln.

Peter schaute auf und sah in zwei warmherzig blickende, grünbraune Augen, wie damals und danach noch so oft.

Agnes lächelte, ein wenig verhalten, abwartend, aber ohne einen Anflug von Bitterkeit.

»O ja, sicher, prächtig!« beteuerte Peter eine Spur zu heftig, als daß Agnes sich täuschen ließe. »Und selber?« fragte er fast herausfordernd. »Ist der Neue da bloß Zuschenk?«

»Du meinst ...« – sie blickte kurz nach hinten zu den Fässern, und wandte sich ihm mit einem breiter werdenden Lächeln wieder zu –, »der Anton ist in Ordnung. Nachdem du weg warst, ging der Wast aufs Ganze, und als er gemerkt hat ... ach, das ist doch unwichtig. Was ist los? Du warst nie ein begnadeter Lügner, zumindest nicht bei Frauen.« Jetzt grinste sie wie früher, wenn sie ihn neckte, und Peter errötete wie ein ertappter Kirschendieb.

»Ich weiß nicht warum«, sagte er gedrückt, »aber bei mir läuft zur Zeit alles schief.« Und dann erzählte er von seinem Zwist mit Paul und dessen Liebelei, von dem Streit mit dem Sänger und der wankelmütigen Zuneigung der Hafnerin und schließlich sogar von den Morden, als stehe er selbst in der Schuld. Er verschwieg aber seinen jüngsten Verdacht.

»Wieder mal tief im Selbstmitleid«, sagte Agnes, kompromißlos wie das Messer des Baders. »Ihr zwei werdet wohl nie erwachsen. Der eine bleibt grauhaarig noch ein Kindskopf und glaubt an die ewige Jugend, und du wirfst sofort den Rechen hin, wenn dir der Boden zu bucklig wird.«

»Aber was soll ich denn tun?« fragte Peter. Die Menge des Bierkonsums ließ ihn noch jämmerlicher klingen.

»Bei den Morden ist schlecht raten, aber ich denke, du hast nichts damit zu schaffen, und die Meinung des Richters hierzu dürfte noch immer die gleiche sein. Zu deinem Freund Paul fällt mir nur ein, daß man sich besser nicht einmischt, und übermorgen ist alles wieder gut. Und was deine ... – soll ich Eroberung oder Sehnsucht sagen? – angeht, so ist es dein altes Problem. Du müßtest dich einmal entscheiden und einen Weg zu Ende gehen, aber du bleibst schon wieder halbherzig stehen. Du machst vieles, aber nichts so richtig, Peter, mit vollem Einsatz und ganzem Herzen.«

»Und was schlägst du vor?« Es klang eher maulig als ergeben.

»Du willst alles mit dem Kopf lösen, denkst zehnmal nach und grübelst, ehe du handelst. Mehr Leidenschaft würde dir guttun. Denk an das berühmte Paar, bei dem er ...«

»Ich danke! Großartiges Beispiel! Die Gelehrten sind nur noch uneins, ob ihn seine Bücher berühmt machten oder der Verlust seines Zumpfes. Solcherart Leidenschaft zerstört.«

»Auch Langeweile kann zugrunde richten, zwar unendlich langsamer, aber um nichts weniger grausam. Laß dir etwas Ungewöhnliches einfallen, verzaubere sie!«

»Soll ich für sie die Reichsinsignien klauen oder auf den Händen laufen?« fragte Peter gallig.

»Warum nicht?« lachte Agnes unbekümmert, »Frauen mögen es, wenn man ihnen das Gefühl gibt, etwas Besonderes zu sein.«

»Vielen Dank!« sagte Peter mit schwerer Zunge und wand sich aus der Bank. »Hat mir sehr geholfen. Großartig. Vielen Dank!«

»Früher oder später wirst du's begreifen«, sagte Agnes leise und schaute ihm mit einer Mischung aus Zuneigung und Traurigkeit hinterher, wie er nach draußen wankte.

17. Kapitel

Sie hatte gestern mühsam versucht, die nötigen Pulver aufzutreiben – vergeblich. Nachdem sie die Hälfte verschüttet hatte und jetzt auch noch der Hirsch anstand … es half nichts, sie mußte in den sauren Apfel beißen. Andererseits konnte sie eine gewisse Neugier nicht leugnen. Sie war gespannt darauf, wie es in dieser Hütte aussah, die er hochtrabend sein Laboratorium nannte.

Wiltrud raffte Kleid und Mut zusammen, trat in den Hof und ging durch den Garten zu der täglich schütterer werdenden Hecke, die das Grundstück der Witwe abgrenzte. Sie drückte an der lichtesten Stelle die Büsche auseinander, zwängte sich hindurch und näherte sich zaghaft dem niederen Holzbau, in dem der in seltsamen Künsten bewanderte und etwas unheimliche Alte hauste. Die Läden waren dicht verschlossen, aber graugelbe, beißende Rauchschwaden, die aus einem Loch im Schindeldach quollen, ließen auf seine Anwesenheit schließen.

Auf ihr Klopfen erfolgte keine Antwort. Als ihr erneuter Versuch erfolglos blieb, öffnete sie vorsichtig die Tür und wurde augenblicklich in stinkenden Qualm gehüllt.

»Wer zum Teufel ... Tür zu!«

Wiltrud trat kühn entschlossen ein und zog die Tür hinter sich zu. Hustend suchte sie die stechenden Schwaden vor ihrer Nase zu verwedeln und das Dunkel mit den Augen zu durchdringen. In einiger Entfernung nahm sie einen matten Lichtschein wahr und tastete stolpernd und rempelnd darauf zu.

»Vorsicht!« brüllte der Alte erbost. »Reißt mir nicht sämtliche Töpfe zu Boden!«

»Sind ohnehin von mir«, murmelte Wiltrud schnippisch und ruderte weiter, bis sie vor ihm stand. Er saß im spärlichen Schein einer Unschlittfunzel an einem wackligen Tisch und spießte förmlich mit der Nase die Buchstaben aus den pergamentenen Seiten eines Folianten vor sich.

»Eure Gesundheit! Ihr ...«

»Verdammt noch mal, wie soll ich so gleichmäßige Hitze unterhalten?« blaffte er in ihre Besorgnis hinein. »Was sucht Ihr überhaupt hier?«

»Ich, ich habe ein Problem«, druckste Wiltrud herum, »und dachte ...«

»Soso, Ihr dachtet. Euer einziges Problem sollte sein, mir das Balneum schleunigst zu fertigen. Wenn Ihr etwas zuverlässiger wärt, müßte ich hier nicht schier ersticken.«

Wie sollte sie es ihm sagen? »Das Pulver hat nicht ganz gereicht, Ihr wißt schon, für die Glasur.«

»Wie?«

»Der Krämer sagt, er konnte noch keine Pottasche auftreiben, seit den alten Sieder im Wald der Blitz erschlug, und Bleioxid führe er erst wieder in ein bis zwei Wochen, und wenn Ihr wollt, daß Eure Tiegel eher ...«

»Warum mußtet Ihr kostbares Material an das Geschirr dieser Gans verschwenden«, fuhr der Alte sie zornig an. »Ich werd's Euch vom Lohn abziehen.«

Das läßt sich über den Preis regeln, dachte Wiltrud

geschäftstüchtig und war sich plötzlich der Bedeutung ihrer Arbeit für den Sonderling bewußter. Er brauchte sie für das Gelingen seines Werks, das stand außer Frage, denn als sie sich jetzt etwas umschaute, nachdem sich ihre Augen an das Schummerlicht gewöhnt hatten, da sah sie auf zwei langen Tischen an der Wand in der Hauptsache Töpfe, Kannen, Flaschen und Dreifüße, die ihrer Werkstatt entstammten.

Dazwischen standen wie Fremdlinge vereinzelt Gefäße mit ungewöhnlichen Formen, kürbisartige Flaschen, mit zur Seite gebogener Spitze, die einer erstarrten Gugel oder Narrenkappe glichen, daneben Behältnisse mit langem Ausfluß, der wie ein Storchenschnabel abstand. Es gab seltsame Apparaturen mit gewundenen Hälsen und Stielen, und alles schien irgendwie durchsichtig und war von einer Feinheit und zerbrechlichen Dünne, daß Wiltrud überzeugt war, es müsse sich um kostbares Glas handeln.

Gerne hätte sie sich näher mit all diesen Gerätschaften befaßt und insbesondere mit den ihr fremden Inhalten, aber der Alte schien augenblicklich nicht geneigt, ihr freundliche Unterweisung hierin zu geben. So zog sie es vor, ihr Anliegen möglichst rasch zu Ende zu bringen, um sich danach der giftigen Atmosphäre wieder zu entziehen.

Der Alte erhob sich, um die Glut aufzuschüren und Holzkohle nachzulegen. Wiltrud lugte derweil neugierig in das Buch, dessen Seiten in gleichmäßiger, schwungvoller Handschrift beschrieben waren. Bald würde sie auch deren Inhalt verstehen, jubilierte sie innerlich. Da fiel ihr Blick im aufflackernden Feuerschein auf seltsame Zeichen. Sie waren größer als die gewöhnlichen Buchstaben, wirkten wahllos eingestreut, ja störend inmitten der gleichmäßigen Rundungen und Hebungen des übrigen Textes. Die Zeichen sahen fast aus wie unbeholfene Krakel von Kindern. Irgendwo hatte sie ähnliches schon einmal gesehen …

»Könnt Ihr lesen?« riß der Alchemist sie aus ihrem Nachdenken. Sie erschrak, als er sie so mißtrauisch, beinahe zornig, von der Seite her ansah und sich dabei mit der Hand auf die aufgeschlagene Buchseite stützte.

»N-nein«, stotterte Wiltrud und verschwieg auch tunlichst ihre Absicht, es zu lernen.

Seine Züge entspannten sich und wie beiläufig streute er ein, während er sich wieder setzte: »Eure Großmutter ist eine bemerkenswerte Frau.« Er drehte sich plötzlich zu ihr und fragte scharf: »Glaubt Ihr an Wiedergeburt?«

»Natürlich«, antwortete sie erstaunt. »Wir Sterblichen werden am Ende aller Tage auferstehen zum Jüngsten Gericht. So steht es geschrieben, hat uns Pfarrer Konrad gelehrt.«

»Das meine ich nicht«, entgegnete der Alte unwirsch. »Die Frage ist doch: Was geschieht mit unserer Seele nach dem Tod? Ich glaube, Eure Großmutter hat da ihre ganz eigenen Ansichten. Hat sie je mit Euch darüber ...«

Wiltrud schüttelte entschieden den Kopf. Für einen Christenmenschen durfte es nicht den geringsten Zweifel geben, daß seine Seele nach dem Tod zur Läuterung ins Fegefeuer eintrat, so sie nicht augenblicklich in die Hölle verdammt oder nach heiligmäßigem Leben in den Himmel aufgenommen wurde, was den wenigsten beschieden war.

»Origenes vertrat die Ansicht, daß die Seele schon existiert, lange bevor sie an einen Körper gefesselt wird, und er widersetzte sich der Meinung, daß die Toten in denselben Körpern auferstehen müssen, mit denen sie gelebt haben.« Der Alte kicherte plötzlich, als es ihm ins Kreuz schoß, während er sich erhob. »Wär' mir ganz angenehm, hihi.«

Dann wandte er sein zugewachsenes Gesicht abrupt der Hafnerstochter zu, fixierte sie mit stechenden Augen, die im Widerschein des Feuers rotglühend blitzten, und fuchtelte erregt mit seinen knochigen, verwarzten Händen: »Weißt du, was das heißt, Mädchen, häh? Weißt du, was das heißt?«

Er winkte ab, als er das Unverständnis und die Furcht in ihren Augen sah. »Natürlich nicht«, nuschelte er im Wegdrehen, »ist auch egal. Sie haben ihn verketzert, diese Narren. Aber er wird recht behalten.«

Während der Alte zu den Tischen an der Wand schlurfte und mit verschiedenen Tiegeln hantierte, spürte Wiltrud, wie sich in lähmender Weise die Furcht ihres Körpers bemächtigte. Die Hitze und das merkwürdige Geschwätz trieben ihr den Schweiß aus den Poren. Der beißende Rauch brannte in den Augen, verätzte die Lungen und drohte, sie zu ersticken. Sie tastete sich rückwärts zur Tür hin vor.

»Warte!« befahl er, und es schien so, als könne er selbst abgewandt spielend das Dunkel mit seinen Sinnen durchdringen. »Kennst du das Kreissymbol?«

Wiltrud wußte, nicht zuletzt aus ihrer Arbeit, daß der Kreis ein vollkommenes Gebilde war und ihr nur in seltenen Fällen auf Anhieb gelang, darüber hinaus aber sagte ihr das Zeichen nichts. Sie hustete, rieb sich die Augen und zuckte dann mit den Schultern.

»Der Kreis«, insistierte der Alchemist, »der um dieses Bäumchen, du weißt schon – hat er für dich eine Bedeutung?«

Wiltrud schüttelte den Kopf. »Das heißt ... Großmutter« – ihre Stimme krächzte, sie räusperte sich –, »Großmutter hat einmal vom Midgardswurm gesprochen und ein andermal von einer Schlange, die das Übel sei und es zugleich fernhalte. Mehr weiß ich nicht. Ich muß jetzt gehen.«

Der Sonderling wiegte sein Haupt und schien zu lächeln.

»Du bekommst das Pulver. Brauchst auch nichts zu bezahlen. Mußt mir nur einen kleinen Gefallen tun.«

Peter brummte noch immer der Schädel, und er fürchtete, sich am Vorabend ziemlich närrisch benommen zu haben. Er konnte sich an einiges nicht mehr erinnern. Aber irgendwie war es darum gegangen, beherzter an die Sache sprich Frau heranzugehen, und genau das wollte er jetzt tun. Morgen war Erntedank und wieder Tanz. Sie drehte sich gern, und der Spielmann müßte dann spielen – das war seine Chance.

»Tu etwas Ungewöhnliches«, hatte Agnes gesagt. Er holte seine safrangelbe Schecke aus der Truhe und würde noch rasch beim Krämer vorbeigehen …

Am frühen Nachmittag klopfte Peter an der Werkstatt und trat ein. Es herrschte Totenstille im Raum, selbst der Lernknecht war verschwunden. Er rief zaghaft, dann lauter. Nach einer Weile regte sich etwas, und kurz darauf stand Wiltrud in der rückwärtigen Türe, die zu den Wohnräumen führte.

Sie sah ihn überrascht an, hatte ihn gewiß nicht erwartet, und Peter glaubte sogar eine Spur von Erschrecken in ihrem Gesicht zu sehen. Hatte er so danebengegriffen? Gefiel ihr die Farbe nicht? Unsinn! Es war ihr doch noch gar nicht aufgefallen, nur ruhig!

Jetzt musterte sie ihn, ihr Blick glitt an ihm herab. Ob sie ihr gefielen? Da, ein Zucken um den Mund, er hatte schon gewonnen. Aufkommender Stolz sog die Unsicherheit in seiner Miene auf. Es war die beste Idee seit … warum erlaubte *ihr* Mund sich kein Lächeln? Stimmte etwas nicht? Er sah verstohlen an sich herab, da war nichts verdreht. Die Streifen verliefen schnurgerade zu den Schnabelschuhen, und es war doch wohl egal, ob der einfarbige Beinling nun links oder eben rechts saß. Der Kramer hatte ihn gerade nur in Grün vorrätig, meine Güte! Wichtig war doch der andere, rot-weiß gestreift und über die Maßen modisch! Bedeutete es … ha! Ihre Lippen entschieden sich dafür, glitten zustimmend auseinander, gaben verzückt das Weiß ihrer Zähne frei, die ... die zuschnappten, die Lippe zerbissen, das aufkommende Lächeln jäh zerfleischten! War's Spott, den sie unterdrückte?

Peter spürte, wie es im Nacken feucht wurde, ein Rinnsal den Rücken kalt hinablief. »Ich ... wegen morgen ... wollte zum Erntefest Euch ...«, stammelte er wie ein Tor.

»Mein Vater ist eben gestorben«, sagte Wiltrud tonlos.

Sie trafen sich in der Dämmerung im Haus des Drechslers und verzogen sich dort in den Garten.

»Wie steht's mit der jungen Liebe?« fragte Niklas grinsend und holte sich einen Apfel vom Baum.

»Es geht so ...«, brummelte Seibold achselzuckend und stieß mit dem Fuß gegen den Stamm.

»Was denn«, horchte Liebhart auf, »nach einer Woche schon kein Feuer mehr?«

»Hat nie gebrannt«, behauptete Niklas kühl und spie einen wurmigen Bissen aus. »Hab' ich recht?«

»Was kann ich dafür?« erhob Seibold Protest. »Mein Alter wollte es doch unbedingt, wegen der Mitgift. Ich war auf die Gans nie scharf.«

»Glaubst du, ich mach mir was aus der Hafnerin? Trotzdem hätt' das Weib nicht so hochnäsig sein dürfen, niemals und schon gar nicht vor all den Leuten! Ich zahl's ihr noch heim!« Niklas' Gesicht war eine Fratze.

»Ihr Vater ist heute gestorben.«

»Schon gehört. Jetzt müssen wir sie noch mehr unter Druck setzen. Wird schon spuren.«

»Mein Vater ist übrigens stockwütend auf deinen«, sagte Seibold zu Liebhart.

»Ich auch«, bestätigte der schnaubend, »hat mir 'ne säuerliche Moralpredigt gehalten, und dauernd stellt er meine Brüder als Vorbild hin. Man müßte ihn selber mal richtig bloßstellen.« Er verdrehte schwelgend die Augen bei dem Gedanken.

»Wie wär's mit einer ordentlichen Katzenmusik?« fragte Niklas kauend.

»Hat doch kein neues Liebchen«, wandte Seibold begriffsstutzig ein.

»Spielt keine Rolle. Semper aliquid haeret oder haeretiket oder so.«

»Was?«

»Bleibt immer irgendwas hängen«, erklärte Liebhart. »Sagt jedenfalls mein alter Herr selber.«

»Und das ist die Hauptsache«, bestärkte Niklas boshaft. »Den großmäuligen Spielmann kriegen wir auf diese Weise auch endlich dran.«

Seibolds Augen leuchteten auf. »Hab' ihn von Anfang an nicht leiden können. Margret wollte diesen Affen unbedingt bei der Hochzeit haben. Aber das Spielweib, die Schwarzhaarige, die muß auch ...« – die Kumpane blickten lauernd – »verschwinden meine ich. Du hast selbst gesagt, sie hat den Teufel im Leib, und naja ...«

»Sie hat dich behext«, fuhr Niklas fort, pfiff durch die Zähne und krümmte, schmierig grinsend, den Zeigefinger zu einer eindeutigen Geste.

»Herrgott!« ging Seibold auf. »Das kann schließlich jedem ...«

»Schon gut«, bremste ihn Niklas, »wird eben auch ein großer Exorzismus fällig, auf unsere Weise.«

»Wir müssen aufpassen«, warnte Liebhart, »es schwirren allerhand Gerüchte wegen des Pfaffen und der Dirn'.«

»Unsinn!« beschwichtigte Niklas. »Wie müssen's nur geschickt anstellen.«

18. Kapitel

Wiltrud saß in der Werkstatt, hatte die Hände in den Schoß gelegt und schaute dem wirren Tanz der Fliegen zu. Es wollte ihr nicht gelingen, sich durch Arbeit abzulenken. Kaum fing sie an, den Ton zu kneten und schmale Wülste zu rollen und aufzubauen, da schweiften ihre Gedanken auch schon wieder ab.

Dabei konnte sie doch aufatmen, sich unbeschwert die Zukunft ausmalen. Keiner schrieb ihr mehr vor, was sie zu tun hatte, keiner bemängelte, daß die vierpaßförmige Mündung der Kanne zu zierlich, die Lippe des Krugs dafür zu wulstig sei. Nie zuvor war sie so ungebunden und Herrin all ihrer Möglichkeiten gewesen. Gut, sie mußte sich vom Rat die Weiterführung des Betriebs erst noch zusichern lassen, aber das war eine Formsache, kein Hindernis.

Nun, da der lang ersehnte Augenblick da war, legte sich eine merkwürdige Hemmung über sie. Nichts wollte ihr von der Hand gehen. Gestern immerhin hatte sie noch alle Hände voll zu tun gehabt. Frühmorgens schon hatte der Pfarrer den Leichnam bei St. Peter ins Grab gelegt. Und danach galt es, für die wenigen, die ihm die Ehre gegeben hatten, das Totenmahl auszurichten.

Aber heute ... heute fühlte sie sich so alleine und völlig auf sich gestellt wie ein Welpe, der zu früh von den Zitzen der Mutter gerissen wird. Dabei hatte sie im Grunde schon die ganze letzte Zeit über den Betrieb geführt. Trotzdem hatte Vater noch immer Entscheidungen getroffen und nach außen hin das Sagen gehabt. Nun lag wirklich alles an ihr. Daran mußte sie sich erst gewöhnen.

Es war keine echte Trauer, die sie verspürte, eher eine Art Schuldgefühl, wie damals bei seinem Gichtanfall. Als sie am Samstag von ihrem Gang zum Alchemisten zurückkehrte und instinktiv, wegen der Stille, nach ihrem Vater schaute, mußte seine Seele eben die leblos gekrümmte Körperhülle durch den weit geöffneten Mund verlassen haben, und nun entstand ständig sein Bild vor ihren Augen: fahl und zuletzt eingefallen, als habe er das Leben eines Asketen gelebt, die Lippen farblos, das ganze Gesicht eine gequälte Maske. Es war, als spielte der Tod ein böses Puppenspiel und setzte dem Hafner beim Ableben das gleiche leidvolle Antlitz auf, mit dem sein Weib zuvor all die Jahre gezeichnet war.

Ein Klopfen riß sie aus ihrem dumpfen Brüten, und als nachfolgend Nachbar Drexl die Werkstatt betrat, da war sie mit einem Mal hellwach, und die Nackenhaare stellten sich auf wie bei einem Tier, wenn es Gefahr wittert. Dabei war's nicht einmal Niklas, sondern der Alte.

Er war schon Samstag abend zur Totenwache herbeigeeilt, was sie ihm als Nachbar schlecht verwehren konnte, obwohl sie das ungute Gefühl hatte, er taxiere mehr die Räumlichkeiten auf ihre künftige Verwendung hin, als daß er dem Toten ein ehrliches Vaterunser spräche.

»Gott zum Gruß, Fräulein Wiltrud«, sagte er jetzt mit der Freundlichkeit einer Viper.

»Was wollt Ihr?« kam sie ohne Gruß gleich zum Kern des Besuchs.

»Ich sorge mich um Euch.«

»Um den Besitz, meint Ihr«, verbesserte Wiltrud ihn ungeniert. Seit Vaters Tod hatte sie noch weniger Grund, sich mit falschen Höflichkeiten aufzuhalten.

»Ihr macht gerade Schweres durch«, schob der Nachbar Mitgefühl vor. »Da ist das Urteil mitunter getrübt. Ich verstehe das.«

»Mein Urteil war selten so klar«, widersprach sie entschieden. Und in der Tat, wenn der Besuch etwas bewirkte, dann dies: Wiltrud wurde augenblicklich aus ihrer Lethargie gerissen und wachgerüttelt.

»Besinnt Euch, mein Kind! Durch den traurigen Heimgang Eures lieben Vaters seid Ihr plötzlich allein ...«

»Ihr vergeßt die Ahn!« unterbrach Wiltrud ihn trotzig.

»Ich bitt' Euch ...« Es klang wie Mitleid aus Überheblichkeit. Der Nachbar ließ nun seinerseits alle Höflichkeit fahren. »Seid keine Närrin! Es kommen schwierige Zeiten auf Euch zu.«

»Mit oder ohne Euch?« fragte sie wissend, daß beides zutraf.

Drexls Miene wurde ärgerlich. »Euer Vater hat Euch zu seinen Lebzeiten und bei klaren Sinnen versprochen. Und jetzt, da er tot ist, bin ich für Euch verantwortlich. Will das nicht in Euren Dickkopf?«

»Ah!« staunte Wiltrud offenen Mundes über diese neuerliche Sicht der Dinge. So lief der Hase nun.

»Ihr werdet meinen Sohn heiraten«, forderte Drexl unmißverständlich, »und ich bin allenfalls noch bereit, den Zeitpunkt mit Euch zu diskutieren.«

»Und die Trauerzeit um den geliebten Vater?« fragte sie schnippisch.

»Kommt mir nicht mit so was! Hochzeit bricht Trauer,

und wenn Ihr Euch dabei des Tanzes enthalten müßt, dann dürfte *Euch* das doch nicht schwerfallen.«

Nun weiß ich, woher der Sohn seine Häme bezieht, dachte sie für sich und beschied ihn schroff: »Ihr verrennt Euch da in etwas, Nachbar. Mein Nein ist auch heute noch ein Nein und bleibt es bis zur Posaune des Weltgerichts. Geht jetzt! Verlaßt dieses Haus und begreift endlich!«

»Du bist's, die begreifen muß«, fauchte Drexl wütend, »notfalls mit Gewalt!«

»So zeigt Ihr endlich Euer wahres Gesicht«, schleuderte ihm Wiltrud entgegen und wies ihm erregt die Tür.

»Überleg's dir noch einmal!« forderte er mit schmalen Augenschlitzen im Hinausgehen. »Überlege gut, aber nicht zu lange!«

Heinrich Ridler, der im Oktober das Amt des Redners innehatte, blickte unwillig auf die Liste vor sich. Konnte man sich in diesem Rat mal wieder um wichtigere Dinge kümmern? Die meisten Punkte der Tagesordnung waren bereits erschöpfend abgehandelt. Was ihn erboste, war die Tatsache, daß schon wieder seine und des Rates kostbare Zeit vertan werden sollte, um über Belange dieser dahergelaufenen Spielleute zu verhandeln. Sighart Tückel, der umgängliche Stadtschreiber, hatte Wort gehalten und Siegfrieds Antrag auf die Liste gesetzt. So konnte Ridler nicht umhin, die Frage vorzutragen und löste damit reges Wortgefecht aus.

Zum Erstaunen aller machte sich Hans Sendlinger dafür stark, Spielleute fest anzustellen, weil es dem Ansehen der Stadt dienlich sein könne. Er dachte dabei wohl an seinen vornehmen Verwandten auf dem Freisinger Bischofsstuhl und manch anderen geistlichen Fürsten, die Fahrende für höfische Kurzweil und Repräsentation beizeiten zu schätzen wußten.

Wo doch jetzt der König – und bald auch Kaiser – die

Stadt zu seinem bevorzugten Sitz erhoben habe, pflichtete Impler schwungvoll bei, da müsse sie sich auch nach außen hin angemessen mit Pfeifern und Trommlern darstellen.

Erstens sei keineswegs sicher, daß der Herr Ludwig auch binnen Jahresfrist noch König sei, bemerkte Pötschner süffisant und nährte damit alten Hader, und zweitens sei ihm nicht bekannt, daß wohlhabendere Reichsstädte wie Nürnberg und Frankfurt sich solchen Schnickschnack leisteten.

Wozu auch den Stadtsäckel belasten, stimmte der zweite Kämmerer nüchtern und den Abakus im Kopf zu. Die wenigen Male im Jahr, an denen man ihrer bedürfe, könne man sich ebensogut wie bisher, zudem billiger, welche mieten.

Im Rheinischen gehe man damit lockerer um, lästerte Ligsalz.

Dort sei auch die Narretei zu Hause, knurrte Ludwig Küchel verächtlich, und es sei nicht billig, ihr auch zu München eine Heimstatt zu schaffen.

Da meldete sich unversehens der Schreiber zu Wort und führte beflissen aus, daß, wenn es nur ums Recht ginge, der Landfriede selbst Märkten und Dörfern die Ansiedlung von Spielleuten bewillige.

Ridler warf ihm einen mißbilligenden Blick zu. Der junge Tückel mochte ein vortrefflicher Schreiber und belesen und klug sein, aber er würde noch lernen müssen, daß er nicht ungefragt einen Ratsherrn zu belehren hatte. Und da Ridler aus langer Erfahrung selber den Landfrieden kannte, rückte er zurecht: »Es heißt dort ebenso: ›Wer einen Spielmann haben will, der soll ihn auch versorgen.‹ Und darum geht es hier.«

»Warum machen wir's nicht einfach wie die hohen Herren selber?« fragte Impler gewitzt. »Die schicken ihre Spielleute als Herolde und Boten übers Land und lassen sie auf diese Weise versorgen. Alle paar Tage kommt einer hier an, zeigt sein Wappen vor und erzählt uns etwas, was wir meist schon wissen, und dafür erhält er dann ein reiches Gastgeschenk zu Lasten der Kammer.«

»Mit Verlaub«, brachte sich Hans Sendlinger, der sich irgendwie mißverstanden fühlte, noch einmal zu Gehör. Es handle sich doch, so er nicht irre, nur um die Bewerbung eines einzelnen, dieses Siegfried von Hohenau, der sich als Sänger und Dichter ausgebe, und so jemand sei kein gewöhnlicher Spielmann. Man möge sich immerhin eine Probe seines Könnens verschaffen und danach erst urteilen.

Die habe er weiß Gott gegeben, schimpfte Küchel gestenreich über die Darbietungen am Markt und auf der Hochzeit. Und der Kerl habe sich auch noch zu der Ankündigung verstiegen, er wolle Mysterienspiele aufführen. Etwa eine so blutrünstige und schamlose Enthauptung in der Kirche von St. Peter? Nimmermehr! Und die Singbruderschaft des Kirchspiels bedürfe eines solchen Scharlatans ebensowenig.

»Er beruft sich auf keinen Geringeren als Heinrich von Meißen«, hob der junge Ligsalz hervor und wirkte dabei ziemlich blasiert. »Von unseren Handelsfreunden im Rheinischen weiß ich, daß er dort hohes Ansehen genoß und Peter von Aspelt einer seiner Gönner war. Und wie Ihnen, meine Herren, ja wohl geläufig sein dürfte, war der sommers verstorbene Reichskanzler und Erzbischof von Mainz auch der Förderer und väterliche Freund unseres verehrten Königs. Es wäre eine schöne Geste.«

»Dann soll der ihn doch in Dienst nehmen!«

Es war nicht der Inhalt des Beitrags, sondern die überhebliche Belehrung aus dem Mund eines Jüngeren, die in den Köpfen älterer Honoratioren Widerspruch erzeugte und Ligsalz' Unterstützung für den Sänger zum Bärendienst machte.

»Er will sich nur auf unsere Kosten vom Makel des Fahrenden befreien, und unter seinem gewendeten Fell bleibt er der Wolf gegen Ehre, Anstand und gute Sitte«, sprach Küchel etlichen aus dem Herzen und zog so den Großteil des Rates auf seine Seite, der damit zu der Überzeugung kam, sich Pfeifer und Trommler auch künftig nicht leisten zu müssen und einen wie den Sänger sich nicht leisten zu können.

Als der Rat schon auseinandergehen wollte, warf Heinrich Rudolf mehr privat noch in die Runde, daß Berthold Schafswol die Herren auf den Samstag ins Bad einlade, damit sie sich selber davon überzeugen könnten, daß es dort gesittet zugehe. Der Großteil der Räte lehnte entrüstet ab, sprach von Vorteilnahme und wunderte sich, daß der ehrenwerte Kämmerer solch Anliegen unterstütze.

»Warum nicht?« ließ sich ausgerechnet Küchel darauf ein. Man müsse ja nicht auf Kosten des Wollwebers und auch nicht zu diesem Termin dort auftauchen. Aber das Bad in Augenschein zu nehmen, als eine Art Ortsbesichtigung aus Amtsgründen, das könne wohl nicht schaden. Er strahlte bei der Vorstellung, das Badhaus als Sodom vorzufinden und seinem Widersacher Schafswol die Lizenz aufkündigen zu können.

Unliebsame Erinnerungen ließen sich nicht einfach wegwischen wie Krümel auf dem Tisch oder die Weinpfütze am Boden. Man konnte sie für kurze Zeit verscheuchen, aber wie Krähen stets frech zurückkehrten, um über das Saatgut herzufallen, so stürzten sich böse Erinnerungen Harpyien gleich auf Keime des Vergessens. Man mußte den Quälgeistern ihre Rastplätze entziehen, an denen sie sich sammeln konnten, ihre Stützpunkte, denen sie hundertfach erwuchsen und woraus sie ihre Kraft bezogen. Also beschloß die Hafnerin, die Kammer, in der ihr Vater dahingesiecht war, rasch zu räumen und zu säubern.

Mit Unbehagen öffnete sie die Türe des Raums, den sie

seit dem Hinaustragen der Leiche nicht wieder betreten hatte. Ihre Sorge war nicht, ob der Teufel oder ein Engel des Herrn sich als erster der Seele bei ihrer Ausfahrt aus dem Munde bemächtigt hatte, vielmehr, ob die Seele des Toten tatsächlich das Haus verlassen hatte und sich nicht irgendwo festkrallte, um den Hinterbliebenen auch künftig das Leben zu vergällen.

Viele teilten noch diesen alten Glauben, und Großmutter hatte sogleich Korn verbrannt und mit den Webkämmen geklappert. Anschließend hatte sie den Becher des Vaters zerschlagen und selbst in der Werkstatt jeden Topf umgedreht, damit das luftige Wesen keinen Unterschlupf fand. Wiltrud rührte auf ihr Geheiß hin bis zur Stunde die Töpferscheibe nicht an, damit nichts im Hause rundum ginge und wieder die Aufmerksamkeit der scheidenden Seele auf sich zöge. Sie war sich jetzt sicher, daß auch dies einen Teil ihrer Lähmung bewirkte.

Die Läden waren seit der Todesnacht noch immer weit geöffnet, und dennoch stank es süßlich nach Erbrochenem und stechend scharf nach sich zersetzendem Urin. Wiltrud war gewiß nicht verschwenderisch, aber hier würde kein Waschen und Scheuern mehr die üblen Dünste bannen, die aus dem verbrauchten Bettzeug aufstiegen. Mit gerümpfter Nase riß sie das verschmutzte Laken und die strohgefüllte, von Exkrementen durchtränkte Matratze vom Bettkasten, um sie draußen im Hof zu verbrennen.

Da fiel ihr klappernd etwas vor die Füße. Sie bückte sich und hob eine kleine, flache Holzscheibe auf, der dünne Querschnitt eines abgetrennten Astes. Auf der einen Seite kündeten nur konzentrische Ringe natürlicher Maserung von den Jahren des Wachstums, während auf der anderen seltsame Zeichen quer durch die Jahresringe gekerbt waren.

Wiltrud warf einen flüchtigen Blick auf die Rückseite der Matratze, unter der das Amulett, denn um ein solches handelte es sich zweifellos, gelegen haben mußte. Und da sah sie ein kleines, verdorrtes Zweiglein dort haften, das, als sie mit den Fingern danach tastete, zerbröselte und in vielen Teilen zu Boden fiel. Nur in der Hülle des Strohsacks steckten noch einzelne Nadeln. Sie zog fast behutsam eine davon heraus, knickte sie, zerrieb sie, roch daran, und hatte, ohne besondere Eigenschaften wahrzunehmen, dennoch das untrügliche Gefühl, daß das marode Grün ehemals ein frisches Eibenzweiglein war.

Wiltrud schaute wieder auf das Scheibchen in ihrer Linken, fuhr mit dem Zeigefinger der rechten Hand gedankenverloren die Einkerbungen nach: senkrechte Linien und daran angehängt kürzere, schrägstehende Häkchen. Eins dieser geritzten Zeichen sah aus wie ein Krähenfuß, ein anderes wie ein Angelhaken und das dritte konnte einen Dorn an einem Stengel symbolisieren. Doch was um alle Welt sollte dies bedeuten?

Es erinnerte sie an Zeichen, die sie schon häufig an Firstbalken und Haustüren alter Holzhäuser in der Stadt und mehr noch an den schlichten Bauernhütten im Umland gesehen hatte. Aber Herzstück dieser Zeichen war zumeist ein Kreuz, und diese hier hatten nichts, was auch nur entfernt dem Symbol des Erlösers glich. Da kam ihr in den Sinn, daß die Linien Ähnlichkeit hatten mit den Krakeln, die sie im Buch des Alchemisten gesehen hatte. Aber was sollte der damit zu tun haben, und wie wäre durch ihn die Scheibe unter Vaters Bett gekommen?

War da nicht etwas – ein flüchtiger Schatten? Sie fuhr herum, schaute in die Ecken der Kammer, das Bild des todkranken Vaters wieder vor Augen, der kraftlos die Geister zu verscheuchen suchte. War es am Ende sein eigener Schatten, der noch … aber da war nichts, und das warme Licht der Oktobersonne erhellte den Raum.

Und doch … Es war mehr ein Gefühl, eine Beklemmung,

die sich ihr wieder auf die Brust legte und nicht nur der stechende Geruch, der das Atmen zur Qual machte. Es war, als ob die hölzernen Wände ein Eigenleben führten, düster und schwermütig, und es schien so, als wollten sie alles Leben in der Kammer ersticken. Sie hatte davon gehört, daß alte Mauern nicht nur Feuchtigkeit wie Schwämme aufsogen, sondern auch Stimmen, Töne, ja sogar Gedanken und vielleicht auch Gefühle. Und so manches Gewölbe barg auf diese Weise ein schreckliches Geheimnis. Ob etwa auch ...?

Sie schrie nach Wolfhart, damit er das Zeug hinausschaffe und verbrenne. Sie selber würde dann den Boden schrubben, notfalls gar die Wände scheuern. Oder mußte man sie ausräuchern? Sie dachte für einen Augenblick an den Pfarrer, verwarf aber den Hilferuf an den Diener der Kirche sogleich wieder. Der war ohnehin argwöhnisch, und man mußte ihn nicht noch mit der Nase darauf stoßen – worauf, zum Teufel?

Großmutter mußte davon wissen. Großmutter! Wiltrud betrachtete im helleren Licht noch einmal das hölzerne Scheibchen. Sie hatte solche Zeichen woanders noch gesehen, und jetzt erinnerte sie sich: das Amulett, das ihr Großmutter umgehängt hatte, als sie wegen der Haut zum Henker gegangen war. Sie hatte es damals zwar nur flüchtig betrachtet, und Großmutter hatte es ihr danach gleich wieder abgenommen, aber der Ähnlichkeit war sie sich ganz sicher.

Allerdings war das Amulett metallen gewesen, und Großmutter hatte es einen Brakteaten genannt, eine alte Münze, kostbar und mit besonderen Kräften behaftet und nicht dafür gedacht, beim Krämer damit zu bezahlen. Die Zeichen, sagte sie, würden den Träger vor Unheil schützen.

Eine dunkle Ahnung ließ Wiltrud an heidnischen Zauber denken. Aber was hatte Vater damit zu tun gehabt? Hatten ihn die seltsamen Dinge unterm Bett schützen sollen? Wovor? Und wenn, dann war es lausiger Zauber, denn der Alte war jämmerlich dahingesiecht.

Sie schrie nochmals nach Wolfhart, rannte dann fluchtartig aus der verwunschenen Kammer in die Werkstatt und erschrak fast zu Tode: unmittelbar vor ihr stand Peter Barth. »Ihr ... Ihr müßt langsam glauben, ich bin verrückt oder halte Euch für ein Gespenst, ähem ..., weil jedesmal ...« – sie fuhr sich fahrig mit ihrer Linken, die das Amulett umklammert hielt, durch die Haare, bemerkte den Unfug und nahm das Ding in die andere Hand –, »es ist ... ich ...«

Er nahm wortlos ihre Rechte in seine Hand und besah sich das hölzerne Amulett. »Wo habt Ihr das her?« fragte er überrascht.

»Gefunden«, gab sie wahrheitsgemäß Auskunft.

»Wo?«

»Pfff ... draußen? Ja, draußen im Hof.«

Er nickte nachdenklich und sagte dann, daß er eigentlich gekommen sei, ihr nochmals sein Bedauern auszudrücken, seine Hilfe anzubieten und zugleich für seinen Neffen Spielzeug in Auftrag zu geben, was sie vielleicht in dieser schweren Zeit ein wenig ablenken könne.

Wiltrud dankte ihm, empfand sein Kommen einerseits als wohltuend und zuverlässig, andererseits war sie sich nicht sicher, ob er sie nicht auch kontrollieren wollte.

Nachdem Peter gegangen war, besah sie sich erneut die vertieften Linien des Amuletts, die mit fleckiger, rotbrauner Farbe angefüllt waren, und plötzlich kam ihr ein furchtbarer Verdacht: Die Farbe war getrocknetes Blut.

19. Kapitel

»Mein Gott, schmal sieht das Kindchen aus, als würd's der Kummer auszehren. Meint Ihr nicht auch?«

»Nein.«

»Also, ich weiß nicht, wie ich damals mein Wölfchen geheiratet hab', da bin ich erst mal in die Breite gegangen vom Speck und den vielen Eiern. War auch nötig« – sie meckerte anzüglich und rempelte die Hafnerin an der Schulter wie ein Zechkumpan –, »und es hat gar nicht lang gedauert ...«

»Die einen so, die andern so«, blieb Wiltrud im ungefähren und drückte verärgert den Schwanz wieder an das Pferdchen, den sie durch den Stoß abgerissen hatte. Es gefiel ihr nicht, wie die Krämerin zu tratschen anfing.

»Na, ich bitt' Euch! Die Kleine wird von Tag zu Tag weniger, und es soll nicht davon kommen, daß ihr Seibold sie so hernimmt. Es wird ja schon geredet ...«

»Viel zuviel, wie mir scheint.«

»Zu Unrecht etwa? Erst die pompöse Hochzeit, und am Morgen danach war's auf einmal ganz ruhig. Nichts mehr mit freudiger Nachricht und so. Ich sag' Euch, entweder stimmt's bei ihr nicht oder bei ihm.«

»Krämerin, sie sind noch nicht einmal vierzehn Tag' verheiratet.«

»Naja, so was spürt man. Also, bei mir hat's keine zehn ...« – sie kicherte wieder und rollte mit den Augen, als wär's eben erst gewesen –, »keine zehn Nächte jedenfalls, und dann konnt' ich schon zu spinnen anfangen für ...«

»Für was seid Ihr eigentlich hier? Braucht Ihr Töpfe oder Becher oder was?« Wiltrud war es egal, wenn sie es sich mit der Krämerin verscherzte. Ihr Gerede von neuen Kunden war ohnehin bloß Wichtigtuerei. Zuverlässig war nur ihr Mundwerk, leider auch gefährlich.

»Wollt' nur mal sehen, wie's Geschäft so läuft«, erwiderte sie spitz. »Hat die Tuchschererin, diese eitle Gans, ihren Löwen denn schon gekriegt?«

»Hatte noch keine Zeit dafür.«

»Ihr seid doch die Freundin«, startete sie einen neuen Versuch, »ich meine, was sagt Ihr denn dazu?«

»Hab' Margret eine Weile nicht gesehen«, wich Wiltrud aus.

»Verstehe. Habt ja selber viel um die Ohren. Das mit Eurem Vater – tut mir wirklich leid – war ja auch so eine Sache.«

»Was?« Wiltrud hielt abrupt inne und schaute die Krämerin gereizt an. Worauf wollte das mißgünstige Luder hinaus?

»Na, so plötzlich. Wie mitten aus dem Leben gerissen.«

»Er war sterbenskrank, Krämerin.«

»Aber gar so bleich, als hätt' er am End' kein Blut mehr gehabt.« Sie kam so nah, daß Wiltrud ihren fauligen Atem roch und flüsterte geheimnistuerisch: »War Gift im Spiel, hör' ich neulich eine sagen. Unsinn, sag' ich. Ging aber arg schnell, sagt sie drauf. Was sagt denn der Bader?«

»Nichts.«

»Der Utz war bei der Leich', gell? Naja, der alte Madensack sieht selber nur, wofür man ihn bezahlt.«

»Was wollt Ihr damit sagen?« brauste Wiltrud auf. Ihr reichte es.

»Nichts, gar nichts!« Die Krämerin hob beschwichtigend ihre fleischigen Hände. »Neumond war bei der Hochzeit. Da muß man direkt noch froh sein, wenn's bei den beiden nicht gefunkt hat. Käm' eh nur ein Männlein mit leerem Geschröt heraus. Und Nachzehrer gibt's mehr als genug. Wie gesagt: Sah verflucht bleich aus, Euer Vater. Oder glaubt Ihr mehr an Zauberei?«

Was wißt *Ihr* davon, wollte Wiltrud aufbegehren, dann fiel ihr siedendheiß das Amulett ein, und sie schwieg.

»Viele sagen, daß manches andersrum geht in der Stadt, seit die Spielleut' hier sind. Der Krümlin ihre Kuh gibt plötzlich saure Milch und ist bösartig, und der Gaul vom Schmied lahmt ohne Dorn im Fuß oder Renkaus. Da macht man sich so seine Gedanken.«

Und zerreißt sich's Maul, dachte Wiltrud. Sie war froh, als es klopfte.

Die Krämerin schien auch erfreut, als Peter Barth eintrat. Sie musterte ihn kurz, dann ging ihr Gesicht auseinander. »Ich kenn' Euch, wartet ...« – sie fuchtelte mit dem Zeigefinger vor ihm –, »Ihr seid doch der mit dem Wachsmann vom letzten Jahr, natürlich! Das trifft sich gut. Wir reden gerade über Zauberei und ...«

»Ihr wolltet gerade gehen«, fiel ihr Wiltrud kühl ins Wort.

Das paßte der Krämerin ganz und gar nicht. Es war schon merkwürdig, daß der junge Barth die Hafnerin am hellichten Tag aufsuchte. So einer fragte doch nicht nach Geschirr, oder? Ihre Augen verengten sich zu mißtrauischen Schlitzen, mit denen sie von der einen zum anderen schaute.

Peter war das alles unangenehm. »Ich komme vielleicht später ...«

»Nein, nein!« rief Wiltrud flehentlich. »Bleibt um Gottes willen!« Sie warf der Krämerin einen unmißverständlichen Blick zu. »Gehabt Euch wohl!«

»Ja, dann«, sagte die Krämerin mit muffiger Enttäuschung in der Stimme. »War interessant, mit Euch zu plaudern.« Sie raffte ihre Röcke, warf Peter Barth einen zweideutigen Blick zu und stelzte wie ein gekränktes Huhn hinaus.

Wiltrud schnaufte hörbar auf, während Peter ihr fragend nachschaute.

»Sie ist genau das, was Ihr jetzt denkt«, sagte sie lachend.

Peter errötete. Woher wußte sie? »Über Mittag war gerade wenig zu tun«, sagte er verlegen, »und da dachte ich ...«

»Schon recht.« Sie bot ihm einen Platz neben dem Arbeitstisch an und wies auf das angefangene Reiterfigürchen, von dem nicht einmal das Pferdchen der Kneterei ganz entwachsen war.

»Ihr seht ja, wie weit ich bisher gekommen bin. Aber bei solch einträglicher Kundschaft.« Sie nickte mit dem Kopf in Richtung der abgezogenen Krämerin.

Peter war es keineswegs unangenehm. Das paßte zu seiner Strategie wie Sonne zum Maientanz. »Stört es Euch, wenn ich ein wenig bei der Arbeit zusehe?«

»Ist kein Geheimnis«, sagte sie und schüttelte lachend den Kopf, daß die Locken flogen.

Dieses Haar, dieses Lachen. Peter schaute mehr auf sie als auf das Figürchen, das ihre kunstfertigen Finger nun wieder bearbeiteten und mit Hilfe kleiner, zugespitzter Hölzchen förmlich zu beleben schienen.

»Wenn Ihr Anfang der nächsten Woche wieder vorbeischaut, sollte es fertig sein.«

Und wenn übers Jahr erst. Er hatte keine Eile, solange er nur zusehen durfte. Bloß mit den Worten, da hatte er seine

Mühe, auch wenn er sonst nicht maulfaul war. Wiltrud arbeitete schweigend vor sich hin und er – was sollte er schon erzählen? Von seiner Arbeit an der Lände? Das würde sie nicht interessieren. Von seinem Streit mit Paul? Unsinn! Frauen wollten lieber über ... ja was, zum Teufel?

»Was tut Ihr eigentlich den ganzen Tag da draußen?« fragte Wiltrud leichthin und ausgerechnet, als er sich selber etwas zurechtgelegt hatte.

»Wie? Naja, es ist nicht so aufregend ... Dieses, dieses Gerede da vorhin von Zauberei und so. Habt Ihr Euch wirklich darüber unterhalten?«

Warum fragte er das? Wiltrud blickte wieder mißtrauisch. »Die Krämerin hat's aufgeworfen. Will den Spielleuten wohl was anhängen, diese geschwätzige Krähe.«

»Glaubt Ihr's nicht?«

»Natürlich nicht!« Sie wußte selbst nicht, wo sie die Überzeugung hernahm. Mußte mit Siegfried zusammenhängen. »Ihr etwa?«

»Nein. Aber vielleicht wär's trotzdem besser, wenn sie weiterzögen. Im eigenen Interesse. Es braut sich manchmal so verdammt schnell was zusammen und dann ...«

Wiltrud schaute ihn erschrocken an. Was meinte er nur?

»Hab' schon erlebt, wie rasch sich eine aufgestachelte Meute zusammenrottet. Das geht fix und hui, und schon ist es zu spät. Das gilt auch für den Sänger.«

»Verd...« Wiltrud unterdrückte gerade noch die Verwünschung. Jetzt hatte sie selbst den Schwanz wieder abgerissen.

»Ich meine«, überging er die Ungeschicklichkeit, »Ihr könntet ihn vielleicht dazu bewegen ...«

Wiltrud starrte ihn fassungslos an. Das durfte nicht wahr sein. Und sie hatte ihn die ganze Zeit über für so honorig gehalten. Der zurückhaltende Herr Barth, sieh an! Für wie dämlich hielt der sie eigentlich? Fast wär's ja zum Lachen, aber sie haßte es, wenn einer um seiner kleinlichen Eifersucht willen mit ihren Ängsten spielte. Oooh, dieser, dieser ... am liebsten würde sie ... ihre Faust fiel krachend auf den Tisch und zermalmte spritzend das Pferdchen. »So wird das nichts!« zischte sie wütend.

Das ist jetzt verdammt schiefgelaufen, durchzuckte es Peter. Und es konnte eigentlich nur bedeuten, daß die verfluchte Geschichte mit ihr und dem anderen schon viel weiter gediehen war, als er befürchtet hatte. Was nun?

Die Entscheidung wurde ihm abgenommen, denn auf einmal stand Siegfried im Raum.

Der Teufel übt heut' Stelldichein, dachte Wiltrud erbost und verdrehte die Augen. »Ihr könntet wenigstens anklopfen!« blies sie den Sänger gleich an.

»Ein freudig' Willkomm«, gab der unerschüttert zurück und stichelte in Richtung Peter: »Wie sich's so fügt.«

»Fangt bloß Ihr nicht auch noch an!« drohte Wiltrud, die in ihrer Laune am liebsten beide hinausgeworfen hätte.

Für Peter war es Balsam, bedeutete es doch, daß der andere sich noch nicht einnisten und zu sicher fühlen konnte. Was hatte er da unter dem Arm? Ein Buch? Wollte er sie vielleicht mit irgendwelchen Versen umgarnen, am Ende gar mit eigenem Machwerk beeindrucken? Pah! Auf so etwas Billiges wäre er selber nie gekommen. Für den Augenblick zog Peter es vor zu gehen. »Bis übermorgen also!«

»O nein!« wehrte die Hafnerin ab. »Das kann jetzt dauern, Ihr seht ja.« Sie deutete auf das zermatschte Pferdchen. »Ich sag' Bescheid.«

Noch ein Hieb! Und grausamer als der erste, denn der hatte eben seine ganze Strategie zerschlagen. Wie ein geprügelter Hund trollte sich Peter und schlich wieder hinaus zur Lände.

»Und nun zu Euch!« Wiltrud war gerade in Fahrt. »Was denkt Ihr Euch eigentlich, einfach so hereinzuplatzen wie die Sau in den Koben? Ich hab' schließlich auf meinen Ruf zu achten. Und tagsüber könnt Ihr sowieso nicht kommen. Sollen die Leute vielleicht sagen, der Lehrling würde bei mir nichts außer Techtelmechtel lernen?«

»Das habt Ihr gesagt«, erwiderte Siegfried grinsend und keineswegs geläutert. »Ich würd's Hohe Minne nennen, und außerdem bin ich jetzt doch Euer Lehrer.«

»Ach, was! Ihr wißt genau ...«

Er schaute sie schräg und so ergeben an, daß Wiltrud selber lachen mußte. Ihm konnte man irgendwie nicht böse sein.

»Nehmt mich einfach als Hauslehrer in Eure Dienste«, spintisierte er weiter, »dann kann ich gleich ganz bei Euch wohnen.«

»Das würd' Euch so passen«, zog sie ihm sofort den Zahn und drohte scherzhaft mit der Hand.

In der Tat käm's ihm gelegen, denn auf diese Weise hatte Tristan seine Isolde umworben und Abaelard seine Heloise verzückt.

Sie tauchte ihre lehmverschmierten Hände in die Wasserschüssel und trocknete sie danach an ihrem Kleid.

»Laßt uns in den Garten gehen«, schlug sie vor. »Dort sind wir ungestört und können die Herbstsonne genießen.«

Die wackelige Bank hinterm Haus kam unerwartet zu den Ehren eines Katheders. Wiltrud schien ein wenig aufgeregt, als könne sie es kaum erwarten, endlich hinter das Geheimnis der Buchstaben zu dringen.

Als Siegfried allen Ernstes einen kräftigen Stock verlangte, da schaute sie ihn so entgeistert an, daß er schallend lachte. »Nicht, was Ihr denkt, aber ich brauche doch etwas zum Schreiben.«

Im Stall fand sich das Gewünschte.

»Womit wollen wir anfangen?« fragte er mehr rhetorisch, denn er hatte schon einen festen Plan. Er wollte ihr nicht einfach nur der Reihe nach Buchstaben erklären und sie dann Wort für Wort nachstammeln lassen, bis sie begriff, sondern sah auch die wunderbare Gelegenheit, ihr Sterne vom Himmel der Literaten zu pflücken und mit ihnen Wahrheiten über das Leben und die Liebe in den Schoß zu legen.

Doch es war kein leichtes Unterfangen, denn was er in Händen hielt und wie seine Augäpfel hütete, war kein Werk eines einzelnen Dichters, sondern ein Spielmannsbuch. Es enthielt nicht etwa seitenlang vollständige Lieder, sondern vielmehr ein Sammelsurium aus Liedanfängen und Notizen zum jeweiligen Ton, aus Inhaltsangaben längerer Werke und Festlegungen schwieriger Passagen, aus fremdsprachigen Texten, unterwegs aufgeschnappten Reimen und neuen Ideen – kurz: Es umfaßte sein gesamtes Repertoire und darüber hinaus noch praktische Einträge zu lohnenden Spielorten, gastlichen Herbergen und freigebigen Pfarrhöfen.

Er konnte auf seinen Reisen ja schlecht eine Bibliothek mit sich führen, denn einmal waren Bücher schwer, zum anderen weckten Folianten, in denen die Häute und der Wert ganzer Ziegenherden steckten, gerade bei denen Begehrlichkeit, die am wenigsten darin lesen konnten und denen der Henker ohnehin bald die Augen ausstechen würde. Und sollte er jetzt vielleicht an einer Klosterpforte oder dem Haus eines Pfeffersacks klopfen: »Guten Tag, ich hätte mir gerne ein Buch ausgeborgt?«

Also mußte sein speckiges Kleinod genügen. Er schlug es an der Stelle auf, wo Parzival das Pergament belebte, denn er widmete den Anfang seiner Schulmeisterkarriere keinem Geringeren als Wolfram von Eschenbach. »Weil er das Leben und Treiben der Menschen kannte in all seiner Glorie und Erbärmlichkeit«, erklärte er Wiltrud, »und weil er der Fülle allen Leids die Fähigkeit zu echter Liebe entgegenstellte. Sein Herz beherbergte alle Weisheit:

›Wenn das Herz mit Zweifeln lebt,
so wird es höllisch für die Seele.‹«

Konnte es einen passenderen Einstieg geben? Wiltrud fühlte sich augenblicklich verstanden, denn von Zweifeln wurde sie derzeit weiß Gott geplagt.

Siegfried schrieb einzelne Buchstaben mit dem Stock in den staubigen Boden, und Wiltrud fuhr die Linien – die Zunge zwischen die Zähne geklemmt – angestrengt nach.

So schlugen sie eine erste Schneise ins sperrige Alphabet, bis Wiltrud klagte, ihr schwirre der Kopf. Dennoch war sie begierig, mehr von der Geschichte zu hören, und Siegfried erbot sich, ihr ausgewählt davon zu erzählen.

Er stellte ihr zunächst den jungen Parzival als Einfaltspinsel vor und wie ihn seine Mutter Herzeloyde in das grobe Kleid eines Toren steckte, als er in die Welt hinausdrängte und sich anschickte klüger zu werden. Wiltrud sah ziemlich betreten auf ihr Kleid und fragte, ob er solches auch von ihr dächte.

»Gott bewahre!« wehrte Siegfried entschieden ab und hatte sogleich die passende Stelle als geistiges Schwert zur Hand: »So wie das Kleid noch nicht den Mönch ausmacht, bestimmt es auch nicht Euren Wert. Und Wolfram sagt schon mit den ersten Worten, daß er es nicht für wertlos hält, wenn ein edler Rubin mit all seiner ihm innewohnenden Kraft in bescheidenes Messing gefaßt wird, denn darin sieht er wahre Weiblichkeit.«

Wiltrud legte ihren Kopf in den Nacken, und ihr Lächeln forderte die Sonnenstrahlen heraus. So mußte es wohl sein, wenn dort oben das Gold einer geläuterten Seele dem Glanz der Engel Paroli bot. Bei dem Gedanken an Gold fiel ihm ein, daß auch Wolfram sich des Vergleichs mit der Arbeit des Alchemisten bediente und erzählte ihr das Mutter-Tochter-Rätsel, das so schwer zu verstehen war in der Form:

›Mutter kommt mit Tochter nieder,
die wird Mutter ihrer Mutter …‹

und so leicht sich dem Verstand erschloß als:

›Wasser wird zu Eis,
und dann ist's unausweichlich so:
aus Eis wird wieder Wasser …‹

Er erklärte ihr, daß dies in wunderbarer Weise die geistige Wiedergeburt und das Prinzip ewigen Wandels in der Einheit verdeutliche. Und so sei auch der lange Weg Parzivals nichts anderes als eine beschwerliche Reise zu innerer Läuterung, bis er sich endlich des Grals würdig erweise.

»Was ist das?« fragte Wiltrud unbefangen, und Siegfried hatte seine liebe Not.

»Die einen«, so begann er, »sehen darin eine Schale oder den Kelch, mit dem Joseph von Arimathäa Christi Blut auffing, oder auch nur einen kostbaren Stein. Vielleicht ist er gleichzusetzen mit dem hermetischen Gefäß des Alchemisten, in dem die Wandlung gelingt, vielleicht mit dem Tischleindeckdich des Albertus Magnus. Und vielleicht ist der Gral auch nur das, woran ein jeder von uns glaubt. Ich persönlich könnte mir sogar vorstellen« – sein Mund verzog sich zu einem breiten Grinsen –, »daß es ein tönerner Becher ist, in dem der Wein niemals versiegt.«

Wiltrud begriff das Gleichnis und holte den Krug Wein, den sie Tags zuvor noch besorgt hatte.

Um so beschwingter schilderte Siegfried nun Parzivals ersten Besuch auf der Gralsburg, als er dem von schwärender Wunde gepeinigten König Anfortas gegenübersaß und mit einer einzigen schlichten Frage nach Ursache und Herkunft der Qual dessen Leid hätte beenden können, dies aber schmählichst versäumte.

»Nun wißt Ihr auch«, schlug er den Bogen in die Wirklichkeit der Hafnerin, »warum ich Euch damals auf der Gasse ansprach.«

»Ihr wart erst frech«, protestierte sie halbherzig.

»Ein ganz klein wenig«, räumte Siegfried schmunzelnd ein, »aber dann war's echte Sorge um Euch. Ihr seht ja, was schon ein kleines Wörtchen Mitgefühl bewirken kann. Da mußte ich Euch einfach fragen oder wäre ein entsetzlicher Tor gewesen.«

Neugierig geworden wollte Wiltrud wissen, woher die Wunde des Anfortas rührte. Siegfried wand sich, denn daß sie Strafe für verbotenen Liebesgenuß war, stellte ein lausiges Thema dar für seine erste Lektion. So beschränkte er sich auf den vergifteten Speer eines Heiden als Ursache immerwährenden Leids am Geschlecht des Anfortas.

Die Wunde sei aber eiskalt gewesen, erklärte er ihr, weil der Schlangen Gift alle Wärme aus dem Körper gezogen habe, und Nardensalbe und Rauch vom Holz der Aloe hätten allenfalls wärmende Linderung, aber keine Heilung bewirken können.

Wiltrud lauschte aufmerksam, legte den Finger an die Nase und dachte eine Weile angestrengt nach. »Umgekehrt wär's leichter«, sagte sie plötzlich. »Es bestünde wohl Aussicht auf Heilung, wäre Anfortas nur eine Frau.« Und dann erinnerte sie den verdutzten Sänger an sein Lied im Bad und an das, was er ihr über die Eigenschaften der Elemente und deren Mischungsverhältnis erläutert hatte. Sie erklärte ihm, daß ein Mann, da er nach der Lehre dieses Aristoteles doch warm und trocken sei, die kalte Wunde einer Frau mit seiner Liebe müsse heilen können. Ihre Wangen glühten bei diesem kühnen Gedanken.

»Vielleicht«, sagte Siegfried und starrte sie verblüfft an – auf diese Weise hatte er es noch nie bedacht –, und dann zögerlich: »Sicher. Sicher wird es so sein.«

20. Kapitel

»Was ist nun«, drängte der Hüne und winkte fordernd mit den haarigen Fingern beider Hände, »ich will endlich Gold sehen. Vergiß nicht, daß wir eine Abmachung haben!«

»Wie könnte ich, bei so liebenswerter Erinnerung«, nuschelte der andere mißgelaunt und rührte weiter in dem Gebräu, das über einem Dreifuß köchelte. »Du solltest doch nicht herkommen«, wies er den Grobschlächtigen mürrisch zurecht.

»Ich tue erstens, was mir paßt«, raunzte der zurück und hob neugierig die Deckel verschiedener Töpfe, als könne er darin das glänzende Metall finden, auf das er scharf war, »und zweitens lauschen um diese Zeit alle braven Seelen den Pfaffen.«

»Verdammt! Laß die Finger davon!« fuhr ihn der Alte an.

»Hehe! Hüte deine Zunge, alter Narr!« drohte der unliebsame Besucher. »Sonst geht dein Laden hier zu Bruch.« Wie zum Beweis hob er einen der Töpfe hoch und ließ ihn höhnisch grinsend zu Boden krachen, wo er in Dutzende Scherben zersprang.

»Selber Narr!« kommentierte der Alte wutschnaubend die unsinnige Tat. »Du verdirbst bloß alles.«

»Nur, daß du weißt, was dir blüht, wenn du mich zum besten hältst«, rechtfertigte der andere seinen Zerstörungsdrang. »Und du selbst wirst als erster zu Bruch gehen. Jeder hat *seine* Methode.«

Der Alte zeigte sich von der Drohung nicht sonderlich beeindruckt. »Dann wirst *du* dir nie die Taschen füllen. Es dauert eben alles seine Zeit.«

»Ich hör' nichts anderes von dir und will endlich Ergebnisse sehen. Mit den Weibern geht anscheinend auch nichts voran. Oder muß ich alles allein zuwege bringen?«

»Unsinn!« wehrte der Alte ab. »Der Hafner hat immerhin schon das Zeitliche gesegnet. Sieh du nur zu, daß du geeignetes Material beibringst. Das andere laß meine Sorge sein.«

»Was hat das eine mit dem anderen zu tun?« wollte der derbe Gast wissen.

»Das geht dich nichts an«, beschied ihn der Graubart grob. »Verschwinde jetzt und laß mich arbeiten!«

Der grobschlächtige Kerl stemmte den schmächtigen Alten allein mit der Linken hoch, als wär's ein Sack Lumpen. Und als sich beider Blicke in gleicher Höhe trafen, zischte er boshaft: »Hör zu! Wir sind aneinander gebunden. Ich erfülle meinen Teil. Treib du keine Faxen mit mir! Sonst ...« Der Zeigefinger seiner Rechten strich blitzschnell über den Hals.

Der Alte zeigte noch immer keine Furcht. Es schien fast so, daß seinen schmallippigen Mund ein triumphierendes Lächeln umspielte, als wisse er um das Geheimnis ewigen Lebens.

Der Hüne wuchtete den Alten hart auf die Erde zurück und beharkte mit dem Zeigefinger dessen Brust, kaum daß er sich berappelt hatte. »Zwei Monde will ich dir noch geben«, hämmerte er ihm ein, »aber übers Jahr will ich Glanz in meinen Händen sehen!«

Er streckte ihm fordernd seine zwei Pranken entgegen, ballte sie dann zu Fäusten, die jedes Leben zerquetschen konnten, machte kehrt und verließ polternd die Hütte.

Der Alte schlurfte zur Türe, um sie zu schließen. »Dummheit und Geldgier – scheußliche Verbindung«, brummelte er dem anderen kopfschüttelnd hinterher. »Was interessiert mich dein billiges Gold, wo es um so viel mehr geht. Der Glanz *meines* Hermaphroditen wird alles übertreffen.« Zufrieden kichernd begab er sich wieder an seine Arbeit.

Vielleicht war sie doch zu grob gewesen, sorgte sich Wiltrud. Sie wollte versuchen, das Figürchen möglichst rasch fertigzubekommen, damit sie ihn wieder sprechen konnte, und dann würde man sehen. Deshalb hockte sie selbst am Tag des Herrn in der Werkstatt, und mühte sich im diffusen Licht der Dämmerung, den Reiter auf sein Pferd zu setzen.

»Du verdirbst dir die Augen, Kindchen!«

»Großmutter!«

Sie war wieder zurück, und Wiltrud hatte lange nicht so viel Freude darüber empfunden. Am Tag nach Vaters Beerdigung hatte sie gesagt, sie wolle Freunde außerhalb der Stadt besuchen und war bis eben fortgeblieben. Wie gewöhnlich hatte es wenig Sinn, nach Ziel und Zweck ihrer Wanderung zu fragen, aber Wiltrud hatte jede Menge anderes auf dem Herzen: das seltsame Amulett und den Eibenzweig zum Beispiel, oder allerlei wirres Zeug und merkwürdige Fragen des Alchemisten. Und schließlich mußte sie ihr noch gestehen …

Aber das hatte Zeit. Die Ahn bat sich erst eine kleine Erfrischung und eine Ruhepause im Garten aus, ehe sie mit ihrer Enkelin ein längeres Gespräch führen wollte. Wiltrud brachte ihr aus der Küche einen Becher Wasser, ein Stück Brot und etwas Käse, und nach ihrer schweigsamen Mahlzeit ging die Ahn nach draußen. Wiltrud kannte ihr Ziel. Man mußte sie gewähren lassen.

Wie war gleich noch dieses seltsame Wort, mit dem der Alte den Kreis bezeichnet hatte und wozu sie Großmutter auch unbedingt befragen wollte – Urobus? Uror ... Urorus ... Uroboros! Genau! So hieß angeblich eine Schlange, die sich selber in den Schwanz biß, oder so ähnlich jedenfalls. Und so was sollte ein Symbol sein für ... für Erneuerung und Wandel oder so und zwar aus sich selber. »Stirb und werde! Wie der Sonne Lauf.« Das hatte er gesagt, richtig, und ...

Ein häßlicher Schrei vom Garten her zerriß die friedliche Abendstimmung. Wiltrud ließ den Ton aus ihrer Hand fallen und stürzte nach draußen.

Großmutter stand vor ihrem Bäumchen, hatte wie flehentlich die Hände erhoben und schaute wirr in den wolkenverhangenen Himmel, der sich langsam in Schwarz kleidete. Sie murmelte unaufhörlich, und ihre dürre Gestalt zitterte wie Espen im Wind.

Als Wiltrud heran war, fuhr die Alte herum, verkrallte sich im Kleid der Enkelin und schüttelte sie mit der Kraft eines Samson: »Wer hat das getan?« kreischte sie unentwegt. Ihre Stimme überschlug sich; Wiltrud hatte sie niemals zuvor so wütend gesehen. Es war hilflose Wut. Ihr Gesicht spiegelte Haß und Verzweiflung.

Die Enkelin suchte sich zu befreien, schob die Ahn von sich. Die ließ plötzlich entkräftet los und sank taumelnd zu Boden. Und im Dahinsinken gab ihr Körper den Blick frei ... Wiltrud stieß einen schrillen Schrei aus, preßte dann die lehmverschmierte Faust in den Mund, wollte zurückspringen und stürzte dabei über Großmutters Arme. Sie rappelte sich auf, starrte zweifelnd und gebannt auf das, was sie nicht glauben wollte: Aus dem lockeren Erdreich im Kreis um die Eibe ragte eine wachsgelbe Hand, die Finger wie zur Abwehr gespreizt.

Wiltrud stand eine Weile wie erstarrt – ihre heftig atmende Brust war das einzige, was auf Leben bei ihr schließen ließ –, aber die Finger der Hand rührten sich ebensowenig. Dem Himmel sei Dank! sagte sie sich, dann konnte es wenigstens nicht sein, daß sich hier einer ausgrub. Aber wen, um Gottes willen, hatte man hier verscharrt?

Großmutters Wut war einem Wimmern gewichen. Die Enkelin legte tröstend den Arm um sie und stellte sich selbst die Frage: Wer konnte so etwas tun?

Das Merkwürdige war, daß sich trotz der gellenden Schreie niemand zeigte. Aber der Nachbar nach Norden hin wurde von Mauer und Bretterverschlag abgehalten: entschuldigt! Daß von den Drexls einer zu Hilfe eilte, war nicht zu erwarten, solange es nicht ihr Grundstück war. Und der Alte – aus seiner Dachluke quoll zwar Rauch, aber wahrscheinlich hatte er es, in höheren Sphären schwebend, noch nicht einmal gehört.

Wiltrud half Großmutter auf die wackeligen Beine und brachte sie stützend ins Haus zurück. Sie reichte ihr zur Stärkung einen Becher Wein, nahm selber einen tiefen Zug und wagte sich, bewaffnet mit einem Stock, nochmals nach draußen.

Die Szenerie war gespenstisch: Der Himmel vor ihr war bereits tiefschwarz, im Rücken durchdrang noch schwaches Licht den grauen Wolkenschleier. Aber die Hand, steif und unbewegt, blitzte so weiß, als leuchte sie aus eigener Kraft.

Wiltrud stieß sie aus sicherer Entfernung mit dem Stock an, erst zaghaft, um sich zu vergewissern, dann beherzter und – plop! – fiel der kalte Spuk um. Sie wich erschrocken zurück und war zugleich erleichtert. Die Hand hatte körperlos im Erdreich gesteckt.

Wiltrud ging wieder darauf zu, drehte und wendete das scheußliche Ding nun mehr interessiert als angewidert. Die offene Seite, die nach dem Unterarm gierte, war nicht irgendwie abgerissen oder ausgefranst, sondern blitzsauber abgetrennt, wie die Hand eines Diebs vom Stahl des Henkers, nicht mehr ganz frisch und noch nicht grün. Aber was sollte das? Warnung – Drohung – übler Scherz? Wiltrud entschied sich für letzteres, hatte auch schon jemanden in Verdacht. Dem Saukerl würde sie was erzählen!

Was nun? Es war Sache des Schinders, jedwede Art von Kadaver zu beseitigen. Aber das würde Aufsehen erregen. Vielleicht war es gerade das, was der Übeltäter bezweckte, doch es lag keinesfalls in ihrem Interesse. Morgen wollte sie das angesammelte Geschirr und das glasierte Marienbad brennen. Sie holte eine Schaufel und warf die herrenlose Hand angewidert in die Brennkammer des Ofens. Danach war sie erleichtert, in zweifacher Hinsicht, denn einen Augenblick lang hatte sie doch tatsächlich befürchtet, daß es ihre Schuld gewesen sei …

21. *Kapitel*

Nach drei Tagen ängstlicher Umtriebigkeit und wirrer Andeutungen schien sich Großmutter allmählich wieder zu beruhigen. Die Erde gebar keine Ungeheuer oder spie Dämonen aus, und der Himmel stürzte nicht ein, sondern wölbte sich beständig, heute sogar wolkenlos und sonnig.

Es war wohl auch weniger Furcht vor weiteren ekelhaften Auswüchsen im Garten, die Großmutter zu sonderbaren Handlungen trieb, wie Wiltrud bald erkannte, sondern Sorge wegen einer Art Schändung und Frevel. »Wehe, wenn die Seele den Körper sucht und seine Gestalt unvollkommen sein wird«, orakelte sie düster und prophezeite schreckliche Rache, benannte aber den Rächer nicht.

Sie goß Ziegenmilch ins Erdreich um das Bäumchen und vergrub dort allerlei. Wiltrud entdeckte mehrere Stäbe, die in der Erde steckten und durch eingeritzte Zeichen, meist in Dreiergruppen, geheime Bedeutung trugen, aber sie wagte nicht danach zu fragen, auch nicht mehr nach der Herkunft des gefundenen Amuletts, und noch weniger getraute sie sich nach der ganzen Aufregung einzugestehen, daß sie …

Wozu auch? Es änderte nichts mehr an dem Spuk, und dessen Urheberschaft war klar: Niklas war das Schwein! Er wollte sie einschüchtern, dieser Tölpel. Aber nicht so, Freundchen, nicht auf diese billige Weise. Deshalb hatte sie auch gar nicht darauf reagiert, war nicht wutschnaubend hinübergerannt, um ihn herunterzuputzen, wozu sie ihr Zorn in erster Aufwallung verleiten wollte. Nein, diesen Triumph sollte er nicht genießen.

Sie war nur froh, daß Wolfhart nichts mitbekommen hatte, sonst ginge die üble Geschichte vielleicht schon in der Stadt herum, und da mochte mancher auf dumme Gedanken kommen.

Für sie war nur wichtig, daß der Schrecken gleich montags in Asche und Rauch aufgegangen war, und wer weiß, dachte sie schmunzelnd, ob es nicht wie ein geheimer Zauber der Glasur dienlich war, denn das Ergebnis war ausgezeichnet. Vielleicht sollte sie mit dem Henker ein Abkommen schließen – Brrrr! Der Irrwitz ging ja wohl mit ihr durch. Sie schüttelte sich, wenn sie nur an dieses Scheusal dachte.

Aber wie sollte sie es nun mit der Lieferung halten? Der Alte wartete schon dringend auf seine Gerätschaft, nur verspürte sie wenig Lust, nochmals in diese Giftküche vorzudringen. Andererseits, wenn er doch etwas bemerkt hätte und dies dann in Wolfharts Anwesenheit in der Werkstatt zur Sprache brächte … dumm, wirklich dumm.

Sie faßte sich ein Herz, packte ihr Werk und ging durch den Garten zur Hütte des Alchemisten, deren Tür offenstand, als lade sie alle Welt zur Besichtigung ein. Drinnen fegte der Alte die Stube aus und erklärte, als er die Hafnerin offenen Mundes und mit aufgerissenen Augen in der Türöffnung verharren sah: »Reinheit ist oberstes Gebot für das Gelingen des Werks, äußerlich und mehr noch in Geist und Gesinnung. Tretet nur näher. Ah, Ihr bringt das Marienbad.«

Er stellte den Besen beiseite, ging ihr mit offenen Armen entgegen und entriß ihr förmlich das heißersehnte Gerät. Während er es einer genauen Prüfung unterzog, blickte Wiltrud sich um. Bei Licht sah alles verändert aus und sauber, und selbst der Geruch war heute anders, von eigenartiger Süße zwar, aber erträglich. Die Dreifüße, Töpfe und Flaschen schienen einer gewissen Ordnung zu folgen und erweckten wieder ihre Neugier.

»Vortrefflich, mein Kind! Ganz ausgezeichnet!« lobte er ihre Arbeit und forderte sie dann geradezu auf: »Sieh dich nur um, hab keine Scheu!«

Sie wußte seine Leutseligkeit nicht recht einzuordnen. Es war ihr keineswegs entgangen, daß er sie immer häufiger duzte oder Kind nannte. War dies ein Zeichen wachsender Vertrautheit oder nahm er sie nur nicht ernst? Er gab sich Mühe, sie ersteres glauben zu machen, indem er ihr wunderliche Glasgefäße vorführte. »Sie sind aus Venedig«, erklärte er voller Stolz, »nur leider sündhaft teuer und wie die Keuschheit so leicht und für immer zerbrechlich.« Er schaute sie prüfend von der Seite an, sagte aber nichts weiter.

Da wagte es Wiltrud, auch ihn auf die Probe zu stellen: »Es war sehr laut neulich in unserem Garten. Seid Ihr dadurch gestört worden?«

»Das Werk verlangt vollste Konzentration. Ich habe keine Ohren für unnötigen Lärm oder Geplauder.«

Sie ging aufs Ganze: »Die Erde, die ich Euch brachte, was habt Ihr damit gemacht?«

Er stellte den Kopf schräg, und in seine Augen trat ein eigenartiges Leuchten. »Ihr seid wißbegierig, ungewöhnlich für Euer Geschlecht, aber erfreulich. Komm her, Kindchen, komm!« Während er zu einem der Tische schlurfte, winkte er sie mit den Fingern seiner nach hinten gestreckten Rechten energisch heran. Er nahm ein Fläschchen auf und hielt es ihr dicht vors Gesicht: »Das hier!«

Das schmale Gefäß bewahrte etwa drei Finger hoch eine Flüssigkeit auf, die durch die Farbe des Glases reichlich trüb erschien. Das sollte alles sein? Und dafür ... Entweder war dieser Methusalem verrückt, oder er wollte sie zum Narren halten.

Als habe er ihre Gedanken erraten, sagte er milde: »Ich weiß, daß dir dies unsinnig vorkommt. Sieh her!« Er zog sich einen Tiegel heran, dessen verengtem Hals ein gläserner Kolben mit Ausflußtülle wie eine kugelförmige Kappe aufsaß. Er hob den Aufsatz ab und ließ sie einen schmutzigen, fast eingetrockneten Brei sehen. Die Handvoll Erde habe er aufgeschlämmt, erklärte er ihr, und dann über dem Feuer erhitzt. Die Feuchte gehe dabei in flüchtigen Dunst über, der aufsteige und in dem Helm, von den Arabern Alembik genannt, wieder eingefangen werde. Er schlage sich dort wie Tautropfen nieder, fließe wieder zusammen und ergieße sich in das bereitgestellte Gefäß. Es sei das Geheimnis der distillatio.

Wiltrud betrachtete mit großem Interesse die einfache Apparatur. Das Prinzip wollte ihr einleuchten, nicht aber der tiefere Sinn. Wozu sollte diese Spielerei gut sein?

Aber der Alte fuhr auch schon fort in seiner Erklärung. »So wie der Tau etwas vom spiritus mundi enthält, führt der flüchtige Dunst etwas vom Wesen der erhitzten Materie mit sich. Es ist dies aber der reinere Teil, und der unedle Bestand bleibt zurück. Und so du dies nur genügend oft wiederholst, erhältst du das reine und konzentrierte Prinzip, die Quintessenz eines jeden Körpers oder, wenn du so willst, seine Seele.«

Wiltrud erschrak. Die Seele hatte sie bislang nur als Hauch gekannt oder als Wind oder allenfalls noch als

Sturm, wenn sie dem Körper gewaltsam entrissen wurde. Und nun sollte sie in so einer Flasche stecken? Das war verrückt, mehr als das: Es war Sünde!

»Arnaldus von Villanova hat auf diese Weise den Geist des Weines extrahiert, den manche auch *aqua vitae* nennen – Wasser des Lebens«, redete der Alte schon weiter, als sei er froh, endlich jemanden gefunden zu haben, der sich für seine sonderbaren Versuche interessierte, »und er soll ein Rezept für Goldwasser erstellt haben, das gegen vielerlei Gebrechen wirkt. Und wer erst das *aurum potabile,* das Geheimnis trinkbaren Goldes wiederentdecken wird, der besitzt auch das Lebenselixier.«

Sie wollte das alles lieber nicht hören, aber der überzeugte Alchemist schwatzte, daß die Alten noch das Wissen und ganz sicher auch das Elixier besessen hätten, wie Vinzenz von Beauvais zu Recht behauptet habe, denn wie hätte sonst Noah seine 950 Jahre erreicht?

Wiltrud fragte sich nicht zum ersten Mal, wie viele Jahre der Alte wohl selbst auf seinem krummen Rücken trug, und wie sie ihn so ansah, kam es ihr vor, als habe auch er schon Hunderte von Jahren durch die Zeiten gelebt.

Aber mußte er deshalb auch weise sein, oder war er nicht vielmehr reichlich wirr? Denn jetzt berief er sich auf einen gewissen Abu Musa Dscha… – irgendwas, der doch tatsächlich behauptet habe, daß dem kundigen Alchemisten in der Nachahmung der Schöpfung keine Grenzen gesetzt seien, denn er könne aus allen Körpern das Elixier gewinnen, seien sie mineralisch, pflanzlich oder von anderem Leben erfüllt. Das versetzte Wiltrud in Schrecken und machte sie zugleich ärgerlich. »Was redet Ihr da«, fuhr sie ihn an, »Ihr spielt Euch zum Herrn über die Schöpfung auf. Das ist lästerlich!«

Ihr Ausbruch schien ihn eher zu amüsieren, als zu kränken. Er hob die Hände und winkte besänftigend. »Beruhige dich, mein Kind! Es ist ein gottgefälliges Werk, eine Kunst, von der Arnaldus richtig sagt, sie habe keine Feinde außer den Ignoranten. Unser Bestreben ist doch nur die schrittweise Reinigung und Veredelung alles Irdischen bis hin zur Vollkommenheit in *Ihm.* Und unser Werk wird auch nur *deo concedente* gelingen, wenn Gott es zuläßt. Was soll daran sündhaft sein? Im Gegenteil! Origenes sagt: ›Wo Sünden sind, ist Vielheit, wo aber Tugend herrscht, dort ist Einzigkeit und Einheit.‹ Nichts anderes ist unser Ziel.«

An diesem Origenes hat er einen Narren gefressen, dachte Wiltrud immer noch verärgert. Irgendwie schien ihr das Ganze verquer, aber es war nur so ein Gefühl. Vom Verstand her konnte sie nichts dagegen vorbringen, und das machte sie eben so wütend.

Er aber redete seelenruhig weiter, daß jeder Erlösung die Auflösung vorangehen müsse und keine Wandlung zum Besseren ohne vorheriges Zerteilen möglich sei. So habe ein gewisser Zosimos im Traum die Zerstückelung eines Priesters gesehen und dabei erkannt, daß der Körper sich durch die Zerfleischung und Kochung jeweils zu Geist und dieser sich danach wieder zu einem Körper auf höherer Stufe verwandle.

»Dasselbe«, so sagte er und wies auf seine Gerätschaften, »geschieht bei der Auflösung oder Verbrennung oder Verwesung im alchemistischen Werk und ist gleichzusetzen mit der Auflösung des Bräutigams oder dem Abschlagen von Löwentatzen oder der Mutter Hände …«

Er war nicht nur geschwätzig, sondern geradezu boshaft! Wollte er sich an ihrem Schrecken weiden? Wiltrud würgte, wies kreidebleich mit dem Arm in Richtung ihres Gartens und stammelte: »Die, die Hand … drüben … der Kreis … urrgh!« Sie preßte die Hand vor den Mund, schaffte es gerade noch nach draußen und erbrach sich in die Büsche.

»Ich weiß von keiner Hand«, rief ihr der Alte nach, aber Wiltrud schien ihn kaum mehr zu hören, würgte das letzte bißchen vom Morgenmahl hoch bis es schmerzte, zwängte sich dann durch die Hecke zurück und rannte atemlos auf das Haus zu.

Sie würde bald eine Magd fürs Kochen einstellen müssen, denn Großmutter war derzeit auch keine besondere Hilfe. Dem Lernknecht drückte sie einen Extrapfennig in die Hand, damit er sich beim Rößlwirt oder sonstwo etwas zu essen holte. Das würde zwar wieder Gerede geben, aber er war wenigstens versorgt und für eine Weile aus dem Haus, und wie sie Wolfhart kannte, für eine gute Weile. Selber durfte sie gar nicht ans Essen denken, sonst wurde ihr gleich wieder hundeübel.

Auf einem Schemel hockend, den Kopf in die verschränkten Arme auf die Tischplatte gebettet, ruhte sie in der Werkstatt und fühlte sich entsetzlich elend, als es klopfte. Nein! Keine Kundschaft jetzt, bitte!

Es war Siegfried. Mit einem Seufzer der Erleichterung richtete sie sich auf, fuhr sich durchs Haar und versuchte ein Lächeln. Sie mußte entsetzlich aussehen, und Siegfrieds Miene war wie ein Spiegel, denn seine Heiterkeit verflog augenblicklich.

»Euch darf man auch nicht einen Tag aus den Augen lassen.« Er ging vor ihr in die Hocke, berührte ihre Knie und schlug mit einem fürsorglichen Blick aus himmelblauen Samariteraugen vor: »Ich sollte mich bei Euch bewerben.«

Sie beugte sich vor und legte ihren Kopf an seine Schulter. Das Schicksal meinte es nicht gar zu übel mit ihr. Wenig später flossen erleichternde Tränen. »Gut so«, flüsterte Siegfried Wiltrud ins Ohr und strich ihr sanft über den Rücken. Wohlige Bilder stiegen in ihr auf, wiegender Weizen, wellende Wasser ... beschützt und geborgen.

Abrupt richtete sie sich auf. Ein Räuspern aus Verlegenheit. Sie wischte mit den Ärmeln über die Augen, stand auf, schenkte sich aus dem großen Wasserkrug ein. »Wollt Ihr ...?«

Siegfried schüttelte den Kopf. Er wollte Klarheit. »Sagt mir, was Euch quält!«

Sie nahm auf der Bank an der Wand Platz, fuhr sinnend mit dem Finger über den Rand des Bechers. Wieviel durfte sie ihm überhaupt sagen? Er war ihr doch eigentlich fremd. Ein Fahrender. Einer der morgen schon wieder fort sein konnte.

Aber vielleicht war es gerade das, was es leichter machte, so wie man dem Wind seine Klage anvertrauen, den Vögeln die Sorge mit auf die Reise geben konnte. Außerdem hatte er sich wiederholt als Freund erwiesen, hatte sich ihr selbst schon anvertraut und sich dabei offen und verletzlich gezeigt. Sie wollte es wagen.

»Ich, ich fürchte«, begann sie stockend, »ich habe etwas getan, was falsch war und weiß nicht einmal recht, warum. Ich weiß nur, daß Großmutter furchtbar wütend wäre, würde sie's wissen. In unserem Garten ...« – sie besann sich kurz, dann sprang sie auf –, »kommt!«

Sie führte ihn hinaus und vor das Bäumchen. Dort gestand sie ihm flüsternd, daß sie tief in die Erde gegraben, eine Handvoll entnommen und diese dem Alchemisten gebracht habe.

»Wozu?« fragte der Sänger leise.

»Ich weiß es nicht. Er wollte mir dafür Kosten erlassen, die ich besser bezahlt hätte. Ich dachte mir nichts dabei. Ein Häufchen Erde, nichts weiter. Aber dann ...« Sie erzählte ihm die scheußliche Geschichte mit der Hand. »Ich hielt es nach dem ersten Schrecken für einen üblen

Streich dieses Niklas, aber heute vormittag war ich bei dem Alten und fürchte seither mehr, daß *er* bösen Zauber betreibt.«

Wiltrud schämte sich ein wenig. Siegfried zeigte sich zwar wirklich verständnisvoll, aber sie selbst kannte sich nicht wieder. Sie war im allgemeinen nicht leichtgläubig und hätte Margret an ihrer Stelle gewiß verlacht, aber es war zuviel in den letzten Tagen, und sie spürte, wie sie schon bei dem Gedanken daran zu zittern begann.

»Laßt uns hineingehen«, sagte Siegfried aufmerksam. In der Werkstatt setzte er sich neben sie auf die Bank, und sie erzählte die Einzelheiten ihres unangenehmen Besuchs.

Siegfried lauschte geraume Zeit geduldig, bis es ihn nicht mehr hielt. »Genug! Genug!« Er sprang auf und lief unruhig ein paar Schritte hin und her. »Ihr macht Euch Sorgen um heiße Luft und ein paar Tropfen Wasser. Glaubt mir, die Phantastereien von diesem Rauschebart sind es nicht wert, sich so zu ängstigen.«

Mit einer eleganten Drehung ließ er sich erneut an ihrer Seite nieder, tätschelte beruhigend ihre Hand und sagte: »Nichts für ungut, aber nun hört meine Version der Geschichte!«

Er legte ihr dar, daß die Alchemisten zur Geheimhaltung ihres Treibens eine sonderbare Sprache erfanden, die er zwar auch kaum kenne und mit der sie sich selbst untereinander oft nicht verständlich machen könnten. Soviel sei ihm immerhin klar, daß sie sich merkwürdiger Bilder bedienten. So trügen etwa Metalle die Namen von Planeten, und wenn der schreckliche Löwe rot sei, dann versinnbildliche er das schon fertige Elixier, und sei er grün, dann bedeute dies eben erst den Anfang des Großen Werks.

»Wenn aber der grüne Löwe in ihren Schriften die Sonne frißt, dann wird es nicht gleich Nacht auf dieser schönen

Erde«, versicherte er lachend, »und wenn ihm danach die Pfoten abgehauen werden, dann wird er nicht jämmerlich verenden. Es sind nur Sinnbilder für ihr Köcheln und Schmurgeln und Einäschern und was weiß ich alles. Abstrus vielleicht, o ja, ganz sicher, aber nichts, was Euch ängstigen müßte ... Ihr lacht ja schon wieder.«

Wiltrud war merklich gelöster. »Nur eines verstehe ich nicht: Wozu der Hokuspokus?«

»Wie ich schon sagte, einige dieser sonderbaren Vögel sind wirklich überzeugt von ihrem Tun und jagen dem Gold oder Elixier nach. Andere aber verstehen unter dem Prozeß eher das Geheimnis der Läuterung ihrer Seele oder den Kreislauf ewigen Wandels, und das findet sich auch anderswo seit alters schon.«

Er verwies auf das jedem Christen bekannte Gleichnis vom Weizenkorn, das in die Erde gelegt werde, um erst im Absterben reiche Frucht zu bringen.

»Oder nehmt ein Ei!« wurde er konkreter. »Ihr könnt es liegenlassen, bis es beinahe in Fäulnis übergeht und irgendwie dann noch ein Hühnchen daraus wird, oder ich könnte es – schwups – verdrücken. Dann ist zwar der ewige Hühnerkreislauf jäh durchbrochen, aber mein Magen würde sich bedeutend wohler fühlen, und das wäre doch eine edle Wandlung, meint Ihr nicht auch?«

Wiltrud mußte lachen und verschwand frohgemut in der Küche, um etwas zum Essen zu suchen. Inzwischen war selbst ihr Hunger zurückgekehrt, und sie langte kräftig zu, nachdem sie Brot und Käse in der Werkstatt ausgebreitet hatte.

Wie sie sich der Großmutter gegenüber verhalten solle, wollte sie zwischen zwei großen Bissen von ihm wissen.

Siegfried wiegte sein blondgelocktes Haupt. Er wollte sie nicht gleich wieder beunruhigen, mußte aber wohl oder übel die Vermutung äußern, daß die Ahn noch oder wieder altem Glauben anhing. Schmatzend erklärte er ihr, daß das Bäumchen sicher eine Art Weihestätte war und sie bei ihrer Grabung vermutlich den alten Wodan am Zeh gekitzelt hatte.

Wiltrud blieb der Bissen im Hals stecken.

»Nach dem Triumph des Heilands kein Sakrileg«, beruhigte er sie. Wodans Sturm würde sie nur noch entfesseln, wenn sie es der Großmutter auf die Nase bände.

22. *Kapitel*

Peter war unkonzentriert und mürrisch, und der Nieselregen tat ein übriges. Er dachte immer wieder an den Streit vor einer Woche, mal enttäuscht und wütend auf die Hafnerin, dann wieder voller Selbstvorwürfe.

Aber ebensowenig wollten ihm seine Beobachtungen und die Andeutungen dieser Krämerin aus dem Kopf. Er war am Tag danach eigens bei ihr vorbeigegangen, und sie hatte gestrahlt und sich wichtig gefühlt, was ihn im nachhinein noch ärgerte. Sie befand das Ableben des Hafners als auffallend schnell, betonte aber – Gott bewahre –, damit überhaupt nichts sagen zu wollen! Aber wollte sie denn wirklich andeuten ... das war doch Unsinn! Pure Verleumdung!

Andererseits – jedermann im Anger wußte, daß der alte Arnold seine Tochter in eine ungeliebte Ehe zwingen wollte. Warum verhielt sie sich jedesmal so eigenartig, wenn es um ihren Vater ging? Der Wein! Er hatte selbst gesehen, wie ihre Großmutter dem Kranken ein weißes Pulver in den Wein geschüttet hatte. Man wüßte wissen, um welches Pulver es sich handelte. Aber er konnte doch schlecht hingehen und einfach fragen, bloß um sich selber zu beruhigen ...

Und daß Arnold Hafner so bleich ausgesehen habe, sagte die Krämerin, wie vom Teufel ausgespien oder blutleer. Wahrscheinlich ebenfalls nur dummes Gerede, im Halbdunkel war jede Leiche fahl. Aber wenn nun ... Er dachte an den Schnitt am Hals der Else. Die war ausgeblutet, kein Zweifel. Peter weigerte sich, an einen Zusammenhang zu glauben. Was hatte die Hafnerin schon mit der Bademagd zu tun? Aber wäre dies denn nötig? Wenn es nur ... wofür brauchte man schon Blut? Für irgendwelchen Zauber wohl! Das Amulett fiel ihm ein. Die Frage war dabei nur: Diente es dem Schutz oder der Schwarzmagie? Im Hof wollte sie es gefunden haben – vielleicht, vielleicht auch nicht. Sie hatte jedenfalls ziemlich erschrocken ausgesehen. Schuldbewußt?

Es war ein Teufelskreis. Peter dachte an Pauls Worte. Wie gerne hätte er Wiltrud vertraut. Er mochte sie, ja mehr noch. Aber immer sprach irgend etwas dagegen, und dabei dachte er noch nicht mal an den Sänger. Mit Paul konnte er über all das derzeit nicht reden. Der schmollte noch immer und mied ihn hartnäckig. Sogar eine eigene Kammer hatte er sich vom Rößlwirt geben lassen.

Am späten Nachmittag, zwischen Non und Vesper, klopfte Peter deshalb beim Konvent der Barfüßer an. Bruder Servatius, der Bibliothekar, kam wenig später in die Besucherzelle geeilt und lachte übers ganze Gesicht, auch wenn er gleich milden Tadel aussprach: »Ihr hättet meine Bitte, mich nicht so bald wieder aus Andacht und Studien zu reißen, nicht gar so wörtlich nehmen müssen. Ein ganzes Jahr habe ich nichts von Euch gehört. Seid Ihr wieder etwas auf der Spur?« Er zwinkerte spitzbübisch und wirkte so aufgeregt, wie ein Jagdhund, der die Witterung aufnimmt.

Peter konnte den Überschwang nicht teilen, obwohl er

sich freute, den gelehrten Franziskaner wieder zu sehen, dessen Haarkranz im Gegensatz zur leutseligen Miene immerwährende Widerspenstigkeit symbolisierte. »Tut gut, Euch zu sehen, Bruder«, sagte er lächelnd.

»Wo ist Euer markiger Freund?« fragte Servatius fast enttäuscht und bemerkte dann Peters Zurückhaltung. »Oh, ich verstehe, es geht um Persönliches.«

»Wir gehen uns zur Zeit etwas aus dem Wege«, deutete Peter an, »aber es hat zugleich mit gewissen Vorfällen zu tun.«

»Laßt hören!«, sagte der Mönch erwartungsfroh, während sich beide setzten.

Peter schilderte ihm, wie er und Paul Elses Leiche fanden, und ihre diesbezüglichen Vermutungen.

»Hmm«, atmete Servatius hörbar aus, »eine ordentliche Nuß, die ihr da vorlegt. Woraus schließt Ihr, daß dem Mädchen Gewalt angetan wurde?«

Peter erwähnte das blutbefleckte Kleid der Bademagd, das sich über Nacht in ein sauberes verwandelt hatte, wohl um die Untat zu vertuschen.

»Das erklärt gar nichts«, urteilte Servatius darüber nüchtern. »Sie könnte guter Hoffnung gewesen sein und die Frucht durch Gottes Fügung oder verabscheuungswürdige Tat verloren haben und dabei auch viel Blut. Genausogut könnte es Blut von ihrer monatlichen ... Ihr wißt über solche Dinge Bescheid?«

»Hinreichend«, versicherte Peter und wunderte sich seinerseits über die Kenntnisse des Mönchs.

»Der Schnitt am Hals ist freilich seltsam«, fuhr Servatius in seinen Überlegungen fort, »aber wenn wir als Zweck weniger das Töten, sondern die Gewinnung von Blut – zweifellos zu zauberischen Zwecken – in Erwägung ziehen, dann kämen ebenfalls die menses wieder in Frage, denn Ihr müßt wissen, das Blut dieser Tage ist von großer Kraft, freilich mehr im üblen Sinne, was aber den Zielen der Schwarzmagie entgegenkommt. Isidor von Sevilla berichtet wahre Schreckensdinge, so läßt es Eisen rosten und die Saat nicht keimen und das Gras verdorren und dergleichen mehr. Und wenn man bedenkt, daß die Milch der Mutterbrust nichts anderes als gebleichtes Blut der menstruatio ist, dann läßt sich ermessen, daß dies im Urzustand auch Dämonen und Monströses zu nähren vermag.«

Peter blickte ziemlich unglücklich drein, so daß Servatius fragte: »Habt Ihr denn einen bestimmten Verdacht?«

»Er ist sehr vage, und ich wollte, ich hätte ihn nicht«, erwiderte Peter bedrückt. »Das hieße doch, es käme für den Mord auch eine Frau in Frage.«

»Zweifellos, sogar mit einer gewissen Wahrscheinlichkeit, wenn wir annehmen, daß es sich um Belange der Frauen handelt, die mit dem Tod in Verbindung stehen. Und es bedurfte keines Kraftakts. Die Unglückliche war vielleicht schon so geschwächt und nicht mehr bei Sinnen, daß sie ihr Ende gar nicht mitbekam.«

Dagegen sprechen die Augen, dachte Peter, während der Bruder einschränkte, daß es ebensogut jeder Bader gewesen sein könne und man sogar an die Hebräer denken müsse, die durchs Schächten töteten. »Aber sagt das in Gottes Namen zu niemandem!« warnte Servatius mit erhobenem Zeigefinger.

»Keine Sorge«, schmunzelte Peter, »Euer Freund Isaak soll Euch doch weiter mit Büchern aushelfen.« Doch er wurde rasch wieder ernst und fragte: »Angenommen, sie war tatsächlich guter Hoffnung, dann könnte doch auch der Kindsvater sie ...«

»Möglich, aber nicht zwingend«, schränkte Servatius sogleich ein. »Averroes berichtet uns von einer Frau, die vom Bade schwanger wurde, in das zuvor ein Mann seinen Samen ergossen hatte. Und dem Albertus gestand eine Frau, daß ihre Lust vom Wind herrühre, wie bei der Stute, die durch den Wind empfängt. Wo habt Ihr da den Vater?«

Peter hatte genug von solchen Dingen und fragte den Mönch, ob er Kenntnis von solch merkwürdigen Zeichen habe – er krakelte mit dem Zeigefinger etwas auf die Tischplatte.

»Das können Zeichnungen eines närrischen jungen Mannes sein«, lachte Servatius, »könnten aber auch so etwas wie Runen bedeuten. Wo habt Ihr sie gesehen?«

Peter beschrieb das Amulett.

»Dann sind es Runen«, meinte der Mönch bestimmt, »höchst ungewöhnlich zwar, aber dennoch möglich und ein weiterer Beweis für die Lebendigkeit des Heidentums.«

»Was sind Runen?« fragte Peter interessiert, und Servatius erklärte ihm, daß es sich um Schriftzeichen seiner Vorfahren vor vielen hundert Jahren handle, die bei nördlichen Völkern noch gebräuchlich seien.

»Das soll Zauber sein?« wandte Peter fast enttäuscht ein.

»Das geschriebene Wort gilt von jeher als zaubermächtig und zwar in vielerlei Form. Denkt nur an die Heilige Schrift.«

Peter erinnerte sich wohl, und Servatius führte genauer aus, daß er die Bedeutung der Zeichen zwar nicht im einzelnen kenne, daß sie aber für eine Vielzahl zauberischer Zwecke verwendet würden, so auch zum Wahrsagen durch Totenzauber und als Fluch. Und mancher sei gar überzeugt, daß Runen Tote erwecken könnten, was so falsch sei wie der Glaube an totes Holz und leblose Steine.

Peter überlegte besorgt, was das Amulett in der Hand der Hafnerin wohl bewirken sollte, als der Franziskaner fortfuhr, daß er von einem Buch gehört habe, in dem solche Runen nur den Zweck erfüllten, Dinge zu verschlüsseln oder zu benennen. Das sei an sich zunächst nichts Übles, denn kein Geringerer als sein weiser Mitbruder Roger Bacon habe einst den Gelehrten empfohlen, okkulte Geheimnisse auf vielerlei Weise zu verschlüsseln, damit sie nicht in unwürdige Hände gerieten. Aber in besagter Schrift seien wohl auch verbrecherische Anweisungen aufgeführt, wie etwa ein Rezept, um Feindschaft zwischen einem König und seinen Untertanen zu stiften.

»Herr im Himmel, nicht schon wieder!« stöhnte Peter.

Das Buch solle sogar verschlüsselte Anweisungen für eine Beschwörung von Dämonen enthalten, um mit ihrer Hilfe verborgene Schätze aufspüren oder ähnliche Wunderdinge vollbringen zu können. *Picatrix* werde die Schrift genannt, führte Servatius weiter aus, die von den Eingeweihten eifersüchtig gehütet, von Wahrern des Glaubens weggesperrt oder vernichtet werde – und die Ihr liebend gerne einmal in Händen hieltet, dachte Peter schmunzelnd.

»Es ist ein teuflisches Buch«, schüttelte sich Servatius mit schlecht gespieltem Grusel, »vordergründig ›dem Lobe Gottes und der glorreichsten Jungfrau Maria‹ geweiht, inwendig aber strotzend von Scheußlichkeiten wie Fledermausblut und Wiedehopfhirn und selbst Menschenfett und eines Menschen Haupt.«

Peter war wie vom Donner gerührt. »Haupt, sagt Ihr?« Er sprudelte die Geschichte von der Ermordung des Gesellpriesters hervor.

»Ich habe davon gehört«, ging der Mönch darauf ein, »aber wollt Ihr damit etwa sagen …«

»Ihr habt doch selber eben davon gesprochen«, ereiferte sich Peter, »was liegt da näher?«

»Oh, es könnte eine schlichte Gewalttat sein.« Servatius rümpfte die Nase und zerwühlte seinen Haarkranz noch mehr. Der Einwand erschien ihm selbst zu beschönigend für einen scheußlichen Mord. »Nein, wer so etwas vollbringt, muß einen gewaltigen Haß gegen einen Priester des Herrn haben. Solches ist mir bisher nur unter Ketzern begegnet, die die römische Kirche als Kirche des Satans brandmarken und alle Geistlichen ausgerottet sehen wollen, damit sich ihre Wahnvorstellungen erfüllen können.« Nachdenklich und mehr zu sich selbst gesprochen fügte er hinzu: »Das Übel ist freilich vielfältig, und mit einer gewissen Berechtigung könnte man den Antichrist derzeit tatsächlich auf dem päpstlichen Thron zu Avignon sehen.«

»Der tote Gesellpriester führte den Antichrist häufig im Munde«, sagte Peter verblüfft. »Hat er dies damit gemeint?«

»Gewiß nicht!«

Die Schärfe in Servatius' Stimme überraschte Peter. »Warum nicht?« fragte er wie ein trotziges Kind.

»Gütiger Gott!« stöhnte Servatius. »Euch das in aller Klarheit zu verdeutlichen, würde Tage beanspruchen. Nehmt es daher in aller Kürze hin: Ein gewisser Adso, Mönch im Frankenreich, machte sich vor Jahrhunderten Gedanken über die letzten Tage der Menschheit und Christi Endkampf mit dem Satan, und er schrieb einen Traktat über den Antichrist, für welchen er die Apokalypse des Johannes, die Prophezeiungen des Daniel und andere Schriften zu Rate zog. Der Traktat ließ viele Fragen offen, und so kam es, daß Exegeten auftraten und Spekulationen anstellten über den Tag und die Stunde, und bald hieß es, die Endzeit sei angebrochen, und der Antichrist käme in zweifacher Gestalt, als allmächtiger weltlicher Herrscher und als universeller geistlicher Pontifex. Doch bis heute erfüllten sich weder Hoffnungen noch Prophezeiungen, und selbsternannte Propheten aller Art, darunter leider auch Wirrköpfe in unseren eigenen Reihen, brachten bloß unermeßliches Leid unter die Menschen. Schon Adso aber ließ erkennen, daß es letztlich zu jeder Zeit eine Vielzahl von Antichristen gibt, so wie Johannes sagte, es gebe mehrere Vorläufer oder Diener Satans.«

»Ihr meint, auch in unseren Tagen?« fragte Peter besorgt.

»Sicher«, erhielt er zur Antwort, »es kommt nur auf den Standpunkt an: Für den Papst ist es der Kaiser, für den Kaiser der Papst. Mal sind die Sarazenen die Heerscharen des Antichrist, mal sind es die Konventualen für die Spiritualen unseres Ordens und so fort. Sucht's Euch aus!«

»Dann gibt es also keine Gewißheit und auch keine Sicherheit«, folgerte Peter bekümmert.

»Es gibt den Glauben und die Gewißheit, daß Christus obsiegen wird«, erwiderte Servatius. »Honorius von Regensburg hat in seinem Hohelied-Kommentar vier Zeitalter aufgestellt, in denen sich die Vermählung Christi mit der Menschheit vollzieht. Im Kloster Tegernsee habe ich eine herrliche Handschrift davon gesehen, in der der himmlische Bräutigam der Mandragora als Symbol des Unglaubens ein Haupt mit seinem Kreuznimbus aufsetzt, anstelle des abgeschlagenen Kopfes, der den Antichrist als Herrscher über die Welt versinnbildlicht.«

»Steht die Mandragora auch für verbotenen Zauber?« fragte Peter.

»Für jede Form des Irrglaubens, wenn man so will. Ein Übel unserer Zeit sind die Seelenfänger mit ihren tausenderlei Heilslehren.«

»Die Leiche des kopflosen Priesters lag direkt vorm Tegernseer Klosterhof«, rief Peter in Erinnerung. »Seht Ihr da ...«

»Hütet Euch vor solchen Spekulationen!« fiel ihm Servatius ins Wort. »Ihr werdet dort ganz sicher nicht das Buch finden und wohl auch keinen Zusammenhang. Die Wahrheit kommt meist in schlichtem Gewand daher. Eines aber ist mit Paulus' Worten gewiß: Wenn der Gottlose sich an die Stelle des Schöpfers setzen und mit der Kraft des Satans trügerische Wunder vollbringen wird, dann sind die Tage des Antichrist gekommen.«

Peter verabschiedete sich von dem Bruder in der Hoffnung, daß die Wahrheit über die rätselhaften Morde nicht so einfach war, wie er befürchtete, und mit dem dumpfen Gefühl, daß sie weitaus schwieriger war, als er ahnte.

23. *Kapitel*

Hosianna werden sie rufen, alle, die ganze Gemeinde, lauthals und voller Inbrunst: Hosianna und Heil dem Sohne Davids! Und der wird auf dem Esel reiten und … hm, das mit dem Esel mitten in St. Peter bedurfte vielleicht noch einer gewissen Überredung, aber Palmwedel werden sie schwenken, zu Hunderten! Er konnte ihre Begeisterung schon spüren. Jauchzen werden sie und singen und von heiligem Schauder ergriffen sein … Palmwedel? Siegfried kratzte sich am Kopf. Wo zum Teufel sollte er in dieser Stadt Palmwedel auftreiben? Man würde sich behelfen müssen, irgendwie …

Wichtig war zunächst nur das Einverständnis des Pfarrers, und das ging er sich eben holen. In seiner Linken hielt er einen prächtigen Hirsch, dessen Geweih den Rücken berührte und so der Figur als Griff diente. Siegfried fand ihn sehr gelungen.

Mit Begeisterung im Herzen und den Kopf überschwappend vor Ideen klopfte Siegfried kräftig am Pfarrhaus, und eine Magd ließ ihn ein. Kurz darauf wurde er von staunenden Augen unter buschigen Brauen gemustert. Ihn hatte Pfarrer Konrad am allerwenigsten erwartet.

»Hat dir nicht schon der Gesellpriester deutlich gesagt ...«

»Jaja, ich denke nur, wir haben uns mißverstanden ...«

»... so wie du die Botschaft des Herrn mißverstehst?«

Es klang wenig ermutigend. Siegfried streckte dem Pfarrer das Aquamanile hin wie der Pächter dem Gutsherrn das Lamm. Es schien ihn zumindest zu irritieren, als er hörte, daß es ein Geschenk sei, und vollends verblüfft war er über die Mitteilung, daß die Hafnerin Wiltrud das wunderliche Gefäß geschaffen hatte.

Der Geistliche bestaunte eine Weile die kunstfertige Arbeit, dann wieder den Sänger, und schließlich sagte er: »Komm herein!«

Pfarrer Konrad führte ihn durch den schmalen Flur in einen schlichten Raum des Erdgeschosses, nahm dort alleine auf der Bank Platz und fragte mißtrauisch: »Was bezweckst du damit? Die Rettung deiner Seele führt zuerst über Buße.«

»Ich bin ein wenig in der Welt herumgekommen«, begann Siegfried mit bescheidener Geste, »und habe dabei viele Gotteshäuser besucht« – des Pfarrers Miene drückte unverhohlen Zweifel aus –, »kleine, die beinahe nur Kapellen waren, ärmliche Pfarrkirchen und große, prächtige Dome. Es waren aber niemals nur Reichtum oder Pracht, die die meisten Gläubigen anzogen, sondern heilswirksame Besonderheiten, hier ein Gnadenbildnis, dort der Überrest oder Sarg eines Heiligen. Und ich habe in Frankreich und anderswo Massen von Gläubigen gesehen, die zu Kirchen und Märkten drängten, um der Mysterien aus der Heiligen Schrift in gottgefälliger Darstellung teilhaftig zu werden.«

»Und du glaubst ...« – des Pfarrers Zeigefinger beschrieb lebhaft einen Viertelbogen hin und her –, »aha, fein ausgedacht.«

»Bedenkt die Ehre, die St. Peter zuteil würde«, warb Siegfried unverdrossen.

»Durch Spielleute? Ein schlechter Witz! Davon wurde noch keiner bekehrt.«

»Verzeiht meine Kühnheit«, sagte der Sänger geschmeidig, »aber wurde nicht der heilige Aybert durch eine Mirakelgeschichte aus dem Munde eines Spielmanns zum Mönchtum bekehrt?«

»Jaja«, erwiderte der Pfarrer unwirsch, »dem Heiland gefiel es auch, seine Gnade durch den Mund des Schächers zu bezeugen, aber dennoch haben alle Großen der heilige Kirche von Tertullian bis zu Honorius euch Spielleute als Gehilfen des Satans gebrandmarkt und zu Recht, wenn ich an euer schändliches Spiel auf dem Marktplatz denke.«

»Mit Verlaub«, wandte Siegfried vorsichtig ein, »unser Spiel hat stets eine Moral. Und für den großen Thomas von Aquin war alles Menschsein imitatio dei. Fällt da nicht auch die Darstellung ewiger Wahrheiten im Mysterienspiel unter die Nachahmung des Allerhöchsten?«

»Thomas hat allzu nachgiebig auch den Tanz als zuträgliche Körperübung erlaubt. Gemeint aber hat er damit nur sittsame Bewegungen und ganz gewiß nicht dies säuische Springen, bei dem den Weibern die Röcke bis zum Hals fliegen und geile Kerle auf ihr ... mmh« – sein Zeigefinger rotierte wieder –, »du weißt es nur zu gut.« Pfarrer Konrad schaute angewidert. »Und gewährt man solchen wie dir, daß sie sich an heiligen Texten vergreifen, dann entstehen daraus Auswüchse wie diese unsägliche Enthauptung, und andernorts soll öffentlich sogar schon die Jungfräulichkeit Mariä geprüft worden sein.«

Die Stimme des Pfarrers klang zunehmend erzürnt, doch Siegfried gab nicht auf: »Erhöht nicht gerade der Kontrast mit menschlicher Unvollkommenheit das Erhabene um so mehr? Habt Ihr denn auch in die Gesichter der Leute geschaut, ihre Ergriffenheit bemerkt, ihren frommen Schauder? Da findet Ihr doch wahre compassio, ein Mitleiden der

Zuschauer bis hin zu seelischer und körperlicher Erschütterung. Läßt sich demnach das Leiden des Herrn oder der Heiligen besser darstellen?«

»Ein einfältig Staunender ist noch lange kein überzeugter Christ. Und es bedarf zu seiner Überzeugung nicht des Herumhampelns eines Wahnsinnigen. Der heilige Bernhard und die Viktoriner haben bescheidene und demütige Gesten angemahnt und betont, daß ungebührliche Bewegungen die Krankheit der Seele erkennen lassen.«

Siegfried wertete sein Ersuchen zunehmend als Mißerfolg und wurde daher patzig: »Ich habe wortgewandte Prediger gesehen, deren ausfahrende Gesten und Zuckungen des ganzen Körpers kaum den Verrenkungen eines Artisten nachstanden.«

Der Pfarrer war solch dreiste Widerworte nicht gewohnt und sprang erregt auf: »Schluß jetzt! Du vergeudest bloß meine Zeit.«

»Glaubt Ihr etwa, daß Feuer und Schwert überzeugtere Christen schaffen als lebendiges Vorbild und anteilnehmendes Miterleben?« fuhr ihn Siegfried gereizt an. »Selbst wenn Ihr ganze Wälder zu Scheiterhaufen schichtet, werdet Ihr nicht den Wandel der Zeit aufhalten und zunehmenden Zweifel ausrotten. Aber Ihr könntet Zweifler mit ergreifendem Spiel zurückgewinnen.«

»St. Peter bedarf dazu nicht deiner Dienste, und jetzt: Gehab dich wohl!«

Wolfhart fegte die Werkstatt aus, während die Meisterin, die Tür ständig im Auge behaltend, ihr angefangenes Werk in feuchte Tücher schlug. Die Sonne war eben untergegangen, und Wiltrud machte sich Sorgen. Er müßte längst hier sein. Gut, sie hatten es nicht eigens so besprochen. Für sie galt es als vereinbart, weil sie es ganz einfach so erwartete.

Von irgendwoher drang fröhliches Grölen bis in die

Werkstatt vor. Vermutlich Roßhändler, die einen guten Abschluß begossen hatten. Es kam näher:

»Ein Pfaff hat die fromme Gotelinde beehrt,
dideldum, dideldum, dideldei.
Die Pimmel-Polka hat er sie gelehrt,
dideldum, didel…«

Die Tür wurde aufgestoßen. »Gu'n Ahhmd, Frau Meisterin! Welch wunnerbarer Tag« – ein Rülpser – »'schulijung!«

Siegfried stand mit weinseligem Grinsen im Türrahmen – aufrecht! Was beträchtlich wankte, war Wiltruds Meinung über ihn. »Ihr seid betrunken«, raunzte sie ihn an und schob ihn aus der Werkstatt in die Küche.

»Bloß ein Bitzebitzebitzelchen«, protestierte der Zecher mit erhobenem Zeigefinger, während er sich mit den Füßen einspreizte, gleichzeitig umwandte und ein gewinnendes Lächeln aufsetzte, das diesmal nicht verfing.

Wiltrud war wütend und zeigte dies auch, indem sie ihn grob vorwärts stieß. Es erinnerte sie zu sehr an ihren Vater und all die anderen versoffenen Kerle. Aber am meisten enttäuschte sie, daß er sie nicht als erste an seiner Freude teilhaben ließ. Da konnte ihr der ganze Erfolg gestohlen bleiben, obwohl er auch ihr zu verdanken war.

»Fromm wird, wer sich umgibt mit Frommen – sprach der Mönch und beschlief in einer Nacht sechs Nonnen! Habt Ihr was zu trinken?«

»Hört auf! Das ist widerlich.«

»Ganz recht! Widerlich!« Er ließ sich auf die schmale Bank in der Küche plumpsen, lehnte sich an die Wand, legte müde den Kopf zurück und lästerte mit geschlossenen Augen weiter: »Freund Jean de Meung, der hat das Pack durchschaut. *Falschen Schein* nennt er den Kuttenlümmel und *Erzwungene Abstinenz* sein Liebchen in der Nonnenkluft.

Es ist so wahr wie's Evangelium. ›Das sicherste Versteck ist unter dem bescheidensten Kleid‹, läßt er das Mönchlein sagen, und darin schrecken sie dann selbst vor Mord nicht zurück.«

»Was schimpft Ihr über die Ordenswelt«, wies ihn Wiltrud verärgert zurecht. »Ich denke, Ihr wart beim Pfarrer.«

»Bah! Bei de Meung erkennt der Pfaffe wenigstens, daß auch in bunten Kleidern die Religion sehr wohl gedeihen kann. Bei St. Peter sind sie dümmer als es sein Roman erlaubt.«

Wiltrud stutzte, wurde hellhörig. Sie faßte ihn unterm Kinn, drehte sich seinen Kopf zurecht, und als sie in seinen Augen keine Wut, sondern Beschämung und Traurigkeit sah, verspürte sie heftigen Schmerz in ihrer Brust. Der Himmel war grausam.

Und jetzt bemerkte sie, daß er fröstelte. Er saß nur im Hemd da, hielt sich selbst mit den Armen umschlungen. »Wo habt Ihr Eure Schecke gelassen?«

»Was soll's«, tat er den Verlust mit großspuriger Geste ab, die nicht darüber hinwegtäuschte, daß er den Verbleib offenbar selbst nicht wußte.

Wiltrud holte eine Decke aus der Kammer und schürte das Feuer höher. Sie nahm vom Bord einen Krug, schenkte einen frischen Becher voll und erwärmte den Wein mit dem heißen Schürhaken. Sie war nicht mehr um seine Nüchternheit besorgt, sondern um sein Wohlergehen. Wie ein unsichtbares Band umschlang sie vereinte Enttäuschung, als sie sich neben ihn setzte.

Siegfried schlürfte dankbar den heißen Wein wie Medizin. Doch nach einer Weile schweigenden Vor-sich-hin-Starrens begehrte sein trotziger Lebensmut wieder auf. Er sprang auf, warf die Decke ab und erhob den Becher: »Es gibt anderswo viel zu entdecken. Kommt, laßt uns fortgehen! Wir haben nichts zu verlieren.«

Wiltrud hielt erschrocken die Hand vor den Mund. »Ihr müßt gehen!« Sie erklärte ihm, daß die Wächter gleich die Tore schlössen.

»Kann ich nicht einfach hier ...?« fragte Siegfried mit Unschuldsmiene.

»Das, das geht nicht«, verwarf sie nervös den Vorschlag.

»Ich will ja gar nicht mit Ovid auf die Erfüllung drängen« – er hob abwehrend die Hände –, »doch war es schöne Sitte bei den Troubadours, eine Nacht lang nackt neben seiner Angebeteten zu liegen, ohne deren Reizen nachzugeben.«

»Das wäre wie Zunder am Heu«, sagte sie nach kurzer Verblüffung über sein unverblümtes Ansinnen, »wie Feuer und Werg!«

»Dann fürchtet Ihr zu entflammen?« erwiderte er schelmisch.

»Raus!« rief sie streng, warf ihm die Decke über und schob ihn Richtung Tür. »Ich begleite Euch.«

»Na gut«, fügte sich der Schwerenöter, »besser eine feurige Begleitung als eine stocksteife Bettgenossin!«

Wiltrud zerrte ihn förmlich zum Angertor, um sicherzugehen, daß er nicht irgendwo in der Stadt noch völlig versumpfte und sich damit in Gefahr brachte. Der Torsperrer klimperte schon ungeduldig mit den Schlüsseln. Ungeachtet dessen neugieriger Blicke, drückte sie dem Sänger einen flüchtigen Kuß auf die Backe, machte kehrt und lief zurück.

Die Dunkelheit legte sich nicht nur über Häuser und Hütten des Angers, sondern lastete auch drückend auf Wiltrud. Er würde fortgehen. Bald. Als könnte sie ihn zum Trost noch einmal sehen, wandte sie sich um. Natürlich war da nichts, nur Düsternis. Und – ein Schatten, der sich in eine Nische drückte. Sie starrte eine Weile angestrengt und mit klopfendem Herzen – nichts regte sich.

Sie war überreizt, maß allem nur noch Schlimmes bei, sah

Dinge, die es nicht gab. Ungewollt wurde ihr Schritt schneller. An der Ecke zur Hinteren Angergasse blickte sie noch einmal zurück. Sie sah ganz deutlich die schwarz verhüllte Gestalt, nicht sehr groß und dennoch bedrohlich. Diesmal huschte sie nicht beiseite, blieb nur abwartend stehen. Die Gestalt verfolgte sie, harrte auf günstige Gelegenheit, daran hatte Wiltrud keinen Zweifel mehr, dafür scheußliche Angst. Sie biß sich auf die Lippe und rannte.

24. Kapitel

Die Luft war kühl, der Himmel trüb. Es sah nach Regen aus.

Das einzig Angenehme an diesem Morgen war, daß ihr die Arbeit gut von der Hand ging. Sie stellte ihr neues Reiterfigürchen prüfend vor sich hin. Ob sie dem Männlein einen breitkrempigen Hut verpassen sollte? Nein, besser doch den Helm und in die Linke den Schild. Und wenn sie in die rechte Armbeuge ein Holzstäbchen steckte, das Wolfhart zurechtschnitzen konnte, dann war der Ritter mit Lanze perfekt und ein angemessenes Spielzeug für einen Knaben. Der Auftraggeber hatte sich seit ihrer ruppigen Abfuhr tatsächlich nicht mehr blicken lassen. Wiltrud sorgte sich zunehmend, daß sie ihn nachhaltig vergrault hatte.

Wolfhart war mit dem Gespann zur Lände unterwegs, um die Holzvorräte aufzufüllen, und sie hatte ihm eingehend Grüße aufgetragen. Am liebsten wäre sie selber gegangen, hätte dann auch gleich über ihre Befürchtungen mit ihm sprechen können. Siegfried würde sie gewiß mit einer flapsigen Bemerkung abtun, aber ihr selbst ging die dunkle Gestalt nicht aus dem Kopf. Wer, zum Teufel, versuchte ihr Angst einzujagen?

Sie fuhr erschrocken zusammen, warf beinahe das Figürchen um.

»Blödes Vieh!« Ausgerechnet jetzt mußte ihr der feiste Kater maunzend in den Schoß springen, um sich Zärtlichkeiten zu erschleichen. »Fang lieber Mäuse!« fauchte sie und scheuchte den Faulpelz wieder auf den Boden. Er trollte sich schmollend wie Beelzebub nach mißglückter Versuchung.

Gleich darauf reizte Schwefelgeruch ihre Nase, und der Alchemist stand im Raum. Er nuschelte etwas, das einem Gruß gleichkommen mochte und besah sich bartstreichend die Regale, ohne Notiz von ihr zu nehmen. Sie hatte seit ihrem zweiten unangenehmen Besuch in seiner Hütte keine Sehnsucht mehr nach ihm verspürt.

Nachdem er nichts Passendes zu finden schien, wandte er sich ihr zu, und plötzlich war sein Interesse geweckt. Sie konnte ihn gerade noch davon abhalten, das feuchtweiche Figürchen mit seinen schwieligen Fingern aufzunehmen. »Was sucht Ihr?« fragte sie unwirsch.

»Ihr solltet Eure Zeit nicht mit solchem Schnickschnack vertun«, tadelte er geringschätzig. »Oder habt Ihr Euch anders entschieden und wollt nun doch diesen Niklas …«

»Unsinn!« brauste Wiltrud auf und fügte spitz hinzu: »Ich wüßte nicht, daß ich die Ehre eines Auftrags von *Euch* hätte.«

Er deutete ungerührt auf das Spielzeug: »Das ist Eurer nicht würdig und auch nicht des großen Werks, an dem Ihr beteiligt sein wollt.«

Wiltrud stand einen Augenblick der Mund offen. Von wegen beteiligt – pah! Sein unsinniges und nutzloses Treiben konnte ihr von Herzen gestohlen bleiben. Er wollte doch etwas von *ihr*. So war das! Aber Neugier stachelte sie an: »Hättet Ihr dann endlich die Güte, mir zu sagen, worin das ach so große Werk besteht?«

»Du würdest es nicht verstehen«, lehnte er kopfschüttelnd ab und schob vorsichtshalber ein »*noch* nicht« hinterher, als er ihren verärgerten Gesichtsausdruck sah. Aber der Rahm war schon verschüttet.

Wiltrud hatte nach Siegfrieds aufklärenden Worten mit der Angst auch den Respekt vor dem Alten verloren und hatte es satt, sich von so einem als Kind behandeln zu lassen. »Was wollt Ihr?« fuhr sie ihn an.

»Geschickt seid Ihr ja«, zollte der Alte ihr ausweichend Anerkennung, ohne den Blick von dem tönernen Reiter zu nehmen. »Habt Ihr Euch schon an Größerem versucht?«

Sie wies mit dem Kopf auf die Gießgefäße.

»Nein«, winkte der Alte ab, »ich meine Menschliches, die Figur eines Mannes oder einer Frau.«

»Wozu?« fragte Wiltrud verständnislos. »Es ist schwierig, und wer würde sich dafür schon interessieren, geschweige denn so etwas kaufen?«

»Auch Adam wurde erst als leblose Statue gebildet«, erklärte er unvermittelt, während seine Hände die Luft formten, »und die Ungläubigen erzählen gar die Geschichte, daß seine Seele schon Tausende von Jahren zuvor erschaffen wurde und sich geweigert haben soll« – er kicherte –, »in diesen Körper aus Lehm einzufahren, bis Gott sie dazu zwang.«

Seine wachen Augen blitzten auf, und für Wiltrud hatte sein Blick wieder etwas Lauerndes. Sie nahm es als Beweis seiner Schrulligkeit und maß ihm keine Bedeutung bei. Und er bestätigte sie ungewollt, indem er fortfuhr: »Es ist keine Kunst, einen leblosen Körper zu schaffen. Das wahre Geheimnis liegt darin, ihn mit einer Seele zum Leben zu erwecken.«

Sicher, dachte Wiltrud spöttisch, so wie Leben in den faulen Kater kommt, wenn ich ihn anblase. Nein, sein Geschwätz machte ihr keine Angst mehr.

»Die Frage ist«, schwatzte er weiter, »wie erhält man die aqua spiritualis oder das Lebensprinzip, das die Verbindung schafft? Raymundus Lullus gewann ölige Tinktur aus den Herzen von Statuen, und …«

»Herrgott, was wollt Ihr von mir?« Wiltrud hatte keine Lust, sich diesen Unsinn länger anzuhören.

Er schaute sie verwundert an, breitete die Arme in hilfloser Geste aus und sagte schlicht: »Mein Destilliergerät ist zerbrochen.«

Der Geheimnistuer wirkte plötzlich so bemitleidenswert, daß Wiltrud sich das Lachen verkniff. »Warum sagt Ihr das nicht gleich?« Sie versprach ihm, sich darum zu kümmern, sobald sie mit dem albernen Spielzeug fertig sei.

Utz, der Bader, wunderte sich und war im Zweifel, ob es für seinen Ruf förderlich oder eher von Nachteil war. Ab und an verlor sich zwar ein Ratsherr in seine Badstube, aber so zahlreich wie heute waren sie noch selten aufgetreten, nicht einmal vor hohen Feiertagen. Und dann alle gleichzeitig, als hätten sie sich verabredet. Ihm war nicht wohl dabei, nicht nach dem Vorfall mit der Els'. Er schickte den Burschen, der eben erst im Viertel das Dampfen des Kessels und die Beheizung der Badstube ausgerufen hatte, vorsichtshalber gleich wieder aus, um nach Berthold Schafswol zu suchen.

Zum Glück war es noch früh am Tag. Die wenigen Gäste hatten es noch nicht geschafft, die Badstube zu verwüsten, und die Handwerksknechte würden erst spät nachmittags nach getaner Arbeit kommen.

Die feinen Herren zeigten sich denn auch angetan von der schier nicht erwarteten Ordnung und Sittsamkeit und vermerkten allgemein lobend die zuvorkommende Behandlung durch den Bader und sein Weib. Nur Ludwig Küchel blickte fast ein wenig enttäuscht in die Runde. Hatte er etwa erwartet, daß ihn sogleich nackte Leiber mit fleischigen Brüsten bedrängen würden, damit er umgehend ein Exempel statuieren könne?

Inzwischen traf der Wollweber ein, gab sich hocherfreut und geehrt und trug den Herren förmlich an, auf Wunsch auch separat einen Zuber füllen zu lassen, was ihnen angemessener und sicher auch genehmer sei.

Küchel hatte keine Mühe, sich dieser Sichtweise anzuschließen und auch nichts dagegen, daß der Bader mit dem Aufspannen eines Leintuchs neugierigen Blicken die Sicht verbarg. Bereitwillig ließ er sich daraufhin von der Baderin beim Auskleiden helfen, prüfte mit dem schrundigen Großzeh, ob ihm die Hitze zupaß kam, und tauchte dann prustend in den dampfenden Zuber ein.

Die wenigen Ratsherren, die außer ihm noch der Einladung gefolgt waren, in der Mehrzahl Bewohner des Rindermarkts oder des Angers, rekelten sich behaglich in den großen Wannen, umsorgt und bewirtet von züchtig verhüllten Bademägden. Mit dem Ablegen von Pelzkappe und Wolltuch unterschieden sie sich bloß noch durch gepflegtere Manieren von Hinz und Kunz, bis auch sie mit jedem Becher Wein lärmiger und ausgelassener wurden.

Frauen waren immer ein dankbares Thema und boten sich in feuchter Wohligkeit besonders an. Da ließ sich sogar der spröde Ridler herab, einen Witz zu erzählen, den ihm ein Handelspartner aus dem kühlen London hinterbracht habe: »Jammerte doch eines Tags ein gewisser ... sagen wir Ludwig« – er lachte so dröhnend, als sei dies schon die Pointe –, »der jammerte also seinem Nachbarn unter Tränen vor, daß ein Birnbaum in seinem Garten zwar niemals Früchte trage, sich aber seine erste Frau daran erhängt habe, danach die zweite und gerade eben auch die dritte. Drauf der Nachbar: ›Was weint Ihr über solchen Glücksfall? Bedenkt, wie teuer Euch die Früchte kamen, die jetzt am Baum hängen!‹ Und er bat den überraschten Glückspilz dringend um einen Ableger von dem Baum für seinen eigenen Garten.«

»Wir sollten vielleicht dem Herrn Wollweber ein Reis davon bringen«, schlug Tichtl unter allgemeinem Gelächter boshaft vor.

Die wenigen Frauen im Bad rümpften die Nase, wagten aber nicht, lauthals gegen die Ratsherren zu protestieren.

»Jaja, eine gute Frau ist so selten wie der Vogel Phönix«, räsonierte Wilbrecht und wischte heuchlerisch mit dem Schwamm eine Träne aus dem Augenwinkel.

»Na und«, tönte Impler, während er der Reiberin bereitwillig den Rücken zukehrte, »wer könnte schon eine vollkommene Ehefrau ertragen!« … »Juvenal«, fügte er bei abflauendem Gelächter naseweis hinzu, um mit seiner kümmerlichen Kenntnis römischer Literatur zu prahlen.

»Schwätzer«, murmelte Küchel teilnahmslos vor sich hin, der in seiner Abgeschiedenheit hinter dem Leintuch von früher träumte und an seine verstorbene Gattin dachte. Er schlug die Augen auf, als jemand an dem Brett rührte, auf dem Speis und Trank über dem Wasser schwebte.

Eine junge Frau schaute zu ihm herab, die Haare sittsam unter einem Tuch verborgen, so daß ihre dunklen Augen noch größer erschienen. »Ist alles zu Eurer Zufriedenheit?« flötete ihr üppiger Mund.

Ludwig Küchel lächelte milde, nickte sanft mit dem Kopf, schloß wieder die Augen und lehnte sich zurück. Auch er war zu seinen drei Söhnen und seiner Tochter nicht nur durch Beten gekommen. Jaja, sie war eine tüchtige Frau … Plötzlich verbannte Strenge die Seligkeit aus seinen Zügen. Himmel! Er war im Bad, öffentlich! Er konnte sich doch hier nicht gehenlassen. Aber manchmal überkam einen eben die Erinnerung, und das Mädchen – war ihm irgendwie vertraut erschienen …

Da erregte das Geschwätz der anderen vor dem Vorhang seine Aufmerksamkeit, und er glaubte, seinen Ohren nicht zu trauen: Machte sich doch der Impler dafür stark, daß die Mysterienspiele zur Aufführung kommen sollten, ganz egal wo.

»Nicht solange ich Kirchpropst von St. Peter bin!« rief Küchel erbost. Als Antwort glaubte er Kichern und Flüstern zu vernehmen.

Und dann pflichtete dieser unselige Ligsalz der Meinung bei und behauptete, der Pfarrer der Marienkirche sei ganz wild darauf, so etwas in seiner Kirche aufzuführen und könne sich dabei der Unterstützung durch Ligsalz sicher sein. Schließlich wohne er im Sprengel von Unserer Lieben Frau.

Falls es die Stadt nichts kosten würde, stellte auch Tichtl seine Zustimmung in Aussicht.

Natürlich, sagte sich Küchel wütend, Geld ist dem allemal wichtiger als die Moral. Aber den Tiefschlag versetzte ihm der ehrenwerte Heinrich Ridler und das nicht trotz, sondern gerade wegen seiner Eigenschaft als zweiter Kirchpropst neben ihm. Ridler war zwar oft ehrpusselig und kleingeistig, aber andererseits hatte er ein gutes Gespür für größere Zusammenhänge: »Das schlagt Euch mal gleich wieder aus dem Kopf, meine Herren, denn das dürfte Pfarrer Konrad gewiß nicht passen.«

Auf Tichtls Nachfrage erklärte er, daß die Rivalität zwischen den Pfarreien schon groß genug sei und zunehmend auch die Bettelmönche mit der Vielzahl ihrer Messen und Bestattungen ihren Teil aus dem Kuchen schnitten. Da müsse St. Peter wahrlich aufpassen, nicht ins Hintertreffen zu geraten.

»Ich dulde keine Unzucht dort!« rief Küchel trotzig hinter seinem Vorhang. Er mochte ihn gar nicht wegziehen und in die grinsenden Gesichter schauen, denn letztlich wußte er selbst, daß ihm als Propst nur die Vermögensverwaltung zukam, und in sonstigen Belangen noch immer Pfarrer oder Bischof das Sagen hatten.

Ärgerlich und frustriert schlug er aufs Wasser und verschob dabei das Brett über dem Zuber so unglücklich, daß es zu seiner Linken abrutschte und Becher und Speisen zwischen seinen Beinen absoffen. Während er schimpfend danach fischte, kniete plötzlich die junge Frau neben ihm, griff wie selbstverständlich ins Wasser und schaute ihm dabei unverwandt in die Augen. Sie lächelte – betörend und zugleich voller Unschuld, und stürzte ihn damit in Zwiespalt. Verunsichert schob er sich zurück.

Ihre Hand brachte den Becher zum Vorschein und goß ihn langsam und spielerisch über seiner silbrig behaarten Brust aus. Die schmale Hand stellte den Becher zur Seite, drang erneut ins seifigtrübe Geheimnis unbekannten Gewässers vor und grundelte, stieß absichtslos berechnend an einen Zeh, rührte sanft an zitterndem Schenkel … und dabei unentwegt dieses sanfte, wortlose Lächeln, dieser Blick aus Glutaugen, der frösteln machte und heiße Wellen über den Rücken jagte, die jedes Becken aufkochten …

Ludwig Küchel quetschte sich, von schamloser Kapitulation bedroht, an den Rand des Zubers, daß ihn der Rücken schmerzte. Heftig atmend, faßte er mannhaft und bieder nach ihrer Hand und entfernte sie wie ein Krabbeltier, das ins Wasser gefallen war.

»Du mußt einer Jungfrau zuerst in die Augen seh'n«, tönte es von weit draußen und klang doch wie eine Ermunterung an ihn.

»Ach, Unsinn«, hielt ein anderer dagegen, »bei der Jungfrau wie beim Fisch, der Mittelteil das Beste ist!« – Gejohle.

Er brüllte jetzt nicht, wie er's gelegentlich tat, wies das Mädchen nicht scharf zurecht, wie er es tun sollte. Die schlüpfrige Bande vor dem Vorhang würde doch nur darauf warten ... »Wie, wie heißt du?« fragte er fast schüchtern.

»Sophia«, hauchte ihr rosenfarbener Mund.

»S-o-p-h-i-a«, wiederholte er gedankenverloren. »Ich habe eine Tochter namens Sophie. Sie könnte so alt sein wie du.«

»Mögt Ihr sie?« fragte die junge Frau, rutschte auf Knien näher an ihn heran und hielt plötzlich einen Schwamm in ihren geschickten Händen.

»Jaja, sicher ... schon.« Aber das hier war doch etwas ... Himmel! Was tut sie ...

Die Bademagd preßte den Schwamm in seinem Nacken aus. Warme Rinnsale strömten lindernd über Altersflecke und Warzen seines schmerzenden Rückens.

»Ihr seid so verkrampft«, rügte sie wohlwollend. »Da habt Ihr bald scheußliche Knoten im Kreuz und danach das Reißen. Beugt Euch vor, edler Herr!«

»Aaaah!«

Nach einer Weile unterbrach sie das Zwirbeln und Kneten, erhob sich und trat wieder vor ihn. »Ihr seid auch vorne sehr verspannt«, sagte sie ...

»Zieh einer Frau das Hemd aus«, hörte Küchel durch den Dunst den Ridler nebenan salbadern, »und – schwupp – ist auch ihr Schamgefühl futsch.« Und er berief sich dabei noch auf irgendeinen Kirchenlehrer.

»Am besten komme ich gleich zu Euch rein ...«

Bis zum Hals hinauf gelähmt sah Herr Küchel zu, wie das elfenhafte Geschöpf den Gürtel löste, der das zarte Gespinst verhüllend um den Leib schloß. Erst glitt der Gürtel scheppernd zu Boden, danach das Hemdchen von den Schultern. Er starrte auf schneeweiße, zierliche Brüste, denen zwei keck erhobene Mandelspitzen aufsaßen und konnte seinen Blick nicht von dem schwarzkrausen Dreieck wenden, als ihr linkes Bein über den Rand des Zubers schwebte und schließlich zu ihm hinabtauchte.

»N-n-nein«, flüsterte er vergeblich. Während die sündige Vision, die teuflische Spiegelung, sich herabließ, löste sie das Tuch vom Kopf, und Wogen tiefschwarzer Locken brandeten über den milchigen Körper herab. Und wie sie die Mähne schüttelte und ihn mit ihren Blicken reizte, da erkannte der getäuschte Ratsherr mit einem Mal das Spielweib vom Marktplatz, die Lockspeise Satans. Er stieß einen häßlichen Schrei aus und sank zurück.

Berthold Schafswol riß den Vorhang zur Seite. Die zur Schau getragene Besorgnis im Gesicht konnte die Häme nur schlecht verbergen. Lange hatte er auf diesen Augenblick gewartet, um dem bigotten Küchel, der ihm stets Steine in den Weg des Aufstiegs zu legen versuchte, eins auszuwischen. Auch der Bader stürzte herbei, da er den Ratsherrn vom Schlag getroffen glaubte, was auch das Ansehen seiner Badstube traf. Es wurde aber rasch offenbar, daß Küchels Seele noch nicht seinen sündigen Leib verließ. Wie er so dahing, schwer atmend, die Arme über den Rand des Zubers baumelnd und ein aufreizendes Weib auf den Knien über ihm, da wollte es jedermann einleuchten, daß der heimliche Genießer bloß wegen besonderer mägdlicher Zuwendung ein wenig schwächelte. Ein Sturm aus Spott, schulterklopfender Zustimmung und Entrüstung fegte über ihn hinweg.

Der Wollweber steckte derweil Sophia, die rasch wieder in ihr Kleidchen geschlüpft war, ein paar Pfennige zu. Mit kindlich leuchtenden Augen fragte sie: »Seid Ihr mit mir zufrieden?«

»Vollkommen«, versicherte Schafswol.

Der Regen hatte inzwischen aufgehört, aber die schweren Wolken schluckten jeden Sternenfunken und jedes Silberstäubchen der Mondsichel. Das war gut so, ließ ihre Gesichter um so weniger erkennen.

Leise schlich der wilde Haufen im trüben Schein einer verhangenen Unschlittfunzel am Rößlwirt vorbei auf den schmalen Platz davor. Bloß nicht vorschnell auffallen, danach war's egal, ja Zweck des Unternehmens.

Der Boden war matschig und zerfurcht. In den Stapfen und Rinnen stand stinkende Brühe, die der Regen nicht fortgespült, sondern aus Abfällen, Kot und Jauche erst richtig aufgeschwemmt hatte. Satte Flüche und schadenfrohes Glucksen wurden mühsam unterdrückt, als sich der Lange an einem auskragenden Balken das Hirn blutig stieß. Vom Wirt her wehten Grölen und Gesangsfetzen herüber, die sich lieblich ausnahmen gegen das, was gleich folgen sollte.

»Geh du voran!« drängten sie den Pfeifer in der glitzernden, wenngleich abgetragenen Schecke, und schoben ihn nach vorne durch. Leise noch am Hause Schafswol vorbei, dann standen sie schon am Zielort ihres Schabernacks und zogen die Gugeln tiefer in die rußverschmierten Gesichter. Dunkle Mäntel öffneten sich, ließen Trommeln oder auch nur Töpfe und Kochlöffel hervorquellen. Eine Sackpfeife gab müdes Quäken von sich, Blech blitzte auf.

Der Anführer scheuchte die Aufpasser an die Ecken der Gassen, gab gleich darauf das Zeichen, und ein Höllenspektakel brach los, der die grob gezimmerten Häuser in ihrem Grund erbeben ließ. Aber so schrill und unverschämt sie auch bliesen und die Töpfe zerbeulten – es ging kaum ein Laden auf, und keine Nasenspitze zeigte sich.

Es war gewiß nicht so, daß die Bewohner vor dem Lärm in die rückwärtigen Kammern flohen. Die meisten verharrten neugierig oder bangend hinter den Türen. Aber keiner wollte sich einmischen, solange unklar war, wem der grelle Spuk galt.

Da sorgte der Anführer mit verstellter Stimme für Klarheit: »Heda, Meister Küchel! Macht die Tür auf!« Die Forderung wurde durch Katzenmusik unterstrichen.

Und siehe da: Während Küchel den Laden noch dicht hielt, gingen nacheinander die übrigen Türen auf, und die Bewohner quollen hervor. Einige schimpften – Kienspäne in den Händen – lauthals über die Ruhestörung, andere gafften bloß teilnahmslos, und wieder andere schrien mit oder brachten feixend gleich ihre eigenen Tiegel, um schadenfroh dem Ratsherrn aufzuspielen.

»Los, Siegfried!« schrie der Anführer, »zahl's ihm heim!« Der Spielmann im glitzernden Brokat ließ sich nicht bitten und spielte so gottserbärmlich schräg auf seiner Schalmei, daß sich der Teufel Wachs in die Ohren stopfte. Und er hatte Erfolg.

Küchel stieß im Obergeschoß wütend den Laden auf und schimpfte: »Du verdammter Lotterknecht, pack dich fort und nimm deine Hanswürste mit, oder du wirst es bereuen!«

Der Spielmann deutete eine Verbeugung an, während ein anderer rief: »Er droht uns, hört ihr. Zeigt uns Euer neues Liebchen, oder wir treten die Tür ein! Ihr müßt die Buß' dafür entrichten!«

Störenfriede und Gaffer johlten ihre Zustimmung. Und plötzlich schrie einer: »Zurück! Er kippt den Seichscherben aus!« Da war es schon zu spät, und über die Krawallbrüder ging eine Taufe nieder, deren Gestank sich eher dazu eignete, Dämonen anzulocken, als sie zu vertreiben.

Zwar dachten einige schon an Rückzug, denn inzwischen strömten vom Wirt und von anderswoher etliche Neugierige herbei, aber die Hartnäckigeren hatten bemerkt, daß irgend jemand dem Ratsherren das Nachtgeschirr gereicht hatte. Also mußte jemand dort oben sein. »He, scheinheiliger Tugendbold, zeig sie uns und laß den Pfennig springen!«

Unter erneutem Höllenlärm zog sich der Ratsherr kurz zurück und warf dann verächtlich ein paar Münzen aus dem Fenster. »Schert Euch fort!«

Gierige Hände wühlten die Pfennige aus dem Schlamm, und ehe noch die Rempler und Knüffe in einer Rauferei mündeten, rief einer: »Die Zirker! Haut ab!«

Da bogen die Scharwächter auch schon um die Ecke und fingen zu laufen an. Die Katzenmusiker stürmten zum anderen Ende des Platzes hinaus wie Faulgas aus dem Flaschenhals. Nur einer schien nicht mithalten zu können. Einer der Wächter packte beflissen zu, aber der Flüchtling schlüpfte wendig aus seinem Kittel und rannte lachend davon.

Der Zirker blickte verdutzt auf die glitzernde Schecke in seiner Hand und schimpfte hinterher: »Dich erwisch' ich schon noch!«

25. *Kapitel*

Im Kirchhof wurde noch lange in kleinen Grüppchen getuschelt, über das nächtliche Unwesen und warum der Pfarrer so zornig gewesen sei. Aber Wiltrud hatte dafür kein Ohr, wollte sich auch mit niemandem einlassen. Sie suchte rasch das Weite und strebte bedrückt nach Hause. Was ihr wichtig erschien, darüber konnte sie ohnehin mit niemandem reden.

Es war still im Haus, sie hatte es nicht anders erwartet. Wolfhart genoß den freien Tag mit seinen Freunden, und Großmutter war im Wald unterwegs. Selbst der gefräßige Kater, der sie gewöhnlich maunzend in der Küche empfing, ließ sich nicht blicken, und es war nicht die Zeit, um rolligen Katzen nachzustellen. Er würde doch nicht Mäuse fangen?

Sie ging in die Küche und rührte sich etwas Hafergrütze an. Vielleicht hatte sie bald eine zuverlässige Hilfe im Haus. Dann würde es wenigstens in dieser Hinsicht leichter.

Nach dem schlichten Mahl ging sie nach draußen, um die Hühner zu versorgen. Auch das Maultier scharrte schon. Wiltrud richtete sich auf, horchte nach hinten zum Stall hin. Es klang irgendwie aufgeregter als sonst. Manchmal sorgten freche Nager, die noch aus dem Futtertrog den Hafer stibitzten, für Aufregung. Sie sah besser gleich nach.

An der Vorderseite des Stalls, gegenüber der Eibe, hing in Augenhöhe ein schwarzes Bündel. Gestern war es noch nicht dort gewesen. Es sah von weitem aus wie ... naja, wie ... Wollte Großmutter darin irgend etwas trocknen? Dann sollte sie es besser unters Dach hängen.

Nach wenigen Schritten hatte Wiltrud den Eindruck, daß irgendwelche Fortsätze aus dem Bündel ragten, und ein schrecklicher Gedanke kam ihr. In Erinnerung an die scheußliche Hand ging sie zögerlich weiter, und gleich darauf wurde das Entsetzen wahr: Der Kater würde niemals wieder jagen. Aufgespannt wie ein Flugdrache hing er ausgeblutet kopfüber an der Bretterwand, als wollte er sich aus luftiger Höhe ein letztes Mal auf Beute stürzen.

Angewidert betrachtete Wiltrud das gepeinigte Tier. Sie hatte den Kater nie besonders ins Herz geschlossen. Er war ihnen irgendwann zugelaufen und seither einfach da. Aber dies war grausig, und sie verfluchte jeden, der so etwas tat. Und sie kannte den, der die sinnlose Quälerei verbrochen hatte und alles nur, um sie gefügig zu machen. Dieser widerliche Narr!

»Das Gegenteil erreichst du, das Maß ist voll!« Sie schrie es laut hinaus und zitterte vor unbändiger Wut. Sie ballte die Fäuste und stob los. Etliche Zweige fielen ihrer Entschlossenheit zum Opfer, als sie wie eine angeschossene Bache durch das niedere Buschwerk fegte.

»Komm raus, du elender Feigling!« rief sie schon von weitem und verschwendete keinen Gedanken daran, daß der Raufbold sie vielleicht prügeln könne. Sie trommelte mit den Fäusten und trat mit den Holzschuhen gegen die Hintertür. »Zeig dich, du Mistkerl!«

Zunächst konterte nur eine Stimme aus dem Obergeschoß: »Unverschämte Person!« Und dann erschien über dem Bettzeug, das zum Lüften aus der Kammer hing, Diemut Drexls vom steifen Gebende zusammengehaltenes Schwabbelgesicht.

»Ich will Euren feinen Herrn Sohn sprechen«, forderte die Hafnerin grußlos.

»Auf einmal? Bist du endlich bei Verstand, oder krähst du nur wieder um Ärger?«

»Euer Niklas hat Sauerei angerichtet. Holt ihn!«

»Wie denn, du Gans?«

Die Frage verwirrte Wiltrud, nicht wegen der Grobheit.

Die Drechslerin half ihr auf die Sprünge: »Er ist seit gestern morgen mit meinem Gatten auswärts. Genügt dir das?«

Wiltrud spürte, wie der Boden unter ihr wankte. »Ihr lügt!« schrie sie trotzig.

»Dir geb' ich gleich ...!« Die Nachbarin schüttelte die Faust. »Mach, daß du fortkommst! Scher dich nach drüben!«

Wiltrud machte benommen kehrt und stapfte nachdenklich zurück.

»Dir tät' eine harte Hand gut!« keifte die Drechslerin hinterher.

Wenn dies wirklich stimmte – Himmel! Wer war es dann? Oder war die Nachbarin nur vergrätzt und stellte sich vor ihren Sohn?

Als Wiltrud die buschbestandene Grenze umgekehrt durchdrang, erschrak sie gleich wieder: Großmutter stand vor dem Stall. Gleich würde sie ... Aber Großmutter war ganz ruhig, nahm diesmal die Enkelin in den Arm und tätschelte ihr den Rücken. War ihr der Kater gleich? Zählte für sie bloß dieser elende Baum?

Wie angewidert entzog sich Wiltrud der Umarmung und sah, daß die Ahn wieder einen dieser Runenstäbe in ihrer Linken hielt. »Was soll das alles?« rief sie verwirrt. »Ich komme eben von Niklas, und der ist angeblich gar nicht da, und jetzt du ...«

»Das Bürschchen ist zu jung dazu.«

»Wozu? Zum Töten?«

»Das ist kein Bubenstreich«, erklärte die Großmutter, »es gilt nicht dir. Der Kater hatte das Pech schwarz zu sein. Einfältige sehen darin die Farbe des Bösen und dann nicht mehr das Vieh, sondern den Leibhaftigen persönlich. Sie kreuzigen die Kreatur, um damit den Teufel zu bannen.«

»Warum, in Gottes Namen, hier?«

»Eiferer und Verrückte kennen keine Grenzen.« Die Ahn verschwieg ihrer Enkelin, daß, wer solchen Zauber trieb, auch meist um teuflisches Geschehen am selben Ort wußte.

»Was sollen wir jetzt tun?« Wiltrud war noch immer im Zweifel.

»Hol den Schinder!«

»Aber, ich könnte doch ...«

»Diesmal nicht. Vertrau mir!« Die Ahn hatte plötzlich einen Blick, der gar nichts anderes zuließ.

Als Wiltrud widerstrebend das Haus verließ, drang eine schwarzhaarige Frau auf sie ein, stieß erregt eine Menge Unverständliches und mehrfach den Namen Siegfried hervor, packte sie am Arm und versuchte, sie fortzuzerren.

Wiltrud riß sich los und wich zurück. Sie war sich nicht sicher, aber die Wütende mußte das junge Spielweib sein. War die etwa hinter dem Sänger her und wollte ihr eifersüchtig am Zeug flicken?

»Wenn ... irgendwas bedeutet ... helft ihm!« hechelte sie.

»Langsam, langsam!«

»Siegfried ... die Knechte ... haben ihn geholt!«

Wiltrud begriff, daß dies kein Angriff, sondern ein Hilfeschrei war. Aber selbst mit erzwungener Ruhe konnte ihr Sophia nur soviel sagen, daß Siegfried die Nacht über ausgeblieben und um die dritte Stunde des jungen Tages verkatert bei ihrem Lager aufgetaucht war und fast gleichzeitig mit ihm eine Schar bewaffneter Knechte, die ihn unverzüglich und unter häßlichen Drohgebärden in der Halsgegend wieder in die Richtung schleppten, aus der er eben erst gekommen war.

Gütiger Gott, durchfuhr es Wiltrud, Siegfried war festgenommen worden. Weshalb? Sie war im nachhinein dankbar für die Eingebung, ihn vorgestern zum Tor zu begleiten, und machte sich zugleich Vorwürfe ... aber, verflucht noch mal, sie war doch nicht seine Amme. Was mußte er sich anderntags gleich wieder besaufen. Und nun?

Der Schinder war jetzt zweitrangig. Aber an wen sollte sie sich wenden? Die Schergen würden sie lachend hinauswerfen, und sie konnte doch nicht einfach zum Richter gehen ... Peter Barth! Natürlich! Der war angesehen und hatte beim Richter einen guten Stand. Und sie bei ihm?

Es war peinlich, aber unvermeidlich. Wiltrud hielt es für besser, das Spielweib nicht mitzunehmen, versicherte sie jedoch ihrer Hilfe und schlug unverzüglich den Weg zum Rößlwirt ein.

Die Strecke war zu kurz, um sich das passende Wort zurechtzubiegen, und sie mußte auch beim Wirt nicht lange warten. Peter Barth saß einsam an einem großen Tisch in der Gaststube, den Kopf versonnen in die aufgestützte Linke gelegt, vor sich einen Teller mit abgenagten Resten eines Mittagmahls. Erst die anzüglichen Pfiffe der Fuhrknechte machten ihn auf Wiltrud aufmerksam, als sie seinem Platz zustrebte.

Er rumpelte in freudiger Überraschung auf und starrte sie an wie den Erzengel, der das Ende schrecklicher Dürre verkündete. Der Wein floß über den Tisch. Ungeschickt stellte er den gekippten Becher wieder auf. Zu anderer Zeit hätte

Wiltrud darüber gelacht, jetzt half es ihr nicht mal aus der eigenen Verlegenheit.

»Ihr seid fertig?« bestürmte er sie schon, während er ihr Platz anbot. »Dank auch für die Grüße.«

»Wie? Oh! Noch nicht ganz.«

Peter legte den Kopf schräg, und er suchte fieberhaft nach dem Grund ihres Besuchs.

»Ich brauche Eure Hilfe.«

»Was immer es ist«, überschlug sich Peter, rutschte auf seiner Bank vor und faßte kühn nach ihrer Hand.

Wiltrud kam sich wie eine Betrügerin vor. »Nicht für mich«, sagte sie halblaut ohne ihn anzusehen, entzog ihm vorsichtig ihre Hand und nestelte an ihrem Kleid. »Es ist wegen *ihm*.«

Sssssuck! Der Hieb hatte meisterlich den Kopf vom Rumpf getrennt. Die Erwähnung des Namens hieße nur noch einen Toten foltern. Qualvolles Schweigen schob sich zwischen sie, bis Wiltrud sich ein Herz faßte: »Er ist in Gewahrsam.«

Peter saß stocksteif. »Was hat er ausgefressen?« fragte er höflichkeitshalber und empfindungslos.

»Ich weiß es nicht«, stieß sie heftig hervor und streute verzweifelt Sophias Befürchtung aus: »Sie wollen ihn hängen!«

»So schnell wird keiner gehängt«, sagte Peter kalt und wider besseres Wissen.

»Bitte! BITTE! Ihr müßt ihm helfen, er hat nichts Böses getan!«

Sagen sie alle, widersprach Peter für sich, und zugleich kannte er das Gefühl, an jemanden zu glauben, weil man es sich gar nicht anders vorstellen mochte. Mitgefühl und verletzter Stolz stritten in ihm. Ginge es dabei nur nicht um *ihn* …

»Wie?« fragte er zurückhaltend.

Ein Hoffnungsschimmer blitzte in ihren Augen. »Geht mit mir zum Richter.«

Es ist Tag des Herrn, früher Nachmittag, überlegte Peter still. Er hält seinen Mittagsschlaf, wird uns rauswerfen lassen, ist wahrscheinlich gar nicht da ... Dann überkam es ihn, daß er sich tatsächlich schon Gedanken machte. Verflucht! Warum mußte sie ihn so anschauen, tat sie sonst auch nicht. Wie sollte einer mit einem Fünkchen Zuneigung diesem Blick widerstehen? Hinterhältig war das!

Und erfolgreich. »Wir können's versuchen«, sagte er achselzuckend und schaute dabei zur Seite, um durch ihr Freudestrahlen nicht neuerlich den Kopf zu verlieren.

»Dann kommt!« ermunterte sie ihn aufspringend.

Als sie eben das Wirtshaus verließen, kam ihnen Paul entgegen. Wiltrud kannte ihn nur vom Hochzeitsfest her und hatte ihn als ausdauernde Frohnatur in Erinnerung. Sie wunderte sich daher über den förmlichen Gruß, und für Peter hatte er gar nur ein steifes Nicken übrig. Waren die beiden nicht Freunde? Von Siegfried wußte sie jedenfalls, daß Paul an den Gauklern gelegen war. Sie rief ihm daher nach: »Der Sänger ist in Gefahr, Siegfried, Ihr wißt schon!«

Paul machte kehrt, war sofort interessiert und wollte sie mit Fragen bestürmen.

»Keine Zeit«, sagte sie aufgeregt, »kommt einfach mit!«

Notgedrungen trabte Paul nebenher. Das wenige, was Wiltrud selbst wußte, war rasch erzählt. Er wollte Gewißheit. So liefen die Drei schweigend über den Marktplatz in Konrad Dieners Gasse, durch Siegfried vereint und zugleich getrennt.

Der Richter war zu Hause und ließ sie nach kurzem Warten vor. Er stand mit zufriedener Miene und händereibend am Kamin, in dem sich zwei Scheite in behagliche Wärme verwandelten. Wiltrud entging es nicht, daß er bei ihrem Eintreten überrascht die Brauen hochzog.

»Ihr kommt doch nicht etwa, um mir Eure Braut vorzustellen«, sagte er spöttisch und zauberte damit Farbe auf ihre und Peters Wangen. »Bei Euch ist man vor Überraschungen nicht sicher.«

»Ich ... ähem«, Peter räusperte sich, »ich meine, wir sind gekommen, um uns nach dem Verbleib Siegfrieds von Hohenau zu erkundigen. Hättet Ihr die Güte ...«

»Er steckt im Loch«, bestätigte Diener rundheraus, und seine Zufriedenheit wich argwöhnischer Vorsicht. »Was habt Ihr damit zu tun?«

Nichts, wollte Peter sagen, und rang sich die Erklärung ab, daß sie von des Sängers Verhaftung gehört hätten und sich dies nicht zusammenreimen könnten.

»Er ist ein Tunichtgut und Ruhestörer«, klärte der Richter sie auf. »Der Flegel hat nächtens vor eines Ratsherrn Haus eine schaurige Katzenmusik aufgeführt.«

Wiltrud stand ungläubiger Schrecken im Gesicht. »Das, das ist nicht wahr«, stammelte sie halblaut.

»Es haben Dutzend andere gesehen«, versicherte der Richter kühl, »seine Kumpane riefen ihn Siegfried, und der Schlaumeier hat auch gleich noch seine Schecke hinterlassen. Braucht Ihr mehr Beweise?« Er löste sich vom Kamin und ging mit hinterrücks verschränkten Armen vor den dreien auf und ab.

»Die Kleidung wurde ihm gestohlen«, sprudelte Wiltrud hervor.

Konrad Diener blieb dicht vor ihr stehen, musterte sie eine Weile durchdringend und fragte dann lauernd: »Was macht Euch denn so sicher?«

»Er ...« – sie blickte verlegen zu Boden – »war die ganze Nacht über bei mir.«

Der Richter trat ein paar Schritte zurück, sah mit zusammengekniffenen Augen von einem zum andern und konnte sich ein Grinsen nicht verkneifen: Die junge Frau stand mit hochrotem Kopf da und blickte verschämt zur Seite, nachdem sie soeben die Todsünde der Wollust gestanden hatte, und er glaubte ihr kein Wort. Peter Barth starrte sie an, ebenfalls ungläubig, aber wie vom Dummbeutel getroffen. Und Paul schaute zwischen beiden hin und her wie einer, der seltsame Fabelwesen sieht. Sie waren eine Gruppe erbärmlicher Schauspieler, die den Schwank Staunen und Lüge aufführten. Aber danach war ihm nicht zumute. »Ihr geht jetzt nach Hause«, herrschte er Wiltrud an. »Mit den beiden Herren habe ich noch zu reden.«

Peter bedeutete ihr mit dem Kopf, der Anordnung Folge zu leisten, was sie so verstand, daß sie auch ihm aus den Augen gehen solle. Betreten schlich sie nach draußen.

Konrad Diener bot den beiden Pflegern Platz an und setzte sich selbst ans andere Ende des Tisches. Die Szene erinnerte Peter an frühere Gespräche, bei denen es um weit schlimmere Vorkommnisse gegangen war. Aber es wollte keine rechte Vertrautheit aufkommen, und der unfreiwillige Gastgeber reichte auch keinen Wein. Er schaute die beiden unwillig an und sagte vorwurfsvoll: »Ich muß mich doch sehr wundern, meine Herren. Wollt Ihr mir das erklären?«

Peter berichtete wahrheitsgemäß und mit belegter Stimme, daß sich die Hafnerin um den Sänger sorge, und dies sei auch schon alles.

»Nicht ganz«, schaltete sich Paul erstmals ein, »Siegfried war die Nacht über mit mir zusammen.« Er blickte erst dem Richter aufrecht ins Gesicht und sah dann Peter an, als wollte er sagen: Sei kein Narr!

»Ihr wollt damit behaupten, daß dem Sänger ein übler Streich gespielt wurde und nicht andersherum?« fragte Diener mißtrauisch.

»Wir haben uns aus Ärger und in gemeinsamer Enttäuschung betrunken«, bekannte Paul umstandslos, »und da er die Stadt nicht mehr verlassen konnte, hat er in meiner Kammer geschlafen. Ich kann's bei Gott beschwören.«

Der Richter stemmte sich hoch, ging sinnend auf und ab und nickte wiederholt mit dem ergrauten Haupt. Er schien Pauls Version zu glauben, zumindest hatte er keine Mühe mit dem Teil, der die Zecherei betraf. »Ich nehm's zur Kenntnis«, entschied er, »hab' mit dem Spielmann selbst noch gar nicht gesprochen. Wir werden ja sehen.«

Dann baute er sich vor Peter auf und sagte zynisch: »Mir war so, als strebtet Ihr einmal nach Höherem. Jetzt habt Ihr's zum Fürsprech eines Gauklers und einer Hafnerin gebracht. Respekt!«

Peter blickte trotzig zur Seite und antwortete nichts.

So fuhr Konrad Diener von oben herab fort: »Ihr seid zwar nicht von Stand, aber solltet doch besser auf Euren Ruf achten.« Pauls Ansehen schien ihm wohl ohnehin verloren. »Wahrscheinlich wißt Ihr bloß nicht, daß über die Familie des Hafners allerlei geredet wird und beileibe nichts Gutes. Der Vater etwa – ach, vergessen wir's. Aber das Töchterlein ist widerspenstig genug, und ich sag' Euch, wohin so was führt. Unser Herr König durfte sich eben noch den Mund fusselig reden, um zwischen Heinrich von Kärnten und König Johann von Böhmen zu vermitteln, und die Heirat zwischen der Schwester des Böhmen und dem Kärntner sollte das Bündnis besiegeln. Da weigert sich doch dieses Prinzeßchen und rennt stur ins Kloster, wodurch sie die kunstvolle Allianz unseres Königs zu Bruch gehen läßt und den Kärntner wieder in die Arme der Habsburger treibt. Soweit kommt's, wenn man den Weibern ihren Willen läßt! Und diese Hafnerin da lügt Euch anscheinend das Blaue vom Himmel herunter und ist, soviel ich weiß, ebenfalls versprochen. Laßt die Finger davon! Enttäuscht mich nicht!«

»Habt Ihr noch mehr gute Ratschläge?« fragte Peter patzig, und als der Richter einen Augenblick über die Respektlosigkeit stutzte, kam Peter einer Antwort zuvor: »Dann können wir ja gehen.«

Er stand auf, wandte sich grußlos zum Gehen, und Paul schloß sich notgedrungen an. Unter der Tür fragte er noch schnell: »Der Sänger?«

»Wird wohl nicht gehenkt werden«, stellte Diener mit wegwerfender Geste in Aussicht, »aber etwas Bedenkzeit in der Schergenstube wird ihm nicht schaden.«

»Ich Narr«, schimpfte Peter auf dem Heimweg vor sich hin, »ich hätte mich nicht darauf einlassen sollen.«

»He!« Paul hielt ihn am Ellbogen auf. »Nun freu dich doch, daß deine Befürchtung grundlos war! Sie hat nur aus Angst gelogen.«

»Aus Angst um *ihn«*, rückte Peter zurecht, » aber ich ärgere mich ja mehr über diesen Diener. Er kann seinen Dünkel einfach nicht lassen.« Des Richters herablassender Ratschlag, als gut gemeint verbrämt, wurmte ihn gewaltig. Und während sie eine Weile schweigend Richtung Anger marschierten, wurde Peter so einiges bewußt. »Es tut mir leid«, sagte er plötzlich.

Paul sah ihn fragend an.

»Naja, das mit Sophia und ... ich war wie dieser aufgeblasene Richter.«

»Hört, hört!« frohlockte Paul. »Dann werden wir jetzt auf die Einsicht des jungen Richters trinken.«

Es wurde später Nachmittag, bis der Schinder endlich kam. Wenigstens hatte Paul ihr kurz Bescheid gesagt und ihre Angst um Siegfried etwas gemildert. Aber Peter – sie durfte gar nicht daran denken, auch wenn Paul im Überschwang der Versöhnung und schon angeheitert versicherte, daß sein Freund ihr nichts nachtrage.

Urban, der Schinder, stellte seinen blutbesudelten Karren vor dem Haus ab und zog damit gleich eine Traube Schaulustiger an. Wiltrud führte ihn in den Hof, zeigte ihm den Kadaver und lief ins Haus zurück, um die geforderte Entlohnung zu holen.

Der triefäugige Klotz zog nicht etwa erst die Nägel heraus, sondern riß grob an den Pfoten des Viehs, bis sie sich mitsamt den Nägeln lösten.

Als Wiltrud aus dem Schächtelchen zwischen den Gewürzdosen zwei Pfennige klaubte, stand plötzlich Wolfhart hinter ihr und petzte Belohnung heischend, daß er den Schinder schon morgens vor der Haustüre gesehen habe. Verwirrt ging Wiltrud zur Hintertür, wo ihr der Abdecker schon entgegenkam, den Kater herzlos am Schwanz hinter sich herschleifend. Sie stellte ihn zur Rede, aber Urban grinste nur fies, bestritt, jemals schon hier gewesen zu sein, und riet ihr grob, dem vorlauten Scheißer keinen Glauben zu schenken. Dabei warf er Wolfhart einen bösen Blick zu.

»Ach, Hafnerin«, sagte er, schon auf der Gasse, »ich soll dir noch Grüße von Meister Hiltprand ausrichten. Er läßt fragen, ob du dir sein Angebot überlegt hast und das Grundstück endlich verkaufst. Die Zeit ist bald um, meint der Henker, kann leicht was passieren.«

Mit verschlagener Miene empfahl er sich, warf den Tierkadaver achtlos auf den Karren, trieb das Maultier mit Stockschlägen an und rief lauthals den Gaffern zu: »Der Teufel ist ein schlechter Hausgenosse.«

26. *Kapitel*

Wolfhart hatte es zur Zeit nicht leicht. Selbst wenn er sich Mühe gab, war der Krug jedesmal zu plump, die Wandung zu ungleichmäßig, der Henkel schief. Sollte er etwas besorgen, dann brachte er mit Sicherheit das Falsche, und die Hand der Meisterin saß viel lockerer als gewöhnlich. Wiltrud verspürte selbst schon Mitleid mit ihm. Sie durfte nicht ihn für ihre eigene Unruhe und Fahrigkeit büßen lassen und gab ihm für den Rest des Tages lieber frei.

Es war Dienstag nachmittag, und noch immer hatte sie nichts von Siegfried gehört. Sie konnte unmöglich alleine nochmals zum Richter rennen, und Paul bestürmen oder gar Peter Barth damit belästigen, das erschien ihr zu peinlich. Sie konnte nur warten und hoffen. Und beten? Würde *Er* solches überhaupt erhören, wo doch seine Diener auf Erden die Spielleute und Sänger aufs schlimmste verurteilten? Würde Sankt Katharina ... aber nein! Die war doch Schutzherrin in anderer Sache. Gab es überhaupt eine Fürsprecherin oder einen Schutzpatron Liebender unter all den Heiligen?

Magdalena fiel ihr ein. War nicht Jesus ihr in besonderer

Weise zugetan? Aber ihr Patronat beanspruchten schließlich auch die Bader und die Hübscherinnen, und da war doch erst recht verbotene Liebe im Spiel! Die Pfaffen ehrten sie ja nicht als große Liebende, sondern als Büßerin.

Liebe? Hatten die Gefühle, die ihr seit Tagen die Ruhe raubten, die ihren Kopf der Wirrnis preisgaben und ihre Hand zur Ungeschicklichkeit verdammten – hatte dies quälende Mißempfinden auch nur entfernt etwas mit Liebe zu tun?

Ein heftiges Klopfen riß sie aus ihrem Grübeln, und im selben Augenblick stieß ein Wirbelsturm die Türe krachend an die Wand: Siegfried fegte in die Werkstatt.

»Habt *Ihr* mich aber …« Ihr atemloser Schrecken verwandelte sich in wortloses Glück, als der Ersehnte sie übermütig hochstemmte, in seinen Armen auffing und sie küßte wie Odysseus seine Penelope nach zehnjähriger Verlassenheit.

Sie wehrte sich nicht dagegen, schlang ihre Arme um ihn und kroch in ihn hinein, bis sie spürte, mit ihm eins zu sein. Erst kurz vor der glühenden Schmelze – *wenn sich Gold in Gold verspringt* –, schob sie ihn sanft zurück. »Ihr seid …«, sie wischte sich über die feuchte Stirn und sank erschöpft auf ihren Hocker, »frei?«

»Frei und gebunden zugleich!« tönte Siegfried in stolzer Zufriedenheit. »Es ist eine verrückte Geschichte. Noch heute morgen glaubte ich, sie würden mich hängen, und nun bin ich quicklebendig und obendrein beauftragt, für den Weihnachtstag in St. Peter Mysterienspiele einzuüben.«

»Wie?« stutzte Wiltrud ungläubig, und Siegfried, der vor Aufregung noch gar nicht sitzen konnte, stolzierte vor ihr auf und ab und schilderte mit Genugtuung, daß ihn der Richter hatte laufen lassen, da zu offensichtlich war, daß ihm irgendwelche Tölpel, wohl diese Handwerksburschen, die Sache mit dem Krawall vor Küchels Fenster anhängen wollten. Und er erzählte genüßlich, daß ihm der Richter noch aufgetragen hatte, er solle gleich zum Pfarrer von St. Peter gehen. Der habe sich schrecklich gewunden und schließlich eingeräumt, daß ihn einige Ratsherren bekniet hätten und daß es ihm letztlich lieber sei, das Spektakel finde unter seiner Kontrolle in St. Peter als in der Marienpfarrei oder sonstwo statt.

Wiltrud war im Zwiespalt. Sie freute sich über seine Chance und vor allem, daß sie ihn nicht verlieren würde, aber es schien ihr so, als sei die wundersame Berufung nicht göttlicher Gnade entsprungen, sondern weit mehr der Konkurrenz zwischen den Pfarreien zu danken und dem ehrgeizigen Buhlen ums Ansehen und die Pfennige ihrer Schäfchen. Sie wollte seine Hochstimmung nicht gleich wieder dämpfen, und so ging sie in die Küche, holte Wein und stieß mit ihm auf die freudige Fügung an.

Siegfried ging auch schon ganz in seinen Plänen auf, malte ihr sein Krippenspiel aus und schwelgte dann plötzlich von den Stücken einer Hrosvitha, die als Kanonissin zu Gandersheim herrliche Geschichten zu Pergament gebracht habe. Sie seien in lateinischen Handschriften versteckt, wo sie zur Erbauung weniger stünden, aber diese köstlichen Werke müßten unters Volk gebracht werden.

»Ich hab's mir vorgenommen«, tönte er und fing an, ihr von den keuschen Jungfrauen Agape, Irene und Quionia zu erzählen, die der heidnische Statthalter Dulcitius vor ihrem Martyrium noch rasch vergewaltigen wollte. »Aber Gott läßt ihn verrückt werden, so daß er Tiegel und Pfannen umarmt und mit Küssen bedrängt und dabei ganz schwarz wird.« Siegfried schüttete sich vor Lachen darüber aus.

»Was ist daran so lustig?« fragte Wiltrud plötzlich säuerlich, ging betroffen auf Distanz und ließ sich auf der Bank nieder.

»Naja, die ... wie der Statthalter verrückt wird und so ...« Sein Lachen wurde unsicherer.

»Ich finde es nicht lustig, wenn Frauen vergewaltigt werden. Keine Frau findet es lustig!«

Siegfried war überrascht, wie energisch sie plötzlich war und suchte den abrupten Kälteeinbruch zu mildern. »Es ist aber doch gar nichts passiert«, sagte er mit Unschuldsmiene. »Es ist nur ein Beispiel für Gottvertrauen.«

»Das der Else und den anderen Frauen nichts geholfen hat«, erwiderte sie scharf.

»Aber Ihr müßt zugeben,« sagte er schmunzelnd, »daß manch Schöne zu ihrem Glück auch ein bißchen gezwu... gedrängt werden will und sich nur deshalb ziert. Ein gewisser Andreas, der einen Traktat über die Liebe schrieb, empfahl sogar ein wenig Gewalt als eine Art Heilmittel gegen die Steifheit und Schüchternheit der Mägde. Und der Bursche war immerhin Kaplan! Oder nehmt Ovid, der in der Liebeskunst gewiß bewandert war. Er ...«

»Euer Ovid kann mir gestohlen bleiben!« unterbrach sie ihn ruppig. »Und dieser Kaplan da sollte sich schämen! Ihr seht immer alles nur als aufregendes Spiel. Aber es ist schreckliche Wirklichkeit, und da draußen rennen geile Kerle durch die Gassen, die über Frauen herfallen, und mir folgt seit Tagen eine schwarze Gestalt, die mir angst macht, und Ihr könnt nichts anderes, als Euch lustig ...« Ihre Wut löste sich in bitteren Tränen auf, mit denen all die Anspannung und zehrende Sorge der letzten Tage aus ihr herausbrach.

»Verzeiht!« stammelte Siegfried, von der Heftigkeit ihres Ausbruchs erneut überrascht. »Ich ... schhh, ist ja gut« – er setzte sich neben sie und nahm sie tröstend in den Arm –, »ich wollte Euch nicht kränken. Es war dumm von mir. Ruhig. Ist ja gut.«

Nach einer Weile hörte sie auf zu schluchzen, nahm die

Hände vom Gesicht und wischte sich mit dem Ärmel über die Augen. »Erzählt solchen Unsinn nie wieder!«

»Mein Wort darauf! Und ebenso, daß ich jeden mit eigenen Händen erwürge, der Euch ... Ich wollte eigentlich von ganz anderen Dingen sprechen. Wir haben das Lesen vernachlässigt, und ich bin Euch noch die Geschichte von Tristan und Isolde schuldig, die beide in einer Grotte Zuflucht fanden, die der Liebe geweiht war.«

Er tat einen tiefen Zug aus seinem Becher, zog Wiltrud zu sich heran, und bettete ihren Kopf in seinen Schoß.

»Da war eine eherne Eingangstür«, begann er, während er gleichzeitig ihren Nacken kraulte, »die hatte ein Schnappschloß und eine verborgene Klinke. Es gab aber nicht eigens ein Schloß mit einem Schlüssel zum Verschließen, denn wenn einer das Tor der Liebe durchschreiten will, ohne von innen her Einlaß zu finden, ist solches Falschheit und Gewalt und gilt nicht als Liebe. Es hat nur im Innern zwei Riegel. Der eine aus Zedernholz bedeutet Weisheit und Verstand, der andere aus Elfenbein meint Keuschheit und Reinheit.«

Sie legte ihren linken Arm über seine Beine und schmiegte sich noch näher an ihn.

»Mit diesen beiden Siegeln war die Liebesgrotte vor Falschheit und Gewalt versperrt. Die verborgene Klinke aber war aus Zinn, das Schnappschloß aus Gold. Es will uns sagen, daß denjenigen, der beständig nach dem Geheimnis der Liebe strebt, selbst das wertlose Zinn am Ende zu goldener Erfüllung führt ...«

Während die Dämmerung über die Stadt hereinbrach, kämpfte in Wiltruds Gemüt zaghaft wieder die Sonne gegen die Schatten an. Siegfrieds Erzählung von Tristan und Isolde in der Liebesgrotte ließ sie alle Düsternis vergessen.

Ihr Kopf ruhte noch immer in seinem Schoß, längst jedoch so, daß ihre Augen in den seinen lasen. Hingebungsvoll lauschte sie seinen Worten, während seine Rechte das dichte Gewirr ihrer Locken durchstreifte; seine Linke ruhte auf ihrem weichen Leib, nur mühsam zu schicklicher Ruhe gebändigt.

Er glich diesem Tristan, von dem er mit geschliffener Zunge erzählte, in der Vielfalt seiner Künste ebenso wie in der Inbrunst seines Werbens. Aber teilte er mit ihm nicht auch das Schicksal des Ruhelosen, des Umherziehenden ohne Heimat und Bindung?

Wiltrud verscheuchte den Schatten, und verspürte ein lange vermißtes Gefühl von Geborgenheit. Sie müßte ihn wegschicken, ihm die Tür weisen. Der Wächter würde gleich das Tor versperren. Es wäre verrückt, entschied sie, das Glück gleich wieder hinauszuwerfen, wenn es sich eben erst schüchtern zeigte. Sie brachte nur die Kraft auf, sich aus ihrer bequemen Lage zu winden, sich zum Eingang der Werkstatt zu schleppen und den Riegel vorzulegen.

Dabei spürte sie plötzlich die Kühle des Abends. In der Küche wäre es rasch warm, aber das Feuer würde auch die Ahn und später vielleicht Wolfhart herbeilocken. Sie vertraute Siegfried Krug und Becher an, entzündete ein Talglicht an der schwachen Herdglut und zog ihn wortlos mit sich in ihre Kammer.

Das Bett war nicht breit und wurde nur von einem löchrigen Baldachin gegen herabfallendes Ungeziefer gekrönt. Sie schlüpfte noch im Kleid unter die wärmende Decke und ohne Nötigung folgte er ihr.

»Du mußt dich aber benehmen«, ermahnte sie ihn und kicherte plötzlich mädchenhaft verschämt: »Ich habe kein Schwert, um es …«

Er küßte sie herzhaft.

»Halt! Warte! Nicht doch … wirst du wohl deine Finger …«

Lachend ließ er sich auf den Rücken fallen, während sie sich aufschwang, erst seine Brust mit der linken Faust malträtierte und dann sein Gesicht in haariger Wildnis verschwinden ließ und ihm den Kuß heimzahlte, bis er spielerisch um Gnade bat.

Sie stützte ihren Kopf auf die angewinkelte Rechte, strich mit der freien Hand die Locken aus der Stirn und sagte mit halbernster Miene: »Für den Gesellpriester warst du der Schlüssel zur Hölle. Wie kann sich ein tugendhaftes Weib gegen einen Dämon wie dich schützen?«

»Ihr seid rettungslos verloren, Jungfer Wiltrud«, scherzte er mit tiefer Stimme und ließ seine Zeigefinger zu Hörnern auswachsen. Als er zwiespältiges Erschrecken bei ihr sah, versicherte er, daß selbst Heloise, die große Liebende, noch als Äbtissin bekannt habe, ihrem Geliebten Abaelard ohne zu zögern in die Hölle nachstürzen zu wollen. »Und allezeit lehnte sie die drückende Ehefessel ab, um sich nur mit freischenkender Liebe zu binden, und wollte lieber Schlafbuhle heißen, als Gattin zu sein.«

Als Wiltrud noch immer skeptisch dreinschaute, stichelte er: »Ich dachte, du fürchtest die Ehe wie der Teufel das Weihwasser.«

»Weil ich kein gutes Beispiel kenne«, schränkte sie ein, »aber deshalb weiß ich noch nicht …«

»Ach, was!« verscheuchte Siegfried die Bedenken. »Gott schützt die Liebenden, sonst hätte er nicht selber bei Isoldes Gottesurteil gemogelt.« Dann lachte er lauthals, daß Wiltrud ihm erschreckt den Mund zuhielt. »Selpft meinen Pfreund Dante«, beteuerte er prustend gegen dämpfenden Widerstand, »der so viele ins höllische Inferno verbannt, konnte ich davon abhalten, Abaelard und Heloise zu verdammen.«

»Pssst!« flüsterte Wiltrud, legte warnend den Zeigefinger vor die Lippen und lauschte angestrengt zur Tür hin. Aber da war nichts. Nicht einmal aus der Küche kamen Geräusche.

»Trink einen Schluck!« empfahl Siegfried und drückte ihr den Becher in die Hand.

»Ist's ein Zaubertrank, von Brangäne gemischt?« fragte sie geheimnistuerisch, und ihre Augen blitzten ihn schalkhaft an. Sie spürte die Wirkung des Weins.

»Echte Minne bedarf nicht eines Tranks, um Zauber zu entfalten«, belehrte er sie liebevoll und strich dabei mit den Fingerspitzen sanft über ihre Wange, daß sie ein Schauer überlief. »Sie ist selbst die überirdische Kraft, die Verwandlung bewirkt, aber nur, wenn man sich völlig hingibt und rückhaltlos zu ihr bekennt. Dann kann auch Leid seinen Platz haben und Schmerz und selbst der Tod.«

»Schhhh«, flüsterte sie wieder, aber diesmal, um seine Aufmerksamkeit auf sich zu lenken. Sie legte sich wohlig zurück, ergriff seine Hand und führte sie langsam über ihren Körper. Nur das leise Knistern des Talglichts war zu hören und ein Rascheln von Stoff und ihr Atmen, das heftiger wurde ...

»Warte!« Ihr Kleid flog in hohem Bogen aus dem Bett, ihr Hemd entschlossen hinterher. Seine kundigen Finger fanden ihren Weg nun alleine.

Wiltrud schloß die Augen und spürte ihren Leib, wie sie ihn nie zuvor wahrgenommen hatte, und sie lauschte wie in Andacht Geheimnissen über ihn, die sie nie zuvor gehört hatte – zart und fremd und fern klingend und einschmeichelnd und wohltuend wie eine Salbe aus Nardenöl ...

»Dreh dich, dreh dich, Shulamit,
wir wollen dich sehen!
Die Rundung deiner Hüften gleicht einem Geschmeide,
einem Werk von Künstlerhand.
Dein Schoß – ein tiefer Kelch, dem nie der Würzwein
fehle,
dein Bauch – ein Weizenhügel von Hyazinthen umsteckt.
Dein Wuchs gleicht der Palme
und deine Brüste Traubenbüscheln …«

Ein Krachen und Scheppern ließ das Idyll zerbersten. Wiltrud fuhr hoch, preßte erschrocken die Decke vor die Brust. Sie glaubte ein Schluchzen zu hören.

»Bleib!« versuchte Siegfried sie zu halten, aber sie stieg schon über ihn hinweg, streifte sich hektisch das Unterkleid über, ergriff das Talglicht und öffnete vorsichtig die Kammertür. Der Lärm und das Schluchzen schienen aus der Werkstatt zu kommen.

Auf Zehenspitzen schlich sie voran. Ihr war mulmig zumute, aber gutgläubig dachte sie nicht an Gefahr – nicht hier, nicht im Schutz dieses Hauses.

Als sie die Tür zur Werkstatt knarzend aufdrückte, verstummte das Geräusch. Sosehr ihre Augen das Dunkel zu durchdringen suchten, sie sah zunächst nichts. Sie entzündete zwei Kienspäne an ihrem Licht, und da entdeckte sie den Haufen Scherben vor dem Regal. Die Tür zu der angrenzenden kleinen Kammer stand einen Spalt weit offen.

»Wer ist da?« fragte sie zaghaft. Sie hörte ein leises Keuchen und Schniefen, aber keinen Namen. Beherzt stieß sie mit dem nackten Fuß die Tür auf, wartete fröstelnd einen Augenblick, und als sie dann hineinleuchtete, sah sie Wolfhart kauern, zitternd und verheult.

»Was ist denn mit dir passiert?« fragte sie halb ärgerlich,

halb mitfühlend. Anstelle einer Antwort schluchzte er wieder los, rutschte noch mehr in den Winkel und hielt schützend die Hände über den Kopf, als erwarte er Schläge.

»Ich tu' dir nichts«, versicherte Wiltrud und wunderte sich zugleich über sein Verhalten. Sie war ja nun wirklich nicht die strengste Meisterin und bloß wegen der paar Scherben solch ein Getue... Fürsorge erwachte in ihr. »Komm mit in die Küche! Ich mach' dir Suppe warm.«

Siegfried, der rasch erfaßte, daß der Lernknecht wohl wieder etwas ausgefressen hatte, war zwar wütend, zog es aber vor, in der Kammer zu bleiben. Vielleicht war es besser, wenn der Bursche ihn jetzt nicht sah.

Wolfhart ließ der Meisterin Anfall von Mütterlichkeit nur allzugern über sich ergehen und hörte auch bald zu heulen auf, nachdem ihm offenbar keine Strafe drohte. Er blieb jedoch seltsam verstockt und weigerte sich hartnäckig darüber zu reden, was ihn so verstört hatte.

Der Rößlwirt zählte mit glänzenden Augen seine Pfennige in den Lederbeutel hinein, während seine Frau das Geselchte wieder in den Kamin hing und mit einer Handvoll Stroh den Kessel ausfegte, in dem der Hammel geschmort hatte. Die Magd schrubbte mürrisch eine Tischplatte sauber. Nur an wenigen Tafeln saßen noch Roßhändler, die über Nacht blieben, oder machten sich Fuhrknechte breit, die immer noch die Würfel rollten.

Am Ecktisch nahmen Peter und Paul ihren Schlaftrunk und unterhielten sich angeregt. Seit sie wieder miteinander sprachen, floß ihnen das Maul förmlich über. Paul legte wortreich seine Pläne von einem Weinhandel dar und versuchte den jugendlichen Freund als Teilhaber zu gewinnen, der aber hartnäckig widersprach und grinsend das Zerrbild malte, daß dann der Händler selbst sein bester Kunde sei.

Wie sie so alberten, stieß eine der Mägde im Flur vor der Gaststube einen schrillen Schrei aus, und gleich darauf erscholl der Ruf nach Paul.

Bis der sich von der Bank bequemte, flog schon die Tür auf und die Magd, die gebrüllt hatte, schleifte ächzend eine Frauensperson herein, die vornübergebeugt in der Schlinge ihrer kräftigen Arme hing. Obwohl ihr Haar bis auf kurze Büschel abgefranst war, schoß Paul hellwach hinter dem Tisch hervor, faßte die Kraftlose unter den Armen, zog sie hoch und wollte sie auf die Füße stellen, von denen nur einer noch in einem weichen Schlupfschuh steckte.

Sie sackte wie leblos zusammen und wäre zu Boden gestürzt, hätte Paul sie nicht mit dem ganzen Arm umklammert. Ihr Kopf fiel nach hinten. Er tätschelte die wachsbleichen Wangen. »Sophia«, flüsterte er besorgt, als wolle er sie sanft nur wecken. Dann lauter, eindringlicher, den ganzen Körper schüttelnd – »SOPHIA!« brüllte er schreckerfüllt.

Peter stürzte hinzu, hob sie mit ihm auf einen abgeräumten Tisch. Ihr Mantel schwang dabei auf und gab einen häßlichen Einblick auf ihr beschmutztes Kleid.

»Gütiger Gott!« entfuhr es Peter, und dann sahen sie es beide: Unter der Brust war das Kleid von Blut durchtränkt, und noch immer versickerte Leben unwiederbringlich in den dünnen Stoff.

»Hol Tücher!« brüllte die Wirtin die Magd an und verpaßte ihr eine schallende Ohrfeige für ihr dummes Maulen, daß die Metze den sauberen Tisch wieder versaue.

Paul ließ sich nicht wegschieben, stand bleischwer voll düsterer Ahnung, griff unter Sophias Schultern und hob sie zu sich heran. Als er mit der anderen Hand ihren Kopf stützte, schlug sie die Augen auf. Ihr Blick irrte einen Augenblick wie verglimmende Funken umher, dann lächelte sie kindlich, wußte sich geborgen. Ihre fahlblauen Lippen formten tonlos Worte, und was er zu verstehen glaubte, bekam grausamen Sinn.

»Nein«, flüsterte er ihr zu und schüttelte leicht den Kopf, »kein Fortgehen, kein Vergessen – auf ewig.«

Sie lächelte dankbar, wollte sprechen. Ein Keuchen trieb einen dünnen Faden Blut aus ihrem Mund. Ihr Blick wurde starr, die Glut erlosch.

Paul preßte sie an sich, warf den Kopf zurück und fluchte verzweifelt wider den da oben. Dann heulte er erschüttert los, daß Peter zutiefst erschrak und sich so schuldig fühlte, als habe er selbst den tödlichen Stahl geführt.

27. Kapitel

Die Nacht war so klebrig wie Pech auf der Haut. Wolfhart hatte bei seiner lauten und verängstigten Rückkehr nicht nur Geschirr zerdeppert. So sehr sich Siegfried auch mühte, Wiltrud bekam ihren Kopf nicht mehr frei. Irgendwann drehte er sich enttäuscht zur Seite, und sein Schnarchen hielt sie im Einklang mit ihrem Grübeln die halbe Nacht wach.

Wenn sie dann endlich für kurze Zeit der Schlaf übermannte, trieb sie die Flucht vor rauhen Träumen wieder ins Bewußtsein zurück oder auch nur die schlichte Tatsache, daß das Bett verteufelt schmal war. Sie war es seit Mutters Tod nicht mehr gewohnt, das Lager mit jemandem zu teilen.

Sie begrüßte den Hahnenschrei wie das Gloria und weckte den entrückten Schläfer neben sich, damit er sich im ersten Dämmerlicht hinausstehlen konnte – für einen Spielmann oder Sänger kein ungewöhnlicher Aufbruch. Siegfried gehörte nicht zu den Lerchen, die beim ersten Licht das Taglied anstimmten. Mit einem Kuß als Wegzehrung tapste er schlaftrunken davon.

Auch Wolfhart war schon auf den Beinen und dabei, die

Scherben aufzusammeln. Er sagte kein Wort und vermied Blickkontakt, als ob er sich schämte. Wiltrud fragte sich im nachhinein, wie er nachts in die Werkstatt und überhaupt ins Haus gekommen war. Sie hatte ihn schon seit längerem in Verdacht, daß er nach nächtlichen Streifzügen vom Grundstück der Drexls her durch die Büsche und auf irgendeine Weise rückwärtig ins Haus schlich. Sie sollte doch strenger mit ihm sein, wollte aber zunächst nicht weiter in ihn dringen. Vielleicht würde er dann von selbst kommen.

Nach ein paar Bissen Brot machte sie sich früh ans Werk, um sich am Destilliergerät für den Alchemisten zu versuchen. Sie ließ den Lernknecht auch die kleinen Tonsplitter aufsammeln, um sie fein zu zermahlen, und mischte das Mehl dann unter den Ton, damit er nicht so fett war und fester wurde.

Es war dem Seelenheil gewiß nicht dienlich, den Tag mit einem Fluch zu beginnen, und ebensowenig war es erbaulich, wenn frühmorgens in einem Herzen schon der Haß geschürt wurde. Aber was konnte sie dagegen tun? Als unversehens die Türe aufging und Niklas grinsend die Werkstatt betrat, da schnürte es ihr fast den Hals zu und zugleich fing es in ihr zu brodeln an, als habe man ein wildes Tier in einen Sack gesteckt, das gegen seinen Peiniger zu toben begann.

Auch Wolfhart fuhr erschrocken hoch und suchte an dem Besucher vorbei nach draußen zu entwischen. Niklas bremste ihn jäh, quetschte derb seinen Oberarm und durchdrang ihn mit messerscharfen Blicken. Wolfhart schüttelte kurz und kaum merklich den Kopf und schaute dann fast flehentlich zur Meisterin hin, die ihn erlöste.

»Laß ihn los!« fauchte sie.

Zögernd lockerte Niklas seinen Griff, verengte die Augen zu Schlitzen und blitzte den Lernknecht nochmals bedrohlich an, bevor er ihn mit einem Klaps auf den Hinterkopf endlich entließ. »Mutter sagte, du hattest Sehnsucht nach mir«, erklärte er zynisch sein Kommen.

»Wie die Stadt nach der Seuche«, gab sie zurück.

»Trefflich«, ließ er die Spitze an sich abprallen, »ihr werdet beide nicht gefragt. Im Ernst: Was willst du?«

Sie überlegte einen Augenblick und kam zu der Überzeugung, daß es sinnlos war, ihm den Tod des Katers noch vorzuwerfen. Er würde es ohnehin abstreiten. »Laß mich in Ruhe!« forderte sie. »Jetzt und für immer.«

»Das geht nicht, meine Liebe«, heuchelte er Bedauern, »wir sind einander versprochen, jetzt und für immer.«

»Eher sterb' ich!« zischte sie wütend.

»Tztz, wie leichtfertig«, tadelte er scheinheilig. »Du ahnst nicht, wie schnell so was in Erfüllung geht.«

Wiltrud sah ihn verächtlich an. »Du machst mir keine angst, Niklas, du nicht!«

»Wirklich?« höhnte er. »Dann sei klug! Ich möchte dich bloß überzeugen. Und, naja, ein wenig warnen. Heute nacht geschah ein bedauerlicher Unfall.«

Wiltrud horchte auf. Was meinte er?

»Das junge Spielweib kam auf ungeklärte Weise zu Tode«, sagte er langsam mit scheinbarer Anteilnahme und fixierte sie dabei wie ein Raubtier seine Beute.

Sie unterdrückte einen Schrei. »Sophia?« fragte sie betroffen.

»Ich denke, so hieß sie. Schade um das hübsche Ding. War leider zu unvorsichtig.«

»Das habt ihr verbrochen, ihr Schweine!« brüllte ihn Wiltrud an und wich ein paar Schritte zurück in die Nähe der Werkbank, auf der sie ein Messer wußte.

»Aber, aber«, tat Niklas entrüstet, »ich war letzte Nacht gar nicht in der Stadt und lege für meine Freunde die Hand ins Feuer. Das sieht mir eher nach einer unglücklichen Tat der Leineweber aus. Die Kerle sind auch zu abergläubisch.«

Wiltrud atmete mit heftigen Stößen, sah ihn aber nur fragend an. Worauf wollte dieses Ekel hinaus?

»Sie soll eine Unholdin gewesen sein«, erklärte er achselzuckend. »Die Leute sagen, sie habe allerlei Schaden verursacht, und niemand bedauert ihren Tod. Im Gegenteil! Sie fühlen sich befreit. Salome, Herodias, Frau Holda – alles dieselbe verfluchte Person. Draußen vor der Stadt soll ihre Brut dem Teufel gehuldigt und ihn am Feuer beschworen haben. Jaja, es ist nicht gut, sich mit Spielmannsgesindel einzulassen.«

Wiltrud glaubte ihm kein Wort. »Sie ist höchstens eurer Feigheit und Mordlust zum Opfer gefallen«, beschuldigte sie ihn harsch. »Der Teufel ist die Geilheit in euren Hirnen und zwischen euren Beinen!«

»Welch häßlicher Gedanke«, sagte er kopfschüttelnd und dann grob: »Sei nicht blöde! Du weißt, daß man auch über dich tuschelt, über den plötzlichen Tod deines Vaters, über das Katzenvieh und den Heidenzauber deiner Ahn.«

»Dann wundert mich nur, daß *du* dich noch hertraust«, unterbrach sie ihn rüde. »Schützt Besitzgier vor dem Teufel?«

»Weil mir an *dir* liegt, Wiltrud«, tat er süßlich. »Ich möchte dich vor Schaden bewahren.« Er drängte sich an sie heran und suchte ihre Taille zu umfassen, während sie sich heftig sträubte.

»Verschwinde!« fuhr sie ihn an und entwand sich seinem Griff.

»Wie dumm von dir.« Zorn verfärbte sein Gesicht. »Ein schwaches Weib braucht einen Mann, der sie …«

»Scher dich raus!« schrillte Wiltrud und drohte mit dem Besen.

Er wich zurück und warnte, schon unter der Türe, mit fiesem Grinsen: »Ich kann dich nicht länger schützen. Mußt es dir selber zuschreiben.«

»Es ist ein guter Platz«, befand Fridlieb, nachdem sie die Erde festgestampft und einen wilden Rosenbusch gepflanzt hatten. Er stützte sich schwer auf die Schaufel und schaute ringsum. Die kleine Lichtung lag etwas versteckt im Wald an der Straße nach Augsburg, gleich hinter den Äckern des Konradshofes, und gehörte schon zum Dachauer Gericht. Das war mindestens so wichtig wie die sonnige Lage, denn sie sollte nicht im Burgfrieden jener Stadt ruhen, die sie so schlecht behandelt hatte.

An diesem Nachmittag kamen ihnen zwar von Westen her schwere Wolken entgegen, und es war schon empfindlich kalt, aber im Frühjahr würde die kleine Wiese wieder üppig sprießen, würden Bienen schwirren und Schmetterlinge ihren Tanz vollführen, und Tanz hatte ihr schließlich so viel bedeutet.

Frühmorgens, noch ehe sich der Nebel ganz gehoben hatte, hatte Paul den Leichnam vor die Stadt gebracht. Die Spielleute hatten sich bis dahin nicht gesorgt, denn Sophia war nicht das erste Mal die Nacht über bei Paul geblieben. Aber als sie die grausame Botschaft vernahmen, hatte Fridlieb alle Mühe, die jungen Burschen seiner Truppe und auch Siegfried zurückzuhalten, nicht sofort in die verschlafene Stadt zu stürmen auf der Suche nach dem Mörder und um Rache zu nehmen. Fridlieb wußte um Gefahr und Vergeblichkeit solcher Gelüste und befahl den sofortigen Aufbruch. Die wenigen Habseligkeiten waren rasch auf den Karren geworfen, und schon ging es nach Westen, einer ungewissen Zukunft entgegen.

»Es riecht nach frühem Schnee«, befürchtete der Anführer und bedauerte insgeheim, daß sie nicht früher aufgebrochen waren. Er machte Paul keine Vorwürfe, dankte ihm vielmehr für seine Treue. Schließlich war es nicht alltäglich, daß ein Städter sich über die launige Vorstellung hinaus um Gaukler kümmerte, es sei denn, um sie des Diebstahls oder einer anderen Schurkerei zu bezichtigen. Wenn auch Pauls Augenmerk in erster Linie Sophia gegolten hatte, so war er ihnen doch ein Freund geworden.

Paul selber litt wie ein verstoßener Hund. Er hatte jeden Sinn und jede Daseinsfreude verloren, fand keinerlei Trost und war mit nichts im reinen, weder mit sich noch mit der Stadt und ebensowenig mit dem Allmächtigen, der alles gab und alles nahm. Er haderte mit dem Schicksal und war froh, daß kein Pfaffe mit falschen Worten die Trauer entweihte. Bloß die Musik schien ihm angemessener Abschied und konnte zum Ausdruck bringen, welchen Schatz er für kurze Zeit gewonnen und jäh wieder verloren hatte.

Fridlieb drängte zum Aufbruch. Paul hätte sich einerseits gerne angeschlossen, aber es entsprach letztlich nicht seiner Wirklichkeit, und er hatte noch eine Rechnung zu begleichen. Vorher würden er und Sophia keine Ruhe finden.

Die Gaukler hatten auch Verständnis dafür, daß Siegfried nicht mit ihnen ging. Er hatte ein besseres Los gezogen und konnte hier trotz allem sein Glück machen. »Wir folgen der Sonne«, sagte Fridlieb zum Abschied und drückte den Sänger wie einen liebgewordenen Sohn. »Wir werden in den Gasthäusern unterwegs eine Nachricht hinterlassen. Für alle Fälle.«

Das Äffchen kauerte zuhinterst auf dem Karren, hielt die biegsamen Arme mit schlackernden Händen über den Kopf, schob die Unterlippe vor und stieß seltsam klagende Laute aus, und selbst die Wimpel und bunten Bänder zuoberst hingen freudlos und schlaff im Wind.

Siegfried und Paul schauten mit feuchten Augen hinterher, bis eine Biegung die Wagen verschluckte. Dann bestiegen sie müde den Karren des Rößlwirts und ratterten schweigend in die Stadt zurück.

Peter hatte den Freund auf seinem schweren Gang nicht begleitet. Es erschien ihm unangemessen nach ihrer Auseinandersetzung wegen Sophia und den Spielleuten, bei der er sich nicht eben großmütig gezeigt hatte. Er sprach statt dessen beim Richter vor. Das war das mindeste, was er tun konnte.

Konrad Diener war erneut überrascht. Er konnte sich den Grund des Besuches zwar denken, hielt aber die ganze Angelegenheit bereits für abgeschlossen. »Sucht Ihr einen Trauzeugen?« spottete er. »Ihr wißt, wie ich darüber denke.«

Peter hielt sich mühsam zurück. »Ich wollte Euch mit Verlaub fragen, was Ihr wegen des Mordes an dem Spielweib zu tun gedenkt.«

»Sieh einer an! Es hat sich schon erledigt, und was kümmert's Euch?«

Peter wußte nicht recht, wie er es sagen sollte. »Sie war ... mein Freund Paul hat sie gekannt und ...«

»Warum kommt er nicht selbst? Nun ja, egal. Bloß weil er mit ihr ins Heu stieg und Unzucht trieb ...«

»Es war weit mehr!« brauste Peter auf.

Der Richter hob abwehrend die Hände und verzog unwillig das Gesicht: »Ich kenne Eure jüngste Vorstellung von Ehre und Moral, und Euer Freund Paul ist mir als lockerer Vogel hinlänglich bekannt. Also kommt mir nicht mit dem Schmus von hehrer Liebe und Treueschwüren. Das geht eher die Pfaffen an. Meine Sache ist das Recht, und das sehe ich nicht angekratzt.«

»Aber diese Sophia ist kaltblütig ermordet worden«, widersprach Peter energisch.

»So? Wart Ihr dabei? Vielleicht wollte die Dirn einem ehrbaren Bürger den Beutel schneiden, und der hat nichts anderes getan, als sich rechtschaffen zu wehren?«

»Mit einem Messer?«, fragte Peter bissig. »Und warum schnitt er ihr das Haar ab?»

»Verschont mich mit Euren Spitzfindigkeiten! Selbst wenn der Fall anders liegt – kennt Ihr den Namen des Mörders?«

Peter verstand nicht recht, schaute verwirrt. »Ich denke, das ist Sache von …«

»So, denkt Ihr«, fuhr der Richter unwirsch dazwischen. »Soll ich herumlaufen und blindwütig Leute verdächtigen? Nur, daß Ihr Bescheid wißt: Meine Knechte haben sich umgehört und keinen gefunden, der auch nur das geringste gesehen hat. Und die Tote selbst kann schlecht plaudern.«

»Aber es gibt doch Verdächtige«, beharrte Peter. »Die Bande von Handwerksburschen zum Beispiel, die nächtens ihr Unwesen treibt. Hat man sie befragt?«

»Die Scharwache konnte nichts Ungewöhnliches vermelden.«

»Oder …« – Peter stockte. Er wußte um die Ungeheuerlichkeit der Anschuldigung – »sie hat als Bademagd möglicherweise den Schafswol verprellt, und der Ratsherr Küchel soll ja …«

»O nein! Nein! Und nochmals nein!« Konrad Diener fuchtelte mit beiden Händen wie ein Veitstänzer vor Peters Augen und lief dabei puterrot an. Er war wirklich wütend. »Nicht wieder das Spiel mit den Ratsherren! Und diesmal gar wegen einer Fahrenden, einer Gauklerin und Strohbraut! Glaubt Ihr, ich mach' mich wegen so einer zum Narren? Ihr seid verrückt geworden, völlig verrückt! Kommt wieder auf den Boden!«

»Aber …«

»Haltet den Mund! Nur um Eures Verdienstes und unserer Freundschaft willen lass' ich Euch nicht hinauswerfen. Aber Ihr hört mir jetzt gefälligst zu! Jeder in der Stadt könnte einen Handel mit dem Spielweib gehabt haben und sei es eine Bürgerin, deren Mann sie schöne Augen gemacht hat. Und wo kein Kläger, da kein Richter! Die Spielleute scheinen mir in dieser Hinsicht klüger zu sein als Ihr. Sie wissen, daß sie weder Zeuge noch Fürsprech bei Gericht sein können und keinen Anspruch auf Wergeld haben. Der Landfriede wie der Schwabenspiegel setzt sie aus dem Frieden. Wenn so eine mutwillig die Burschen kirre macht und diese sie dann verzupfen, dann ist wohl eher das Weib zu strafen. Selbst wenn ich wüßte, wer sie getötet hat, würde ich keinen Finger rühren.«

»Verzeiht«, begehrte Peter vorsichtig auf, »das erscheint mir ungerecht und ...«

»... selbst wenn's Euch wie ein Höllenfurz erschiene«, brüllte Diener erbost, »es ist immer noch gutes, altes Recht! Und noch eins, Herr Naseweis: Diese Sophia soll sich auf teuflische Künste verstanden haben, und ich will nicht schon wieder den Schlamassel mit Zauberei und Spuk in dieser Stadt. Die Leute halten ihren Tod für gottgewollt, und ich tu's auch. Es dient dem Frieden. Geht das in Euren klugen Kopf?«

»Habt Dank fürs offene Wort!« heuchelte Peter Ergebenheit, innerlich kurz vor dem Zerplatzen. Mit einer Verbeugung wandte er sich zum Gehen.

Konrad Diener, dem das rasche Einverständnis Peter Barths schon wieder verdächtig vorkam, rief ihm die Stiege hinunter noch nach: »Und laßt Euch ja nicht einfallen, wieder auf eigene Faust zu wühlen!«

28. *Kapitel*

»Ich krieg' sie, ich kriege die Kerle«, murmelte Paul zum wiederholten Mal vor sich hin und ballte die Fäuste, bis die Knöchel weiß wurden. Dabei wirkte er ebenso entschlossen wie hilflos.

Peter saß ihm in der Gaststube des Rößlwirts gegenüber und wußte nicht recht, wie er es ihm beibringen sollte. »Es ist nicht so leicht«, begann er, und schon brauste Paul auf: »Wieso? Du weißt es, ich weiß es, was hindert uns noch?«

Peter verschwieg zunächst, daß er sich selbst in keiner Weise sicher war und verschanzte sich hinter dem Richter. »Konrad Diener gedenkt nichts zu unternehmen. Ich war bei ihm.«

»Der Richter, der Richter!« jaulte Paul auf. »Der muß erst wieder in den Arsch getreten werden. Ist mir egal! Ich gehe zu diesen Burschen hin und prügle die Wahrheit aus ihnen heraus und wenn ich dabei …«

»Paul, PAUL!« Peter rüttelte ihn am Arm. »Komm zu dir! Es geht so nicht. Am Ende stehst du selbst am Pranger oder weiß Gott wo.«

Paul stützte den Kopf auf und schlug die Hände vors Gesicht.

»Ich kann dich gut verstehen«, suchte ihn der Freund zu trösten, »aber laß uns in Ruhe überlegen.«

Peter brachte ihm vorsichtig nahe, daß es in der Tat keinerlei Beweis gab, und daß Sophias Tod auch gar nichts mit den anderen Mordtaten zu tun haben müsse.

»Im Gegenteil!« protestierte Paul lebhaft. »Es wird alles viel klarer! Sie haben Sophia auf dem Gewissen, sie haben die Else auf dem Gewissen – denk nur an ihr unverschämtes Gehabe im Bad –, und ich bin mir sicher, sie haben den Pfaffen beseitigt, weil der ihnen dabei in die Quere kam. So einfach ist das.«

»Was hatte der Gesellpriester ausgerechnet dort verloren? Das paßt doch nicht.«

»Wieso nicht? Hab' erfahren, daß er genau gegenüber dem Klosterhof, also am Fundort der Leiche, wohnte. Er war schlicht auf dem Nachhauseweg.«

Peter schluckte. Das brachte unweigerlich seine Vermutung von einer symbolischen Tötung im Zusammenhang mit der Geschichte vom Antichrist ins Wanken. Es war nur Zufall, und man mußte sich in der Tat vor Spekulationen hüten. »Aber das Schwert«, wandte er nachdenklich ein.

»Stört mich am wenigsten«, sagte Paul. »Der Küchel ist Ratsherr, und sein mißratener Sproß könnte ohne weiteres ...«

»Ich bitte dich!« unterbrach ihn Peter. »Der Priester kommt, und er läuft erst nach Hause, um seinem Vater das Schwert ...«

»Und wenn's vorsätzlich war?« fragte Paul, halb über den Tisch gebeugt, und bestellte darauf noch etwas zu trinken.

»Bei Sophia war's nur ein Dolch«, erwiderte Peter, »und das traue ich sogar dem Ratsherrn selber zu.«

Das erstaunte selbst Paul.

»Stell dir doch seine Wut vor nach der Bloßstellung im Bad und der Blamage durch die Katzenmusik«, verdeutlichte Peter. »Überall wird schamlos über ihn hergezogen, und selbst der Pfarrer soll danach seinen Widerstand gegen die Mysterienspiele aufgegeben haben.«

»Selber schuld«, urteilte Paul mitleidlos. »Warum hat er zuvor so den Moralapostel herausgekehrt. Ich bleib' aber trotzdem bei meiner Vermutung, und ich krieg' sie, die Burschen.«

»Du darfst nicht vergessen«, erinnerte Peter, »daß sehr wahrscheinlich Zauberei im Spiel ist und es möglicherweise mit Vergewaltigung überhaupt nichts zu tun hat.«

»Mit Streicheln vielleicht?« begehrte Paul auf. »Sie haben ihr das Haar nicht für Schwarze Magie geraubt, sie wollten sie mit dem Mord auch noch der Verachtung preisgeben. Daß die Burschen vor nichts zurückschrecken, das haben sie doch an Kirchweih bewiesen, als Hein fast vom Seil fiel und am Morgen danach ein Mädchen halbtot am Anger lag.«

»Bewiesen nicht, Paul, das ist ja unser Problem.« Und Peter schilderte ihm sein Gespräch mit Servatius und dessen Überlegungen bezüglich des Blutes, ließ aber den Verdacht fort, daß auch eine Frau als Täterin in Frage komme. »Das Verfluchte ist«, resümierte er, »daß der Mord an Sophia sowohl aus Gründen irgendeines abscheulichen Zaubers als auch genausogut als Abwehr dagegen begangen worden sein kann. Wir müssen uns sehr behutsam vorantasten, wenn wir am Ende erfolgreich sein wollen.«

Paul schien dies einzusehen oder zu resignieren. »Was schlägst du dann vor?« fragte er mürrisch.

»Laß uns Siegfried als ersten befragen!« bot Peter an. »Er wohnt doch jetzt ebenfalls hier.«

Siegfried döste in seiner Kammer und war leicht zu einem Gespräch zu bewegen, obwohl er Peter gegenüber zunächst mißtrauisch war. Der beruhigte ihn, indem er vorschlug, daß es nicht mehr um persönliche Belange oder gar Abneigungen gehen solle, sondern nur noch um das gemeinsame Interesse. »Ich will Euch nicht am Zeug flicken und halte Euch nicht für den Täter«, versicherte er und wollte als erstes Genaueres über des Sängers Streit mit dem Gesellpriester wissen.

»Das ist rasch erzählt«, begann Siegfried. »Ich stutzte schon über das Äußere des hageren Mannes. Seine Augen waren die eines Inquisitors und sein eisiges Lächeln glich dem eines Folterknechts. ›Clericus cum longa coma‹, verdächtigte er mich gleich argwöhnisch, als habe ich mein Haar zur Tarnung lang wachsen lassen, schimpfte dann, noch ehe ich mein Anliegen vorbringen konnte, alle Spielleute Gesindel, das schon Berthold von Regensburg in den verlorenen zehnten Chor der abgefallenen Engel verbannt habe und so fort, bis ich immer wütender wurde und ihn mit der Frage nach der Güte seines Lateins anschoß. Das saß.

›Hüte deine Zunge!‹ zischte er mich an und warf mir vor, daß ich wohl Saufmessen und schweinische Verse der theologischen disputatio vorgezogen habe.

Ich schrie ihn darauf an, daß er gewiß keine Ahnung habe von den Versen eines Bonaventura, der heiteren Mystik der Viktoriner oder den lieblichen Worten eines Bernhard von Clairvaux, mit denen dieser die Süße der göttlichen Jungfrau pries, und daß er wohl selbst noch das Hohelied Salomos für Blasphemie hielte?

›Dir fehlt die Demut, Bürschchen!‹ giftete er wachsbleich. ›Schon mancher hat seinen Hochmut mit dem Feuer bezahlt.‹

Ich hör's noch genau und höhnte, daß von ihm nichts anderes zu erwarten sei, weil nur das Feuer etwas Wärme in sein froststarres Herz dringen ließe. Er könne nur von Verdammnis und Höllenstrafen predigen, stichelte ich, während Meister Abaelard von Gottes Liebe zum Menschen erzählt habe und nur der Liebe Kraft Versöhnung und Erlösung bewirke.

Abaelard habe wie alle gottlosen Literaten unter Liebe bloß verbotene und hemmungslose Lust verstanden, widersprach er und erinnerte gehässig: ›Sein triebhafter Ast wurde gestutzt!‹

Gott hat auch die Lust geschaffen, hielt ich dagegen, und könntet Ihr lesen – ich meine mit dem Herzen –, dann würdet Ihr feststellen, daß die Dichter auch vom Leid und von den Schmerzen der Liebe sprechen, wodurch eines jeden Gesinnung wächst. Ihr Pfaffen hingegen hurt ohne Gesinnung und predigt den Liebenden die Hölle!«

Peter pfiff durch die Zähne. »Da habt Ihr ihn ganz schön gereizt. Aber könnt ihr Euch erklären, warum er von Anfang an wütend auf Euch war?«

»Das ist leicht«, sagte Siegfried. »Ich traf diese Sorte Kleriker schon zu Dutzenden, erst an den Universitäten, später in Domen und Pfarrhöfen. Während die Leichtlebigen unter uns Studenten sich in Kneipen die Köpfe mit Wein benebelten, um danach in den Betten der Mägde die halbherzige Wehr ihrer Jungfräulichkeit zu berennen, und die Begabteren ihr flüssiges Latein leichthin in schwungvolle Verse gossen, um mit ihnen über alles und jeden zu spotten, lasen jene sich in schummrigen Stuben die Augen schwiemelig und hingen ehrfürchtig an den Lippen der Professoren, kritzelten sich in kalten Nächten die Finger wund und erachteten die Verehrung der Jungfrau Maria als höchstes Ziel ihres irdischen Strebens. Zudem sind einträgliche Pfründe dünn gesät. Das schafft Neid und Mißgunst. Wenn dann der Winter droht und die tanzwütige Grille gabenheischend an die Türe der Ameise klopft, dann kommt für sie die Stunde der Vergeltung, und sie verweigert dem Spielmann eine Wegzehrung. Der Gesellpriester war so eine Ameise, eine, die obendrein besessen war!«

»Besessen?« hakte Peter ein. »Wovon? Ihr sagtet vorhin etwas von Ketzern. Meint Ihr, er war auf der Jagd …« – er stutzte – »hatte er denn Grund? Gehört Ihr etwa …«

»Gott bewahre«, lachte Siegfried, »ich eigne mich schlecht, um irgendwelchen Heilsideen oder selbsternannten Führern hinterherzurennen, ob Geißler, Katharer oder sonstwie Erleuchtete. Ich schätze an den Juden Weisheit, bei den Arabern Poesie und Liebeskunst und bei den Christen Musik und herzhaftes Tafeln, habe aber bei allen dreien Zweifel an ihrer Dogmatik. Ein jeder muß seinen eigenen Weg finden. Meine Religion ist die Liebe, und es ist nicht die schlechteste. Wenn dies verwerflich ist, bin ich Ketzer.«

»Ich spreche dich frei«, sagte Paul und hob den Becher.

»Aber hatte er denn einen bestimmten Verdacht oder Vorwurf?« bohrte Peter weiter.

»Wartet!« fiel es dem Sänger ein. »Er sagte beiläufig etwas von einer romanischen Krankheit, die es auszurotten gelte.«

»Was konnte er damit gemeint haben?« fragte Paul.

»Vermutlich Norditalien und das südliche Frankreich. Die waren und sind zum Teil noch heute Hochburgen vielerlei Irrlehren, von denen auch mancher Spielmann beseelt ist.«

»Stammte er denn aus solcher Gegend?« wollte Peter wissen.

»Kann ich nicht sagen. Er sprach jedenfalls ohne Akzent. Aber ich verstehe zu wenig von der Ketzerei« – er schüttelte den Kopf –, »da müßt Ihr andere befragen.«

»Es hat schon viel geholfen«, dankte ihm Peter, der wieder an die Worte von Bruder Servatius dachte über jene Ketzer, die großen Haß auf alle Priester hatten.

29. Kapitel

Wiltrud lehnte sich zurück und betrachtete das Weiblein eine Zeitlang aus größerer Distanz. Dann stand sie auf, ging langsam um den Tisch herum und besah sich ihr Werk von allen Seiten. Sie lächelte, atmete tief ein und preßte die Luft pfeifend wieder aus ihren Lungen: geschafft! Bei aller Selbstkritik – sie war sehr mit sich zufrieden. »Und der alte Nörgler kann es auch sein!«

Sie hatte nie wirkliche Zweifel am Gelingen gehabt. Dafür war sie sich ihrer Kunstfertigkeit inzwischen zu sicher. Aber neue Wege warfen eben auch neue Probleme auf, die einen gehörig beschäftigen konnten. Wulst für Wulst hatte sie aus dem gemagerten Ton einen konischen Körper aufgebaut, der aussah wie ein bodenlanger, weitschwingender Rock. Die Bodenplatte hatte in der Mitte eine Öffnung, durch die später der Dampf aufsteigen konnte. Vorne setzte sie eine Ausflußtülle für das Kondensat an.

Für den Kopf rollte sie einen alten Lappen zu einer Kugel und umhüllte ihn mit Ton. Der Stoff würde später verbrennen und einen Hohlraum schaffen. Über die Kugel legte sie einen Schleier, der sich stützend mit dem Körper verband.

Den Mantel schmückte sie mit erhabenen Blumenornamenten und modellierte oben zwei zierliche Brüste. Seitlich setzte sie zwei bügelförmige Arme an, deren Hände sich vor der Brust trafen. Es war beinahe das würdige Abbild einer Madonna, für den Erstversuch gut gelungen und zum bloßen Destillieren in Wiltruds Augen allemal genug.

Da kamen ihr die Worte des Alchemisten in den Sinn, der von der Kunst gesprochen hatte, eine tönerne Figur zu beleben. Sie mußte lachen bei der Vorstellung, daß ihr Weiblein sich plötzlich zu drehen anfing oder in anderer Weise gestikulierte. Nein, so etwas gab es nicht.

Andererseits erzählte ihr Siegfried, als sie ihm die Worte des Alten mitteilte, eine sonderbare Geschichte. Er sagte, daß dieser Ovid, der anscheinend vor Merkwürdigkeiten nur so strotzte, in seinen *Verwandlungen* einen Künstler namens Pümalion oder so ähnlich schilderte, der aus Elfenbein eine wunderschöne Statue schuf und sich danach so sehr in sie verliebte, daß die Göttin Aphrodite ihr aus Mitleid Leben einhauchte.

Ihr fiel jetzt auf, daß der Gesichtsausdruck des Weibleins sehr ernst und maskenhaft war. Sie wollte sich aber selbst nicht mit der Erklärung begnügen, daß sie darin eben noch nicht so geübt sei, und war mehr davon überzeugt, daß sich die gedrückte Stimmung, die sie allenthalben umgab und zeitweilig selbst ergriff, in der Mimik widerspiegelte.

Über eine Woche war seit Sophias Tod vergangen, und nichts war seither wie zuvor. Siegfried ließ sich nur gelegentlich blicken, und war dann ungewohnt gereizt oder betrunken. Einmal, als ihr sein weinerliches Getue zuviel wurde und sie eifersüchtig den Verdacht erhob, daß ihm das Spielweib doch mehr als nur eine gute Freundin gewesen sei, da stritten sie sich wie ein altes Paar. Sie bedrängte ihn, seinen Groll und sein Selbstmitleid endlich aufzugeben und jetzt erst recht die Mysterienspiele zu wagen, aber er floß über vor Ausflüchten.

Vielleicht tat ihm die Nähe zu Paul nicht gut, denn nach dem Wegzug der Spielleute hatte er sich beim Rößlwirt einquartiert. Und dort saßen sie einmütig Abend für Abend und manchmal auch schon tagsüber, ertränkten ihren Kummer und fluchten über die Heuchelei der Pfaffen und die Schlechtigkeit der Welt. Dabei konnte sie Paul sogar noch verstehen. Er hatte Sophia wirklich geliebt. Aber half es ihr in den Himmel, wenn er sich jetzt um den Verstand soff? Männer konnten tüchtig sein und sich so entsetzlich hängenlassen.

Von Peter Barth hatte sie seit dem peinlichen Auftritt bei Konrad Diener auch nichts mehr gesehen. Naja, war wohl besser so. Von Siegfried erfuhr sie immerhin, daß Peter nochmals beim Richter vorgesprochen hatte, und hörte dabei auch von der Fruchtlosigkeit seines Bemühens und Dieners Ansichten von weiblicher Tugend und Ehre.

Nein, sagte sie sich bedrückt, es sind keine guten Zeiten für uns Frauen. Aber waren sie schon jemals besser? All das Gesäusel von Minne und glühender Verehrung – zauberhaft und betörend! Und ebenso nutzloses Gebläse, wenn an der nächsten Ecke schon derjenige lauerte, der Minne mit bloßer Befriedigung und Begehren mit roher Gewalt verwechselte. Die einzige Vertreterin ihres Geschlechts, der nach den fragwürdigen Regeln dieser Männerwelt ungeteilte Wertschätzung zukam, war die reine Jungfrau und Gottesmutter Maria. Wie aber sollte ein irdisches Weib diesem Widerspruch in sich je genügen, zumal ja Forderungen und Regeln der Herren dieser Welt – egal ob Ritter oder Bauer, Pfaff' oder Ehemann – auseinanderklafften wie Paradies und Sündenfall?

Sie riß sich von ihren trüben Gedanken los, goß sich einen Becher Wasser ein, trank in kleinen Schlucken und sah dabei wieder versonnen auf den Destillierhelm in Gestalt einer Frau. Es wäre wunderbar, dachte sie schmunzelnd, könnte sich in so einem Weiblein all der Dampf, den Männer zu allen Zeiten entfachten, in gereinigter Form niederschlagen.

Es ging auf die sechste Stunde zu, als Wiltrud in der Küche ein Rumpeln hörte. Großmutter war von ihrem Ausflug in die nahen Wälder zurück. Die Enkelin ging zu ihr hinüber, um sich wegen des Mittagmahls zu beraten. Ein frischer Duft umfing sie, durchweht von leicht modrigen Schwaden.

Großmutters Wangen leuchteten rosig von der Anstrengung. Sie hatte einen Henkelkorb von der Größe eines Kürbisses mit sich geschleppt und war eben dabei, ihren reichhaltigen Fund auf dem Tisch in der Küche zu sortieren.

»Pilze!« rief Wiltrud erfreut. »Da kann ich mir den Weg zum Markt ersparen.«

»Wirst du wohl die Finger davon lassen!« rief die Ahn energisch.

Wiltrud zog erschrocken die Hand zurück. Was hatte sie nur wieder? Seit der Geschichte mit der Leichenhand war schwierig mit ihr umzugehen.

»Sind nicht für den Verzehr«, erklärte sie etwas weniger mürrisch und murmelte: »Gäb' ein wunderlich' Gericht.«

Wiltrud sah vor sich ein Häuflein weißgelber Stiele mit roten, von weißen Perlchen und Flocken gesprenkelten Kappen, und erkannte darin die Gewächse, vor denen Großmutter sie als Kind immer gewarnt hatte, weil sie den Wahnsinn brächten und schlimme Tagträume in einem Unbedachten aufsteigen ließen. Rabenbrot nannte sie die wunderschönen, aber gefährlichen Pilze, von denen auch behauptet wurde, daß sie Fliegen töten könnten. Und die Ahn wußte zu erzählen, daß sie dort sprossen, wo der Schaum aus dem Maul von Wodans achtbeinigem Wunderpferd Sleipnir zu Boden troff und die Erde mit magischen Kräften düngte.

»Wozu sind sie gut?« fragte Wiltrud neugierig und zugleich besorgt.

»Um sie zu trocknen«, wich die Alte aus und begann, die Pilze zu reinigen und in kleine Stücke zu schneiden. »Klaub lieber die Ringelblumen in einen Topf und bring sie der Baderin. Sie will sie für Blütenwein gegen Vergiftung.«

»Hör zu!« forderte Wiltrud beharrlich und faßte Großmutter am Arm. »Ich bin kein Kind mehr. Was verheimlichst du mir?«

»Bald wirst du's erfahren.« Sie blickte ihre Enkelin mit hintergründiger Verschmitztheit an, als wisse sie um ungeahnte Wunder. Und es lag wie früher viel Liebe in ihrem Blick, die im Moment nicht erwidert wurde.

»Ich bin es leid, mich auf bald und irgendwann vertrösten zu lassen«, maulte Wiltrud aufsässig. »Ich will es jetzt wissen oder überhaupt nicht!«

»Setz dich!« sagte die Großmutter nachgiebig und zog ihre Enkelin mit einem Seufzer neben sich auf die Bank. »Die Pilze haben ungewöhnliche Kräfte. Wer sich darauf versteht, kann sie sich zunutze machen. Sie öffnen die Augen, lassen dich Dinge sehen, die andere nicht sehen. Grenzen verwischen, Schweres wird leicht, und die Seele befreit sich aus dem Gefängnis des Körpers, erhält Flügel und schwingt sich auf zu den ewigen Wahrheiten.«

Wiltrud blickte skeptisch. Waren das bloß wieder Phantastereien wie ihr schrulliges Getue um die Eibe? Oder war es eine Art von Magie, am Ende verboten und verwerflich? »Was bezweckst du damit?« fragte sie beunruhigt.

Die Ahn sah nach oben, hatte den Blick ziellos in weite Ferne und zugleich nach innen gerichtet, als erhasche sie bereits einen Einblick in die Ewigkeit. »Wenn die Seele im Gleichklang mit dem Universum schwingt, ist sie dem Göttlichen nahe und empfängt Offenbarungen und Geheimnisse. Wenn erst die Stürme … seinen Namen kundtun … sie werden *seinen* Namen …«

»Großmutter!« Wiltrud rüttelte verzweifelt die Alte, die die Augen verdrehte und nur schnappend atmete, tätschelte mit flehendem Blick ihre Wangen und stammelte unentwegt: »Großmutter, nein, nein bitte, Großmutter nein …« Sie sprang auf, riß den Weinkrug vom Bord, goß überschwappend einen Becher voll und versuchte, der geliebten Ahn davon einzuflößen. Die ließ erst wie gelähmt den Roten aus dem Mundwinkel fließen, schmatzte dann plötzlich mit Zunge und Lippen und ließ die nächsten Schlucke genüßlich durch die Kehle rinnen. Nach einer Weile blickte sie verklärt ihre Enkelin an. »Wie … was ist …?«

»Dem Himmel sei Dank!« flüsterte Wiltrud unter Tränen. »Ich hätte es nicht ertragen, nicht jetzt.«

»Es war schön«, sagte die Alte mit glänzenden Augen, »hab' ein Stück deiner Zukunft gesehen.«

Wiltrud war alles andere als erfreut darüber.

»Was hast du?« tadelte die Ahn verständnislos. »Mir geht es gut.«

»Das mag schon sein«, gab Wiltrud angesäuert zurück, »und ich bin froh darüber. Aber das andere macht mir angst, dein ganzer Hokuspokus. Niemand kann die Zukunft deuten, außer mit verbotener Magie. Hör endlich auf mit deinen Beschwörungen, diesen seltsamen Zeichen und all dem Unsinn. Der Pfarrer ist mißtrauisch, und die Leute reden. Du bringst uns nur in Schwierigkeiten.«

»Bah! Sie wissen nichts!« zischte die Alte verächtlich. »Kümmer dich nicht um sie!«

»Dann tu's um meinetwillen!« flehte Wiltrud, sprang auf und raffte die Pilzstücke zusammen. »Ich werd' jetzt alle …«

»Gar nichts wirst du!« kreischte die Alte und packte sie mit ungeahnten Kräften am Handgelenk.

Wiltrud ließ verstört die Pilze aus den Händen rieseln. »Sie sind gefährlich«, protestierte sie, »du hast selbst gesagt, daß ...«

»Unsinn!« verneinte Großmutter kopfschüttelnd. »Nur für sorglose Narren, und die nehmen bloß Schaden an ihrem Stolz, weil ihnen der Pilz feurige Trugbilder vorgaukelt, von willigen Weibern und übermächtiger Kraft in ihren Lenden, die sie nie haben. Aber daran ist noch keiner gestorben.« Sie grinste schlitzohrig, was Wiltrud erst recht erboste. »Mach doch, was du willst!« rief sie erregt, griff sich den leeren Korb und stob aus der Küche.

Es tat ihr schon wieder leid, kaum daß sie die Haustüre krachend hinter sich zugezogen hatte. Was war nur in sie gefahren? Warum mußte sie sich mit Großmutter zanken, die sie geliebt und verehrt hatte von klein auf, mit der sie über alles reden konnte ... Eben nicht! In erneuter Zorneswallung trat sie gegen einen Stein, daß dieser in hohem Bogen in den Bach flog. Sie war nicht mehr das Kindchen von einst, wollte ernst genommen werden, auch mit ihrer Besorgnis. Ihre Fragen ließen sich nicht mehr einfach durch Geschichten oder Naschwerk abspeisen. Sie wollte endlich Erklärungen, mit denen sie etwas anfangen konnte.

Dort drüben hauste jetzt Margret. Lange nichts von ihr gehört. Ob *sie* die richtigen Antworten auf ihre Fragen bekam? Stellt gar nicht erst Fragen, sagte sich Wiltrud bissig, zog den Mantel enger und richtete den Blick wieder nach vorn.

Wo es zum Bader abging, stand die Krämerin und tuschelte mit zwei Frauen der Nachbarschaft. Ob sie noch immer über die junge Ehe tratschten oder schon über sie und Großmutter und Heidenzauber, fragte sich Wiltrud angewidert und nickte gleichwohl freundlich.

In der Rosengasse dachte sie bereits milder über den Streit. Großmutter war eine alte Frau, die ihr Leben gelebt hatte und dem Tod näher stand als dem nächsten Frühling. Verlangte sie da nicht zuviel von ihr? Es machte keinen Sinn, sie nach Geheimnissen auszuforschen und mit ihr darüber zu streiten. Man mußte es eben hinnehmen, daß die Alten mit den Jahren wunderlich und ihre Geschichten zu ihrer Wirklichkeit wurden, und Großmutter war dabei, sich immer mehr in ihre eigene Welt einzuspinnen. Sollte sie doch ihre kleinen Heimlichkeiten haben. Wem tat sie damit weh? Schwierig war nur, daß sie sich um Zweifel und Einwände anderer nicht scherte und überging, daß einigen ihre versponnenen Ansichten und ihr seltsames Gebaren mißfielen.

Wiltrud hatte Gedränge am Markt befürchtet, da der Festtag für alle Heiligen bevorstand, aber entweder deckte sich die umsichtige Hausfrau schon frühmorgens ein und sie konnte jetzt nehmen, was übrig war, oder es hatte mit dem Tumult vor dem Rathaus zu tun, der zahlreiches Publikum anzog. Da hörte sie auch schon Gebrüll von der Schrayheit her, dem Platz, an dem der Henker arme Tröpfe und Gelichter an Haut und Haaren strafte.

»Das schadet dem arbeitsscheuen Pack nicht«, urteilte die Bäckersfrau zufrieden, von der Wiltrud erfuhr, daß drei unverbesserliche Müßiggänger, die sich zu Unrecht Almosen erschlichen hatten, mit Ruten gestrichen und geschoren wurden.

Sie fand kein Vergnügen an einem solchen Spektakel, das vielen als willkommene Belustigung diente, und freute sich mehr, daß der Stand der karpfenmäuligen Fischfrau fast leer war.

»Zwei betrügerischen Elstern wird auch noch das Gefieder gestutzt«, quoll es aus dem Fischmaul, von kollerndem Gelächter gefolgt. Wiltrud nickte nur teilnahmslos, wollte rasch weg.

»Würd's mir selber zu gern anschau'n«, sagte die Marktfrau mit Bedauern. Haben nicht nur elend betrogen, die zwei, sondern sich zauberischer Mittel bedient.«

Wiltrud bezahlte, dankte wortkarg und wandte sich zum Gehen. Irgend etwas in ihr ließ sie nicht den direkten Weg einschlagen. Zauberisch, hatte die Fischfrau gesagt – das gab's nicht alle Tage. Ob man es so einer ansehen konnte? Man mußte sich doch irgendwie …

Noch während sie grübelte, driftete sie unweigerlich dem Rathaus zu, und je näher sie kam, desto mehr wurde geschoben, denn unaufhörlich drängten Schaulustige nach, aus allen Gassen und Lauben und Torbögen quollen Gaffer hervor, die noch ganz nach vorne wollten. Und ehe sie sich's versah, hatte die Woge sie mitgerissen und mitten hinein ins Volk gespült, und je mehr sie dagegen ankämpfen wollte, desto enger schlossen sich die Reihen hinter ihr. Wiltrud fand sich unversehens von rauhen Händen ganz nach vorn gedrängt und mußte wohl oder übel dem Schauspiel beiwohnen.

Der Knecht des Henkers ließ eben die geprügelten Tagediebe laufen, die mitten durch die beifällig johlende Bürgerschaft das Weite suchten, und sich dabei zusätzliche Püffe einhandelten.

Neben dem Henker standen zwei Frauen im Unterkleid mit gebundenen Händen und zitternd vor Kälte. Der Älteren mit dem strähnigen Haar hatten sie die aufgeschnittenen Hälften eines Krautkopfs um den Hals gehängt, die an der Innenseite bräunlich schwarz verfärbt waren.

»Sie hat faules Gemüse angedreht«, brüllte der Knecht über den Platz, »und aus Neid und Mißgunst bei ihrer Nachbarin frischen Kohl welken lassen.«

In derjenigen, die am lautesten keifte und davon abgehalten werden mußte, die Alte an den Haaren zu reißen, erkannte Wiltrud die geschädigte Marktfrau. Sie war Bürgerin der Stadt, während die andere eine Landfrau war. Das erklärte schon einiges.

Wiltrud blickte der alten Frau ins Gesicht, aber da war nichts Verschlagenes, keine Spur von Heimtücke oder gar Haß – nichts, was auf die Gefährlichkeit einer Unholdin schließen ließ, bloß höllische Angst, die Wiltrud angesichts des Halsabschneiders und der brodelnden Menge nur zu gut nachfühlen konnte.

Aber wie hatte das Gesicht einer Zauberin auszusehen? Waren die hängenden Lider, die schlaffen Wangen, das faltige, zitternde Kinn nichts als Maske und geschickte Tarnung, um Mitleid zu heischen?

Der Henkersknecht verkündete, daß die Jüngere angebrütete Eier und arglistig Käse verkauft, diesen aber flugs zurückgeholt und dafür einen Stein in die Tasche gezaubert habe, was etliche bezeugt hätten.

»Der ist vor lauter Würmern davongelaufen«, brüllte einer hämisch.

Der Geprellte, der nach Rache gierte, verwahrte sich gegen den dummen Scherz, der ihn zum Einfaltspinsel machte, und bezichtigte das Weib nochmals faustschüttelnd der Zauberei.

»Wirst ihn selber gefressen oder verspielt haben«, juxte eine Färberin, ohne deshalb in Mitleid für die Beschuldigte zu verfallen, »und hast dir vor deiner Alten ins Hemd gemacht!«

Für Wiltrud schien dies der Wahrheit ziemlich nahe zu kommen, doch bei den meisten überwog die Furcht vor schädlicher Magie, und sie bezogen aus deren Bestrafung Genugtuung und für kurze Zeit das trügerische Gefühl von Sicherheit und Schutz.

Der Knecht löste die Fesseln der jungen Frau, und Meister Hiltprand packte sie grob am Arm, um sie in den Pranger zu schlagen. Er blickte dabei herausfordernd und verächtlich in die Menge. Wiltrud hatte das beklemmende Gefühl, daß sein Blick auch auf sie fiel und kurz verharrte, ja sogar boshaft aufflackerte. Sie wandte sich erschrocken ab, wollte weg und vor dem Scheusal fliehen, aber die Menge stand wie eine Mauer.

Der Züchtiger zerrte die kreischende Frau zu dem Schandgerüst. Während der Knecht die obere Hälfte anhob, zog Hiltprand an den Haaren den Kopf der Delinquentin in die Halsbeuge des Gestells und herrschte sie an, ihre Hände in die kleineren Mulden zu legen. Krachend fiel das schwere Brett herab und ergänzte die Halbkreise zu engen Löchern, aus denen es kein Entrinnen gab.

Die Sünderin war mit gebeugtem Rücken gnadenlos zur Schau gestellt und Spott und Schlägen ausgeliefert. Sie beteuerte lauthals ihre Unschuld, schrie hilflos ihren Zorn hinaus und verfluchte den Verleumder, was nur als weiterer Beweis ihrer verderbten Gesinnung galt, und schließlich ging ihr Toben in Geheul und Wimmern über, noch ehe der erste Streich die Haut ihres Rückens zerfetzt hatte.

Es war abstoßend, und Wiltrud hatte Mitleid mit der Frau, als der Knecht mit einem derben Ruck unter dem Gejohle der Meute das Kleid aufriß. Der Wind wehte stechend kalt von Westen her, aber der schneeweiße Rücken würde rasch glühen. Wiltrud fröstelte, rieb sich die Hände im warmen Hauch ihres Atems, während der Henker sein Hochamt des Schreckens zelebrierte. Er wählte aufreizend langsam aus dem Korb neben dem Pranger ein Bündel Ruten und schlug es prüfend gegen die Innenfläche seiner linken Pranke. Dann richtete er sich hoch auf, stemmte herausfordernd die Hände in die Seiten und ließ langsam den Blick über die Menge schweifen, die ehrfürchtig verstummte.

Plötzlich verzog sich sein Gesicht zur Fratze. Er ging vom Pranger weg auf die Leute zu, die angsterfüllt rückwärts drängten. Auch Wiltrud wich zurück, stieg dem Hintermann auf die Zehen, wurde wütend wieder nach vorne gestoßen und warf sich erneut gegen die Wand aus Leibern. Der Korb entglitt ihr. Sie riß an Kitteln, schob und pufftte. »Laßt mich!« schrie sie, »zur Seite, um Himmels willen …« Sie glaubte schon den Atem des Henkers im Nacken zu spüren, blickte in Panik hinter sich – das Scheusal machte keine Anstalten, ihr zu folgen. Es deutete bloß ungelenk eine Verbeugung an und lud spöttisch ein: »Bleibt nur, Hafnerin! Heut ist Teufelsaustreibung, kostet nichts. Für diesmal.«

Ein Raunen und Tuscheln ging durch die Umstehenden, wurde weitergetragen und erfaßte im Nu die Gesamtheit der Schaulustigen, war es doch höchst ungewöhnlich, daß der Henker das Wort an einen einzelnen Bürger richtete, wie dies umgekehrt auch strengstens für jeden galt, der Wert auf seine Ehrbarkeit legte. Es konnte nur bedeuten, daß die Hafnerin auf irgendeine unlautere Weise mit ihm zu schaffen hatte, und sie bekam plötzlich mehr Raum, als ihr lieb war, denn diejenigen, die sie eben noch eingekeilt hatten, wichen angewidert zurück. So eine ist das also: Nicht nur der Spielmann, wahrscheinlich auch … dann wird er sie wohl bald ins Henkerhaus schaffen zu den anderen Huren. Was meinte er mit Teufelsaustreibung … den Bauerntrampel da im Stock? Nein, nein, die da, die Hafnerin geht's an, bei der war doch auch die Sauerei mit dem Kater …

Geifernde Mäuler, glotzende Fratzen, meckerndes Gelächter, Nasenungetüme, Kichern, schubsende Hände, und dieses entsetzliche Dröhnen in den Ohren, alles vermischte, alles drehte sich … Wiltrud torkelte durch den Spalt zurückweichender Schatten, strauchelte, raffte sich auf, streckte verzweifelt die Hand aus nach dem hellen Fleck vor ihr, taumelte darauf zu, und plötzlich spie das wogende Monstrum aus verstörten Gaffern und keifenden Aufwieglern sie aus wie einen faulen Kern. Und so fühlte sie sich auch: ausgespuckt aus dem Munde der Ehrbarkeit.

Sie wußte nicht mehr, wie sie nach Hause gekommen war, erinnerte sich nur noch, wie Großmutter sie entsetzt anstarrte und »Kindchen« stammelte und wie sie sie beiseite schob und in ihre Kammer stürmte. Da lag sie den ganzen Nachmittag, vergrub sich, nickte ein, schreckte aus Alpträumen hoch, begann zu grübeln ... ein Teufelskreis, aus dem die Ahn sie jetzt mit einer Schale heißer Brühe zu locken versuchte.

Schweigend trank sie in kleinen Schlucken, die Wärme tat wohl. Ein erneuter Schauer überlief sie, als wieder die Bilder vom Markt vor ihr aufstiegen. Was, um alle Welt, wollte dieser verdammte Henker von ihr? Und was sollte das Geschwätz von Teufelsaustreibung und all das Gerede unter den Leuten? Etwa bloß, weil sie flüchtigen Kontakt zu Spielleuten hatte? Lächerlich! Dann müßte die ganze Hochzeitsgesellschaft geschnitten werden, und diese Sophia hatte sie doch kaum gekannt. Und Siegfried war schließlich Sänger und Dichter und hatte einen ehrenhaften Namen. Ging das nicht in die Hohlköpfe dieser Tugendwächter hinein? Und sie hatte auch mit ihm noch längst nicht ... Ein lautes Klopfen unterbrach ihren Gedankensturm.

»Ich will jetzt niemanden sehen«, flehte sie halblaut, aber die Ahn war schon dabei zu öffnen, und gleich darauf lugte ein Knabe, der Wiltrud fremd war, in die Kammer und stotterte, daß der Sänger Siegfried ihn schicke und daß der dringend die Hilfe der Frau Meisterin brauche.

Wiltrud unterdrückte einen Schrei. »Was ist passiert?«

»Weiß nicht«, druckste das Bürschchen herum, »müßt sofort kommen.«

»So, muß ich.« Ärger stieg in ihr hoch, und sie fragte dennoch besorgt: »Ist er verletzt?«

Der Knabe schüttelte den Kopf und wollte schon wieder davon.

»Wohin denn, du Tropf?« rief Wiltrud gerade noch.

»Zum Henkerhaus«, piepste er und trollte sich.

»Nein«, preßte Wiltrud tonlos hervor und spürte, wie sie zu zittern begann. »NEEEIIN!« schrie sie so laut, daß Großmutter sich erschrocken die Ohren zuhielt. »Keine zehn Pferde mehr ...« Gleichzeitig hatte sie Schreckensvisionen: Siegfried verletzt ... Siegfried irgendwo in seinem Blut ... Unsinn! Der Bursche hatte es verneint. Ach, der wußte selber nichts. Sie mußte sich Gewißheit verschaffen.

»Verdammt!« Sie stampfte wütend mit dem Fuß auf und biß sich in die Knöchel ihres Handrückens. Warum ich? Warum bloß ich? Wahrscheinlich hat er alles verspielt oder wieder zuviel getrunken, wollte sie sich einreden. Mit dem Henker hatte das nichts zu tun. »Es hilft nichts«, gab sie schließlich nach. »Ich muß.«

Sie stand auf und nahm den Mantel von der Truhe. Großmutter fiel ihr in den Arm, wollte sie zurückhalten. »Das verstehst du nicht«, sagte die Enkelin, und schob sie sanft, aber bestimmt zur Seite.

Auf der Gasse sprangen sie Düsternis und Kälte an. Bald würde es den ersten Frost geben. Rauch und brandiger Duft unzähliger Herdfeuer lagen in der Luft und erweckten das unpassende Gefühl von Behaglichkeit. Sie mußte verrückt sein, hier draußen herumzurennen, noch dazu alleine, entgegen allen Warnungen.

Es war noch nicht stockfinster, aber weit und breit kaum jemand zu sehen, allenfalls ein paar eilende Schatten. Die dünne Mondsichel, die nur träge leuchtendes Fett ansetzte, war keine Hilfe. Von ferne, aus der Gegend des Rößlwirts, wehte Geschrei herüber. Sie hörte Getrappel. Auf der anderen Seite des Angerbachs hielt die Scharwache auf den Radau zu. Sollten die sich doch um betrunkene Sänger kümmern!

Wiltrud bekam zunehmend Zorn auf Siegfried. Was bildete der sich ein? Sie war doch nicht seine Amme. Es war das letzte Mal, daß sie sich auf so etwas einließ. »Männer!« fauchte sie. Man hatte einfach nichts als Ärger mit ihnen.

Am Ende ihrer Gasse wandte sich Wiltrud nach rechts und verspürte augenblicklich wieder Beklemmung. Im Schatten der Mauer schien alles ruhig – viel zu ruhig, argwöhnte Wiltrud. Es war weiß Gott keine gute Gegend. Ärmliche Hütten und windige Verschläge säumten hier das Vorfeld der Stadtbefestigung, und wer es sich nur irgendwie leisten konnte, wollte in der Nähe des Henkers nicht einmal begraben sein.

»Ist heute nicht mein Glückstag«, schimpfte sie vor sich hin. Sie lief schneller, zuckte beim Rascheln einer Ratte zusammen, spürte das Herz im Halse hämmern und brachte das Bild nicht aus dem Kopf, daß sie sich hier schon einmal verfolgt glaubte.

Vorne beim Henker schien alles ruhig, wenigstens auf der Gasse. Kein Geraufe und Lärmen, kein Schimmer einer blakenden Fackel: Es herrschte Totenstille.

Da schlug etwas hart gegen ihre Beine. Sie stolperte, fiel jäh vornüber. Noch im Stürzen verwünschte sie ihre Blindheit, mit der sie den Stock übersah. Im Hochrappeln fiel pechschwarze Finsternis auf sie herab, und muffiger Geruch verschlug ihr den Atem. Ihre Hände, die Halt suchten, flatterten im Nichts, krallten sich an Kitteln fest und ließen in Panik wieder los. Fremde Hände vergriffen sich an ihr, rissen sie hoch und schleiften sie seitwärts in einen Bretterverschlag.

Erst jetzt wurde Wiltrud der Angriff bewußt. Sie versuchte zu schreien, als ihr eine breite Hand das stinkende Sacktuch über dem Kopf gegen den Mund preßte, daß ihr übel wurde. Sie strampelte und schlug wild mit den Beinen um sich, aber das Scheusal, das sich ihrer bemächtigte, war vielarmig und gierig und besaß derbe Kraft.

Sie wurde zu Boden gestoßen und von vielen Händen niedergedrückt. Ihr Kopf ruhte auf rauh gekleideten Schenkeln, wenigstens nicht mehr verdreht, als wollte man ihr den Hals brechen. *Nicht gleich ... sie töten nicht gleich ...* jagte in Bruchstücken durch ihr Gehirn und ließ trotz häßlicher Angst Erleichterung keimen.

Ihr Mantel wurde vollends aufgeschlagen. Etwas pikste sie am Handrücken und durch den dünnen Ärmel: Mußten irgendwelche Halme sein. Es gab Halme von Gräsern oder von Heu, Halme von Gerstenstroh, Haferstroh, Halme von Binsen, Halme von Schilf ... Ihr Bewußtsein spielte verrückt, kümmerte sich um Nichtigkeiten, errichtete Schauplätze von grotesker Künstlichkeit, um sich dem Grauen zu versagen. Sie spürte kaum Kälte, als ihr Kleid hochglitt. Ein verwilderter Gedanke glühte alles in ihr aus: *Sie tun es ... tun es mit Gewalt!!!*

Sie rang nach Luft, röchelte, bäumte sich auf, hörte wie durch einen Nebel Prusten und Gekicher, sah in ihrer Finsternis grelle Farben und dämonische Fratzen, starrte in einen Abgrund gähnender Leere und kämpfte mit schwachen Blitzen ihres Gehirns gegen die Krallen der Ohnmacht, die verräterische Erlösung anbot. Sie nützte einen Augenblick sorglosen Drucks und biß durch den Sack wie ein tödlich bedrängtes Reptil in die Hand des Würgers, der jämmerlich aufschrie und »verdammtes Miststück« brüllte.

»Halt's Maul, du Narr!« zischte ein anderer.

Wiltrud schnappte nach Luft, pumpte die Lungen voll, und plötzlich begann sie zu lachen, erst verhalten und glucksend, dann anschwellend, durchdringend und schließlich schrill und hysterisch.

»Sie wird irre«, rief einer.

»Blödsinn!«

Eine Hand schlug ihr – vom Sackleinen kaum gemildert – mehrmals grob ins Gesicht. Das Lachen erstarb in Tränen, das Schütteln ihres Körpers lief in Zittern aus. Und plötzlich verspürte sie Wut, unbändige Wut, und wußte selbst nicht, wo sie die Kraft hernahm. »Ihr feigen Schweine!« brüllte sie. »Widerliche Feiglinge! Ich kenne euch, alle, wie ihr da seid! Erbärmliche Lotterbuben seid ihr!«

Sie werden dich töten, brannte sich in ihr Gehirn ein, *jetzt müssen sie dich töten ...* Der Triumph sollte wenigstens auf ihrer Seite sein: »Fühlst du dich tapfer, Niklas? Wird er stehen, Seibold?«

Aufjaulen und Getuschel unter den Helden bestärkten sie, leider auch ein Hagel Schläge. »Sie soll aufhören, die Metze!« Einer preßte ihr wieder den Mund zu.

»Schluß jetzt, ihr Tölpel! Merkt ihr nicht, was sie spielt?« Es war Niklas, der alle Vorsicht preisgab. »Wenn sie's weiß, soll sie's auch genießen. Wird sich zeigen, ob der Spielmann die Flöte besser beherrscht.«

Er legte sich auf sie und höhnte: »Ich nehm' mir nur, was ohnehin mein ist.«

Wiltrud versuchte verzweifelt, sich zu wehren, aufzubäumen, loszureißen – sein Körper lastete bleischwer auf ihr, und was vor Tagen noch Wonne versprach, verzerrte sich im Strudel ihrer Sinne zu harter, widerwärtiger Bedrängnis.

Urplötzlich ließ der Druck nach, ließen die Burschen allesamt von ihr ab. Sie hörte ein seltsames kehliges Krächzen, das ihr ziemlich erregt vorkam.

»Weg hier!« zischte einer.

»Verdammt! Bleib mir vom Leib!« Es war die Stimme von Niklas.

Ein Raunen und Rascheln, Gegenstände fielen krachend um – alles deutete auf Flucht hin. Die Geräusche entfernten sich.

Benommen richtete sich Wiltrud auf und zog den Sack vom Kopf. Sie atmete tief durch, versuchte das Dunkel zu durchdringen. In der Türöffnung des Verschlags hob sich ein Schatten ab.

»Ich danke Euch«, sagte Wiltrud matt, »wer immer Ihr seid.«

Die Gestalt drehte sich wortlos um und verschwand.

»Wartet!« Wiltrud raffte sich auf, schleppte sich zur Tür. »Bitte«, schickte sie der rettenden Gestalt hinterher, die Richtung Henkerhaus lief und rasch von der Dunkelheit verschluckt wurde. Sie lehnte sich gegen den Pfosten, begann lautlos zu weinen und spürte schmerzlich ihren geschundenen Körper, aber mehr noch die Verletzung tief drinnen.

Als sie endlich zu Hause war, gab es nichts mehr, was sie ausspeien konnte. Sie brach lärmig in die Küche ein, schürte die winzige Glut zu lodernder Flamme hoch, als wollte sie die ganze Stadt ausglühen. Ungeachtet der bescheidenen Zahl ihrer Gewänder, riß sie hektisch ihre Kleider vom Körper und warf sie ins Feuer. Könnte nur die Erinnerung zugleich in Rauch aufgehen.

Der Lärm rief die Ahn herbei. Wiltrud nahm sich nicht Zeit, das Wasser zu erwärmen, sondern zog sich den hölzernen Kübel heran und fing wie besessen an, sich zu waschen, schrubbte mit einem rauhen Lappen voll Ekel und ohnmächtiger Wut bis die Haut mehrstellig zu bluten begann. Endlich ließ Wiltrud sich erschöpft von Großmutter in eine Decke hüllen, nahm den dargebotenen Würzwein an und war allmählich in der Lage, stockend und von Krämpfen geschüttelt, über das Grauen zu reden.

»Du hast einen Schutzengel«, sagte Großmutter mit Erleichterung und Zufriedenheit in der Stimme, als sie von der dunklen Gestalt erfuhr. »Er läßt nicht zu, daß es auf *diese* Weise geschehen wird.«

In dieser Nacht blieben sich Feuer und Wasser feindlich gesinnt, konnten Feuchte und Wärme sich nicht vereinigen, denn das verbindende Agens war Gewalt und nicht Liebe. *Verbrenne im Wasser und wasche im Feuer* – es war eine einzige große Lüge.

Und die Wunde war von eisiger Kälte.

30. Kapitel

Eine Wolke aus Weihrauch, Gebeten und Jubelgesängen wirbelte unters Dach von St. Peter. Das Hochfest Allerheiligen diente dazu, die Gemeinschaft und das leuchtende Vorbild der Blutzeugen zu preisen und sich zugleich ihrer Fürsprache zu versichern, obwohl dies nicht einhellige Freude hervorrief. Es war wie mit Köchen, die durch ihre Vielzahl allein noch nicht für die Schmackhaftigkeit eines Gerichtes bürgten. So schien es manchem klüger, gleich bei derjenigen geheiligten Person vorzusprechen, von der man wußte, daß sie sich einer Sache wirklich annehmen konnte, weil sie etwas davon verstand. Konnte Blasius etwa mit Kinderlosigkeit und Augenleiden umgehen, oder wußte Odilia umgekehrt das Kratzen im Hals zu kurieren? Eben!

Pfarrer Konrad war es angesichts der Schrecken vergangener Wochen auch weniger um Wunder zu tun, als um Buße und Läuterung. So verweilte er in seiner Predigt zum Feste aller Heiligen nicht lange bei den Seligpreisungen. Der hochgeschätzte *Lichtbringer* des Honorius von Regensburg schien ihm wie kaum ein Werk dazu geeignet, einem Sündenkrüppel ins Gewissen zu bohren und ihm die Aussicht auf sichere Höllenqualen zu verkünden. Nur ein Teil der Priester und Mönche, Kinder bis zu drei Jahren und merkwürdigerweise der größere Teil des Bauernstands durften danach auf sicheres Heil hoffen. Kaufleuten hingegen drohte wegen ihrer Betrügereien und Hinterlist mehrheitlich die Verdammnis, Gauklern sowieso.

Aber auch die Handwerker hielt der Pfarrer mit Honorius für überwiegend verloren, da sich ihre Werkstücke angeblich auf Betrug gründeten. Murren erhob sich darob allenthalben in St. Peter, aber der Priester drohte unbeirrt mit den Worten Hiobs: »Kein Dunkel gibt es und keine Finsternis, worin die Übeltäter sich verbergen könnten.« Und da sich der Lichtbringer Klarheit aufs Panier geschrieben hatte, erging sich nun auch Pfarrer Konrad in der Schilderung scheußlichster Qualen.

Wiltrud hatte sich an diesem trüben Morgen nicht aus Bedürfnis in die Messe geschleppt, sondern bloß, um nach den Anwürfen und der öffentlichen Ächtung vom Vortag nach außen hin Kirchentreue und Rechtgläubigkeit vorzuführen. Sie erschrak bei Pfarrer Konrads Schilderung, daß in der Hölle mit einem nie verlöschenden Feuer zugleich solch unerträgliche Kälte herrsche, daß selbst ein feuerspeiender Berg sich in Eis verwandeln müsse. Es erinnerte sie an ihren Schwur, und dortselbst mit Niklas auf ewig verbunden zu werden, erschien ihr als schrecklichste aller möglichen Qualen. Das Schlangengezücht aber, die feurigen Ketten und schweren Peitschen, von denen der Priester sprach, gönnte sie all jenen von Herzen, die in der vergangenen Nacht über sie hergefallen waren.

Die weniger Hartgesottenen unter ihnen fuhren zusammen bei der Ankündigung, daß der Herr die Sünder bevorzugt an jenem Glied strafe, mit dem sie gesündigt hätten und daß die Seligen alles wüßten. Und es war auch keineswegs tröstlich, daß selbst Sterbliche die Guten von den

Bösen unterscheiden könnten, weil diejenigen reinen Gewissens ein fröhliches Aussehen und aufrechten, leichten Gang hätten.

Wiltrud, die das Gotteshaus frühzeitig verließ und niemanden um sich haben wollte, wunderte sich mürrisch, daß Wolfhart gleich nach der Messe nach Hause kam, anstatt wie üblich den ganzen Tag mit seinen Freunden herumzuhängen. Und es verblüffte sie noch mehr, daß er sich nützlich machen wollte und sich für lästige Arbeiten erbot und dabei eine aufgesetzte Fröhlichkeit zur Schau trug, die noch beim Gutwilligsten den Argwohn geschürt hätte. Dabei entging es Wiltrud nicht, daß Wolfhart nach Kräften vermied, ihr in die Augen zu sehen.

Schließlich packte sie ihn am Arm, riß ihn herum und faßte ihn unterm Kinn, so daß er notgedrungen zu ihr aufschauen mußte. »Rede!«

Der Lernknecht wand sich stotternd und wollte Unwissenheit vortäuschen, aber die Meisterin schüttelte ihn und brüllte erregt: »Du weißt genau, was ich meine!«

Als er weiter nach Ausflüchten suchte, machte sie sich den Pfaffen zunutze: »Du wirst im Höllenfeuer schmoren!«

»Ich, ich will nicht verdammt ... ich wäre nicht ... hab's nicht gewußt, ehrlich ... ich ...« Seine Fassade fiel in Gestammel und Tränen zusammen.

In Wiltrud stieg ein gräßlicher Verdacht hoch. Ihr wurde plötzlich bewußt, daß sich Wolfhart in der vergangenen Nacht bei all dem Lärm nicht einmal hatte blicken lassen. Es war ihr gestern nicht aufgefallen. Sie stieß ihn gegen die Wand und forschte mit harter Stimme: »Warst du etwa dabei?«

»Ich wußte von nichts ... ich ...«

»WARST DU DABEI?«

Wolfhart blickte verschämt zu Boden, nickte zaghaft. Er glitt heulend an der Wand herunter, kauerte sich zusammen und hielt schützend die Arme über den Kopf in Erwartung der Schläge.

Wiltruds Beine drohten zu versagen. Sie sackte auf die Bank und schlug fassungslos die Hände vors Gesicht. Sie mochte es nicht glauben – ihr Lernknecht hatte sie ... Ekel erfaßte sie wieder. Ein kalter Schauer durchlief ihren Körper. Sie schüttelte sich, schlang ihre Arme eng um die Brust und starrte angewidert auf das Bürschchen am Boden. »Warum?« fragte sie gequält mehr sich selbst.

»Es war ganz allein Niklas' Einfall, hat vorher nichts gesagt, nur ...«

Wiltrud sah mit glasigen Augen durch ihn hindurch, als hörte sie seine jämmerliche Verteidigung gar nicht.

Wolfhart wischte den Rotz am Ärmel ab und plapperte mutschöpfend weiter: »Ich bin sonst nur mitgegangen, wenn so eine Magd, ich meine, eine Dirn', so ein unkeusches ...«

»Ein was?« fragte Wiltrud lauernd und legte den Kopf schief, als könnte sie's nicht glauben.

»... so ein Weib eben, das nichts wert ist und nur geil und ...« Sein Kopf schlug krachend gegen die Wand von der Ohrfeige, die ihm Wiltrud verpaßte. »Nichts wert!« – klatsch – »Du Dreckstück sagst: nichts wert!« – klatsch, klatsch ... Wiltrud schrie und schlug in tobender Wut, und der Lernknecht bezahlte für das ganze Pack. Erst als ihr selber die Hände schmerzten, hielt sie inne und ließ sich erschöpft und schwer atmend auf den Boden sinken.

Sophia! durchzuckte es sie plötzlich. Sie rappelte sich auf, packte den Burschen an den Haaren und riß seinen Kopf hoch: »Wer von euch Schweinen hat Sophia auf dem Gewissen?«

Er schüttelte den Kopf, und wilde Angst schrie aus seinen verheulten Augen. »N-n-niemand. Sie töten mich!«

»Dann tut's eben der Henker, ist mir egal.«

Die Kälte der Meisterin ließ ihn den Strang und Schlimmeres fürchten. »Es war ein Unfall«, beteuerte er und schilderte stockend und von Wiltruds Zorn bedroht, daß Seibold da ein Problem hatte und daß sie doch nur durch ein Gegenritual den argen Fluch aufheben wollten, der auf Seibolds Glied lastete. Das Spielweib habe auf einmal ein Messer in der Hand gehabt, und bei der Rangelei sei es dann eben passiert. »Selber schuld«, urteilte Wolfhart mit Überzeugung, »sie hätte schließlich einen von uns töten können.«

»O Gott!« flüsterte Wiltrud, fassungslos über solch rohe Dummheit eines Halbwüchsigen, und wünschte fast, Sophia hätte Erfolg gehabt. »Und Else?« fragte sie wie abwesend.

»Hat noch gelebt, ich schwör's bei allen Heiligen!«

Ihre Gedanken schwirrten durcheinander. Sie schritt, die Arme schützend um den Körper gepreßt, auf und ab und überlegte fieberhaft, was zu tun sei. Sollte sie beim Richter Klage erheben? Schon der Gedanke erschien ihr als verlorene Mühe, sowohl was Sophias Tod betraf als auch in eigener Sache. Es gab keine brauchbaren Zeugen und noch weniger den Willen, Frauen in solchen Fällen Gerechtigkeit widerfahren zu lassen. Diese bittere Lektion hatte sie inzwischen gelernt. Sie mußte die Angelegenheit selbst regeln und tat das Nächstliegende. »Verschwinde!« sagte sie abfällig und wandte sich von Wolfhart ab. »Pack deine Sachen und geh, augenblicklich!«

Der Lernknecht stierte entsetzt. Das konnte sie nicht tun, das durfte sie nicht. Es gab doch einen Vertrag, und sie hatte Fürsorgepflicht, und wenn er unterm Jahr ging, gar rausgeworfen wurde, dann kam er vielleicht auf eine schwarze Liste und dann ... »Nein«, sagte er weinerlich, »nur das nicht, bitte!«

»Geh mir aus den Augen!« sagte die Meisterin kalt. »Beim Mittagläuten will ich dich hier nicht mehr sehen!«

Nachmittags klopfte Peter Barth an in der Hoffnung, durch sie ein Stück weiter in seinen Überlegungen zu kommen.

»Ah, Ihr kommt wegen der Figürchen«, sagte sie kurz angebunden und ging schon zum Tisch an der Wand.

»Nicht eigentlich«, erklärte Peter und wollte seine Besorgnis äußern. »Ich habe davon gehört ...«

»Wovon?« fuhr Wiltrud erschrocken herum, so daß Peter annahm, daß der Vorfall sie sehr mitgenommen hatte. »Die Sache am Markt«, sagte er behutsam.

Wiltrud wiegelte ab und erschien ihm fast erleichtert. Nahm sie die Sache etwa nicht ernst? »Der Vorwurf der Zauberei und eines Teufelsbundes ist kein Spiel«, sagte er nachdrücklich, »es wird viel gemunkelt über den Kater und so ...«

»Die Leute zerreißen sich andauernd das Maul«, erwiderte sie heftig. »Zu Lebzeiten meines Vaters hat sich niemand an dem Betrieb hier gestört. Jetzt heißt es, der beißende Rauch des Ofens sei untragbar, die Brandgefahr zu groß und ähnlicher Unsinn. Wenn ich an die Krämerin nur denke, wird mir schon schlecht.«

»Ihr habt vor Tagen selbst gesagt, daß der Gesellpriester häßlich über die Ahn und Eure Mutter gesprochen hat«, suchte Peter zum Kern seines Anliegens vorzudringen.

Die Hafnerin schaute mißtrauisch. Peter erklärte, daß er nach Gründen suche, die mit dem Tod des Priesters zu tun haben könnten und versicherte umgehend, daß er keinesfalls sie verdächtige.

Zögernd schilderte Wiltrud, daß Mutter stets sehr bedrückt gewesen sei, und die Leute etwas von Melancholia gesagt hätten. Ein Bader habe ihr erklärt, daß dabei die schwarze Galle aufs Gehirn drücke, es erhitze, und auf diese Weise heilsamen Schlaf störe und mißgünstiges Klagen hervorrufe. Nicht einmal das Allheilmittel Nieswurz habe dauerhafte Linderung gebracht. Später habe einer behauptet, Bäder würden ihr guttun, aber wie sollte das sein, wenn schon Gesunde spöttisch behaupteten, sie gingen mit gereinigten Körpern, aber geschwärzten Seelen nach Hause. Und dann habe einer behauptet, die Ursache sei anhaltende Vernachlässigung fleischlichen Begehrens, denn der coitus trage wesentlich dazu bei, die Körpersäfte im Gleichgewicht zu halten.

»Vater griff den Vorschlag natürlich begierig auf«, fuhr sie angewidert fort. »Ich wurde dann rüde aus Mutters Bett gewiesen, hörte aber von draußen sein dumpfes Stöhnen und bangte jedesmal um Mutter, die hinterher noch gequälter aussah.«

Peter bemerkte ein Zittern an ihr und daß sie Tränen in den Augen hatte. »Setzt Euch doch bitte«, bot er betroffen an.

Sie wies die Hand zurück, fuhr sich über die Augen und straffte sich. »Und dieser Pfaffe schalt sie als Sünderin«, brach es aus ihr hervor, »faselte etwas von einer Hildegard, einer geheiligten Äbtissin, die den Trübsinn damit erklärt habe, daß der Teufel nach Adams Sündenfall die Schwarzgalle in ihm zusammengeblasen habe, die fortan wie die Finsternis der Gottlosigkeit sein Gemüt verdüstert habe. Folglich müsse sich Mutter einer schweren Verfehlung schuldig gemacht haben.«

»Hättet Ihr eine leise Idee …«, bohrte Peter vorsichtig weiter.

»Herrgott!« ging sie auf. »Sie hat niemandem etwas zuleide getan. Ich weiß es doch selbst nicht! Warum quält Ihr mich so?«

Peter hatte das unbestimmte Gefühl, daß es mehr etwas anderes war, das sie quälte und konnte es sich nicht erklären. »Was habt Ihr?« fragte er bemüht. »Ihr könnt Vertrauen haben. Das mit Siegfried ist alles …«

»Wie schön!« Es klang höhnisch.

»Wegen dieses Amuletts …«

»Auch Großmutter tut nichts Böses« – sie biß sich auf die Lippe –, »ich wollte sagen, der Alchemist, also ich habe, gezwungenermaßen, ein Gespräch zwischen ihm und Großmutter mitgehört, da sagte der so seltsame Dinge, und er hat ein Buch mit solchen Zeichen.« Sie schrieb nervös in die Luft. »Ihn müßt Ihr befragen.«

»Wer ist das?« fragte Peter erstaunt.

»Der weißhaarige Nachbar bei der Witwe nebenan.«

»Wärt Ihr so gut, mir das Amulett für diesen Zweck auszuleihen?«

Sie überlegte einen Augenblick, ging dann zum Wandbrett und entnahm es einer Dose. Fast schien sie froh darüber, es loszuwerden.

»Hmm, und dieses Pulver da …«

»Stammt auch von ihm«, kam es pfeilschnell von ihr. »Würdet Ihr jetzt bitte gehen.« Sie faßte sich mit der Hand gequält an die Stirn.

»Ich habe Angst um Euch«, sagte Peter zum Abschied.

Kurz vor dem Vesperläuten tauchte noch Siegfried bei Wiltrud auf. »Schickt jetzt einer den andern, um mich auszuhorchen?« fragte sie rüde.

»Wie?«

»Ach, nichts!«

»Was ist los?« Siegfried fühlte sich vor den Kopf gestoßen. »Ich wollte dir doch nur sagen, daß ich endlich mit den Proben zu diesen verflixten Mysterienspielen begonnen habe und ab jetzt wieder alles anders läuft.«

»Schön für dich.«

»Das klingt wie knirschender Schnee unter der Sohle.«

»Ja, doch, ich freue mich. Zufrieden?«

Siegfried blickte skeptisch, begann aber einfach zu erzählen: Von den einzelnen Stimmen und daß er ein Hirtenspiel vorgesehen habe, dazu vielleicht noch die drei Weisen, ja, und dann den verfluchten Herodes und seinen schändlichen Kindermord. »Aah, wenn erst die Söldner den flehenden Müttern ihre Kinder aus den Armen reißen – selbst die Hartgesottensten werden wehklagen und zu Tränen gerührt sein ... du interessierst dich gar nicht dafür! Ist es so schlimm, daß ich ein paar Tage lang nicht so recht ...«

»Nein, natürlich nicht!«

»Aber?«

»Nichts aber. Du kannst tun, was dir beliebt.«

»Das hört sich heute aber alles sehr frostig an.« Er schob ihr seinen Schmollmund entgegen.

Sie wich aus. »Ach, laß!«

»Was! Auch nicht einen kleinen Kuß? Was ist los mit dir? Hab' ich auf einmal die Pest, bloß weil ich ...«

»Du verstehst das nicht, und ich kann's jetzt nicht erklären«, entwand sie sich ihm und verspürte zugleich das heftige Verlangen, von seinen Armen gehalten zu werden. Es ging nicht. Etwas in ihr sträubte sich. Würde es je wieder gehen? Sie blickte bekümmert zur Seite.

Er faßte ihr zärtlich unters Kinn, drehte ihr Gesicht ihm zu. »Was kann ich denn tun?« fragte er aufrichtig. Ihre Augen waren feucht. Er zog sie zu sich heran, sie ließ ihn gewähren. Ein paar Atemzüge lang ruhte sie an seiner Schulter – *... und die Wärme des Mannes könnte die kalte Wunde einer Frau heilen* – welch ein Unsinn!

Sie löste sich, schob ihn fort. »Laß mir Zeit!« sagte sie und wandte sich ab.

Er setzte sich enttäuscht auf einen Schemel. »Du bist wie eine Rose, schön, wild und begehrenswert, aber mit Dornen.«

»Hör auf!«

»De Meung bietet im *Rosenroman* ganze Heerscharen zu

ihrer Verteidigung auf, aber am Ende wird sie mit Hilfe von Frau Venus doch …«

»HÖR AUF! Ich will solchen Unsinn nicht mehr hören. Für dich und deine Dichterfreunde ist das alles höfisches Spiel. Aber könntet ihr auch nur einen Gedanken woanders verschwenden? Könntet ihr Wortedrechsler nur einmal versuchen zu ermessen, wie sich eine gewaltsam gebrochene Rose fühlt? Geh jetzt! Ich will allein sein. Geh!«

Siegfried erhob sich langsam, wußte nicht, wie ihm geschah.

»Bitte geh!« Sie wies entschlossen zur Tür.

Siegfried schlich achselzuckend hinaus. »Auf bald!« sagte er betreten. »Bis sich die Sonne wieder zeigt.«

»Gib mir Zeit«, schickte sie ihm leise hinterher, rannte in ihre Kammer und warf sich verzweifelt aufs Bett.

31. Kapitel

»Ich sehe einfach nicht klar«, sagte Peter, »ob sie selber etwas zu verbergen hat, oder nur einfach ihre Ahn zu schützen versucht«, und dachte insgeheim: Lügen kann sie ja, das hat sie bewiesen. Sie gingen den Angerbach entlang Richtung Mauer, und beide schauten hinüber, als stünde die Lösung in großen Lettern auf ihrem Haus.

»Mißtraust du ihr schon wieder?« fragte Paul.

Eigentlich noch immer, dachte Peter und behielt es für sich, sagte dagegen laut: »Warum nur, frag' ich mich, geht dieser Henker auf dem Marktplatz auf sie zu, noch dazu mit einer Anspielung auf Teufelsaustreibung, und sie spielt das alles herunter. Nur mal angenommen, ihre Großmutter betriebe tatsächlich heidnischen Zauber, so mit Blut und Wahrsagen aus Köpfen und dergleichen, dann könnte sie doch auf irgendeine Weise mit dem Henker zusammenstecken, und ihre Enkelin deckt sie, warum auch immer.«

»Du wirst es nicht glauben«, sagte Paul, »ich hab' sie unlängst beim Henker gesehen. Bin mir jetzt wieder ganz sicher.«

»Wen?«

»Na, die Hafnerin.«

Peter blieb abrupt stehen. »Du hast was? Sag das noch mal!«

»Ja, wie ich unlängst bei den Hübscherinnen war – aus lauteren Gründen, wie du wohl weißt –, da hab' ich sie durchs Haus laufen sehen.«

»Aber das muß ja noch nicht bedeuten, daß sie etwas mit dem Henker ...« murmelte Peter verwirrt.

»Träumer!« unterbrach ihn Paul kopfschüttelnd. »Denkst du, sie geht zum Stubenfegen dorthin? Ja, auch nicht, was du jetzt denkst – kannst das Maul schließen –, aber deine erste Vermutung könnte doch passen.«

»Warum stellt dann der Jugulus sie öffentlich bloß«, dachte Peter laut nach. »Erpressung! Das ist es!« Er schlug die rechte Faust klatschend in die linke Handfläche.

»Wäre doch ungeschickt«, widersprach Paul, »wenn er die Kuh noch länger melken will.«

»Ach, es ist vertrackt«, seufzte Peter und schob den Freund weiter. »Sie hat auch so einen Alchemisten erwähnt, der mit ihrer Ahn etwas zu tun haben könnte.«

»Was ist *das* für einer?«

»Einer, der aus Dreck Gold macht, hab' ich gehört.«

»Dann sollte *ich* zu ihm gehen«, scherzte Paul.

»Irrtum, Freund, geh du schon vor« – er schlug ihm aufmunternd auf den Rücken –, »und ich statte dem Herrn noch einen Besuch ab.«

Peter ging die wenigen Schritte zurück. Die Witwe wußte nichts mit einem Alchemisten anzufangen, verwies ihn aber nach hinten in den Hof. Er wußte selbst nicht recht, was ihn erwarten sollte, aber etwas freundlicher hätte er sich den Herrn allemal vorgestellt. Erst nach dem dritten Klopfen ging die Türe einen Spalt weit auf, und eine rauhe Stimme fragte umstandslos aus dem Dunkel: »Was wollt Ihr?«

»Verzeiht!« sagte Peter höflich, »ich hätte Euch gerne ein paar Fragen gestellt.«

»Wer seid Ihr?«

»Peter Barth ist mein Name, bin Pfleger der Floßlände und ...«

»Hab' nichts bestellt und nichts zu verschicken«, sagte die Stimme noch mürrischer. »Geht wieder, habe zu tun!«

Peter stellte den Fuß in die Tür: »Einen Augenblick bitte, ich suche hierzu Euren Rat.« Er zeigte das Amulett vor, das wie ein Empfehlungsschreiben wirkte. Die Tür ging rasch auf, und hatte er eben noch wie ein Bettler davorgestanden, wurde er jetzt mit einem Ruck hineingezogen.

»Wegen der Wärme«, erklärte der Unbekannte, und Peter war's recht, wenngleich es ihm eher so vorkam, als sollten fremde Blicke ausgesperrt bleiben. Es war behaglich bis auf den stechenden Geruch, und Peter blickte neugierig um sich.

»Das Amulett!«

»Wie?«

Peter wurde am Handgelenk gefaßt: »O ja, entschuldigt, ich war noch nie ...«

Die harten Augen seines Gegenübers ließen ihn verstummen. Sie stachen aus einem gegerbten Gesicht, von dem der grauweiße Haar- und Bartwuchs nicht viel erkennen ließ. Der Alte nahm wortlos mit seiner anderen Hand das Amulett aus Peters Fingern.

Der wunderte sich über den festen Griff. »Was bedeuten die Zeichen?« fragte er.

»Wo habt Ihr das her?«

»Gefunden.«

»Warum kommt Ihr damit zu mir?«

Peter überlegte einen Augenblick, aber was sollte es für einen Sinn haben zu leugnen. »Die Hafnerin gab mir den Rat.«

Erst jetzt ließ der Alte Peters Handgelenk los und schien zu grinsen, als wisse er Bescheid.

»Die Zeichen«, wiederholte Peter und deutete ungeduldig auf das Amulett, »was bedeuten sie?«

»Langsam«, wehrte der Alte ab, schlurfte zum Feuer und unterzog im Lichtschein das Amulett einer eingehenden Prüfung.

Peter schaute sich inzwischen erneut um. Die Tische an den Seiten waren vollgestellt mit Behältern und Geräten verschiedenster Art, nur Bücher sah er keine. Vielleicht verwahrte er sie in der angrenzenden Kammer. Über der Herdstelle köchelte es in Kesseln und Dreifußtöpfen, aber es hingen keine Fledermäuse oder getrocknete Schlangen von der Decke, und trotz einer gewissen Unordnung schien alles überschaubar und wenig geheimnisvoll. Peter war erleichtert und zugleich enttäuscht. Wie sollte hier Gold entstehen? »Dient es einem Zauber?« fragte er neugierig und trat ungebeten näher ans Feuer heran.

»Segenswünsche«, erklärte der Alte fast verächtlich und fuchtelte dabei etwas mit dem Holzplättchen herum, ehe er's zurückgab. »Was hattet Ihr denn erwartet?«

»Oh, ich ... eigentlich nichts«, wich Peter aus, »deshalb kam ich ja zu Euch.«

»Habt Ihr etwa erwartet, bei mir einen Zauber vorzufinden?« fragte der Alchemist streng. »Dann könnt Ihr augenblicklich verschwinden. Damit vergeude ich nicht meine Zeit.«

»Sind es Runen?« fragte Peter so unbedarft wie möglich.

»Nennt sie, wie Ihr wollt«, beschied ihn der Alte schroff und mißtrauischen Blicks.

»Ich habe gehört, daß derlei Zeichen segensreiche Kräfte entfalten können«, flunkerte Peter, »und hatte gehofft, von Euch etwas über deren nutzbringende Anwendung zu erfahren. Vielleicht habt Ihr ja ein Buch, mit dem ...«

»Dazu benötige ich keine Bücher«, unterbrach ihn der Alte unwirsch, »denn die Dinge liegen einfach. Der Geist wohnt in seiner reinsten Form in den Sternen. Die Gestirne aber wirken unentwegt auf die Erscheinungswelt und geben den Dingen die Form, und die Vielfalt der Konstellationen der Himmelskörper bedingt die Mannigfaltigkeit der Materie, so wie Salomo die Weisheit mit ihren zwanzig erhabenen Eigenschaften die Bildnerin aller Dinge nennt. Auch Thomas von Aquin sagt klar in *De occultis operibus naturae,* daß die Gestirne für das Wachstum der Pflanzen oder der Mineralien im Boden, für alles Werden und Vergehen unvollkommenen Wesens verantwortlich sind.«

»Aber, was hat das …« Peter hielt ihm das Amulett hin.

»Geduldet Euch!« herrschte ihn der Alte an. »Alle Hast ist vom Teufel.« Und gemäßigter fuhr er fort: »Der Wissende kann nun versuchen, die Kraft der Himmelskörper gezielt herabzurufen, wohlgemerkt durch Gebete« – er hob eindringlich den Zeigefinger –, »und sie mittels Worten und Zeichen auf Steinen oder Pergament oder was auch immer festzuhalten, um damit auf Dinge zu wirken. Da ist nichts Verwerfliches dran.«

»Macht Ihr auf diese Weise auch Euer Gold?« fragte Peter beeindruckt und wurde sogleich wieder zurechtgewiesen.

»Wer hat Euch diesen Unsinn eingeblasen?« Der Alchemist sah Peter streng an. »Unwissende plappern viel dummes Zeug. Gold bedeutet nichts im Vergleich zum wahren Stein des Weisen. Aurum nostrum non est aurum vulgi. Unser Gold ist kein gewöhnliches, sondern lebendiges, unvergängliches Gold, aber das verstehen die wenigsten und wohl auch Ihr nicht. Geht jetzt! Ich habe zu tun.«

Peter verstand es in der Tat nicht und ärgerte sich gleichzeitig über die herablassende Art dieses Graubarts. »Eines noch«, sagte er, »Ihr habt der Hafnerin ein Pulver für ihren Vater …«

»Bleiweiß«, sagte der Alte ohne zu zögern.

»Was ist das?«

»Treffliche Frage.« Er schien belustigt. »Zosimos hat geschrieben: ›Errichte den Tempel aus einem einzigen Stein, wie Bleiweiß scheinend!‹ Ist es demnach die Quintessenz?« Er hob fragend die Hände und zuckte mit den Schultern. »Oder ist's die Jungfrauenmilch, von der Avicenna spricht, oder …«

»Ich möchte wissen, was es bewirkt«, fiel ihm Peter gereizt ins Wort.

»Vielerlei, doch ich gab's ihr zum Süßen des Weins. Es verwandelt selbst Galle in Süßmost.«

»Es wird allerlei geredet«, deutete Peter absichtlich an.

Der Alte kniff die Augen zusammen und zischte erbost: »O nein, Freundchen, ich weiß, worauf Ihr hinauswollt. Bloß weil Ihr ahnungslos seid, lasse ich mir doch von Euch nichts anhängen!« Er ging erregt auf und ab, während er seine Schimpftirade fortsetzte: »Ihr glaubt wohl, ich betreibe gemeine Magie! Hat *sie* Euch das eingeblasen? Dann solltet Ihr wissen, daß der Weiber Affinität zum Schadenzauber kraft ihrer Natur ungleich größer ist. Schon Al-Kindi wußte, daß menschliche Vorstellungskraft auf Gegenstände Strahlen senden kann, und daraus erklärt sich auch der böse Blick, mit dem alte Vetteln, deren Körper von Schwarzgalle überschwemmt und deren Geist dadurch boshaft getrübt ist, ihre Umwelt vergiften. Und was das junge Luder betrifft, da öffnet uns Roger Bacon die Augen, daß nämlich schon ein Spiegel, in den so ein Weib in seinen speziellen Tagen blickt, sich auf der Stelle blutfarben trübt. Fragt also bei des Hafners Weibern nach, wie sie ihm zugesetzt haben, und laßt mich in Ruhe arbeiten! Schert Euch fort!«

Peter wurde sich auf seinem Weg zur Lände zwar noch

längst nicht klar über das Gespräch, war aber über den Verlauf fürs erste nicht unzufrieden.

Der Bader und seine Mägde waren ziemlich erschöpft. Es war der Tag der Seelbäder, von Begüterten zur Reinigung der eigenen befleckten Seele oder eines Vorangegangenen gestiftet, von armen Schluckern zuhauf genossen. Neben der Säuberung grindiger Körper oblag es dem Bader auch noch, für deren leibliches Wohl zu sorgen. Und jetzt drängte am späten Nachmittag noch eine Gruppe dieser aufdringlichen Handwerksburschen herein und wollte bedient werden.

Der Bader hätte sie am liebsten weggeschickt, aber es war der Sohn des Wollwebers mit seinen Kumpanen, und sein Weib gab ihm zu verstehen, daß sie sich der Burschen annehmen werde.

Die tönten auch sogleich, daß sie ein berechtigtes Anliegen hätten, denn schließlich wollten sie der armen Seele Sophias gedenken, die jetzt ihrem höllischen Buhlen den Zuber beheizen und sich der Dämonenbrut hingeben müsse. Sie leerten die Becher auf Seibolds wunderbare Genesung, und ihr schmutziges Lachen ließ keinen Funken Trauer aufkommen.

»Bring was zu essen!« herrschte Niklas die Baderin an, und die entbot gleich darauf ein herrliches Pilzgericht. »Geh mir damit, bring Speck!« schimpfte Niklas, aber den anderen war's genehm, und sie putzten im Nu die Teller leer. Die übrigen Gäste beschwerten sich wegen dieser Bevorzugung, und die Baderin ließ deren Näpfe füllen mit einem Schlag Ragout, das wenigstens Spuren von Pilzen enthielt.

»Bist du schon voll?« stichelte Niklas nach einer Weile, als Seibolds Gesicht immer verklärter wurde und er selig über dem Rand des Bottichs hing. Liebhart kicherte wie ein junges Gänschen, was wahrlich nicht seiner Art entsprach.

»He, du Spund«, flachste Niklas zu Wolfhart, der eben noch wegen seines Rauswurfs bei der Hafnerin ein heulendes Elend war und jetzt nach den Brüsten der Reiberin grapschte, »hast du schon neuen Unterschlupf gefunden?« Und er traute seinen Augen nicht, als Seibold plötzlich sein Gemächt hoch aufgerichtet in seiner Linken hielt und wie ein Melker daran rieb. »Oho« prustete Niklas, »das nenn' ich eine Kur.«

Aber der Bader mochte die schlüpfrige Begeisterung nicht teilen und schimpfte besorgt: »Seid ihr alle verrückt geworden? Ich will nicht wegen euch geilen Tölpeln mein Badrecht verlieren! Haut ab hier! Geht zum Teufel!« Er drosch mit Badewedel und Tüchern auf die Burschen ein, um sie zur Vernunft zu bringen oder zu vertreiben.

Gemächlich erhob sich Seibold, nicht um zu streiten, sondern des Lockrufs wegen, den er vernahm. »Nicht zum Teufel«, nuschelte er wie betrunken, »Seibold muß Nonnen beglücken!« Er entstieg, wie von fremder Hand geführt, dem Zuber und wankte, während er drohend mit seinem Schwengel winkte, der Türe zu.

Die ärmlichen Badegäste staunten erst, dann feixten sie aufgekratzt und feuerten den berauschten Visionär noch an. Wolfhart folgte Seibold nackend in die eisige Kälte hinaus, während die anderen Burschen hastig ihre Kleider zusammenrafften und hinterher stolperten. »He, ihr Narren, wollt ihr euch den Tod holen?« brüllte Niklas. Er schlüpfte in seine Kleider und warf den Mantel um. »Eine feine Seelmesse«, rief er dem verblüfften Bader zu, lachte schallend und folgte belustigt den anderen.

32. *Kapitel*

Wiltrud summte, während sie ihr widerspenstiges Haar zu zwei dicken Zöpfen flocht. Es war keine echte Fröhlichkeit in ihr, dazu bestand weiß Gott kein Anlaß, aber grimmige Genugtuung entlockte ihr wiederholt ein schadenfrohes Lächeln. »Geschieht ihnen recht, den Mistkerlen«, murmelte sie zufrieden vor sich hin.

Der Skandal war längst Tagesgespräch im Anger und darüber hinaus. Dieser Wollwebersohn, gerade erst mit Putz und Prunk verheiratet, lief abends säuisch durch die Gassen! Oder dieser mißratene Nachzügler vom Ratsherrn Küchel, der sich selber als Tugendwächter gebärdete – pfui Teufel auch! Niemand nahm Anstoß daran, wenn eine Familie am Badetag schon zu Hause aus den Kleidern stieg und die paar Schritte nackend zurücklegte. Aber die Burschen strichen so durchs ganze Viertel, belästigten Frauen und wollten ins Sankt-Klara-Kloster eindringen. O Herr, strafe die Diener Sodoms!

Zu essen hatten sie noch genug, jetzt wo der Lernknecht fort war erst recht, aber Wiltrud wollte zum Markt, um sich das Gerede anzuhören. Es würde ihrer wunden Seele guttun, und diesmal würde nicht sie im Zentrum übler Nachrede stehen.

Wie erwartet, wurde überall lebhaft debattiert, aber jedesmal, wenn Wiltrud in die Nähe eines Grüppchens kam und bemerkt wurde, ging die laute Erörterung in Tuscheln oder peinliches Schweigen über, was beinahe schlimmer war als direkte Anwürfe, gegen die man sich wehren konnte.

»Rührt das Brot nicht an!« giftete die Bäckerin.

»Bin ich Dirn' oder Jüdin?« schnappte Wiltrud.

»Ist mir egal«, kam prompt zurück, »jedenfalls nicht länger ehrlich!«

»Na, haben's Euch die Unholdinnen freitags doch noch angetan«, fragte das Fischweib boshaft, »oder wolltet Ihr schon mal sehen, wie's ist?«

»Euer Lernknecht ist ja ein feines Bürschchen«, hetzte die Krämerin.

»Steht nicht mehr bei mir im Brot.«

»Besser für den Buben, bleibt ihm viel erspart ...«

Von wegen sich wehren können, dachte Wiltrud erbittert und suchte schleunigst das Weite. Sie lief zum Anger hinunter, um in ihrer Verzweiflung um Beistand zu bitten. Der Apostel Jakobus, Liebling des Herrn, dem neben der Muschel das Schwert zum Attribut geworden war, schaute in der Kirche beim Klarissenkloster milde auf sie herab. »Sankt Jakob«, flehte sie, »hast um des Glaubens willen den Kopf verloren, hilf, daß ich jetzt nicht den Glauben verlier!«

Als sie aus dem Dunkel des Kirchleins nach draußen trat, bemerkte sie vier Frauen unweit der Pforte des Klosters. Sie trugen schäbige, schmutziggraue Kleider und geflickte Mäntel, und eine jede hatte ein Bündel dabei. Zwei dieser Frauen saßen am Boden und brüteten erschöpft aussehend vor sich hin, während die beiden anderen sich stehend berieten.

Einem Instinkt folgend ging Wiltrud die wenigen Schritte auf sie zu und erfuhr, daß die vier eben an der Pforte abgewiesen worden waren. »Das kenne ich«, fühlte sie mit ihnen. »Was werdet Ihr nun tun?«

»Wir wissen es nicht ... sind am Ende ... auf Gott vertrauen ...« redeten die vier durcheinander, bis eine die anderen zurechtwies und erklärte, sie seien gottesfürchtige Beginen, suchten eine dauerhafte Bleibe und wollten Kranken und dem Herrn dienen.

Beginen, sagte sich Wiltrud, was immer das ist: Die vier sehen vertrauenswürdig aus, sind Frauen in Not, und ich könnte derzeit solche Gesellschaft brauchen. Und vielleicht wäre es auch ihrem Ruf dienlich, fromme Frauen um sich zu haben.

»Wenn Ihr wollt«, bot sie an, »könnt Ihr fürs erste bei mir unterschlüpfen. Ich kann Euch zwar keinen Palast bieten, aber wenn wir zusammenrücken, wird's gehen.« Die Freude und Erleichterung in den Gesichtern bestätigte Wiltrud in ihrer Entscheidung.

Großmutter war weniger davon erbaut, als die Enkelin mit ihren Gästen ankam. Sie erhob erst Einwände, dann Vorwürfe, aber Wiltrud blieb hart. Es konnte auch nicht schaden, wenn die Ahn durch die Anwesenheit der fremden Frauen in ihrem wunderlichen Treiben etwas gebremst wäre.

Als Wiltrud die Ankömmlinge mit dem Haus vertraut machte und ihnen Hof und Garten zeigte, entdeckte sie, daß der Deckel der Tongrube halb zur Seite gezogen war. Sie ging argwöhnisch darauf zu und schob den Deckel ganz von der Grube, da gähnte ihr ein dunkles Loch entgegen.

»Dieser Saukerl!« entfuhr es ihr wütend. Sie schlug sich auf die Lippen und hoffte, daß es den Ohren der Frauen entgangen war. Aber ihr Zorn war berechtigt. Während sie fort war, mußte der verdammte Lernknecht aus Rache die Grube gelehrt haben.

Es war noch nicht einmal das Geld für den Ton, das sie erzürnte, aber nun konnte sie erst wieder losziehen und sich auf der anderen Seite der Isar mühsam welchen besorgen. Außerdem wurde es von Tag zu Tag kälter, und in der vergangenen Nacht hatte es schon gefroren, was die Sache keineswegs erleichterte. Sie schloß die Grube, um wenigstens den kärglichen Rest als brauchbar zu bewahren und ging ins Haus.

Sie war noch nicht in der Küche angekommen, als heftig gegen die Haustür geschlagen wurde. Wiltrud öffnete erzürnt und sah sich dem derbschlauen Hauptmann der Richtersknechte gegenüber.

»Wiltrud Hafnerin?« fragte er ohne Umschweife, und quittierte ihr Nicken mit der Aufforderung, ihren Mantel zu holen. »Ihr müßt mitkommen«, befahl er, »Euer Lernknecht wurde tot aufgefunden.«

»Steh endlich auf, Faulpelz«, nörgelte Peter, stieß den Schläfer mit dem Fuß an und drückte den Laden auf.

»Bist du verrückt?« protestierte der Freund schlaftrunken. »Draußen ist es Nacht und saukalt!« Er warf sich auf seinem Strohsack herum und rollte sich fester in die Decke.

»Es ist taghell, es gibt Neuigkeiten und außerdem Arbeit«, drängte Peter, der schon lange auf war und beim kargen Morgenmahl vom jüngsten Streich der Handwerksburschen erfahren hatte.

»Ich muß mich um neuen Broterwerb umsehen«, schimpfte Paul vor sich hin, während er sich aufrappelte, »werd' langsam zu alt für die Quälerei am Wasser, nichts als Kälte und Gliederreißen ...«

»Weinhandel«, sagte Peter spöttisch, »weiß schon: abends grölend beisammenhocken, bis zum Engel des Herrn schlafen und zwischendurch gerade mal ein paar Fässer verkaufen.«

»Der Neid des Ahnungslosen«, brummelte Paul, während er sich in sein Gewand zwängte.

»Wir sollten unterwegs der Baderin einen Besuch abstatten«, schlug Peter ernsthaft vor.

»Hab' doch erst letzte Woche …«

»Mit ihr reden, Schmutzteufel! Komm jetzt!«

»Die Badstube ist noch nicht beheizt«, versuchte Klara, des Baders Weib, die Gäste dieser frühen Stunde loszuwerden.

»Das trifft sich gut«, sagte Peter, »wir wollten ohnehin nur mit Euch reden.«

»Gibt trotzdem viel zu tun, kommt ein andermal!«

Sie machte auf Peter einen seltsam fahrigen Eindruck. Die Gelegenheit mußte er nützen. Er schob sie an den Schultern behutsam, aber bestimmt zurück, drängte mit Paul ins Haus und flüsterte gewichtig: »Ist nicht für jedermanns Ohren bestimmt.« Dann bat er sie um ihre Meinung zu Elses Tod.

Die angestrengte Miene der Baderin entspannte sich leicht. Darüber wisse doch inzwischen die ganze Stadt Bescheid, tat sie ein wenig von oben herab. Sie habe dazu nichts mehr zu sagen.

»Damit wir uns recht verstehen, Baderin«, erwiderte Peter bedeutungsvoll, »die ganze Stadt kennt nicht die Wahrheit, noch nicht.«

»Was wollt Ihr?« fragte Klara verschreckt. »Ich weiß nichts.«

»Mehr als wir«, sagte Paul. »War Else geschwängert?«

Die Baderin schaute erst ungläubig, dann lachte sie laut auf. »Die Els'?« meckerte sie. »Woher denn? Die feinen Herrn haben sie zwar gern besprungen, aber hinterher als Hur' bezeichnet. Und die Gelehrten faseln doch, daß die Gebärmutter einer solchen voller Schleim und Haare ist und daher den Samen eines Mannes nicht festhalten kann. Gesehen hat's von den Siebengescheiten wohl noch keiner, aber demnach darf's doch nicht sein.«

»Nicht zwingend«, entgegnete Peter in der Manier des Servatius, der ihm anvertraut hatte, daß die Lust bei der Zeugung ein wesentlich Kriterium sei, das notgedrungen den Männern zufalle. Ein Wilhelm von Conches habe aber breit ausgeführt, daß in seltenen Fällen aufgrund der Schwäche des Fleisches Dirnen selbst bei Vergewaltigung Lust empfänden, so daß weibliches Sperma fließen und eine Zeugung ermöglichen könne.

»Ihr dreht es Euch wohl, wie Ihr's gerade braucht«, ereiferte sich Klara lauthals. »Die Else trug jedenfalls keinen Balg im Leib, und sie hatte auch nicht ihre ... ach, was versteht ihr Mannsbilder schon davon!«

Peter war willens ihr zu glauben. Als Kupplerin hatte sie unzweifelhaft die besseren Argumente.

»Dann ist es also völlig klar«, zog Paul nüchtern den Schluß, »daß Eurer Magd in der Nacht vor der Hochzeit Gewalt angetan und es hinterher vertuscht wurde. Und dasselbe haben die Schweine wohl mit ...«

Paul ballte erregt die Fäuste, und Peter legte ihm besänftigend die Hand auf den Arm.

Durch den Lärm kam der Bader hinzu, der erst alles abstreiten und sein Weib zum Schweigen nötigen wollte. Peter versicherte mit Nachdruck, daß er und sein Freund ihnen nichts Böses wollten, daß sie bei Verstocktheit des Baderpaares aber gezwungen wären, dem Richter ihre Beobachtungen mitzuteilen. Da brach es aus Utz heraus, daß er nicht für das Wollweberpack den Kopf hinhalten wolle und die Sache sich so darstelle: Er habe am Morgen danach etwas aus dem Schuppen gebraucht und sich gleich gewundert, daß die Tür zu dem Verschlag nur angelehnt gewesen sei. Er habe auch gleich das Blut gesehen und dann die Else, mitten im Lagerraum liegend. Anhand der Blutspuren vermute er, daß die Magd erst brutal genommen worden und dabei schon Blut geflossen sei. Sie habe sich dann zum Eingang geschleppt, sei aber von jemandem zurückgezerrt und gemeuchelt worden. Er selbst habe ihre Leiche erst unter dem Gerümpel versteckt und sie nächtens nach Schafswols Geheiß zum Bach hinausgeschafft, um die Badstube nicht in Verruf zu bringen.

»Warum ausgerechnet dorthin?« wollte Peter wissen.

»Es sollte so aussehen, als habe der Verrückte, der den Pfaffen umbrachte, auch sie auf dem Gewissen.«

»Wer war der Mörder?« fragte Paul streng.

»Ich weiß es nicht«, schwor der Bader, »bei allem, was mir heilig ist.«

Draußen klopfte es an der Tür. Ein Richtersknecht begehrte forsch Einlaß. Man habe die Leiche des Lernknechts der Hafnerin gefunden. Er forderte den Bader auf mitzukommen, um die Leiche zu beschauen.

Utz warf seinem Weib einen vielsagenden Blick zu und folgte der Aufforderung des Knechts. Peter verstand die Botschaft der Augen als: »Da hast du's!« und sagte mit strenger Miene zur Baderin: »Wo Ihr gerade dabei seid zu beichten, geht's besser in einem Aufwasch!«

Daraufhin gestand die Baderin, daß Wiltrud ihr Fliegenpilze gebracht und sie sie den Burschen vorgesetzt hat, um sie in eine peinliche Lage zu bringen.

Wieder auf der Gasse sagte Paul anerkennend: »Du mußt unbedingt in mein Geschäft einsteigen. Wie du Leute überzeugen und sanft an den Daumenschrauben drehen kannst, tzzz.«

Peter stieg auf das zweideutige Angebot nicht ein, steckte schon zu tief wieder in seinen Überlegungen. »Warum«, fragte er, während sie dem Knecht und Utz nachgingen, »ist die Hafnerin so an der Bloßstellung dieser Burschen interessiert, daß sie die Baderin zu solchem Unfug anstiftet? So gut kannte sie doch Else und Sophia gar nicht.«

»Weil dieser Niklas mit drinsteckt, der ja auch sie bedrängt«, bot Paul als Erklärung an. »Vielleicht sollte es ihm Warnung sein, daß er sie in Ruhe läßt oder eine Art Racheakt. Aber das reicht noch nicht, die Brüder müssen dafür bezahlen!«

»Einen hat's schon erwischt, Paul, und das wird den beiden Frauen verfluchten Ärger bringen.«

»Das eine muß doch mit dem anderen nichts zu tun haben«, wandte Paul ein. »Denk an die Geschichte mit Else eben! Da behauptest du doch immer, der Mörder könne ganz ein anderer gewesen sein.«

»Warten wir's ab!« sagte Peter. »Was ich nicht verstehe – die Baderin hat sich gerade gegen gewisse weibliche Belange ausgesprochen. Der Alchemist aber hat gestern so seltsame Bemerkungen gemacht, daß eine blutende Frau sogar einen Spiegel trüben könne … als wollte er eigens auf solch zweifelhafte Fähigkeiten hinweisen. Aber wo sollte hier ein Zusammenhang sein? Es macht nur Sinn, wenn dieser Alte damit indirekt den Vorwurf der Zauberei erheben will. Er sagte ja auch etwas vom bösen Blick alter Frauen und schien andeuten zu wollen, daß der Hafner keines natürlichen Todes gestorben sei. Andererseits stammt wiederum das Pulver von ihm. Es ist doch zum Verrücktwerden.«

»Will er von sich selbst ablenken?« argwöhnte Paul. »Vielleicht betreibt gerade *er* faule Magie? Diese Goldmacher stehen nicht im besten Ruf. Was ist mit dem Buch?«

»Er hat sich heftig gegen den Vorwurf der Zauberei verwahrt. Und meine Frage nach dem Buch hat er geschickt umgangen und mich mit Sterngeschwafel eingelullt.«

Sie hatten das Ende der Gasse erreicht und bogen nach

rechts Richtung Henkerhaus ein. In geringer Entfernung voraus drängte sich eine Menge Neugieriger vor einer baufälligen Hütte zusammen.

»Da muß es sein«, vermutete Paul. »Gleich wissen wir mehr.«

Wenig später standen sie vor der starren Leiche des Lernknechts, dem nicht nur die Kleider fehlten, sondern auch ein Zipfelchen Fleisch an markanter Stelle.

33. Kapitel

Wiltrud fühlte sich glücklich wie lange nicht, steckte Sankt Jakob eine Kerze auf und dankte ihm täglich. Eine Woche war erst seit dem brutalen Überfall auf sie vergangen, aber sie hatte das schreckliche Erlebnis in der Gemeinschaft der Frauen schon fast verdrängt.

Es war ein ungewohntes Zusammensein und eine Form von Geborgenheit, die sie in vielem an Siegfried erinnerte und doch ganz anders war. Auch die vier Frauen waren grundverschieden: Uta, die Hagere, gab meist den Ton an, Margarete, stets gut gelaunt, wurde von Tag zu Tag rundlicher, Anna war die Stillste, und Hedwig geriet alle paar Tage in Verzückung. Allen gemeinsam waren sanftes Wesen und Bescheidenheit sowie ein echtes Gefühl der Zusammengehörigkeit, das durch vielerlei Beschwernisse gewachsen war.

Das Bedürfnis nach einem Leben in Schlichtheit und tief empfundene Religiosität hatten sie zusammengeführt. Sie lebten nicht nach approbierter Regel, aber nach frei gewählten Leitsätzen, zu denen etwa gehörte, daß Streit noch vor dem Schlafengehen geschlichtet wurde. Sie übten freiwillige Keuschheit, wozu der Schutz einer Gemeinschaft dienlich war, wie Wiltrud inzwischen nur zu gut wußte, und waren der Armut verpflichtet, ohne dem Bettel zu frönen. Nur in Notzeiten erscholl ihr Ruf »Brot durch Gott« in den Gassen.

Wiltrud imponierte der Grundsatz, daß eine jede sich durch ihrer Hände Arbeit ernähren möge, sei es durch Sticken, Spinnen, Weben, Krankenpflege und dergleichen. Sie könnte wunderbar ihr Handwerk beibehalten, bräuchte keinen Lernknecht mehr, und die Haushaltsteilung käme ihr ebenfalls zugute.

Mehr noch beeindruckte sie die Klugheit der Frauen. Alle vier konnten lesen, Uta verstand gar Latein, und sie führten diverse Schriften mit sich. Darüber hinaus war ihnen erfrischender Trotz gegen die Männerwelt zu eigen. Die Frau sei ein höherwertiges Wesen, vertrat Uta mit großer Überzeugung, weil sie innerhalb des Paradieses geschaffen sei, und keineswegs nur ein mißglückter Mann, wie dieser Aquinate von sich gegeben habe. In Gottes Schöpfung gebe es nämlich keinen Irrtum, und so habe der heilige Bernhard auch richtig erkannt, daß es eine große Gnade sei, Frau zu sein, und es würden mehr Frauen als Männer gerettet werden.

In Wiltruds Augen fügte es sich gut, daß die vier Frauen eine neue und dauerhafte Bleibe suchten, und sie überlegte ernsthaft, ihr Heim in ein Beginenhaus umzugestalten. Großmutter würde sich daran gewöhnen, und eines nicht allzu fernen Tages würde sie ohnehin nicht mehr da sein.

Die Frauen ihrerseits waren nicht verschreckt durch die Tatsache, daß Wiltrud in Schwierigkeiten verstrickt war und der Richter ihr unlängst bohrende Fragen gestellt hatte. Sie waren Anfeindungen von allen Seiten gewöhnt und standen nur um so enger zusammen.

Wiltrud wiederum bedrückte die Aussicht, daß eine Gemeinschaft mit den Beginen ein künftiges Zusammensein mit Siegfried oder Peter nicht vorsah, derzeit in keiner Weise.

Waren es nicht ähnlich wunderbare Klänge, die sie zu hören bekam, wenn diese Frauen über Liebe sprachen, Bekenntnisse minnender Seelen ohne gleichzeitige Mißtöne durch besitzgierige Eifersucht? Hedwig tat ihr beseligt die Offenbarungen einer Mechthild von Magdeburg kund, daß eine mystisch bereite Seele vom fließenden Feuer göttlicher Minne durchdrungen werde und Gott schier liebeskrank nach den Menschen sei. Es war zwar auch von der verzehrenden Kraft dieses inneren Feuers die Rede, aber diese Liebe schien dennoch nicht zerstörerisch, sondern auf eine Verschmelzung mit *Ihm* in einer unio mystica gerichtet, war Verwandlung durch Entäußerung hin zur Selbstfindung in der Verwobenheit mit Gott. Wiltrud hörte dabei gedanklich den Alchemisten sprechen und hatte dennoch das Gefühl, daß sein Ziel ein völlig anderes war und dem Irdischen zu sehr verhaftet blieb.

Uta erzählte Wiltrud in lodernder Sprache von den *Sieben Graden der Liebe,* in denen das Herz in Raserei zeitweilig so stark und wild geschüttelt werde, daß es an allen Teilen verwundet scheine. Sie glaubte Siegfried zu vernehmen, aber das Ziel dieser Art Liebe war frei von aller Heimlichkeit und unerlaubter Qual.

Wiltrud verstand zwar noch nicht die Trunkenheit dieser Erfahrungen, konnte die bittere Süße leibnaher Verschmelzung mit dem himmlischen Bräutigam nicht einmal erahnen, aber sie war von den Sturmwehen dieses Geistes höchst ergriffen.

An diesem Abend las Uta aus einer Abschrift des *Speculum humanae salvationis* vor, einem frommen Erbauungsbuch. Wiltrud war fasziniert von den Illustrationen, die zwar einfach gehalten und wenig farbenprächtig, dafür um so einprägsamer waren. Ein Bild, auf dem Maria dem thronenden Heiland ihre Brust zeigte, verwirrte sie, aber Uta erklärte ihr, daß die Gottesmutter ihren Sohn beim Weltgericht durch diese Geste milde stimme, und Mechthild von Magdeburg habe in mystischer Schau gesehen, wie Maria mit einem Milchstrahl aus ihrer Brust nicht nur die Apostel und Heiligen, sondern die gesamte sündige Menschheit genährt habe. Dem heiligen Bernhard, der vor einem Bildnis Mariens gefleht habe, sie möge ihre Mutterschaft zeigen, sei sogar die Gnade zuteil geworden, daß ein Strahl aus Marias entblößter Brust seine Lippen benetzt habe.

Da stöhnte Margarete plötzlich auf, hatte Schweiß auf der Stirn und hielt sich den gerundeten Leib. Wellen von Schmerz schienen sie zu durchlaufen, aber Hedwig erklärte der Hafnerin beruhigend, daß das Jahr sich dem Ende zuneige, die Geburt Christi näher rücke, und so wie wenige Auserwählte zu heiligen Zeiten als Gnade die Wundmale des Herrn tragen dürften, so durchlebe Margarete alljährlich auf geheimnisvolle Weise die Mutterschaft Mariens.

Die beiden Pfleger und Siegfried saßen derweil in der warmen, aber stickigen Gaststube des Rößlwirts beisammen und sprachen zum wiederholten Mal über die Morde, deren Hintergründe und ihre eigene, ohnmächtige Wut.

»Angefangen hat es doch mit der Enthauptung dieses eifernden Priesters«, hielt Peter nochmals fest, »aber was hat das mit allem, was folgte, zu tun? Wenn einer nur mit dem Pfarrergehilfen in Streit lag, warum mußten dann Else und Sophia sterben? Und hängt alles zusammen, dann frage ich: WIE, in Dreiteufels Namen?«

»Ich halte diese Burschen für üble Gesellen und traue ihnen das Morden zu«, sagte Siegfried, »aber bei Else wurde womöglich Blut aufgefangen, oder denkt an Sophias abgeschnittene Haare. Und dann ist da schließlich noch der abgeschlagene Kopf des Pfaffen, von dem keiner weiß, wo er verblieben ist und das Wurstl des Lernknechts. Wenn ihr mich fragt, schmeckt das alles sehr nach Zauberei. Da steckt ein anderer dahinter als diese Raufbolde.«

Er erzählte von Beispielen, die ihm aus der Literatur geläufig waren. Perceval habe einem Feind den Kopf abgeschlagen und ihn mit einer Salbe aus dem Öl, mit dem Christi Leichnam balsamiert worden war, wieder zum Leben erweckt. »Vielleicht wollte einer das Kunststück mit dem Pfaffen wiederholen«, erwog er allen Ernstes, führte dann die Vielzahl sprechender Köpfe an, von denen die Sage ging und erzählte von Mimirs abgetrenntem Haupt, das Wodan einbalsamierte und das ihm fortan als Ratgeber diente. Es habe dem Gott der Alten auch die weissagende Kraft der Runen offenbart.

»Runen?« wurde Peter hellhörig. »Der Alchemist versteht etwas davon.« Er war inzwischen auch davon überzeugt, daß der Alte die Botschaft des Amuletts beschönigt hatte. Die angeblichen Segenswünsche konnten genausogut Flüche sein.

»Auch Wiltruds Großmutter hat davon Ahnung«, warf Siegfried stirnrunzelnd ein und bestätigte damit Peters Befürchtungen. »Sie vergräbt Stäbe mit diesen Zeichen bei ihrer Eibe im Garten und scheint Wodan mehr zuzuneigen, als dem Herrn Christ.«

»Ach, Unsinn!« fuhr Paul dazwischen. »Hinter dem Zauberunfug stecken immer Menschen, die ihn bewirken, zumeist wirre Geister. Der Pfaffe hat seine Rübe verloren, weil er jemandem im Weg war. Wie aber soll die klapprige Alte kraftvoll ein Schwert führen? Ich bleibe dabei, diese brünstigen Kerle haben die Frauen und ebenso den Pfaffen getötet. Und wenn ihr schon auf Hokuspokus beharrt, dann vergeßt nicht, daß der junge Küchel bei der Hochzeit groß von einem Schatz im Teufelsberg getönt hat, der nur durch einen Pakt mit Beelzebub und entsprechendem Zauber gehoben werden kann. Wir wissen ja nicht, was diese Verrückten in ihrem Übermut aushecken.«

»Oder heimliche Wodansjünger«, ergänzte Peter, »die dort ebenfalls ihr Unwesen treiben sollen. Aber mich stört dabei, daß auch der Lernknecht der Hafnerin tot ist. Es ist doch höchst unwahrscheinlich, daß die Handwerksknechte, sollten sie so etwas wie Schatzsuche vorhaben, einen aus ihrer eigenen Gruppe töten.«

»Vielleicht war das Bürschchen schlicht so betrunken und närrisch, sich nackt bei dieser Kälte im Freien einen Schlafplatz zu suchen, und ist dabei jämmerlich erfroren«, mutmaßte Siegfried. »Irgend jemand könnte ihm dann sein Gemächte abgeschnitten haben, zu welchem Zweck auch immer. Handeln nicht auch Henker beizeiten mit Körperteilen? Es war doch ganz in seiner Nähe.«

»Das Dumme ist nur«, fügte Peter sorgenvoll hinzu, »daß sein Rausch höchstwahrscheinlich von den Pilzen stammte, die Wiltrud der Baderin brachte.«

»Bah!« fegte Paul die Anmerkung beiseite. »Der Richter hat sie doch laufenlassen, weil niemand bezeugen konnte, daß sie Wolfhart in irgendeiner Weise gedroht hätte und weil andere auch von den Pilzen aßen und nüchtern blieben. Es ist also nichts bewiesen, und die Baderin hat sicher nur uns von den Fliegenpilzen gestanden und es kaum freiwillig dem Richter auf die Nase gebunden.«

»Aber das ändert nichts an der Tatsache«, sagte Peter spitz.

»Moment!« erinnerte sich Paul. »Die Baderin hat auch erwähnt, daß Niklas als einziger nichts davon aß. Stellen wir uns folgendes vor: Der Lernknecht ist bei Wiltrud rausgeflogen, weil er angeblich aufsässig und unzuverlässig war. Er geht hilfesuchend zu den anderen, aber keiner seiner Kumpane nimmt ihn auf. Da droht er, ihre nächtlichen

Sauereien auszuplaudern, und ist daher für Niklas fällig, was hieße: Mord wegen Verrat! Pest und Hölle!«

»Ich denke, mir reicht's für heute mit Kreislauf und Verdächtigungen«, sagte Peter gähnend, und da die beiden anderen nebenher schon tüchtig geladen hatten, und Peter wußte, wohin dies unweigerlich führte, verzog er sich in seine Kammer.

Paul bestellte einen frischen Krug vom Roten, und nicht lange danach fing Siegfried an, sein Herz auszuschütten. Er schimpfte über die Beginen und klagte, daß sie schuld daran seien, daß Wiltrud sich seit Tagen so seltsam und ihm gegenüber abweisend verhalte, als habe sie plötzlich Besseres gefunden.

»Die nisten sich bei ihr ein, diese Weiber«, erboste er sich, »und sie merkt nicht, was für Schmarotzer und Heuchler sie sich ins Haus holt. Aus frommen Specula würden sie vorlesen, schwärmt sie begeistert, und heimlich lesen sie das *Speculum al foderi.*«

»Das was?«

»Spiegel des Vögelns«, sagte Siegfried gehässig. »Du würdest dich wundern, wie viele luststeigernde Stellen er benennt.«

Pauls Augen leuchteten interessiert, während Siegfried einen gewissen Gautier anführte, selbst Mönch und damit Eingeweihter, der gewußt habe, daß es so viele falsche Fromme und Gauner gebe, daß die ganze Welt davon stinke. Diese Beginen seien dornige Stechpalmen und trieben es in ihren Verstecken schlimmer als alle anderen. »Das Mönchlein«, sagte er boshaft, »hat ein berühmtes Buch über tausenderlei Mirakel der Heiligen Jungfrau verfaßt und gibt darin auch ein leuchtendes Beispiel, wie sich Maria des Neugeborenen einer Nonne annimmt. Das zeigt doch, wes Geistes diese vermaledeiten Weiber sind.«

Siegfried rannte bei Paul offene Türen ein. Sie stießen

die Becher zusammen, und die Klage ging zunehmend in gemeinsames Albern über, in das sich lallend auch die Betrunkenen von den Nachbartischen einmischten. Der Sänger gab lachend zum besten, daß es in Frankreich Heiligtümer, in denen die kostbare Milch der Himmelskönigin fließe, so zahlreich wie anderswo Brunnen gebe, und unter viel Gelächter eröffnete er das Universum kurioser Gnadenmittel und entführte die begeisterten Zecher ins Panoptikum der heiligen Skurrilitas, in dem Federn des Erzengels Gabriel mit Haaren der Heiligen Jungfrau um die Wette schwirrten und man ob deren Vielfalt nicht sagen könnte, ob Maria nun schwarz oder rötlich oder golden gelockt sei. Eindeutiger seien da die Windeln des göttlichen Kinds und unermeßlich reich die Werkzeuge seiner späteren Marter, nämlich sackweise Nägel und ein Berg von Dornen, die als Hecke ganz Jerusalem umkränzt hätten.

»Nicht so laut!« zischte Niklas. »Es muß nicht gleich die Nachbarschaft hören.«

Liebhart hatte zu später Stunde noch bei ihm angeklopft, weil er sich Sorgen machte oder richtiger, was er um keinen Preis zugeben wollte, eine Heidenangst hatte. »Jetzt sind es vier Tage«, sagte er kreidebleich im Gesicht, »und Seibold ist noch immer nicht wieder aufgetaucht.«

»Na und«, tat Niklas es lachend ab, »der wird sich ins Hemd gemacht haben und sich vorerst nicht nach Hause trauen. Schafswol war ja auch ganz schön wütend, weil er seine Ehre angekratzt sieht. Der sorgt sich weniger um seinen Sohn, als um seinen verhinderten Aufstieg.«

»Aber es war doch überhaupt nicht unsere Schuld, sondern die der …«

»Was meint denn *dein* Vater dazu?« unterbrach ihn Niklas neugierig.

»Seit seiner eigenen Blamage läßt er mich mehr in Ruhe«, sagte Liebhart und grinste dabei, »aber ich mußte ihm, als er wegen des Spielweibs selber in Verdacht geriet, von dem Unglück mit Sophia und, naja, dann eben auch von den anderen erzählen …«

»Bist du verrückt! Wir hatten uns geschworen …«

»Beruhige dich! Es ist von Vorteil. Er kann mich nicht hängenlassen, ohne daß auf ihn selbst ein Makel fällt. Stell dir die Schande vor! Aber er glaubt mir natürlich nicht, daß jetzt Pilze an der Ferkelei schuld gewesen seien.«

»Tja«, antwortete Niklas spöttisch, »das kommt davon, wenn man einen schlechten Ruf hat. Die wenigsten werden's euch glauben und lieber behaupten, ihr hättet zu viel gebechert.«

»Ich war kurz bei Margret«, berichtete Liebhart wieder ernsthaft. »Sie ist schon verrückt vor Sorge und schwört darauf, daß Seibold sich nie so benommen hätte, wenn ihm nicht irgend etwas eingeflößt worden wäre. Sie glaubt an die Geschichte mit den Pilzen und will die Baderin verklagen. Sie hat sogar angedeutet, daß ihre Freundin etwas damit zu tun haben könnte, weil sie zuvor bei der Baderin gesehen worden sei. Die behauptet aber, diese Wiltrud habe ihr nur Ringelblumen gebracht, die *gegen* eine Vergiftung durch Pilze wirksam seien.«

»Sieh an, die werte Freundin«, höhnte Niklas. »Sind sich nicht mehr grün die beiden.«

»Wenn nun wirklich …«, druckste Liebhart aufgeregt herum, »ich meine, wenn diese Wiltrud tatsächlich das mit den Pilzen, und vielleicht hat *sie* ihm aus Rache … dann hat ja gewissermaßen sie den Wolfhart auf dem Gewissen …«

»Blödsinn!« fauchte Niklas. »Der Dummkopf ist erfroren.«

»… und dann könnte sie doch auch den Seibold …«, orakelte Liebhart unbeirrt weiter, »und am Ende hat sie uns alle auf ihrer Rechnung. Die haßt uns, die will uns ans Leder!«

»Verdammter Narr, nimm dich zusammen!« wies ihn Niklas grob zurecht. »Seibold ist bloß abgehauen wegen der Schmach und taucht zur rechten Zeit wieder auf, und das mit Wolfhart war höchstens blöder Zufall. Selbst wenn sie mit den Pilzen was zu tun hat, dann war das nur kindischer Unfug, sonst wärt ihr doch alle schon tot. Geht das in deinen Schädel? Was will die schon gegen uns alle tun?«

»Aber sein Zumpf und der Ort«, widersprach Liebhart aufgewühlt. »Wolfharts Leiche lag genau vor dem Schuppen, in dem ... du weißt schon. Das hat was zu bedeuten!«

»Weil er nicht wußte wohin, du Tölpel. Schluß jetzt! Geh nach Hause und sei kein Waschweib!«

»Sei du nur unbesorgt«, gab Liebhart erregt zurück und fuchtelte mit dem Zeigefinger. »Ich jedenfalls will nicht warten, bis ich an der Reihe bin. Ich werde etwas tun, weiß auch schon was. Und der Sänger, den du Großmaul nicht aus der Stadt bekommst, wird danach auch verschwunden sein. Verlaß dich drauf!«

»Hau endlich ab!« blaffte Niklas und schlug ihm die Tür vor der Nase zu.

34. Kapitel

Es war bitterkalt an diesem Sonntag im November. Ein schwarzes Wolkenbündel hing drohend über der Stadt, und ebenso düster war es im weiten Kirchenschiff von St. Peter, das noch dünne Weihrauchfädchen der vorausgegangenen Messe durchzogen.

Wenige Kerzlein, in gläubiger Verehrung an den Altären aufgesteckt, um sich als Dank oder Bittgesuch zu verzehren, erzeugten noch für die Dauer ihres kurzen Lebens ein mildes Licht.

Es reichte nicht hin, um die Leiber der versammelten Menge zu wärmen, aber Siegfried mühte sich, Feuer in ihren Herzen und Köpfen zu entfachen. Er hatte für diesen Tag wieder zur Probe geladen.

Es war ein überaus schwieriges Unterfangen, und Siegfried wußte selbst noch nicht, wie er das Wagnis zu einem guten Ende bringen würde. Oh, er hatte ganz klare Vorstellungen von dem, was er wollte, keine Frage. Die Schwierigkeiten lagen anderswo und fingen schon damit an, daß er nicht auf eine bewährte und eingespielte Truppe wie seine Gauklerfreunde zurückgreifen konnte, sondern unerfahrenen Laien ebenso leidenschaftliches wie würdevolles Spiel beibringen sollte.

Vor einer Woche war es noch ein kleines Grüppchen gewesen, in der Hauptsache Chorknaben und ein paar Neugierige. Zu groß waren noch die Vorbehalte nach dem Tod des Spielweibs und den Zaubergerüchten sowie der kurzfristigen Verhaftung des Sängers. Zudem war liturgisches Spiel im Kirchenraum bis dahin nicht Sache des Volks, sondern der Kleriker. Doch Siegfrieds neue Ideen sprachen sich wie ein Lauffeuer herum, und so war er heute von einer großen, erwartungsfrohen Menge umringt.

Es hätte der Beginn einer glanzvollen Aufführung sein können, wären da nicht die überkommenen Anschauungen des braven Pfarrers gewesen. Er hatte den Sänger gleich zu Anfang vor Auswüchsen gewarnt und gedroht, die Erlaubnis jederzeit zurückzuziehen, wenn seinen Wünschen und Bedenken nicht entsprochen werde. Und dazu gehörte als erste Forderung, daß Frauen unter keinen Umständen zum Spiel zugelassen werden dürften. So blieb Siegfried nichts anderes über, als die Rolle der Maria oder Magdalena traditionell mit einem jungen Kleriker oder hellstimmigen Chorknaben zu besetzen, vor allem aber hatte er die undankbare Aufgabe, den größeren Teil der Anwesenden gleich wieder wegzuschicken, was zu erster Mißstimmung und großem Tumult führte.

Außerdem wußte er ja, daß Pfarrer Konrad die alte Vorstellung hegte, nur maßvolle und würdige Gebärdensprache könne angemessene Gottesverehrung unterstreichen.

Siegfried aber kannte ein anderes Spielen von Frankreich her und hatte unter italienischer Sonne erlebt, wie Volk und Klerus gemeinsam hymnenartige Lobgesänge erschallen ließen und dazu die Kirchendiener prozessionsartige Aufzüge, häufig von heiteren Einlagen durchdrungen, inszenierten.

Er erinnerte sich auch an ein Weihnachtsspiel in Perugia, bei dem die Hirten Maria ihre schlichten Mäntel darboten für das göttliche Kind und ihr feuriger Schlußgesang den Hochmütigen die Selbsterniedrigung des Erlösers einbrannte. Oder die Advents-Lauda, bei der auf Geheiß des erscheinenden Antichrists die Sonne sich verdunkeln und der Mond sich blutigrot färben sollte. Solcherart Aufführung schwebte Siegfried in seiner Begeisterung vor, gewürzt mit farbenprächtigen Kostümen und munteren, aber dümmlichen Teufelsgestalten.

Pfarrer Konrad hingegen schluckte nur mühsam die Kröte, daß ein Großteil der Gesänge in der Sprache des Volks erklingen und mangels einer größeren Klerikerschar auch ehrbare Bürger in kleineren Rollen mitspielen sollten, von Kostümen und entsprechenden Kosten gar nicht zu reden.

Als sich die Unruhe etwas gelegt hatte, gab Siegfried einen kurzen Abriß seines Vorhabens, um die künftigen Darsteller einzustimmen. In den vorderen Reihen entdeckte er plötzlich den Kirchpropst Ludwig Küchel. War er gekommen, ihm auf die Finger zu schauen, oder sollte das Gerücht stimmen, daß Küchel für sich eine angemessene Rolle erwarte, um seinen angeschlagenen Ruf aufzubessern? Da sah er auch den alten Schafswol und noch den einen oder anderen Vornehmen. Das konnte heiter werden.

Siegfried suchte sich fürs erste aus der Affäre zu ziehen, daß er für heute nur Hirten suche und den Engelschor benötige, den ja die Knabenschola schon darstelle. Allein die Zahl der Freiwilligen für die Hirten war so groß, daß der Sänger einen Teil zurückweisen mußte, was erneut zu Murren führte.

Da tauchten Liebhart und Niklas auf, der zuletzt nicht lange zu dem Schurkenstück überredet werden mußte. Sie pflanzten sich breitbeinig vor Siegfried auf und forderten dreist einen wichtigen Part in der Spielszene für sich.

Siegfried ließ sich durch die beiden Rüpel nicht die Ruhe nehmen und sagte überspitzt freundlich: »Ihr enthebt mich einer großen Last, denn ich habe zwei Rollen zu vergeben, die von solcher Tiefe und Tragweite sind, daß ich mir Sorgen machte, würdige Darsteller dafür zu finden.«

Damit hatten die beiden nicht gerechnet, und während sie sich noch verblüfft anschauten, sagte Siegfried, kaum sein Grinsen unterdrückend, daß sie den Ochs und den Esel in der Krippenszene spielen könnten.

Schallendes Gelächter erfüllte den Kirchenraum und hallte vielstimmig von den Wänden wider. Niklas, puterrot im Gesicht, wollte sich sofort auf den Sänger stürzen, aber Liebhart zischte ihm etwas ins Ohr und zerrte ihn zurück. Da drängte sich der alte Küchel nach vorne und forderte, die Arme gewichtig in die Seiten gestemmt, Auskunft darüber, welche Rollen der Sänger noch zu vergeben und wem er sie zugedacht habe.

Siegfried war keinesfalls gewillt, dem starr am Herkömmlichen klebenden Ratsherrn, der die Spielleute gescholten, ihn selbst verleumdet und möglicherweise den Tod Sophias verursacht hatte, auch nur irgendeine Rolle zuzuteilen, damit er sich den blind gewordenen Nimbus aufpolieren könnte. Aber er mußte vorsichtig sein und machte Scheinangebote: »Hohepriester« – Küchel wiegte wenig begeistert das Haupt: zu jüdisch! – »der brave Vater Joseph« – der Ratsherr schüttelte den Kopf: zu unbedeutend! –, »Herodes« – da ging der Kirchpropst auf und rief erbost, in derlei Gestalt könne er sich zwar trefflich seinen Nachbarn Schafswol vorstellen, ihm als Propst von St. Peter stehe doch wohl eine ehrbarere Rolle zu, und er stand nicht an zu fragen, wer denn den Herrn Christ darstellen solle.

Ein Raunen ging durch die Gemeinde, und Siegfried hatte erreicht, was er wollte. Er strich süßlich heraus, daß der

Herr Küchel gewiß ein verdienstvoller Mann sei, aber hätten wir nicht alle den einen oder anderen Makel an uns zu beklagen? Und so stünden derartige Rollen nur geheiligteren Männern zu wie den Herren Klerikern. Die Umstehenden gönnten ihm die Abfuhr von Herzen, und Küchel schimpfte mit Zornesröte, ehe er sich schmählich zurückzog, daß dieses neumodische Gebaren ohnehin nur Farce und zuchtloses Gehampel, und wie er den Sänger kenne, auch grober Unfug sei.

Siegfried scharte die verbliebenen Hirten um sich und erklärte ihnen das Spiel. Dann schickte er einen der Knaben als Engel der Verkündigung zu ihnen. Als er die Szene wiederholen ließ, hielt der Engel plötzlich ein Gießgefäß und zwei Becher in Händen. Siegfried wollte es verbieten, aber die Hirten vertraten die Meinung, es diene der Echtheit und außerdem hätten sie gehörig Durst. Um nicht erneutes Murren zu ernten, gab Siegfried für diesmal nach, und da sah er, daß das Gefäß der tönerne Hirsch von Wiltrud war. So kommt das Gefäß wenigstens zu Ehren, sagte er sich und setzte die Probe fort.

Nicht lange danach wurden die Hirten zunehmend albern, fingen zu muhen und zu meckern an, einer bellte wie ein Hirtenhund den unsichtbaren Mond an, ein anderer wollte stur der Schafdieb sein. Alles Zurechtweisen half nichts, machte die Sache nur noch schlimmer. Die Burschen fingen wild zu tanzen an, bis einer zu Boden stürzte, mit riesengroßen Augen wirres Zeug lallte und um Atem rang.

Da tauchte Liebhart wieder auf und warf dem Sänger vor, er frevle mit seinem frivolen Spiel im Gotteshaus, tue dies im Auftrag des Teufels, und der Trank aus der Hafnerin Machwerk sei höllisches Gebräu, das den Frommen die Sinne verwirre.

Siegfrieds Gelassenheit war dahin. Er ahnte, daß etwas gegen ihn im Gange war und ging wütend auf Liebhart zu.

»Du Mistkerl!« schimpfte er. »Du willst nur Unfrieden stiften, scher dich fort!«

Während die Hirten zum Teil am Boden lümmelten oder sich in anderer Weise unflätig benahmen, gingen die Neugierigen ringsum auf Distanz. War es ein Zeichen und das Spiel nicht gottgewollt? Stand dieser Spielmann vielleicht doch mit dem Teufel im Bunde, wie schon der Gesellpriester gewarnt hatte? Der war jetzt tot und niemand kannte seinen Mörder. Und dieser Trank hatte zweifellos teuflische Wirkung ...

Siegfried schimpfte weiter auf den jungen Küchel ein und stieß ihn vor die Brust, um ihn zurückzutreiben. Da schlug Liebhart kräftig zu, und im Nu war auch Niklas zur Stelle, und hinter den Säulen brachen die anderen Kumpane hervor, und vereint prügelten sie schmerzlich auf den Sänger ein, bis zum Glück Pfarrer Konrad auftauchte, der dem Frieden von Anfang an nicht getraut hatte. Fast gleichzeitig mit ihm stürmten von der anderen Seite her zwei Richtersknechte herbei und nahmen den blutenden und arg zerzausten Sänger in Gewahrsam.

»Spielmannsehr' und Satanslist, beides stinkt wie Hurenmist!« schrie ihm der Pfarrer faustschüttelnd hinterher, zertrümmerte wütend das Gießgefäß und jagte die trunkenen Hirten aus seiner Kirche.

Ob er den unverschämten Kerl ins Loch stecken solle, fragte der Knecht unterwürfig, nachdem er Konrad Diener den unerhörten Vorfall gemeldet hatte.

Der Stadtrichter, der gerade zu Tisch saß, legte ein abgenagtes Hühnerbein zur Seite und sagte in gefährlich klingender Ruhe: »Das erledigen wir gleich hier. Bring den Schandfleck herein.«

Siegfried, der es nun zum dritten Mal innerhalb kurzer Zeit geschafft hatte, vor dem Richter zu stehen, war noch immer wütend und machte – ungeachtet der Püffe des Knechts – den unverzeihlichen Fehler, selbst vor einem in seiner Mittagsruhe empfindlich gestörten Konrad Diener gleich wieder auf das Handwerkerpack zu schimpfen, das die Schuld an allem trüge.

»Schweig still, du Narr!« fuhr ihn Diener wütend an, »oder ich laß dich augenblicklich in den Stock sperren.«

Siegfried verstummte, aber der Trotz wich nicht aus seinem Gesicht. Der Richter ließ den Ratsherren Küchel hereinbitten, bot ihm zuvorkommend Platz an und einen Becher Wein. Küchel schilderte, daß Siegfried in der Kirche unziemliches Verhalten provoziert, mutwillig Streit angefangen und einen teuflischen Trank verteilt habe mit zweifellos verbotenen Zutaten. Und er vergaß nicht den Hinweis, daß das Gießgefäß ein Werk der Hafnerin sei.

»Du kannst von Glück reden«, wandte sich Diener daraufhin an Siegfried, »daß ich heute nicht übel gelaunt bin, und deine verdienten Prügel hast du anscheinend schon bezogen. Aber du bist ein elender Störenfried, den ich nicht länger in dieser Stadt dulde. Pack daher augenblicklich deinen Kram und verschwinde auf Nimmerwiedersehen. Andernfalls kannst du getrost mit einer Leibstrafe rechnen.«

Siegfried schwindelte. Das durfte nicht wahr sein. Er sah mit einem Mal all seine Träume zerplatzen. Und das alles nur … er war doch im Recht … verdammt, das … »Dessen Sohn da ist schuld!« platzte er vor Wut und Enttäuschung heraus und zeigte erregt auf Küchel, »er ganz allein, und der feine Herr weiß es!«

»Eine Unverschämtheit!« fuhr der Ratsherr hoch.

»Schluß damit!« überbrüllte der Richter beide und gebot auch Küchel mit der Hand Einhalt. Dann schien ihm ein spaßiger Gedanke zu kommen, denn er lächelte plötzlich boshaft und sagte höhnisch: »Soso, der Herr Spielmann fühlt sich schlecht behandelt und will behaupten, andere hätten den Streit vom Zaun gebrochen. Nun gut, dann wanderst du für heute eben ins Loch und kannst morgen auf dem Markt des einen Schatten schlagen, ehe du aus der Stadt fliegst. Für die anderen gilt das jüngste Gesetz, daß es Pflicht und straffrei ist, einem Bürger dieser Stadt gegen Auswärtige Hilfe zu leisten. Hast du das kapiert?«

»Steckt's Euch in den Allerwertesten!« nuschelte Siegfried resigniert und hatte Glück, daß ihn der Richter nicht verstand.

»Wirf ihn raus, bevor ich's mir anders überlege!« befahl Diener ungehalten dem Knecht und wandte sich wieder seiner Mahlzeit zu. »Noch etwas Wein, Herr Rat?«

Siegfrieds Zorn verflog bereits auf dem Weg zur Herberge und wich einer großen Leere, die sich in ihm breitmachte. Als Fahrender war er gewohnt, mit Enttäuschungen umzugehen und sich auf neue Gegebenheiten einzustellen: Vielleicht mußte eben alles so sein. Er verspürte nicht einmal besondere Traurigkeit, nur eines lag ihm noch am Herzen.

Nachdem er beim Rößlwirt sein Ränzel gepackt und sich die Laute umgehängt hatte, suchte er Paul auf und erzählte ihm in dürren Worten den Hergang und des Richters Beschluß. Paul war erst fassungslos, dann wütend über diese verdammten Burschen und die Vorurteile des Richters, aber Siegfried beschwichtigte ihn und sagte: »Laß gut sein, ist für alle besser so. Diese Stadt scheint unsereinem eben kein Glück zu bringen. Warst ein guter Freund, dank dir für alles.« Sie umarmten sich, und im Hinausgehen bat Siegfried: »Sag ihm, er soll gut zu ihr sein.« Er tat es in dunkler Vorahnung, aber noch wollte er nicht daran glauben.

Wiltrud war überrascht, ihn zu sehen, und mehr noch, als sie sein geschwollenes Gesicht bemerkte und seine geschulterten Habseligkeiten. Sie bat ihn herein, brachte ihm einen kalten Lappen zur Kühlung und ließ sich die Ereignisse erzählen.

»Du mußt fort«, sagte sie schließlich mehr feststellend als fragend, und Siegfried vermißte schmerzlich das Bedauern in Mimik und Stimme, den feuchten Glanz in ihren Augen wie damals, als sie zum ersten Mal um sein Bleiben bangte.

»Soll so nun alles zu Ende gehen?« fragte er ungläubig. »Was ist mit uns geschehen? Sag du's mir.«

»Nicht so sehr mit uns«, versuchte Wiltrud eine Erklärung, »mit dir und mir.«

Siegfried schaute verständnislos, und sie sagte: »Ich weiß jetzt, was ich gesucht habe ...«

»Wie kannst du's wissen, bevor du ...«

»Schhh«, sagte sie besänftigend und legte ihm die Finger auf die Lippen. »Ich bin frei, aber nicht verstoßen, bin gebunden, aber nicht gefangen, ich verspüre große Liebe, aber ohne Angst und Schuldgefühl. Es ist Friede in mir und das Glück des Bedürfnislosen.«

»Das nur allzu schnell schal wird«, begehrte Siegfried auf und faßte sie heftig an der Schulter. »Du kannst nicht einfach davonlaufen. Liebe ist auch Wagnis, und Leidenschaft kennt keine Furcht, wenn es ihr ernst ist.«

»Ich bin keine Heloise und keine Isolde«, sagte sie und schob ihn sanft von sich. »Ich bin zwar mitunter trotzig, aber ich habe Angst von hier fortzugehen, Angst vor der Ungewißheit, Angst vor den Höllenstrafen, ganz gleich, was dein Dante dazu sagt.« Sie versuchte ein Lächeln und dachte insgeheim: und Angst, eines Tages alleine dazustehen.

»Besser ein freies Leben mit Ängsten, als sorglos im Käfig«, hielt Siegfried dagegen. »Und unsere Hölle ist hier auf Erden, von Menschen gemacht, was sollte ich da den Teufel noch fürchten? Es gibt zu viele, die ihn heraufbeschwören und zu viele, die sich seiner bedienen. Du bist in Gefahr, Wiltrud. Diese Narren in der Kirche, allen voran dieser bigotte Küchel, wollen nicht nur mich loswerden. Sie werden auch vor dir nicht haltmachen, wegen dieses Tranks im Aquamanile. Und du kennst die Gerüchte wegen deines Vaters Tod und dann dieses Scheusal Niklas. Geh fort mit mir, um deiner Sicherheit willen, ich bitte dich!«

»Ich bin nicht mehr in Gefahr, Siegfried, ich fühle hier Geborgenheit, und das Gerede wird irgendwann verstummen.«

»Du kleine Närrin!« schnaubte Siegfried kopfschüttelnd, aber es klang weder erbost noch verbittert. »Wer soll dann auf dich aufpassen?« fragte er besorgt und blickte ihr liebevoll ins Gesicht.

»Selber Narr«, sagte sie leise, »sieh nur dich an!« Sie strich ihm sanft über die verquollene Gesichtshälfte und hatte Tränen in den Augen.

Er zog sie heran, küßte sie leidenschaftlich. Und plötzlich blickte er nach oben wie zu einem Schwur und sagte mit zitternder Stimme: »Jetzt reißen sie mich zwar fort von dir, aber kein Gott, kein Richter und keine Begine kann dich je aus meinem Herzen verbannen. Ich gehe nur voran mit deinem Bild in mir und der Hoffnung, dich eines Tages für immer in den Armen zu halten.«

Er ließ sie los, packte hastig seine Sachen und verließ schnellen Schritts das Haus und die Stadt.

35. Kapitel

Sankt Martin macht sich selber gutes Wetter, dachte Peter erfreut, als er aus dem Haus trat und prüfend zum Himmel blickte. Auf ihn war Verlaß, auf andere weniger. Er wollte noch immer nicht glauben, daß Konrad Diener den Sänger aus der Stadt geworfen hatte. Gut, es gab Zeiten, da wünschte er sich selber nichts sehnlicher. Aber jetzt, und wegen so einer Nichtigkeit! Gestritten wurde doch alle Tage und überall, auch in den Kirchen, zumal sie häufig für Versammlungen aller Art genutzt wurden.

Er hatte Zeugen des Geschehens befragt, die es so gesehen hatten, daß der ganze Streit mehr von den Küchels ausgegangen sei. Daß die dem Sänger am Zeug flicken wollten, das leuchtete Peter ja noch ein, aber warum das üble Spiel mit dem Aquamanile und den Vorwürfen gegen die Hafnerin? Vergeltung für die Pilze? Mit gleicher Münze heimzahlen? Wenn die Baderin nicht noch anderswo geplaudert hatte, dann wußte doch niemand mit Gewißheit davon. Warum wollten sie dann Wiltrud in den Ruch der Zauberei bringen?

Er war so in Gedanken, daß er kaum die Kirchgänger wahrnahm, die ihn grüßten, und in andere fast hineinlief.

Paul hatte ihm gestern von einer vergrabenen Hand in Wiltruds Garten erzählt, was wiederum Siegfried ihm im Suff anvertraut hatte. »Hand«, murmelte er grübelnd vor sich hin, »Kopf, Haare, Blut und Gemächte ... alles Teile eines Menschen!« Was hatte dies zu bedeuten? Stimmte am Ende seine Vermutung, daß Wiltruds Großmutter ... aber die habe sich ja selbst entsetzlich gegraust vor der Hand und sei tagelang verwirrt gewesen. Das paßte nicht. Die Hand schien eher eine Drohung zu sein. Natürlich! Auch dieser Kater, von dem überall geredet worden war, stellte eine Drohung dar. Doch wozu und von wem?

Peter war beim Gotteshaus seines Namenspatrons angekommen und drängte mit den anderen hinein, um an der feierlichen Messe zu Ehren Sankt Martins teilzunehmen. Könnte er nur so, wie der Heilige einst mit dem Schwert seinen Mantel zerschnitt, den Schleier über dieser verdammten Geschichte zerteilen.

Er hatte kaum ein Ohr für Pfarrer Konrads Mahnungen und dachte unentwegt über die wirren Zusammenhänge nach. Der Henker fiel ihm ein. Eine sauber abgetrennte Hand war wohl Teil seines Gewerbes. Und dann sein aufdringliches Verhalten am Marktplatz, war es nicht auch eine Art Drohung? Es könnte überhaupt alles seine Handschrift sein, durchzuckte es Peter. Aber was bezweckte er nur damit? An Erpressung wollte er selbst nicht mehr so recht glauben.

Nach der Messe sprach Peter bei Pfarrer Konrad vor. Er versicherte ihm erst, wie sehr er den grausigen Tod des tüchtigen Gesellpriesters bedauere und verurteile, um dann vorsichtig nach dessen Herkunft und Wesensart zu fragen. Der Pfarrer gab leutselig darüber Auskunft, daß der Gehilfe ein weitgereister und kluger Mann gewesen sei, eine Zeitlang auch in Italien studiert und sich zuletzt wohl eine Weile in Trient aufgehalten habe. Trotz seiner Jugend sei er von großem Ernst und Eifer beseelt gewesen, und er habe ihn vor allem deswegen gerne eingestellt, weil er scharfzüngig wider alle Laster, verborgene Ketzerei und heidnischen Aberglauben gestritten habe.

Mittlerweile kamen dem gutmütigen Pfarrer doch Zweifel, schließlich lag die Ermordung seines Gehilfen schon länger zurück, und er fragte mißtrauisch, warum Peter sich so sehr dafür interessiere. Weil ihn sein mutiges Eintreten wahrscheinlich den Kopf gekostet habe, erklärte Peter offen, und daß er dem ungeklärten Tod nachspüre, um hoffentlich weiteres Übel zu verhüten.

»Und den Mörder seiner verdienten Strafe zuzuführen!« verbesserte der Pfarrer das Vorhaben. »Seht Ihr auch allenthalben Zauberei und Unglauben am Werk?«

»Ich bin in diesen Dingen nicht so bewandert«, wich Peter aus, »aber ich höre mit Sorge, daß in letzter Zeit häufig Vorwürfe dieser Art erhoben werden.«

»Man kann das Übel nicht genug anprangern«, ereiferte sich der fromme Mann, »und solches Unkraut, wo es nur hervorspitzt, mit Stumpf und Stiel ausrotten.«

»Gewiß«, heuchelte Peter Zustimmung, »aber Verdächtigungen dieser Art wiegen schwer und leicht kann ...«

»Was wollt Ihr damit sagen?« fragte der Pfarrer mißtrauisch.

»Es wird viel geredet seit dem Tod dieses Spielweibs, und auch andere geraten dadurch nur allzu schnell in Verdacht. Diese unerfreuliche Geschichte mit dem Sänger in der Kirche und diesem Gießgefäß ...«

»Ah, dieses Teufelsding!« geriet der Pfarrer in Wallung. »Ich hätte es gleich nicht entgegennehmen dürfen. Es diente nur der Täuschung und zuletzt dem Sakrileg.«

»Aber ist denn der Töpfer dafür verantwortlich, was andere mit seinem Gefäß tun?«

»Er weiß besser als alle, sagt uns das Buch der Weisheit,

daß er sündigt, wenn er aus Lehm zerbrechliche Gefäße und zugleich Figuren fertigt.«

»Mit Verlaub«, widersprach Peter, »ein Gießgefäß ist doch kein Götze.«

Pfarrer Konrads Gesicht nahm zunehmend rötliche Färbung an. »Einerlei, es diente der Sünde!«

»Nun gut«, ging Peter vorsichtig weiter, »der Verdacht fällt also auf die Hafnerin. Aber hat sie das Gefäß gefüllt? Hat sie davon ausgeschenkt? War es nicht vielmehr der junge Küchel, der damit zu tun hatte?«

»Wollt *Ihr* jetzt falsche Verdächtigungen erheben?« fragte der Gottesmann streng. »Die Küchels sind eine ehrenwerte Familie, der Vater Propst dieser Kirche. Was erlaubt Ihr Euch!«

»Vergebt mir!« lenkte Peter rasch ein. »Es war nicht meine Absicht. Hättet Ihr noch die Güte mir zu sagen, wie Ihr den ganzen Vorfall erlebtet?«

»Meinetwegen«, belohnte der Pfarrer Peters Einsicht. »Ich kam dazu, als dieser gottlose Spielmann eine üble Schlägerei angezettelt hatte, und riß die Streithähne auseinander. Zum Glück kamen auch schon des Richters Knechte und schleiften ihn dorthin, wohin er gehört. Dann erst sah ich die Burschen, die sich am Boden suhlten und erkannte das ganze Ausmaß des Frevels. Ich warf sie hinaus und zerschmetterte voll Zorn das Gefäß.«

»Ihr hattet zuvor schon die Knechte rufen lassen?«

»Nein. Es war des Herrn Fügung, daß sie eben des Wegs kamen.«

Des Herrn Küchel, vermutete Peter und behielt es für sich. »Dann mußtet Ihr gottlob das Verteilen des Tranks nicht mit ansehen«, sagte er statt dessen und handelte sich einen mißtrauischen Blick dafür ein.

»War auch nicht nötig, um dennoch ein begründetes Urteil zu fällen«, erwiderte der Pfarrer ungehalten. »Das Ergebnis spricht für sich. Wie Zauber in Kleider gewoben wird, mag mit des Dämons Hilfe auch ein Gefäß so konstruiert sein, daß sich sein Inhalt in giftige Brühe verwandelt. Bedenkt, daß es für den Altardienst gedacht war« – er schüttelte sich angewidert –, »und Satans höchste Freude es ist, die heilige Handlung des Meßopfers zu besudeln.«

»Aber es sollte doch nur der Händewaschung dienen«, wandte Peter ein.

»Was spielt das für eine Rolle«, ging Pfarrer Konrad auf. »Wollt Ihr etwa den Zweiflern das Wort reden? Wir sind umringt von Unglauben und Heidenwerk. Die Kirche des Herrn wird bedroht von der Kirche Satans! In den Dörfern ringsum treiben sie munter ihr Unwesen, und Ratsherr Küchel weiß scheußliche Dinge zu berichten von nächtlichem Treiben dort draußen beim Dorf namens Aubing« – er streckte mit Zornesfalten auf der Stirn seine Rechte gen Westen –, »aber diese Stadt werde ich rein davon halten, soweit es in meiner Macht steht.«

Ehe Peter den Sinn der Drohung verstand, schickte der Pfarrer auch schon hinterher, daß er die Dominikaner zu Hilfe gerufen habe. Den Bettelmönchen des Franziskus in der eigenen Stadt könne man in dieser Hinsicht ja nur wenig vertrauen. Aber die weißen Prediger, die würden die Gottlosen und Verderbten schon aufspüren und sie der Inquisition zuführen. In wenigen Tagen würden diese auch die verschlagene Alte im Hause des verstorbenen Hafners einer peinlichen Prüfung unterziehen und danach ihre Enkelin, die den Skandal in St. Peter verschuldete.

Peter erschrak zutiefst und führte entlastend an, daß die Hafnerin doch jüngst eine Schar frommer Frauen in ihr Haus aufgenommen habe, um es in eine Heimstatt des Gebets und liebender Fürsorge zu verwandeln. Da lachte der Pfarrer gequält auf.

»Dank Eurer Jugend ist es verzeihlich, daß Ihr Euch davon blenden laßt. Was wißt Ihr schon über diese Frauen? Es sind ziellos schweifende Beginen, die keiner Kontrolle unterliegen und sich keiner anerkannten Regel unterziehen. Sie leben vom Bettel oder davon, daß sie sich unzüchtig anpreisen, und wenn sie schon einmal von ihrer Hände Arbeit leben, geraten sie alsbald mit den Handwerkern in Konflikt. Sie besitzen die Frechheit, sich ihre eigenen Geistlichen zu suchen und selbständig in der Bibel zu lesen und wagen es dann sogar, theologische Spekulationen zu üben, den Klerus zu kritisieren und dem gemeinen Volk zu predigen.«

Peter ahnte, was dem Pfarrer aufstieß, und wandte mit Unschuldsmiene ein: »Hat nicht auch Hildegard gepredigt und den Oberen ins Gewissen geredet?«

»Wie könnt Ihr diese heiligmäßige Frau mit hergelaufenen Dirnen vergleichen!« fuhr ihn der Pfarrer zornig an. »Glaubt Ihr, das Konzil von Vienne hat umsonst den Beginenstand verboten? Es ist altbekannt, daß mit Vorliebe Frauen für die Häresie empfänglich sind. Schon der Name ist doch den frühen Ketzern entlehnt. Und in unseren Tagen überschwemmen die Waldenser das Land bis hinunter nach Wien. Sie leben wie Eure Beginen in scheinbar gottgefälliger Einfalt, aber im verborgenen wirken sie auf die Zerstörung der heiligen Mutter Kirche hin. Und wenn sie nicht diesen Freigeistern angehören, dann vielleicht gar der Sekte der Luziferianer. Heinrich Rudolf vom Rat erinnerte sich, daß vor wenigen Jahren der Erzbischof von Salzburg zu Krems an der Donau eins ihrer Nester ausgehoben und Friedrich von Habsburg sie gejagt hat. Was liegt da näher, als sich auf das Gebiet seines Erzfeindes, unseres Königs, zu flüchten. Auch der Kämmerer stimmt daher für die Inquisition und Küchel sowieso.«

Was hat Rudolf daran für Interesse, fragte sich Peter verwirrt und schaute offenbar so zweifelnd drein, daß Pfarrer Konrad grimmig fortfuhr: »Ach, der junge Herr glaubt mir nicht? Dann hört dies: Ihr dürft nicht meinen, daß diese alleinlebenden Frauen ohne einen Meister sind. Bei den Waldensern taucht er von Zeit zu Zeit in der Verkleidung eines Schusters oder Webers oder was weiß ich auf. Den Luziferianern aber erscheint er in Gestalt einer Kröte, Gans oder Katze oder eines Tieres so groß wie ein Backofen. Sie küssen das Hinterteil ihres Meisters und dann ergeben sie sich ausschweifendem und widernatürlichem Verkehr. Und jedes Jahr zu Ostern erschleichen sie sich den geheiligten Leib unseres Herrn, tragen die Hostie im Mund nach Hause und speien sie dort voller Verachtung in die Abortgrube, weil Gott ihren geliebten Satan zu Unrecht in die Hölle geworfen habe. Wollt Ihr immer noch …«

»Ich danke Euch!« sagte Peter, dem die Sinne bei diesen Ungeheuerlichkeiten schwindelten, und mit einer Verbeugung entzog er sich einer Fortsetzung des Gesprächs.

Er war völlig durcheinander von dem, was er gehört hatte, dem, was er bisher geglaubt hatte, und dem, was er jetzt befürchtete, und taumelte mehr den Rindermarkt entlang, als daß er mannhaft ausgeschritten wäre. Wem konnte er noch glauben, und wo führte dies alles hin? Ein Pfarrer durfte doch nicht einfach derartige Lügen verbreiten, aber dann mußte an der Geschichte etwas Wahres sein! Herrgott, er wußte nicht mehr, ob die Ahn nun im Verdacht stand oder die Enkelin oder beide. Und was verfolgten diese Ratsherren für ein Interesse? Nur den Schutz der Kirche und des Glaubens? Peter lachte laut auf, so daß ihn Vorübergehende für reichlich sonderbar hielten. Küchel mochte den Schutz seines ungebärdigen Sohnes im Auge haben und von seinen Schandtaten ablenken wollen, aber für Rudolf konnte das doch nicht gelten. War die Hafnerin nun Opfer einer sich rasend entwickelnden Intrige oder steckte sie selber mitten im Geschehen? So oder so – sie war in höchster Gefahr!

Peter dachte an Pauls Worte: Wenn mir an jemandem etwas liegt… Er mußte unbedingt mit ihr reden, mußte sie warnen.

Die Tür zur Werkstatt war verschlossen, wie an diesem Tag nicht anders zu erwarten. Aber auch an der Haustüre reagierte niemand auf sein Klopfen. Vielleicht befanden sich die Frauen im Garten. Er rüttelte an der Tür, bis sie plötzlich aufsprang. Der Riegel hatte nicht vorgelegen. Er trat in den Flur, rief mehrmals laut, und blieb ohne Antwort. Er ging mit ungutem Gefühl wegen seines Eindringens bis zur Hintertür durch, öffnete sie langsam und sah im Garten die Ahn stehen. Sie bückte sich eben und steckte etwas in den Boden vor ihrer Eibe. Dann richtete sie sich auf, wiegte sich vor dem Bäumchen und fiel in einen eigenartigen Singsang.

Peter trat leise näher. Er hörte ein Knistern und Knacken und witterte Rauch. Es kam von Wiltruds großem Brennofen her.

Als er nahe genug war, konnte er ihre Worte verstehen:

»Ein sechzehntes kann ich, wenn ich bei sperriger Maid
Liebe und Lust zu wecken begehr.
Ich wende den Sinn der weißarmigen Jungfrau
und wandle den Willen ihr.«

»Verzeiht«, sprach Peter sie an, »ich suche dringend Eure Enkelin.«

Die Alte fuhr herum, wirkte verwirrt, als sei sie eben von weit her geholt worden. Peters Blick fiel auf ihre Hände, die sie vor den Körper hielt. Er erschrak: Die Linke war erdverkrustet, aber ihre Rechte hielt ein spitzes Messer und – kein Zweifel, die Hand war voller Blut!

Die Alte schien ihn zu erkennen als den jungen Mann, der schon öfter mit ihrer Enkelin gesprochen hatte. Jedenfalls lächelte sie und streckte, fast ein wenig verlegen und wie zur

Entlastung, ihre Hände vor. »Ein Hahnenkopf«, sagte sie, »bloß ein Hahnenkopf.« Sie nahm den Tonkrug, der neben ihr stand, und spülte seelenruhig Erde und Blut von ihren Fingern.

Peter ließ einen Seufzer der Erleichterung los und fuhr sich über die schweißnasse Stirn. Er war überreizt. Es war schließlich Martinstag, und wer sich keine Gans leistete, nahm eben mit einem Hahn vorlieb. »Ich suche Wiltrud«, sagte er nochmals und deutete auf den rauchenden Ofen. »Sie muß doch hier sein.«

»Sie ist mit den anderen draußen vor der Stadt bei den Martinsfeuern«, erhielt er zur Antwort. »Kann dauern.«

»Warum feiert Ihr nicht mit ihnen?« fragte Peter, und seine Stimme erschien ihm selber zu harsch.

»Wer ist schon Martin?« Es klang verächtlich. »Es ist *sein* Tag!«

»Ihr opfert lieber Wodan?« fragte Peter jetzt bewußt streng.

»Seid Ihr eingeweiht?« fragte die Ahn mißtrauisch zurück und legte den Kopf schief.

»Gebraucht Ihr für Euer schändliches Treiben auch das Blut Unschuldiger und Haare und Schädel?« fuhr Peter sie erregt an.

»Was redet Ihr da für Unsinn?« rief die Ahn, nun ihrerseits höchst aufgebracht. »Geht weg! Laßt mich in Ruhe!«

»Ihr bringt Eure Enkelin in große Gefahr und Euch ebenso!« schrie Peter zornig. »Versteht Ihr das denn nicht?«

»Ihr seid töricht!« schimpfte die Alte. »Geht endlich!«

»Ja«, brüllte Peter, »zum Pfarrer und zum Richter, wenn Ihr mir nicht sofort sagt, was das alles soll!«

Die Ahn erschrak sichtlich. Sie schien einen Augenblick fieberhaft zu überlegen, dann rang sie sich zu einer Erklärung durch. »Wie könnt Ihr glauben, daß ich meiner Enkelin Böses will oder Dinge tue, von denen Ihr faselt.

Ich liebe sie wie mein Leben und hab' sie all die Jahre behütet.«

»Dann tut's auch jetzt!« forderte Peter ungeduldig. »Was ist das?« Er wies auf ein paar dünne Stäbchen, die im Erdreich steckten.

»Ich habe die Stäbe befragt«, sagte sie, zog einen davon heraus und hielt ihn Peter hin. Es war ein Zeichen eingeritzt, das einer nach unten gedrehten Gabel glich. »Es ist Yr«, erklärte sie, »es steht für die Eibe, den Lebens- und Todesbaum. Wyrd hat aus Mimirs Brunnen geschöpft und zu mir gesprochen ...«

»Augenblick«, unterbrach Peter, der überhaupt nichts verstand. Nur diesen Namen hatte er schon gehört ... nun komm schon, komm ... Siegfried hatte davon gesprochen, richtig! Aber das war doch die Geschichte mit dem abgeschlagenen Haupt! Herr im Himmel! Hatte die Alte tatsächlich ... und sprach so sorglos und wirr darüber ... sie mußte verrückt sein. Es gab nur diese eine Erklärung!

Peter trug noch immer das Amulett bei sich. Er fingerte es aufgeregt hervor und zeigte es ihr mit zittriger Hand. »Was ist das?«

Die Ahn stutzte erst, dann sagte sie mit verklärtem Lächeln: »Die Zeit der Rache ist vorbei. Totgeglaubtes wird wiedererweckt. Wir werden neues Leben erzeugen, alles Leid wird vergeh'n ...«

Sie ist verrückt, bestätigte sich Peter, redet nur wirres Zeug. Es hatte keinen Sinn mit ihr zu hadern und ebensowenig, ihre Enkelin jetzt irgendwo vor der Stadt zu suchen. Er mußte morgen wiederkommen.

36. Kapitel

Peter erwachte früh nach einer unruhig verbrachten Nacht, woran am wenigsten das Schnarchen von Paul Schuld trug, mit dem er wieder eine Kammer teilte. Er hörte Lärmen draußen, Hufgetrappel, Pfeifen und wildes Geschrei. Mitunter trieben's die Roßhändler und deren Knechte allzu bunt.

Er stand auf und wusch sich aus einem Eimer Wasser im Hof notdürftig das Gesicht. Zu mehr hatte er wegen der Kälte und seiner gedrückten Stimmung nicht Lust.

Kaum hatte er sich im halb gefüllten Gastraum zu einer Schale Brei und Dünnbier niedergelassen, als ein Fuhrknecht hereinplatzte und aufgeregt rief: »Habt ihr's schon gehört? Sie haben die Hafnerin verhaftet. Eben erst geholt.«

Peter entglitt vor Schreck der Löffel. »Weswegen?« fragte er angsterfüllt.

Der Knecht plusterte sich auf, genoß seinen Wissensvorsprung: »Was glaubt der junge Herr wohl? Sie ist eine Unholdin! Hat Männlein und Weiblein und sogar einen Pfaffen auf dem Gewissen. Aber jetzt hat der Spuk ein Ende.«

»Lüge!« fuhr ihn Peter an. »Alles erstunkener Blödsinn!«

»Schon recht, Herr Naseweis«, sagte der Überbringer der Nachricht hämisch und wandte sich gestikulierend den anderen zu. »Sie haben den Kopf des Gesellpriesters bei ihr gefunden, in ihrer Lehmgrube versteckt. War noch frisch, wie eben abgeschlagen, und auf der Zunge klebte wie ein Goldstück eine unversehrte Hostie. Sie ist eine Teufelin!«

Während in der Stube Verwünschungen und Flüche auf das verruchte Weib losbrachen und grausige Martern für sie erdacht wurden, schlug Peter entsetzt die Hände vors Gesicht. »O Gott«, stöhnte er fassungslos, »das ärgste, was jetzt noch passieren konnte.« Dann stürmte er hinauf in die Kammer zu Paul. Selbst einen Schläfer wie ihn rüttelte eine solch üble Nachricht schlagartig hellwach.

»Was sollen wir jetzt tun?« fragte er mit Hilflosigkeit in Stimme und Blick.

»Ich weiß es nicht«, bekannte Peter, »weiß es wirklich nicht.« Er machte sich Vorwürfe, daß er am Vortag nicht ausgiebiger nach ihr gesucht hatte. Paul hielt dagegen, daß dies vermutlich nichts geändert hätte. Aber das schlimmste für Peter war, daß er noch nicht einmal selbst in allen Punkten von Wiltruds Unschuld überzeugt war. Nur das mit dem Kopf, das konnte er dann doch nicht glauben und hielt es für das beste, erst einmal beim Richter Genaueres zu erfragen.

»Keine gute Idee«, wehrte Paul die Bitte um seine Begleitung ab. »Kann mir seine Meinung schon denken, wenn er die Mordbuben unbehelligt läßt und die Hafnerin dafür einsperrt.«

Doch Peter ließ sich nicht davon abbringen und stieg wenig später ins Obergeschoß des Rechtshauses am großen Marktplatz, auf dem die Ungeheuerlichkeit schon in aller

Munde war. Konrad Diener ließ ihn erbarmungslos warten, bis er seine Tagesgeschäfte abgeschlossen hatte. Erst gegen Mittag lud er Peter vor, dem bis dahin der Magen knurrte und der Verstand schwirrte. Und im übrigen war er jetzt auch wütend.

Konrad Diener empfing Peter Barth zurückgelehnt und voller Zufriedenheit. »Heut' ist ein guter Tag«, sagte er herausfordernd, »kommt Ihr, um mich zu beglückwünschen?«

»Ihr würdet mir's gewiß übelnehmen, wenn ich einen Fehler guthieße«, antwortete Peter darauf mehrdeutig.

»Was wollt Ihr damit sagen?« fragte der Richter lauernd. Seine gute Laune war schon zur Hälfte verflogen.

»Daß Eure Knechte sich geirrt haben«, ging Peter in die Offensive.

»So, haben sie?« schnauzte der Richter ungehalten. »Es gab wohl selten einen Fall, der so eindeutig war. Ihr braucht gar nicht erst Platz zu nehmen.«

Peter hatte für seinen Geschmack auch schon viel zu lange herumgesessen und fragte direkt: »Würdet Ihr mir anvertrauen, von wem der Hinweis kam?«

»Ich weiß es offen gestanden nicht«, räumte der Richter ein. »Spielt's eine Rolle? Der Kopf lag so klar auf dem Präsentierteller wie das Haupt des Täufers vor Herodes. Was wollt Ihr mehr?«

»Den Kopf kann auch jemand anderer dort abgelegt haben, um den Mord ihr zuzuschieben.« Peter erwähnte vorsichtshalber nichts von den Umtrieben der Ahn.

Dafür der Richter: »Meinetwegen war's auch die Großmutter. Ihr wollt mir doch nicht weismachen, daß sich ein Wildfremder mit einem Kopf unterm Arm in das Haus schleicht und ihn dort in die Lehmgrube wirft.«

»Es scheint mir nicht weniger wahrscheinlich, als die Annahme, daß die Hafnerin ihn dort aufbewahrt haben soll, zumal bis vor wenigen Tagen der Lernknecht noch bei ihr war«, mutmaßte Peter.

»Ah, interessanter Gedanke«, sagte Diener spitz, »wirft die Frage nach dem plötzlichen Tod des Lernknechts auf.«

»Erfroren. Die castratio kann irgendwer vorgenommen haben, und daran stirbt man im allgemeinen nicht.«

»Dann ist da immer noch die Sache mit den Pilzen ...«

»... die keinesfalls tödlich waren«, fiel ihm Peter ins Wort. »Andere haben auch davon gegessen und blieben unbeschadet.«

»Jetzt seid Ihr aber leichtgläubig, mein Besserwisser«, spottete der Richter. »Die Hafnerin hat erstens den bösen Anschlag mit den Pilzen zugegeben, und zum anderen ist nichts leichter, als einer Person gezielt ins Essen Gift zu mischen. Und es sieht ganz danach aus, daß sie dies zuvor schon bei ihrem Vater übte.«

»Verleumdungen von Klatschweibern wie dieser Krämerin«, stieß Peter hervor. »Das Pulver im Wein war harmloses Bleiweiß. Der Alchemist kann's bezeugen.«

»Ihr seid gut informiert«, sagte der Richter argwöhnisch. »Habt Ihr am Ende doch wieder geschnüffelt?«

»Nur zur rechten Zeit zugehört«, gab Peter schnippisch Antwort.

»Dann habt Ihr sicher auch gehört, daß ihr Aquamanile vergifteten Wein enthielt, und selbst wenn man nicht wie Pfarrer Konrad an ein verzaubertes Gefäß glauben will, dann hat sie zumindest mit schädlichen Kräutern und Essenzen hantiert.«

»Behaupten diese Küchel! Das war doch ein Winkelzug, um den Sänger – dank Eurer Hilfe – aus der Stadt zu treiben und von den Schandtaten des jungen Tunichtguts abzulenken.«

»Vorsicht!« warnte der Richter stirnrunzelnd. »Ihr redet Euch sonst in große Schwierigkeiten.«

»Verzeiht!« sagte Peter mit einer Geste der Ergebenheit, »aber Wein mit etwas Tollkirschensaft versetzen kann doch jeder, und mancher ansonsten fahle Tropfen dankt ihm seine rote Farbe. Der Panscher hat vielleicht nur etwas übertrieben. Nicht umsonst heißt das Gewächs bei vielen Teufelsbeere.«

»Ihr wißt wohl auf alles eine Antwort«, erwiderte Diener leicht gereizt, »dann hört mir jetzt gut zu!«

Peter kannte diesen Ton und wußte, daß er das Ende der Unterredung einläutete.

»Wie immer man die Sache auch betrachtet«, holte der Richter aus, »es gibt genügend Hinweise darauf, daß diese Hafnerin oder ihre Großmutter oder meinetwegen beide sich zum Schaden von uns allen mit verbotener Zauberei befassen und dabei auch menschliche Substanzen gebrauchen, ob dies nun Haare, Blut oder andere Körperteile sind, die sie sich durch feigen Mord oder auf andere widerwärtige Weise beschaffen. Ich habe auch ihren Ofen ausräumen lassen und siehe da, unter noch rauchendem Schutt kamen Knochen und Trümmer eines geborstenen Schädels zutage, die unzweifelhaft die eines Menschen sind. Aaah – da reißt Ihr endlich mal stumm das Maul auf. Gibt es tatsächlich etwas, das Ihr noch nicht wußtet? Wie schön! Und ich sage Euch auch, daß ich den Verdacht mit den Luziferianern sehr ernst nehme und es deshalb für mehr als wahrscheinlich halte, daß diese Weiber den Gesellpriester getötet haben. Neinnein« – er hob gebieterisch die Hand –, »schweigt still! Ehe Ihr jetzt den Einwand mit schwachen Frauen und dergleichen bemüht, denkt an Judith, die Holofernes enthauptete, und mit Zauberei gewinnt selbst das schwächste Weib die Kraft eines Berserkers. Ihr seht, es ist ein Strauß von Gründen, die für mehrere Verurteilungen reichen würden. Und das Gute daran ist: Es ist zunächst ein Fall fürs geistliche Gericht.

In wenigen Tagen werden die Dominikaner die Wahrheit ans Licht bringen. Tja, tut mir leid für Euch, aber ich hatte Euch gewarnt. Ihr dürft gehen.«

Peter hätte seinen Zustand, als er über den Markt trottete, selbst kaum beschreiben können. Er fühlte sich gedemütigt und war zugleich stockwütend. Dieners Mitteilung über den Knochenfund im Ofen hatte ihn ziemlich irritiert, und trotzdem war er auf einmal mehr denn je von der Unschuld der Hafnerin überzeugt. Er fühlte sich niedergeschlagen, spürte aufkommende Angst und hatte ebenso trotzige Lust, es diesem unfehlbaren Richter zu zeigen. Er wußte nur nicht wie.

Es war nicht leicht, in dieser aufgeheizten Stimmung einen kühlen Kopf zu bewahren, und als Peter zum Anger hinabging, sah er schon von weitem die wütende Menge, die sich vor dem Haus der Hafnerin zusammengerottet hatte. Steine und faules Obst krachten gegen die Türen und zugezogenen Läden, und hätten nicht zwei Knechte mit gezückten Schwertern Wache gestanden, die aufgebrachte Meute hätte das Haus längst gestürmt. Er mischte sich darunter und erschrak über den Haß in ihren Augen.

Es fiel ihm ein, daß er vom Richter nicht einmal erfahren hatte, was mit der Ahn geschehen war. »Wo ist die Alte?« schrie er einfach in die Menge. »Abgehauen«, erfuhr er, »zu ihrem Höllenbuhlen entwichen ... draußen, bei ihren teuflischen Gefährten. Verbrennt ihre Mitschwestern, das Gezücht Luzifers! Räuchert das Haus aus!« Die Ahn war offenbar geflohen, oder hatte zuvor schon die Stadt verlassen. Die Beginen wurden im Haus unter Bewachung gehalten.

Peter konnte jetzt nicht einfach seiner Arbeit nachgehen, er war zu aufgewühlt. Zum Glück hatte der Betrieb an der Floßlände durch die kalte Witterung schon stark nachgelassen. Er traf auch Paul noch beim Rößlwirt an, berichtete ihm vom Gespräch mit dem Richter und beriet sich mit ihm.

Das Haupt des Gesellpriesters und der Hostienfrevel waren unzweifelhaft schlagende Argumente der Anklage, und Peter mußte zugeben, daß der zusätzliche Knochenfund seine Verteidigung stark erschütterte. Alles deutete wiederum auf die Ahn hin, die er gestern neben dem rauchenden Ofen mit Blut an den Händen vorgefunden hatte, und die jetzt verschwunden war. Aber es gab auch Ungereimtheiten. Warum etwa hätte sie Sophia töten sollen, wenn beide angeblich der Zauberei zuneigten? Warum Wolfhart, der lange im Haus gedient hatte? War dies alles mit ihrer Verrücktheit zu erklären? Und selbst wenn es so wäre, würde dies Wiltrud retten?

Dagegen sprach, daß selbst der Richter, der allem, was mit Magie zu tun hatte, sonst eher skeptisch gegenüberstand, die Morde diesmal gerade durch zauberische Mittel und zu deren Gewinnung für möglich hielt. Um wieviel mehr mußten die angstgepeitschten Bewohner der Stadt davon überzeugt sein. Mit wackeligen Argumenten und Vermutungen war da nichts auszurichten, wenn sie nicht den oder die Mörder präsentieren konnten. Es sah verdammt schlecht aus für Wiltrud und ihre Ahn, wenn man ihrer habhaft würde.

»Laß uns wenigstens so viele Freunde wie möglich auftreiben, die für sie sprechen könnten«, schlug Paul vor.

»Die findest du an einer Hand«, sagte Peter bitter, »aber wollen wir's versuchen.«

Der Empfang im Hause Schafswol war noch frostiger als das Wetter. Margret ließ die beiden Pfleger gar nicht erst in die gute Stube vor, schnarrte schon im Flur, sie könne sich denken, weswegen sie kämen und daß sie sich nicht hätten herbemühen müssen. Sie lachte hysterisch auf, als sie etwas von »beste Freundin in Not« hörte und schrillte: »Sie ist schuld an meinem Unglück!« Eine etwaige Erklärung ging im nachfolgenden Tränenstrom unter.

Was sie ihrer Freundin denn vorzuwerfen habe, versuchte Peter es nochmals, nachdem sie fürs erste genug geheult hatte.

»Sie ist nicht mehr meine Freundin!« fauchte Margret. »Ich hasse sie!« Verflogen waren alle Festfreude und Eintracht von ehedem.

Peter glaubte, den Grund zu kennen und fragte dennoch: »Warum?«

»Seibold ist seit ihrer Giftmischerei verschwunden«, brach es unter erneutem Tränenfluß aus ihr hervor, »und sicherlich liegt er irgendwo tot wie ihr Lernknecht, den sie auch bestialisch umgebracht hat.«

»Na, na!« mahnte Paul zur Mäßigung. »Das ist eine schwere Beschuldigung und durch nichts bewiesen.«

»Für mich wohl«, erwiderte Margret wütend, »sie kam am Tag nach Allerseelen zu mir gerannt und behauptete boshaft, daß Niklas und seine Freunde nächtens Frauen überfielen, und ich solle besser auf meinen Seibold achtgeben. Und nachher wurde sie bei der Baderin gesehen, die dann abends unschuldigen Burschen vergiftete Pilze vorgesetzt hat. Das haben die beiden mißgünstigen Weiber ausgeheckt!«

»Ahnungslose Burschen vielleicht, unschuldig auf keinen Fall«, knurrte Paul, während Peter zu vermitteln suchte: »Sie taten's doch nicht in der Absicht zu töten.«

»Das glaubt Ihr doch selbst nicht«, fuhr ihn Margret an. »Sie hatte von Anfang an Haß auf Niklas …«

»Dem nichts geschehen ist«, warf Paul ein.

»… und konnte auch meinen Seibold nicht besonders leiden, wie überhaupt alle Männer, über die sie nur herzieht und ihnen Körbe verteilt. Sie hat sich geschworen, verhutzelte Jungfer zu bleiben, aber mir hat sie mein Glück geneidet und deshalb ...« Sie fing wieder an zu heulen.

»Ich verstehe Eure Erbitterung«, sagte Peter, »aber Euer Gatte taucht sehr wahrscheinlich in ein paar Tagen, wenn Gras über die dumme Sache gewachsen ist, wieder auf, aber Wiltrud ...«

»Mein Sohn ist kein Herumtreiber und entzieht sich nicht der Verantwortung!« sagte Elisabeth Schafswol, die der laute Wortwechsel herbeigerufen hatte, scharf, und als sie in Peter den jungen Mann erkannte, den ihr Bruder bei der Hochzeit als Vorbild herausgestellt hatte, da wurde sie noch um einiges blasser und spitzgesichtiger.

»Das wollte ich damit auch nicht sagen«, wiegelte Peter ab, »aber für die Hafnerin steht viel auf dem Spiel. Sie wird des Mordes und der Zauberei bezichtigt und Ihr ...«

»Zu Recht!« kreischte Margret. »Sie hat auch ihren Vater umgebracht, weil der sie verheiraten wollte, das weiß doch inzwischen jeder. Und glaubt Ihr vielleicht, daß sie ihre Glasuren ganz ohne Zauberei hingekriegt hat? Sie hat auch mit dieser durchtriebenen Sophia gekungelt, obwohl ich sie gewarnt habe, und mit den Spielleuten, die Zauberkunst vorführten und Wunderbalsam anpriesen. Und ihre gottlose Ahn treibt schon seit vielen Jahren verwerflichen Zauber, braucht bloß meine Mutter zu fragen. Ein Segen, wenn diese Übelkrähen gefaßt sind.«

Warum verweist sie auf die Mutter? fragte sich Peter und erinnerte sich dunkel, daß die Polmoserin am Hochzeitsabend beim Abschied eine seltsame Bemerkung gemacht, und Wiltrud vor den Burschen gewarnt, dann aber darüber geschwiegen hatte. Gab es da irgendeine alte Geschichte? Und auch Heinrich Rudolf hatte ... »Wißt *Ihr* denn etwas über eine Teufelei in vergangenen Tagen, die sich beim Klosterhof zugetragen haben soll«, wandte er sich an Elisabeth Schafswol, die sofort darauf ansprang.

»Ah, mein feiner Bruder hat geplaudert«, sagte sie in gehässigem Tonfall. »Hat Brüderchen dann auch von seiner eigenen Schande erzählt?«

»Er hat nichts erzählt«, antwortete Peter verwundert, »deshalb frage ich ja.«

»So, hat er nicht, hmm...«

»Bitte!« forderte Peter sie auf. »Ich höre.«

»Fragt ihn doch selbst«, giftete die Wollwebersgattin.

»Wirf die beiden endlich raus!« tönte eine verärgerte Stimme aus dem Raum, aus dem die Schwiegermutter zuvor Margret zu Hilfe geeilt war. »Wir haben nichts mit ihnen zu bereden!«

»Vielleicht doch!« rief Paul, dem der Kamm schwoll, zurück. »Zum Beispiel über nächtliche Verkleidungsspiele mit einer toten Bademagd!«

Berthold Schafswol füllte schwitzend und hochrot den Türrahmen.

»Was sagt Ihr da?« preßte er zwischen den Zähnen hervor.

»Ihr habt's gehört«, forderte ihn Paul heraus, »Eure Damen bezichtigen Wiltrud Hafner des Mordes und der Zauberei, ich beschuldige Euch und Euren Sohn der gewaltsamen Unzucht und des Mordes an Else, der Bademagd.«

Die hochnäsige Elisabeth schrie auf und schoß Blitze auf ihren Gatten, Margret heulte lauter als zuvor, der Beschuldigte faßte sich an die Brust und hechelte: »Raus! Sofort raus!«

»Ich würde an Eurer Stelle das Maul nicht so voll nehmen«, riet ihm Peter zum Abschied und verließ mit Paul gemessenen Schritts das gastliche Haus.

Der kurze Triumph war kein Grund zu ungetrübter Freude, aber verschaffte ein Stück Genugtuung an diesem scheußlichen Tag und auch ein Fünkchen Hoffnung, da schließlich noch andere in die Klemme gerieten, wenn die Gerichtsverhandlung anstand. Da konnte noch manches geschehen.

37. Kapitel

Es gibt Tage, die man besser im Bett verbringen sollte, sagte sich Peter, und nicht nur wegen des Nieselwetters und der Kälte. Andererseits konnte dieser Morgen den gestrigen an Widerwärtigkeit kaum übertreffen. Hatte er am Ende bloß Angst vor den Begegnungen, die ihm bevorstanden? Vor unangenehmen Wahrheiten, die er vielleicht gar nicht hören wollte? Es mußte sein, und er quälte sich von seinem Lager hoch.

Er hielt es für klüger, den Ratsherrn und Kämmerer Heinrich Rudolf alleine aufzusuchen. Zwar hatte der sich am Hochzeitstag ihm gegenüber sehr aufgeschlossen gezeigt, aber er kannte ihn dennoch zu wenig, und heute war grauer Alltag, der Stimmungen gehörig drücken konnte. Und Peter wollte etwas von ihm, das nach den vorschnellen Andeutungen der Wollweberin wohl sehr ins Persönliche ging. Da mochte sich der Ratsherr unter Druck gesetzt fühlen, wenn sie zu zweit auftauchten, und schließlich mußte einer von beiden an der Lände mal wieder nach dem Rechten sehen.

Heinrich Rudolf, selbst zu früher Stunde und zu Hause vornehm und penibel gekleidet, hatte eben sein Morgenmahl beendet. Er wunderte sich zwar ein wenig über den Besuch, ging Peter aber gleich entgegen und bat ihn freundlich herein.

Die Stube war deutlich heller als seine Kammer beim Wirt, bemerkte Peter sogleich, denn der begüterte Kaufmann konnte es sich leisten, geöltes Pergament in die Fensteröffnungen zu spannen, und daher selbst um diese kalte Jahreszeit noch den einen oder anderen Laden offenhalten. Im Kamin brannten zwei dicke Scheite, zwei Kerzen gaben zusätzlich warmes Licht. Man könnte gemütlich plaudern, dachte sich Peter, wäre nur der Stoff danach.

Auch Heinrich Rudolf schien zu ahnen, daß Peter nicht einfach grundlos vorbeischaute, um sich von alten Zeiten erzählen zu lassen. »Wo drückt Euch der Schuh?« begann er aufmunternd das Gespräch. »Ihr könnt ganz offen mit mir sein.«

Leicht gesagt, dachte sich Peter, aber dann knüpfte er einfach dort an, wo sie am Hochzeitstag von den Hübscherinnen unterbrochen worden waren und siehe da, der Ratsherr hatte, obwohl erst in den besten Jahren, urplötzlich erstaunliche Erinnerungslücken.

»Worauf spielt Ihr an?« fragte er vorsichtig wie auf zu dünnem Eis.

Peter rief nochmals den Mord am Gesellpriester in Erinnerung und daß er, Heinrich Rudolf, ihn damals selbst als ein Werk des Teufels bezeichnet und von anderer Teufelei gesprochen habe, die sich Jahre zuvor in unmittelbarer Nähe zugetragen habe.

Er wisse absolut nichts, was mit dieser gräßlichen Sache vergleichbar sei, sagte der Rat mit allzu künstlichem Schauder. Was könne es schlimmeres geben, als einen Priester zu ermorden?

Wohl wahr, stimmte Peter zu, aber es gehe ihm auch nicht um einen Vergleich scheußlicher Ereignisse, er wolle schlicht wissen, ob in der Nähe schon einmal Übles geschehen sei, bei dem der Teufel oder Zauberei eine Rolle gespielt hätten, denn damit habe man es jetzt sehr wahrscheinlich zu tun.

»Was interessiert Ihr Euch so für den Teufel?« fragte Rudolf mit kurzem Lachen. »Ein junger Mann wie Ihr sollte doch ...«

»Weil er mich ängstigt«, erklärte Peter, »und weil in seinem Namen neues Leid geschehen wird, wenn keiner es verhindert.«

»Wollt Ihr etwas Wein?«

Peter lehnte angesichts der frühen Stunde dankend ab.

Der Ratsherr schwieg und sah Peter eine Weile prüfend an, als versuche er, dessen Beweggründe einzuschätzen. Peter fühlte sich unwohl und nahm Zuflucht zur Schilderung der Geschichte mit dem Antichrist und daß es da eine ganz erstaunliche, aber keine zwingende Verbindung gebe. Möglicherweise könne aber ein anderer Vorfall, der sich an der Stelle ereignet habe, mehr Aufschluß geben.

»Ist es nicht Sache des Richters und seiner Knechte, dies zu untersuchen?« fragte Rudolf unvermittelt und überraschend streng.

Peter schluckte. Er durfte den hohen Herrn weder verärgern, noch wollte er ihn so einfach vom Haken lassen. »Der Richter sucht nur die Schuld«, sagte er, »und ist überzeugt, sie schon gefunden zu haben. Ich aber möchte jemandem helfen und suche nach Entlastung.«

»Wer ist es?« fragte Rudolf mit bohrendem Blick.

Ja, wer? fragte sich Peter selbst. Die Frauen insgesamt oder nur Wiltrud? Sah es dann nicht so aus, als habe er persönliches Interesse an ihr? Und war's etwa nicht so? Verflixt! »Die Frau, die während des Hochzeitsmahls zufällig neben mir saß. Ihr erinnert Euch?«

»Ach, diese Freundin der Braut.«

»Richtig. Sie ist in höchster Gefahr.«

»Ist sie diejenige ... o ja, ich hab' davon gehört«, sagte er wie in Gedanken, »scheint diesmal ziemlich eindeutig ...«

»Diesmal? Was meint Ihr damit?« fragte Peter überrascht.

»Wie? Oh, ich meine, daß die Beweise erdrückend sind und klar auf der Hand liegen. Wer hätte das der jungen Frau zugetraut.«

»Ihr sagtet soeben: diesmal«, ließ Peter nicht locker, »dann hat es ein anderes Mal gegeben.«

»Unsinn!« sagte der Rat plötzlich gereizt. »Was soll das werden? Ein Verhör? Vergeßt nicht, mit wem Ihr's zu tun habt!«

Wie könnte ich, zuckte Peter zusammen. Das Gespräch lief ungut, und der Ratsherr war dünnhäutig. Aber er durfte jetzt nicht aufgeben. »Ihr sagtet eingangs, ich könne ganz offen sein. Dann will ich Euch sagen, daß Eure Schwester mir gegenüber ...«

»Diese Schlange!« zischte Rudolf zu Peters Erstaunen. »Das ist alles gelogen und Verleumdung! Kein Wort wahr!«

Peter überlegte fieberhaft. Die Sache mußte gehörige Bedeutung haben, aber wenn er jetzt sein Unwissen eingestand, würde er wieder nichts erfahren. Er setzte den Helm auf und legte die Lanze ein: »Das ist gewiß alles sehr unangenehm, aber wenn es erst zur Gerichtsverhandlung kommt, dann ...«

»Was wißt Ihr davon?« forschte Rudolf über den Tisch gebeugt.

»Sagen wir so«, wich Peter aus, »ich kenne die eine Version der Geschichte.«

Der Ratsherr schien heftig mit sich zu ringen, hatte jetzt selber einen Tropfen Roten nötig. »Gut«, sagte er plötzlich und stellte den Becher so heftig ab, daß der Wein spritzte. Er zeigte nervös mit dem Finger auf Peter. »Wenn Ihr irgendwie von der Geschichte falschen Gebrauch macht, werdet Ihr's in dieser Stadt zu nichts mehr bringen. Und jetzt hört zu!«

Peter atmete auf und blieb gleichwohl innerlich höchst angespannt, als Rudolf ihm erzählte, was sich um die Jahrhundertwende, zu Beginn des heiligen Jahres, in dieser Stadt zugetragen hatte. Peter konnte sich zwar den Schrecken der grausigen Kindstötung und des nachfolgend mißglückten Versuchs, die Teufelsbuhlin hinzurichten, lebhaft ausmalen, verstand aber nicht, was dies mit Rudolf zu tun haben und ihn nach all den Jahren noch so erregen konnte.

»Ihr müßt wissen«, sagte der, »daß das Grundstück uns gegenüber, wo jetzt der Klosterhof steht, damals noch der alten Kunigunde von Eurasburg gehörte und von einem Verwalter bewirtschaftet wurde. Dort lebte lange Jahre auch ein Fuhrknecht mit seiner Familie. Er hatte eine kleine Tochter, Barbara hieß sie, nicht sonderlich hübsch, nicht sonderlich aufgeweckt, aber wir spielten zusammen und tobten durchs Heu. Ich war ja selber noch Knabe und nur wenige Jahre älter. Als sie langsam zur Frau heranwuchs, verbot mein Vater den Umgang mit ihr aus Standesgründen, was ich damals nicht wahrhaben wollte. Da verunglückte der Fuhrmann. Seine Witwe heiratete den Hafner Arnold und zog zu ihm, ein paar Anwesen weiter. Nur die alte Magd blieb auf dem Gut. Ich traf mich heimlich auch weiterhin mit dem Mädchen in der Scheune des Guts, wenn sie ihre Ahn besuchte, oder draußen am Bach, bis sie tagelang ausblieb. Ich schlich mich zu ihr, aber sie reagierte nur abweisend, stumm wie ein Fisch, und wollte sich von mir nicht mehr berühren lassen. Ich verlor sie danach aus den Augen, bis zu dem schrecklichen Tag, an dem sie wegen Kindstötung lebendig begraben werden sollte.«

Heinrich Rudolf schnaufte tief und trank den halben Becher leer. Dann schob er die Hände ineinander, preßte sie heftig zusammen und fuhr fort: »Meine Schwester war etwas älter und in den Wollweber vernarrt, der damals schon wohlhabend war und ihr nachstieg. Mein Vater war dagegen aus Standesgründen, wie ihr Euch denken könnt, und ich hielt nun zu ihm. Sie schuf sich auf andere Weise ein Heiratsrecht, das Ihr unter dem Namen Seibold kennt. Lange herrschte Feindschaft in der Familie, und meine Schwester hat's mir bis heute nicht verziehen. Damals aber setzte sie aus Wut ein übles Gerücht in die Welt und behauptete, das getötete Kind sei in Wahrheit meines gewesen. Ich war ein junger, übermütiger Bursche damals und zog mit Freunden durch die Gassen, so daß es mancher geglaubt haben mag. Mein Vater glaubte zum Glück mir und stellte sich vor mich, setzte aber auch seinen ganzen Ehrgeiz in die Verurteilung des Mädchens. Ich weiß nicht, wer der wahre Kindsvater und ob es wirklich der Teufel war, aber deshalb sagte ich wohl zuvor: diesmal scheint es eindeutig.«

»Mein Gott«, stöhnte Peter, der langsam begriff, »dann war ja dieses unglückliche Mädchen die Schwester Wiltruds, und sie soll jetzt ebenfalls ... das, das kann nicht wahr sein. Bitte sagt, daß das nicht wahr ist!«

Heinrich Rudolf saß wie versteinert da.

»Ich kann ja verstehen«, sagte Peter erbittert, »daß Ihr an diesen alten Dingen nicht rühren wollt, aber warum gießt Ihr dann jetzt auch noch Öl ins Feuer, das die Hafnerin verbrennen soll?«

»Wie?«

»Ihr erzählt Schauergeschichten im Rat von Luziferianern und habt auch den Pfarrer schon damit aufgebracht.«

»Augenblick, junger Freund, das ist wieder so eine Lüge. Ich habe vor Jahren darüber berichtet, als ich durch meinen Handel mit Osterwein erstmals davon erfuhr. Gegenwärtig habe ich kein Sterbenswörtchen darüber verloren.«

Peter stutzte, dann kam ihm ein Gedanke. »Gehörte Ludwig Küchel zu den Burschen, mit denen Ihr damals – wie sagtet Ihr? – durch die Gassen zogt? Hat man auch ihn verdächtigt?«

»Nein«, sagte Rudolf kopfschüttelnd, dem die Frage sogar ein Schmunzeln entlockte. »Küchel war um Jahre älter und hielt sich damals schon für einen Ausbund an Tugend. Aber sein Vater stand neben meinem in vorderster Reihe am Richtplatz.«

»Ich verstehe«, sagte Peter grimmig und verabschiedete sich. Er ging wie betäubt die Gasse am Klosterhof entlang zurück und schauderte unwillkürlich, als er vorne auf den Bach stieß. Es war ein übles Eck, an dem das Grauen hauste. Er konnte es noch immer kaum glauben, auf welch eigentümliche Weise Wiltrud in die Geschichte verwickelt war. Wußte sie überhaupt davon? Wahrscheinlich hatte sie keine Ahnung. Peter fragte sich, ob es das war, wovon die Polmoserin am Hochzeitsabend beschwipst Andeutungen gemacht hatte. Er blickte nach Süden. Nur ein paar unermüdliche Klatschmäuler standen noch vor dem Anwesen der Hafnerin. Es hatte sich herumgesprochen, daß man ihrer dort nicht habhaft wurde, weil sie in der Schergenstube saß.

Peter nutzte die Gelegenheit, ging die wenigen Schritte zum Haus der Beutlerin und klopfte bei ihr. Erst beim dritten Mal wurde der Riegel zurückgezogen. Margrets Mutter erkannte ihn sogleich und ließ ihn ohne Bedenken ein. »Bin etwas vorsichtig zur Zeit bei all dem Tumult«, sagte sie entschuldigend. »Warum kommt Ihr zu mir?«

Peter teilte ihr ohne Umschweife mit, daß er am Vortag mit ihrer Tochter gesprochen und diese ihre beste Freundin Wiltrud und deren Großmutter der Zauberei beschuldigt habe. Er bat sie inständig, ihm zu sagen, ob dies wahr sei und was sie darüber wisse.

»Wozu?« fragte sie und sah ihm geradewegs ins Gesicht.

»Um ihnen zu helfen«, bekannte er freimütig.

»Das kann vermutlich nur noch Gott«, sagte sie. Ihr Lächeln hatte etwas Wehmütiges. »Wollt Ihr heiße Brühe?«

Peter nahm dankend an.

Sie hob den dampfenden Kessel vom Haken über dem Feuer, füllte eine Schale und schaute ihm schweigend und gedankenverloren eine Weile zu, wie er das wärmende Getränk schlürfte. »Was wißt Ihr?« fragte sie ihn dann.

Er schilderte knapp und ohne bloßstellende Details, was er von Rudolf erfahren hatte.

»Dann wißt Ihr viel, doch nicht das Wesentliche«, sagte sie, lehnte sich an die Wand zurück und erzählte: »Wir waren gute Freundinnen, Wiltruds Mutter und ich. Als der Fuhrmann so plötzlich verstarb, erhörte sie bald das Drängen des Hafners – warum auch nicht? –, und übers Jahr brachte sie Wiltrud zur Welt. Arnold war geil wie ein Karnickel, unersättlich in seinem Trieb, und sein Weib war froh, sich ihn während der Hoffnung und im Kindbett, das sie so lange wie möglich hinzog, vom Leibe zu halten. Ehemänner sind bei Huren nicht gut gelitten, da hielt sich der Kerl an seiner Stieftochter schadlos, die noch mehr Kind war als Frau.«

»Ich glaub's einfach nicht«, murmelte Peter fassungslos dazwischen.

Die Beutlerin nickte bloß bejahend mit dem Kopf. »Das arme Luder verstummte plötzlich, aber weil sie ohnehin sprechfaul und etwas eigen war, hat sich niemand darum geschert. Es wollte auch keinem auffallen, daß sie irgendwann selber ein Kind im Leib trug, bis sie sich in der Christnacht in den Stall bei der Ahn flüchtete. Den Rest kennt Ihr.«

»Aber ihre Mutter«, sagte Peter entsetzt, »hat sie denn von alledem nichts bemerkt?«

Die Beutlerin zuckte mit den Schultern. »Die Wände sind dünn, aber sie hat nie darüber gesprochen. Nur später, als sie zunehmend in Trübsinn versank, sprach sie gequält und unaufhörlich von großer Schuld. Ob's ihr Gewissen oder bloßer Wahn war – ich weiß es nicht.«

»Aber woher wißt Ihr dann, daß Arnold ...?«

»Die Ahn hat's mir Jahre später erzählt. Sie hat eines Tags den Hafner und das Gör bei der Sauerei erwischt und ihn dann heftig bedroht, so daß er's gelassen hat. Aber der Balg war schon unterwegs. Die Ahn hat sich hinterher schlimme Vorwürfe gemacht, weil sie ihre Enkelin nicht schützen konnte, und hat dafür Wiltrud in ihre besondere Obhut genommen. Das Kind war oft auch bei mir und für mich wie eine zweite Tochter.«

»Aber dann müßtet Ihr doch jetzt aufstehen und ...«

»Ich hab' noch eine leibliche Tochter, deren Glück mir über alles geht«, dämpfte die Beutlerin kühl Peters Hoffnungen. Sie stand auf und goß sich einen Becher Wasser ein.

»All das Gerede von Zauberei und so ist doch nicht wahr, oder?« drang er in sie.

Die Beutlerin setzte sich wieder, warf ihm einen mitleidigen Blick zu und fuhr fort: »Wenige Wochen nach dem grausigen Geschehen verkaufte die Edle von Eurasburg ihren Grund an das Kloster Tegernsee, und mit dem Einzug der frommen Männer geriet die Geschichte in Vergessenheit. Die Ahn aber hatte noch am Weihnachtsmorgen das zerstampfte Kindchen weggetragen, es heimlich im Garten des Hafners begraben und darüber ihre Eibe gepflanzt. Sie haderte nicht nur mit sich, sondern mehr noch mit dem Allmächtigen, und der heiligen Barbara, die einst selbst großes Leid durch ihren Vater erlitten hatte, warf sie schmähliches Versagen vor. Und fortan wandte sie sich mehr wieder altem Glauben zu und schwärmte vom Sturmgott, in dessen wildem Heer die Seelen Ungetaufter und Erschlagener mitzögen. Bald faselte sie davon, daß das Würmchen durch ihre Enkelin wiedergeboren werden könnte. Wenn die Zeit reif sei, würden die Stürme den himmlischen Samen in das fruchtbare Gefäß blasen. Man müsse dem Kindlein dann nur den richtigen Namen geben und all solchen Unfug. Nach dem Tod der Mutter, meiner Freundin, hab' ich mich deshalb mehr und mehr zurückgezogen.«

Peter kam eine Bemerkung von Bruder Servatius in den Sinn, daß selbst der gelehrte Albertus von der angeblichen Empfängnis einer Frau durch den Wind berichtet habe, wie sollte man da der alten Frau solchen Glauben verübeln. »Aber hat sie denn auch solch barbarischen Zauber betrieben mit Blut und Schädel und dergleichen?« bohrte er ungeduldig nach.

»Hab's nicht gesehen, nur daß sie beizeiten Speisereste dort vergrub und Milch vergoß, vor allem wenn der Winter und die Rauhnächte nahten. Aber wie weit sie zuletzt in ihrer Verrücktheit ging und ob sie Blut ... – ich kann's nicht sagen.«

»Glaubt Ihr, daß sie den alten Arnold vergiftet hat?«

»Sie hatte mächtigen Haß auf ihn, das ist wahr.« Die Beutlerin wiegte zweifelnd den Kopf. »Aber wenn sie's tun wollte, dann hätte sie's wohl lange zuvor getan.«

»Und Wiltrud?« Peters Augen blickten flehentlich in Erwartung einer Absage.

»Noch Brühe?« Sie ging trotz Peters Nein zum Herd, hantierte dort eine Weile ungezielt herum, als ob sie Zeit gewinnen müsse, setzte sich dann plötzlich und sah ihm aufrecht ins Gesicht. »Ich mag sie wie eine Tochter, aber sie hat auch etwas Ungebärdiges, von ihrem Vater. Wiltrud hat nie wie meine Margret vom Heiraten geschwärmt und empfand die Ehe als Bedrohung. Wie reagiert ein wildes Tier, wenn es in die Enge getrieben wird? Andererseits ist sie offen und friedfertig, will keiner Seele was zuleide tun. All die Vorwürfe, die jetzt gegen sie erhoben werden, ich kann sie schwerlich glauben und werde nicht aufstehen, um neue hinzuzufügen. Aber mir liegt noch mehr das Schicksal meiner eigenen Tochter am Herzen, und ihr Seibold ist nun mal verschwunden, und es hat ganz sicher mit den Pilzen zu tun, und der Kopf des Gesellpriesters wurde nun mal bei Wiltrud gefunden, und der vergiftete Wein war in ihrem Gießgefäß – zum Teufel! Es mögen andere darüber befinden. Ich bin nur eine einfache Frau.«

»Du siehst wie halbverdaute Grütze aus«, sagte Paul zur Begrüßung, als er bei Einbruch der Dämmerung zurückkehrte und seinen Freund bleich und grüblerisch über den Tisch gekrümmt fand.

»Ich fühl' mich auch so«, gab Peter unumwunden zu, »dieser Tag war ganz danach. Ich habe Neues, aber nichts Erfreuliches erfahren.«

»Dann ging's dir wie mir«, seufzte Paul mitfühlend und ließ sich neben ihm auf die Bank fallen. »Ich habe auf dem Heimweg noch unseren Freund Servatius besucht, nachdem er der einzige Pfaffe ist, der Sehnsucht nach mir hat. Er sagte, daß der Vorwurf, die Beginen gehörten der Sekte der Luziferianer an, eine schlimme Entwicklung sei, und wenn erst die Spürhunde der Inquisition diese Witterung aufgenommen hätten, gebe es für Wiltrud und die Frauen kaum noch Rettung, denn mit der grausamen Verfolgung dieser Sekte, obwohl klein an Zahl und vielleicht nur übler Nachrede entsprungen, habe vor rund hundert Jahren die Inquisition erstmals in deutschen Landen Einzug gehalten. Ein Zisterzienserpropst soll damals behauptet haben, Satan habe Gott um Verzeihung gebeten, und er habe traumhaft im Himmel eine Frau namens Sophia gesehen, die größer als die Heilige Jungfrau gewesen sei.«

»Aber der Vorwurf ist doch jetzt absurd und gezielte Aufhetzung«, ereiferte sich Peter, »da verwette ich inzwischen ein Fäßchen Met, und die Verleumder wissen mit Sicherheit noch nicht einmal, woher diese Beginen kommen.«

»Spielt keine Rolle, erklärte mir Servatius, denn seit der Ketzerei im schwäbischen Ries vor wenigen Jahrzehnten und seit dem Verbot von Vienne, das dieser abergläubische Johannes in Avignon erst vor drei Jahren bekräftigen und veröffentlichen ließ, stehen schweifende Beginen zwangsläufig im Ruch der freigeistigen Ketzerei und wenn die zum Vorwurf der Zauberei hinzukommt, dann ist das crimen mixtum erfüllt, so eine Art Doppelvergehen mit Teufelspakt inklusive.«

»Aber noch ist doch gar nichts bewiesen«, begehrte Peter auf.

»Die Brüder arbeiten nach der frommen Devise: Lieber hundert Unschuldige verbrennen, als einen Schuldigen davonkommen lassen!« sagte Paul gallig. »Der Schädel wird nur ein übriges tun, denn sie werden sagen: Wenn sie den Priester als Feind ihres verbotenen Treibens töteten, sind sie schuldig. Es soll aber auch Priester geben, die Frömmigkeit heucheln und ihrerseits mit dem Leib des Herrn freveln oder den Kelch mit seinem Blut umstoßen, weil sie das Wunder der Wandlung leugnen. Wenn er einer ihrer Meister war und sie des Verruchten Haupt bewahrten und verehrten, wie die Templer das Haupt ihres Baphomet, dann sind sie doppelt schuldig. Und vergiß nicht, der Schädel des Pfaffen war noch frisch wie durch Zauberei ...«

»Hör auf!« Peter hielt sich die Ohren zu. »Das ist doch Irrwitz. Jeder weiß, daß der Gesellpriester ein Eiferer war.«

»Dann trifft Aussage eins zu«, sagte Paul achselzuckend. »Ich sage nur, was die sagen werden.«

»Schluß mit dem Unsinn!« forderte Peter und hieb auf den Tisch, während Paul die Schankmagd herbeirief, um sich mit Braten, Brot und Wein zu stärken.

Peter berichtete dem Freund von seinen Erkundigungen.

»Das miese Schwein«, schimpfte Paul kauend und ließ in plötzlicher Ahnung den Mund offenstehen.

»Nein«, sagte Peter, »Wiltrud weiß davon vermutlich gar nichts.« Niedergeschlagen fügte er hinzu: »Aber die Beutlerin wollte dennoch nicht ausschließen, daß Wiltrud oder die Ahn etwas mit den Morden zu tun haben könnten.«

»Dann war unsere Suche nach Fürsprechern ja äußerst erfolgreich«, sagte Paul in beißendem Spott und spülte die Enttäuschung mit einem Becher Roten hinunter. »Was nun?«

»Ich frage mich die ganze Zeit«, überlegte Peter vor sich hin, »was diese Küchel für ein hinterhältiges Spiel betreiben. Daß der Alte eine Stinkwut hat, weil ihm selber übel mitgespielt wurde und daß er deshalb den Sänger und die Spielleute loswerden wollte, gut. Aber warum auch gleich noch die Hafnerin? Ich bin mir sicher, daß Küchel das Gerücht von den Luziferianern in Umlauf brachte, und er weiß auch mit Sicherheit von der alten Geschichte, dem angeblichen Teufelsbalg ihrer Halbschwester. Sein Vater war schließlich dabei, als diese dem Henker übergeben wurde. Wenn er das erst dazumischt, ergibt es ein tödliches Gebräu. Soll Wiltrud auf diese Weise beseitigt werden, weil sie von irgend etwas zuviel weiß?«

»Du meinst, von den Umtrieben des jungen Küchel?«

»Zum Beispiel. Denk daran, was Margret sagte. Wiltrud muß ihr schon schwere Vorhaltungen wegen Seibold gemacht haben. Wenn nun die anderen fürchten ...«

»Aber sie könnte doch noch immer reden.«

»Wer glaubt einer Unholdin und Teufelsanbeterin? Die Leute würden höchstens noch sagen, sie und Sophia wollten unschuldige Burschen verzaubern und blenden, damit es ihnen so erginge wie dem armen Lernknecht.«

»Was für ein häßlicher Witz!« schüttelte sich Paul. »Wo

sie die Kerle mehr als schroff behandelt hat. Das sagen doch selbst Margret und ihre Mutter.«

»Nicht alle eben«, seufzte Peter, lehnte sich zurück und starrte gefühlig die Decke an.

»Na na«, suchte Paul ihn zu trösten, »Siegfried hat zuletzt auch schwer geklagt. Sie soll recht grob zu ihm gewesen sein, als wollte sie plötzlich von keinem mehr etwas wissen. Vielleicht fühlt sie sich ja in der Gesellschaft von Frauen wohler, soll's geben.«

»Was sagst du?« Peter fuhr hoch und sah ihn mit weit aufgerissenen Augen an. »Ich dachte immer, sie wäre nur zu mir ... mein Gott! Sollte ich mich so getäuscht haben?«

38. Kapitel

Es riecht nach Schnee, dachte sich Paul, als er kurz vor die Türe trat, schnupperte und sich die grauen Wolken besah. Er ging rasch zurück ans wärmende Feuer. »Wird heut' nichts los sein auf der Isar«, sagte er zu Peter. »Aber ich kann nicht den ganzen Tag herumsitzen. Wir sollten irgend etwas tun.«

»Denkst du, ich wäre noch hier, hätt' ich eine Idee«, gab Peter gereizt zurück. Sein neuerlicher Verdacht setzte ihm zu.

»Wir könnten uns doch im Haus oder im Garten der Hafnerin umsehen, ob wir irgendeinen Hinweis finden, daß ein Fremder sich an der Tongrube zu schaffen gemacht hat. Damit wäre vielleicht schon geholfen, und die Tölpel des Richters sehen doch meist nur oberflächlich hin. Ach, zu dumm« – er schlug sich mit der Hand auf den Schenkel –, »die Kerle werden uns gar nicht erst ins Haus lassen, und der Richter gibt uns sicher keine Genehmigung dafür.«

»Es gibt einen Weg«, frohlockte Peter mit frischem Unternehmungsgeist, »komm!«

Wenig später klopften sie bei der Witwe, sagten ihr, sie müßten zu dem grauhaarigen Alten im Hinterhof, schlichen sich an der verrammelten Hütte des Alchemisten vorbei und zwängten sich durch die entlaubten Büsche aufs Grundstück der Hafnerin. Es war weit und breit niemand zu sehen. Die beiden wunderten sich über die Sorglosigkeit der Wachen, aber sie kam ihnen sehr zupaß.

Peter klopfte mehrmals leise, bis sich endlich die rückwärtige Tür einen Spalt öffnete, und eine verängstigte Begine herauslugte.

»Wer seid Ihr?«

Peter legte den Zeigefinger an die Lippen und erklärte, sie seien Freunde der Hafnerin und kämen in guter Absicht. Die fromme Frau ließ sie eintreten, blieb aber zurückhaltend, bis Peter den Zweck ihres Kommens dargelegt hatte. Da wagten sich auch die drei anderen Frauen hervor und bestürmten die beiden Männer mit Fragen nach dem Verbleib Wiltruds und ihrem eigenen Schicksal.

Peter und Paul gaben sich Mühe, entgegen ihrer Besorgnis wenigstens Mut zu erwecken, wenn sie schon keine hoffnungsvolle Botschaft zu bieten hatten. Sie mahnten mehrfach zur Ruhe, damit die Wachen nicht aufmerksam würden, ließen sich zwei Kienspäne geben und betraten damit die düstere Werkstatt, wo sie nichts Ungewöhnliches entdecken konnten, bis Pauls Blick auf eine Figur fiel, die unzweifelhaft eine Frau darstellte, etwa eine halbe Elle hoch, mit würdevollem Gesichtsausdruck und einem weitschwingenden, dunkelblau glänzenden Mantel, der über dem Boden einen kleinen Ausfluß hatte. »Was ist das?« fragte er neugierig.

Auch Peter hatte die Figur zuvor nie zu Gesicht bekommen, und die größte der Beginen, die sich als Uta vorgestellt hatte, erklärte, es sei eigentlich ein Gerät für den Alchemisten, dessen Zweck sie aber nicht kenne. Wiltrud habe sich bemüht, es trotz aller Wirren möglichst rasch mit einer geheimnisvollen Masse zu bestreichen und danach zu brennen, wodurch sich der Mantel wie durch ein Wunder in dieses herrliche Blau verwandelt habe.

»Zu Martini?« fragte Peter.

»Nein, zwei Tage zuvor schon im kleinen Ofen. Sie wollte es dem Alten noch anderntags bringen, war voll freudiger Aufregung und kehrte bitter enttäuscht zurück. Er ließ sie nicht einmal ein und wies die Figur noch unter der Tür zurück, ohne sie eines Blickes zu würdigen.«

»Nannte er einen Grund?«

»Er habe keinen Bedarf mehr an ihrer Arbeit oder dergleichen.«

»Meint Ihr, wegen all der Vorwürfe gegen Wiltrud?«

»Ich weiß es nicht, und sie wollte darüber nicht reden.«

»Merkwürdig«, sagte Peter stirnrunzelnd. Er erinnerte sich an all die Töpfe und Gefäße im bescheidenen Laboratorium dieses Alchemisten, und ein Gutteil davon mochte aus der Werkstatt der Hafnerin stammen, und dann auf einmal ... Der Alte war wirklich ein sonderbarer Kauz.

Paul starrte noch immer neugierig die Figur an, als suche er ihr Geheimnis zu enträtseln, während Peter zum Aufbruch drängte und im Flur von der hageren Begine wissen wollte, woher sie eigentlich kämen.

»Wegen unserer Sprache?« fragte Uta und wirkte fast gekränkt.

»Nein«, versicherte Peter schmunzelnd, »im Rat wird darüber gerätselt.«

»Eigentlich aus dem Rheinischen«, sagte sie, »aber zuletzt von Schwaben her.«

»Sieh an«, nuschelte Peter und dankte ihr.

Pauls Interesse galt inzwischen der rundlichen Begine mit dem pfiffigen Gesicht, die so wenig der Askese verhaftet schien wie er selbst, da sie ein beachtliches Bäuchlein vor sich her trug, das sie mit ihren Händen stützte. Abgesehen von seinem lichten Haar und seinem etwas verlebten Gesicht, hatten beide manche Ähnlichkeit. Er zwinkerte ihr unangemessen zu, als Peter ihn nach draußen schob.

Die Beginen blieben mit ihren Ängsten im Haus zurück und verriegelten wieder die Tür, während die beiden Pfleger sich dem großen Ofen und der Tongrube zuwandten. Auf dem Weg dorthin sah Peter im Gras etwas blinken und hob es auf. Es war ein Bleiplättchen, das gerade in die Handfläche paßte und mit seltsamen Zeichen versehen war. Peter konnte im Augenbick nichts damit anfangen, steckte es aber ein.

Der hölzerne Deckel lag neben dem Rand der geöffneten Grube, der sie sich mit einer Mischung aus Neugier und Abscheu näherten. Es starrte ihnen aber nur ein dunkles Loch entgegen, das keinen Schrecken mehr barg. Nicht einmal Blut war zu sehen. Am Boden klebten noch Tonreste, ansonsten war die Grube leer.

Der Ofen hatte ovalen Grundriß und eine gewölbte Form, durch bogenförmig ineinander gestellte Töpfe erzielt. Er hatte Ähnlichkeit mit einem halbierten Ei und erstreckte sich über mehr als eine Manneslänge, so daß Peter nicht daran zweifelte, daß ein Mensch ohne weiteres darin verbrannt werden konnte. Seitlich stapelte sich ein kleiner Berg aus Fehlversuchen und sonstwie zerbrochener Keramik. Die Arbeitsgrube vor dem Feuerraum war leer, die hintere Abdeckung zur Seite geworfen, und im Brennraum lag nur noch vereinzelt etwas Keramikbruch. Davor aber wölbte sich ein kleiner Hügel aus Scherben unterschiedlichster Größe, die jemand mit einem Rechen oder Schuber grob herausgezogen und danach achtlos dort liegengelassen hatte.

Peter bückte sich, wühlte ein wenig in den Scherben und fand mühelos verschiedene Knochenteile. »Es ist also wahr«, murmelte er, obwohl er die Reste nicht sicher einem Menschen zuordnen konnte. Er nahm aber an, daß der

Richter wenigstens die größeren Teile schon hatte bergen lassen, um sie einem ehrenhaften Begräbnis zuzuführen. Was er nicht verstand war, daß so viele Scherben herumlagen. Es erschien ihm höchst unwahrscheinlich, daß jemand eine Leiche verschwinden lassen und gleichzeitig noch Töpfe brennen wollte. Aber wollte er dies, wo waren dann die Töpfe? Er glaubte nicht, daß die Knechte sie alle zerschlagen und bei dem grausigen Fund wahrscheinlich auch nicht gestohlen hatten.

»Sieh mal!« Paul nahm ein längliches, gewölbtes Stück Ton auf. »Sieht fast so aus, als habe ein Bein darin gesteckt.«

»Unsinn!« sagte Peter mürrisch, der sich in seinen Gedanken gestört fühlte. Er stand auf und ging nachdenklich um den Ofen herum.

Paul wühlte derweil unverdrossen in den Scherben und fing an, sich gleichende zusammenzulegen. »Du magst mich für närrisch halten«, brummte er, als Peter auf seiner Runde wieder vorbeikam, »aber wer immer hier verbrannt wurde, steckte in einem Mantel aus Ton.«

Peter sah ihn an, als habe Paul soeben die Schöpfung erneuert, bückte sich und besah sich das Ergebnis von Pauls Bemühung. »Allmächtiger!« stöhnte er, »du scheinst recht zu haben. Aber was soll dieser Irrsinn?«

»Als habe jemand für eine Statue geübt«, mutmaßte Paul kühn und schüttelte gleich selber den Kopf über den abwegigen Gedanken.

Inzwischen kramte auch Peter in den Scherben und suchte nach passenden Gegenstücken, als habe er ein reizvolles Kinderspiel entdeckt. »Ich werd' verrückt«, stammelte er plötzlich. Was er in seiner Linken hielt, glich dem Abdruck einer zerbrochenen Gesichtshälfte, bei der Wange und Nase deutlich zu erkennen waren.

Ihre vereinten Bemühungen förderten noch mehrere geeignete Stücke zutage, und Peter lief aufgeregt damit zur

Tongrube, sprang hinein und drückte die Scherben so in den restlichen Ton, daß – mit Rissen und Lücken zwar – ein spiegelverkehrtes Gesicht entstand. Eine schreckliche Ahnung beschlich ihn, aber er war sich nicht sicher. Auch Paul gab zu, daß er es so nicht erkennen könne.

Da kratzte Peter den restlichen Ton zusammen, drückte auch Paul einen Batzen in die Hand und forderte ihn auf, den steifen Lehm zu kneten. Es war ein mühsames Geschäft, aber schließlich hatte Peter genügend Ton in die Wölbung gedrückt. Er versuchte die Scherben mitsamt ihrer Füllung herauszuheben. Einige blieben zwar kleben, dafür hatte er jetzt den Abdruck. Er drehte ihn vorsichtig, legte ihn am Rand der Grube ab und entfernte mit zittrigen Fingern die restlichen Scherben.

»Pest und Hölle!« fluchte Paul und klatschte sich fassungslos an die hohe Stirn. Es war kein sauberer Abdruck, rauh und mit plumpen Stellen, aber das tönerne Gesicht stellte unverkennbar Seibold dar.

»Ich hab' es seit gestern abend befürchtet«, sagte Peter betroffen. »Erst wunderte ich mich nur, warum Wiltrud ihrer Freundin Vorhaltungen machte wegen Seibold, aber als du gestern abend sagtest, sie wolle womöglich mit keinem Mann mehr etwas zu tun haben, da wurde mir klar, daß etwas Schreckliches geschehen sein mußte.«

»Du meinst, diese verdammten Kerle haben ...«

Peter nickte.

»Und du denkst, daß sie jetzt aus Rache ...« Paul pfiff durch die Zähne.

»Ich kann's mir nicht anders erklären«, sagte Peter. »Die Sache mit den Pilzen diente vermutlich nur dazu, die Burschen sinnesberauscht und willenlos zu machen, und die Baderin hat gerne dabei geholfen, weil sie wegen Else und dem Ruf ihrer Badestube noch ein Hühnchen zu rupfen hatte.«

»Gütiger Himmel!« stöhnte Paul. »Die Alte tötet im

Wahn, die Junge mordet aus Rache. Ich will's einfach nicht glauben. Aber anstatt entlastende Beweise aufzutreiben, stecken wir mehr denn je im Sumpf. Laß uns verschwinden!«

Peter barg die verräterischen Scherben unter seinem Mantel und zertrat das lehmige Todesurteil. Dann schlichen sie hinaus auf dem Weg, den sie gekommen waren.

Sie gingen schweigend zur Herberge zurück. Dort angekommen, gab Paul zu bedenken: »Warum wurde Seibolds Leiche nicht einfach verbrannt, sondern zuvor anscheinend mühsam in Ton gekleidet? Ein Ritual? Das Werk einer Verrückten? Sagtest du nicht, die Ahn habe sich dem Schutz ihrer Enkelin verpflichtet? Und sie stand doch neben dem rauchenden Ofen, als du bei ihr warst.«

»Ich werde sie suchen«, sagte Peter wild entschlossen und sprang auf.

»Unsinn!« protestierte Paul heftig und faßte den jungen Heißsporn am Arm. »Du kannst bei diesem Wetter nicht einfach in der Gegend herumirren.«

»Ich will Gewißheit«, stieß Peter hervor und riß sich los, »und ich will wissen, was es mit dem Spuk am Teufelsberg auf sich hat, von dem der junge Küchel tönte. Dort werde ich sie finden.«

»Das sind gut drei Stunden Wegs dorthin«, wandte Paul besorgt ein, »und wozu?«

»Ich werde reiten. Es ist noch früh am Tag, und ich bin vor Dunkelheit zurück. Wenn die Ahn dies alles getan hat, wird ihr der Richter zwar kaum Milde zubilligen wegen ihres Wahns, aber Wiltrud könnte davonkommen. Andernfalls kann nur ein Wunder sie noch retten.«

»Ein Wunder«, wiederholte Paul kopfschüttelnd, während er dem Davonstürmenden nachblickte. »Jetzt fängt er auch an durchzudrehen.«

Peter lieh sich vom Wirt ein Pferd und jagte aus der Stadt,

erst am Galgenberg vorbei und dann immer weiter nach Westen. Die Sonne ließ sich nicht andeutungsweise blicken, und statt ihrer hingen drückende, bleigraue Wolken am Himmel.

Der Weg war hart gefroren, führte an reifbedeckten Äckern entlang und durch kahle, lichte Laubwälder. Er preschte an Salzfuhrwerken und Kaufmannszügen vorbei und trieb sein Pferd an, daß es bald Schaum um die Nüstern hatte. Ihn selber trieben Wut und Enttäuschung voran. Er war zornig, daß er sich ... daß sie ihn so getäuscht hatte und hoffte zugleich nichts mehr, als daß er sich irrte. Andererseits würde Wiltrud wohl kaum jubilieren, wenn sich ihre Unschuld erwiese und dafür ihre Großmutter vor dem Richter stünde. Aber er hatte keine Wahl und wollte endlich die Wahrheit wissen.

Nach etwa einer Stunde sah er den Burghügel von Pasing vor sich. Er fragte im Dorf nach dem weiteren Weg und gönnte sich und dem dampfenden Pferd eine erste Verschnaufpause.

Kurz hinter der Ortschaft lenkte er das Tier nach Norden in den beschriebenen Waldweg ein. Er ließ die Stute jetzt nur noch traben und suchte mit den Augen den dichten Tann zu beiden Seiten zu durchdringen. Die Gegend war ihm völlig fremd. Allmählich wurde ihm bewußt, auf was er sich einließ, und Furcht beschlich ihn. Wenn er nun tatsächlich eine Gruppe von Wodansjüngern bei ihren heidnischen Riten störte oder versprengte Teufelsverehrer aufschreckte, wie würden sie reagieren? Er mußte auf der Hut sein. Breite, ausgewaschene Rinnen im Weg deuteten immerhin an, daß hier gelegentlich auch Karren unterwegs waren. Es war nicht völlige Wildnis.

Auf einmal fing es zu schneien an, erst fein wie Mehlstaub, dann dicke schwere Flocken. Es war der erste Schnee in diesem Jahr, und Peter betrachtete ihn mit zwiespältigen

Gefühlen. Der Wald wurde irgendwann heller, und vor ihm tat sich eine weite Lichtung auf, in deren Mitte ein Dutzend strohgedeckter Hütten stand, aus denen vereinzelt dünne Rauchsäulen nach oben stiegen. Es mußte das Dorf Aubing sein.

Er hörte im Näherkommen immer deutlicher Stimmen, konnte aber niemanden sehen. Hühner liefen aufgeregt gackernd über den Weg und pickten hastig, als wollten sie vor dem Schnee noch aufsammeln, was möglich war. Eine Schar Hunde fegte wild kläffend aus einer Seitengasse und versuchte, dem vordersten ein Stück blutiges Gekröse aus den Lefzen zu reißen. Das Pferd scheute. Peter stieg ab und führte es am Zügel.

Die ersten Hütten lagen wie ausgestorben da, aber er hörte Gelächter, ein Kreischen und immer lautere Stimmen. Ein paar Kinder stürmten um die Ecke, starrten ihn mit weit aufgerissenen Augen und rot verschmierten Mündern an und liefen schreiend wieder zurück.

Als er in Höhe des Seitengangs war, aus dem die Hunde und Kinder hervorbrachen, sah er den Grund der dörflichen Freude: Es war Schlachttag. An der Wand der Hütte zur Linken hing ein frisch aufgeschnittenes Schwein, aus dem zwei Männer mit scharfen Messern Stücke herausschnitten und sie in einen Kessel mit kochendem Wasser warfen, der an einem Dreigestäng überm Feuer hing. In einem zweiten, rußgeschwärzten Kessel rührte eine Frau dampfendes Blut, während andere schwatzend daneben standen, zwei Finger eintauchten und genüßlich daran leckten.

Als sie Peter sahen, verstummten sie mit einem Mal. Nur aus der Hütte drang noch gedämpfter Lärm nach draußen. Dort vermutete Peter die restlichen Dorfbewohner, die auf gekochtes Fleisch warteten oder auf rohe Stücke, um sie zu salzen und für den bevorstehenden Winter in den Rauchabzug zu hängen.

»Gott zum Gruß«, sagte Peter und hatte im gleichen Augenblick das Gefühl, es könnte das falsche Wort gewesen sein. Die Männer in blutverschmierten Kitteln und die Frauen um den Kessel blickten ihn schweigend an, keiner erwiderte den Gruß, und schon gar niemand lud ihn ein, an dem bevorstehenden Mahl teilzunehmen. »Ich suche das Anwesen der Familie Küchel«, erklärte Peter mit Unbehagen.

Keiner sagte darauf ein Wort. Auch in der Hütte herrschte plötzlich Schweigen. Die Brettertür schwang auf, ein alter Mann kam heraus und musterte Peter durch zwei Augenschlitze. Es mochte der Dorfälteste oder Schultheiß sein, und Peter stellte nochmals seine Frage.

Der Alte schien eine Weile zu überlegen, dann wies er mit der Hand nach Norden und sagte kurz angebunden: »Lochhausen, immer dem Weg nach.«

Ermutigt fragte Peter weiter: »Und wo, guter Mann, finde ich den Teufelsberg?« Die Frage brachte Leben in die Gruppe: Die Frau, die im Kessel rührte, ließ den Kochlöffel fallen und verschwand mit den anderen Frauen in der Hütte. Die Gesichter der Schlachter wurden noch feindseliger, und einer von ihnen trat ein paar Schritte vor, das blutige Messer auf Peter gerichtet. Der kramte einen Pfennig aus seinem Beutel und versuchte damit zu locken. Die Blicke wurden zwar begehrlicher, aber der Alte wischte zornig mit der Rechten durch die Luft und sagte barsch: »Geht fort! Wir haben nichts damit zu schaffen, geht!« Dann drehte auch er sich um und verschwand ebenfalls.

Auf eine Botschaft der Messer konnte Peter gut verzichten. Er nahm daher die Stute am Zügel und führte sie den Weg weiter, der aus dem Dorf hinausführte. Hinter der letzten Behausung hörte er ein Zischen: »Pssst.« Ein Halbwüchsiger, verdreckt und verschlagen aussehend, kauerte dort und streckte fordernd die Hand aus.

Peter erschrak erst, fühlte sich bedroht, dann verstand er. »Wo?« fragte er.

Der kleine Schrat zeigte nach Nordwesten. Peter folgte mit den Augen und sah aus der dunklen Wand vor ihm einen dicht bewaldeten Hügel aufsteigen. Das Kerlchen winkte gierig mit den Fingern. Peter warf den Pfennig in die Krallenhand, bestieg die Stute und trabte auf den Waldrand zu.

Das Schneetreiben wurde immer dichter. Peter bekam Zweifel, ob er die Ahn hier finden würde, und von den Dorfbewohnern durfte er keine Hilfe erwarten, nicht einmal Unterkunft. Immerhin schienen die Küchel tatsächlich hier draußen irgendwo Gutsbesitz zu haben und, sofern der Alte nicht gelogen hatte, mochte dann auch an den Geschichten Liebharts etwas Wahres sein. Peter konnte jetzt, so kurz vor dem Ziel, nicht einfach umkehren.

Der Waldrand war so dicht wie eine Dornenhecke, abweisend und schier undurchdringlich. Peter wagte es nicht, die Stute hineinzutreiben. Südlich schien ihm das Gehölz etwas lichter, er ritt darauf zu. Nach wenigen Hufschlägen sah er Reste von Steinmauern, die zum Teil nur noch die Grundrisse eines längst verfallenen Anwesens markierten, und dahinter eine Reihe niedriger Erdhügel, die ihn wie Gräber anmuteten. Ihm war mulmig zumute.

Kurz darauf stieß er auf einen Weg, der in den Forst hineinführte und dem er zögerlich folgte. Nach einer Weile öffnete sich linksseitig der Wald und gab den Blick frei auf einen Erdwall, der wenigstens zwanzig Ruten in der Länge maß, aber nicht sehr hoch war. Peter stieg ab, erklomm den Wall und sah vor sich ein umfriedetes Viereck, dessen Boden inzwischen schneebedeckt war. Er konnte sich den Zweck des von Menschenhand geschaffenen Werks nicht recht erklären. Der Gedanke an eine Zufluchtsstätte aus alten Tagen erschien am wahrscheinlichsten, aber dann kam ihm auch die Möglichkeit einer Opferstätte in den Sinn. Beklommen sah er sich um, doch er konnte nirgendwo Altarsteine oder besonders eindrucksvolle Bäume entdecken und auch keine Menschenseele.

Er fröstelte. War es nur sein vom scharfen Ritt verschwitzter Körper, der jetzt die Kälte spürte, oder machte ihn die seltsame Ausstrahlung dieses Ortes schaudern? Bis jetzt hatte er nichts Erschreckendes entdeckt, aber die Stille, die über allem lag, war eher gespenstisch. Kein Rascheln eines Getiers war zu hören, kein Vogelflug oder -singsang, die Bäume ringsum standen starr und ohne das leiseste Rauschen, als sei die Stelle mit einem Fluch beladen. Er machte kehrt, stolperte den Wall hinab und war froh, das Schnauben seines Pferdes zu hören.

Direkt gegenüber führte ein schmalerer Weg tiefer in den Wald hinein. Er stieg wieder auf, hatte Mühe, das tänzelnde Pferd, das Gefahr witterte, zu beruhigen und hätte selber des Zuspruchs bedurft. Angespannt und mit wachen Sinnen dirigierte er die Stute in den ansteigenden Hohlweg. Er starrte in die düsteren Lücken zwischen den Bäumen, aber nichts regte sich. Nur an den etwas lichteren Stellen rieselte von oben unaufhörlich der Schnee.

Nach einer Weile gabelte sich der Weg erneut und führte noch steiler hinauf. Peter entschied sich, das Pferd anzubinden und den weiteren Anstieg zu Fuß zu bewältigen.

Plötzlich flog kreischend ein Häher neben ihm auf. Peter erschrak fast zu Tode und war doch froh, ein Zeichen von Leben an diesem düsteren Ort zu verspüren. Nach allen Seiten spähend schritt er vorsichtig weiter. Alle Greuel, von denen er je in seinem Leben gehört hatte, wollten sich auf einmal in sein Bewußtsein drängen. Er sah im Geiste abgeschlagene Häupter vor sich, erschrak vor Seibolds Totenmaske und wurde zwischen den Bäumen von widerlichen, teuflischen Fratzen genarrt. Endlos erschien ihm auf diese Weise der Weg, bis es vor ihm heller wurde und mitten im Schneetreiben die moosigen Mauerreste einer Ruine aufragten.

Peter hörte erstmals ein Knacken. Er fuhr in Panik herum, glitt auf einer nassen Wurzel aus und kam ins Rutschen. Er krallte sich an einem Ast fest, der sogleich brach, fiel auf den Rücken und schlitterte auf einem Teppich feuchter Nadeln und Blätter rasend schnell auf einen Felssturz zu. Er schrie auf und schlug hart mit dem Schädel gegen einen Baum. Bewahre mich vor Satan! schoß ihm noch durch den Kopf, ehe ihm die Sinne schwanden.

39. *Kapitel*

Peter wußte nicht, ob er in den Gefilden der Seligen gelandet oder zu Beelzebub hinabgefahren war, als er langsam wieder zu sich kam, denn der alte Mann, der sich im flackernden Lichtschein über ihn beugte, lächelte und sah zugleich arg struppig aus. Was ihm oben an Haaren fehlte, schien ein verfilzter Bart von der Länge einer Armspanne wettmachen zu wollen.

»Wer seid Ihr?« fragte Peter, noch immer benommen.

»Du hast einen harten Schädel, hast Glück gehabt.« Seine Stimme klang rauh, aber nicht unfreundlich.

»Mein Pferd.« Peter fuhr hoch und faßte sich gleich wieder an den Kopf.

»Langsam, junger Freund!« Ein Hustenschwall unterbrach ihn. »Was glaubst du, wie ich dich hergebracht habe?«

Das fragte sich Peter auch, denn der Alte schien ausgemergelt und sich kaum selber auf den Beinen halten zu können. »Wo bin ich?«

»In Sicherheit. Trink!« Peter nahm widerspruchslos die Schale entgegen und schlürfte davon. Der Aufguß schmeckte nach Kräutern und war vor allen Dingen warm. Peter fror noch immer leicht, obwohl er unter einem dicken Fell lag.

Er sah sich um. Es war mehr Höhle als Haus, worin sie sich befanden, eigentlich nur ein großer Raum, der aus zwei Teilen bestand. Der rückwärtige, in dem er lag, schien unter einem felsigen Überhang zu liegen und war zuhinterst so niedrig, daß man nur gebückt gehen konnte. Nach vorne zu war aus rohen, unbehauenen Stämmen und dazwischen geflochtenen Zweigen ein Anbau errichtet, der Schutz vor Wind und Wetter bot. Der Rauch zog nur schlecht durch das schmale Loch in der Decke ab, aber im Augenblick empfand Peter den Unterschlupf als sehr behaglich. Da fiel ihm wieder ein, weswegen er ausgeritten war und daß er vor Dunkelheit zurück sein wollte.

»Ich muß los!« Er schlug das Fell beiseite. Sein Kopf brummte.

»Nur zu!« sagte der Alte gekränkt und erhob sich. »Renn in dein Verderben!«

»Verzeiht! Ich will nicht undankbar erscheinen, aber ich muß dringend zurück.«

»Was hattest du hier zu suchen?« Es klang auf einmal ziemlich streng, und Peter fühlte sich unwohl unter dem stechenden Blick, mit dem der Alte auf ihn herabschaute. Der hatte ihn zwar vor dem Erfrieren gerettet, aber durfte er ihm deshalb vertrauen? Nur, wenn er unverrichteter Dinge zurückkehrte, war auch die ganze Anstrengung umsonst. »Ich wollte sehen, ob an Gerüchten über diese Gegend Wahres ist«, sagte er vorsichtig.

»Welche Gerüchte?« Der Alte schaute noch durchdringender, und Peter deutete etwas von geheimen Riten und Heidenzauber an.

Der Graubart nickte, und seine verwitterten Züge entspannten sich.

»Es pilgern immer wieder Verblendete und unzufriedene Träumer hierher, die das Heil in der Vergangenheit suchen. Hast du am Fuße des Hügels die Wälle und Gräber bemerkt? Sie stammen aus alter Zeit, als die Menschen noch Tiergestalten und Bäume und schreckliche Götter verehrten und ihnen Blutopfer brachten. Ihre Macht ist zwar durch den Erlöser dahin, aber ihre Anhänger versuchen sie in Mondnächten und zu bestimmten Jahreszeiten durch Heidenzauber und alte Riten wieder zu erwecken. Sie lassen beim Mähen noch immer das letzte Büschel für Wodans Pferd stehen und beschwören leichtfertig die Stürme und wissen nicht, daß ihr Sturmgott in Wahrheit der Antichrist ist, der die Lüfte mit Winden erregen und dessen wütendes Heer über das Land fegen und das Oberste zuunterst kehren wird vor dem Ende aller Tage.«

»Opfern sie auch heute noch Blut?« fragte Peter fröstelnd und kroch wieder tiefer unter das Fell.

»Mag sein«, sagte der Alte und räusperte sich. »Aber zumeist wohl nur das eines Hahns oder Zickleins. Schlimmer sind die Wirrköpfe, die die Gier nach Gold auf den Hügel treibt und die den Teufel überlisten wollen. Sie schrecken vor nichts zurück, aber bislang hat sich noch jeder das Genick gebrochen.«

Er wirkte selbstzufrieden, und Peter beschlich das ungute Gefühl, der Alte könnte beizeiten etwas nachhelfen. »Welches Gold?« fragte er scheinbar ahnungslos.

»Nie davon gehört?« Mißtrauen lag in der Antwort.

»Nur Gerüchte. Ich glaube nicht an solchen Unsinn.«

»Du solltest es und solltest dich gleichwohl davon fernhalten«, sagte der Alte streng und mit mahnend erhobener Hand. Wie er so dastand, erinnerte er Peter an einen Wanderprediger. Sein Gehabe paßte dazu und auch sein ungepflegtes Äußeres. Er trug eine härene Kutte, die einmal weiß gewesen sein mochte, jetzt gräulich war und vor Schmutz starrte. Um die Hüften hatte er einen einfachen Strick gezurrt.

»Seid Ihr Eremit?« fragte Peter mit einer gewissen Scheu.

»Mmmh«, brummelte der Alte, der offenbar Schwierigkeiten mit dieser Einschätzung hatte. »Sieh in mir den Wächter dieses Hügels!«

»Wozu?«

»Um Einfältige und Verwegene davon abzuhalten, den Untergang heraufzubeschwören.«

»Wodurch?« fragte Peter argwöhnisch, denn langsam beschlich ihn das Gefühl, der Alte könne nicht ganz richtig im Kopf sein.

Der ließ sich ihm gegenüber wieder auf den Boden nieder, verschränkte die dürren Beine und sagte geheimnisvoll: »Es gibt Orte, die verflucht sind und an denen der Antichrist Schätze hortet, um am Ende aller Tage seine Anhänger zu entlohnen. Sie werden von Dämonen bewacht, die schreckliche Stürme entfachen, wenn Schatzgräber den Reichtum zu heben suchen. Solche Narren gibt es immer wieder, die mit absonderlichsten Mitteln die Dämonen vertreiben wollen. Sie hecheln rückwärts den Berg hinauf oder tragen Kerzen aus Menschenfett oder töten zuvor einen Frommen oder sieben Kinder.« Er rollte die Augen und gestikulierte mit seinen spinnengliedrigen Fingern.

Peter schauderte, während der Alte fortfuhr: »Der Antichrist ist zahlreich und überall, und hier ist er ganz nahe.« Er setzte ein wissendes Lächeln auf. »Vor langer Zeit lebte in Süditalien der größte Kaiser des Reichs, Friedrich II. von Sizilien. Er besaß ungeheure Macht, wurde aber dennoch vom Papst als Antichrist verdammt. Viele Jahre später brach Konradin, sein Enkel, von Schwaben aus nach Italien auf, um die alte Macht des Reiches noch einmal zu errichten. Zuvor vertraute er seinem Oheim, dem Vater unseres jetzigen Königs Ludwig, seine gesamten Besitzungen hierzulande an. Konradin endete wenig später in Italien unter dem Richtschwert, und sein Erbe fiel diesen gierigen Wittelsbachern zu. Wohl mußten sie die Ländereien später wieder herausgeben, aber unermeßliche Schätze ließen sie zuvor beiseite schaffen und hier in diesem Hügel vergraben.«

»Was hat unser König mit dem Antichrist zu tun?« fragte Peter verwirrt.

»Mehr als die meisten ahnen.« Seine Augen leuchteten plötzlich gehässig. »Mit Konradin war zwar die Schlangenbrut der Staufer vernichtet, aber die Prophezeiung noch nicht erfüllt. Durch sein Erbe aber wird sich der wahre Antichrist den Thron erschleichen und seine Herrschaft des Schreckens errichten, und er wird dem verhaßten Geschlecht dieser Wittelsbacher entstammen.«

Peter fielen die Worte von Bruder Servatius über die Legende vom Antichrist und deren Mißbrauch ein und protestierte: »Unser König sitzt rechtmäßig auf dem Thron. Was habt Ihr gegen ihn?«

Der Alte lachte heiser. »Dann bist du so blind wie all die andern, aber ich will dir die Augen öffnen. Die Offenbarung des Johannes sagt von dem vielköpfigen Tier, dem der teuflische Drache seine Macht verleiht, daß es dem Panther gleicht, seine Füße denen des Bären und sein Maul dem eines Löwen. Einer seiner Köpfe wurde zwar tödlich getroffen, doch die Wunde heilte, und der Erdkreis wandte sich staunend dem Tiere zu. Es reimt sich treffend auf das Haus Wittelsbach, denn der Panther steht für die Ländereien älterer Dynastien, die sie geschickt an sich rissen, die Füße sind die vier Grafschaften, aus denen sie hervorgingen, der Löwe ist das Wappentier dieses räuberischen Geschlechts, dessen Geschichte reich an Untaten ist, und auf diesen König Ludwig blickt alle Welt staunend seit seiner überraschenden Wahl.«

Peter wollte aufbegehren, aber der Alte gebot ihm zu schweigen. »Es steht geschrieben, daß der Teufel auf die Mutter des Antichrist herabkomme, damit sie mit seiner Hilfe das Böse empfange. Otto, der sich als erster von Wittelsbach nannte, wurde von einer entführten Nonne geboren. Hatte da etwa nicht der Teufel seine Hand im Spiel? Und als dieser Otto in heuchlerischer Anwandlung die Stammburg Scheyern, einen Tagesritt von hier, den Mönchen überlassen wollte, da erhob ein anderer aus dem Geschlecht, Arnold von Dachau, wütend Einspruch, warf seinen Handschuh in die Luft und vermachte seinen Teil an der Burg dem Teufel. Jahre später eignete sich der Wüterich hier oben auf diesem Hügel« – er stocherte mit der Linken in die Luft – »im Handstreich den Burgstall eines welfischen Dienstmannes an. Da forderte der Teufel sein Recht, weil er zu Scheyern leer ausgegangen war. In seiner Gier wollte Arnold den Teufel abermals betrügen. Der hieb ihm darauf die Schwurhand ab und begrub ihn unter der einstürzenden Burg, wo er nunmehr über die gestohlenen Schätze wacht. Der Hund des Grafen aber trug damals die Hand seines Herrn nach Hause, dem künftigen Geschlecht zur Warnung, daß Satan nicht mit sich spaßen läßt. Du bist so bleich. Hast du etwa schon genug?«

Peter schüttelte tapfer den Kopf, obwohl ihm grauste.

»Ein späterer Otto, Pfalzgraf von Wittelsbach«, fügte der Alte erbarmungslos hinzu, »mordete den deutschen König und wurde in die Acht getan. In der Scheune eines Klosters wurde er aufgestöbert, erschlagen und sein Haupt in die Donau geworfen. Es ist das tödlich getroffene Haupt, von dem die Offenbarung spricht. Glaubst du nun, daß dieses Geschlecht würdig ist, den Antichrist aus seinen

Reihen hervorzubringen?« Bellender Husten beschloß seine Rede.

Peter schwirrte der Kopf, von seinem Sturz und von den Ungeheuerlichkeiten. Ihm war übel. Die Schmährede des Alten erinnerte ihn verhängnisvoll an den Spuk in Wiltruds Garten und den Mord am Gesellpriester. Und er war mehr und mehr davon überzeugt, daß sein sonderbarer Gastgeber persönlichen Groll gegen das Herrscherhaus hegte. Aber was hatte dies alles zu bedeuten? Er verspürte ein dringendes Bedürfnis und wollte zudem schleunigst von hier weg. Seine Schecke war inzwischen trocken. Er schlüpfte hinein und trat vor die Höhle, um sich zu erleichtern. Da sah er, daß es beinahe finster war und der Schnee eine Handbreit hoch lag. Er konnte unmöglich mehr fort. Aufgewühlt, widerwillig und auf der Hut ging er zurück und bat um ein wenig zu essen. Der Alte hob bedauernd die Hände. Er lebe nur von freiwilligen Almosen und bewahre nichts davon auf. Die Dörfler seien gut zu ihm, weil er Schaden von ihnen abwende.

Peter setzte sich mit Unbehagen nahe ans Feuer. Er konnte jetzt nicht einfach schlafen. Ihm knurrte der Magen, und er mißtraute dem Alten. Aber wenn er schon unfreiwillig die Nacht hier verbringen mußte, wollte er wenigstens hinter dessen Geheimnis kommen, und er fing an zu bohren. Es überraschte ihn, daß sich der Graubart nicht lange spreizte, sondern freimütig zur Schilderung seines bewegten Lebens anhob, als sei er froh darüber, einen Zuhörer gefunden zu haben. »Ich bin am Ende meiner Tage angekommen«, sagte er mit kratzigem Hals, »und es ist gut, über vergangene Sünden zu sprechen.«

»Ich kann Euch nicht die Beichte abnehmen«, wehrte Peter erschrocken ab.

»Bah! Wer spricht von Beichte?« kam es verächtlich zurück. »Sieh's als mein Vermächtnis.« Er lehnte sich an einen hölzernen Pfosten, streckte ächzend die Beine aus und tauchte in die Vergangenheit ein. »Ich führte nicht immer dies einfache Leben, sondern entstamme dem Geschlecht derer zu Haltenberg, die auch zu Wildenroth saßen. Mein Oheim war Zeuge bei Konradins Schenkung, von der ich erzählte. Vor nunmehr über zwanzig Jahren lag meine Familie in Fehde mit dem Bischof von Augsburg und den Herren von Rohrbach, die eine unserer Burgen zerstörten. Mein Bruder Konrad und ich waren heißblütig damals, erschlugen als Rache den Rohrbacher im Fürstenrat zu Landsberg, wurden dafür geächtet und mußten nach Italien fliehen. Von da an hat sich unser Leben gewandelt.« Er atmete schwer und rasselnd.

»Wir traten als gerngesehene Söldner in den Dienst der Visconti in Mailand und kamen darüber mit niemals zuvor gehörten Lehren in Berührung. So soll ein Abt Joachim aus Fiore einst für das Jahr 1260 den Anbruch eines Zeitalters des Heiligen Geistes prophezeit haben. In diesem Jahr kam auch tatsächlich eine gewisse Guglielma nach Mailand, eine fromme und mildtätige Frau, um die sich bald Anhänger scharten, die in ihr schließlich die weibliche Verkörperung des Heiligen Geistes sahen. Und eine ihrer glühendsten Schülerinnen war Mayfreda, eine Base unseres Dienstherrn Matteo Visconti. Als nun der Papst für das Jubeljahr 1300 einen vollkommenen Ablaß verkündete, und auch mein Bruder und ich auf Vergebung unserer Schuld hofften, da erklärte diese Mayfreda, ihre inzwischen verstorbene Meisterin werde auferstehen und in den Himmel auffahren, sie selbst aber werde stellvertretende Päpstin auf Erden sein. Wir folgten ihr voller Inbrunst, als sie zu Pfingsten eine Messe mit päpstlichem Gepränge feierte. Doch die Inquisition schlief nicht länger, und noch im September wurde Mayfreda verbrannt.«

»Eine Päpstin und der Heilige Geist als Frau?« Peter schüttelte ungläubig den Kopf.

»Sei nicht naseweis!« murrte der Alte. »Sie verkündete glaubhaft, der göttliche Geist habe bei ihrer Fleischwerdung diesmal die weibliche Gestalt gewählt, um nicht wieder wie Christus von den verblendeten Menschen getötet zu werden. Und es waren die Vornehmsten von Mailand unter den Gläubigen!« Wieder unterbrach ihn ein Hustenschwall.

»Wie auch immer«, krächzte er, »wir konnten nicht in Mailand bleiben und schworen dem Kriegsdienst ab, waren bitter enttäuscht und fühlten uns verlassen. Da fügte es sich, daß wir einen Fra Dolcino wieder predigen hörten, auf den wir Jahre zuvor in Trient schon gestoßen waren. Er war klein von Wuchs, aber von gewinnendem Wesen und mitreißender Rede. Er sprach von vier Zeitaltern der Heilsgeschichte, deren letztes ein Leben in wahrer Nachfolge der Apostel sei, und öffnete uns die Augen über den verderbten Zustand der Kirche, deren Reichtum und die Sittenlosigkeit der Pfaffen, die den Anbruch des apostolischen Zeitalters gegenwärtig noch verhinderten. Wir folgten ihm begeistert. Er war die Stimme des Herrn, erklärte uns die wahre Auslegung der Schrift, prophezeite die Ausrottung der verhaßten Kleriker, dieser Diener des Satans, und die Ankunft des Antichrists für die kommenden Jahre.«

Peter dachte mit Schrecken an die Worte des Servatius über den Haß mancher Ketzer auf die Priesterschaft. Die Augen des Alten aber flackerten, als tauche er noch einmal in die Begeisterung jener Jahre ein, höre die verlockende Stimme Dolcinos und folge seiner Vision. Dann seufzte er tief, beugte sich vor, um ein neues Scheit ins Feuer zu werfen, und während es aufloderte, legte sich ein Schatten über sein Gesicht.

»Was folgte«, sagte er rauh und illusionslos, »war nur die Inquisition und mit ihr Flucht und Kampf und unvorstellbarer Schrecken. Wir mußten in die Berge fliehen, immer höher, und als unsere Vorräte zur Neige gingen, plünderten wir die Dörfer und raubten die Kirchen aus. Die Gläubigen schimpften uns Hunde und flohen schon bei unserem Anblick. Den Winter überstanden wir mit gebratenen Mäusen und gekochtem Heu und im Jahr darauf ...« – er stockte, räusperte sich geräuschvoll und spuckte ein Maul voll Schleim ins zischende Feuer –, »da nagten wir an den Leichnamen getöteter Feinde und Kameraden.«

Peter würgte, preßte die Faust in den Mund und war plötzlich dankbar für seinen knurrenden Magen.

»Am Gründonnerstag, sieben Jahre nach unserem Aufbruch, fiel die letzte Bastion. Die Wasser des Rio Carnasco färbten sich blutrot. Nur wenige entkamen den Flammen oder dem Schwert, darunter halbtot mein Bruder und ich. Dolcino wurde nach seiner Verurteilung durch die Gassen geschleift und mit rotglühenden Zangen langsam in Stücke gerissen. So endete vorerst der Traum von einer Wiedergeburt der Menschheit zu apostolischer Seligkeit in Blut und Tränen.«

Sein Kiefer hatte zuletzt gezittert, sein magerer Leib bebte, als er die Schrecken von damals noch einmal durchlebte. Mit brüchiger Stimme sagte er: »Wenn du heute einen Greis vor dir siehst, dann waren's die Jahre in den Bergen, die zehnfach zählen.«

Peter verspürte eine Mischung aus Angst und Ekel, Mitleid und Wut. »War es das wert?« fragte er fast verächtlich, da ihm solcher Fanatismus zuwider war.

Da straffte sich der schon gebrochen erschienene Alte und stieß flammend hervor: »Die Mittel mögen falsch gewesen sein, das Ziel war's nimmermehr und ist es bis heute nicht. Wir waren Auserwählte, wußten uns im

Recht, wurden von falschen Gläubigen zu grausigen Taten getrieben und wollten doch nur die Herrschaft heiliger Armut, den Frieden in Gott und liebende Gerechtigkeit. Wir waren bloß die Vorhut des Heiligen Geistes. Aber sein Zeitalter kann erst anbrechen, wenn alle Fäulnis des Fleisches aufgelöst sein und allein der Geist in uns herrschen wird. Doch dazu muß erst das Heer der Lügenpriester vernichtet werden und danach die Drangsal des Antichrists hereinbrechen, durch den der Teufel sein schreckliches Unwesen treiben wird.«

Peter schauderte erneut und fragte lieber, wie es zur Rückkehr des Alten gekommen war, ehe er sich die wirre Predigt länger antat. Er erfuhr, daß der Eiferer für eine Weile Unterschlupf in einem Kloster gefunden hatte und schließlich, von Heimweh getrieben, wieder über das große Gebirge gestiegen war, wo seine frühere Welt nicht mehr existierte. Die Burg Rauhenlechsberg war eingezogen und neu vergeben, sein Stammsitz Wildenroth an die Wittelsbacher verscherbelt, die Feste Kaltenberg zerstört. So baute er sich den Verschlag am Teufelsberg und lebte von den Gaben der Dörfler ringsum, mühte sich um gottgefälliges Leben in stiller Nachfolge Dolcinos und harrte der Ankunft des Antichrists.

»Und Euer Bruder?« fragte Peter interessiert.

»Im Dienste der Visconti» erklärte der Alte müde, »stand ein hochangesehener Jurist und Diplomat, der auch glühender Verehrer von Guglielma und Mayfreda war. Von ihm wurde mein Bruder, der sich stets mehr für Bücher interessiert hatte, aufgenommen und brachte es dort sogar zum Sekretär. Er oblag bald seltsamen Studien, vergrub sich in staubige Folianten und hatte kaum noch Zeit für mich, und als ich auf unsere Rückkehr drängte, da sagte er, er habe sein Ziel dort gefunden. Wir stritten uns zuletzt noch heftig, weil er Dolcinos Weg als großen Irrtum bezeichnete und behauptete, der Menschheit Reinigung und geistige Wiedergeburt käme ausschließlich durch Läuterung im Feuer und Verschmelzung gegensätzlicher Triebe zustande, und der Weg dorthin führe über die Geheimnisse der Alchemie. Ich traf ihn seither nie mehr wieder.«

Er hustete erbärmlich und spuckte erneut, und Peter wähnte Blut im Schleim. Er wandte sich angewidert ab, und nicht lange danach übermannte ihn trotz aller Furcht und Widerstände ein unruhiger Schlaf.

40. Kapitel

Peter erwachte fröstelnd. Das Feuer war ausgegangen, und es war düster in der Höhle. Aber durch den Rauchabzug und Ritzen um die Türe herum fielen helle Lichtflecke auf den Boden. Es war bereits Tag. Der Alte hatte die halbe Nacht erzählt, und Peter hatte schließlich länger geschlummert, als ihm lieb war.

Er richtete sich auf und sah, daß der Graubart inzwischen unter das Fell gekrochen war und dort zusammengerollt schlief. Sein Atem ging schnell und rasselnd. Peter erhob sich, raffte seinen Mantel an sich und ging so leise wie möglich nach draußen. Die Sonne stand sogar schon höher als befürchtet und blendete ihn. Dafür war es auch deutlich wärmer, und Schneeklumpen klatschten naß und schwer von den Zweigen.

Er schob eine Handvoll Schnee in den Mund, um das Raspeln seiner verdorrten Zunge und den stechenden Schmerz im Hals zu lindern. Dann band er sein Pferd los und flüchtete von diesem Ort und seinem rätselhaften Gastgeber. Der Weg war ihm fremd, da er nicht wußte, wo er sich befand, aber abwärts stimmte in jedem Fall. Wenig später war er am Fuße des Hügels angelangt und wie es schien, an seiner Rückseite. Bald stieß er an eine Gabelung. Nach dem Stand der Sonne mußte Aubing zur Rechten liegen. Er hielt es für sinnlos, noch nach dem Gut der Küchel zu suchen, war ohnehin schon viel zu lange ausgeblieben. So machte er sich auf den Heimweg.

Er umritt das ungastliche Dorf und war bald wieder auf der Straße nach Pasing. Es ritt sich schwer durch den tauenden Matsch, und er war zu sehr in Gedanken, als daß er das Pferd zu besonderer Eile getrieben hätte.

Was hatte er durch diesen Ritt erreicht, fragte er sich. Es gab in diesen Wäldern uralte Kultstätten, und sie wurden noch immer genutzt. Soviel stand fest. Aber in den Augen des selbsternannten Wächters schienen diese heidnischen Sektierer eher sonderbar und verschroben, als gefährlich zu sein. Von Wiltruds Ahn hatte er jedenfalls kein Rockzipfelchen gesehen. Aber durfte er dies wirklich erwarten? War seine Absicht nicht von vornherein eher närrisch gewesen und von dem Drang beseelt, irgend etwas zu tun? Der Weg erschien ihm nun für eine alte Frau fast zu weit und bei den Straßenverhältnissen und der Feindseligkeit der Dörfler auch zu gefährlich. Aber sie schied deshalb weder aus dem Kreis der Verdächtigen aus noch war ihre Schuld erwiesen.

Eine andere Frage war, ob die Bande dieser Burschen tatsächlich hinter dem angeblichen Schatz her war. Liebhart zumindest wußte davon und hatte sich vor seinen Kumpanen gewiß damit gebrüstet. Aber ob sie dafür auch vor solchen Verrücktheiten und Greueln nicht zurückschreckten, wie sie der Alte beschrieben hatte? Sollte ihnen der Kopf des Priesters dabei wahrsagerische Dienste leisten und das Blut für einen Teufelsritus bestimmt sein oder um die Dämonen fortzulocken?

Und schließlich der Alte selbst. Er hegte Groll auf die Wittelsbacher, die er irgendwie für die Fährnisse und Mißschläge seines Lebens mitverantwortlich machte und denen er dafür Übles nachsagte, denn daß die wirren Anschuldigungen seine ureigene Ausschmückung der Legende vom Antichrist waren, davon war Peter inzwischen überzeugt. Aber gewichtiger schien ihm der Haß auf die Priester. Wäre der Alte nicht so gebrechlich und lebte er näher der Stadt, würde er ihm den Mord am Gesellpriester durchaus zutrauen. Gab es etwa noch andere Brüder in seinem Geiste?

Peter wurde den Gedanken nicht los, der Alchemist könne der leibliche Bruder des Alten vom Teufelsberg sein. War dies überhaupt möglich? Ein verrückter Zufall, oder verfolgten sie einen Plan? Oder war es bloß ein Hirngespinst seiner überreizten Phantasie? Sie hatten Ähnlichkeit in der Statur, das gleiche wettergegerbte Gesicht, und jeder benahm sich auf seine Art höchst merkwürdig. Die Frage war nur, wie hatte es den Alchemisten nach München verschlagen und hatte er den gefährlichen Heilslehren und Visionen von damals abgeschworen, oder verfolgte auch er noch wirre Ideale? Was hatte es mit seiner fremdartigen Kunst auf sich, und bediente er sich am Ende genau der Zauberei, die er so heftig leugnete? Man würde ihm auf den Zahn fühlen müssen.

Eines aber war jetzt schon so klar wie Luzifer verdammt: Er hatte nichts erreicht, was Wiltrud unmittelbar aus der Bedrängnis helfen könnte. Er wollte wenigstens gleich noch mit Servatius sprechen, um nicht mit völlig leeren Händen zurückzukehren.

Gegen Mittag erreichte er wieder die Stadt und mischte sich in das übliche Gedränge. Auffallend war, daß in der Kaufingergasse wesentlich mehr Leute in Richtung Marktplatz strebten als umgekehrt. Und als er vorne bei der Schranne ankam, da sah er, wie sich eine Menschentraube vor dem Rathaus zusammenballte, in dessen Schergenstube

Wiltrud gefangen saß. Er hörte Rufe wie: »Mach's Tor auf! Gib sie heraus! Wir wollen sie sehen!«

Peter zuckte zusammen, als stünde das grausige Ende unmittelbar bevor. Die blutrünstige Menge hatte ihr Urteil schon gefällt, brauchte nicht erst das geistliche Gericht dazu. Er hoffte inständig, daß die Wächter dem Druck nicht nachgeben würden und bog mutlos in des Dieners Gasse ein.

Wenig später klopfte er an der Pforte des Barfüßerkonvents. Bruder Servatius begrüßte ihn mit einer Mischung aus Skepsis und Erheiterung, die Peter sich nicht erklären konnte.

»Wollt Ihr jetzt auch noch meinen Segen dazu?« fragte der Mönch halb spöttisch, halb ernst. »Eigentlich müßte ich streng mit Euch ins Gericht gehen.

»Ich verstehe nicht ...«

»Nun tut nicht so! Einem Freund gegenüber braucht Ihr Euch nicht zu verstellen. Der Einfall zeugt ja durchaus von Witz, ist aber ein höchst gewagtes Spiel.«

»Verzeiht, aber ich komme eben von Aubing und weiß nicht, wovon Ihr ...«

»Dann habt Ihr wirklich keine Ahnung?« Servatius zeigte erst mit dem Finger auf Peter und lachte dann lauthals. »Ich hätt's mir denken können – ein Werk Eures Freundes Paul. Dieser Schalk!«

Der nachsichtige Franziskaner klärte Peter darüber auf, daß sich seit den Morgenstunden die Kunde von einem wundertätigen Gnadenbild im Hause der Hafnerin verbreite und die Menge sich schon zusammenrotte, um sie aus dem Kerker zu befreien.

Peter schüttelte den Kopf. »Was für ein Irrwitz«, sagte er ungläubig und war zugleich froh über die unerwartete Wendung.

»Vor allen Dingen gefährlich«, merkte Servatius mit ernster Miene an, während er Peter in die Kammer neben der Pforte zog, in der ein Kohlebecken behagliche Wärme abgab. »Euer Freund muß ziemlich fest von der Schuldlosigkeit dieser Hafnerin überzeugt sein, und er bedient sich dazu geschickt der Leichtgläubigkeit und Schaulust der Menge, doch wenn der Schwindel auffliegt – und er wird es –, arbeitet er der Inquisition in die Hände, die den Vorwurf der Ketzerei bestätigt sehen wird. Die Dominikaner werden sich's nicht nehmen lassen, das vorgebliche Wunder genauestens zu prüfen, weil ihrer Meinung nach Wunderwirkung häufig vom Teufel herrührt, um damit die Gläubigen zu täuschen. Aber was führt Euch eigentlich zu mir?«

Peter berichtete von seinem Ausflug und dem seltsamen Alten und schloß daran die Frage an, ob Servatius ihn für bedrohlich erachte.

»Ich kann mich keiner anderen Sekte erinnern«, sagte der Mönch nachdenklich, »die in so kurzer Zeit so unermeßliches Unheil angerichtet hätte, und selbst die Spiritualen meines Ordens, denen ihr striktes Armutsideal wiederholt den Vorwurf der Ketzerei eintrug, rücken entschieden von Dolcino ab. Er ist ein treffendes Beispiel dafür, wie aus einem ursprünglichen Ideal und der mißverstandenen Lehre Joachims gefährlicher Wahn einer Sekte wurde.«

»Sind sie denn zahlreich hierzulande?« fragte Peter besorgt.

»Immerhin haben sich die Konzile von Köln und Trier vor einigen Jahren noch damit beschäftigt«, erklärte der Mönch, »aber ich halte den Alten eher für einen versprengten Einzelgänger, der – wie Ihr ihn schildert – bald vor seinem himmlischen Richter stehen wird. Er mag zwar noch wirre Gerüchte über unseren König verbreiten, aber wirkliche Gefahr für Ludwig lauert anderswo. Erst unlängst luden ihn die Straßburger, den Bürgern Jerusalems gleich, jubelnd in ihre Stadt, um ihn dann zu fangen und zu töten, und nur der Umsicht und Treue seines Hauswirts verdankte er sein Leben.«

Peter seufzte betroffen, aber augenblicklich lag ihm das Schicksal Wiltruds doch mehr am Herzen. »Der Alte vom Teufelsberg hegt auch Haß gegen die Priester, und neben der Hafnerin haust ein Alchemist, der ebenso schrullig erscheint und möglicherweise sein Bruder ist.«

»Und ihr glaubt, daß er ...«

Peter zuckte mit den Schultern.

»Ihr habt mich da möglicherweise mißverstanden«, verdeutlichte Servatius. »Diese Apostoliker – ich sollte besser Pseudoapostel sagen – ersehnen zwar die Ausrottung der Prälaten und Priesterschaft, aber sie glauben, daß dies erst durch das Schwert Gottes in den Händen eines mächtigen Kaisers der Endzeit geschehen wird.«

Peter stutzte. Das brachte seine ganze Theorie ins Wanken. Er hakte nach: »Vielleicht fühlte sich der Alchemist durch den Gesellpriester ja bedroht. Wie steht denn die Kirche zu seinem Gewerbe?«

»Es gibt keine klare Haltung dazu. Der Wucherer in Avignon«, sagte der Bettelmönch verächtlich, »hat vor drei Jahren eine Bulle dagegen erlassen, aber der sorgt sich dabei mehr um Falschmünzer und Betrüger und würde selber im Dreifuß Metalle schmelzen, könnte er dadurch seinen Mammon vergrößern. Doch Vinzenz von Beauvais erhob die Alchemie in seinem *Speculum naturale* in den Rang einer Wissenschaft, und Albertus oder Roger Bacon haben sie sehr ernst genommen. Andere hingegen betrachten sie als eine der sieben Teufelskünste, von gefallenen Engeln mitgeteilt, als eitles Blendwerk, das nur unter Anrufung von Dämonen gelingen könne. Das Generalkapitel meines Ordens hat deshalb schon vor Jahren allen Mitgliedern bei Strafe der Exkommunikation und Kerkerhaft verboten, Alchemie zu betreiben und Bücher darüber zu besitzen.«

»So gesehen war der eifernde Hilfspfarrer doch eine Gefahr.«

»Möglich, aber das Verbot wird im allgemeinen nicht sehr ernst genommen. Wann haben sich Würdenträger der Kirche schon jemals gegen die Aussicht auf Gold gewehrt?«

»Aber was ist an ihrem Tun dann so verwerflich?« fragte Peter verunsichert. »Ist es Zauberei?«

»Mehr als das«, antwortete Servatius mit Bestimmtheit. »Der Magier sucht schlicht durch Zauberspruch und Ritual die Welt der Dinge zu beherrschen. Der Alchemist dagegen will ihren inneren Zusammenhang durchdringen und sich mit seiner so gewonnenen Erkenntnis die materielle Welt aneignen. Er tut damit zunächst nichts anderes als jeder Gelehrte, der die natürliche Magie der Dinge zu ergründen sucht. Doch einige gehen in ihrem Hochmut darüber hinaus. Durch Adams Sündenfall wurde bekanntlich die Welt verderbt und harrt seither ihrer Erlösung. Während aber die Gläubigen in Demut auf ihre Erlösung durch Christi Gnade hoffen, erliegen diese Adepten der Versuchung, die Erlösung in ihre eigenen Hände zu nehmen. Sie betrachten zwar Gott als den Größten ihrer Kunst, denn er schuf die Welt durch separatio und coagulatio, indem er die Elemente des Chaos erst trennte und sie dann zur Vielzahl der Formen gerinnen ließ. Aber sie verstehen die imitatio dei allzu wörtlich und ahmen in ihren Laboratorien den Schöpfungsakt nach.«

»Das ist lächerlich«, wandte Peter ein, »wie könnten sie je belebte Dinge erschaffen?«

»Alle Natur ist belebt«, erwiderte Servatius. »So ruht etwa der Samen der Metalle in der Erde und reift dort in unendlich langer Zeit zur vollkommensten Substanz heran. Der Alchemist will mit dem Stein der Steine und gewissen Elixieren das Wunder in kurzer Zeit erzielen. Albertus schreibt, daß hierzu des Alchemisten künstliche Gefäße wie die natürlichen geformt sein sollen, und schon Cleopatra verglich den Adepten mit einer liebenden Mutter. So nennt er seine retorta, in der das Gebräu köchelt, auch matrix, und auch den Schmelzofen versteht er als künstlichen Mutterschoß.«

»Arbeiten diese Adepten dann auch mit Blut?«

»Natürlich und ebenso mit Eierschalen, Knochen, Würmern und sogar mit gewöhnlichem Dreck oder Kot, denn die Ursubstanz, so behaupten sie, sei in allen Substanzen der Natur enthalten und müsse nur freigesetzt werden: Alles ist in einem, eines ist alles, wie schon die Griechen sagten ... oh, ich verstehe« – er kratzte sich unvermittelt am Kopf –, »Ihr glaubt, er könne deshalb etwas mit den Morden zu tun haben.«

»Zumindest mit den ersten beiden. Der Gesellpriester war ihm im Weg oder auf der Spur, und Elses Blut diente seinen Versuchen. Ihr sagtet doch, das Blut der Menstruation sei geeignet, etwas Dämonisches oder Monströses zu nähren, so wie es umgewandelt für die Leibesfrucht lebenspendend wird. Wenn nun schon ihre Gefäße dem Mutterschoß nachgebildet sind, dann könnte doch auch ...«

»Jaja«, brummelte Servatius nachdenklich vor sich hin, »Blut gilt als Sitz von Lebenskraft und Seele ... aber welchem Zweck sollte es hierbei dienen?«

»Er sagte etwas von lebendigem Gold, als ich ihn aufsuchte.«

»Lebendiges Gold? Hmm ...« – der Franziskaner kratzte sich am Kinn –, »das ist nur eine Metapher. Aber was hat er damit gemeint? Ich verstehe auch nicht, warum er hierzu morden sollte, wo doch diese Alchemisten ihr geheimes Tun gern als heilig' Werk und gottgefällig bezeichnen.«

»Denkt an die Apostoliker«, riet Peter, »bei denen scheinbar hehre Absichten in schreckliche Greuel mündeten. Er gehörte ihnen einst an – sofern er wirklich der Bruder ist.

Vielleicht ist auch er noch immer von krausen Ideen besessen.«

»Ihr könntet recht haben«, räumte der Mönch mit Sorgenfalten ein. »Vor etwa hundert Jahren wurden die Schriften eines Johannes Eriugena verdammt, der schon einst in neuplatonischem Sinne behauptet hatte, Gott könne sich nicht selbst erkennen, folglich seien alle geschaffenen Dinge nur Erscheinungen und Selbstoffenbarungen von ihm und würden dereinst zur ewigen Ruhe in ihm zurückkehren, die dieser Johannes deificatio, also Vergottung nannte. Aus der Vielheit würde somit wieder Einheit, ein Gedanke, den auch die Alchemie teilt. Ein anderer lehrte in seinem Sinne und entgegen der Heiligen Schrift, daß Gott, der Weltgeist und die prima materia ein und dasselbe seien, und somit jedes Geschöpf an Gottes Wesen Anteil habe. Und bald griff ein gewisser Amalrich von Bena diese Ideen auf und wurde dafür verurteilt, daß er nun auch schon Vergeltung der Sünden, Fegefeuer und Schlüsselgewalt der Kirche leugnete und behauptete, Himmel und Hölle trüge der Mensch in seiner eigenen Brust. Die gefährliche Saat ging zuletzt in den Brüdern des freien Geistes auf, die unsinnige Schlüsse zogen und einen jeden, der vom Heiligen Geist erfüllt sei, für sündenlos hielten, ganz gleich, welche Verbrechen er begehe: ubi spiritus, ibi libertas, denn Sünde und Tugend seien in den Augen Gottes dasselbe.«

»Meine Güte«, sagte Peter entsetzt, »ein Freispruch für Sittenlosigkeit und jeglichen Wahn. Da haben wir's!«

»Zum Glück nicht ganz so gemeint«, schränkte Servatius ein, »aber leider eine mögliche Konsequenz, und ein rücksichtsloser Anhänger dieser Lehre könnte sogar morden ohne Schuldgefühl.«

»Der Alte hat auch eine Menge von Gestirnen geredet, daß sie fürs Wachstum der Metalle und überhaupt für alles

Werden und Vergehen verantwortlich seien, wie Thomas von Aquin ...«

»Das wußte auch Roger Bacon«, unterbrach der Franziskaner spitz, »er schrieb, daß aus Erfahrung festzustellen sei, daß die Gestirne Zeugung und Verfall ... Zeugung! Wie sieht der Kerl aus?«

Servatius wedelte ungeduldig mit den Händen, während Peter den Alchemisten zu beschreiben versuchte.

»Das muß er sein. Vor Wochen – ich erinnere mich genau – wollte ein weißhaariger Alter bei mir Einsicht in die Werke Bacons nehmen, und er war besonders an *De multiplicatione specierum* interessiert, einem Traktat über die Vervielfachung der Arten. Gütiger Himmel! Er wird doch nicht solcherart verwerfliche Versuche ...«

»Woran denkt Ihr?« fragte Peter besorgt.

»Es ist zu ungeheuerlich, als daß ich jetzt schon davon sprechen möchte. Laßt uns den Kerl erst prüfen.«

»Wann?« drängte Peter ungeduldig.

»Wir können nicht einfach hingehen, sein Laboratorium auf den Kopf stellen und ihn dreist befragen. Dazu haben wir kein Recht. Und selbst wenn der Richter uns begleitete, könnte er geschickt lügen. Ich muß mich vorbereiten, muß einige der Schriften ...«

»Ich dachte ...« Peter grinste verschmitzt.

»Denkt nicht!« knurrte der Bibliothekar mit gespielter Entrüstung. »Geht jetzt lieber und bringt den Unfug mit dem Gnadenbild in Ordnung!«

»Wenn es gelänge, den Alchemisten der Mordtaten zu überführen«, blickte Peter schon nach vorne, »dann müßte doch auch der Verdacht gegen die Beginen und die Hafnerin fallen.« Er verschwieg seine Befürchtung hinsichtlich Seibold.

Der Franziskaner wiegte bedenklich sein Haupt und dämpfte Peters Vorfreude: »Man wird die Hafnerin vielleicht als Mitwisserin beschuldigen. Immerhin hat sie, wie Ihr sagtet, für ihn gearbeitet.«

»Und die frommen Frauen?«

»Ich weiß es nicht«, bekannte der Mönch. »Es ist ja schon verteufelt schwer, wahre Mystik von Ketzerei und ehrbare Beginen von häretischen Schwarmgeistern zu unterscheiden. Viele von ihnen übersteigern ihr religiöses Empfinden zu maßlosem Überschwang. Mein Ordensbruder, Lamprecht von Regensburg, hat einmal bissig bemerkt, sie fielen wegen jeder winzigen Gnade in tobende Verzückung. Das führt dann zu solch Albernheiten, daß sich vor Weihnacht ihr Leib wölbt oder sie davon beseelt sind, sie hätten im Traum das Jesuskind gesäugt. Da stimme ich ausnahmsweise dem Albertus zu, daß dies nicht Ketzerei, sondern ärgerlicher Unfug ist, den man aus ihnen herausprügeln sollte.«

Servatius' Gesichtsfarbe wurde dunkler, und er raufte sich seinen wirren Haarkranz noch mehr. »Und was ist von einer Begine zu halten«, ereiferte er sich, »die am Beschneidungsfest weinend der Vorhaut Christi gedenkt und dabei Hunderte Male ein Häutchen von größter Süße auf der Zunge verspürt, wie man's von einer Agnes aus Wien berichtet, oder von denen, die in ihrer Gottesminne behaupten, Christus würde sich leiblich mit ihnen vereinigen? Ist dies noch die erlaubte Erfahrung einer Gotteswahrnehmung, oder schon Anmaßung einer Gottgleichheit? Wo ist hier die Grenze zwischen dem Ketzer, der die Vergottung des Menschen naturaliter dank einer Wesensgleichheit mit seinem Schöpfer verheißt, und der Vergöttlichung des sündigen Menschen per gratiam dei als mystisches Erlebnis im rechten Glauben?«

Peters Zuversicht begann zu schwinden. »Eins noch«, sagte er bedrückt und kramte das Bleitäfelchen aus seiner Gürteltasche. »Habt Ihr eine Ahnung, was das ist?«

»Ich kenne die meisten Zeichen darauf nicht«, bedauerte Servatius, »aber dies hier« – er deutete mit dem Finger in die Mitte – »ist das Symbol für Saturn, den schwarzen Stern, der auch als Sitz des Teufels gilt. Ihm ist das Blei zugeordnet, das die Alchemisten zu wandeln versuchen, und ebenso die putrefactio, die Fäulnis und Verwesung, ein Grundprinzip ihres Schaffens. Sie ist der Tod alles Unwesentlichen und der erste Schritt zur Zeugung. Stammt es von ihm?«

»So gut wie«, antwortete Peter. »Ich hab's im Hof der Hafnerin gefunden. Was mag es bedeuten?«

»Ich bin nicht sicher«, räumte Servatius ein, »meine aber, daß dieses Teufelsding dort, wo es versteckt ist, die zerstörerische Macht des Saturn herabziehen soll, auf daß alle Bewohner in kurzer Zeit vertrieben seien. Es ist, wenn ich nicht irre, ein Rezept des *Picatrix.*« Seine Augen bekamen einen gierigen Glanz.

»Wann?« nutzte Peter den günstigen Augenblick.

»Morgen ist Tag des Herrn«, erhielt er zur Antwort. »Montag um die dritte Stunde schlagen wir zu.«

41. Kapitel

Es war kurz vor den Gebeten zur neunten Stunde, als Peter das Kloster der Barfüßer verließ. Graue Wolken vertrieben den flüchtigen Sonnenschein über der Stadt bereits wieder. Er führte sein Pferd am Zügel. Der Tumult vor dem Rathaus hatte sich aufgelöst. War Wiltrud tatsächlich frei? Selbst wenn, dachte Peter, es wäre trügerische Sicherheit nach den Worten des Mönchs. Aber wenigstens verfolgten sie wieder eine Spur, eine, die Erfolg versprach. Er durfte den Mut nicht sinken lassen.

In Höhe des Rechtshauses fragte er sich, ob er den Richter einschalten, zumindest informieren sollte. Sein verletzter Stolz sprach dagegen. Es mußte Konrad Diener weit mehr beeindrucken, wenn Peter ihm den Mörder gleich überreichte. Und mit dem Alten würde man fertig werden.

Wieder einmal wand sich eine Menschenschlange den Bach entlang, als er zum Anger hinunterkam, aber sie schien diesmal friedfertig. Von weitem lag ehrfürchtiges Schweigen über der Menge, und Peter verschlug's beinahe selber die Sprache über das, was er sah und nicht glauben wollte. Alt und jung, in Pelze oder Lumpen gehüllt, standen einmütig frierend im Matsch und harrten geduldig aus, um des Wunders teilhaftig zu werden und ein Gnadenfünkchen zu erhaschen.

Er stellte sein Pferd beim Rößlwirt ein und strebte unverzüglich dem Haus der Hafnerin zu.

Witwen und Greise nuschelten unentwegt Litaneien, Mütter wiegten schreiende Kinder auf ihren Armen oder wiesen die älteren Lümmel zurecht, Mädchen schwatzten unbedarft über ihre Wünsche und Liebesschwüre, auf deren wundersame Erfüllung sie hofften, und junge Männer bauten sich zurückweisend vor Peter auf, als dieser nach vorne drängte. Er gab schamlos vor, daß er im Auftrag des Rates und nicht um der Verehrung willen komme, was seine unfromme Hast glaubhaft erscheinen ließ.

Der Kopf der Menschenschlange zwängte sich durch die Tür in die Werkstatt, von Paul gebieterisch gesteuert. Als er Peter in der Türöffnung sah, unterdrückte er ein Grinsen und winkte ihn herein.

In der Werkstatt war alles an die Seiten geräumt, zwei Kienspäne verbreiteten mattes Licht.

An der Wand gegenüber der Tür fiel Peters Blick als erstes auf ein mit einem weißen Tuch bedecktes Tischchen. Drauf stand die Tonfigur der Hafnerin. Zwei Kerzenstummel erzeugten einen warmen Schein, der die Schatten vertiefte, die Frauensperson dadurch lebendig werden ließ und ihren strengen Gesichtszügen zugleich mehr Weichheit und Milde verlieh. Vor der Figur stand eine kleine Schale, die ein paar Tropfen Milch enthielt. Neben dem Tischchen kniete die schwärmerisch veranlagte Hedwig in beseligter Andacht.

Peter beobachtete staunend, wie die Besucher davor in die Knie gingen, sich stumm und mit verklärten Gesichtern bekreuzigten, oder mit leuchtenden Augen Bitten und Gebete murmelten.

Es ging die ergreifende Kunde um, daß die Himmelskönigin, gerührt vom Schmerz und den Flehrufen, Erbarmen mit den frommen Frauen und der Hafnerin gezeigt, und der Schöpferin ihres erbaulichen Bildnisses die Gnade erwiesen hatte, daß aus der Brust der Madonnenfigur ein segenspendender Milchstrahl floß. Und daß die Gottesmutter dies Wunder am Samstag, der in besonderer Weise ihr geweiht war, und in diesem leidgeprüften Hause vollbracht hatte, unterstrich eindrucksvoll, daß die Vorwürfe gegen die Beginen und Wiltrud schlimmstes Unrecht waren.

Für Peter, der eine weit irdischere Erklärung des Mirakels kannte, herrschte höchst seltsame Stimmung im Raum: anrührend und zugleich lächerlich, weihevoll und possenhaft in einem. Er schwankte zwischen Belustigung und Ärger und hatte ein ziemlich ungutes Gefühl.

An der einen Längsseite drängten die Besucher einzeln in die kleine Kammer, in der zuletzt der Lernknecht geschlafen hatte, und in der jetzt Margarete ruhte, nicht mehr ganz so frohgemut den gespannten Bauch haltend. Die Pilger Mariens berührten sie ehrfürchtig oder wenigstens den Saum ihrer wärmenden Decke und litten und stöhnten bei jeder Schmerzwelle mit, die sie für einen besonderen Gnadenerweis erachteten. Und selbst hartnäckige Zweifler überkam plötzlich reuige Andacht.

Gegenüber wachte Anna in stiller Ergebenheit über den länglichen Arbeitstisch, auf dem jetzt die beglückten Bürger beim Hinausgehen einen Pfennig in den Kasten warfen oder mitgebrachte Gemüsespenden, Eier oder sonstwie zum Verzehr Geeignetes aufhäuften.

Peter hatte genug von dem Mummenschanz und warf Paul herausfordernde Blicke zu. Der wurde nicht müde, den hoffnungsvollen Fragern mitzuteilen, daß die Hafnerin noch zu erschöpft und mitgenommen sei, um sich zu zeigen.

»Sie ist in der Küche«, raunte er Peter zu, als er dessen Unwillen sah.

Peter ging nach hinten in den Wohnbereich und fand Wiltrud neben dem Herd, eine warme Suppe löffelnd, die Uta für sie bereitet hatte. »Sie ist eben erst gekommen«, erklärte die fürsorgliche Begine. »Der Richter wollte anscheinend nicht den Zorn des Volkes auf sich ziehen für etwas, was er ohnehin nicht zu entscheiden hat.«

Und zieht sich damit womöglich den Zorn der Inquisition zu, dachte Peter sich verwundert. »Wie geht es Euch?« fragte er mitfühlend.

»Wie einem nassen Hund, den man eben noch aus der Isar gefischt hat«, sagte sie mit einem schiefen Lächeln. »Am schlimmsten war die feuchte Kälte und die Ungewißheit und die Angst wegen dieser ungeheuerlichen Beschuldigung, ach, eigentlich alles.«

Sie stellte die Schüssel zur Seite, stand abrupt auf und hob einen tönernen Doppelkopf vom Wandbord. Es war ein Pokal, dessen Deckel ebenfalls als Trinkbecher diente. Sie füllte in beide Gefäße etwas Wein und reichte Peter eines davon. »Trinken wir auf meine Rettung. Ich danke Euch für alles, was Ihr für mich getan habt.«

Peter hob den Becher, der gewöhnlich bei Verträgen oder für die Minne benutzt wurde, und trank daraus mit Unbehagen. »Es war mehr eine Idee meines Freundes Paul«, schränkte er ein.

»Einerlei«, wiegelte sie ab. »Ihr habt beim Richter für mich gesprochen, habt hier nach entlastenden Beweisen gesucht und einen weiten Ritt unternommen. Auf Euer Wohl!«

»Ich fürchte, es ist noch nicht alles vorbei«, begann Peter unbeholfen, seine Bedenken auszubreiten. »Ihr seid zwar im Augenblick frei dank dieses Spektakels, aber solange der Mörder nicht gefaßt ist, gibt es keine Sicherheit. Und dann

…« Er druckste herum, bis Uta begriff und die Küche verließ. Dann berichtete er von seinem Fund und seiner grausigen Entdeckung.

Wiltrud blickte ihn entsetzt an. »Das, das ist Wahnsinn«, stammelte sie, »da will mir jemand am Zeug flicken. Ich habe nicht das geringste damit zu tun!« Sie erzählte ihm, wie sie die Tongrube leer gefunden und sich an Martini bei ihrer Rückkehr abends über den rauchenden Ofen gewundert hatte. Die Flammen hätten noch so hochgeschlagen, daß sie nicht einmal hineingesehen habe, und am Morgen danach seien schon die Richtersknechte gekommen.

»Ihr glaubt mir nicht«, sagte sie erregt, als sie seinen zweifelnden Gesichtsausdruck sah. »Ich habe Euch noch nie belogen … naja, ein einziges Mal, aber nur, um dem Sänger zu helfen. Ich schwör's beim Leiden meiner Mutter.«

»Schon gut«, beschwichtigte Peter und äußerte seinen Verdacht bezüglich der Ahn.

»Niemals!« brauste Wiltrud auf. »Sie war schon nicht mehr zu Hause, als ich zurückkam.«

»Was sie nicht entlastet.«

»Großmutter betreibt allerlei dummes Zeug und närrischen, alten Zauber, das ist wahr. Aber sie tut keiner Menschenseele etwas zuleide. Und ich Esel glaubte, Ihr steht auf unserer Seite«, stieß sie hervor und wandte sich brüsk ab.

»Hat sie Euch je von dem Geheimnis der Eibe erzählt«, fragte Peter vorsichtig.

»N-nein« – sie fuhr verblüfft herum –, »was wißt Ihr davon?«

Peter bat sie, sich zu setzen, und zog sich selber einen Schemel heran. Dann weihte er sie in die Vergangenheit ihrer Familie ein.

»O Gott«, stöhnte Wiltrud und stützte verzweifelt den Kopf in ihre Hände. »Mein Vater schändet meine Schwester, von der ich nichts weiß, und die ist nun irgendwo das armselige Weib eines Henkers. Liegt über diesem Haus ein Fluch?« Plötzlich kam die Beklemmung wieder hoch, die sie damals verspürte, als sie Vaters Kammer ausräumte. Als hätte sie's geahnt. Ein Zittern ging durch ihren Körper. Sie ließ den Tränen freien Lauf.

Peter faßte nach einer Weile ihre Hand. »Ich wollte Euch nicht quälen«, sagte er mit einem Kloß im Hals, »aber Ihr müßt die Wahrheit wissen, und nur die Wahrheit kann Euch retten.«

Sie richtete sich auf und wischte mit den Ärmeln die Augen trocken. »Nun wird mir manches klar. Dennoch« – sie blickte ihm trotzig ins Gesicht –, »Großmutter ist keine Mörderin! Dafür lege ich meine Hand ins Feuer. Und ich bin es ebensowenig. Ich habe zwar den Burschen mit Hilfe der Baderin Fliegenpilze verpaßt, um sie bloßzustellen für ihre nächtlichen Sauereien, aber die Großmutter versicherte, daß sie nicht tödlich sind. Mehr weiß ich darüber nicht.«

»Habt Ihr denn selber einen Verdacht, wer die Morde begangen haben könnte?«

»Nein«, sagte sie. »Aber Wolfhart gestand mir, daß Sophia durch einen angeblichen Unfall getötet wurde und Seibold darin verwickelt war. Jetzt schaut mich nicht schon wieder so an!«

»Warum habt Ihr nichts davon gesagt?« fragte Peter, fast ein wenig ärgerlich.

»Hätte es Sophia noch geholfen?« gab sie zurück. »Aber Euer Freund Paul oder Siegfried wären womöglich rachedurstig losgestürmt und dabei ins Unglück gerannt.«

Peter mußte zugeben, daß die Gefahr bestand. »Dieser Alchemist«, wechselte er das Thema, »hat er zu Euch über seine Arbeit gesprochen?«

»Nur in sonderbaren Andeutungen, die mir anfangs angst machten. Ich wurde nie recht schlau aus ihm, aber

Siegfried sagte, er sei nur ein harmloser Narr. Warum fragt Ihr?«

»Hat er je von Schöpfung oder Erlösung oder ähnlichem geredet?« drang Peter in sie, und sie berichtete, was sie noch erinnerte, so auch die Destillation des Häufchens Erde, von dem sie jetzt wußte, daß es aus dem Grab der ungetauften Frucht schrecklicher Sünde stammte.

»Störe ich?« Paul stand grinsend und voller Stolz in der Tür zur Küche. »Es läuft gut. Bald wird die ganze Stadt von Eurer Unschuld überzeugt sein.«

»Da wär' ich nicht so sicher«, knurrte Peter.

»Wie? Ich dachte, ich hätte eher etwas Dank verdient.«

»Das habt Ihr auch«, pflichtete ihm Wiltrud bei und schenkte ihm ebenfalls einen Becher Wein ein.

»Du hältst die Leute zum Narren«, bekrittelte Peter, »und ziehst ihnen dafür auch noch Geld aus der Tasche.«

»Was paßt dir daran nicht?« fragte Paul unwirsch. »Ich tue nichts anderes, als was ein Heer von Pfaffen mit dem Segen Roms auch tut: Ich verkaufe Glückseligkeit. Sieh sie dir an! Sie wollen es glauben.«

»Du spielst mit dem Heiligen und ihren frommen Gefühlen.«

»Pah! Ich spiele allenfalls mit ihrer Dummheit. Wenn sich die Pfaffen darüber streiten, ob eine Maus, die ins Taufwasser fiel, als getauft gilt, ihre Schäfchen auch noch den größten Unsinn lammfromm glauben, und alle zusammen bedenkenlos Andersgläubige erschlagen und ins Feuer schicken, dann darf ich doch wohl für einen guten Zweck ein wenig schwindeln.«

»Mach doch gleich einen Wallfahrtsort draus, und schrei noch etwas lauter! Die Inquisition wird's dir danken.«

»Wer schreit denn? Du kommst irgendwann daher, viel zu spät, und spielst dich auf, wenn unsereiner in der Zwischenzeit etwas Rechtes unternimmt.«

»Hört auf!« kreischte Wiltrud und hielt sich die Ohren zu. »Bitte!«

»Was ist hier los? Was soll dieses Tollhaus?« Großmutter stand plötzlich in der Küche, blickte verständnislos von einem zum andern und sah zuletzt ihre Enkelin vorwurfsvoll an. »Du wirfst mir Umgang mit Magie vor und stellst in meiner Abwesenheit Tongötzen auf. Und was soll die Verehrung dieser scheinheiligen Begine?« Sie deutete erbost nach draußen.

»Sie ist vom Mysterium der Vorweihnacht und der Mutterschaft Mariens ergriffen«, erläuterte Paul geschäftig.

»Ihr blinden Tölpel«, bellte die Ahn, »das Weib ist so schwanger wie Nachbars Katze. Habt ihr das vielleicht nicht bemerkt? Mir macht hier keine mehr was vor!«

Peter und Paul schauten sich verdutzt an und prusteten dann beide los. Nur Wiltrud fand es gar nicht spaßig. Sie fühlte sich erneut getäuscht und ließ ihren Ärger an Großmutter aus: »Warum hast du mir nie etwas gesagt?« brüllte sie. »Daß ich eine Schwester habe und daß mein Vater ...«

»Beruhige dich, Kindchen!«

»Ich bin nicht mehr dein Kindchen, versteh's endlich!«

»Du wirst es immer für mich sein«, sagte die Ahn ruhig und setzte sich kerzengerade auf die Bank. »Was hätte es dir genützt, hätte ich früher davon zu dir gesprochen? Es hätte aus deiner kindlichen Auflehnung nur Haß gegen deinen Vater gemacht. Es reicht, daß deine Mutter und ich uns all die Jahre gequält haben. Du hast zudem deine Schwester schon gesehen.«

Wiltrud riß die Augen auf und starrte sie wortlos an.

»Sie ist die Frau des Henkers dieser Stadt«, offenbarte ihr Großmutter. »Sie hat dich nicht im Bösen verfolgt, sondern schon mehrfach beschützt.«

»Die schwarze Gestalt«, murmelte Wiltrud fassungslos. »Du hast es die ganze Zeit gewußt?«

»Nicht von Anfang an. Ich sah sie zuerst nur ein paar Mal ums Haus streichen. Am Tag von Margrets Hochzeit – du hättest uns beinahe überrascht – ertappte ich sie in unserem Garten und erkannte sie. Ich wußte nicht, ob sie um der Rache willen oder aus anderen Gründen gekommen war, und es ist schwierig, sie zu verstehen, weil sie nicht richtig spricht. Ich erklärte ihr, daß derjenige, der schuld an allem war, ohnehin bald sterben würde und ...«

»Dein Amulett unter seinem Bett«, sagte die Enkelin tonlos.

Die Ahn überging den Einwand. »Sie wollte ihn anscheinend nur sehen und vor allen Dingen dich. Sie hat dich kindlich geliebt. Ich sagte ihr, ich würde dich am folgenden Tag ins Henkerhaus schicken und zeigte ihr das Amulett, an dem sie dich erkennen würde.«

»Aber warum hast du mir nicht ...« Wiltrud schüttelte unwillig den Kopf. Sie konnte es nicht begreifen.

»Es wäre schmerzlicher gewesen, es zu wissen, und sich doch um der Ehrbarkeit willen von ihr fernhalten zu müssen«, verteidigte sich die Ahn.

Wiltrud sprang auf, faßte Peter und Paul an den Schultern. »Geht jetzt, bitte! Ich will allein sein.«

Peter nickte verständnisvoll. »Ein guter Rat noch: Die Tonfigur sollte schleunigst verschwinden und, um ganz ehrlich zu sein, die Beginen sollten es auch.«

»Ich denke darüber nach«, versicherte die Hafnerin, »ich muß über so vieles nachdenken.«

Ob er wohl kommen wird? sorgte sich Wiltrud. Wenn er die Nachricht nach dem Kirchgang erhalten hatte, konnte er jeden Augenblick hier sein. Nach Einbruch der Dunkelheit, hatte sie ihm ausrichten lassen. Sie ging erneut zur Tür.

Draußen war es inzwischen so finster wie in einem Pechfaß, und es fing wieder an zu schneien.

Sie wanderte zurück in die Küche, rührte fahrig in den Töpfen. Das gesäuerte Kraut verkochte sich immer mehr zu Brei. Beim Rößlwirt hatte sie noch schnell eine Schüssel Flecksuppe und einen Zipfel Rotwurst erstanden. Es war ein kärgliches Mahl, aber sie hatte keine Zeit mehr gehabt und auch nicht vor, durch irgendwelche Kochkünste zu bezaubern. Darauf kam es heute nicht an.

Gleich neben dem Herd in der Küche hatte sie den kleinen Tisch gedeckt. Hier war es wenigstens warm. Zwei dicke Scheiben Brot lagen auf, daneben je ein hölzerner Löffel. Eine Unschlittkerze verzehrte sich rußend.

Wo er nur blieb? Wahrscheinlich würde er doch nicht darauf eingehen, nicht nach alledem. Sie war nervös, nahm das Tuch ab, das sie zum Schutz ihres blauen Festgewands umgebunden hatte, strich zum wiederholten Male eine widerspenstige Strähne aus dem Gesicht. Sie überprüfte den Tisch, als käme erlauchte Gesellschaft – Becher! Es fehlten noch die Becher. Der Wein stand bereit.

Sie setzte sich erschöpft an den Tisch, schenkte sich selber einen ersten Schluck ein. Er würde beruhigen. Aber nicht zuviel, bloß nicht zuviel! Sie goß Wasser hinterher. Es durfte nichts schiefgehen.

Sie gähnte, verspürte trotz der Anspannung große Müdigkeit. Vergangene Nacht hatte sie kaum geschlafen, nur unentwegt gegrübelt, bis sie sich zu der Entscheidung durchgerungen hatte. Es war die beste... es war die einzige Lösung! Das Gnadenbild mußte verschwinden und ein Übeltäter dafür vorgeführt werden. Die Aufregung unter den aufgebrachten Bürgern würde sich rasch legen.

»Sieht vielversprechend aus«, sagte eine spöttische Stimme.

Wiltrud erschrak zu Tode, stieß den Becher um und faßte sich an die Brust. »Herrgott«, japste sie, »hast du mich erschreckt.«

»Wirklich?« klang es höhnisch. »Ich dachte, du erwartest mich.«

Die Vordertür war verschlossen. Er mußte über den Hof ins Haus gedrungen sein. Sie atmete tief durch, zwang sich zur Ruhe.

»Bist du allein?« fragte sie mißtrauisch.

»Natürlich. Den Spaß will ich diesmal mit keinem teilen.« Er trat näher.

»Weiß jemand davon, daß du hier bist?«

»Noch nicht«, sagte er hintergründig. »Es kann unser kleines Geheimnis bleiben, wenn du mich nicht wieder zum Narren hältst.« Er packte ihre Hand, zog sie von der Bank hoch, faßte lüstern um ihre Taille und versuchte sie zu küssen.

»Nicht so hastig«, sperrte sie sich und drückte ihn weg.

»Dann laß uns rasch essen«, sagte er grinsend und nahm unaufgefordert Platz.

Wiltrud spielte widerwillig mit. Sie ging zum Herd, schüttete Gemüse und Suppe in hölzerne Schalen um und stellte sie auf den Tisch.

»Sieh an, hölzernes Geschirr! Was ist in dich gefahren?«

Sie goß Wein ein, setzte sich ihm gegenüber und versuchte ein Lächeln. »Ich habe nachgedacht. Es ist am Ende nicht gut für ein schwaches Weib, sich zu widersetzen. Auf dein Wohl!«

»Ah! Auf einmal? Kommt dein Spatzenhirn endlich zu Verstand? Darauf trinke ich!« Er leerte den Becher in einem Zug. »Wo steckt die alte Giftschlange, und was sagen die anderen Weiber dazu?«

»Sie sind fort, für immer. Ich bin jetzt allein und schutzbedürftig.« Sie schob ihm die Suppe zu. »Stärk dich!«

»Kutteln«, bemerkte er gleichgültig und schlürfte ein paar Löffel. »Ziemlich fade.«

»Ist vom Wirt«, erklärte sie verlegen und goß ihm rasch Wein nach. »Trink!«

»Mutter wird aus dir schon eine Köchin machen.« Er lachte boshaft und stürzte den Wein hinunter. »Was ist mit dir?« fragte er mißtrauisch.

»Oh!« Sie brach ein paar Brotstücke und tunkte sie hastig in das verkochte Kraut.

»Ich meine den Wein. Das lockert den Starrsinn.« Sein Gelächter gellte durchs leere Haus. Wiltrud erschauerte. Sie erhob ihren Becher und stieß mit ihm an. »Dann, dann willst du mich also noch trotz alledem …« Sie legte den Kopf schief und blickte ihm zweifelnd ins Gesicht.

»Was ich will, bekomme ich«, sagte er triumphierend, »aber ich kaufe nicht die Katze im Sack!« Er packte sie an der Hand, zog sie über den Tisch und zielte mit fettigem Mund auf ihre Lippen.

»Warte!« Sie riß sich los, fuhr sich mit dem Handrücken über die Lippen. »Wir wollen erst …«

»Verdammt, ich will nicht länger warten! Und *ich* bestimme, wenn's mit uns was werden soll!«

»Natürlich!« Sie lächelte ihm zu, erhob sich und nahm vom Bord den Doppelkopf. »Mach mir die Freude, unser Glück mit einem meiner Gefäße zu begießen.« Sie ging zum Herd und füllte dort mit zittrigen Händen die beiden Pokalhälften.

»Es ist Würzwein nach altem Rezept meiner Ahn. Er wird uns ungeahnte Freuden bescheren. Auf einen Zug.« Sie setzte sogleich an und trank den Pokal tapfer leer.

Er beobachtete sie erst grinsend, dann stürzte er den Trank hinunter. »Schmeckt sonderbar, das Gebräu deiner Unholdin«, sagte er gehässig. »Wehe, wenn es dein albernes Geziere nicht löst. Komm her!«

»Du verstehst dich nur auf gewaltsame Liebe, nicht auf sinnlichen Genuß«, sagte sie mit plötzlich aufreizender Gelassenheit und warf verführerisch ihr ungebändigtes Haar. »Wahre Liebe braucht Zeit.«

»Komm her, verdammt! Ich vertrödle keine Zeit mit Weibern.«

»Du irrst, Niklas! Unsere Liebe hat Zeit, viel Zeit, Zeit bis in alle Ewigkeit ...«

42. Kapitel

Paul hätte noch in der Nacht das Maultier zurückbringen sollen, so war es doch abgemacht. Oder täuschte sie sich? Hatte sie irgend etwas vergessen? Unsinn! Sie hoffte inständig, daß er sich nicht wieder betrunken, am Ende gar geplaudert hatte. Nein, eigentlich wäre es weit besser, er hätte getrunken, denn so konnte es nur bedeuten: Irgend etwas war schiefgelaufen.

Sie wanderte unruhig durchs Haus, fand weder Ruhe zu essen noch etwas halbwegs Vernünftiges anzupacken. Sollte sie zum Rößlwirt laufen? Besser nicht. Peter Barth könnte mißtrauisch werden. Selber zum Henkerhaus gehen? Auch nicht gut.

Sie war aufgewühlt, aber auch gereizt, mußte irgend etwas tun. Da kam ihr ein verrückter Gedanke in den Sinn: Es war genau die Stimmung, um nochmals den launischen Alchemisten zur Rede zu stellen, der erst ein kompliziertes Werk in Auftrag gegeben und sie nach all der Mühe kaltherzig hatte abblitzen lassen. Nicht nur ihr Stolz, auch ihr Einkommen war empfindlich getroffen. Eine annehmbare Erklärung war wohl das mindeste, sollte sie je wieder für ihn arbeiten.

Ohne Mantel trat sie in den schneebedeckten Hof, stapfte den kurzen Weg durch die Büsche und klopfte forsch am Laboratorium. Keine Antwort. Es konnte gut sein, daß der mürrische Zausel sich einfach verleugnete. Entschlossen öffnete sie die unverriegelte Tür. Es war stockfinster im Raum bis auf eine schwache Glut im Herd und ein Talglicht am Tisch, das durch den Luftzug zu flackern begann. Faulig stechender Geruch erfüllte den Raum, aber von dem Alten war nichts zu sehen.

Da packte sie die Neugier. Es interessierte sie, ob er sich anderweitig Geräte verschaffte und deshalb auf ihre Dienste künftig verzichten wollte. Mit Herzklopfen schlich sie hinein, zog die Türe hinter sich zu und ließ flüchtig ihren Blick über die Töpfe und Apparaturen schweifen. So auf die Schnelle konnte sie in dem Schummerlicht nichts Neues aus anderer Werkstatt entdecken.

Neu war allenfalls eine längliche, roh gezimmerte Kiste, an die sie sich nicht erinnern konnte. Zögerlich ging sie darauf zu, während sie mit den Fingerspitzen ihrer Rechten nervös auf die Lippen trommelte und überlegte, ob sie davonlaufen oder einen Blick riskieren sollte. Komm, Hasenfuß, wo du schon hier bist!

Sie streckte vorsichtig die Linke aus und verschob den nur lose aufliegenden Deckel. Es war zu düster, als daß sie gleich etwas erkennen konnte. Hastig griff sie nach dem Talglicht, kniete sich neben die Kiste und leuchtete hinein. Ein Schrei entfuhr ihrer hämmernden Brust. Das Lichtlein verlieh dem wächsernen Gesicht und den starren Augen für einen Schreckensmoment künstlichen Glanz, ehe es im Fallen die Gesichtszüge verzerrte und dumpf platschend auf Niklas' Fratze verlöschte.

Sie sprang auf, fuhr herum und wankte – fast wollten die Beine versagen – durchs Dunkel zur Tür, die eben aufgestoßen wurde. Der kalte Luftstrom hätte gutgetan, wäre ihm nicht unmittelbar der Alchemist gefolgt. Sie starrten sich gegenseitig ein paar Herzschläge lang an. Er blickte kurz an ihr vorbei und begriff sofort. Seine strenge Miene wich boshafter Befriedigung. Ohne sie aus den Augen zu lassen, warf er die Türe hinter sich zu und ließ das einfache Sperrholz in den Fanghaken rotieren.

»Milch«, sagte er süßlich, während er bedrohlich auf sie zuschritt, »hab' mir eben etwas Milch von der Witwe geholt.«

Wiltrud stolperte angsterfüllt rückwärts und hechelte, obwohl der Schrecken kaum einen klaren Gedanken zuließ, fieberhaft ihre Möglichkeiten durch: Sie kam auf genau eine, stürmte überraschend los, schlug ihm die Schale so aus der Hand, daß ihm die Milch ins Gesicht spritzte, stieß ihn mit dem Ellbogen zur Seite und suchte die Türe zu erreichen. Aber sie hatte den Graubart unterschätzt. Noch im Taumeln stellte er reflexartig das Bein. Sie stolperte, flog der Länge nach hin und krachte mit dem Kopf gegen ein Tischbein. Ehe sie sich benommen aufrappeln konnte, war der Alchemist schon mit ungeahnten Kräften über ihr ...

»Ich verlier' allmählich die Geduld, Freundchen«, sagte der Henker scharf. »Schleppst mir mitten in der Nacht eine Leich' ins Haus und erzählst frech, du hätt'st sie vor meiner Schwelle gefunden, wie du grad' rabenvoll nach Hause gehst.«

»Bin richtig drüber geflogen ...«

Der Henker schlug derb mit dem Handrücken zu. »Du hast gestern abend hier weder gezecht noch gespielt, und nach keiner Hübscherin verlangt.«

»Wie ich schon sagte ...« Wieder traf ein Schlag sein Gesicht.

»Und dieser Sack«, brüllte der Henker und wedelte mit

einem schmutzigen Bündel, »da hat sich der Kerl wohl selber zum Abkratzen drin versteckt!«

Paul wischte sich das Blut aus dem Mundwinkel. Fast hätte er gelacht, aber seine Lage war zu ernst. Gestern abend, hatte der Halsabschneider eben gesagt. Dann war es schon anderntags. Er hatte in dem muffigen, lichtlosen Kellerraum jegliches Zeitgefühl verloren und mußte zwischendurch eingenickt sein. Sein rechtes Handgelenk wurde von einer Eisenschelle umschlossen, die über eine mannslange Kette mit einem Ring in der Wand verbunden war. An Flucht war überhaupt nicht zu denken. Einen Augenblick lang erwog er, den Hacher mit der Kette niederzuschlagen oder ihn damit zu würgen, aber der Kerl war einen ganzen Kopf größer und hatte ihn gestern wie ein Strohmännchen niedergeschlagen, obwohl er gewiß kein Hänflig war. Und an die blakende Fackel kam er auch nicht heran. Er konnte nur versuchen, Zeit zu gewinnen und den Grobian nicht allzusehr zu reizen.

»Zum letzten Mal!«

»Ich kann mich wirklich nur daran erinnern ...« Sein Kopf flog nach hinten. Er strauchelte gegen die Wand und sackte benommen in die Strohschütt. Verflucht! So ging das nicht. In Paul kochte Zorn hoch: »Falls Ihr's nicht wißt, ich bin Ländpfleger und somit Amtmann. Wer sich an mir vergreift, verfällt mit Leib und Gut der Gnad' und Strafe des Rats.«

Das häßliche Gelächter des Henkers ließ das Gewölbe erbeben. »Deine beamteten Knochen modern so gut wie jeder Kadaver, wenn er erst drei Fuß unter der Erde liegt.«

»Mein Freund weiß davon, daß ich hier bin«, versuchte es Paul erneut und verfluchte sich insgeheim, daß er Peter nichts von seinem gefährlichen Vorhaben gesagt hatte. Und Wiltrud, dachte er zerknirscht, die würde sich inzwischen höllische Sorgen machen. Aber würde sie auch etwas unternehmen, nicht einfach nur bange warten? Es war eigentlich nicht ihre Art, beruhigte er sich. Die Rettung mußte über kurz oder lang kommen.

»Gib dir keine Mühe«, höhnte der Henker. Die Arme in die Seiten gestemmt, grinste er überlegen zu Paul hinunter. »Wenn du nicht willst, ich kann auch ganz anders ...«

»Es hätte so gut mit uns beiden gehen können«, sagte der Alte und fügte in Gedanken hinzu: zumindest für eine Weile.

In Wiltruds Ohren hörte es sich perfiderweise wie die Klage eines Vaters über seine verlorene Tochter an. Dabei saß sie hilflos auf dem dreibeinigen Hocker vor ihm, die Hände hinterrücks mit einem rauhen Strick gebunden.

»Aber du«, warf er ihr vor, »du mußtest dich ja mit diesem verluderten Spielmann einlassen. Meinst du, ich hätt's nicht bemerkt, wie er sich eines Morgens nach durchjubelter Nacht davonstahl wie ein Dieb, der kostbares Gut geraubt hat. Dabei wirkte er nicht einmal fröhlich, war nicht gelöst, ganz wie geschrieben steht: Omne animal triste post coitum. Weil er wußte, daß seine Seele befleckt war.«

Von daher weht der Wind, dachte Wiltrud erstaunt. Doch was ging ihn das alles an?

»Du bist ebenso verwerflich wie alle Weiber«, fuhr er sie an, »durchtrieben wie die Schlange, schwach im Fleisch und unersättlich in der Geschlechtsgier.«

»Aber ich habe doch gar nicht ...«

»Schweig!« donnerte er. »Deine Arbeit würde mein Werk fortan besudeln. Du hast nur noch einen allerletzten Nutzen für mich, durch den du – ungerecht genug – vermutlich Unsterblichkeit erlangst.«

Was um alle Welt hatte er vor? Wollte er sie ... ihr Gehirn

sträubte sich gegen den Gedanken. Wozu dann Unsterblichkeit? Sie erinnerte sich seiner früheren Worte: Keine Wandlung zu Höherem ohne vorherige Auflösung und Zerstückelung. Gütiger Gott! Ihr kam der schreckliche Verdacht, daß er den Spruch so wörtlich nahm, wie der Schlachter sein Handwerk! Das Blut, die Hand, der Kopf, dort die Leiche von Niklas und jetzt sie ... Er betrieb gräßlichen Zauber und mußte dafür morden und sich an Leichen zu schaffen machen. Und er wohnte am nächsten zu Haus und Werkstatt von ihr, hatte sie die ganze Zeit über beobachten und ihr ungestört belastende Dinge unterschieben können. Es paßte alles. Siegfried hatte sich furchtbar getäuscht! Der Alte war wahnsinnig, keineswegs harmlos. Sollte sie schreien? Wer würde sie schon hören? Reden! Sie mußte mit ihm reden, ihn so lange hinhalten, bis Paul auftauchte. Bei allen Heiligen, irgendwann mußte er schließlich nach ihr suchen. »Wie kommt Niklas hierher?« fragte sie den todbringenden Kauz.

»Vom Henker geliefert.«

Allmächtiger! Wußte der demnach alles? Sie durfte sich keiner Hoffnung hingeben. »Was habt Ihr mit dem Henker zu schaffen?« fragte sie verächtlich. »Ich dachte, Euer Werk ist so erhaben?«

Er überging die Stichelei und sagte seinerseits hämisch: »Wir haben ein Abkommen, Kindchen. Meine Berufung ist nicht für jedermanns Augen und Ohren bestimmt und bedarf der Abgeschiedenheit. Der Henker wiederum ist geldgierig. Wir kamen im Schwäbischen in Kontakt. Er entsann sich, daß sein Weib zu München irgendwann erben mußte. Da ihm aber Grundbesitz in der Stadt verboten war, sollte ich das Erbe annehmen, ungestört dort arbeiten und ihn dafür mit Gold entschädigen. Deine Eltern sind tot, die Ahn wird's bald sein – im Weg bist nur noch du! Der Henker bot dir sogar noch den Verkauf an.

Du hättest nicht abschlagen sollen, wie töricht von dir. Deshalb erschreckte er dich mit der Hand und dem Katzenvieh, brachte dich immer mehr in Verruf und schließlich in den Verdacht der Teufelsbuhlschaft. Wer würde nach deiner Vertreibung oder Hinrichtung noch den Grund erwerben wollen, auf dem der Teufel umging? Ich selbst hatte erst andere Pläne, solange du von Nutzen warst. Nach deinem fleischlichen Fehltritt aber kam mir die Sache mit den Luziferianern und der Zauberei sehr gelegen, um dich und deine Betschwestern aus dem Weg zu räumen. Tja, und dieser Niklas stört jetzt auch nicht mehr.« Er kicherte zufrieden.

Wiltrud schwindelte. Ihr wurde vieles klar. Was für ein niederträchtiges Spiel. Wußte am Ende ihre Halbschwester davon? Dann war alles verloren. Sie wollte es nicht glauben. »Warum tut Ihr das alles? Wozu dieses sinnlose Morden?« drang sie verzweifelt in ihn.

»Ich habe niemanden getötet«, erwiderte der Alte seelenruhig, während er bei seinen Flaschen und Döschen hantierte. »Das ist das Geschäft des Henkers, zu dessen Abmachung gehört, mich mit frischem Material zu versorgen. Wie, das ist seine Sache. Und es ist keinesfalls sinnlos, weil es der Wissenschaft dient. Schon die Araber oder die Schule von Chartres, Roger Bacon wie Albertus, sie alle betonten die Wichtigkeit des Experiments.«

»Was ist das für eine teuflische Wissenschaft, für die man töten muß?« schrie ihn Wiltrud an. »Warum habt Ihr Euch an einem Priester vergriffen?«

»Er wurde lästig und gefährlich«, bekannte der Alte ungerührt, »hetzte gegen Hübscherinnen und Alchemie gleichermaßen, und ich fürchtete, daß er mich von Trient her schon kannte, wo ich bei meiner Rückkehr aus Italien eine Weile mit Studien verbrachte. Der Eiferer war dort zu gleicher Zeit tätig.«

»Warum mußte er sterben wie ein Verbrecher?« fragte sie angewidert.

»Tot ist tot, Kindchen. Was macht das für einen Unterschied? Aber auf diese Weise verhalf er mir zu diversen Erkenntnissen.«

»Über gemeine Zauberei!« Sie hatte nichts zu verlieren.

»Was verstehst du davon. Schon in der Bibel ist von mumifizierten Häuptern die Rede, die durch die Kraft der Gestirne sprechen konnten. Alle berühmten Männer besaßen solch ein Haupt, Papst Silvester gar einen goldenen Orakelkopf. Also mußte ich's versuchen. Das experimentum ist Prüfstein einer doctrina und beinhaltet als solches auch Scheitern. Und die Hostie wird schließlich von den Pfaffen selbst als wirksamster Zauber für die Wandlung einer Substanz gepriesen. Ich halte ihn nun für weit überschätzt, denn erst brachte der Eiferer das Maul gar nicht zu, und hinterher konnte ihm auch die Hostie kein Tönchen mehr entlocken. Nur für die Tongrube war er noch gut, um den Verdacht auf dich zu lenken.«

»Ihr seid widerlich! Was hat Euch Else getan?«

»Nichts«, sagte er kalt. »War ohnehin halbtot. Der Henker hat sie erlöst. Er hatte sie schon im Auge wegen ihrer heimlichen Hurerei. Da bot sich die Gelegenheit, ihres Blutes habhaft zu werden. Auch sie starb mit Verdiensten. Und bei dem Spielweib war's sogar noch leichter. Jemand hatte dem Henker die Arbeit schon abgenommen. Er nahm sich nur noch das Haar. Sie wäre ohnehin bald auf dem Scheiterhaufen geendet, und die schwarze Pracht wäre dann nutzlos verbrannt.«

»Und Seibold?« schrillte Wiltrud, wütend über den Wahnwitz und die Kälte, mit der er über Leben und Tod entschied.

»Ich brauchte frische, kräftige Knochen, nicht unbedingt durch *seinen* Tod, aber der Henker hatte eine Rechnung offen, weil der alte Schafswol über ihn herzog, obwohl er selber Kuppelei in seinem Bad duldet. Als der Bursche nackt und geil zu den Huren ins Henkerhaus wollte, da schlug der Klotz etwas kräftig zu.«

»Warum habt Ihr ihm nicht wenigstens ein christliches Begräbnis gegönnt? Wozu der grausige Unfug mit meinem Ton?«

»Die Gelegenheit war günstig. Wenn Heiden wie dieser Vergil und andere schon Statuen aus Erz oder Stein oder Elfenbein schaffen und sie beleben konnten, dann muß es mit menschlicher Grundsubstanz erst recht möglich sein. Ich wollte aus ihm eine Statue schaffen und sie danach wieder beseelen.«

»Ihr seid verrückt! Das kann nur Gott allein!«

»Irrtum, mein Fräulein«, widersprach der Alte herablassend, »Avicenna schreibt, daß die Seele des Menschen in einem Exzeß großer Leidenschaft die Kraft hat, äußere, materielle Dinge zu verändern. Und sogar Thomas von Aquin bezeugt, daß göttliche Schöpferkraft auch durch die menschliche Seele fließt, so daß ein von der Weisheit Gottes Erleuchteter durch dessen Kraft die Materie außerhalb seines Körpers beherrschen kann. Wie sollte es da einem, dessen Seele so vom göttlichen Geist durchdrungen, daß sie mit ihm eins ist, nicht gelingen, auf die Materie belebend zu wirken?«

»Und das wollt ausgerechnet *Ihr* sein?«

Der Alte überging den spöttischen Zweifel und dozierte: »Es gibt noch andere Wege. Schließlich fließen durch das Wirken der Planeten kosmische Samenkraft und göttliches Keimwasser in die Erde, sind also auch im Lehm bereits enthalten. Und dieses Buch hier« – er ging zum Tisch und blätterte in einem dicken Folianten – »vermittelt die Kunst, die mächtigen Sternengötter anzurufen und sogar Planetendämonen höherer Sphären herabzuziehen und sich dienstbar zu machen. Das enthält viele Möglichkeiten.«

»Das ist verbotene Magie. Und wenn Euer erbärmlicher Zauber so wirksam sein soll, warum hat er so kläglich versagt?«

»Das ist deine Schuld«, schimpfte er gereizt, »und die des verdammten Wetters hierzulande. Wäre dein Tonvorrat nicht so spärlich gewesen, hätte es die Statue nicht schon beim Trocknen zerrissen, und hätte über uns der klare Nachthimmel Italiens geleuchtet, wäre das Ritual möglich gewesen, ehe der Kerl zu stinken anfing.«

»Habt Ihr mich deshalb nicht mehr eingelassen?«

»Auch, und weil mir deine Unzucht mißfiel.« Er griff sich einen Becher und wandte sich wieder seinen Gefäßen zu.

»Was seid Ihr für ein anmaßendes Ungeheuer«, schrie Wiltrud und riß wütend an ihren Fesseln, die nur noch tiefer ins Fleisch schnitten. »Ihr werft mir zu Unrecht etwas vor, was Euch nicht das geringste angeht und verschuldet kaltlächelnd den Tod so vieler. Was bezweckt Ihr mit Euren Versuchen?«

»Es sind nur Aspekte des einen großen Werks.« Er drehte sich ihr zu und prophezeite mit glänzenden Augen: »Ich werde eine vollkommenere Menschheit erzeugen.«

»Eine was?« Wiltrud erstarrte einen Augenblick, als habe er *sie* in eine Statue verwandelt, dann platzte sie los. »Aus Blut und Leichenteilen? Wollt Ihr noch so eine Mißgeburt schaffen? Ihr spielt Euch zum Schöpfer auf und seid doch nur ein erbärmlicher Mörder, vom Wahnsinn oder vom Teufel besessen.«

Er schlug ihr brutal ins Gesicht und blitzte sie zornig an: »Närrin! Glaubst du etwa, ich wühle in Kadavern, wie diese Ärzte in Salerno oder flicke mir mit Sehnen und Schafsdarm ein Menschlein zurecht, wie es ein gemeiner Baderchirurg täte? Bah! Ich werde das Lebenselixier schaffen und das Geheimnis der Schöpfung enträtseln. Denk an das Häufchen Erde, das du mir gebracht hast!« Er ging zu dem Tisch an der Wand und hob der Reihe nach teure Deckelgläser hoch: »Hier drin hast du die Seele des Blutes, hier die Quintessenz des Knochens, dort das Wesen des Haars und da die spermatische Essenz, alles im feinsten Gleichgewicht bemessen.«

Sein Zorn schien plötzlich verschwunden. Er wirkte wie ein Schulmeister, der mit Eifer seine Lehre vertrat, während er vergeistigt vor ihr auf und ab schritt. »Alle Dinge dieser Welt sind nach Maß, Zahl und Gewicht geordnet, sagt schon das Buch der Weisheit, und für Augustinus haben sämtliche Wesen nur Gestalt durch ihre Zahl. Dschabir ibn Haiyan hat ein erstaunliches System entwickelt, mit dem sich die idealen Verhältniszahlen jeder Substanz, also auch menschlicher Körperteile, präzise errechnen lassen. Bestimmt man nun durch mehrfache Destillation das unvollkommene Mischungsverhältnis der Grundelemente, so läßt sich ein Zuviel an Feuchtigkeit oder übermäßige Hitze leicht ausbalancieren, und man erhält ein reines Elixier. Die Zehn war einst des Schöpfers goldene Zahl, bis Luzifer sie durch seinen Sturz zerbrach, und noch Pythagoras nennt sie die allumfassende Mutter, in der die Vielheit wieder zur Einheit wird. Ich weiß, wenn es gelingt, auf dieser Basis die Elixiere im richtigen Verhältnis zu mischen zu dem einen, allumfassenden Elixier, dann wird es möglich sein, den Menschen im künstlichen Mutterschoß zu erzeugen.«

Wiltrud stöhnte auf, und der Alchemist nahm ein anderes Gefäß und ging auf sie zu. »Dein Lernknecht, dieser kleine Bock, war randvoll mit Samen. Im *Picatrix*« – er deutete auf das Buch – »ist ein feines Rezept der Inder aufgeführt, die aus dem Schwengel ein nützliches Öl gewinnen, das in Dämmerzustand und Träume versetzt. Es wird dir den Tod erleichtern.«

Wiltrud würgte und schüttelte verzweifelt den Kopf, als ihr der Alte von dem Öl in die Nase streichen wollte. »Dann eben nicht«, sagte er achselzuckend, stellte das Gefäß ab, schlurfte zum Herd und schürte das Feuer hoch.

Als er sich umwandte und die Flammen funkensprühend hinter ihm aufloderten und ein glutroter Schein seine struppige Gestalt als schwarzen Umriß hervortreten ließ, da war es Wiltrud, als sei ein leibhaftiger Dämon dem Herdfeuer entstiegen, und all die Alembiks und Storchenschnäbel, Mohrenhäupter, Kürbisse und Retorten ringsum, warfen wild zuckende Schatten, und die farbigen Pulver und Flüssigkeiten und vertrockneten Reste in Mörsern, Glasschlangen, Tiegeln und Flaschen schillerten und blitzten, spiegelten und brachen sich in Zangen, Scheren, Kellen und Waagen an den Wänden darüber, die Hunderte von Reflexen und schwirrende Pünktchen zurückwarfen, und als ihr der beißende Gestank von Schwefel die Sinne benebelte und sie wie von fern eine dröhnende Stimme hörte: »Ich wandle die Natur von der Fäulnis zum Reinen und befreie die Gottheit aus dem Schmutz alles Irdischen«, da spürte sie den Abgrund, fühlte, wie sie ins Chaos der Schöpfung eintauchte, und sank ohnmächtig vom Stuhl.

Als sie zu sich kam, saß sie am Boden und lehnte mit dem Rücken an der Kiste, in der Niklas lag. Es graute ihr, und sie kämpfte gegen eine erneute Ohnmacht an. Nur wach und bei Sinnen hatte sie eine geringe Chance davonzukommen. Plötzlich glaubte sie, ein Kratzen und Schaben von der Türe her zu vernehmen. War es Paul oder bloß eine gefräßige Ratte? Der Alte durfte es nicht hören. »Was habt Ihr mit mir vor?« fragte sie laut.

»Adam wurde einst als männlich und weiblich zugleich geschaffen«, sagte er nachdenklich, »und er lebte in Frieden und Einheit mit Gott. Selbst als dieser dem Adam das Weib zur Gefährtin gab, war es beiden bestimmt, jungfräulich zu bleiben. Adam in seiner Doppelnatur hätte ohne äußeres Weib aus seinem Willen gebären können, aber er verfiel der Lust und vergaffte sich in die tierische Vereinigung. Dies war der Anfang vom Übel. Adam verlor durch die Unkeuschheit seinen Glanz, sein Fleisch war fortan von Fäulnis umgeben, und auch die Metalle und die gesamte Schöpfung wurden in Unreinheit versetzt. Die sinnliche Begierde lastet seither als Erbschuld auf uns, beschmutzt jeden Zeugungsakt und macht die Menschheit sterblich und verderbt. Nur künstliche Zeugung vermag diesen unseligen Kreislauf zu durchbrechen, die Einheit mit Ihm wieder herzustellen und die Schöpfung zu erlösen.«

»Wie soll das gehen?« fragte Wiltrud halb neugierig, halb entsetzt.

»Durchs Elixier, Kindchen ...«

»Nennt mich nicht Kindchen!«

» ... und durch einen Versuch mit deiner Hilfe. Dieser Bursche da und du, ihr wart füreinander bestimmt. So soll es nun auch sein.« Er kam mit einem Becher in der Hand auf sie zu.

»Dieser Trank wird dich töten, und danach wirst du mit ihm für eine Weile im Grab liegen, wo durch die Fäulnis Zerfall und zugleich Vereinigung erfolgen. Durch anschließende calcinatio im Feuer wird das Verbleibende zu gesäubertem Pulver verbrannt, mit aqua spiritualis, das den Körper in Geist auflöst, versetzt und durch siebenfache Destillation vollständig gereinigt, bis zuletzt durch Zugabe des Elixiers mein geläuterter Hermaphrodit entsteht, der männlich und weiblich zugleich ist und in sich die Gegensätze wieder vereint. Er vermag sich aus eigener Kraft ohne die Ekelhaftigkeit der Zeugung fortzupflanzen, und damit sind Erbsünde und mit ihr der Tod überwunden. Doch zuvor ...«

Er kniete sich neben sie und versuchte, ihr den Trank einzuflößen. Sie schüttelte abermals wild den Kopf, preßte in

Todesangst die Lippen zusammen und stöhnte zugleich, so laut sie nur konnte: »Mmmhm ...«

Da flog krachend die Tür auf, und Peter Barth stürmte mit dem Dolch in der Faust in den Raum, gefolgt von Servatius. »Zurück!« brüllte er.

Der Alchemist hielt verstört inne, blitzte die Eindringlinge an wie zwei Frevler, die das heilige Ritual seiner Opferung störten, ließ aber Wiltrud nicht los.

Peter sprang vor, schlug dem Alten den Giftbecher aus der Hand und versetzte ihm einen heftigen Stoß, daß er hintenüber fiel. Er bückte sich zu Wiltrud, durchschnitt ihre Fesseln, riß sie hoch und zog sie zur Tür in Sicherheit.

»Höllisch knapp«, sagte sie und warf ihm dankbare Blicke zu, während sie ihre schmerzenden Handgelenke rieb. Aber Peters Aufmerksamkeit galt schon wieder dem Alchemisten, der sich aufgerappelt und in die Nähe des Feuers zurückgezogen hatte. »Es ist aus mit Eurer Teufelei, Konrad von Haltenberg oder soll ich sagen Wildenroth!«

Der Alte riß verblüfft die Augen auf. »Woher ...«

»Ich sprach mit Eurem Bruder, der zu Aubing vorgibt, den Hort des Antichristes zu hüten«, ging Peter forsch aufs ganze und traf.

»Dieser Narr!« zischte der Alte. Mehr hatte er für die Nachricht und seinen Bruder nicht übrig. »All die vollmundigen Prophezeiungen haben sich nicht erfüllt und sind der falsche Weg. Cecco d' Ascoli hat aus den Sternen geweissagt, daß der Antichrist als mächtiger Kriegsherr mit großem Gefolge erst zweitausend Jahre nach Christus kommen wird.«

»Dieser Cecco stellt in seiner Eitelkeit auch die Allmacht Gottes und die Willensfreiheit des Menschen in Frage«, sagte Servatius scharf, wobei er verstohlen in das Buch lugte, »wie jeder, der Sternengöttern den Vorzug gibt.«

»Astrologie ist keine verbotene Kunst«, erwiderte Konrad überheblich, »und die Menschheit kann mit ihrer Freiheit nicht umgehen.«

»Das sagt Ihr«, entrüstete sich Servatius, »der einem Scharlatan wie Dolcino folgte, der seine Anhänger von jedem äußeren Gehorsam befreite? Ihr wißt selbst, wohin das führte.«

»Spielt Euch nicht auf, Mönch! Die ersten Sektierer eines Geistes der Freiheit, die gerade durch die Allmacht Gottes ihren freien Willen aufgehoben und somit Sünde und Tugend als gleichwertig sahen, wurden schließlich in Assisi unter Euren Brüdern gefunden.«

»Sie büßen im Kerker dafür«, gab der Franziskaner zurück.

»Und ich habe auf dem Berg bei Dolcino meine Lektion gelernt«, beteuerte der Alchemist, »und weiß jetzt, daß das Zeitalter des Heiligen Geistes nicht von selbst kommen und auch nicht nur durch die verluderte Pfaffenbrut verhindert wird, sondern von dem ekelhaften Trieb, der uns allen innewohnt.«

»Dem wir uns in freier Entscheidung durch Enthaltsamkeit entziehen können«, erwiderte Servatius ungerührt.

»Welch einfältiges Gefasel!« ereiferte sich der Alchemist, »seid Ihr zu blauäugig, um die Sodomiten in Euren eigenen Reihen zu bemerken? Auch wir hatten uns der Keuschheit versprochen, aber wo Männer und Frauen dicht an dicht liegen und in eisiger Kälte selbst Männer sich aneinanderschmiegen, da bricht die unselige Natur hervor. Wie aber soll ein Reich des Geistes errichtet werden, solange selbst unter den Aposteln das sündige Fleisch triumphiert? Hat nicht schon Augustinus bekannt, daß wir gegenüber der teuflischen Erregung der Geschlechtsorgane zur Ohnmacht verdammt und in einem grenzenlosen Sumpf der Gier gefangen sind? Und Origenes hat deshalb für sich das Übel an der Wurzel ausgerottet und sich entmannt.«

»Ist Durst von Übel, weil sich mancher betrinkt? Ist Feuer verwerflich, weil es Brände gibt?« fragte der Mönch. »Wie kleinmütig Ihr doch gegenüber dieser wunderbaren Schöpfung seid. Sogar für den heiligen Bernhard begann die Liebe zu Gott beim fleischlichen Begehren, weil es der natürliche Trieb jedes Wesens hin zu seiner Vollendung ist. Und Hildegard von Bingen verstand in der Geschlechtsbegierde Gottes Wollen, in der Zeugungskraft seine Macht und im Akt seine Güte.«

»Eine Frau!«

»Gott schuf sie laut Genesis um nichts weniger nach seinem Abbild, und wenn die Erbsünde mit dem Samen übertragen wird, dann tut es seit Adams Tagen der Mann. Und schließlich zeigte sich der Auferstandene zuerst einer Frau.«

»Aber der erstandene Christus, sagt Johannes Eriugena, war androgyn, vereinigte in sich wieder die geteilte Natur und war von keiner Verderbnis angerührt.«

»Eriugena ist widerlegt«, erklärte Servatius, »und Euer Wahnwitz beweist nur, daß es gefährlich ist, wenn gewisse Bücher in falsche Hände geraten.«

»Hat nicht schon Innozenz III. zu Recht bemerkt, daß die Frau mit Unreinheit und Gestank in der Geilheit des Fleisches empfängt und daß der Mensch aus ekelerregendem Samen hervorgeht? Ist solches etwa einer Ära des Heiligen Geistes würdig, in der selbst unser Leib vergeistigt und alle Fäulnis des Fleisches aufgelöst werden soll?«

»Es ist unsere Natur«, warf Peter ein, »wie wollt Ihr sie ändern? Etwa durch Morden und wahnwitzige Versuche?«

»Auch die Natur kennt die jungfräuliche Geburt«, wehrte sich der Graubart.

»Ihr frevelt!« brauste Peter auf. »Sie zeichnet allein die allerreinste Jungfrau aus.«

»Schwätzer!« überfuhr ihn der Alchemist. »Jeder Gebildete weiß, daß Würmer und Fliegen und Bienen spontan aus Schleim und Verwesung entstehen und daß auch der Geier oder der Affe sich im Zustand der Jungfräulichkeit vermehrt, wie Roger Bacon bezeugt. Und ich werde den Schmutz von der Zeugung des Menschen nehmen durch Schaffung meines Hermaphroditen, der aus sich selbst gebiert.«

»Mein Gott!« entsetzte sich Peter, »Ihr erschafft Monstren aus Furcht, den Garten einer Frau zu betreten. Was seid Ihr für ein armseliger Mensch.«

»Über Eurer Arbeit liegt Gräbergestank, und Eure Mißgeburt entspringt der Schwärze und dem Bösen. Es ist ein Werk Satans!« donnerte der Mönch.

»Es ist ein göttlich' Werk!« überschrie ihn der Alchemist, »die längst fällige Verbesserung einer unvollkommenen Schöpfung, das einzige Heilmittel dieser verderbten Welt!«

»Schluß jetzt mit diesem Wahnwitz!« rief Peter dazwischen. »Wir werden Euch dem Richter übergeben.«

Der Alchemist hatte sich während der Auseinandersetzung langsam, aber zielstrebig zu dem Tisch hin bewegt, auf dem er seine Pulver verwahrte, schnappte sich nun hastig ein Gefäß und sprang damit zurück ans Feuer. Er warf den Deckel fort, stach mit spitzen Fingern in das Pulver und schleuderte eine Prise davon in die Glut. Ein greller Blitz erhellte den Raum, ein Knall betäubte die Ohren, und Schwefel stach in die Nasen.

»Bleibt mir vom Leib!« schrie der Alte rauchumwölkt.

»Fauler Zauber!« rief Peter nach dem ersten Schrecken. »Er wird Euch nicht retten.«

»Sagt Ihr's dem Naseweis!« fuhr der Alte mit funkelnden Augen den Franziskaner an. »Ihr solltet wissen, daß Bacon eine Pulvermischung beschrieb, mit der sich Mauern und

Feinde vernichten lassen. Haltet ihn zurück, wenn Ihr nicht wollt, daß wir alle in die Luft fliegen.«

Servatius faßte den vorwärts drängenden Peter am Arm. »Tut, was er sagt«, raunte er ihm zu. »Geht und schützt das Mädchen!« Und als Peter unschlüssig starrte und sich nicht von der Stelle rührte, zischte der Mönch grob: »Verschwindet!«

Peter wandte sich wortlos um und schob Wiltrud vor sich her nach draußen. Sie waren kaum unter der Türe, als ein Donnerhall die Luft zerriß, eine unsichtbare, riesige Faust in ihren Rücken schlug und sie ein paar Klafter weit nach vorne warf. Peter kam über Wiltrud zu liegen, schützte ihren Körper vor herumfliegenden Trümmern. Ein Regen verglimmender Strohstückchen ging auf sie nieder.

Peter rappelte sich benommen auf, rüttelte Wiltrud. Sie hustete, war am Leben. »Seid Ihr wohlauf?« fragte er angstvoll. Sie nickte. Servatius! schoß ihm in den Sinn. Er fuhr herum und sah bestürzt ein schreckliches Bild: Im Dach der Hütte klaffte ein riesiges Loch. Die vordere Bretterwand war geborsten und nach außen gedrückt. Davor lagen verstreut brennende Strohbündel. Zum Glück griff das Feuer nicht um sich, da Holz und Stroh durch den nassen Schnee sich nur schwer entzündeten. Aber aus allen Ritzen und Öffnungen quollen Rauch und giftige Schwaden.

Peter hielt sich seinen Mantel vor die Nase und ging vorsichtig auf den verschobenen Türrahmen zu. Er rief mehrfach, erhielt aber keine Antwort. Der Qualm biß ihn schmerzhaft in Hals und Augen. Er konnte nicht einmal in den Raum hineinsehen, geschweige etwas darin erkennen. Schon wollte er zurückweichen, als er sah, wie sich unten im Türrahmen ein Schatten verdichtete und eine Gestalt sich hustend aus dem schwarzen Dunst schälte. Er stürzte darauf zu, packte sie am Gewand und zerrte sie ein gutes Stück von der Hütte weg in den Hof.

Als Peter den Geretteten umdrehte, sah er mit Erleichterung, daß es der Mönch war, dessen Haarkranz versengt und gekräuselt vom Kopf abstand. Er säuberte ihm notdürftig mit einer Handvoll Schnee das verrußte Gesicht, stopfte ihm etwas davon in den ausgedörrten Mund und tätschelte ihm besorgt die Wangen, bis er die Augen aufschlug.

»D-das Buch«, stammelte der Franziskaner und deutete zur Hütte.

Peter blickte zurück und sah vor der Schwelle den dicken Folianten liegen, den der Mönch zu retten versucht hatte. Er holte ihn, entlockte Servatius damit ein glückliches Lächeln und fragte ihn: »Was ist passiert?«

»Wie?«

Peter wiederholte die Frage brüllend.

»Ich stürzte auf den Tisch zu«, keuchte Servatius, »wollte das Buch an mich bringen und Euch folgen. Das faßte der Narr wohl als Angriff auf und warf das ganze Gefäß ins Feuer. Der Tisch vor mir schnellte hoch, flog auf mich zu und schleuderte mich zurück, wobei mir das Buch in den Schoß fiel. Damit kroch ich zur Tür.«

»Wußtet Ihr denn, ob der Alte …«

»Häh?«

»Kanntet Ihr das Pulver?« schrie Peter dem tauben Servatius zu.

»Gottvertrauen übersteigt jedes Wissen«, krächzte der Mönch schmunzelnd.

»Du lieber Himmel!« stöhnte Peter im nachhinein und wollte dem wißbegierigen Franziskaner Vorwürfe machen für seinen Leichtsinn. Aber als er sah, wie der fast zärtlich über das Buch strich und murmelte: »Er ist es, der *Picatrix*«, da unterließ er es.

Inzwischen strömten Nachbarn und Neugierige in den

Hof, die den Knall gehört hatten, den Rauch sahen und das schlimmste befürchteten. Sie traten noch glimmende Strohbündel und herumliegende Glutstücke aus und wagten sich in die Hütte – oder was davon übriggeblieben war –, nachdem sich der Rauch weitgehend verzogen hatte. Für den Alchemisten, der sich in seiner Besessenheit zum Schöpfer aufschwingen wollte, kam jede Hilfe zu spät. Über den Zustand der nigredo, der Schwärzung zu Beginn des großen Werks, war er dabei nicht hinausgedrungen.

»Gott sei Dank«, sagte plötzlich eine vertraute Stimme erleichtert. Paul faßte Wiltrud an den Händen und entschuldigte flüchtig sein Zuspätkommen. Dann drehte er sich um und deutete auf eine schmächtige Gestalt in aschgrauem Mantel, die sich nur zögernd näherte. »Eure Halbschwester Barbara«, sagte er. »Sie hat mich gerettet und alles zum Guten gewendet, indem sie den Richter holte.« Er streckte die Linke aus, zog die schüchterne Frau, die scheu nach unten blickte, heran, und Wiltrud schloß sie, ungeachtet aller Ehrbarkeit und nur dem Herzen folgend, weinend in die Arme.

»Hätte nie gedacht, daß ich dein schlaues Gesicht noch einmal sehen würde«, hänselte Paul daraufhin seinen Freund, der sich wunderte: »Wie kommst du hierher?«

»Längere Geschichte«, sagte Paul und fügte leise hinzu: »Falscher Zeitpunkt.« Er deutete mit dem Kopf auf Konrad Diener, der mit zweien seiner Knechte schwer schnaufend auf sie zukam und mißmutig fragte: »Möchte mir einer der Herren vielleicht erklären, was hier los ist?«.

»War«, sagte Peter trocken. »Es ist vorbei.« Und fügte dann ironisch hinzu: »Ich freue mich, daß Ihr wohlauf und unversehrt seid.«

Der Richter brummelte etwas, was man als Glückwunsch auffassen konnte.

Peter hatte mit Servatius schon eine Weile vor dem Laboratorium des Alchemisten gestanden, dessen Wortwechsel mit Wiltrud gehört und dabei verzweifelt versucht, mit seinem Dolch die Türe zu entriegeln. So konnte er nun Konrad Diener von den Machenschaften des Alchemisten berichten und ihm den kauzigen Alten als den Urheber der scheußlichen Morde, die der Henker in seiner Gier nach Gold begangen hatte, benennen.

»Warum seid Ihr nicht zu mir gekommen?« wollte der Richter wissen und wirkte fast gekränkt.

»Es war nur Zufall«, schwindelte Peter mit treuherzigem Blick. »Ich würde mich doch nie in Eure Angelegenheiten mischen.« Er verbeugte sich höflich, wobei er sich auf die Lippe biß, um ein Grinsen zu vermeiden, und wandte sich Wiltrud zu, die ihm ihre Halbschwester vorstellen und sich bedanken wollte.

Gemeinsam gingen sie zum Haus der Hafnerin hinüber, um sich zu wärmen und auf die glückliche Wendung zu trinken. Da sah Peter mit Verwunderung, daß das Eibenbäumchen umgehauen und neben den großen Ofen zum Verbrennen bereitgelegt war. Und auf dem verschneiten Scherbenhaufen lagen ein Pokal und sein zerbrochenes Gegenstück.

»Ihr müßt zum Essen bleiben«, drängte Wiltrud, »und mir alles erzählen, wie Ihr auf die Mörder und zu meiner Rettung gekommen seid.«

»Ihr verdankt sie der Wißbegier des Franziskaners«, wehrte Peter jedes Lob ab und entschuldigte sich, daß er sich augenblicklich nicht recht wohl fühle und nach all der Aufregung erst der Ruhe bedürfe.

Sie einigten sich auf einen Besuch am kommenden Samstag.

43. *Kapitel*

»Nun mach schon, geh endlich!« drängte sie, ließ ungeduldig den Tuchzipfel wieder fallen und rang die Hände flehentlich, als beschwöre sie den Dämon des Hefeteigs. Da war das Aufbereiten und Schlagen des Tons ja geradezu ein Kinderspiel gegen diese langwierige Prozedur. Jeden Augenblick konnten sie kommen. Dann sollten die Nudeln wenigstens schon auf dem Backbrett liegen, denn die ausgefeilte Technik ihrer Herstellung war nichts, wobei sie sich von einem Herrn der Schöpfung begaffen lassen wollte.

Wiltrud beschloß, daß es reichen mußte, zog das Tuch fort, drehte die Schüssel um, ließ den blaßgelben Klumpen auf den bemehlten Tisch fallen und knetete ihn noch einmal gründlich durch.

Mit dem rechten Fuß zog sie danach den Schemel heran, lüpfte im Sitzen mit Daumen und Zeigefingern wie eine Hübscherin ihr Kleid und ließ es nach oben gleiten, bis der Saum die schneeweißen Knie bloßlegte. Ihre Rechte riß einen faustgroßen Batzen aus dem zähen Teig, den sie zwischen den Handflächen zu einer Kugel rollte. Sie bestäubte ihr linkes Knie mit Mehl, drückte den Teigballen darüber flach und zog ihn so geschickt nach allen Seiten hin aus, daß eine kreisrunde Nudel mit dickem Rand und hauchdünner Mitte entstand.

Sie war aufgeregt, freute sich einerseits auf den Besuch und fürchtete zugleich, daß ihr das Mahl mißlingen könnte. Aber was sollte bei Schmalznudeln und Apfelmus schon schiefgehen.

Geschafft! Als der letzte Kringel auf dem Backbrett lag, schlug sie das Tuch darüber, um die Nudeln nochmals gehen zu lassen. Da hörte sie auch schon das Klopfen an der Tür. Sie wischte sich rasch die mehligen Hände an einem Tuch ab und öffnete. »Ihr kommt allein?« stellte sie überrascht fest.

»Paul ist verhindert«, sagte Peter ohne weitere Erklärung und fragte sich, ob sie nur überrascht oder auch enttäuscht war. Aber was spielte das noch für eine Rolle.

»Dann müßt Ihr für zwei essen«, scherzte Wiltrud und lächelte unsicher, während sie ihn hereinbat und in die Küche führte.

»Habt Ihr den Schrecken schon überwunden?« fragte Peter. Es klang eher sachlich als mitfühlend.

»Er verfolgt mich noch in meinen Träumen«, antwortete sie. »Das Schlimmste ist dann das Alleinsein.«

»Wo ist Eure Großmutter?«

»Bei guten Freunden außerhalb der Stadt. Ich denke, sie ist vorerst dort sicherer, auch wenn sich alles aufgeklärt hat, dank Eurer Hilfe.« Sie hielt den Zeitpunkt für gekommen, die ausgezogenen Nudeln der Reihe nach ins heiße Schmalzbad zu tauchen, wo sie sich goldbraun verfärbten.

»Was ist mit den Beginen?« fragte Peter nebenbei.

»Sind weitergezogen. Bedauert Ihr's etwa?« Es klang spitz, und sie warf ihm einen vielsagenden Blick zu.

Peter mußte insgeheim zugeben, daß ihm die Frauen so ungelegen gekommen waren wie dem Sänger, fühlte sich aber bemüßigt, den anklingenden Vorwurf zurechtzurücken: »Es ist um ihrer Sicherheit willen besser so. Die Inquisition würde selbst jetzt noch harte Fragen stellen, und eine Schwangerschaft dürfte die Glaubwürdigkeit der Frauen nicht gerade erhöhen.«

»Sie entsprang bitterer Not, nicht ungezügelter Lust«, verteidigte Wiltrud die Beginen.

»Das würde das geistliche Gericht, das diesen Frauen Ausschweifungen des Fleisches vorwirft, nicht kümmern.«

»Das sind bösartige Verleumdungen«, begehrte Wiltrud auf. »Ich habe mit diesen Frauen gelebt und ihre lauteren Absichten erfahren. Die Pfaffen tragen doch Mitschuld, wenn sie diese Frauen verfolgen und immer wieder auf die Straße treiben, anstatt ihnen eine dauerhafte Heimstatt zu gewähren.«

»Ich weiß«, sagte Peter, »und es gibt auch zahlreiche Befürworter ihrer Lebensweise. Aber sie bräuchten Vermögen oder einen Stifter wie die Seelhäuser dieser Stadt, damit sie sich ausschließlich dem Beten und guten Werken widmen könnten. Ihre Art des Erwerbs stört die Zunftordnung, und bald würden die Weber aufbegehren. Durch ihr regelloses Zusammenleben verletzen sie die bürgerliche Ordnung, die für Frauen ein Leben in der Ehe oder im Kloster vorsieht. Alles andere steht der Hurerei nahe, und Vorurteile gedeihen auf dünnem Grund. Und schließlich verstoßen sie in ihrer Eigenwilligkeit in geistlichen Belangen auch gegen die pfarrgemeindliche Ordnung. Und wo die Kirche die Kontrolle verliert, da wird sie höchst ungnädig.«

Wiltrud träufelte auf das fertige Gebäck dünne Honigschlangen. Die Küche war erfüllt von Schmalzgeruch und süßlichem Backduft, und schon der Anblick der aufgehäuften Nudeln konnte einen in Verzückung versetzen, aber die Stimmung zwischen beiden war merkwürdig gedämpft.

»Greift zu!« Sie schenkte die Becher voll, während Peter zaghaft in eine Nudel biß und anerkennend nickte.

Als sie den Becher hob, um mit ihm auf ihre Rettung anzustoßen, fragte er: »Warum wählt Ihr nicht den Doppelkopf von neulich? Es gilt doch etwas zu feiern.«

»Weil … weil …« Sie starrte ihn verwirrt an.

»Warum habt Ihr ihn getötet?« fragte er ohne Umschweife.

Sie ließ die Hand mit dem Becher sinken und schaute ihm dabei unverwandt in die Augen. Sie wußte, daß sie ihm nichts mehr vormachen konnte. »Wie seid Ihr dahintergekommen?«

»Es war nicht schwer«, erklärte Peter. »Als ich Euren Disput mit dem Alchemisten belauschte und Ihr den Hergang der Morde wissen wolltet, da ließt Ihr nur einen aus, als wüßtet Ihr darüber schon Bescheid. Das machte mich stutzig, aber ich konnte mich auch verhört haben. Dann sah ich die Pokalhälften auf dem Scherbenhaufen. Sie waren unverschneit, konnten also erst am Morgen vor Eurer Gefangennahme und Rettung dorthin gelangt sein. Und es war nur eine davon zerbrochen. Bei Eurer Kunstfertigkeit hättet Ihr sie leicht ersetzen können und mußtet nicht beide wegwerfen. Es konnte nur bedeuten, Ihr wolltet den Doppelkopf für alle Zeit los sein und mit ihm eine unangenehme Erinnerung. Und schließlich brauchte ich nur noch bei Paul ein wenig bohren. War es Rache dafür, daß Niklas Euch Gewalt antat?«

Sie zog erstaunt die Brauen hoch. »Er tat es nicht wirklich, ich meine … er konnte es nicht, weil meine Halbschwester rechtzeitig zu Hilfe kam.«

»Um so weniger hattet Ihr Grund.«

»Das versteht Ihr vielleicht nicht.«

»Erklärt's mir!«

»Die Sache mit den Pilzen, das war Rache. Ich wollte die

Kerle so bloßstellen, daß sie wenigstens eine entfernte Ahnung davon bekommen, was für Schande sie uns Frauen antun, und das ist noch nichts gegen ihre feige Gewalt. Aber ich hätte trotz all meiner Wut nicht getötet. Doch nach meiner Befreiung aus dem Gefängnis bestand eine andere Situation. Ein Leben im Kreise der Beginen hätte Schutz für mich bedeutet. Ohne sie aber hätte Niklas mich immer weiter bedrängt, und selbst, wenn ich mich der Liebe zu einem anderen geöffnet hätte, wäre er stets zwischen uns gestanden. Dazu gab es noch immer den Verdacht gegen mich wegen der ungeklärten Morde, und obendrein mußte das frevelhafte Gnadenbild verschwinden. Und schließlich war da noch meine Schwester, die in den Klauen des Henkers litt, aus denen ich sie befreien wollte. Ich fand keine andere Lösung.«

Sie trank einen Schluck aus dem Becher, den sie die ganze Zeit in den Händen drehte, ehe sie fortfuhr: »Ich tötete ihn mit dem Gift der Eibe. Die Essenz einer Handvoll Nadeln reichte dafür aus. Euer Freund Paul, der Niklas für den Tod Sophias verantwortlich sah, wollte die Leiche zusammen mit der zuvor zerbrochenen Tonfigur ins Henkerhaus schaffen und dann dem Richter einen Hinweis zukommen lassen. Es sollte so aussehen, als habe Niklas für den geldgeilen Henker die Figur geraubt, und dieser habe im Streit den Dieb getötet. Unglücklicherweise hat der Halsabschneider den Braten gerochen. Alles weitere wißt Ihr bereits. Verurteilt Ihr mich dafür?«

»Es steht mir nicht zu, darüber zu richten«, erwiderte Peter mit traurigem Blick. Worunter er litt, war das gestörte Vertrauen. Er fühlte sich von seinem Freund Paul hintergangen und glaubte doch auch zu verstehen, warum ihn dieser nicht eingeweiht hatte. Und er fühlte sich von ihr getäuscht, mußte aber zugleich einräumen, daß seine eigenen Zweifel einem beiderseitigen Vertrauen im Weg gestanden hatten. Aber wie hätte er sie bezwingen sollen? Die Verdachtsumstände waren zu schwerwiegend gewesen. »Hättet Ihr nach dieser schrecklichen Nacht, in der sie über Euch hergefallen sind, nur etwas gesagt«, suchte er hilflos die Schuld in ihrem Schweigen. »Ich habe Euch doch noch gefragt.«

Sie schnaubte kurz durch die Nase und lächelte wehmütig. »Ihr habt nur mit dem Verstand gefragt, nicht mit dem Herzen. Ich konnte mich Euch so nicht offenbaren, ohne aufs neue durch die Hölle zu gehen, und habe das Grauen lieber verdrängt. Vielleicht hätte es schon geholfen, wenn Ihr nur meine Hand genommen hättet, obwohl ich nicht weiß, ob ich's zugelassen hätte. Ihr solltet weder mir noch Euch die Schuld dafür geben.«

Sie schwiegen eine Weile. Peter kaute auf einem Stück Schmalzgebäck herum, während Wiltrud in den Becher starrte. »Ich bedaure es nicht«, sagte sie plötzlich. »Jeder der beiden hat vielen Menschen Übles angetan. Niklas hat den Tod verdient, und der Henker wird ihn bald erleiden.«

»Ihr maßt Euch etwas an, was Euch nicht zukommt«, urteilte Peter nüchtern. »Ich kann's verstehen, aber nicht billigen. Auch Ihr habt wider die Ordnung gehandelt. Wer dies tut, selbst wenn in bester Absicht und in gutem Glauben, muß für sein Handeln einstehen, sei's hier oder vor Gott.«

»Was gedenkt Ihr jetzt zu tun?« fragte Wiltrud gefaßt und blickte ihm in die Augen.

»Ihr könnt Euch der Verantwortung und Bestrafung nicht entziehen«, sagte Peter ruhig, aber bestimmt. »Holt Euren Mantel!«

Ihre Hand zitterte leicht, als sie den Becher losließ. Wortlos stand sie auf, holte ihren Mantel aus der Kammer und war bereit, ihm ohne weitere Frage zu folgen, als vertraue sie darauf, daß er das Rechte tue.

Auf der Gasse bot Peter ihr den Arm an und führte sie der

Stadtmauer zu. Sie nahm die Stütze gerne an, wunderte sich aber, daß er nicht den Weg zum Richter einschlug. Wollte er sie etwa direkt ... ein kurzer Schreck durchfuhr sie. Unsinn! Der Henker saß doch selbst im Kerker. Was hatte er vor?

Am Ende der Gasse wandte sich Peter nach links. Sie folgte ihm ohne Widerstand, blickte ihn nur fragend von der Seite an. Aber sein Gesicht schien ausdruckslos. Er sagte nichts, bis sie das Angertor durchschritten. Da entdeckte sie draußen, einen Steinwurf entfernt, seinen Freund Paul und neben ihm ihre Halbschwester, die ein bepacktes Maultier am Zügel hielt. Verwundert blickte sie Peter an, dann wieder die beiden anderen. »Ich, ich dachte ...«, stammelte sie, dann rannen Freudentränen über ihre Backen, und sie brach in Lachen aus, laut und befreit. »Die Strafe nehm' ich gern auf mich«, versprach sie übermütig.

»Irrtum«, wies Peter sie schmunzelnd zurecht, »dies ist Eure Verantwortung. Dort draußen wartet Eure Strafe.«

Ihr Blick folgte seinem Finger, da sah sie am Horizont eine grellbunte Gestalt, die fröhlich winkte, aber sich nicht näher heranwagen durfte. Wiltrud starrte erst offenen Mundes und wankte in den Knien, dann fiel sie Peter um den Hals und küßte ihn innig, wie er es oftmals ersehnt, aber selbst nicht versucht hatte.

»Wir werden Euch niemals vergessen«, sprudelte sie hervor, riß sich los und stürmte davon.

»Es war eine verdammte Plage, den Sänger aufzuspüren und rechtzeitig herzuschaffen«, beklagte sich Paul, als sie gemeinsam zum Rößlwirt zurückschlenderten, »bis hinter Augsburg bin ich geritten.«

»Das war wohl die mindeste Buße, die du für deine Heimlichtuerei und Eigenmächtigkeit verdient hattest«, erwiderte Peter mit gespielter Strenge. »Du kannst von Glück reden, daß der Richter dir dein Märchen über Niklas eher abkauft, als dem Henker die Wahrheit.«

»Ich bin eben eine vertrauenswürdige Person«, brüstete sich Paul lachend.

»Von wegen«, spottete Peter, »für einen Schwerenöter wie dich wäre das Ziel des Alchemisten schon recht gewesen.«

»Pest und Hölle!« jammerte Paul, »das wäre wahrlich die schlimmste aller Strafen, all die herrlichen Geschöpfe zu sehen und zu jungfräulicher Fortpflanzung verdammt zu sein. Doch im Ernst: Bist du traurig, daß sie fort ist?«

»Ja und nein«, sagte Peter achselzuckend, »aber vermutlich ist es gut so, und wahrscheinlich hätte ich mich nie ganz an ihr Lachen gewöhnt.«

»Das paßt mal wieder zu dir«, sagte Paul und verdrehte die Augen. »Ich jedenfalls fürchte weit mehr das Lachen der Gerechten!«

Epilog

Der Winter zog sich für kurze Zeit nochmals zurück, ehe er mit Macht wiederkehrte. An der Lände gab es nicht mehr viel zu tun, aber für Peter bedeutete es keine Zeit des Müßiggangs. Er war zunächst darum bemüht, das Anwesen der Hafnerin zu veräußern, was aus verständlichen Gründen nicht ohne Schwierigkeiten abging. Erst hatte er schon daran gedacht, es zusammen mit Paul selbst zu erwerben, aber er wollte letztlich keinen Vorteil aus der bösen Sache ziehen und befürchtete zudem, daß ihn die Erinnerungen zu sehr plagen könnten. Der alte Drexl war trotz allem noch immer daran interessiert, aber Peter wollte unter keinen Umständen, daß er das Grundstück bekam. Schließlich fand sich ein Gerber, den die Vorgeschichte wenig bekümmerte, und der für einen Preisabschlag gerne zugriff. Paul hatte mit Siegfried vereinbart, daß sie den Erlös an die Adresse eines Augsburger Kaufmanns übermitteln würden.

Daneben beschäftigten Peter die Geheimnisse der Mystik noch für lange Zeit, und er führte manches Gespräch mit Servatius darüber. War an sich schon schwer zu begreifen, wie eine sündige Seele sich mit Gott vereinigen und ihm gleich werden könne, so schien ihm ebenso schwer zu verstehen, warum die einen dafür verketzert wurden, während andere trotz ebenso kritischer Äußerungen im Schutze der Dominikaner hohes Ansehen genossen. Fast schien es so, als verliefe die Grenze entlang der Ordenspforte. So war wenige Jahre zuvor die freie Begine Marguerite Porète samt ihrem *Spiegel der einfachen Seelen* zu Paris verbrannt worden, weil sie unter anderem geäußert hatte, daß eine mystisch befreite Seele ohne Gewissensbisse der Natur alles gebe, was sie verlange. Aber so, wie die Freigeister derartige Äußerungen als Erlaubnis zur Zügellosigkeit mißverstehen mochten, wollten auch die geistlichen Kritiker die fromme Frau mißverstehen, indem sie ihre Erklärung unterschlugen, daß die Natur im befreiten Zustand gewiß nichts Verbotenes verlange. Weit mehr noch schien sie der Gedanke zu ängstigen, daß eine befreite und von göttlicher Liebe erfüllte Seele nicht mehr nach den Gnadenmitteln der Kirche und deren priesterlicher Vermittlung verlangte, was auf andere Weise Dolcinos Abschaffung der Priesterschaft gleichkam. Das sei ihr eigentliches Verbrechen, behauptete Paul nüchtern, weil es den Papst empfindlich am Geldbeutel treffe.

Servatius aber klagte, daß auch ein Riß durch die Orden gehe. So würden die Brüder des Dominikus die Spiritualen in den Reihen der Franziskaner als Ketzer brandmarken, während die Bettelmönche des Franziskus nach häresieverdächtiger Mystik in den Reihen der Dominikaner fahndeten. Und es sollte ihn nicht wundern, wenn eines Tages selbst ihr angesehener Meister Eckart vor den Schranken des Inquisitionsgerichts stünde. »Wo immer die einen die anderen nicht mehr verstehen oder verstehen wollen«, betonte Servatius, »entsteht Verfolgungssucht, die Ketzer gebiert. Und diejenigen, die sich jeweils im Besitz der Wahrheit glauben, werden noch viele Scheiterhaufen entzünden.«

Servatius hielt hierzu einen einfachen Ratschlag bereit:

Das wahrhaft Luziferische, so sagte er, ganz gleich ob in der Mystik oder der Alchemie, in der Glaubenswahrheit oder dem Alltag, sei die Anmaßung. Das wahrhaft Göttliche hingegen sei stets die Demut.

Eines Mittags, kurz nach Weihnachten, saß an dem Ecktisch, den Peter und Paul beim Rößlwirt gerne belegten, ein vierschrötiger Kerl, mit Finsternis im Gesicht und anscheinend groben Manieren, denn als die beiden Pfleger sich anschickten, sich dazuzusetzen, da herrschte er sie an, sie sollten ihm gefälligst fernbleiben. Paul war eben dabei, die Ärmel aufzukrempeln, als der Wirt sie rasch beiseite zog und ihnen zuflüsterte, sie hätten Meister Haimpert, den neuen Halsabschneider vor sich, der in wenigen Tagen seinen Vorgänger vom Leben zum Tod befördern würde, und sie sollten sich nicht mit ihm anlegen.

Als der Frühling kam, schien Peter endgültig den Fortgang der Hafnerin überwunden zu haben, aber ehe er sich in neues Glück stürzen wollte, begab er sich auf die Suche nach einer neuen Bleibe. Und Paul wollte nun Ernst machen mit seinen Plänen vom Weinhandel, für die er Peter zu begeistern suchte. Und eines Tages wurde Peter von seinem aufgeblasenen Halbbruder bedrängt, er möge doch in dessen Geschäft nach dem Rechten sehen ... aber das ist bereits eine andere Geschichte.

Nachwort des Autors

1321 wird der erste Name eines Münchner Henkers mit Magister Haimpert überliefert. Er hatte die zweifelhafte Ehre, bei seinem Amtsantritt seinen Vorgänger zu richten, was noch des öfteren in München vorkam (Schattenhofer, *Henker, Hexen und Huren im alten München,* Oberbayerisches Archiv 109. Bd., S. 114).

Die Alchemie hat bereits im Mittelalter eine größere Rolle gespielt, als man im allgemeinen annimmt. Die Etymologie des Wortes ist umstritten, und es gibt mehrere Schreibweisen. Ich habe mich für die neuzeitliche und überwiegend gebräuchliche entschieden.

Die Idee eines Homunculus, eines künstlich im Labor erzeugten Menschen, wird in der Regel Paracelsus zugeschrieben, sie klingt aber bereits bei Dschabir ibn Haiyan oder Geber arabicus Jahrhunderte vorher an.

Bleiweiß galt bis weit ins 17. Jahrhundert als geeignetes und ungefährliches (!) Mittel, um den Wein zu versüßen, obwohl die sogenannte colica Pictonum mit deutlichen Symptomen einer Bleivergiftung längst bekannt war. Unser Alchemist tat also nichts Verwerfliches, es sei denn, er wußte bereits mehr über die schädlichen Zusammenhänge.

In einem Konstanzer Keramikfund aus der Zeit um 1300 fand sich ein frauenähnliches Gefäß, das als sogenannter Rosenhut die obere Hälfte eines Destillierapparates darstellte.

Ein Enthauptungstrick soll bereits 1272 in Kreuznach gezeigt worden sein.

Der erste besoldete Stadtpfeifer ist für München im Jahre 1334 überliefert. (Stahleder: *Chronik der Stadt München,* 1995).

Konrad von Haltenberg sowie Engelschalk von Wildenroth haben tatsächlich gelebt und mußten nach Italien fliehen. Ihr Zusammentreffen mit den Sekten und die Geschichte ihrer Rückkehr sind fiktiv. Um den Teufelsberg in der Aubinger Lohe und die Frühzeit der Wittelsbacher ranken sich verschiedene Sagen. Ich habe sie zusammengezogen und in meinem Sinne gebraucht.

Ludwig Küchel ist uns für das Jahr 1320 als erster Kirchpropst oder Pfleger von St. Peter überliefert. Bezeugt ist auch Liebhart als einer seiner Söhne. Ebenso gelebt haben zu der Zeit der Kämmerer Heinrich Rudolph, der Stadtrichter Konrad Diener und andere. Und wiederum gilt: Ihre Namen sind nur geborgt, ihre Charaktere frei erfunden. Die Badstube ist dort angesiedelt, wo irgendwann vor 1369 das Gighanbad errichtet wurde. Am heutigen ORAG-Haus erinnert eine Gedenktafel: »Ein Bad vor Zeiten hier bestand, Gighanbad war es genannt.«

Nahe der Stelle, an der in der Geschichte das Labor des Alchemisten in die Luft flog, wacht heute die Hauptfeuerwache über die Sicherheit der Stadt und ihrer Bürger.

Der List Verlag ist ein Unternehmen der
Verlagshaus Goethestraße GmbH & Co. KG

ISBN 3-471-78565-5

Satz: Franzis print & media GmbH, München
Druck und Bindung: Graphischer Großbetrieb, Pößneck

München um 1320

1 Pfarrkirche St. Peter
2 Unserer Lieben Frau
3 Rathaus
4 Rechtshaus
5 Burg
6 Franziskanerkloster
7 Klarissenkloster mit St. Jakob
8 Tegernseer Klosterhof
9 Familie Drexl
10 Labor des Alchemisten
11 Wiltrud Hafner
12 Henkerhaus
13 Familie Schafswol
14 Rößlwirt
15 Badstube

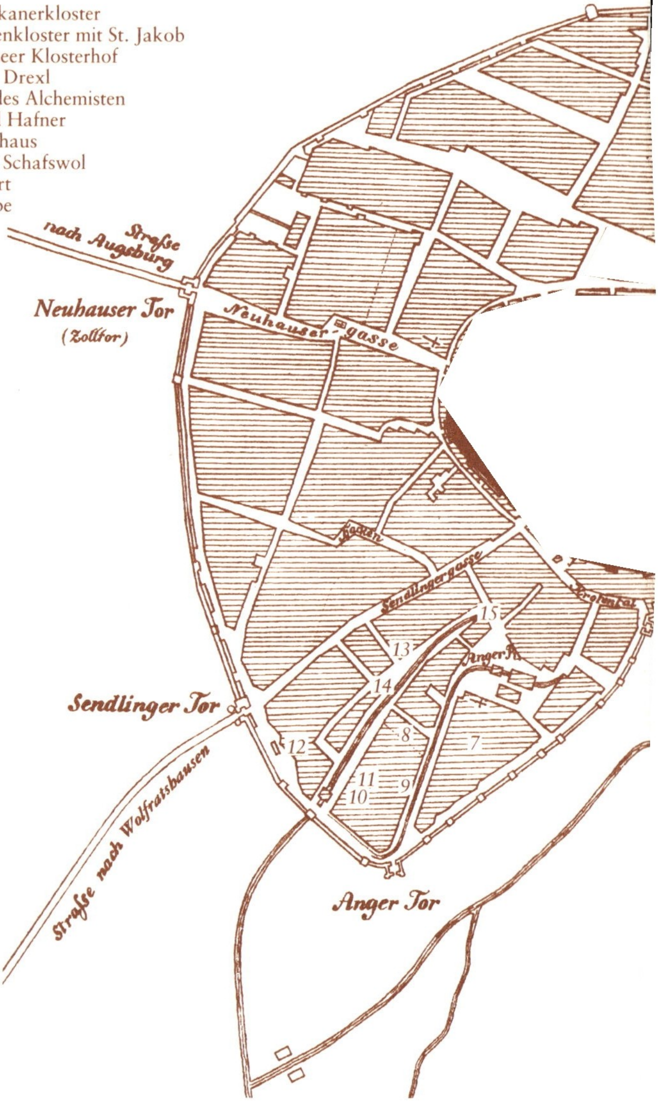